U0117368

满族口头遗产传统说部丛书

雪山罕王传

富育光 讲述

曹保明 整理

吉林人民出版社

图书在版编目（CIP）数据

雪山罕王传 / 富育光讲述；曹保明整理 . -- 长春：
吉林人民出版社，2019.5
（满族口头遗产传统说部丛书）
ISBN 978-7-206-16876-5

Ⅰ.①雪… Ⅱ.①富…②曹… Ⅲ.①满族—民间故
事—中国 Ⅳ.① I277.3

中国版本图书馆 CIP 数据核字（2019）第 293308 号

出 品 人：常　宏
产品总监：赵　岩
统　　筹：陆　雨　李相梅
责任编辑：任广州　王　斌　门雄甲
装帧设计：赵　谦

雪山罕王传
XUESHAN HANWANG ZHUAN

讲　　述：富育光　　　　整　　理：曹保明
出版发行：吉林人民出版社（长春市人民大街7548号　邮政编码：130022）
咨询电话：0431-85378007
印　　刷：吉林省优视印务有限公司
开　　本：720mm×1000mm　　1/16
印　　张：25.75　　　字　　数：420 千字
标准书号：ISBN 978-7-206-16876-5
版　　次：2019 年 5 月第 1 版　　印　　次：2019 年 5 月第 1 次印刷
定　　价：95.00 元

如发现印装质量问题，影响阅读，请与出版社联系调换。

出 版 说 明

　　满族口头遗产传统说部是具有较高社会价值和文化价值的满族文化的百科全书。整理发掘满族说部的项目工作被文化部列为中国民族民间文化保护工作试点项目，并被国务院批准列入第一批国家级非物质文化遗产名录。

　　"满族口头遗产传统说部丛书"是千百年来满族各氏族对祖先英雄事迹和生存经验的传述，一代一代口耳相传，保留下来的珍贵的满族遗存资料。经过近三十年抢救整理，从二〇〇七年到二〇一七年的十年间，根据整理文本的先后，我社分四次陆续出版了五十部说部和三本研究专著。此套丛书无论从社会价值和文化价值来看，都是一套极具资料性、科研性和阅读性融为一体的满族文化的百科全书。

　　此次出版对以下两个方面做了调整：

　　一、在听取各方专家建议的基础上，对原丛书进行了筛选，选取最有价值、最有代表性的四十三部说部，删去原版本中与文本关系不紧密的彩插，对文本做了大幅的编辑校订，统一采用章回体表述方式，并按照内容分为讲述萨满史诗的"窝车库乌勒本"、讲述家族内英雄人物的"包衣乌勒本"、讲述英雄和历史人物的"巴图鲁乌勒本"、讲述说唱故事的"给孙乌春乌勒本"等，突出了说部的版本特色。

　　二、保留研究专著《满族说部乌勒本概论》，作为本丛书的引领，新增考古发掘的图片和口述整理的手稿彩色影印件。

　　特此说明。

吉林人民出版社

编 委 会

序

潘鲁千

任何民族的文学都包括两大部分。一是个人用文字创作的、以书面传播的文学，一是民间集体口头创作的、口口相传的文学。后一部分文学是前一部分文学的源头，是根性的文学。中国作为东方文明的古国，口头文学的历史去之遥远。就像西方文学始于古希腊罗马的神话故事，我国文学史上第一部作品是《诗经》，即民间口头文学集，这表明口头文学是一个民族文学的源头。在漫长的历史中，这两部分文学一直同根并存，相互滋育，各自发展，共同构成一个民族文化与精神的极为重要的支撑。

中华民族有着巨大文学想象力和原创力。数千年间，各族人民以口头文学作为自己精神理想和生活情感最喜爱和最擅长的表达方式，创作出海量和样式纷繁的民间文学。口头文学包括史诗、神话、故事、传说、歌谣、谚语、谜语、笑话、俗语等。数千年来，像缤纷灿烂的花覆盖山河大地；如同一种神奇的文化的空气在我们的生活中无所不在；且代代相传，口口相传，直到今天。

我们的一代代先人就用这种文学方式来传承精神，表达爱憎，教育后代，传播知识，娱悦生活，抚慰心灵；农谚指导我们生产，故事教给我们做人，神话传说是节日的精神核心，史诗记录文字诞生前民族史的源头。它最鲜明和最直接地表现中华民族的精神向往、人间追求、道德准则和价值取向。中国人的气质、智慧、审美、灵气、想象力和创造力，充分彰显在这种口头的文学创造中。

这种无形地流动在民众口头间的口头文学，本来就是生生灭灭的。在社会转型期间，很容易被忽略，从而流失。

特别是在这个现代化、城市化飞速推进的信息时代，前一个历史阶段的文明必定要瓦解。口头文学是最脆弱、最易消亡。一个传说不管多么美丽，只要没人再说，转瞬即逝，而且消失得不知不觉和无影无踪，所以联合国教科文组织把口头传统和表现形式，包括作为非物质文化遗产媒介的语言列为非物质文化遗产之一。

在中国，有史诗留存的民族并不很多，此前发现的有藏族史诗《格萨尔王传》、蒙古族史诗《江格尔》、柯尔克孜族史诗《玛纳斯》、苗族史诗《亚鲁王》。作为满族民族历史和文化传统的重要载体——"说部"，是满族及其先民世代相传的极其宝贵的精神财富。它最初用"乌勒本"（满语 ulabun，为传或传记之意）指称，后受汉文化影响，改称为"说部"或"满族书""英雄传"。说部最初用满语讲述，至清末满语渐废，改用汉语并夹杂一些满语讲述。在漫长的历史进程中，满族各氏族都凝结和积累了精彩的"乌勒本"传本，如数家珍，口耳相传，代代承袭，保有民族的、地域的、传统的、原生的形态，从未形成完整的文本，是民间的口碑文学。"满族说部迥异于其他文类，不仅涵盖了口头传统，也吸纳了民俗学中多种民间文艺样式，包容性极强。"

我以为，对于无形地保留在人们记忆与口口相传中的口头文学，抢救比研究更重要。它是当下"非遗"工作的重中之重，要清醒地认识到文化和文明于人类的意义。当社会过于功利的时候，文化良知就要成为强音，专家学者要在抢救非物质文化遗产中勇于承担责任，走进民间帮助艺人传承与弘扬民间艺术，这也是知识分子的时代担当。

让人感到欣喜的是，经过吉林省的专家学者近三十年的抢救、发掘和整理，在保持满族传统说部的原创性、科学性、真实性，保持讲述人的讲述风格、特点，保持口述史的原汁原味的基础上，将巨量的无形的动态的口头存在，转化为确定的文本。作为"人类表达文化之根"的满族说部，受东北地域与多族群文化的影响，内容庞杂，传承至今已逾千万字。此次出版的《满族口头遗产传统说部丛书》为四十三部说部和一本概论。"说部"分为讲述萨满史诗的"窝车库乌勒本"、讲述家族内英雄人物的"包衣乌勒本"、讲述英雄和历史人物的"巴图鲁乌勒本"、讲述说唱故事的"给孙乌春乌勒本"四大部分。概论作为全套丛书的引领，从学术研究的角度对乌勒本产生的历史渊源、民族文化融合对其的影响、发展和抢救历程等多方面深入思考。

多年来"非遗"的抢救、保护、研究和弘扬，已取得卓越的成就。但未来的路途依然艰辛漫长，要做的事情无穷无尽。像口头文学这样的文化遗产的整理和出版，无法立即带来什么经济利益，反而需要巨大的投资和默默无闻的付出，能在这个物质时代坚守下来，格外困难。

文化传统和传统文化不是一个概念，我们的终极目的不是保护传统文化，而是传承文化传统。传统文化是固定的、已有既定形态的东西。我们所以要保护它，是因为这些文化里的精神在新时代应以传承，让我们的文化身份不会在国际资本背景下慢慢失落。

现在常把文化自觉与文化自信并提，这两个概念密切相关同时又有各自的内涵。文化自觉是真正认识到文化的重要性和自觉地承担；文化自信的关键是确实懂得中华文化所具有的高度和在人类文明中的价值。否则自信由何而来？

对传统文化的抢救与整理，不仅是为了传承，更为了弘扬。我们的民族渴望复兴，复兴的重要精神支撑在我们的传统和文化里，让我们担负起历史使命，让传统与文化为民族的伟大复兴发挥它无穷的力量。

冯骥才
二〇一九年五月

目录

《雪山罕王传》传承情况

富育光

光绪十五年乙丑腊月，岁暮了。在富察哈喇居住的黑龙江大五家子老屯、大芬堆子屯、四季屯、小五家子屯、蓝旗沟屯的家族各支上下至少二百五十余口，齐聚到大五家子屯垦老院大正房内。这里人山人海，很是拥挤，门里门外全都是本家的人。这可真是多少年来没有见到过的情景啊。

这是为什么呢？

因为这年，我们富察氏家族又天降福音，阖族上下喜迎由京师载誉归来的富察氏家族额真，总穆昆达①、瑷珲副都统衙门记名佐领伊郎阿将军。从家里大正房直到屯寨后沟的道路两旁，站满了来欢迎的族众和各族亲友。人们个个是喜气洋洋，笑容满面。街上是锣鼓喧天，众珊斑哈哈济②和美如天仙般的沙里甘居③们，都穿上了节日的盛装，姑娘们梳玲珑钿花大髻头，穿着鲜艳夺目的七彩旗袍，外罩珠玉盘花、彩蝶翩跹的玲珑小坎肩；男子们身着各式箭袖旗袍，腰扎巴图鲁彩带，挎着腰刀箭袋。满室众人身上挂着的香草荷包，香风四溢。族人们唱着乌勒滚乌春④，跳着吉祥如意的迎亲玛克辛⑤，这是各族自咸丰末年老穆昆达发福凌阿老玛发告老还乡，由京师荣归故里，阖族上下跳舞唱歌相迎以来，又一次激动人心的热烈场面了。

你看那附近数十里，凡是我富察哈喇家族和各族的亲朋好友，都已悉数赶到，没有不到场来祝贺的。皇恩浩荡，因富察氏额真，自受命荣任朝廷哨官司重任数载，几次只身巧计探查黑龙江口，深入北陲内地，

① 穆昆达：族长，一族首领。

② 珊斑哈哈济：壮小伙，好男儿。

③ 沙里甘居：女孩，姑娘。

④ 乌勒滚乌春：喜歌。

⑤ 玛克辛：舞。

多有建树，功勋卓著，朝廷褒奖，颁旨伊郎阿入京，皇上和两宫太后恩诏陛见。如今由京师荣归，且又适逢黑龙江连岁风调雨顺，瑷珲沿江诸官屯粮谷足囤，渔猎满仓，子孙无病无灾，平安顺遂，真是佳期遇佳时，喜上加喜，难得见到的昌荣盛世。应族中长幼之邀，既为恭送己丑、喜迎庚寅，又为伊郎阿将军额真的载誉荣归，众妈妈①、穆昆达和族中长老们商议，此乃各族的祥瑞之事，特举行五日隆重的祭祀仪式。届期，由本族中众穆昆和萨满率族众，各姓察玛于宗谱房和祠堂家庙，祭毕，各族人等并不散去，恭听本族"乌勒本"传人、瑷珲副都统衙门委哨官、总穆昆达伊郎阿将军，讲唱"乌勒本"《雪山罕王传》。这是将军近年新从北地乞列迷人嘴里学说回来的一个荡气回肠的新书目，是一部北海先民用血泪记述下来的开疆、保疆壮烈英雄谱，也可称是传袭百代的乞列迷人古老悲歌……

尤其感人的是，这个古老悲歌中还涉及许多原为黑龙江一带的满洲人的故事，还有关于富察氏家族、吴扎拉氏家族一些人，受皇命治理北疆，永驻北疆而慷慨为国献身的动人故事。那无数的激动，使得伊郎阿一定要把它记下来，他要把这个动人的故事带回故乡去，永远不忘。

伊郎阿将军，因受命肩负北疆哨官大任，长期秘密驻守和巡防于黑龙江口以北的大兴安岭地方，他在同乞列迷人后裔和乌底改②人长时间的交往中，听到他们族中长老喜好咏唱娓娓动听的长歌，深受感染，便仿学铭记，逐渐刻骨入心，竟然在看守渔网的乞列迷老人的白桦窝棚里住了四十余天，用满语速记下来洋洋巨篇《雪山罕王传》。后来，他将记录此歌的白桦皮足足装了一大背囊，千里迢迢背回故乡。

他背回记录古悲歌的桦树皮书后，利用休息时间，额真就逐字逐句重新抄录，形成了说部唱本。在伊郎阿初始听此长歌时，原来还没有《雪山罕王传》这个名字。当时，乞列迷人都管它叫作"果勒敏乌春"，即长歌；或叫"妈妈音乌春"即"奶奶的歌"，也就是祖先创世歌。

伊郎阿听老人讲唱后，他说："你们唱的长歌，不就是歌颂你们的遥远的祖先雪山罕王吗？"

乞列迷人答："是的。我们祖先叫它长歌。"

伊郎阿回来后，他给族人们讲唱时，为了表达清晰，起名《雪山罕

---

① 妈妈：奶奶。

② 乌底改：系金、元、明时期对黑龙江中下游一些从事游猎和采集的部落之泛称。

王传》，又名《北巡记》，从此之后留下了这个名字。

《雪山罕王传》因故事年湮古久，皆北疆野人生活轶闻，鲜为后世所知，每每陈述此故事，无不慷慨激昂，声泪俱下，可算是波澜迭起，惊世骇俗，均是氏族的无畏骸骨砌成的血泪史啊。

伊郎阿回来后，也零散地跟族人们讲《雪山罕王传》的故事。但是，往往因国事繁忙，久不能在族中小歇，故而也总没有找到一个时机将从北国带来的《雪山罕王传》全书向族人系统地传讲出来。此次回乡祭祖，时间足裕，这是一个最好的讲述机会，伊郎阿可以给族人们从头至尾，好好地讲唱一番。这是一宗大喜讯啊。族人奔走相告，消息马上传开了。而且，附近地区的鄂伦春、达斡尔、赫哲族朋友，也都知晓啦，他们推车、骑马、划船，纷纷从四面八方赶来富察氏大院，聆听《雪山罕王传》。他们一个个嚼着肉干，饮着老酒，同欢助兴。

瑷珲沿江上下百里，富察氏家族讲唱"乌勒本"远近驰名。特别是从前，这里生活的各族人都喜听伊郎阿那独特的歌喉。他平时不仅嗓音洪亮，学啥像啥，惟妙惟肖，而且讲唱得妙趣横生、如临其境，确是一大享受。况且伊郎阿从年轻时起，就很有人缘。他走到哪里，哪里往往就围起几层的人，问这儿、问那儿，追着恳求他给大家讲唱。

伊郎阿是富察氏家族的骄傲啊。如今，他年近四十，又是朝廷的四品佐领衔命官，人没有一点架子，平易近人，又有说唱特技，颇受族众拥爱。不过，自从光绪初年哨卡边事日紧，伊郎阿连年不在家，其行踪从不外宣，家人只知额真在外受命侦查北国罗刹犯边秘事。他日夜操劳，没有分秒偷闲时刻，率领精兵卫士和心爱的探犬，像清风巡游在萨哈连黑龙江千里江防线上。

伊郎阿十六岁便被京师军机处选送进巡武堂，练就了一身绝艺。他十八岁奉旨为瑷珲副都统衙门五品委哨官，是副都统衙门京官中最高的职衔，率兵百员，快船六艘，巡马四十匹。近年，朝廷因边疆多事，瑷珲又是御北的重要防地，巡兵增为二百，快船快艇十艘，巡防骏马八十匹。哨长官兵是大清国特殊兵备，个个赛若猛虎，精若蛟龙，有百兽的记忆，神鹰的智谋，猛犬的嗅觉。黑龙江以北的万里江山悉数在心，谙熟费雅喀、尼夫赫、布里亚特、楚克奇、阿伊努等十多个兄弟民族的方言土语，什么衣裳都能穿，什么茶饭都能吃，走到哪里即是回到了自己的家，亲上加亲，融为一体。伊郎阿体质又好，耳不聋眼不花，最神秘的信息也能迅速记在脑子里，不论过了多少岁月，他依然能默记不忘不失。回到本部，他依然能口若悬河，滔滔而吐，深得朝廷喜爱，是大清国理藩院赫赫有名的神探，素有"鹰王"的美誉。

伊郎阿此番由京师载誉归来，谁不想好好听听额真讲一讲北疆，讲一讲奇闻啊！

来听讲的人们齐聚一堂，鸦雀无声，聚精会神地听他讲唱乌勒本。

他从腊月初一，一直讲到二月十七，清明将至。此时的北方，冰封的萨哈连已开裂，江面上出现冰排。大风日夜呼叫，接下来，风停了。人们知道，北方冰雪将消融，鄂族猎手该进山春猎了，满族男女该走出地窖子着手备耕了，伊郎阿额真讲唱的《雪山罕王传》，也该到止鼓收场的时辰啦。

追忆起来，《雪山罕王传》乌勒本，其实伊郎阿额真从头到尾，从根到梢，这么完整地讲就这一次。不久伊郎阿额真便奉命秘密化装到黑龙江出海口，因外海屡屡有敌入侵，军情甚急，需刺探罗刹进犯的敌情，他匆匆告别众族民，潜伏北疆水域，与海滨棕熊、天鹅、鹭鸶、芦苇和无边的荒原为伴。两年多方返回故乡。

光绪二十六年庚子，伊郎阿殉国，战死在北大岭。其子德连与众兄弟将将军遗体从战场拉回大五家子祖坟安葬。朝廷为了表彰伊郎阿英勇殉国，赏赐三品顶戴，长子德连世袭拨什库衔。

庚子俄难，富察氏家族在瑷珲城的房舍和不少财产被焚，其中就有萨布素将军的墨宝、文档和伊郎阿将军在北方用桦树皮记下的《雪山罕王传》。民国年间，其长子德连成为本族穆昆达。为了在忌日恭祭其父伊郎阿将军勋业，曾偕同族人中满汉齐通者，追忆《雪山罕王传》故事，命人完全复录下来。

在复述故事的那些日夜，满汉齐通者边记边哭，无不被先人的功绩和"故事"的悲壮深深打动啊！当时书稿完全用茅头纸抄录装订而就。德连复录说部《雪山罕王传》时，社会早已经重用汉文，满文已不畅行，所以便以汉文为主，兼有少量满文，由此留下了一部满汉混用的《雪山罕王传》抄本全书。这是非常珍贵的文本。进入日伪初期，匪患猖獗，抢金银，砸大户，避难中遇大火，满汉书稿终遭焚火遗失。新中国成立后，1948—1954年，伊郎阿之孙希陆，常记先母遗训，有暇之时便追思爷爷《雪山罕王传》残稿。在大五家子农闲空隙，与二子世光整理残稿，终因生活拮据，农事且繁，无力沉浸于残稿之中，便将残稿长期存放于住在黑龙江黑河市的长女倩华处。倩华患脑出血多年病逝，长兄育光于2004—2009年含泪整理祖上遗文，最后又将半成稿重整后交给中国民间文艺家协会副主席、吉林省民间文艺家协会主席、著名民俗学家曹保明先生，请其过目，精心修润充实，最后完成此满族说部并整理成书，丰富了祖国民族文化宝库。谨代表我富察氏家族并祖上致以最诚挚的谢忱。

《雅鲁顺》（头歌）
乞列迷人[①]古歌

舜衣乌春
——太阳的歌

乞列迷人最爱唱舜衣乌春，
太阳的歌，祖先的歌，
妈妈的歌，创世的歌，
在亿亿万万年月的时候，
在大地没有生命的时候，
在大地没有生息的时候，
乌底河还是北海的沼泽。

又过了千千万万年之后，
太阳神把北海的沼泽疏浚成一条河。
又过了千千万万年之后，
太阳神光照彻了幽深的冰河。

暖流里生出一片片小"戾离"[②]，
又过了千千万万年之后，
一片片沼泽小"戾离"，
蜕变出人形的小鱼。

---

① 乞列迷人：即费雅喀人，现在俄罗斯境内库页岛。
② "戾离"：满语，汉译为小豆豆。

人形小鱼在水陆中都能生息，
人形小鱼在风雪中都甚坚强。

人形小鱼，太阳的恩赐，
最终长成现在人形模样，
走向江海，驰骋朔漠，
成为顶天立地的乌底改人祖先。
所以乌底改人有水的纯洁，
所以乌底改人有地的胸怀，
所以乌底改人有太阳的大热，
从不畏惧风雪冰雹，地动山摇，
像冰雪的熊黑，像冰洋的凶鲸，
世世代代是北海的额真，
大兴安岭的主人。

乞列迷人最爱唱舜衣乌春，
太阳的歌，祖先的歌，
妈妈的歌，创世的歌。

乞列迷人有北冰洋的性格，
乞列迷人有北极熊的癖好，
乞列迷人生就依恋北方冰雪，
人在雪中生，人在雪中长，
人在雪中活，人在雪中死。

与冰雪结缘数万年，
与火山相依数万年。

黑熊当骏马，
麋鹿当飞骑，
狗橇百千只，
像长带一望天涯。

男儿赛猛虎，
女儿赛飞豹，
雪山英雄汉，
气概冲霄汉。

以白云为棚，
以荒原为床，
以山野为伴，
以乌底河为摇篮。
吃惯了乌底雪，
喝惯了红潭水。
练就了铮铮铁骨，
养成了不屈秉性。
砸烂血肉浩气在，
烧化躯壳音长存。
乞列迷人最爱唱舜乌春，
太阳的歌，祖先的歌，
妈妈的歌，创世的歌……

各位妈妈里[1]、玛发里[2]、阿木达[3]、阿木吉达[4]、阿浑[5]、阿沙[6]和穆昆朱色喔莫西[7]、窝西浑格木谙达[8]，西沙云[9]。

祖龛上的达紫香香烟飞上了天空，
这是千万只报喜鸟带着众位子孙们的祝福，
迎请众神降临这欢乐的吉祥帐包，

---

[1] 妈妈里：满语，即众奶奶。
[2] 玛发里：满语，即众爷爷。
[3] 阿木达：满语，即众伯母。
[4] 阿木吉达：满语，即众伯父。
[5] 阿浑：满语，即兄。
[6] 阿沙：满语，即嫂。
[7] 穆昆朱色喔莫西：满语，即族中的众儿孙。
[8] 窝西浑格木谙达：满语，即各位尊敬的朋友。
[9] 西沙云：满语，即你好啊。

品享美酒供果，
还有从山上新采来的大榛子，
山里红、雅格达、依尔哈木克，甜美芳香，
请众神祇尽兴地品尝享用吧，
和你们的儿孙们尽情地同欢共乐。
朱伯西[1]我，
今天弹起了
满族先世喜欢使用的古老二弦琴乌朱恩，
吹起来了姆库连，
沙里甘居们给我打起来洽拉器，
哈哈珠色们给我敲响鹿皮的人形鼓了，
我放开了喉咙讲唱起来——

请你们静静地听吧。
跟着我的话音，一块儿进入那
数百年前腥风血雨的年代……

---

[1] 朱伯西：满语，即说书人。

第一章　由富察哈喇家族引出的故事

各位阿古①、听众，朱伯西我说的是，高宗皇帝在位的第十二年至四十一年，也就是从丁卯年至丙申年，整整三十个年头的故事。高宗弘历三十六岁，到他头发斑白、皱纹满脸五十五岁的时候，正是大清国国运亨通，万国来朝，江山富庶之时。自承继圣祖爷康熙玄烨，经过雍正胤禛，到他手中的乾隆朝，步步鼎盛，万民讴歌，夜不闭户。可就在此时，大清国西部的西藏地区，发生了惊天动地的大战事，那就是名垂史册的大小金川之战。

大小金川在什么地方？说起来，那可就远啦。这地方在大西南四川西北，那里山高水远，白雾迷蒙，人迹罕至。在那里，大约有三万藏民聚居其间。大清国乾隆十二年春天开始，大金川大土司沙罗奔安抚司，势力日盛，就想扩张自己的势力范围，出兵攻掠革布什扎和明达两土司地区，引起大小金川两地藏民血战，越打越凶。朝廷安抚、镇压无济于事。后来乾隆帝，亲征镇压一次，把战火压下去了。不久大金川土司索纳木再次起兵攻小金川，又燃起了战火。

大清国各省都抽调精干兵勇，由各地州、府、县指派武将官员率队驰援川地清军。唉，那真是血流成河的苦战，尸骨如山哪。你们想啊，四川处处是山，处处是岭，两山相望，看上去仿佛伸手便能够上那个山头，可是走起来就不知有多远了，森林盘根错节，山间伸出来的那些大树叶子，密密层层，你根本不知道前边是什么样子。人要真从这座山走到那座山，可就不易啦。人从山上走到山下，沟沟岭岭，攀崖跳涧，再过急流险滩。眼望是一座山，看似很近，可人要走上一天两日才能到那座山。再说了，那时的山上哪有路哇，都是古道密林，巨石滚坡，爬几步人就要气喘吁吁，浑身大汗，腿肚子直转筋啊。何况那里山上毒蛇猛

---

① 阿古：满语，即阿哥。

兽遍地都是。穿山甲很多，不咬你，但它拱你。它们是山中物，上山下山，如走平地，可人马就不行啊。穿山甲脾气又不好，它们心里仿佛想，这山是我的山，你们竟敢到我们的家园里来，能让你吗？于是，它们一群群、一片片，用它那带盔甲的身子硬拱你，一直把人拱下山涧，才消失得无影无踪。

这还不算。这一带的山间，尽是毒蛇、蚊、虹、猿猴，它们一群群地出来与你作对，也认为你是来侵占它们的安乐家园的。清军每前进一步，可以说真是比登天还难啊。爬到山顶，可能要走上两天到三天。这其间不知有多少兵勇、马、骡、驴、辎重等坠坡、滑落，或滚到无底的山涧。那些人、马、物件，往往只闻其声便粉碎无存了。

说来，四川山连山，水连水，岭连岭，进军极端困难，伤残减员严重，所以平叛大小金川之乱，是大清国建国史上最艰难困苦的一段历程。后来，乾隆帝常说起那段生活，认为这场战事一直打得哩哩啦啦，拖了三十来年。地不利，人不合，天不适时，太难了。

一直到乾隆四十一年秋，还是用大清国重臣，满州镶黄旗御前大臣、加太子太保、兵部尚书、总管内府大臣福康安的智慧和卓越的天才，才解决了这场战事。

福康安是富察氏，号敬斋，字瑶林，其父傅恒是乾隆帝重臣，皇后的弟弟，非一般人士。福康安弟兄都是乾隆身边的重臣，其中最受乾隆信赖倚重者就是福康安，他多次入川平乱。后来他发现作乱者大金川土司索纳木，为独揽军权，怀疑小金川土司僧格桑秘密与清勾结，受清军招抚，于是就把僧格桑好言请到他的土司阁楼，以药酒毒死，独掌大小金川军权，对抗大清兵马。这样，僧格桑的下人个个仇恨索纳木。福康安发现了这个迹象，就秘密派人打入了小金川内部摸底，安抚人马，暗中对峙索纳木，刺探军情动态，掌握了索纳木的行踪，最后退到刮耳寨密营中，劝降其中藏民。有了内讧，清军进逼索纳木，一夜之间重兵包围索纳木，他只得率二千余众投降清军，大小金川之乱从此得到平抚。索纳木按罪被大清国羁押到成都，凌迟处死。叛乱平息，大清从此在藏区实行改土归流政策，即改藏区之土司管理制，变为清政府外派流官治理藏区，加强了中央集权，民族内部矛盾和纷争消除，社会开始安宁下来。

这是大清国的最大胜利。一个大西边的最大隐患，心腹之祸，被清除了。乾隆帝能不万分高兴吗？他亲率臣子祭拜列祖列宗，感激天赐福宁、国泰民安，清朝又要迎来新的红光普照。

大小金川的胜利，军机部、吏部、户部都有卷案。这之后要照案表彰众位平叛内乱的文武勋臣，大宴五日，奖赏白银、布帛。单说这日，乾隆爷下了早朝，乘坐龙辇，回到了乾清宫，众公公奉迎皇上安歇在小暖阁，众宫娥送上洗漱水，皇上简单地擦了擦脸，宫娥们接过漱巾漱具。这时，宫室门边的太监传报："御前大臣福康安，在宫外候旨！"

传报由宫门外，一直传入深宫之中。宫中的众小太监往乾隆皇上安卧的内宫乾清宫的西暖阁内小心传报。此刻乾隆爷身边的太监，立即跑过来，叩头禀奏："皇上，宫外御前大臣福康安候旨呢！"

乾隆爷此时刚脱下龙袍，换上白色的团龙襟衫，黄缎子扎腿带的肥襟裤。这衣裳不紧身，穿起来随便、大方。乾隆从小就像他的圣祖皇爷，就是喜欢在内宫穿一身白色的龙衫龙裤，洁白耀眼。众侍卫、太监、奴才们各穿自己的官服。皇上的白衣衫就显得格外显眼。

从前在宫中有严格的规定，决不可以与皇上穿的服饰同色。若有违背，必遭重责的。所以，乾隆爷一身洁白的内衣，在宫中最醒目，如众星捧月一般。

乾隆爷听到小太监传报，非常高兴。他心下想，大小金川如今业已平息，举国欢腾，想必是爱卿又得到喜讯，这是给朕报喜来了。于是忙说道："快！快！快传告福康安，进宫来吧。"

乾隆爷并未换上其他龙袍，仍然是穿着洁白团龙衫，从内暖阁走出来。他来到内宫正厅厅堂的御案前，稳坐在龙椅之上。这虎皮龙椅，还是吉林将军傅尔丹特从吉林选送的头排猛虎虎皮，给乾隆皇上熟好，献上来的。那虎皮金黄色有黑线，是纯粹的东北虎虎皮，将整个龙椅完全包上，从外面看去，像有一只大猛虎趴在高大椅子上。虎尾巴盘在地上。人坐在虎皮椅子上，毛茸茸柔软异常，高大无比，光彩夺目。乾隆帝非常喜爱，为此事多次夸奖傅尔丹将军。

只见小太监引领福康安，大步急迈几步来到了内宫。走进西暖阁，在乾隆皇帝安坐的虎皮大椅前双膝跪倒，说："奴才福康安见驾！"

乾隆爷笑着拍了拍手，说道："快，快，瑶林不要多礼了。站起来，何事要奏禀朕啊？是不是外地州府县承都为大小金川之喜在欢歌相庆？传来了什么让朕更开怀赏心的大喜事啊？"

福康安磕了头。这可是君臣大礼，一点儿也不能含糊啊。拜礼完毕之后，他站起身来，整理好衣襟。刚要禀奏，就见乾隆爷忙命太监提过来一把玉石狮头中椅，让福康安坐在自己的身旁。福康安施礼拜谢后，坐在了乾隆爷一侧。他心里反复想了想，这话该怎么说是好啊！一时，他反倒难住了。

为什么呢？原来，此番福康安来叩见乾隆皇上，的确不是什么很舒心的大喜讯。他知道，这些日子里，皇上心情特别的好，举国上下都是一片喜报、喜讯、万民慕颂、景仰，歌颂乾隆皇上平抚大小金川之乱。三十来年的黎民涂炭，现在完全消失了，从此万民过上了平安喜庆的日子。多少从征出兵蜀地的子弟，又都能解甲归田，回家享受夫妻儿女的天伦团聚之乐。万民高兴，皇上也高兴啊。可是，就在这一片欢乐喜庆之时，大清国突然又发生了惊天动地的大乱子。这刚好好喘口气，过过平安日子，现在又要折腾起来，皇上听了，是难以接受啊！

福康安从自己府上，一路向宫中走来，虽然是骑马，有一帮护从保护着，但福康安在骑马时就是心绪不安，乱得很。他一路上也根本没注意见到了什么景象，听到什么声响，反正就是低头沉思。他当时就想，到了宫中，见到乾隆爷怎么禀奏是好？可不能搅了皇上的好心情，万不能惹皇上震怒，怪罪下来，那他可受不起啊。

怎么能让皇上听了不生气，能够平平安安、顺顺利利地接受下来呢。

乾隆爷本来脾气不好，不论是谁，听不惯就当面申斥，不管你是多么大的爵位、品级。虽然福康安与乾隆皇上有父亲傅恒之间的姻亲关系，福康安也照样百倍地谨慎。想着，想着，就来到了皇宫。随从禀报："大人，已到乾清宫门啦！"

到乾清宫门，说明要见到当今的天子——皇上了。他在心里提醒自己，处处要注意。衣冠是否整齐？孔雀翎官帽是否戴正了？朝珠是否垂挂好？朝珠是用东珠来制作的，多产于松花江、黑龙江、乌苏里江。朝珠一百有八颗，顶部有纪念玉石。黄色绦带，不能卷，不能折，不能使串珠暗淡无光，要勤擦拭。这都是入朝的仪式，万不可疏忽。

过去，有的官员也曾因酒色、进宫不注意装束，被皇上怒责而丢掉了乌纱帽的。福康安立即下马，护卫牵马，自己整理好袍服，才大步走在前边，命随从在宫外静候。众护卫连连称是。福康安独自一人，走进了乾清宫，来到了乾隆帝的乾清宫内殿西暖阁。

现在，福康安面对皇上坐下了，可是心里仍在打鼓。怎么向皇上禀奏？

其实这时，皇上也在暗中打量他。

他进来后看着皇上，还没开口。可乾隆帝，那是一代明君，也是世上最聪明的人啊。他从福康安一进来的神色表情和举止中就发现有些不对劲儿，肯定是又发生了意想不到的大事情。于是，没等福康安奏明来意，乾隆爷便首先说道："瑶林啊，有什么事你就告诉朕。别又想上奏，又不敢开口。难道我还是一个不喜爱听逆耳之言的君主吗？"

福康安一听，慌忙跪地叩头。奏道："皇上，奴才哪有那个意思啊！皇上是圣主明君，奴才岂有什么话不敢启奏皇上的啊！皇上，奴才只因知晓此事，业已数日了。事情棘手，不知怎么能言简意赅地把这桩事件奏明皇上。臣是不想让皇上为此事操太大的心啊！"

乾隆帝是一个办事利落的君王，就不愿意看福康安处理事拖拖拉拉不干脆，急死人啦。便说："瑶林，有事尽管直接奏来，不必思忖！"

福康安奏道："皇上，奴才禀奏：'最近北国来了一群人。他们口口声声说找娘家，好在奴才多年前就与北国各部落屯寨的乡长嘎珊达爷们联系，都已互相认识。此次来的人，是雪山罕王的堂弟库戾莫老玛发，所以什么事也没有闹起来。被安抚下来了的人，正在奴才的府中，吃饱了，喝足了，都在呼呼大睡呢。皇上不必焦急，一切由奴才妥善安排。待过几日，这些人消停下来，奴才赏赐他们一些白银和布帛绢绸，再赏赐一些米谷、猎具、兵刃等，他们就会各自离开京师，回北国去了。'"

乾隆帝十分相信福康安的办事效率和智慧，凡事都会让自己满意、放心。听福康安禀奏后，也没有多说，只是简要地说道："瑶林，一切由你妥善安排，务必要以和为贵。现南方已平定，北国也求宁静。好自为之吧！"说完，乾隆帝便进内宫拜望太皇太后去了。

乾隆皇帝亲切地称福康安为瑶林，可知君臣关系已非同一般。乾隆帝自从当政以来，主要靠着爱臣富察氏镶黄旗主傅恒大学士辅佐左右。傅恒是李荣保之子，傅恒的姐姐就是乾隆皇帝的孝贤皇后，夫妻情笃，所以乾隆对傅恒相当信任。傅恒，字春和，由侍郎升任，后入军机处行走。乾隆十三年因平定大金川土司沙罗奔叛乱有功，名震西南。乾隆二十年又率兵入伊犁，擒叛匪达瓦齐，再次平息准噶尔部叛乱，威名赫赫，升任大将军大学士，总管内务府大臣，户部尚书，军机大臣，太子太保，保和殿大学士，皇上所倚重之要臣。傅恒聪明干练，为人正派，名望甚高，文武齐才。他不仅有武略，而且文采也好。清史《皇清职贡图说》就是傅恒大将军所做，流传青史。后奉旨督师缅甸，途中染上瘟疾，病死途中，时为乾隆三十四年，终年约59岁。傅恒病逝，乾隆帝痛悼，祭奠，入贤良祠。乾隆帝爱屋及乌，对傅氏子弟都倍加恩宠。傅恒之子福康安、福长安、福龙安等兄弟，都倍加重用，委以重任。福长安后来因和珅案受瓜连，降职，抄家下狱，后得释，授正黄旗副都统。

本书与福长安有关系。他长期在皇帝身边侍卫。乾隆十五年入军机处行走，任户部尚书，曾访问过吉林、黑龙江诸地，谙熟北地情况。嘉庆二十二年病逝。这是后话。傅清也很有名，雍正年间任侍卫。他是傅恒长子，老大，乾隆初年任直隶府总兵，后任驻藏副都统。清代两疆的大将，为皇上出了平定边关的计策，加强西藏与内地交通，增兵西藏，防范准噶尔部入藏颠覆。乾隆十三年又回天津，迁古北口。固原提督，因善处藏事，又以都统衔任驻藏大臣，平定西藏之乱，在乱中自杀。他与其弟福长安都很重视北方，也曾秘密来过黑龙江，很注意边关之事。他通藏语、准噶尔部语，有内探的技巧和风范，深得朝中军机部的赞誉。可惜是死得较早，在平叛战乱中，不为乱所挠，自刎而亡。乾隆十五年早夭，年仅四十有九，入贤良祠。

福康安，大学士，傅恒之三子，侍卫出身。乾隆年间从阿桂征金川，以功赐号"嘉勇巴图鲁"，之后任都统和工、兵、户、吏诸部尚书，总督云、蜀、贵、闽浙、两广等地，几任吉林、盛京将军，非常有名气。其父傅恒逝世后，他在皇上身边担任内务府大臣，军机处行走，兵部、户部尚书，是乾隆帝最贴心的近臣和所倚重的谋士。福康安有文武干练之才，既有文韬武略，又有众兄弟的勇猛机智，在众臣子之中，他的威望甚高，朝中没有不知道"嘉勇巴图鲁"的。

在这里，我这说书人要多说几句孝贤皇后对大清国，对乾隆皇帝，对富察氏子孙的兴旺，对大清国的各方勋业都至关重要的神奇故事。

孝贤皇后，清史称孝贤纯皇后，富察氏，察哈尔总管李荣保之女。雍正五年（阴）册后为嫡福晋，乾隆二年（阴）册为皇后。后恭俭平居，以通草绒花为饰，不御珠翠。岁时以鹿羔毲绒制为荷包进上，仿先世关外遗制，永不忘本也。上甚重之。乾隆十三年从上东巡，还跸，三月乙未后崩于德州，年三十七，上深恸兼程还京，师殡于长春宫。乾隆十年初，皇贵妃高佳氏薨，十七年葬孝陵西胜水峪，后即此裕陵号。孝贤子永琏、永琮，女二夭一，另下嫁于蒙古王子。

孝贤皇后自幼受族教，贤淑闻名于先帝雍正爷，知其典籍古文，样样精通。会满文、蒙文、达斡尔等土语。她自幼在其祖父米思翰大学士训育之下长成秀女，故为雍正宠爱，为其皇子弘历求亲，收入宫室。弘历即为乾隆，孝贤亦以文礼孝夫，两情共勉。弘历自幼即通满文古训，孝贤与之相合，既有龙凤呈祥之喻也。故夫妻情笃，恩爱有年。孝贤崩，乾隆悲痛万分，对其弟甚亲敬千倍耳。傅恒携众子弟，未辜慈姊之训教，忠于皇帝，朝夕不敢松懈，勤勉忠职，深得乾隆帝赏慕，并委以重责，皆以优嘉之果而慰圣听。功爵累进，父子皆成为乾隆朝一品大员，位极人臣，声名显赫，青史留名矣。

最值得说道的是，乾隆十二年丙寅虎年，正值孝贤皇后三十有六年，她是属兔的，康熙五十年辛卯年春生，十六岁为大清皇帝雍正爷册封为皇子弘历的嫡福晋，自入宫以来，侍奉乾隆帝，深得皇上的敬慕和喜爱。皇上每出巡必携孝贤随行驻跸。可惜这些年孝贤身体日渐瘦弱，尤其是生第二小公主之后，更加病重，乾隆帝每每请御医诊视，选用天下的良医良药亦不见奇效。近年又在春秋时节增加咳嗽等症。孝贤弟大学士傅恒也非常惦挂皇姐的沉疴，想过不少办法。每到外地，他都广寻医治皇姐的良药。乾隆帝也疼爱孝贤。一日，他问孝贤有何心里话可对朕说。孝贤提出就是想回傅恒大学士家里去看看，散散心。皇上欣然答应。皇上传话给傅恒，孝贤皇后想回去看看，要好生接迎。

这傅恒接旨后，心中忐忑不安。娘娘回家，这既是阖家祥瑞之喜，又要承担许多接驾、恭迎、守卫之事，不失体统，不使皇后受到惊吓，对其病情有抚慰之功。于是，马上传告舍中上下人众，做好一切恭候的大礼准备。

其实，富察皇后是她真正的称谓，孝贤皇后是她死后皇帝赐她的谥号。说来她降生很苦。她的母亲是北国的一位美女。传说其母是从遥远的海滨被匪盗抢掠而来。当年，那些抢掠而来的都是十岁、十二岁的妙龄少女，一个个装入木笼，用车拉到南国，足足颠簸了一年有余。来到了京师，当时身为皇家侍卫兼牛录总管的大将军马齐，降伏了匪贼，擒拿后，救下这些可怜的少女。当时，这些少女在木笼之中都已是奄奄一息。有两个六七岁的小女孩已经死在了囚笼中。马齐就把她们带入馆驿，美食喂养。又找来通晓北国语言的通译，这些人都是朝廷理藩院的人士，他们精通北方各地的土语方言。经过几番通话、考察，方弄清楚。原来这些被掠的小女子们，大约都是生活在苦兀一带的荒岛之上穷困人家之女，无食无衣。这些匪夷凭靠自己有些米粮饽饽做诱饵，好生哄骗，小姑娘们上了当，被一个个地捉进牢笼，在威逼和打骂中将其装入木笼，黑夜拉走，渡海南下。

匪徒们又命令不准把木笼子打开放人。茫茫之路，连走数年，渴了，便由雇用的赶车伙计们往木笼子里倒水，大伙仰着脖子抢着解渴。饿了，几天才给一两个饽饽。怕她们吃多了，要排便，臭气难闻。所以不让她们吃饱，不死就行。

就这样，这些命很大的可怜女人，远离了自己的父母和故乡，千里迢迢，来到了她们陌生的地方。当时，马齐禀报父亲，大学士、内务府总管大臣米思翰。米思翰也很同情这些女子。这都是一些可怜的人啊。于是，将匪贼收监凌迟，这些女子就被分配给军中的武士们。

当时，马齐与大哥马思喀两人做主，弟兄几个各选一个做妾。这样，自己的弟弟李荣保也分得一女做妾，他当时已有两妻，共有十个孩子。这个从北国被抢来分给他的小妾，给他生了一女一男，这就是富察皇后和傅恒。其母早亡，姐弟两人相依为命。其父雍正元年病逝，姐弟俩当时一个十二岁，一个九岁，都挺小的。生活全靠自己的大伯父马齐照料、护养。好在马齐在朝廷中也深得康熙帝的重视，从青年就是内阁侍郎学士。康熙二十四年至康熙二十七年召入朝中任左都御史，二十九年到议政大臣，三十八年升任为武英殿大学士。

马齐为人正义，济贫扶危，仗义执言，深得康熙帝赞扬。后来又管理外务，任理藩院尚书，曾处理与俄罗斯边界交涉之事，也曾帮助过黑龙江将军萨布素，颇有民族情感，而且关心北疆。他把北疆之事看作"关系巨大"。这些思想和做法，对富察皇后姐弟的成长影响很大。他们从小在大伯父府中长大，常常亲耳聆听教诲，都有爱国爱族之心。特别是他们知道了自己母亲那坎坷的生平经历，姐弟俩更是生出无限的情感，对其母所生长的北土故乡永含怀念之情，浮想联翩，不可自已。可惜，天涯远隔，终不可为母寻亲，踏上归乡之路。常常万分悲惜苦痛，夜夜常常以泪洗面，襟衫皆湿。

傅恒深知皇姐贵体欠佳，是与日夜思虑有关，不得排解，深感对不起养育自己的慈母。女人都心细，就容易在心里生出病来。

此次皇姐能蒙皇恩允许出宫回府中游赏一番，这是乾隆皇帝莫大的洪恩。一定要利用皇姐回家之机，让皇姐心情舒畅、开心，得到一丝的欢乐，这对姐姐的病体恢复也是莫大的帮助呀。

尽管傅恒大学士的几个儿子都是朝廷命官，身负要职，但在家中，依然是父子之礼。

"你们一定好生安排此事！不得有丝毫疏漏。"

他想把几个儿子都叫来。其中，福康安爵位最大，也是大学士，总管大臣。福灵安、福隆安、福长安几人中，灵安、隆安是管理府中诸事，朝中事不多。长安也是当朝的武将大臣，正在藏南，尚无法回来。傅恒命其余几个兄弟由康安安排兼办迎候皇后圣驾诸事，不可疏忽懈怠。

福康安兄弟啧啧称是，都说："敬请老大人宽心。我等毕恭毕敬，恭迎皇姑降临。"

福康安与众兄弟还在一起做了迎接皇姑到来的分工：福康安负责与吉林、盛京将军、庙街巡察史等代为征集北方各类名物产，并开单目，一一列出，由人分送各处；福灵安、福隆安负责府内的一切迎接事项，并细致分派家丁分类安排筹办；福长安负责对富察氏家族的镶黄旗族众和正黄旗族众的联络和通报。

当年，富察氏家族镶黄、正黄两旗族众分布甚广，主要集居地除京师外，还有在辽、吉、黑三省，尤黑龙江居多。从清初以来因战事和皇家旨意，而分拨两旗，在家族祭礼、族事中，自顺康以来仍有通事或联络，只不过近世已渐渐地疏淡了。主要原因是八旗的不断调动，各牛录事务繁多，不易聚集一起。常常是南北东西自分离，不好定时重聚。正因如此，一些族中共有的祭礼、办谱等事项时也难以聚合整齐，抑或有时顺延数年才能举办一次。

至于中原与北方各地的联系，自大明朝以来，也有间断过。运各样方物货产，京师是第一栈，第二栈是山海关，第三栈是奉天盛京，第四栈是乌拉吉林船厂，第五栈就是进入松花江，第六栈就是同江口，又称三江口。东折进入黑龙江，混同江。这条水道很长，有八百余里，直到在黑龙江口北岸的庙街。

这里是我国的货物集散之地。经齐集口岸，渡海去往苦兀，交通水道十分便利。各栈历来都有专人把守、看押。每栈都设有大高竿。高竿上，挂着十个大红灯笼，夜晚打老远就能看得十分真切，俗话叫"灯招"，又叫"灯招子"。远处行人一眼见灯，就会快乐地喊："快看！灯招子。到料栈啦！"

栈，是出行在外之人的家呀。

这些料栈的"灯招"，就是吸引、引导外地投奔货栈的行客车辆人马，不至于行走迷路或错过宿头，免得到处打听。这已经成了惯例。而且，各客栈除了养喂拉运货物的牛马大车外，一定要养无数的狗。

特别是进入同江栈一带的各货栈，都有大批的狗群。这些狗非常的

"老练"。

首先是厉害。它们条条凶比恶狼。生人敢于靠前，咬死勿论。这样便能保护货栈的安宁。这狗都认主人，非常听主人的话。尤其是有一些头狗，是众狗之王，能通言。栈内主人只要一唱起来，它们立刻便懂，这唱词都是满语、乞列迷、赫哲等语，有韵有节，它们一听便懂。而且，这些"话"非常好听，就是专门说给狗群和头狗听的。无论是吃饭、睡眠、出巡、守货仓，不许吠叫，不许撕咬。如围住贼人，不许吃生人抛过来的任何诱饵，小心中毒上当。如果来的是自家人，一定要保护好，要带好道，领好走的路。要考虑在人能过去的地方下脚，还要时时保护小心，有熊、狼来侵时人要能及时避走，等等。

对狗们应用的唱词语句都不长。而且，这些货栈的狗们非常通人性。所以说，北方自辽金以来，狗有狗的行语暗话，人有人的暗语行话，都是一样的。这儿的人狗不分家，同床同炕同寝同餐。上阵是亲兄弟，一点也不夸张。

如有人来，和货栈主人谈话。你不能打手势。你一打，那狗就会"哼！"对你发威。

于是主人说，你别比画了，它以为你打我。

你一笑，它又"哼！"

于是主人又说，它以为你要有动作。

这一切，一点也不夸张。北方民族都是如此的敬狗、爱狗，视它们为最可靠的伙伴。狗是他们最值钱并胜过金银财宝的最大家产。

狗们，满语叫"音达浑"，乞列迷、鄂伦春、赫哲人也这么称呼。虽然发音有些变化，但细一听，就能够辨认出来都是"喊狗"的语言。

北方地域的狗，不仅能看家把门，还能看守各种货物，即使主人不在，它们也能分兵把守，分类管理，诸一发放，从不迷乱。一群狗守护像山一样的货物，真像有千军万马，贼人休想前进一步，货物是不会染指或丢失的。更令人佩服的是，狗不仅能看守各种物件，静守存放的货物，它们还在主人的调教下，专门看管一些活物，尤其是北方各地货栈的珍贵"活物"。

货栈，不单单堆放存放物料，还有一些会喘气的"活物"。这些活物，被称为"活料"，真可谓，千奇百怪。什么天上飞的，地上跑的，海里游的，样样皆有。历朝历代都喜欢从北方各地货栈的库中运回各种活的物产，既可保鲜，又可饲养，而且又能供大人们观赏。但是，要保持活的物产奇货万里迢迢不死，不腐烂，活着运回目的地去，这就要求各货栈，能够给人家保护好、保存好，即使人喂养月余，又不至于受伤害或夭折死亡，遭受莫大损失。而这，全靠各货栈的主人的经营之道了。

而这种照料货栈"活物"的重活、累活、苦活、细活，聪明的货栈主人全是依靠狗们来帮忙了。

请想呀，那时节，遥远的北方货栈，人都不是很多。而且，北方天寒粮食少，人多消费太大，人员又要安家。所以人要非常精干的。一个栈主，称为"达爷"，另外五六个栈丁，其中还有一个"师爷"，即管账的。

货栈的流水账非常繁杂。一天出出进进的货太多了，必须有专门的师爷来管。师爷管账，也很累呀！其实他也管不过来。而且，师爷一天忙里忙外闲不着，他背着个褡裢带子，装着各种往来账目，外加一个很长的大算盘，四处奔走，累得下晚都上不去炕。所以北方货栈人常说，师爷晚上要拽着猫尾巴上炕！说重了，但他往往累得在屋里撒尿都找不到个尿桶啊。货栈好坏，全仗着师爷的账房。在清代，这师爷至少是个九品官，甚至是七品。所以，忙不过来怎么办？请狗爷们帮忙。

在这些地方，全靠狗啦。

早上，师爷出门前，把灯笼一个一个地摆在地上，交代每个狗爷们干啥，然后他走了。他走后，狗就叼着灯笼，一盏一盏地提出去。一个灯笼下边的活物，就是它今天管理的对象。狗挂灯笼，如今天人们上班"翻牌"一样，说明你上岗了。灯笼上有一个钩，活物的笼子上方有个站杆，上面也有一个钩。挂灯时，狗用嘴叼着灯笼钩，只要轻轻一蹿，便稳稳挂好。

晌午，货栈主人不在家，一切给小动物们喂水、送饭、饮奶的各类活计，全由狗们自己负责。

一到中午，太阳的影子说明时辰到了（阴天狗们也会掌握时辰，分秒不误），狗们一个个地就叼着带提篮的盆和筒，送到各处的笼子前。那里面关着鹰、雀、海兽，就都主动地吃喝起来。

你想呀，它们都饿啦、渴啦，能给送吃喝，不管是人、是狗，它们就只管吃东西、喝东西，填饱肚子。

在这里，连大棕熊也不咬狗，把狗当作它们的大恩人。只要有狗一过来，它们就知道能填饱肚子了。所以，它们都千方百计地献媚狗，做出各种各样的奉承姿态，连嚎叫带挠地，还直打滚，就盼着狗们对它们开开恩。

这还不算，最有意思的是，狗能巧妙地伺候各种幼兽、幼鸟、小型的海中兽类，如小海豹、小海狮、小海狗、小企鹅，等等。其实自然中的各种动物都是非常灵的，全在于人如何去教它们。

清代开始，北方对百兽百禽的管理很出名，有各种兽博士、鸟博士，他们都通兽言鸟语。狗就是最聪明的贴身动物。特别是那些老母狗，有崽了，就更能体贴各种小兽小禽，对它们发出的呼叫声、哀叫声，都给予及时照料。

母狗给小海豹、小海狮、小海狗、小海象、小白狐、小鲸鱼崽子喂它们的奶，它能分辨出是什么小仔在叫唤。一听叫了，它就过去给喂奶。也是货栈挤母狗的奶，给各种小动物喂。货栈中，还养有奶牛、奶羊，挤奶的活也都由狗来帮助。然后，由大狗叼着到各个笼子前，栈丁倒入奶槽。每个奶槽下方，都有一根或几根羊肠子，一头系在奶槽上方，另一头伸到笼子里。奶一流出，各种小兽已习惯，就知道吃羊肠吸食奶水。

满语称狗为"音达浑"，喂奶的狗叫"苏米音达"①。

干这些活计的栈丁，就叫"苏米吟吟"②。

除此之外，喂养小企鹅、小海豹等，都是给鱼吃的。鱼由栈丁网来，装入渔筒，由狗分笼发送。狗的记性可好了，它不会送错，也不会忘记任何一个笼子。哪怕吃完了还想要，狗也知道。不管你怎么叫闹，狗只是瞅着它叫，不再给了。

小兽一叫，狗也叫。那意思再明白不过啦，仿佛在说："你还要？别人咋没要？"

"你美呀？净想好事是吧……"

"忍着点。我不会亏待你。"

这些小兽不管怎么叫，一律不给。

在北方这些古老的货栈里，还有一些人也非常的关键。从前，大清国各驿栈中都养一伙人，古称为"阔绰色夫"，即"美容师"。凡待发往各地的物产，都要经过驿栈的"阔绰色夫"去整修，修饰一新，使之整洁、美观。若有损坏，这些美容师稍加修整，使之完美如初。如，海象牙、鲸鱼、白狐皮、白熊皮、豹尾、獭皮獭毡、天鹅绒、雕鸟翅翎等，这

---

① 苏米音达：满语，即喂奶犬。
② 苏米吟吟：满语，即喂奶工。

些珍贵之物极易在远途中拆坏或弄脏，都要进驿栈中略加修缮，这样送入宫中大内时都是鲜艳一新，令人见了爱不释手，美不胜收。

福康安除通过辽、吉、黑三省转送物产外，自己就有专门人士与北国各地联系紧密，有他自己的"打牲丁""采捕阿哈"。从其祖上米思翰时代就是如此的。京师中的权贵，逢年过节或一些重要集会，所需用的海鲜禽物，皆自家独立采办，自己去联系、疏通，使货物源源不绝。

俗话讲："穿北海，吃北海，安葬落墓的白玉来自北海。"就是说，一生一世的所需所用，均取自于北海。

大学士傅恒受皇姐孝贤皇后之托，要他从北海带来一件最使她高兴的物件来，免除她的思亲之念。傅恒心里也在想，什么物件最能让皇姐和他都心满意足，又能够完全表达他们姐弟思念已故亲人的心思呢？

其实，傅恒自己都没有想清楚。

最后，他只好把自己的想法交代给自己最信赖的三儿子——福康安，让他去想办法，一定要使他和皇姑娘娘也能够完全满意随心。

显然，这个担子也太重了。福康安怎么知道什么是最让皇姑能够满意，又让父亲也能够满意的北国物产啊？这简直是一个谜语，不知谜底的谜语呀。

于是，福康安又将自己的想法禀报父亲傅恒。他不敢私自做主呀。谁知傅恒却说："一切由你来办吧。你就找黑龙江咱们富察氏家族的人，他们家住北方，祖上都在北方，又去过北方的各个地方，熟悉北地。你就把我的想法告诉他们，让那里的族人统一去办。向他们致谢并和亲族们说一声问候吧！"

福康安说："好吧。"

傅恒又说："其实这也是当今皇上和皇后的所托之事。你皇姑说，她相信我们富察氏家族的人必能出色办好的。"

福康安想到了黑龙江将军傅玉。傅玉将军在瑷珲有许多族众和后人，他一定能解决。于是，他派出家中的总管福宗阿，命他率人乘快马，飞速赶奔黑龙江省的将军所在地齐齐哈尔，去面见傅玉大人。傅玉也是满洲镶黄旗人氏，是福康安的叔伯叔叔、傅恒的叔伯弟弟。通过傅玉安排族中人士，出发去北方求助物产。

福宗阿乘快马飞奔，马不停蹄，吃在马上，睡在马上，很快就见到了傅玉大人。他说明来意："一切由您定夺选送吧。""但越快越好。早早送往京师，祭礼时要使用。"

　　傅玉不敢怠慢，他委派家人直接赴瑷珲副都统衙门所在地，找到了富察氏正黄旗五辈祖穆昆达嘎泰和阿拉泰兄弟，由他们派人星夜乘船顺水北上，去为皇后采办物产。只要能使皇后高兴就行，诸事自定。

　　经过三个多月的筹办，终于完成一切安排。选订良辰吉日，傅恒在自己的府上，正式开始傅氏家族的神圣大祭祭礼。

　　这次祭礼分外独特而隆重。

　　由黑龙江故乡接去了祭祀的大萨满，本族本姓人等。除在京的傅恒兄弟和儿孙的百余人口之外，辽、吉、黑三省，京都和南方的同族同姓之人，共有数百余位。

　　米思翰祖上于四十三岁就英年早逝，留下兄弟几个已因事务繁杂，分散居住。孝贤皇后和傅恒之父李荣保大人，雍正之年已早逝，家族完全依靠马齐老大人支撑，所以从雍正朝以来直到乾隆朝，阖族就没有聚一起办谱祭祖。算来米思翰老爷爷在世的康熙十三年甲寅曾举办一次阖族祭奠，黑龙江宁古塔的富察氏镶黄旗人、萨布素之父城守尉，曾率人来京赴会，宁古塔富察氏家族老人尚有追忆，当年正是平定大金川之乱，土司沙罗奔最终投降，米思翰老将军有功，受到皇上的褒奖。又在次年平定云贵三藩之乱，受命治理军需劳累成疾，病逝，时年四十有三。此次孝贤皇后提议，举行阖族盛祭。从康熙四十九年庚寅虎年至乾隆十一年丙寅虎年，整整经过了三十六个年头了。这全仗孝贤皇后惦记家族大事不忘，祖宗功德，传流后世，慎终追远，把阖族聚到一起，共享天伦之乐，确是美事啊。

　　再说，自从傅恒受皇姐之命，便与阖族热心商议，精心筹办。阖族上下为此事都忙了起来。孝贤皇后虽在宫中，多次委派公公太监到傅恒府中传报："勿要过于靡费，切记一切从简。只要举行族祭，沿袭富察氏家族的族规，互有联动，不致久不相聚。同族同姓路遇如异姓人，有悖兄弟间相济、和睦相亲之义耳。"

　　傅恒谨遵皇姐懿旨，在力所能及的情况下，将阖府的大院内千余间房舍重新清扫修葺一番，有些檩瓦毁坏之处，指令家匠维修一新。特别是将自己九位夫人所住的后院、后堂的众内室，重新选取大夫人的正堂、正厅和卧室两间大暖阁拆掉，又选来江南楠木重新装修、涂漆。各种花鸟图饰和古代人物故事和传说的图案，也一一描绘一新。又从江南新购来上等室内盆栽的嫩枝、花卉，庭院中重新修假山，假山上有各式小亭、小桥，渔翁唱晚，远帆在夕阳中泛舟回港，众族人招手相迎。流泉淙淙，池中各色金鱼戏水。一切都是鲜活无比，生气勃勃，俨如走进一处水乡胜境，人间天堂。

傅恒将原来自己大夫人住的绣楼二层，又按照皇姐原来居住的格式整装一番。皇姐最喜欢花鸟虫鱼，无论如何都要在室内外悬挂两架八哥的金丝鸟笼，以增加旧时气氛。一架是金铸盘龙凤的红竹大吊笼，内有一只昆明将军送来的白羽八哥，非常好看。这只八哥是世间罕物，而且善讲人言，均是唐诗宋词中之佳句，如"明月出天山，苍茫云海间。长风几万里，吹度玉门关""举杯邀明月，对影成三人""长风万里送秋雁，对此可以酣高楼""深林人不知，明月来相照""红豆生南国，春来发几枝？愿君多采撷，此物最相思"，等等。真是应有尽有，高雅绝伦。

另一只也是昆明将军送来的黑八哥。这只黑八哥更加的精神，好看。它长得体态高大，活泼无比，两眼炯炯有神。善能高啼，啼声如歌。黎明即啼，唤人早起。奇特的是，每晨之啼，各不相同。故称之为"天天唱新歌的八哥"。

傅恒为讨得皇姐的高兴，专门把大夫人的卧室让出来。这是一个独立的大院。外墙很高，很肃静，很安全，闲人难入其中。在这里，有内室、客厅、花厅、梳妆厅、沐浴室、赏花鸟绣楼翠亭，一切都重新装修，涂有各种民间特产之香料。有的来自长白山，有的来自福建，数里外香气扑鼻。他还专门备做皇后驾临府中率领宫娥彩女们休息偃卧之所。外边有个院落，完全是江南的各种碧绿的盆花和绿竹，百鸟鸣喧，并有五间门房。原来，这里是女奴们的住处，但如今改为众公公和太监们的暂栖之地。

祭祀所用之物品也甚讲究：有怀柔的苏籽，通州的姜末，古北口的白毛羊，石家庄的黄犍牛，蒙皇上钦准，专门从光禄寺管理珍馐大员处弄来的清宁宫自养自备的黑毛猪数口，大海龟一对，细鳞鱼两槽，又在京师上仙居的稻香村订制了各种祭典供果羹羔糕点百样。各厅廊过道上贴挂的图样更是讲究，很有来历。如蔚县王老赏剪纸，胶州李翠花薰样、天津杨柳青年画、河南杨家埠门贴、陕西凤翔挂帘和多种手工艺术品精湛饰物，俨如一座民间工艺之馆。

富察氏家族的祖先宗祠，是在雍正年间所建。自明以来有了绘匠、画师和"谱匠"，专门为官宦和大户人家绘画人物影像。富察氏的祠堂，高悬着祖先的大型影像，都有丈余高。有在竹帘上贴的，有绢帛绘制的，有白色绵帛上再图绘的各位祖先影像，个个威武、肃穆、光彩照人。有的是专门从山东潍坊、即墨、烟洲一带请来的木版年画艺人以精湛的技艺套色印制而出各种影像，完全是珍宝。

画一幅影像要有十几道工序。设计，绘格，绘图，核定，复核，小绘，彩绘，大绘，涂漆，限乾，上架，压层，起纸，抖顺，然后再拼完，才算最后出手。只是晚清之后，照相技术传入国内，绘像术与绘像师傅才逐渐减少，人们和各仕宦之家才都重视起照相的技术和艺人了。在傅恒府中的祖先绘像，全是手工彩绘而成。所选的工匠也是从全国艺术之乡筛选而来，堪称为手高艺精。从米思翰至李荣保乃至各位大人，全是彩绘的，全都穿着官服，头戴品级顶戴。每位妻妾因都有品秩，满头珠翠花钿，美艳多姿。

届期，宫中传来娘娘懿旨："明晨皇后娘娘凤辇出宫。卯时阖府亲迎凤辇。"

懿旨一下，傅恒阖府立即热闹起来啦。

这傅府上下人等，数万家人都忙活起来。大家打扫庭院，洒水，满院各房间，亭堂、路上，凡娘娘经过之地，都要铺上红毡，红光耀眼。娘娘未走之前，任何人不可以踏上一脚，那是大逆不道，要犯死罪的。

各位阿哥，我朱伯西不想过多赘述皇后娘娘回府的种种细节，主要讲述两点。一则是傅恒子族的祭礼，完全按照清朝历代官宦人家的祭礼行事，主要是祖先家族祭礼。原来，在傅恒祖父米思翰时代之先，族中人士主要是遵行野炊大祭，即在郊野实行大祭。在关外故乡，就是如此祭礼，祖祇众多，主要是水神最多，其次是天禽神祇，如鹰神等，再其次才是虎和熊狼众神，除此就是祖先神祇，日月星辰神祇，其中以祭星祭天最为神圣壮观。

自顺治年之后，恪守新规，主要是祖先祭礼。祖先神祇，除直亲血亲外，还有满洲先民历代的众多夕祭神祇，如阿珲年锡、安春阿雅拉、穆哩穆哩哈、纳丹岱珲、纳尔浑轩初、恩都哩僧固、拜满章京、纳丹威瑚哩、恩都蒙鄂乐、喀屯诺延。此外，还有朝祭神祇如关帝圣君，佛立佛多鄂谟锡妈妈。

公公传懿旨，皇后不莅席，阖族上下不必拘泥，尽情祝祭，尽欢而止。皇后只在祭祀的最后一日，祭星祭天之时，子时出宫，丑时入府，卯正回家。这就是说后日，即祭祀的最后一日，半夜二十四时出宫，夜一时至二时抵达傅恒府，在傅恒府中四个小时，辰时正刻早七时半就要鸣锣号，起驾回宫。

卯时即到。这时，只听整个傅府笙歌弦乐荡漾在府中内外，到处洋溢着一片欢乐气氛。只见孝贤皇后坐着玉辇，众侍卫前后护拥，众侍女打着伞盖和各个执事拿着皇家器皿香炉、粉妆、洗漱器具等一路而来。

皇后走过一路，一路芳香。所有杂人均要远远地回避。所有扈从兵勇，沿途守护，威严百倍。皇后的容颜，除傅恒等亲近大臣外，阖府内的富察氏族人想有幸睹之，也只是一个梦想。于是，他们都静静地跪在内室呆呆地目视车轿、玉辇、人马和盖旗斗伞滔滔不绝流淌过眼前……

许久许久，府门前长角号齐鸣的响声远去了。这些都在告知，皇后娘娘已走过去了。

这时，阖族人等方可在室内站起来，不必叩拜了，也可以松口气走出门外，喘口气，伸伸腰，擦把汗，行动自由了。

孝贤皇后进府后，下了玉辇，在众公公、侍卫、大臣们的拥护下，在弟弟傅恒的陪伴下，福康安、福灵安等晚辈跟随下，首先缓步进入宗祠神堂。她要先叩拜祖先神像、神位等，并亲自焚香奠酒击磬，翩翩下拜。

皇后一跪下，众随臣、侍女也都立刻跟随下拜，行三跪九叩之大礼。

完毕后，傅恒亲自上前搀起皇姐。

孝贤皇后站起身来，走到神堂中墙前一排排高大的祖先影像下，伫立良久。

此时，弟弟看到，姐姐的眼中，仿佛要滴出晶莹的泪珠。皇姐对傅恒说道："弟弟，祖先的宗祀祭礼，无论遇到何事，还是何时，都不可以终止。慎终追远，流承万世，我们一定要切切深记……"

"是。定要记住！"

"姐姐进入宫中，回到家府是不多的。此次是皇上的恩泽，得到回府省亲祭礼。日后你勿要顾我，届时致祭应成为富察家族的常例祭礼。"

傅恒听后更是诺诺称是，说道："皇姐，愚弟一定深记不忘。"

孝贤皇后又说："我在京中积攒了皇上赏赐的金银财宝，你可命福康安取回来，作为我献给宗祠的祭礼需用，略表我的思念和祭祖之情。"

傅恒连连说："多谢皇姐！"

孝贤说着，从自己身上摘下一串闪闪发亮的宝珠，交给傅恒，说道："弟弟呀！这是咱们先母遗留下来的遗宝，你来看……"

傅恒急忙靠近了皇姐身边。孝贤皇后说道："这串宝珠下面，有个小宝匣，里面装有先母的指骨一颗。这是先母病逝后，火葬中阿哈们拣出来，装在这宝匣里保存下来的。姐姐身体欠佳。弟弟，此遗物你将它存放在宗祠神案上，要让其年年享受香火供祀，记住了吗？"

"记住啦！姐姐。"

傅恒立刻跪下。他双手接过来仔细观看，然后紧紧贴在胸前，已觉眼中涌出大颗的泪花。他双手将宝珠高高举起，站起身来，走到案前，将宝串珠恭恭敬敬地摆放在先祖案台上了。

接着，姐弟俩又上香执酒，对着先母遗物虔诚叩拜之后，这才携手走出宗祠，离开了神圣的祠堂。

孝贤皇后心情有些沉重。她一路上缓缓前行，不发一言。因她深知，自己多年来久住深宫，来一次十分不易。近年身体欠佳，不知年寿几何。人难免不时时思虑，还能够回府拜祖先宗祠几次呢？

此时的傅恒，深知皇姐的心绪。他也是一再想引皇姐高兴一些，但实在是引不起别的话。无论傅恒说什么，此时也引不起孝贤皇后的兴趣。

这时，来到了摆放北方物产的厅堂之处，傅恒一看，眼睛亮了。他有了一个主意。这里也许能引起皇姐高兴的！

傅恒大学士陪同的皇姐孝贤皇后，可不能小瞧啊。想当年，她是一个出名的女中豪杰，马上英雄。她在少女时，就曾使用一把百斤重的镔铁宝弓，射落北方瀚海中的金钱豹和空中高高飞翔的大金雕，曾受过严父大学士李荣保的夸赞。她平时就爱狩猎和在山野追踪，大自然是她熟悉和热爱的厚土。嫁入皇家时，乾隆皇帝还是贝勒，潜龙未出世，她就与弘历一起马上赛，互比马上技、马上箭，深得雍正帝的赞许。弘历继承帝位后，也常随皇上出巡围猎，仍不减当年巾帼英雄之勇。所以，她最喜欢看的还是傅恒为皇姐准备的北方上乘难寻难见的物产。

说起来，这些方物都是大清国北方万里的"尊贵来客"，产地相当遥远无际，更加引起皇后的喜爱。她一看，顿时精神百倍，兴趣大增。她大走几步来到正厅中楠木桌案前，对那些陈放着的琳琅满目的北海物产观看起来，目不暇接，啧啧赞美。

这里有一个大厅，专给皇后摆着特从黑龙江出海口以北及北海一带采集来的海中各种珍奇异兽：就见在大桌的案子上，蹲着一尊硕大的北海海象，已经是经过猎人整修，血肉和心肝肺等五脏已经取出，体内用稻草塞填充实，外表看去，依然那么庞大而又威武。海象昂着圆圆的大脑袋，嘴里伸出两根又长又光又白的大牙，这就是闻名于世的北海大海象，又称大海马。它的体长足有三庹长（三米开外）。这是一只雄海象，非常凶猛，重量足足有两千多斤。那两根从口中伸出来的大门牙，非常像象的牙，平时是它用来掘食和攻防的必备武器。肢呈鳍状，后肢能伸得很长，供海象在北国冰块或陆地上行动。通常，这种动物群居于大的浮冰或海洋附近，以牙掘食泥沙里的贝类，是一种神奇的北海动物。最大者，任何海马都望而退去。

海象是一夫多妻。平时它就霸占了冰块上栖息的所有雌海象。一旦衰老，就会被另一只大海象战败。争斗非常残狠，不远逃必被对方杀死。海象肉非常的鲜美，脂肪高，完全可以吃。北国人就以捕海象为生。一家人要是捕到一只海象，便可食用数日。海象的生育一般是在三月，雌海象体小，通常只产一个崽。小崽是由公海象保护。

海象的象牙是最珍稀的雕刻材料。古时这种材质的雕件就已风靡世间，更有诸多来自世界各地的海象象牙贩运商穿行于大清国北海一带，专门购运这种材质，但均因稀少而不得手。在这只大海象的旁边，便陈放着数十根很白而且光泽闪闪的粗大象牙，真是引人喜爱。

孝贤皇后拿起一根来，说道："呀！这么重啊。多瓷实闪光啊！"

傅恒说："皇姐，这是咱们富察氏远住在瑷珲的旗人们，到北海去采捕来，专门献给皇上和娘娘您的。其中摆放的大海象牙，可以避邪驱厄，就是不做什么，陈放在那里也是美观的。"

皇后高兴地点点头。

在另一条桌案上，站着一只硕大的白狐，美健俊态。白狐一身的丝绒毛和长长的白绒粗尾巴，高傲无比。这也是经过猎手整理了五脏六腑后，内塞谷草而制成的标本，栩栩如生。

傅恒说："皇姐您看，这就是北国著名的北极狐。"

"啊？北极狐？"皇后惊叹。

"正是。这是咱们黑龙江的同姓族人从北海捕捉来的。这也是一只雄白狐。白狐体型比普通的狐狸要小。尾毛光色耀眼，如球来回滚动，灵活跳动。嘴不很尖，耳短而圆，颊的后部生有长毛。趾部也密生长毛。"

皇后上前仔细观看。

傅恒又说："它的这种趾蹄，适于在北海的寒冷冰雪上行走。这种动物，毛色冬夏不同。冬毛纯白，但它的鼻尖和尾端黑色。自春至夏，逐渐转换为青灰色，特称'青狐'。主食鸟类和鸟卵。冬季常充分贮藏食物，是一种珍贵的皮毛兽。"

皇后上前抚摸，爱不释手。

另一条桌案上，站着一只硕大的白熊。其实，这还不算最大的。白熊一般体长二米，毛长而稠密，全身白色，稍带淡黄，冬季主食海豹、海鸟与鱼类。夏季则主食植物，善游泳，广布于北海北极区内。

另一桌案之上有一白鼬，又称"扫雪"。

这种珍异的动物形似黄鼬，体细长，四肢短小，体长25厘米—35厘米，尾长6厘米—10厘米，毛色也是随季节而异。夏季背部呈灰棕色，腹部白色；冬季除尾端黑色外，全身纯白，多于夜间活动。主食鼠类。翌年春季产仔，每胎4—6仔。毛皮是珍贵的服饰皮料，世间很难寻觅。

孝贤皇后再往前走，来到一个陈放着大型木槽盆的地方。只见侍人们正在为槽盆里的小动物喂食。

傅恒将皇姐领过去，说："皇姐，您命我从北国运来一种能使你看了非常高兴的东西，这可难住了我们。后经我氏族中的长老们商议，就把这东西请来啦……"

"是何东西呢？"皇后问道。

傅恒说："皇姐看了之后，就像到了北国，你会看到故乡的活物。这是咱们母亲生活过的地方特有的东西呀！母亲一定熟悉，一定看过，一定会亲近它的。皇姐，您来看这是什么东西呀！"

孝贤皇后由众侍女拥护着来到大木槽盆前。见到那槽盆里装满了海水，水中有几个像人似的动物待在里边，非常好看，真像是一些人在水中仰泳呢。它们露出半个身子，游动着，有的怀中还抱着小孩……

孝贤真的看着迷了。她走过去，仔细地看啊看也看不够。

傅恒说："皇姐，这就是我小时候常听您说的，海中有人鱼。这是咱们母亲生活过的地方所特有的。现在，皇姐，我把它们请来了，您应该高兴吧！"

孝贤皇后两眼流泪，一下子抱住了傅恒，说道："好弟弟呀，难为你呀！从北国到这里万里迢迢，这些小生命还活着，这么精精神神，这是怎么送来，怎么保养的啊！太感谢大师傅们啦。这些都是奇特珍贵的生命啊，咱们要珍爱他们。可不知将来怎么养活它们呢？"

傅恒大学士派人到北边运来了什么？原来，他命人专程去黑龙江省齐齐哈尔见到嘎泰将军，嘎泰命人星夜去瑷珲富察氏家族，见到了族人穆昆达，特别挑选出北国采捕之人，让他们专程乘舟直抵黑龙江出海口，到鞑靼海峡浅海中去捕来这些人鱼。这些采捕奴，年年到北海采捕，有一套采捕、养育的经验和手艺，而且能与这些人鱼互通信息，知道它们平时喜怒哀乐，喜欢吃什么，与它们结下了生死友谊。

这个奇异活物，就是人鱼。这种奇特之物，古语称"尼亚玛尼阿哈"，学名"仉艮"，属海牛目，体呈纺锤形，长约1.5米—2.7米，也很大。前肢呈鳍状，无指甲，后肢退化。口内有齿。雄雌门牙特别发达。臼齿是圆筒形，皮肤灰白色，有稀少分散的毛，栖息河口或浅海海域内，以藻类或其他水生植物为食。年产一仔。哺乳时，用前肢拥抱幼仔，就像母亲抱子女一样，给人一种亲情爱怜之感。

人每见之，往往十分惊奇。人们仿佛隔着汪洋大海见到了另一世界的人类，不想捕获，只想观望陶醉。它们平时在水中，头部和胸部露出水面，宛如人在水中游泳，故有"人鱼"之称。

孝贤皇后望着这群"人鱼"，很关心地说："哎呀，把它们从大老远运到京师，离家会想家的。过几天不得死了吗？多令人心痛。罪过呀！罪过。"

傅恒说："皇姐，不必担心。咱们族里人，个个都是探海的能手。您听一听他们都是怎么说的……"傅恒说到这里，喊道："来呀！"

"喷。"有人应着，走上来，站在傅恒身边。

这人身材高大，但显得十分灵敏，腰上系一条大围裙，脚穿大海豹长靴。原来，这是一位"渔把式"。

傅恒说："你快向皇后禀报一下。"

那位"渔把式"慌忙给皇后打个千，说："皇后吉祥。这些个'人鱼'能进京师，蒙皇后观赏，完全是它们的造化！'人鱼'生性就是四海为家，它们携家带仔，一年四季，无冬立夏地在大海中到处洄游，只要没遇上凶猛的鲸鱼、鲨鱼、海豹等，其他什么大的动静惊吓也不怕，就知道在海中仰脸游泳。它们最喜欢游泳，而且很懂事。它们喜欢在浅海，在河口一带也能生存。这些'人鱼'都来自黑龙江出海口一带，我们是从那里网来的。可是它们不一定就在那里为家，可能是从大海任何一个地方游来的。过几天海水一变冷，海风一大，海浪一高，它们就又搬家了。所以，娘娘您老人家不必担心，过两天我们就把它们运往任何海边去，它们照样可以游进大海，照样欢欢乐乐地生活下去。它们到这来，就是想认识皇后娘娘，向您老人家祝福祝寿来了，祝福皇阿娘万寿吉祥。"

这个渔把式还挺能说，一下子把孝贤皇后给说笑了。于是孝贤皇后问道："你是哪地方人氏？姓什么？在海边多长时候啦？"

"禀娘娘，"渔把式说，"奴才姓富察哈拉，是黑龙江省瑷珲霍通人氏，祖祖辈辈都是探海奴……"

"探海?"

"正是。奴才从小就跟随阿玛额娘乘船，顺混同江下水，直到庙街，到出海口，渡海过去就到库页岛呐！那里有我们家族的渔场。还有网房子和雕刻鲸鱼骨、裁制海兽皮张的许许多多渔作坊……"

"啊？这么些活计。"

"对。这次呀，是受大人之命，专程从北边赶来的。"

孝贤皇后听渔把式说到那边的生活趣事知道他来自北海，非常激动。她像是见到了母亲生活过的地方的亲人，无限的高兴、钦佩、同情。她命身边的公公拿出白银千两，说道："渔把式，有缘能认识你。这点微薄银子拿回去。这是专给你们的渔场、网房子、老作坊去做营生用的。"

渔把式立即跪地叩头，说道："感谢皇后娘娘的恩典！"

整个大厅，到处都是北方奇异的物产，真是使人眼花缭乱，目不暇接呀。

孝贤皇后还要耐心地看，热心地问，可惜这时公公说了："禀皇后，卯时已到，该起驾回宫了。"

这时，长号呜呜地响起。这声音是皇后回宫的召唤。听号音一起，傅恒阖家与府上下人，全部跪在地上。甬道两侧，那些随从太监们又代皇后捧出白银、翡翠、玉珠、琥珀、玛瑙和绢绸服饰，一一送给傅恒，作为皇家参与祭礼的厚赏。众人叩头谢恩。

傅恒带着福康安、福灵安等儿子，跟随着皇后。皇后恋恋不舍，紧紧拉着傅恒的手，说道："好弟弟，姐姐回宫了。今后一切好自为之。姐姐感谢你的良苦用心。姐姐真是长了见识，也真像回到了咱们额娘生活过的北国。那是一个多么富有的地方啊。只要一息尚存，弟弟，咱们一定去北国，去库页，去北地拜见额娘的祖坟……"

说着，皇后不觉又是一阵心酸，忍不住又流下泪来。侍女们忙给娘娘擦拭脸上的泪珠。

皇后又向众子弟说："唉，看来我去北海是不大可能了，就盼着家亲要时刻挂在心上，那里是咱们先人的土地。你们也要像自己本家的同族弟兄一样，常到那里走走看看，那里的同族生活得怎样？缺啥少啥不？有人欺侮不？常常帮助他们去解决一些为难遭灾的事儿。千万别在京师过上好日子，就忘掉了那里呀！"说着，她又是泪流满面。

就在皇后哽咽泣泪之时，公公又劝说："娘娘，请珍惜贵体，少要悲伤。大家都已记住娘娘的话了。"

大家齐回:"记住娘娘的话啦。"

傅恒立跪在地上。人们个个也都是泪流满面,哽咽着,但又劝娘娘不要悲伤,说臣子们一定牢记北海,一定要经常去,并把娘娘的心愿带到那里去。

乾隆皇帝得悉,此次孝贤皇后回府参加祭祖和省亲,傅恒全族安排得非常稳妥、热烈、周到,令皇后非常喜悦兴奋,皇后开口舒畅叙说肺腑之言,这对身体必会有好处。一切都如愿以偿,龙颜大悦。于是,皇上就决定好好奖赏上下人等。

这一天,乾隆皇上把傅恒等所有大臣召于殿前。问众臣:"对北国的所有赏赍,历来都是如何做的? 朕想大赏上下人等。"

大理寺、礼部、户部的大臣们说:"禀告皇上,自我大清顺治至康熙、雍正朝,对北地这些地方,都为我所土管理,包括勘察加、库页等地土民,历朝因其世居边陲,不便封职,就沿袭当地历来的土法,当地各部落,设立乡长托克索达,屯长嘎珊达,小户立几家帐篷就是一个姓氏,便说达旦达。凡被封诰各'达',都由皇上亲自赏赐大红袍、兰带、玉珠镶嵌一袋。多年分赏白银千两,以奖其为治理地方之操劳克职。北方在雍正朝详定制法,近年已经疏忽。主要因部落迁徙甚繁,与朝廷联系日断,也就多处被遗忘了。"

乾隆听后说道:"那么就严遵先朝之制,沿袭下来。户部,更要管理此事,不可中断。"

众臣得旨。傅恒、福康安父子等,据皇上的旨意,凡所知之各处首领,都赠予红袍、兰带、玉珠镶嵌一袋,另外赏银千两,并发给绘有满、汉、蒙文的玉牒一册,上书"大清国乾隆十二年,护我边陲,子孙永继"的字样,世代珍存之。

谁能想到,天不假以寿,孝贤皇后于乾隆十三年随皇上南巡,傅恒大学士也随驾陪同,皇后竟在德州崩逝。乾隆帝悲痛万分,便起驾迅回京师。皇后所说的话,全都成了令人痛悼肺腑的遗训了。

此番福康安进宫向乾隆帝禀奏,正是孝贤皇后自那次回府省亲后的第二十个年头了。自己的父亲傅恒老大人、大学士也于乾隆三十五年病逝,距今已经六年了。这期间,福康安参加第二次平定大金川之乱,刚刚胜利回师不久,大清国的西南地域总算从此平安无事了。

现在,福康安和福长安兄弟与族人刚刚平静下来,谁知,一波未平,一波又起。这次恰恰是孝贤皇后在世时所谆谆嘱咐的事。

说的是，福康安在乾隆四十年时，大将军温福中计战死，皇上下旨授命阿桂为定西将军，分道举攻金州之喇穆地方。福康安勇猛直前，督兵克其西部各碉，与海兰察大将军合军，攻克罗博瓦山。北攻克得斯东寨，俘所有叛贼。

乾隆四十一年攻克金川，论功封福康安为三等嘉勇男。师还归，乾隆帝赐御用鞍辔，双眼花翎，授正白旗满洲都统。乾隆帝非常高兴，龙心大悦，颁旨大宴三日，举国同贺。

这一日，福康安凯歌回府。全府上下亦是欢欢乐乐，喜庆胜利。

可是就在此时，在京师发生了自雍正朝以来从未发生过的惊人大事，京师出现了数伙流贼，武功盖世，惊动京师众八旗护卫兵勇。人们被完全动员起来。各火枪营、火器营全都来到京师，捕捉突然出现的流贼。军机处、兵部、户部也都动了起来。各个大臣互相询问，是何地盂贼，竟如此狡猾厉害，个个弄得丈二和尚摸不着头脑，不知是何地匪贼，因何反清，大闹京师。

福康安虽然受命统领正白旗，但仍驻京师，便与其他八旗将领，聚议商量对策，派出阿桂巴西①和色克②出去打探。很快，这些人回来禀报，眼下市面上的这些流贼之民都藏躲在何处，白日隐蔽，夜间出来抢掠，喜专寻那些宦门府第之处，还时时声称这是"为报仇而来京师"，并又说"这是来找娘家人来啦"。众人听了，都不解其意。福康安与海兰察大将军商议，要仔细把守好各部官衙，王府、皇宫各处都要委派重兵守护，日夜轮换，万无一失，不可疏忽，如惊动皇驾可要重重地处治。

福康安本来随父亲大学士傅恒过了多年军旅生涯，对军事战事都有足够的智慧和经验，以他的经验判断，此次进入京城袭扰世面之贼盗，看来不像是为图谋钱财，也不像是寻衅滋事，他们此来必有其因。他又命人严查这伙人的来路。经查这伙人言来自北方，数十人之多，划船进入混同江、松花江口。进入吉林后，滋事放出所带来的棕熊、野豹、狗群，都是用铁链和宽厚的链子连着，凡遇到与他们作对者、动武者，便放开这些凶猛的野兽熊犬，已经伤了数十人之多。

吉林将军宗室爱新觉罗氏富椿很头痛，伤了不少门将也未能捕住一

---

① 阿桂巴西：满语，即当差人的意思。
② 色克：满语，即探子。

个流贼。流贼入关，派人盛京围堵，山海关围堵，兵勇抵抗也无济于事。这些人太野蛮生性，杀人不眨眼，手很狠，而且出手非常快。没等对方还手，他们就杀了人。掠走对方财物之后就像一道白光一样，迅速消失而去，无影无踪。目前，这伙人已经进入京师，扬言："要找皇上老子说理。"看来，皇室大内必须要加强守护，不能让这些流贼闯入宫墙。如守护不住，那可就惹大乱子了。

福康安把海兰察大将军请来，共想对策。

海兰察，本是鄂温克索伦人氏，多拉乌氏，满洲镶黄旗，世居黑龙江。清乾隆二十年以索伦马甲从征准格尔，征战有功。弓马相当好，赐号额尔克巴图鲁，授头等侍卫。现为蒙古副都统，是福康安最要好的知己、战友。海兰察完全同意福康安的见解。他说："统领大人，事情没弄清，不可以武服之。还是要全面了解一下这伙人进京的来意。兵来将挡，水来土掩，要对症下药啊。这才是上策。"

福康安问："那你说如何是好？"

海兰察说："以愚将之见，查其所携带之舟船、烈犬、棕熊、野豹，生性野蛮，凶狠手辣，这些人必是北海之人无疑。他们肯定是在原居地受到何种坎坷，不能化解心中之怨气，要到中原来，求得相助，以泄胸中之积愤。"

"那你的意思……"

"还是要与这些人好生相谈。先款待他们，以礼相迎，打消他们的敌视心理。这是至关重要。"

福康安心想，海兰察到底是北方人士，能够理解北方人的心理，应该按照海兰察所言来办，不可硬碰硬。如果相互仇杀，会使这些北国之人失去对大清朝的好感和信任。

可是，当务之急是语言说不到一起，又找不到能够中间说合之人。这时，福康安突然想到，原来父亲大学士傅恒身旁的贴身亲随巴图鲁查思罕老英雄，他就是傅恒大人从其父李荣保老大人处接过来的护院老家人，原是北国的流寇，被李荣保收降留在身边，因李荣保待他甚厚，感动了查思罕，他表示誓死不离开李大人，愿终生为李大人效犬马之劳。查思罕会北国几种语言，因与北国的几个首领产生了矛盾，一怒之下杀死一个首领，拉来烈马，冲出重围，南下滨海，逃过了黑龙江，一直来到了草原地带察哈尔，成了匪盗。他多年以抢掠为生，被李荣保的兵勇所捕捉、收降。而李荣保不但没杀他，反而将自己身边的一个蒙古丫环许配给他成了家，有了一男两女，十分可心。男儿已在傅恒手下，现在是福康安府中的一员重将，担任护院兵勇，很有一番武功，深得福康安的赏识。二女已嫁到科尔沁，在翁牛特的两个蒙古王爷府中做了王爷夫人。

多年来，查思罕深深感激福康安。他已成为福康安的心腹之人。查思罕很机灵聪明，又是精通各族语言的天才，学各族语言很快，深懂各族语言的要领，也熟知各族的风土人情，所以他能迅速融入各北方民族之中。他到一地，不讲明自己的身份，只要衣饰装扮一样，对方很难辨认出他是外部之人。就在不久前，查思罕随福康安赴大小金川，他很快就熟悉了大金川藏地的风土人情和生活习惯，也真够聪明的。他跟藏民在一起，男女老少都能联络上。帮助做这个，帮助做那个，一来二去，不知何时，竟将藏语中不少最难说难记的单词、句子，都给记住了。他还时常说出几句藏语，连藏民们都觉得奇怪，很是佩服他。这样一亲近，更不分彼此了。而他现在是大清国驻藏八旗兵将，西北大军总统领的专用通译，成为阿桂大将军离不开的领路人，与藏民各部头领谈判、会商，都必须有查思罕参与跟随。

而且，查思罕为人仗义，正直。他不因自己是八旗军就到处张扬，而是很谦逊。他对人友好和善，藏民们遇事，都来向他求教，和他通口气，然后才决定怎么办。这样一来，查思罕的威信在当地越来越高。

福康安首先接旨由西昌返回京师。阿桂一再恳求："大人，把查思罕留下来吧。"好话说了千千万万，硬是把福康安身边的亲随爱将查思罕给挽留下来，成为了阿桂的军师、参赞和通译。

目前，正在随阿桂大将军处理大小金川平叛后的善后事务的查思罕，受乾隆和清政府兵部、户部、礼部之命，削掉自顺治朝以来的土司治理藏区之制，废除各土司决策权力，改土归流，由中央京师拨派得力官员，任驻藏大臣和各级巡官武将，治理和驻守西藏，巩固大清国西南的边陲要地。加强了中央集权制，加强了中央清政府对西藏的治理和管理，改变了原来各自为政、土司为主、与中央分庭抗礼的局面。由于过去土司当政，酿成了三十余年的大小金川之乱，使得清政府八旗兵勇死伤甚巨。三十几年的战火，使得全国各地方财政都很紧。国库的白银损失数万万两之多。此次战乱的平定，乾隆皇帝认为是大清朝永固安邦的至关重要的胜利，自称是"十全武功"之一。也确实如此。这个盛举后来使西部边陲有图谋野心者，妄想觊觎大清领土者都死了这份心。

现在，阿桂受命安排得力的官员，忠实乾隆帝的旨意："勿求迅速，唯求实在。凡所派藏地官员，一身必廉。他们要有一生为藏家办事之诚。此乃藏民之幸，我大清之幸，西南安有不稳固哉？"

鉴于此，查思罕尚未返回京师。如果查思罕在京师，他谙晓北国风土人情，又熟知北夷各族语言、风俗，他去办此事，必会迎刃而解。

可眼下，正是各处用人之时，查思罕也不会分身之术，如何处理京师这些来路不明的流民呢？福康安费尽了心计。

就在这个关键时刻，还是好友海兰察给他出一个好的主意。

海兰察看着福康安着急的样子，就说："瑶林，你咋遇事健忘起来？"

"所指何事？"

"你不是有老大人留下来的'富察氏健锐营'吗？那里天上地下什么稀奇古怪的英雄没有啊？为啥还像老母鸡护小鸡一样，整日地护在翅膀之下，不让他们出来见见世面，亮亮本事！"

"哎呀！对呀。"

海兰察这么一提示，福康安顿时清醒起来。

他只觉自己的眼前一亮，浑身的精神头也全都起来了，顿时柳暗花明，眼前出现了平坦的光明大道。他连连叫道："有办法了！真是有办法了。"

这是怎么回事呢？

原来，父亲傅恒大人还在世时，他就受祖上的家训影响，在自己的府中养着各式各样的人物。这些人物，都是家人广泛征召而来，每一个人都是身怀绝技绝活绝术之人。

这些人干什么的都有。世上三教九流，五行八作，样样形式都特别地精通；而且男的女的，老的小的，高的矮的，胖的瘦的，一应俱全。傅家的原则也是，只要身体好，不是痴呆的，又有"本事"，都可以征召，收入傅氏府中，名其曰"富察氏家丁"，实际是富氏家族自己的护身护院的"健锐营"。

其实，这"健锐营"一名，本是清代皇家的御林军别称，专门寻来天下豪杰，八方刺客，也包括下九流。什么卜占，绺窃特技偷手，倒立行走、穿墙而入、悬梁跃涧的侠客，几乎无所不有，统统都收入"健锐营"中，应急而用。

这种建制其实早在明代就已开始了。到了清代，完全承袭过来。所以，清代的健锐营非常厉害，有万夫不当之勇。康熙、雍正、乾隆时代的健锐营都相当的闻名。凡有重要战事，凡皇上出巡，最重要的就是御林军，护驾的军兵劲旅，并不是各地的八旗兵勇，他们虽然也有护驾的作用，但真正依靠的劲旅，还是皇上自己的"健锐营"。

不但如此，就连康熙皇帝玄烨，雍正皇帝胤禛，乾隆皇帝弘历他们三位皇上，也都个个武功超群，他们本身就是健锐营中的佼佼者，都有自己的真本事，也都与健锐营中的各位英雄，经常在一起切磋武功技法、侦察、夜行等各种套路，甚至彻夜不寝。就连福康安兄弟们和他们的父兄傅恒、马齐，以及祖辈李荣保，太祖米思翰众位大人，从清代康熙初年起，一直到乾隆年间，世代武功盖世。富察氏家族子弟都是皇帝身边的大将，都是侍卫出身。从米思翰到曾孙福康安辈，代代都是皇帝身边的头等侍卫，终日在皇帝身边，不离左右。请想啊，一个没有真功夫、真本事的人能被皇帝选用，成为侍卫吗？

所以说，富察氏家族很了不起，很厉害。他们一个个都是武林高手。武功多为少林功法，也有武当功法和峨嵋功法，荟萃了历代武林绝学而成。福康安家族既然都是皇帝侍卫出身，出于职责需要，出于为皇帝侦查政务需要，不仅自己具备武功能耐，遇事不至于被动、失败而引起诸方的麻烦；还要时时处处谨慎从事，多联络一些超世高人，成为自己的知己，能够招之即来，成为自己的心腹、耳目、手足。故此，凡是侍卫之家，都要养着一些世外奇人，也要像皇家的"健锐营"一样，来之能战，战之能胜，勇往直前，所向披靡。

福康安家的"健锐营"，初建于傅恒时代。到福康安时又大力地充实，并成为一种规范，养育着天下八方的人才，已有百余人之多。这些人平时住在福康安府中专设的一个大门院里，青砖为墙，院里有十数间房舍。有家居的房舍，有练功的房舍，有专门的训马厩，训熊的熊厩，还有潜游室、攀天梯、假山崖、鳄鱼池、蚂蟥溏、鹰雕笼、毒蛇洞、毒蜂窝等，自然中的种种狭隘峭涧，样样构筑如天成。鬼谷魔崖，这儿均有，供给勇士们练功斗法较量。就如那查思罕，也是从这里铸就起来的出类拔萃的英雄豪杰。

当年，大小金川之乱发生后，傅恒首先受命督军入藏，便从这里带走几位武士，同大将岳钟琪入藏，最后终于制伏了沙罗奔，迫其投降。可悲的是，这场鏖战，福康安身边的塔斯哈①、亚勒哈②、萨克萨哈③战死

---

① 塔斯哈：满语，即虎。
② 亚勒哈：满语，即豹子。
③ 萨克萨哈：满语，即喜鹊。

在藏区的耳勺涯、疙瘩梁，只有查思罕幸存下来。

当时还有一些武士，哀求老主人傅恒，让小主人福康安答应他们参战，最后还是傅恒大学士劝住了各位，说："一切听圣上旨意。只要旨下，再请众位出山。旨不下时，敬请众英雄苦练本事，安心养性吧。"

说来傅恒初建的"富察氏家丁"，虽然仿效宫廷中的皇家健锐营，也仅仅是粗陋的，并不算有什么名气。但是到傅恒大学士去世的前两年，也就是乾隆三十五年的时候，"富察氏家丁"就交给福康安来管理了。福康安办事也像他的父亲傅恒，对皇上非常忠诚。为确保皇家安全宁静，他是随召随到，召之能战，战之必胜，成为皇上身边最放心最可靠的扈从。

单从其认真加强"富察氏家丁"的管理上来说，他比他的父亲傅恒更精心，使"富察氏家丁"越来越有威望。他不断汇集八方人才，各路英雄。无论在任何一方面，只要有一技之长，有超人的本领，福康安都要谦逊地登门拜访，请其加入。

养这些人是需要大量银子的。无论养这些人要耗多少银子、粮食、布帛、用品，他都舍得去花。"富察氏家丁"越来越有了规模，分出了层次和等级。

在"富察氏家丁"中，已分出：

(一)"武科家丁"

这些人都是武林高手，而且来自四面八方武林门派，各种闪转腾挪，飞崖走壁，吐纳功法，踢脚拳腿，样样精通。

(二)"智囊家丁"

这些人主要是各类谋士、参军。一个个素有武侯、伯温的谋略，能掐会算，会观天文地理，会唤风云幻术。出门之前，先要观看天相地相人气，直到万无一失才助家主决策行动。

(三)"丐帮家丁"

这些人就是民间说的"下九流"各路人士，又分"大筐""二筐""三筐"，等等。这类人最了解下层动向、心理、作为等。这部分人士最有能耐。傅恒就说过："丐帮交友好，可知天下事。阴晴永在握，胸中常不慌。"

正因如此，福康安这些日子虽然朝事甚忙，两耳总能听到许多世间的奇闻轶事，特别是近期进入京师的流贼数人，到什么地方走过，到哪吃的饭，谁接待的，都说了什么，都想干什么，其中谁最有名声，最有支配权，他们都打算干什么，图谋什么事，等等，其实都有人按时传告。这些传告非常细腻，就是靠的那"丐帮家丁"所笼络的人马传报来的。所以说，虽然福康安没有动手，没有碰着这帮人，但其实都在他的手掌之中，只是没有动手而已。

京师安宁，就靠福康安去运筹帷幄了。

此时，福康安很是振奋。该让这些英雄出世了，去显显他们的身手了。可是，应该选哪几位人手去呢？

福康安首先就想到，必须找那些从北国来的人，熟悉北地风情，通晓语言习俗，更有北方人支配野兽的能耐。这样的人物就是塔力布。

塔力布，乞列迷人，又称费雅喀人，今年四十有余，到富察氏府中已经有四年多了。他是福康安之父傅恒大学士从理藩院被关押的逃犯中选出来，经考察为人很好，忠厚，不狡猾撒谎，就收留下来了。这之后，又专门由国子监请来的名师传授汉文、蒙文、藏文，现在通晓满、汉、蒙、藏几族语言，曾只身一人去俄属的西域地方，密探过民情、军情及哨卡分布情况。塔力布办事机警、敏捷，得到军机处和理藩院的称赞，得到赏赐，称为"阿布卡代敏"，汉译为"天鹏"之意，这是多么勇猛无敌的称号啊。

为此，傅恒大人认为他给"富察氏家丁"增光了，赐他入镶黄旗，姓富察氏，可直呼为富察塔力布。并且给了妻室，有一子。塔力布阖家均住在"富察氏家丁"大院内。

另外，福康安又选了一位女英雄。这个女子叫彩凤，年方十九岁。其实此女最初亦无名字，亦是从由俄国境内逃来的。彩凤父母是贩运白熊皮张和白熊熊鞭的"商把头"，专门从遥远的俄罗斯西伯利亚收购这些珍贵的货物，都是巧取豪夺而来，然后偷越国境，到大清国的新疆，高价卖给中国商人，从中牟取暴利。之后，他们又返回俄国，再收购皮张药材等到中国来贩卖。

这些皮张和兽鞭，都是珍贵山药材。这些在中国弄不到。据说北极熊的阴茎，比任何春药药力都强，是最上乘的壮阳药。中国各官宦人等用白银四处淘弄换取，也难得弄到真货，所花的银子越来越多，吸引了这些越境者不顾命地铤而走险。

就说彩凤的父亲吧。他本是俄罗斯人，屡贩这些私货，被大清兵丁追捕，投伊犁河身亡，只扔下了皮张、熊鞭，还有五岁的在哭泣的小彩凤。清兵就把这孩子交给了驻疆大臣。大臣又把皮张、熊鞭如数上缴给朝廷理藩院，剩下个五岁不通汉语、满语，日夜哭闹的小丫头。

理藩院很不好办。正好傅恒大人喜爱这个小丫头，理藩院尚书高兴坏了，给他卸包袱了，能不愿意吗？于是就让傅恒大学士抱回到府上。经了解，傅恒知道这个小丫头母亲是费雅喀人，寡妇，嫁给了俄商，小丫头也随了俄商，从小会俄语。为带她熟悉新地方，傅恒重新让侍人们给她梳洗打扮，换上了新衣裳，又请回国子监通晓俄罗斯语的人当老师，找女保姆，教育女孩。女孩渐渐在傅恒的府上熟悉了，也不哭闹了，长成了一个很漂亮、很文静的少女。

看到这个女孩成长了，傅恒大人万分喜悦。他给女孩起名叫"彩凤"，意为从北方飞来的一只彩色斑斓的凤凰。后又由武师传授武艺、骑马、射箭。她最拿手的能耐是少林轻功。因为是个女孩，身子轻又灵巧，又很机灵，学得又快，又是从小学的，骨节都挺软，会软功和各种功夫，多么高的房子都能上，斜贴墙能走，掉不下来。无论是门洞大小，洞堂宽窄，楼栏缝隙多密，都难不住小彩凤。只要有一点空隙，她倒吸上一口气，肚子和胸脯往内一缩，不知怎么的，你还没瞅清楚，她早已经顺顺利利地通过，并且安然无恙地站在另一边了。所以人称"串地龙"小彩凤。

福康安又仔细想了想，拍了拍手，自信地说："可以了。这两员大将，就可以制伏那帮狂匪流犯。"

海兰察也点头称是。

福康安命管家去富察氏家丁营里，将彩凤唤来。

彩凤见了福康安，叩见之后，便询问："大人，有何吩咐？"

"事情是这样，"福康安便将情况向她详细地说清后，又嘱咐道，"你速速设法化装，在城内查清楚，这伙流贼现在隐藏何处。仔细摸清其活动规律，一定要找出其破绽，看看如何设法去擒拿。但是有两点……"

彩凤说："请大人指点。"

"一是不可杀戮，二是不可激怒这伙人。若能用好言劝阻，请入宫中，朝廷与他们商谈是最好不过的事情啦。"

"彩凤明白了。"

福康安又说："彩凤，你的差使，就是设法找到他们，详细探清他们的行踪，有多少人，都带什么兵刃。只要弄清这些情况之后，你就完成了自己的差使。你速速回府内，禀报我，再由富察塔力布去设法制伏他们。听明白没有？"

"是，听明白了。"彩凤一一应诺，又问道："大人，何时行动？"

福康安说："马上就办，越快越好。"

"好。在下这就去办。"

彩凤回到院营，先找丐帮的头目。她知道，此事必经这些人详细叙说指点具体线索，了解那些人的住处才行。

彩凤这些年，在福康安富察氏家丁营中受到良好的军训，已经是一位精明强干的女杰了。经过大人详细的交代和指点后，拜别了大人福康安，迅即回到营中自己的驻地，从衣柜中拿出一身黑色的夜行服，戴上黑纱蒙面的蔽脸布。这是一种和帽子连在一起的夜行服饰，有带，要系在后发之上，两眼露在外面，鼻孔喷气也不受干扰。这种头饰就是让对方认不出又记不住你的模样。

在古代，这种服饰是秘密夜行活动必备的隐身用具。除此，还有身裤相连，从脚上套进去，包住全身的夜行服。当手、足穿好之后，从后面有人协助，把衣上的带紧紧地扎在一起。腰间又有一条腰带，系好后非常的紧实、方便又利索。腿部插上匕首、剪刀、锁饰，以及绳索、攀墙快钩、走壁柔抓等器具。真是应有尽有，以备夜间遇事时随时使用。高勒的靴子，人行走腾挪跳蹦都方便。连腿跟脚，俗称"快靴"。在清代，所有的夜行衣、靴都不用布料，而是用海豹的皮、小鲸鱼皮或水獭的皮。经过熟皮，非常的柔软、圆滑、光亮。这种皮子再经过多道工序涂抹上黑色，黑暗中与夜色相糅，隐蔽性极好。人穿上此衣饰靠在墙上，一般人就是走个对面也不易察觉。即便被发现，你想抓他都不易，全身光滑，易于脱身疾走。即使有暗器袭来，圆滑的皮服常常使暗器滑落，划出道子，不至于伤人。

总之，这一套行头隐身好，故为夜行者最喜爱的常用服饰。

彩凤因生活在北方，她天生就对这些皮服很习惯，只要师傅一点即会，一说就理解。后来，她都按自己的身材自己操剪制作。她穿的夜行衣服不同于常人，不是黑色的，而是灰色的，就是北海海豹厚形皮。这种厚皮制出的夜行服别具特色。彩凤夜行术很强，行走如飞，疾如闪电。穿上灰色夜行服，总是一道闪亮的灰影在深深的夜中转瞬即逝，使人备感神秘，产生一种恐慑骇惧之感。

彩凤一切准备完毕，从自己屋中走出来。

此时，天色已晚。天上，星斗满天。夜空中，那细碎闪亮的银河正在头顶，阵阵流星时而闪烁划过。北斗星勺把已经指向中天，大约快进入小半夜的时候了。

彩凤走出傅府，疾步隐入道边的杨树林中。她在林中穿行一阵，便按照丐帮头目早已摸到的具体街巷房舍找了过去。

在傅府之中，丐帮家丁属于福康安家中的另一类常客。他们每年每月结算一定的俸银。这些丐帮并不一定衣着褴褛，甚至个个还都衣着整洁，言谈举止也都文质彬彬，只不过不像其他人物，有世代的房产、田产、行业作坊什么的。他们供奉老子为祖师。这帮人命运多难，虽然放荡流浪，但很是聪明，见啥学啥，一学就会。最能掌握人的情趣，讨他人的怜悯，讨人喜欢他们。身上无半文钱，几天吃不上饭，怎么办？学唱小曲。

这种学唱和表演也叫绝。

他们往往找来个锣鼓，或干脆不是锣鼓（哪有那么现成的），找个破簸箕，当鼓敲打。见景生情，说唱就唱，而且都是一套一套的。还能张口就来什么故事、传说。

"从前呀，有座庙，庙里呀，有个老道……"

直讲得大伙围住他不忍离开。

这样，你给一块碎银，他给一碗稀粥吃。他们虽然统称为丐帮，但是还懂各种中草药知识，会给人掐脉、看病、按摩、点穴、掐、捏、揉、拽，会治各种外科红伤、扭伤、挫伤。而且，这些人不怕苦，平时什么活计都可以去干。不嫌脏，不嫌累，水、火、刀山、生死都不怕地去挣来几吊钱。

傅恒就是把江湖上这些人也请到府中。那些丐头，已得到很多种接济，成为府中丐帮家丁。他们的职责就是替主人打听刺访各种隐入社会的奇案秘事，由他们出面，找丐帮兄弟，一传十，十传百，立马便传遍几十里地。什么细事、小情、秘闻都能淘弄出来。说句俗话吧，就是隐藏在耗子洞里也能给你掏出来！丐帮就这么厉害。

丐帮自唐、宋、元、明、清以来，就是江湖上一派了不起的人物。丐帮也是一种江湖人士，一种社会职业，一种很特殊的大军。他们也有自己的王，就是丐帮首领。他们也有自己的宰相，就是丐帮中的谋士。他们也有武将兵勇，就是保护丐帮首领的打手，亡命之徒。他们有自己的丐帮之规。入了丐帮就严遵丐帮的各种礼仪、规矩、禁忌、习俗，要求很严。违者要按丐帮帮规进行训教、惩治，重者受极刑，甚至"死无全尸"，众丐不齿。

これらの丐帮互相联络也有自己的一套山规行话，一提足、一竖拐、一声吼、一扭身，可能就属于一种暗语、暗号，这称为"行为语言"，是一种特殊的语句。

丐帮都有自己的山门。有自己的门派、自己的祖爷、自己的法度、自己的暗语，而且互不一致，互相之间保密。上不传亲人，下不传妻室。

丐帮也不是没有妻妾的，甚至还多妻多妾。当然，也有的丐帮就是光棍派，男女入伙都是绺门兄弟姊妹，不成家的。互相有男女苟且之举，要遭受严惩。

丐帮的帮规更是五花八门。特别是进入清代，丐帮势力甚大。从康熙朝起，到雍正、乾隆朝，虽然社会繁荣，百姓生活丰衣足食，夜不闭户，是大清鼎盛时期，但丐帮仍是社会一员，并没有消散。各州府、地丞、乡里和各层官吏，都非常敬重丐帮，人们不敢得罪、触犯、小瞧他们，甚至待如贵宾、上客。请他们好像请财神爷、门神爷、福神爷，丝毫不敢怠慢、失礼。

因为各地官府官员，要想不掉乌纱帽，稳坐当官的椅子，保证一方的平安、稳定，这丐帮是最关键、最重要的顶梁柱。丐帮不仅能够维持社会秩序，社会治安，贼匪不生，不敢作乱，而且还能刺探民怨等下情，搜集流言蜚语，斥责官府官吏的民间咒语谶语，了解民情，像是官府的一双千里眼、顺风耳。不然，官员便不能睡安稳觉，不能平安无事度日子。傅恒、福康安等深明这个道理，所以一直在自己的府内家中养着这帮丐帮家丁。

正因丐帮家丁是一股"神通广大"的民间势力，都非常讲义气，很仗义，你不犯他，他绝不犯你，而且为朋为友两肋插刀，肯于助人为乐，甚至有"先天下之爱而爱，后天下之乐而乐"的胸怀。当时社会上，真是缺不了丐帮。

彩凤受命夜探突来京师的这伙流贼，福康安不知这伙人究竟是什么意图，他们在京师天子脚下要闹腾出多大的动静，要惊动什么，是否要与大清对立，是否要聚众闹事，使社会从此不宁，激起民怨沸腾，以致不可收拾？处理此事必要先做好准备，未雨绸缪。自己身为皇家头等侍卫，满洲都统，如闹出事端，就有失职大罪。所以他才选出彩凤和塔力布两人，务要办妥此事。

再说彩凤从福康安大厅回来，刚进入自己的宅院，心里铭记从丐帮宅院打听的流贼动向，准备换上夜行器备，天黑后就出门越墙而遁，速办自己的事去。这时，有人拍了一下她的肩膀，说："你是彩凤姑娘？"

彩凤答曰："正是。"

彩凤盯住此人，已看得十分真切。她见此人正是常在"丐帮家丁"门院外，狮子滚绣球的大雕石座下坐在地上，右手心摇动着两个大铁球的敞胸露怀的老冉头。

这老冉头的白发、白眉、白胡须飘洒在下颏，很有一股仙风道骨之感。老冉头没跟她说太多的话，只是用左手一招，意思是你跟我来，我有事要告诉你。

彩凤认识这位丐帮老者，他们曾有过一面之交。

说来，那是五年前的一个冬天初雪的早晨。彩凤当时受福康安之命，星夜要赶到天津镇守使伍常统领府上传送缉拿运河盗匪刘庆逃犯的火印公函。彩凤会轻功，一路都是疾步而行，整整走了大半夜。天将拂晓，她才赶到天津镇。她沿街向东行，路过一个药王庙。别看是早晨，也有一些善男信女去送香求药，祈祷仙医孙思邈药王爷大发慈悲善心，降下灵丹神药。真有不少人跪在地上，和尚敲着铜磬，口念佛号。还说道："药王爷速速显灵啦，快快叩头谢恩啊！"

彩凤当时为清晨时这股热热闹闹的场面和声音所吸引，便想，好在天时尚早，到镇守使伍常统领府上去还显早些，人家可能刚起来，还在梳洗吃早饭吧，不如进庙去看看，少作歇息，再赶去也不迟。想到这里，彩凤便信步走进了药王庙。

进了庙，彩凤的眼神可就不够用了。

只见这药王庙外边还有青砖墙围着，前门有牌楼，正门西侧有左右便门。进庙门后要登五层台阶。院里，有一条通道，通道两侧，各有一鼎高大的紫铜铸成的大香炉，香烟缭绕。再从甬道前行，便是孙思邈药王庙。

这仙医药王庙的建筑不算宏伟壮阔，但也很讲究。四楹的正门，庙门全都敞开，从外面便能看到庙里孙思邈真人的白玉塑像神态，仙风道骨，一派真容。孙真人三绺黑色的长髯飘洒在胸前，两目炯炯，凝视世间万千黎庶，似乎正全神贯注地注视着黎民百姓，思索着如何拯救世上疾患苦难煎熬的百姓们，快快脱离苦海。那供香供果堆积如山，还有送整猪整羊的。整个庙里进香求药的人群熙熙攘攘。有执香来的，有背着病人的，庙里庙外还有不少口喊救命的。一阵阵哭泣救命之声传来，令人心动，为之动情。

就在这时，突然从庙门外来了一彪人众。

只见为首的是位穿着员外大衣的人，被左右护从簇拥着，也在大声地吆喝："快！快快！都滚开，贝勒爷来了。快闪开，踏死无论！"

彩凤顺着人声一看，见那些人一个个趾高气扬，不可一世。

只见那个自称贝勒爷的中年人，将一大托盘的白面馒头和钱摆放到神案上，然后又从一个奴才用人手中接过一个木方盘，上面有一个插着钢刀的煮熟的肥猪猪头，热气腾腾，也摆到了药王爷前边的案子上。

这时候，庙案上，一些先来的人早摆了不少的供品，这个人不是轻轻移动一下，而是用大手一扫，把别人的供品都给扫到了地上，鸡呀、鸭呀、糕点呀、枣饽饽呀，一下子滚了个满地。

正在地上跪着的施主，在虔诚祈祷的主人，被从神案上滚下来的供品砸在头上、肩上，都站起来大声吵喊：

"你个混账的东西，为何把我的供品给弄了一地？"

"是啊，你也太罪过啦。怎么把我的供品弄了一地？"

吵吵的人是两个老者。一个老头，一个老妇人。

这两位老人瘦骨嶙峋，看来有近八十岁。两位老人边吵吵边归拢剩下的果子。抬头一看这些来者如狼似虎，膀大腰圆，瞪着眼在看他们，自知不是他们的对手，就抖抖颤颤站起来。老头忍气吞声地拉起老太太，一步三回头地走出庙门。

可气坏了彩凤和周围的人。

这时，那个贝勒爷觉着脚下有人碰了他一下，就突然暴跳如雷，大声骂道："该死的，敢碰爷爷我？"

说着，他抬起一脚就踢了过去。

彩凤才注意到，原来庙里的地面上满地滚动的馒头、供品，有几个乞丐正趴在地上小心地捡着，抢着馒头，并大口大口地吃着馒头。这时贝勒爷对乞丐们一顿暴打，这还不解气，从背上抽出铁鞭、钢刀，用铁鞭、刀背，狠狠地照乞丐打了下来。不少乞丐顿时被打昏了过去，疼得满地呻吟，两腿直蹬蹬，哀求告饶。

"滚！都给我滚犊子！"

这个凶狠的贝勒爷，不但不同情，反而大打出手，还命跟随而来的仆人们说："你们还愣着干什么？还不给我快打、往死里打、狠打不饶，打死不偿命！"

这下可激怒了这群流丐中的一位长者。

这位长者看来是这群流乞中的丐帮头领，还是一位白发苍苍的老者。他也被贝勒爷和那帮恶狼一样的跟随们打得满嘴是血，遍地翻滚，可他并不服软。

他虽然被人打着，口中却不停地说："你这大人，怎么这么不讲理呀？"

贝勒爷说："怎么不讲理？"

老人说："你想想啊，我和崽子们是捡那些被你扫到地上的食物。一个个上好的面食，都叫你们给脚踩得稀巴烂，黑泥巴和面混在了一起，是吧？都认不出个来了，是吧？这也是粮食吧？我们捡它吃它，这不是造孽。而你们乱扔、乱踩，这才是造孽。要折寿的！这又不是你的。那两位老人都被你们给吓走了。你凭啥要打我们？"

贝勒爷说："你这老东西，竟敢来教训我？"

那老乞丐慢声慢语地说："不是教训你，是跟你说说理。"

"你这是指责我没理！"

老乞丐说："对对，正是你没理。"

那个贝勒爷听后哈哈狂笑了一声，豪横地说："你说得对，我就是不讲理，就打你。你能把我贝勒爷咋样？我贝勒爷有的是粮食，有的是白面，我愿怎么糟践就怎么糟践。"

老乞丐说："真有的是？"

贝勒爷说："当然有的是。"

老乞丐说："你要有的是，你行行善，给我们这些无衣无食的人，也是积德积寿啊。"

那个气势汹汹的贝勒爷一听，大声叫道："凭啥给你？你是我儿子？还是我孙子？"

那些帮凶也都喊："你是儿子还是孙子？"

那贝勒爷更加狂妄。他突然就解开了自己的大肥裤子。正在大家不知他要干什么时，他对老乞丐首领说："老家伙，你不是想要么？好，我给你。你敢要就行！"

谁知，那老人反而笑之，说："敢要。"

贝勒爷一得意，说："那好。你不是要么，来吧，你把嘴张大点，我给你沏好一口热茶！你要喝了，我这些银子全给你。"开始人们不信，可当那个凶恶的贝勒爷竟在光天化日之下，呼啦啦地把自己下身的彩缎兰花的大肥裤子从上往下一推，大肥裤子唰一下子褪到脚跟，内裤白布大裤子也随之脱下，下身的肚皮上一片恶心的黑毛。更恶心的是，他说着，竟然也不管周围还有男的女的，老的少的，疯了似的就尿开了。

"哎呀妈呀！吓死人了！"

"这，这人咋这么霸道？"

周围的男女香客都被这个混蛋家伙的举动给吓蒙了，一个个惊讶大叫。众女人们都赶紧捂上眼睛，扭头便走，口里不断地骂。

站在远处的彩凤也真气坏了。

她虽然羞得满面通红，但主持正义的侠气令她忘记了一切，她在心里说："欺人太甚！太霸道了，竟把所有的人都没放在眼里。任他为非作歹随便耍弄，这还了得？"

彩凤气坏了。她挤开众人，大步地奔向那个贝勒爷。可这时，那家伙更加有恃无恐，他大声喊着，把手放在自己的阳物上，说道："你们不是什么都捡吗？什么都要吗？好吧，给你，给你们喝热茶，来呀！"他说着，竟然冲着丐帮老者的脸和嘴杵过去。

那丐帮老者竟毫无畏惧，他口喊道："崽子们……"

"在。"众乞丐齐回。

老丐头领说："给我打这个没人性的浑仗王八蛋！"

"是！"众乞丐又齐回答。

一时间，众乞丐和那些跟随贝勒而来的随从帮凶们，都冲在一起，混打起来。他们个个大打出手，一片血沫飞扬。

彩凤怕丐帮人受害，她忍不住大喝一声："大胆狂徒，休要欺人太甚！"她边说边把右手伸入自己右怀兜子里，往外一抽，用手一甩，就见有无数个小黑影，"嗖、嗖、嗖、嗖"地飞了出去。也真打得准，就见一个个小黑影都钉进这帮狂徒的脸上、肩上。特别有意思的是，有三个小黑影都狠狠地钉进那个贝勒爷脱去裤子的又白又胖的大屁股上。

人们还没看清那小黑影是什么东西，却有股强大的力道，竟把这个贝勒爷蹬、蹬、蹬地推前好几大步，正好趴在丐帮老者的脚下，栽了个大仰八叉。他的大下巴正好磕在地上的石头上，满下巴都是血。

这个贝勒爷只觉得全身到处都疼。疼得他头上冒汗，浑身发抖，满地翻滚。

彩凤这一招很有名，俗名叫"打红豆"。这个绝招是来自民间的打镖本事。

打镖是中国武术中的绝技，主要是靠抛出手中的利器，以飞快的速度抵达目标。但有时候，如果用铁器伤人太重，用大红豆，就是农村烀苞米馇子加上的大芸豆，别看它是植物的果实，可是干后十分坚硬，如果迅速打出，这种"利器"可使对方一阵疼痛，红豆被打入皮肉之内，不至于伤人性命，能起警示教育作用。令被击打的一方，难忘疼痛，不敢再干坏事。

彩凤这一招真厉害。这些歹徒暴徒一下子都服了。这时，丐帮老者领着一帮乞丐走过来，都给彩凤施礼叩头，感激她仗义相救。

那位丐帮老者说："这位女英雄，请高抬贵手。这帮恶棍，让姑娘您给制伏了。我看，还是给他们治治伤吧，听他们一个个吱呀叫唤也怪可怜的。"

躺在地上的贝勒爷也仰头哀求："大奶奶呀，请饶了我们吧！我以后再也不敢欺负可怜的要饭人啦！"

彩凤觉着来气，又有些不解。

这些丐帮的人，一个个缺衣少穿，到处挨人家的骂才要得一些破衣剩饭，可心肠还这么善良，便问："他们这么欺负你们，戏耍你们，你们咋还为他们说话呀？"

那位丐帮老者说："姑娘，人谁还没个错。能勒马回头，就饶了他们吧！"

彩凤很受感动。她对这个丐帮老者很是敬佩。于是，她就按照老人的心意，把钉入这几个匪贼脸上、肩上、屁股蛋里的红豆子，一个个给挤了出来。

彩凤有自己的治伤法。她用自己的手指功法，一边轻轻地摸摩伤口处，一边突然在伤口处用两个手指用力一挤，再用掌心一收，从红色的伤口中把大红豆子从肉皮中挤了出来。这挤还真很痛。被挤的这些暴徒都闭着双眼咧嘴大叫一声，红豆才能从皮肉里带血挤出来。

彩凤一个一个把这几个人肉里的红豆都挤出来，然后又摸出一些白色的止痛止痒药，在每个人的身上伤口处给擦了一下，顿时就觉得不疼痛了。

彩凤说："我给你们止住了疼痛，你们把这些可怜的要饭兄弟打成了这样，你们又该怎么办？"

那个总自称是贝勒爷的人，一见自己的伤口也不痛了，又开始放肆起来。他睁着眼睛，爬起来说："那我们不管。谁让他们到我腿下捡吃的，还好悬没把我给绊倒呢！"

　　他这样一说，可惹怒了丐帮那位好心的老者，他大声说："哎呀，你这个狗改不了吃屎的家伙，我好心请这位姑娘给你疗伤，你不但不改过自新，还这么无理欺人，我们丐帮也不是好欺负的，北京城的丐帮有数千人之多，大伙都很齐心。只要我一声喊，我的崽子们不用说捶你，用吐沫也把你给淹死灌死了！"老丐帮领人就冲了过来。

　　彩凤一看，连忙说："各位不用动，我再给他们点厉害。"说着，就见彩凤从兜里掏出三包小袋子。原来，这三个小袋子都是她的护身兵器，一个是一袋大红豆，一袋装着黄豆粒大的铁蛋子，一袋装着各种各样的小飞刀，只有蚂蚁那么大，这是她留作关键时刻在不同情况分别使用的"武器"。现在她想，"我用这一把铁蛋子来教训你们一下，也太轻了，干脆，用小飞刀来让你们尝尝厉害。"

　　彩凤从小袋子里抓出一把小飞刀："你们几个臭小子，看来不服气是不？那好，我用这些小飞刀再打过去，你们各个就要伤筋断骨，叫你们在地上爬都爬不动。"

　　她袋子里的小飞刀，都是用药酒泡过的，刺进人的身体各个部位，立即就全身发麻，不到半个时辰，就不能动弹了，而且骨肉发黑、溃烂、冒黄水，自己就腐烂起来，渐渐变成一把白骨。

　　彩凤说着，拿出几粒铁蛋子，都不太大，可是都很亮、很重。就在众人都不注意时，只见她右手往空中一甩，正巧庙中院里飞过一只老鸹，众人正在纳闷，只听"嘎"的一声，那只老鸹扑腾一下翅膀，落到院里的地上，死去了。

　　丐帮老者捡起来，众人一看，老鸹的胸脯部分还在冒着血。顺着伤口部分一推，里边一个小铁蛋子已经打入老鸹肉里很深，胸骨都碎了。

　　这一下子，那帮歹徒可吓坏了。

　　那个贝勒爷也改了口气，他好言好语地对彩凤说："大仙姑，我们有眼无珠！你可是一个武林高手，我们服了还不行吗？"

　　彩凤说："少来这一套。快！把你们带的银子全拿出来，给丐帮兄弟们疗伤看病，作为你对人家的赔罪。你能做到不？"

　　那个贝勒爷连连点头地说："能啊，仙姑！我能做到。"

　　"那快做！"

　　"是。就做就做。"

　　贝勒爷说着，从自己的衣袋里掏出数两银子，全都交给了丐帮老者，又把在神案上摆的几包供果，稻香村的糕点，取过来三包，也送给了众丐帮的人。

真是不打不成交，不打不相识呀。彩凤与丐帮老者和那个自称贝勒爷的人，一来二去，互相熟悉了，也就近乎起来。彩凤后来详细一打听，还真是有缘，这一伙歹徒原来正是天津镇守使伍常统领府中的下人，那个自称贝勒爷的人只是一个管家而已，在外头见人就吹嘘，说是个贝勒爷，其实只是一个在府上看门守院子的角色。

彩凤正要去他们府上去会会伍常统领。这个管家深知她是京师福康安大人府中的人，他们清楚啊，傅家是皇上身边的重臣，赫赫有名，对彩凤更加敬仰起来，啧啧称是，尽显奴颜婢膝的姿态，忙说："京官姐姐，我们大人在府。我这就送您老人家去府上。"

彩凤一听，也很高兴。没想到这伙歹人正是自己要去的府上的人，也真巧得很。

再说，彩凤见丐帮老者和其他五六个乞丐，有的岁数很小，看样子也就七八岁，很心痛，她马上想到福康安大人家也收留这些穷人，心想，自己一定回京师后向福康安大人好好地谈一下，争取留下他们。

于是，彩凤便对丐帮老者说："老人家，等一会儿我办完公事，你跟我去一个地方。"

"去哪里？"

"保你和你的兄弟们有安身之地。"

"好吧。"老人欣然地答应了。

事情办完之后，彩凤把他带回了京师，福康安听了彩凤的叙说，真的派人把他收留下来了。

这位丐帮老者那年已近七十岁了。他长期在天津卫和附近及京师乞讨，是丐帮的一个头领。他们是天津卫地面上的"广"字派，就是一位叫鲍广的丐帮头目的人，于雍正年之前创起了这个丐帮派系，把他的名字的第二个字定为派系的暗号，只要两人见面说到一个"广"字，就到"家"了，什么问题都能解决了。大家同危共济，生死相救。不是"广"字的，休想在整个天津卫站住脚混到一碗粥喝。

当时，京城有两派丐帮，一派是西城的"丘"字儿派，另一派是东城的"万"字儿派。东城的"万字派"和西城的"丘字派"各占一方，就连各地出名的流寇、窃贼、过客、牵手绺子，再有能耐，要进北京城，或是从京城过，都得先到他们这儿"报号"，叫"上条子"（就是报了号），不然休想通过，更别说歇脚住宿了，片刻也不会让你逗留！

彩凤也有了大功,得到福康安的夸赞。

因她这次公办,把天津卫的"广字儿"派的一个头领给领来,成为京师傅氏家族麾下的"丐帮家丁"成员,这等于给福康安增加了耳目和实力。

要知道,丐帮在历代朝廷中都是被特殊看待和器重、不可小瞧的人群。别看他们一个个其貌不扬,像一群乌合之众,但实际上是最抱团的实力派。要说有规矩有纲法,丐帮组织是最讲这一套的,而平时不了解情况的人往往看不起他们,他们彼此之间最讲同舟共济,为了生计唯有相互依赖。这些人最有气派,最有组织能力,其中最视大义者为其头目,称为丐王、丐老爷、当家的、管家的、大柜、掐点的、圈主、帮主,等等,各地叫法不一。丐帮都有自己的规矩。对那些违规者惩治甚严,甚至被逐出丐帮,当臭狗屎,谁见谁欺,谁见谁撵,乃至困死或上吊了却残生。

当年,京丐或天津卫丐,相互以说话的声调方言相区别。京丐发"儿音",说京话;天津卫丐说天津卫方言墰(tǎn)山话。各地丐帮划定势力范围,互不相接,互不抢货,若"抢货"必是一场血战。这在整个康、雍、乾三朝很厉害。但这些人也很讲义气,你不犯我,我不犯你,若有难事,还互相仗义相助。各丐帮中如一方有难来求,一定要去相帮,如遭伤害,丐帮大小崽子绝不报复,绝不记仇,心安理得,只是被害的一方要得到另一方人送来的报偿和厚礼,并为死伤的丐友送葬,超度亡灵或立碑铭记。

彩凤为福康安招来的"广字儿"丐帮二号当家的老者,人称"广二爷",绰号叫"二笆子"。其实,丐帮的人不重视爹妈从小给起的名讳,多数也都忘记了。进入丐帮后,由丐帮头领起名或自己在丐帮中混的日子长短,有了功劳,赢得的某某名号,就从此叫了起来。这一叫,就叫上一辈子。就是到了新的丐帮,在原丐帮起的绰号也不改换,就是"生要留名,死不改姓"之意。

当彩凤把丐帮这位二号头领人物领进了福康安的"丐帮家丁",也按照丐帮行帮的规矩,不再改名,大家于是都叫他"广二爷"或者"二笆子"。

彩凤受福康安之命,暗查这些日子到京师的这伙陌生流贼的底细。回到自己的住处,她取出自己私访要带的各种器具,又换了一套暗访的衣衫,心里还在琢磨着,如何去迅速查清此事,尽早禀报福康安大人。但她又琢磨开了,这么偌大的北京城,到何处去才能查到这伙人的下落……

　　彩凤正寻思，正往外走，正如前所说，迎面正巧碰上了"广二爷"。

　　彩凤觉得这可真巧，怎么正好遇上了他呢？

　　广二爷见到彩凤，就悄悄把她拉到一个角落，见周围无人，说道："彩凤妹子，我知道你必是受大人之命，跟踪来京师的一伙人，对吧？"

　　彩凤一惊，忙问："您老怎么知道的呀？"

　　广二爷笑了笑，说道："丫头，我们这些人一天是干啥的，不是白吃饭的。我们这些人没别的能耐，就是有人场、有人缘、有人气。我们要眼观六路，耳听八方。不听不观，风还送来响动呢。"

　　彩凤笑了笑，点点头。

　　广二爷又说："头阵子，我在天津卫时，丐帮大小崽子们就打山海关传来信儿，说有一伙穿戴稀奇古怪的男女，硬闯进山海关……"

　　"硬闯？"

　　"对呀。这些人一路上伤了城楼里的两名哨卡和唐山的巡查更爷，没经过俺们天津卫直奔京城。可是被东直门外守城的兵马营军给隔住了。听说城守尉被砍伤，有七八个弟兄被扒光了衣裳，吊到大树上。这帮人很野蛮，说什么别人听不懂，也都有大力气、有能耐。更厉害的是，他们都带着一帮狗，老往人身上扑，非常灵巧，刀枪伤不着。这些狗通他们的人语，让狗干什么狗就干什么。这还不算，听说还带着几只鹰，用皮条拴着腿，放鹰啄人，专啄人、马的眼睛。唉，这伙人闹腾得京师兵马营的人都制伏不了，人心惶惶。偌大的京城头一遭遇到这些难缠的流贼。闹成这个样子，老大人能坐得住吗？还不敢太张扬。万一闹进皇宫里，让皇上知道了，这些兵马司大人都是只吃饱饭的吗？养兵一世，用兵一时，到关键时候，一个个的都没了章程。我已同京师的丐帮兄弟打了招呼，西派丐首是上大爷，东城的丐首是万大爷，北方的土语叫'土楼儿'，所以又叫'丘大楼儿'。丫头啊，你不要小瞧这些人，他们这时最有能耐，谁都不注意他们。他们在暗处，对各方面观察得最细心，知道事情也最多，最准确。丫头啊，你不用在京城找了，你就去通州吧！"

　　"通州？"

　　"正是通州。他们那些人，都在通州大运河旁的通州老店呢。他们到了那个地方，老店人给他们做饭供热水，还给他们天天喂鹰喂狗，州府的大人也都不知道呢！你靠你的本事，再去细察一番。快去快回，早点报给大人，大人会赞赏你的。快去吧，要是这伙人走了，又不知到哪闹腾去啦！"

彩凤知道了这个信儿，多高兴啊。她连连地感谢广二爷："谢谢您老啦！"

广二爷说："谢啥？你不也是看得起我们吗？是你帮助我们找到京师天子脚下最有名的富察氏大人了。唉，我要谢谢你呐。"

彩凤辞别了广二爷，赶紧走了。

她一身的轻功，趁着天正漆黑，又正好是个阴天，星斗不见，对她夜行非常有利。于是轻身上路了。

从京师到通州，这难不倒伶俐的彩凤。就凭自己脚上的功夫，头一缩，腰一弯，双手甩起便飞步向前。

她完全走直道近道。不怕什么房舍、树林、砖墙、河堤、沟坎，怎么走方便，怎么走不耽搁时辰，她可以上房、跳墙、越脊、爬树林、过小径、蹚河流、穿小溪、任何前面的障碍物，都挡不住身怀绝技能蹿房越脊的彩凤。

她这个人走道有办法，又有本事。百余里长路对她来说，没怎么费力气。她气不大喘，汗出不了多少，很快赶到了通州大运河。而此时，尚在半夜，北极星尚在正南刚刚起来。塔其布离星星也直指北天，这就是午夜临近。

她走进通州的市街。街里都是挂灯笼来照亮，大的街口，十字街口，丁字街口，都有灯笼烛火，其实京师也是如此。当年各地专有灯笼倌儿、油倌儿，夜里专管查灯守镇、填油防盗等夜行诸事。所以这通州小镇夜来还不甚黑。

彩凤有能辨别出方向的本领。

正巧，临街的茅草房内，灯火通明，里面有人在说话。那亮光正是从糊着的老窗纸上闪透出来，里边点着油灯，人不知为何还未熟睡。

彩凤就走到窗前站住，说道："麻烦家主，请问通州老店怎么走？"

彩凤问完，屋里有答话："通州老店，沿这条街一直往东走到头，就能看见大红灯笼高高挂在道边上，那大红灯笼上有'通州老店'四个大字。那就是了！"

"谢谢家主。"

"不必。"

彩凤告别这家主人，就直奔通州老店而去。很快她就来到道边，见了几个大红灯笼，知道这就是通州老店了。

彩凤心里记着来时福康安大人的嘱咐，先要摸清是哪派哪伙的驻地，但先不要接触，一切弄清楚之后速速回来禀告，如何处理，由另一位高手去办，只管好生禀报就是了。

彩凤根据大人之命，要巧计进入通州老店，神不知鬼不觉地查明这伙人的下落，弄准现在栖身状况，有多少人，带来何种异物，宗宗件件要看得仔细，告诉老大人就完成了责任和使命。她把这些都一一牢记下来。

彩凤来到通州老店，看到老店外面有一人高的青砖围墙，大木板门从里面关着，用一根大横木做的门杠，大门关得很紧实。

彩凤从树林暗处跃身上了围墙，她蹲在上面仔细观察和聆听着动静。主要是察一察有没有看门的夜犬。这通州老店主要是方便于运河旅客的住宿往来。北去怀柔、密云，南去香河、武清，过往的客旅甚多，又是南来北往转运货物的重要货栈，所以就没有养狗，可能怕伤着乘船、等船的男女老少旅客，旅客容易到旅店来投宿。但彩凤知道，尽管这样，也一定要小心，不能惊动了北来的这伙人和他们带来的那群烈狗，那都是北方的猎犬，相当的凶猛，远比当地的护家犬更难制伏。

彩凤围着通州老店的四面墙，悄悄地转了一转，观察并细心聆听院里的动静。她在墙外树林里两手一捂嘴，从胸腔中猛然发出一股粗憨的声音，这声音正似一只健壮的老猎犬。走着走着，突然见到了夜色中走出这么一只又大又高的陌生动物，而这动物正一步步地奔"猎犬"走来，好像要攻击它……

而老猎犬呢，正由于自己被对方的恐吓，这才发出这种惊慌又猛烈的声音。这声音的意思是，你好大的胆子，竟敢闯到我的地盘，你不要命了？我可有伙伴。你如果再不滚，我可要叫它们啦。这是一系列的动物间的语言。

动物之间其实都能互通信息，而这种本领几乎是彩凤从小就自然得来的。她从小和父母奔波在北方的山林和大海间，对狗呀、熊呀、虎呀，各种各样的动物非常熟悉。她甚至可以随时发出各种动物的叫声，而且能把各种动物呼唤来或吓走。而在她模仿各种动物的"语言"时，她的脸、嘴角、鼻子、眼神儿，都和自己的声音配合。这是一种独特的绝技。

由于彩凤模仿得非常像，夜里很静，这种犬叫声传得非常清楚，早已传入通州老店高墙院中去了。这时，院内的西北角处，顿时就有了反应。

在西北角处，人的肉眼根本无法发现之处，一只犬突然叫了起来。这犬吠声是拉着颤抖的长音，而且就叫了一声，立刻又没声了。

彩凤明白了，这只狗只叫了一声，说明这只狗不是向墙外叫，而是向"外边"的声音发威，或要和外边的来者打架，它是在喊别的狗。院内这只狗，看来是轮换看守的瞭望狗，它"放哨"让其他的狗打盹休息，而它不能打盹，仿佛军营的哨兵站岗放哨一样，而且是它突然间听到墙外不远的地方有不是一伙的同类好像不知何事在搏斗，院里的狗觉警了，它马上发出信号。

它叫出的声音内容大致是这样：伙计们，不好了！外边也来了咱们的同类，不知为何事要互相掐架。是不是和咱们有关？醒醒，快醒醒。咱们得小心啦。得有准备，不可大意。

其实，彩凤之所以模仿狗叫，是想"投石探路"。她发出声音，目的是想知道院里一群猎狗都圈在哪个方向，自己要避开有狗的角落，这便于她进院中探查动静。

当然，彩凤也做了最坏的准备。她这一进，若是真的碰上猎犬，就要从自己的袋里掏出小飞刀来。这都是一些沾有毒药的小飞刀，专射狗的耳朵。因狗身上毛长毛厚，小飞刀不易扎进去。小飞刀也可以扎狗的鼻子，但一定要准，否则伤到狗眼睛，狗就失明了。而狗耳朵上的毛最少，肉又嫩，便于小飞刀扎。只要小飞刀扎进去，飞刀上的毒汁马上发挥作用，狗便会昏睡过去，一个时辰之后才会醒过来，这样伤不坏狗。

这种小飞刀非常小，非常像棠槭树上的叶子，都是铁制的很硬。可以甩动出去，一甩就是几刀，狗根本躲不过去，必有几个小刀刺入狗耳朵上。而且，这种小飞刀，狗主人如果不知道，根本查不出来。等狗醒过来，它的耳朵还是痒痒的，狗就必然要抖身子，要甩头，要到处找树干蹭。这样一来，小飞刀就掉下去了，狗主人根本不会去注意这些。

但对那些陌生的狗，制伏它，就得用毒死、毒昏或毒睡的几种方法，不能扔食物给狗吃。这些狗很鬼道，从来不吃陌生人扔过去的任何食物。即使吃它也照样大叫，给主人报警。

彩凤明白这些个道理，所以她早已做好了各种准备。她有许多套暗器，分别包装在她身上的不同部位的小兜之中。有豆子、有铁帚子、铁球子、有大小飞刀、飞针等，反正样样齐全。而且她一旦打出，就百发百中。这都是傅恒大人的好友岳钟琪大将军传授给彩凤的。

当彩凤了解清楚这通州老店院内西北角处有狗圈的情况之后，她就在夜色中绕到院东南角来了。

这儿也有几棵杨树。她听听里面的动静，没有一点儿声息。于是她就爬上院外挨着青砖墙的大杨树枝。这里很隐蔽。风，吹动着树叶儿哗哗响，对她的隐藏和行动大有帮助。为了看得更清，她飞快地两手提挂，双腿一夹，两脚心狠蹬杨树干，噌，噌，噌，只五六下就跳上了高树，又上到了树的顶端那几个细干上。这是她从小练就的一种"轻功"。

虽然是夜里，四周没有星光，院子里也是一片寂静黑暗。但彩凤凭着她平时观夜景练出的能耐，用像狸猫一样的眼光，专能在夜色中分辨出各种事物。人如能练到这种程度了，有一只猫，一只老鼠在跑，都能在夜色中看到，而且要看得真切明白。正因如此，通州老店院内房舍门庭、甬道、仓房、茅厕、粮囤、马厩、石槽，院里摆放着的板凳，地上的洗脸盆，甚至那从通州买来的牛胰子都看得清清楚楚。一切的一切，都难逃出这聪明伶俐的彩凤的目光。

彩凤正仔细查找辨认这一排排房舍，哪些是伙计们的住处，哪些是店老板的居舍，她要详细地察看院中的各式房舍。整个院是个四合院，四面都是房子。院中心有大花池，北墙没有门，西北墙角、东北墙角，都设有仓房和住人的房间，西南角有房子，东南角有房子，南边有大门。两侧房间看上去很像是车夫、更夫等人居住的房子。正南面大门，已经紧紧地关上，但是东北墙处有个小门楼，看来是夜间巡更人等来往出行之门，现在还正好开启着。

彩凤看到这里，心中暗喜，看来这个东边小门正是可以借道进入院内去了解情况最好的通道了。而且彩凤已觉察到，这东小便门，又远离北角的有狗圈的地方，狗不发现就不会叫，也就不会引起睡梦中的那伙凶狠歹徒知悉，也不能打乱自己夜探古店的使命。

彩凤这时跳下高墙，轻轻来到东侧南角有小角门的地方。但她到近前一看，这个南角门却关着，上面还有"通州老店"的大招牌匾额。而东南角的小角门，是一个黑漆角门，很明显这里才是平时出入使用的便门。

彩凤走过去，又轻轻推了推，立即不推了。她想，这是平时出入的便门，不能轻易动。因为这样的"门"，一般都有"销弦"。一旦角门上有铃铛，或角门在开启时带出响动，会惊动院里西北角里的狗群和熟睡着的人，更夫不能惊动的。

彩凤想到这儿，就仔细观察小角门。

她发现，这小角门并未关严，还留有空隙。彩凤有个特技，叫"缩身术"，只要有一点点缝隙，她都能设法挤到里面去。于是，她整理一下身形，倒吸一口气，立刻就觉着身子软了，她一缩，一挪步，很轻松地就到了院里。此时全院仍然黑暗、肃静。她先停了一下，观望四周没有任何变化，这才紧贴着墙前行而去。

由于她穿着黑色的夜行服，又没有丁点声息，更不易被任何院内人所察觉。她直奔南侧院里头的一间小房而去。她估计那里肯定是守护南大门和东南门的更夫所住之处，或者也许就是守府人的住宅。

她迅速来在这里。可是，当她走到小屋门前，用手拉一下门，才发现这门并没有从里面锁着。她断定这可能是更夫随时出入的原因所以没有及时锁上，于是她立即推门进去了。

她站定看去。只见前面是一铺炕，右面放着桌椅和水缸、箱、柜等生活物件，炕上躺着一个人，正在那里熟睡着。彩凤想，这肯定是守门的更夫了。

彩凤迅速从自己的裤中抽出雪亮的小匕首，来到这个睡着的人头前。她将匕首刀刃压在那人的脖子上，左手指点着他的头狠狠地压住，使那人不能动。然后，彩凤小声喊道："不许起来！问你啥你就说啥就行。"

"是是是！好好好！"

那人连连说着好话。

彩凤这时才注意到，被她控制住的这个人原来是一个满头白发的老更夫。

老人大约有七十多岁了，一绺银白的胡须飘在胸前。可能也是这么多年这一带十分的平顺安静，所以他每夜睡得很香，也没碰上过什么歹人入室。这次可能是头一次遭遇。他是在睡梦中被人点醒。开始，全身一抖，接着又安静下来，一动不动地听这个陌生人的吩咐。

彩凤说："别大声说话！"

老人连连小声说道："哎呀，你，你，你想要干吗呀？"

彩凤说："别怕。老实回答我的话就行。"

那个老更夫一下子听出对方是个女的。于是说："哎呀，姑奶奶，你怎么是个女的？女的是干这行当的吗？"

彩凤用匕首把打了老头下巴一下，说道："别胡说，小心我杀了你！"

"哎呀！你急什么嘛！"

彩凤说："少废话，听我的！"

老更夫这才又有些委屈地说道："姑奶奶，我随你了。我是一个老头子，只是为了能挣点油米柴盐，谋谋生计。你问我啥？"

彩凤见这个老更夫真的没有什么虚假之心，就收回匕首，说道："老大爷，你坐起来跟我说话，我相信你。"

"哎呀，这就好了嘛。"

于是，这老爷子就披着被子坐了起来。

彩凤问他说："老大爷我问你，你们店里最近有什么旅客过来？哪地方的人？请你详细告诉我。不许撒谎，骗我！如果你跟我耍心眼，我可不能饶你！"

"客人？"

"对呀！"

老更夫想了想说："我们这老店已好长时候没什么客人来了。运河的水，这几个月挺瘦的，下水船上来的不多，所以没啥大油水。可是谁想到……"老人说到这儿，停了下来。

彩凤说："老爷子，快说呀！"

老更夫说："可是，万万想不到，真是老天有眼。就在几天前，我们老店来了十几个北边的客人。"

"北边人？"

"对嘛。这些人的口音怪，不细去听，听不懂他们说的嘛。"

彩凤一听，心想，可下子找对路子啦。

于是彩凤说："老人家，你就详细地给我讲一讲，这些人都什么样，住在哪个屋，他们一般都说什么唠什么。你老想到啥就说啥，我都爱听。"

这老更夫说："姑娘，怎么，难道是他们得罪你了？但我看不像。姑奶奶呀，我看这是一伙很好的人，就是不常到内地来，周围的事呀他们都好奇！你可别把他们当成什么坏人。我看，他们像是来找谁。"

"找谁？"

"对嘛。好像是谁派的。谁呢？说不准。这伙人就住在老店正房和西厢房，还带来了不少的狗。"

"狗？"

"嗯。这些狗都很厉害，惹不得。一碰它，真咬。他们让这些狗看着东西。你一瞧东西，它就咬！你一笑，它也咬。"

"啊？这么厉害。"

"嗯。他们呀，还带了好几个大箱子，不知装的是什么。他们每个人都有兵器。每个人都梳着长长的辫子，穿着长长的大袍子，大长靴。还听他们讲，好像有几个受伤的，留在了关外。是，是什么，叫什么拉……"

"乌拉？"

"对，对对。就是叫吉林乌拉嘛！"

"是这个名字吗？"

"别看我老朽，可是记不错。听他们的口气，是让吉林乌拉军兵给伤害的。他们恨透了！"

彩凤又问："他们还能住几天？还想到哪里去吗？"

老更夫想了想说："是。他们好像还想动，大概要进京城。"

"进京城？"

"嗯。他们开始在京师没站住，让京师兵马给撵出来了。他们不甘心，还要进去。听他们那口气里，似乎要找什么大人？"

彩凤从怀里掏出一些碎银子，说："老人家，谢谢您啦。过些日子，我可能还要来。再来时，还要找你。我来的事，你千万不要告诉任何人，包括你们老店的掌柜的。这些人如果有什么活动，多注意点，留心点，我过几日再来见你。"

彩凤辞别了老更夫，迅速返回京城。她进入京城后，先不回自己的住所，而是先到福康安大人府上，直接来拜见在室中焦急等待的福康安大人。叩见后，她便将自己遇见和听到的情况一五一十地讲了一遍。

福康安知道一切情况后，便说："好。彩凤，你辛苦了，先回去安歇吧。"

彩凤叩别大人，走了出去。

福康安又命家人请来富察塔力布。塔力布进室叩拜大人后，福康安就将命彩凤出外察访这伙陌生人所见所闻等一切情况告知他。

并说道："塔力布，看来彩凤此行与我事先预料的情况大体相应。这伙人是来朝廷办事的，不是什么歹人。依我看，我们应以礼相待。"

"以礼相待？"

"对。请你现在去往通州，带着些兵马，请他们进京城，到府上来。我与理藩院、大理寺、户部等官员，在府门相迎。"

富察塔力布本人即是生于北国，原为乞列迷人，从小就长在冰天雪地的漠北。他生性彪悍、勇猛、豪爽，特能喝酒，一喝酒就会有万夫不当之勇，天不怕，地不怕。但要是把他看成是一个只动粗而没有心眼的有勇无谋的武夫，那可就错上加错啦。

其实，各族皆知，北方的乞列迷人最聪明。塔力布就是既有勇又有谋的一名干将，他会说好几个北方民族部落的土语，懂得北方民族部落的种种风俗和习惯，跟北方民众能打成一片，生活在一起，说到一起。什么样的北方陌生人，只要塔力布跟他们联系上了，就能够相通交心谈心。正因如此，自从塔力布来到富察氏家族之后，凭着这些天生的本事，很快就得到傅恒大学士及其儿子福康安的重视和信任，什么重要的棘手的事，都要交给塔力布去办、去处理。他是富察氏家族最有能耐的家人。

塔力布又找到彩凤详细地询问和了解了一下她去通州探查的情况。一切心知肚明之后，他就辞别了福康安大人，径直去往通州老店了。

塔力布最了解北方同乡人的心理。他这次去不是一个人单独去的，而是带着"富察氏家丁"里几个贴身阿哈①去的，赶了三套大车。

头一套大车里面装的是由京师派人从江南采购来准备富察氏人年节用的蚕丝绸缎。这些丝、绸都是上等货。手一摸，非常滑溜，耀眼。北国的各族人当时都穿当地捕获的各种野兽的皮衣、皮服，有毛的，没毛的，从未见到过绫罗绸缎。北方人见到这些珍品，犹如见到了宝贝。他们知道中原才有这些东西，要见到和得到这些东西简直就是一个梦想。

第二套大车拉的是上等的白酒。这些酒都是用柳条子编织的上面涂着漆胶，并都贴着大"福"字的酒篓装着。当年，京师怀柔府"福升大烧锅"轰动南北的。它烧出的老白干之所以出名，是因为它烧制的工序一律从祖上传承下来。就说那"踩糗子"吧，一律选用七八岁的小男孩，据说这年岁的小孩的小脚跟正好可以装在糗坯模子里，这样糗子踩的匀乎，出的酒好又香。而且，踩这种坯子，要由踩坯师傅用绳牵着一行十二个小孩，小孩们每人拽着自己的坯绳，他们光着屁股蛋儿，腰上围条红色小肚兜，唱着"踩坯歌"，在师傅的统一指挥下一齐翻坯、踩坯。

而踩坯师傅完全用"踩坯歌"去领他们干活。那歌是这样唱的：

阿兰巴利巴利，

啪——！

阿兰巴利巴利，

啪——！

---

① 阿哈：满语，即奴隶。

这"阿兰巴利巴利"据说是满语土语，意思是"准备好了吗"；而"啪"是翻动坯模子的响动。孩子们边唱边翻，动静好听，场面独特。因此，每到"福升大烧锅"踩釉子，那南北二屯的人都纷纷赶来观看，人山人海，热闹无比，也把"福升大烧锅"的酿酒故事传向了四面八方。

这回，塔力布特意弄来了六大篓子，每篓是一百二十斤，一色用牛皮为盖，并以牛皮包裹着酒篓，不使其散失酒味。酒篓口用大木塞堵着，密封着的陈年老酒。这是北方人最喜欢的陈年老酒。如能喝到这种京师名烧锅的白酒，一醉方休，什么怒气、怨气、仇气顿消。

第三套大车拉的"东西"更绝。这车上装的都是专门向当年乾隆朝在京师灯市口闻名的"天阁楼"要的"满汉全席"，十三凉、十三热、七蒸、八珍、九酱烀，外加烤"猪头""酱肘子"，还有一炖、二烀、三蒸、四贴等虽是民间做法但绝不常见的京师人家吃的各种饭菜，甚至"小笼包子"也带了三十屉。各种吃食，那是应有尽有哇。

各位阿哥，我朱伯西说这些，您可能要笑话啦，满汉全席北国人品尝不着，塔力布送去可以，那么为什么还拿什么"烧猪头""酱肘子""小笼包子"呢？有啥稀奇的呀？这您老就不懂啦。

"烧猪头"这道菜，原出自满汉全席之中的古老满席名肴。猪头是一种小乳猪，刚从胎衣中取出，经过清洗、剃毛骨，只剩下拳头大一块嫩嫩白色的小猪头肉，放入北方柿汁、山梨汁、山楂汁、草莓汁中浸泡月余，取出再放入桂枝、八里香、黄瓜香、麝香、血竭、没药、蜂蜜、麦芽糖的罐子中喂泡半年。此罐要密封好，放入地室，最好埋入地下，不能浸入湿水，保持罐内干净，完全是上下透清香之气，都被这猪头肉吸入肉内，这才有了浓厚的果香、肉香、蜜香、药气之香。届期取出，在椴木、桂枝木、楠木嵌成的烧炉中，以文火薰烧两个时辰。取出后，那猪肉是鲜嫩棕黄色。吃入口中仿佛吃天上的香蜜，韵味儿无穷，香而不腻，入口即化，如甜香之液滴溶入口中。乾隆皇帝非常喜欢此佳肴，这是大清国万众童叟均喜欢的上品菜。此菜其实有传地和传人，名师谓"桂香色夫"，世人景仰。

"酱肘子"，也是大致此种工序，只是所有工料，稍有差别，亦是乾隆朝的上乘名肴。

"小笼包子"，又分猪、牛、羊三种肉馅，加以白菜，或芹菜、韭菜等。拌料颇为讲究，要做到馅中有鲜汤，入口时面皮不破裂，汤不泄出。此种做法就由乾隆朝京师"大御天歌园""天阁楼"首创而来，后逐渐传于世上，成为八王爷的拿手好戏，并被他带进天津卫，又形成了天津卫一派的"天津卫小笼包子"，与京师名厨的京师小笼包子相媲美。

塔力布让随从跟着，赶着三套大马车，很快就找到了通州老店。通州老店的明晃晃的大匾额老远就瞅得分外真切，大车很快就到了老店。

"这儿，是通州老店啦？"塔力布高声询问，"我乃京师大学士富察府大管家塔力布，特来拜会漠北远方客！"

店小二大步流星地跑到里屋，向柜房老板娘报了一声。柜房老板娘忙进里屋向自己的大掌柜转报。大掌柜是一位戴着花镜的五十多岁的男子，留着八字胡。说来这两天，他也被北方来客折磨得很闹心。这些个北方来客因到京师去很不顺利，到处碰壁，并被京师的巡城兵马一顿追赶，驱逐得站不住脚，不得不被迫流落通州，这才寻找到通州老店来落脚安身。由于语言不通，生活习俗不合，各种怒气、怨气都发到了店掌柜的身上。这伙北方来客天天以拳脚或者掏出匕首相威胁，还硬让大掌柜天天好酒好饭地应酬着，气得店家上下一肚子委屈。

大掌柜曾经秘密禀报通州府尹，但府尹也无能为力，又不敢轻易得罪。因人家住店给钱，而且他们一个个大骂朝廷不管儿女，自称是来找娘家人的，埋怨娘家人不管他们。通州府尹当然不敢发兵马。一旦出了差错，朝廷怪罪下来，他不是吃不了兜着走吗，所以，通州府尹好言安慰大掌柜："会出头的！会出头的！在你处住着，替府尹顶着一阵儿，相信朝廷会有人来办理此案。"

果不其然，今日，听到老婆说京师来人了。他真是一肚子怨气全消了，也敢于露面了。急忙披上衣裳，穿上自己常穿的大傻鞋，帽子都忘了戴，就一溜儿小跑地奔了出来，赶忙去迎接京师大学士富察府的大管家。

大掌柜走出门外，见到院里来了不少人，还有三套拉满了"东西"的大马车。车上的各种物品都堆着、盖着，也有的露出了一些样式。

塔力布走了过来，施礼说道："你是通州老店的掌柜吗？"

"在下正是。"

"那好。我是傅恒大学士府上的大管家。这次受都统福康安大人之命，特意专程来拜见和接迎朝廷的北方来的贵客。"

大掌柜一听，高兴地马上跪地叩头。说道："哎呀，上差大人到我这小店来，小的给您老叩头啦！"说着，又命伙计们说："还站着干什么，快，快帮助上差大人伺候马匹！"又忙向塔力布说："请上差大人快进小店里喝茶办公事!"说完,他急忙头前带路,推开房门,让塔力布进屋,并向屋里喊:"伙计,快招待上差大人进屋献茶!"

塔力布一行人,跟随掌柜的进了上屋。

京师上差来人,三辆大车,随人很多,直奔通州老店说来"接迎亲人",这消息在荒僻的通州立刻就传开了。就见大道上来了不少携老带幼来看京师上差的,他们都不知道这京师天子脚下的大人物是个什么样啊。

人一多,动静就大,把大院西北角狗圈中的群犬惊动了。狗在吠,人声吵闹,这通州老店可就热闹起来了。这是这个老店多少年没有过的现象了。

这样一吵喊,早把通州老店各屋中整天大骂、喝酒、吵闹、打架的北来的众位憋得急不可耐了。他们听外边一吵闹,更加的火气大发,从各屋里闯了出来。没等大掌柜向塔力布介绍这些房客,就一个个火气十足地冲向塔力布,围了上来。有的要动拳,有的要薅脖领子,睁着大眼睛大声呼喊:"给门恩克吉何! 给门恩克吉何!"①

有的喊着:"密孤楚窝马! 密孤楚窝巴!"②

"拖达莫布莫! 拖达莫布莫!"③

还有的喊:"额姆包乌巴! 额姆包乌巴!"④

塔力布简直让这帮陌生人给围上了。他们七言八语,吵吵喊喊,使塔力布没有回答的机会。这些陌生人个个怒气冲冲,就差没有动手打塔力布了,就像他们身上有多少愤怒必须都要发泄到塔力布这个上差的身上才行似的。塔力布左右应付不了,话都不能说。这可急坏了,怎么办呢?

突然,塔力布灵机一动,他想起来了。

在这种时候,他何不把家乡的"旧礼"亮出来呢! 这么一想,塔力布来了精神。他不管这伙人怎么推他、搡他、喊他、向他吵吵,他挤出人群,把自己身上穿的清代骁骑校的官服一脱,把头戴的五品顶戴一摘,光头甩着长辫,里边的鲸鱼坎肩露了出来。

他的下身,穿着小海豹皮的黑色带斑点的大肥紫袍裤子,裤子上面

---

① 北方土语:仇家光临! 仇家光临!
② 北方土语:我们的同伙在哪里? 同伙在哪里?
③ 北方土语:偿还! 偿还!
④ 娘家的在哪里? 娘家的在哪里?

有一条用海牛皮磨成的白色腰带，他口中大喊一声："台盖，台盖，布鲁呼尔台盖①……"

他这一喊，那伙人全愣神儿啦。

这时再看塔力布，只见他拍着手，双脚有节奏地跳了起来。头摆动，两肩抖动，分外熟练。随着手臂摆动，他猛跳起了"台盖"舞。他边跳，口里还在不停地叫喊"台盖，台盖，布鲁呼尔台盖"。

他唱着，叫着，呼喊着，一股粗犷的来自遥远北方的浓郁民族气息从塔力布眯着双眼的陶醉以及欢快的舞步和呼喊中传递出来，好像一股来自北方的狂风，在京师大地上吹刮起来，立刻引起人们一种久远的记忆。

塔力布这么突然从这伙人中分离出来又这么突然地纵情地喊着"台盖"，并纵情地跳起了古老的北方舞蹈"台盖舞"，一下子把这伙陌生人全给吸引住了震住了。他们这伙人来到中原京师，离开北国部落，已一年有余，没想到在数万里之遥的中原京师，竟有人会跳他们的"台盖"，何等的吃惊，又是何等的亲切，何等的开心。一时间，这些人一肚子的怒气、怨气和不快、愤恨和气愤完完全全都消散净了。"还等着干什么？跳吧。"这些人都想到一块去了。

就见这些人一个个立刻举手投足，也都跟着塔力布的节拍跳了起来。

方才在这伙人中一个向塔力布叫喊的最凶、最厉害的汉子，边跳边靠近塔力布，大声说："西乞列迷！西乞列迷！"②

塔力布大声回答："乞列迷，乞列迷！阿浑兜，阿浑兜③！"

塔力布又用乞列迷古语向众人说："我叫塔力布。我从小生在乞列迷，后来到了京师充差。咱们是亲人重逢，兄弟相聚。大喜呀，大喜，大庆呀，大庆。我特意带来礼物看望兄弟们的！"

这些北国的陌生人，一听说塔力布也是乞列迷人，就格外亲密了，一个个和他紧紧地拥抱起来，有的竟痛哭起来，好像有多少委屈都堵在胸腔里，热泪盈眶。

塔力布通过乞列迷人的"台盖"舞把这些来自北方的陌生来客联系到一起了。

---

① 台盖，台盖，布鲁呼尔台盖："台盖"，北方古部落中流传的一种古舞，单人、群舞皆可，奔放、激昂，即兴狂舞。

② 西乞列迷：意思是你是乞列迷吗。

③ 阿浑兜：意思是兄弟。

"台盖"舞是北方乞列迷人亲朋知己相聚时欢跳的一种甩臂腾腿舞，尽情狂欢，相互见面哪怕有什么宿怨、宿仇，但只要互相一跳起"台盖"，就可以化解一切仇怨。"台盖"舞连着人们心中的感情，什么疑问的思绪都完全可以在这种心灵的沟通中化解，而且一切真情都完全在"台盖"舞中表露无遗。

塔力布这么一跳，众位陌生客都知道了这是自家人来了，所有的防备心理都解除了，个个向塔力布诉起苦来。

塔力布让大掌柜唤来院里随他而来的众阿哈，把一篓篓未开封的"福升烧锅"的陈年美酒抬到车下。又让大掌柜的给打开一间大客房，收拾干净，拼好高案，铺上毡单，命随行来的福康安府上的大厨师，迅速地做好烧烤猪、酱肘子，在通州老店厨房用热火蒸热了"小笼包子"，然后又热气腾腾地端了上来，摆满一屋。当美酒一开篓，酒香扑鼻，满屋芳香醉人。

塔力布请这些从故乡远道而来的陌生客人都坐在上座，他亲自倒上美酒，亲自一碗一碗地送到每个陌生客人的手上。

塔力布手端一碗酒，站在屋内中央，他把酒碗高高举过头顶，"扑通"一声，突然跪下了。他说道："各位兄弟，我塔力布有幸今日见到生我养我地方的亲人来临，这是太阳送来的光芒，这是明月引来的吉祥。阿布卡恩都力①的神风，吹来的故乡的天使啊，我给众位阿浑兜磕头啦！你们万里迢迢来到妈妈的心脏地方大清京师，本应受到皇上的迎接恩赏，真是万分的惭愧，因为京师的大小京官都刚刚从西藏大小金川剿灭叛匪，马未入厩，人未下鞍，万民正在举国欢庆平定匪患。而祝福之时，各位兄弟从北国赶来，接待不周，有失远迎，慢待失礼，使众弟兄这些日子流离失所，在这通州受气受辱。儿子回到妈妈怀里，得不到妈妈的疼爱，儿子伤心啊！我塔力布受当今皇上乾隆爷的厚爱，特命我为御前大臣、京师总管，又受福康安大人之命，特专程前来拜望，谢罪，致歉！迎接众兄弟回京师，皇上要大礼陛见众位弟兄，赏赐乌林，诰命，抚慰北疆万万亿亿大清的子民！"

塔力布说着，抱拳施礼。然后，他又按照乞列迷人古老的兄弟礼来到每个人的面前，弯腰伸双手搭在对方的肩上，谦虚诚恳地用自己额头顶一下对方的额头。额头相碰，鼻尖相顶，这是对最亲切的亲密之人的

---

① 阿布卡恩都力：即天神。

一种表示。然后，他又大声向随从喊道："快把皇上和都统大人赏赐的三大马车赏物全都搬入屋内，送给我故乡的亲兄弟们！"

"是啊！是啊！"

随从们叫着，忙开了。

塔力布的话一出，就连通州老店大掌柜和伙计们都非常高兴了。

上差赐给礼物，大掌柜的为何也高兴呢？因为这些从北国远来的陌生之人，在京师被逐，一怒之下才来到通州。这个通州老店可倒霉了，这伙人就硬住到他的老店里，屋子又多，又暖和，有吃有喝，要啥老掌柜的不敢不给，虽然有时不能及时给银子，也得及时送上所需，不敢违背，这些北方的汉子发起威来人会没命的，所以咬着牙也要去笑脸迎接伺奉。

这回塔力布来了，带这些上好的布绸丝缎、酒肉诸物，可算救了这通州老店啦，他们当然也非常高兴啦。于是，店里的伙计们也帮着搬运起东西和货物来。

北来的这些人见到塔力布如此亲密地对待自己，非常热情、诚恳，心胸坦荡，个个都很感动，一月来的怨气、怒气也全消失了。何况，人家塔力布的随从又搬进了这么多在北国根本就见不到的物品，都是中原的珍品，是大清皇上赐给的啊！

塔力布本来也是北国人，性格非常的豪爽，屋内桌椅不多，塔力布让北方来的众人把随身带来的白熊皮、豹皮、白狐皮、飞鼠褥子、鹿皮被子、狍子腿褥子都抱出来，铺在地上，大家都席地而坐。人们坐在地上，痛饮中原美酒，尝中原的烤乳猪头。塔力布让通州老店的大掌柜也入席同饮同食。

大掌柜一开始有些不好意思，塔力布一拉，将他一下子摁坐在众人之中，说道："不必拘泥。这些北国亲人都是我的兄弟。乞列迷人，心心相印。一同饮酒，就是好兄弟，没有什么讲究。何况掌柜的你也是有功的。"

"俺有功？"掌柜的战战兢兢地问。

塔力布说道："有功。你帮助朝廷招待了咱们在北国的众亲人。你做了一件大好事。我代表府上大人感谢您！您应该喝这杯美酒！喝啊！"

通州老店掌柜的这才放心地坐了下来。

塔力布又把带来的全部蚕丝绸缎都分赏给来人。剩下来的肉食物品，赏给通州老店一些之外，也全部散发给这些人。

众人开怀畅饮，一直喝到日落西天。

人们唱啊，跳啊，足足狂欢了一夜。

快到黎明时，塔力布叫来一个亲随阿哈，吩咐他快骑马回府，禀报大人，就说明个辰卯时客人就去府上了，请大人务必预先安排，迎接北客。

塔力布问："听清了吗？"

那随从阿哈说一声："嗻！"立刻就起身出去，骑上快马，一溜风似的直奔京师而去。

塔力布见众客已经喝醉，便对大家说道："各位同乡兄弟，现在咱们收拾各自的东西物品，准备去京师。我们大人在恭候着众位呢！"

塔力布又向通州老店的掌柜告别致谢。从随从手里要来两锭银元宝，足有五十两，交给大掌柜的，说："谢谢大掌柜了，打扰您了！给您这些银两，是因这些日子他们在老店的花费，算作给你的一点补偿吧！"

"这，这可如何是好？"

大掌柜的手捧着两锭沉甸甸的银元宝，大惊地叫道："哎呀上差大人，这，这可太多了！太多了！哪能使这些？小的不敢接呀。"

"接吧接吧。"塔力布说，"大掌柜的，这是大人赏你的，收下吧。"

"收下？"

"收下吧。"

通州老店的掌柜，连忙深深对塔力布施礼感谢。接着，他又忙唤店里的佣人们："快，帮助这些远方客人们收拾东西。"

"是是！"伙计们喊着，忙上了。

塔力布带来的三套大车这下可派上用场啦。一个车上装着狗笼、鹰笼，还有狗和鹰食用的各种器具。

塔力布和随从们都是骑马来的。回京师，塔力布请这些来自故乡的陌生客，一共七人，也都骑在马上。塔力布来时，就多牵了一些马，是做备用的。所以，返回京师的队伍很是热闹，长长的一大溜，足有三十余人，外有塔力布带来的三套大马车。

这车上装着的狗笼、鹰笼，更是热闹异常。狗咬鹰叫，引来四面八方不少当地的百姓来到街上观瞧。道两旁挤了不少人。也有些能打听事的人，就互相耳语："这些北国来的人，是来找朝廷的？"

"是嘛，瞧瞧，人家朝廷来人啦！"

"专来接他们的嘛。"

"听说，乾隆皇上还要见呐。"

"啊，皇上还要见？"

"对呀！"

"真有福分福气啊。"人们议论纷纷。说啥的都有。

再说京师富察氏家族。当时，福康安都统大人的府上，从清晨起人们就忙碌开了。傅忠老管家是福康安祖父李荣保大人的护丁，在富察氏府上已经六十多年了。傅忠今年虽然七十九岁了，可是身板健壮，一生没病。说起话来，声若铜钟，满面红光，胸前飘着银髯。据说是李荣保大人之父米思翰大人要的男婴。那天米思翰大人从朝中回府，半路遇一老夫妇，抱一个弃儿，哭诉无法养育。米思翰可怜老夫妇，便要下来，赏给他们一些银两，将孩子带回府上，由老夫人身边的侍女喂养。长大后，赐姓富察氏，赐名忠。

这傅忠是富察氏府中四代的大管家。从米思翰、李荣保起，经过傅恒，又到福康安，一直守着大院。所以，大院的建筑、修缮、添丁进口、增加消减都在他的心上，而且都是由他亲手一宗一件地去办理完毕的。所以说傅忠就是傅氏家族，这个豪门大院的一部活字典活历史，又是这个大院的护卫者，真正的主人。福康安完全信任他，全院上下老少、外客、内眷、用人、奶娘、杂役、门军，等等，都要经过傅忠大管家的亲点，花名册过目，赏罚多少银两都由他老人家最后首肯的。

傅忠办事处事勤快。已是近八十的人了，从不懒惰，腿脚也利索，健走如飞。他本人会武术，所以身体保养得也就格外好。

这几日，他特叫福康安大人，往日，他从来叫福康安三少爷，因他排行老三，叫习惯了。在朝廷虽为一品大员，回到府内，傅忠老人还把他看成在自己手下长大的孩子。

福康安告诉傅忠说："玛发，我派塔力布去接北边来的乞列迷人。京师护卫安全的健锐营没查清他们的来源，伤了人家的心，惹恼了这些远客。最近彩凤查到他们正在通州之内，您老费费心思，好好替皇上招待一番。"

傅忠说："福康安大人啊，这事就交给我吧。想当年你阿玛在世时，这些事也都由我办理。我会办，你该忙什么就忙什么去吧。办妥了，我告诉你。"

福康安说："是了。"

福康安非常尊敬傅忠老人。他知道老人家比他想得还周到，必办理得妥帖。

在从前，满族人历来的传统是，使远方的来客有宾至如归的感觉。傅忠老管家对待客人从来都极其细心，想得非常周到。对各方来客有各种形式的接待，这也是满族的传统。京师显贵，赫赫门第之家的福康安之府邸，就更不一样了。来的人上自皇上、皇后；下至公侯王爵、大臣；再下至各地将军、都统、巡抚等等，都有接待的不同礼仪、规格、气氛。

傅忠老人还知道，到富察氏大人府邸来的贵客中，还有一些西域地区，如藏民、哈萨克、维吾尔、塔吉克等部落的土司、头人、祭司，还有来自远方北疆勘察加、楚克齐、白令海峡、苦兀一带的使鹿、使犬部的各族的酋长、头领和罕王，甚至还有朝鲜半岛的海民、日本列岛的海民以及俄罗斯大公国的远方稀客。作为皇上身边的大学士、谋臣的傅恒要负责接待这些客人，近些年又由福康安代皇上接待，协助皇上和理藩院接待与大清国来往亲密的使者，他们或者是远离京师数万里之遥的北疆部落，因谋求朝廷经济、物质和军备的资助，或者因部落间的一些矛盾不和睦而酿成的械斗、厮杀、抢掠、私占林田猎场、水源或掠走部落人口，来找朝廷诉诸公案、主持公道、寻求助阵，等等。总之，一年三百六十日，天天总是有事来报，常常应接不暇。傅忠就得安排好这些接待，而且必须件件都要做得万无一失，都要细致入微。如果一方泄密，不管有意无意，一旦传到皇上那里，就是给皇上添乱，到头来还得由富察氏府邸重新细办，生出不必要的烦恼和积怨。

所以，傅忠老人说他是福康安府上的一个管家也可以，说他是当朝内务府总管衙门的总理大臣也不为过，凡事他都能很巧妙地、很高超地给处理得井井有条，得到几方夸赞。

傅忠老人得知此次要接待的人是来自北疆的远客、稀客，他便想到了这必是孝贤皇后故乡的亲戚探亲来了。记得数年前，孝贤皇后在世时，傅恒大学士举办的各族祭礼，迎接孝贤皇后回府的一应大礼也是由傅忠老人一手具体操办的。傅忠老人心里明白，这北方客人进京师来可不容易，不像西域一带，不管怎么说都在大清帝国的版图之中，离京师虽远，但来往还比较容易，这北疆的远客虽然是大清国的子民，地域也是大清国不可割裂的一部分，可是它相当遥远、远隔数万里之遥。就说气候吧，那里终年夏天只有三四十天，其余三百多天都是冰雪覆盖，寒风刺骨啊。

那里的人们天天都要和毛皮相拥，这才能躲过呼啸的寒风，吹刮的暴雪。那是铺天盖地的大厚雪呀。

住在那里的子民不懂得一年分四季，当地人就知道冷暖二季，冷天，暖天；冷天是常日天，暖天是短日天；冷天是故乡天，暖天是过客天，转瞬即逝像是天上的浮云不长久，见见面就消逝而走的。当地人多栖于地下，搭地窖子房，大半部分掘在地下，上边少部分搭盖皮、草、木、枝，盖上厚土、厚雪，四面留出小洞口，以可通换空气，瞭望四方。从里面挂的皮帘子可以放下来，卷上去，以隔挡寒风的袭侵。而且，天天要打开皮帘子，因为寒风往窗洞中不时吹进不少冰雪，不清扫就常年堆在窗洞上。

中午，太阳一照，那冰雪便融化成冰水，冻后就堵住风眼，凿都凿不开呀！要往外看，就得"镩冰"。所以，地窖子住民家家都备镩这种"冰眼"的小冰镩，这是生活中无论如何不可缺少的房舍设施。有的地窖子制作更特殊，上盖虽然用兽皮、草帘、树枝、积木、厚土盖成，为了能在地窖子中造饭生火，出烟方便，常常在上盖正中央留出一个皮筒或古树锯下的大木筒，罩在上方，然后四周再围上兽皮、草帘、树木、树枝、厚土填压住，不使之透气倒风，又能保温。而上方留出来的通气孔洞，就是出烟的口，也称大烟筒口。这大烟筒下方，直对着就是地窖子，是人工挖出来的一个很深的土塘。里面生火，上面架有铁架子，铁架子上面焊着一个大圆铁环。这个大铁环很结实不怕烈火、烈焰，又不怕重压。铁圈之上，可以放吊锅，可以放各种铁釜、铁锅、铁勺、铁盆，也可以在上面直接放剥下皮、开过膛的整鹿、整狍、整猪、整羊，各种各样的海鱼海鲜。这些东西都可以放在上面用烈火去燔烤。

烤时，人们可以边烤边往鱼肉上洒酱水、果水、花汁液，再用各种大小不等的大铁锤、大铁刀、大铁镊子，边烤边去扎肉试试熟没熟，切割成片。住在地窖子中的人们围在火塘四周的大木墩子上吃肉就餐。一年四季，人们就是这么过。

外面，风雪呼啸，寒风刺骨般地冷，可是这种地窖子里还是暖意洋洋。男男女女个个吃得热汗淋漓，兴高采烈。

傅忠老人最体察人心。其实他深知这些从风雪如烟的寒冷北方来到京师到娘家串门来的孩子们的心！如今他们是回到家啦，让他们好好享一享京师的新生活，认识一下新天地，开开新眼界。这些孩子太苦了！他们回到京师后，吃的、住的、用的、摸的、拿的、看的，样样都让他们终生不忘。走了以后，也怀念着大清国的京师。这里的亲人们都在怀念他们，关心他们，时时刻刻在惦记着他们。

说起来，傅忠老管家接待过多次从北地来的客人啦，现在在北国还有老人家的熟人和朋友呐。

傅忠把府内管理各方面事务的管家都召唤到他的身边，对他们说："各位，大人告诉我要招待北边来客，不可怠慢，要好生伺候。如果出了差错，我可扒你们的皮呀！"

"嘁！嘁！"

众人连连回道。众人知道，老管家口虽狠，但心肠热，德高望重。老人家这么说，只是让大家都要当心，当国事来办，不能马虎行事。

傅忠老人分派各方管家说："各位管爷，我受大人之托，大人临走前把管家腰牌交给我，一应之事，就由咱们商量办吧！"

众管家都知道，管家的腰牌是老大人李荣保时代特制的，是用银子铸成，上书"富察腰牌"四个草书。腰牌代表家主，凡富察氏家族见到"富察腰牌"就见到了额真主人，必恭恭敬敬办理，不可违拗。

傅忠老管家将腰牌放到桌案上，这就等于福康安大人坐在当面，正在向众管家摊派事务呢。

傅忠看了看众位，首先向坐在右侧的堂屋管爷傅仁说："傅仁，你把西院客房打扫干净，来客就住在那个院内。这个院是四合大院，来客可以住下。他们随身带来的狗笼、鹰笼，都放在这四合大院之内。一切都交给客人去管理，没有其他杂人干扰，很清静。这个四合院是老王爷早就作为贵客的客房，院中有假山，风景清幽，有江南风韵。北方的客人住那里，就仿佛到了江南游玩一样。"

傅仁说："那个院您老知道，不是福长安大人从成都回来的外甥女母女居住着呢吗？"

傅忠老人回说："这好办，再给换到另一个院里。虽然不太清静，人杂些，等过几天这些客人回北边去了，再搬回来。福长安大人会理解的。"

傅忠又向挨着傅仁坐着的膳肴房管爷傅义说："傅义呀，你这回可要好好地尽心，露一手吧。你给塔力布带去的烤猪头、酱肘子都讨得客人纷纷叫好叫绝。再卖点力，看一看要款待北边来客上几道什么好菜？别看人家来自北方，可人家海鲜走兽都吃遍了。张罗一下，看看京师一带什么好，什么绝，做好准备。"

接着，傅忠又向对面坐着的仓房管爷傅财说："傅财啊，你也做好准备。想一想，替大人从财宝库里选出一些什么礼物，送给北边远方的来客。”

傅财听着傅忠的安排，还要说，却被膳管房管爷傅义给打住了。傅义说道：“您老知道，鱼肉佳肴都来自北方，咱这里还能再想出什么新菜肴啊？”

傅忠老管家听后，不跟傅财商量礼物的事，而是耐心地对傅义说：“傅义呀，你也是个京师的名厨，当年还给雍正皇帝献过宴席。乾隆爷不是有句名言‘菜肴不在于善使荤素，贵在专精调配。’凡名厨，能将世上的百肴，调配成天上的珍宴，就在于追求色味香型。古来厨艺，色味香型，独成宗派，单一种果碟摆捶‘节节高’手艺，就已名享神州了。再说你已在京师这么些年，还能如此没主意吗？这些北边的远客，傅恒大人就曾讲过‘朝暮喷咽腥膻，百疾裹身只懂果腹，不晓享祚。’粗肠子吞粗饭，苟全一生而已呀。此番款待远客，代皇上敬客，傅义你可要好自酌量！”

傅忠接着还是同仓房管爷傅财说：“傅财啊，你快些送些礼物，交给福康安大人备用。”

傅财连连应诺。大家连连应诺。

傅忠老管家的认真安排很有收效，几个管家立刻都出去各处安排准备去了。

傍晚时分，塔力布陪着北来的各位客人，与随从们一起浩浩荡荡地回到了福康安的富察氏府上。

福康安早已站在府门外迎接。福康安身边的还有彩凤，傅忠老管家和门军众人，排了两排，府门大开。

在府门的两侧还挂起了两盏大红灯笼，完全是像新年来到，一片喜庆来临的气氛。两个戴红顶子的，身穿大红坎肩，穿黄褐色缎子长袍的门倌，各站大门的一侧，站在高凳上手举高竿，撑着鞭炮一大串儿，快奔拉到地上了，有人给点着了鞭炮。立刻，一片噼噼啪啪的响声传个不停……

这时，从“富察氏丐帮家丁”的房舍里走出广二爷，他带一伙人，抱来五个济南府出的“钻天硞”，“叮——咣——”地也给放了。

这“钻天硞”可不同于天津卫的“钻天硞”，一点着，连气上升，先是“丝丝”响，直往天上飞去，连发着一串儿一串儿的火球蛋，非常的亮，白天都照眼睛。而且，出一个火球蛋，就响一声，响后就见，又出一串儿火球蛋，连连再响一串儿，就像那“连珠炮”一般，响声震耳。五个

"钻天碓"响了一大阵子，更显喜庆盈门的劲来。

单说福康安，这时他老人家最着急。只见他身穿着黑色的百貂裘大斗篷，晚秋时节，京师一早一晚也挺凉的，三夫人怕老爷凉着，特让丫鬟从衣柜中现挑出来，并嘱咐福康安披在身上的。这百貂裘大斗篷，是选用一百张萨哈连①一带的黑貂脊背部位的皮子，专门拼制而连成的大斗篷。

大斗篷一般用貂的脊背部位的绒毛，需要一百五十或近二百张才能够。貂身上分为头、背、尾、腿、颔五大部分，尊重制裘人和穿貂人的意愿可分用貂的各部位来制裘。特别是貂颔，是选用貂的下颔部位，稍连一些白肚上的绒毛。此位置的毛最柔软、轻巧、美观。如制作一身男裘或女裘，纯用颔貂皮毛，需用千貂之数方可，倍显得价高昂，人贵重。而皮裘那是更加难选，得先到"成衣坊"给量尺寸，这是"用银锞子堆出来的阔人妆"啊。

福康安这身百貂裘大斗篷对他本人更具有纪念意义。那还是他随父亲大学士傅恒在二十多年前去黑龙江瑷珲城看望同族的乡亲，与当地族人乘着大木船顺水而下，一连走了四十多天，边游玩边观赏两岸风光，到了出海口。在他们会见满汉兄弟和乞列迷的猎民时，族人把这黑貂裘作为贵重礼物送给大学士傅恒大人的。

黑龙江的黑貂闻名于世，黑亮亮的，特称"黑金"。海口各族因为大学士傅恒光临海口，知道他是皇上身边的重臣，又是当今皇上乾隆之皇后的弟弟，人人敬仰奉迎，黑貂皮送一箱，熟好的黑貂皮百张一车，一共十车，用小木箱装好，送给傅恒。这身百貂裘大斗篷就是从这些貂皮中做出的一件。

福康安后来又去过一次黑龙江口。所以，他对北方疆域十分熟悉，也有非常深厚的感情。北方的山河风光多么的迷人，与内地江山风采迥然不同，令人迷恋。尤其是北方的山海江河，物产丰饶，令人大开视野，人一走进，就如进入造物主赏赐的博大之乡，天堂之地，令人眼花缭乱，留连忘返。

说来，自大清朝康熙二十二年雅克萨战争胜利之后，北方的罗刹被驱逐到乌底河以北以西，在好长一段时间里，北方疆土一片安宁，各族部落，各安生计，无忌无阻，纵游万里，天空一色，任尔逍遥。这期间，

---

① 萨哈连：满语，即黑龙江。

北方的各种产物也最丰盈，输入京师的物产也就更琳琅满目，任人品赏。大清朝立国以来，就有个风习，都喜欢使用、食用、选用来自发祥地——山海关外千万里之遥的北疆故土上的一切产物，视为常吮故乡水，永记故土根，敬祖祭祖，传流百世，慎终追远。所以，凡是在京师和各地长期任职的满洲旗人，都想方设法回故乡游上几次。

在清代康熙乾隆朝，各姓氏凡有品级的各级官宦，一生中最大的奢求、追求、祈愿就是能有机会到自己祖先生活的地方去拜谒一番，北访、北游、北归，这已成为大清朝当年的故习，沿成风气。只是到了乾隆初年时期，这种风气日盛，北归北游的官宦日炽，甚至一去多日未归，政业荒辍。

高官北去，诸多公文案册留滞，不能得到及时批阅批复。内务府得悉此事，后乾隆帝得悉，龙颜大怒，下旨严查严禁，方有收敛。即使如此，也不能禁止。故地、故人、故土、故乡重游，用任何理由都能应付朝中，乾隆帝已谙知族众之念祖祭祖拜祖之诚，也只能轻而言之，默默地放行。所以，对北方的来客还都是比较同情和亲近的。只不过久居北地的各级"嘎珊①"头领认为北地荒寒，耕耘不收，器皿家具皆为当地粗制，而生活所用的各种铁器，各种日常百货，一旦逢年过节，或遇到大雪，寒风连日不断，人们行走皆不能，族人和朝中联系无法实现，互不通气，常出现大雪日后，各嘎珊中有的住户全家冻饿而死，无有生还者。

鉴于此，久居北地的故乡人非常渴盼中原的亲人能经常回来探望，回家看看，接济、救助北方民众的生存现状。见到中原南地来人，来信函，捎来各种物件，哪怕是一个小小的物件，北地之人都视若珍宝，供奉在神案上，视为阿布卡恩都力的恩赐和降临。一旦数日无声，无音信，便由想念而变为恐慌、激怒、愤慨。这时，他们会不远数千里奔到中原，想来诉苦诉怨，泄愤泄恨，都是可以理解的，都是可以体谅的。

福康安早有所体会和觉察。他在前一段很长的时间里都受圣命在处理大小金川平叛后的改土归流等大事，未暇此顾，对京城发生的一些事件没有太注意，才出现了这么多遗漏，酿成北方来客与京师护卫的对峙与争吵，乃至惹恼了客人。福康安仔细想来想去，这责任不怨别人，也不能完全怪罪京师的健锐营和各护卫。过去与他们招呼打得太少，何况北来之客也数年未来了，大家也都没有挂在心上。福康安自责，皇上已

---

① 嘎珊：满语，即屯子。

将一切要事全部托付于自己，给皇上添了乱子，对不起皇上。所以，他越想越觉得自己不对，越想越自责，自己一夜未睡好觉。尽管他让彩凤、塔力布出去办此大事，他始终牵挂在心。彩凤回来后，又始终惦记塔力布，不知他前去办得如何，就是找到了这伙北方来客，双方能不能互相闹什么口角，动起手来，那可就惹了大祸了。但又细细一想，塔力布不是那种人，他会办事，哪次让他办事都办得令他格外满意，不会出事的。于是福康安很早就起了炕，穿好衣裳，早饭都没怎么下口，就跑来跑去地张罗全府上下的接待之事。他不想先去朝廷找几位尚书大人，户部、礼部、理藩院各处等人，按照先父傅恒大人的故习，一切朝廷之事都自家来承担，为朝廷为皇上解忧担责吧。所以，他今日就安排一切迎遇礼仪，亲候塔力布陪着北方来客。

塔力布骑着快马头前引路，后边骑马人便是住在通州老店的七位北方远客。再后边跟随的就是塔力布的众位阿哈赶着三套马车，簇拥着北方客人带来的狗笼和鹰笼，陆陆续续地停在福康安的面前。

塔力布跳下马，便来到各位骑马人前边，帮助各位下马。这时府上的人们也都拥了上来，搀扶各位下马。府中的众侍人走过来把马牵走，从另一处的小角门进到院里南侧马厩小院里，早有马厩人给马饮水，喂料，拴到槽头。三挂大车也先后随着进了小院。北来的客人中有一位也跟随三套马车进了院里，到马厩房侧有个大院套，众人放好狗笼、鹰笼，都按顺序摆放在西间室中的大桌案之上。

塔力布又跑过来向福康安大人说："大人，这七位英雄就是北边家乡来的亲兄弟，他们都很辛苦！"

福康安忙走过去，向各位施礼敬意说："太欢迎你们啦！请赏光快快进府中歇息吧。你们一路的风尘，真是让我过意不去。塔力布、彩凤，快领各位进我们屋里去喝茶！"

在众人的护拥之下，几位来客同福康安、塔力布等人走进府内。迈进正门的甬道，经过假山、水池、凉亭、长廊，往右拐过一片石榴树，来到青砖蓝瓦的高大建筑前，门两旁还有两个大石雕狮子。进入正门、二门后，走入了内厅，非常明亮阔气。

正厅中，摆着楠木桌案，上有文房四宝。正面墙上高悬一大幅水墨丹青工笔名画，是江南名画师在雍正年间绘制献给米思翰大学士的《虎啸龙吟图》，非常气派，望画如同鸣雷闪电声中有松林飞涧猛虎的咆哮，声威撼世，万里惊骇。这幅虎啸龙吟图之两侧高悬着两幅稍窄一些的名画，上书乾隆朝湘工敬献，一幅是明月鹤喉，一幅是达摩老祖面壁图，这也是一个传世名家的画，达摩老祖手持蒲扇，面壁而坐。周围还挂有字画。楠木桌案上有不少半人高的瓷画瓶，画瓶画的全是仕女图，栩栩如生，十分的优雅、肃穆。乍看这个屋，分不出主人的身份，这其实是米思翰的客厅装饰，到李荣保、傅恒、福康安，一直在沿袭使用着。米思翰虔信佛缘，以佛家普度观念看透世上一切，而且他非常敬慕达摩老祖锲而不舍的求真精神。富察氏家族都有米思翰的毅力和傅恒的心劲，他们广爱世人，修广界，修大作为，不为小我而生，不为小益而谋，不为近利而奔波，为国为民为大志，磊落一生。

府中侍人们一排地鱼贯而来，手上举着长木盘子，一盘上摆着各种鲜果子；一盘上摆着各种干果。接着，有的侍人端来浴盆，请各位漱洗，消除旅途劳累。漱洗之后入座，让他们坐在前一排的楠木椅上，让各位尽情吃桌案上的各种鲜果和干果。在两侧，还有两排琴案，坐有十二名歌女，从客人一走进客厅开始，她们就手弹琵琶奏着古琴曲《春江花月夜》和《彩雁翩飞》等词曲，宛如步入仙境。

福康安站起抱拳。这时，两侧古琴声立即停止，众歌女徐徐退下。

福康安说：“各位远方贵客，卑职奉皇上旨意，在府上款待各位。各位远道而来，京师巡按使、侍卫营的人不知底细，竟怠慢了诸位，万分歉意！卑职在这向各位谢罪了。”

说着，从桌案中走出来，站到厅中央，半跪着给各位抱拳施礼。又连连说；“我福康安也曾去过北疆，拜谒过各位的同族和先辈。我挚爱北疆，人情敦厚质朴，对中原或京师之人待若上宾，有宾至如归的好感觉。可是各位来到京师竟遇到冷遇，令人气愤。因而对京师和中原，乃至朝廷有过激之语事出有因，可以理解，我们全领受了！敬望各位贵客海涵见谅。朝中三十年来，上自皇上下自众臣，完全忙于应付那西南藏区大小金川叛乱之祸，使当地生民百姓免受涂炭、流离之苦。蒙皇上隆恩近期刚刚剿灭平定叛匪。各位来到京师，我等对你们吃到的苦头，万分过意不去呀！”

从北疆来的这七位远客，初到京师，到处碰壁，也曾愤懑不平，想大闹京师，但后来想到京师在北疆的官员也甚有礼貌，待北人不薄，视如兄弟，拿出那么多生活用品接济。这次进京，又得到塔力布的接待，心里早就平静多了。

这次同塔力布来到京师，到福康安大人的府上，迎接他们竟如此隆重热烈，他们事先根本没有想到。头次进入这么阔绰的厅堂，过去从来未见到过，真是大开了眼界。更让他们没有想到的是，福康安是当朝一品大员，皇上身边的近臣。今日竟半跪屈膝施礼，抱拳致歉致意，那么真心诚恳，他们感到受宠若惊，所以早就把一肚子怨气就都施放干净了。

这些北方远客，北方的少数民族部落的精英，他们对朝廷官员都怀有无限钟爱之情，都是亲如兄弟手足，而且个个都是那么质朴、忠厚，有血性。其实，只要中原人对他们真心、诚心，以心对心，以情对情，以理晓理，就万事太平，什么难事都会化为乌有的。

这些北方来的汉子们，见福康安这么平易近人，没有中原大官宦的架子，虚怀若谷，一下子把他们感动得受不了，不少人竟然忍不住落下泪来。他们相拥着大声痛哭起来，有的甚至跪到福康安面前，也忘记了自己的身份，大手搂抱福康安哭诉起来。

有的说："大人啊，我们回中原，回娘家见皇上，足足走了快一年！风里、雪里、雾里都没有停过脚步。关山重重，万里之遥。我们走啊，走啊，山山相隔，江水悠悠，走过一山又一山，走过一水又一水，总是没有尽头啊。可是，我们想着来中原，回娘家，见亲人，这是我们部落头领千叮咛万嘱咐的啊！"

有的说："我们每个人自愿申请成为部落代表才来的呀。"

"我们心中有一团烈火，在燃烧着，在鼓励着，就这样从北地大雪天走到大雨天，皮袍脱下来，光着身子在泥沼中走来的。我们从大海岸走到萨哈连的乌滚河口，从混同江口进入浩渺的黑龙江，乘坐的是我们自己打造的大木船扬帆而行，渡松花江水，进了吉林乌拉。后来，又骑马直奔盛京、山海关。这一路上就是有当今皇上的隆恩在鼓励我们啊！"

福康安、塔力布、彩凤及府中所有的侍人、阿哈，没有不为这么难忘的欢聚场面、这么真诚的相见而感动的，一个个也都与这几位远客紧紧地搂抱着，痛哭着，并互相安慰，倾吐心意。

在喜泪交加，相互倾诉衷肠，一片火热的氛围中，忽然，其中有一位远客把自己身上鹿衣小袄脱掉，里边露出一个红布大兜肚。

大家都感到奇怪，他这是要干什么呢？

只听那人说："福康安大人哪，各位阿浑兜，你们看，我带来的是什么……"

"啊？是什么？"

大家都惊奇地问道。

那人说:"这是我们乞列迷人的一片心啊!我们一看到这位大人,我们就想他们啊。你们看看,认得不?"

福康安等人一听,都把目光紧盯着这位光着上身只罩有一件红兜肚的远客。他梳着长长的辫发,高额骨,宽脸膛,这是乞列迷人典型的面容。他留着黑黑的胡须,看年纪已有三十岁了。

旁边一位乞列迷远客,向福康安大人介绍说:"大人,他是我们尊敬的穆昆达,他也是我们公推的大首领都可沁巴图鲁。"乞列迷土语虽然不同于满洲语,但不少词语都能互相通用,可以简单地对话,再加上手势和表情,完全能够心心相印的。

福康安一听他是这伙远客的头人,更高兴了。他就走过去与他紧紧相抱,怕他冷,让他快些将鹿皮小袄穿上。福康安以为他喝酒热了,是想把小鹿皮袄脱下来不穿了,其实不是这样,都可沁巴图鲁是有事才脱下身的,这是乞列迷人的习俗。

习俗是人类珍贵的文化,是一种生动的心理。习俗充满了知识、智慧和地域风情。它是一种永远鲜活而丰富的理念。

一听福康安让他快穿上衣裳别着凉了,都可沁巴图鲁笑了。他俯身把自己胸前挂着的小红兜肚打开,原来是两层的红兜肚。只见他从红兜肚里拿出一个白绸丝的物件,向大家一展视,人们这才发现,这个白绸丝物件上面画有一副人物像,是彩色的人物,非常的真切清晰。

"啊呀!啊!"福康安和众人侍人一看,都兴高采烈地呼叫起来,惊讶起来。

因为,这幅绢画是富察氏家族的,是康熙至雍正朝的重要人物、康熙的重臣、福康安的太爷米思翰大人的官装像,头戴三眼花翎的头品顶戴朝冠,顶镂花金座巾饰东珠,上镶红宝石,身穿官服前后绣鹤,仪表端庄,慈眉善目,颇有风采。

福康安记得,太爷这幅圣容,还是他在童年时代,祖父李荣保大人请京城名画师延清来府上,十余天与太爷起居在一起,细心体察领悟太爷坐卧休歇,才绘制成图的。"影像"请府上绘认,被绘认的亲眷,共同审像,共同议定之后,绘者才正式绘图,以工笔细描深做,再数月,方得一像。

在中国,绘制人物肖像的习俗起于盛唐,到明清时独成一宗,不亚于后世之照相取片,其精准技艺和手法可与世界上任何艺术相媲美。

福康安清楚记得这幅绘像的来历,这使他多么激动啊!真是万万没有想到，事过十数年还得以重现祖上先人原像。此时制作此绢画的自己尊敬的父母亲、两位大人已经仙逝。北地竟有人来捧像寻亲，又是一番伤感，使福康安非常激动和感激。北地乡亲如此质朴、热诚的情怀，能万里迢迢捧像寻亲而来，真是万分不易呀。

想到这里，他心中又极为惭愧。

是啊，平日里他很少向京师的众官员和八旗卫戍军旅大小武将，宣讲本朝不仅要关注西南各地边民冷暖，而且要关注北方边民，他们远住在万里之外的北疆，要远比西北、西南诸族更为艰难困苦。在漫长的治国平乱血战中，常常忙于附近的民众汉民，而常常遗忘远在北地边民的生活状况。身为皇上辅臣做事，有失全面，说来是该痛谴自责的。

福康安想到这里，站起身来，双手高高地捧起米思翰的绢像，走向正堂。塔力布、彩凤等众人齐来帮忙，取来一根藤木条，系于画像上方，悬在正堂中央。木藤条是府内经常预备的器具，凡有节庆要事，高悬影像就要使用这些早已修润涂色的藤木条。凡绢、帛画像上方皆留缝，制成或贴成一条长长的插木孔隙口袋，将藤木条插入之后，再高悬于厅堂，影像就垂放得平整端正，满堂生辉，非常醒目耀眼。

福康安命各位来客不必拘谨，不必客气，大家都是一家人，请大家入席尽享府上的各式菜肴，品享美味，痛饮美酒佳酿。他让府中的男女歌者在席间吟唱大清国各族的歌曲，有四川凉山的彝歌、海南的黎歌、湘西的瑶歌、藏南的藏歌、新疆的维吾尔古歌，蒙古的长调、短调、呼麦、北地的口弦琴歌调，还有各种各样的古曲古歌。总之，让人尽情抒发。

这些北方来的客人，从来都无拘无束地惯了，又见福康安大人这么好客，个个兴奋无比，也都趁着酒兴，离开了席位，纷纷地跳入歌场，同那些男女歌手们同唱同跳。他们其实都是出名的歌手啊，尽情放开嗓门唱起北地的长歌"安塔乌春"，边唱边跳，呼喊着，叫唤着，拥抱着，跳得个个浑身大汗，热烈异常。

塔力布和彩凤自幼就习得北方歌舞，是出名的歌手、舞手，而福康安也被人们拉入到场中跟着大伙扬手舞臂跳了起来。

身穿小兜肚带来绢像的那个小伙子，他的名字叫铎琴，乞列迷人，听他的伙伴介绍，他是苦兀岛上莽乌吉里安班阿林淑勒嘎珊玛发拖林普的小儿子，拖林普嘎珊玛发现在是苦兀岛上最有威名的头排罕达，全岛有三十多位大小嘎珊达，都超越不了他，不少都拜倒在他的名下，受他的调遣和安排。也有十几位嘎珊达尚独自为政，不听拖林普的号令。他们人多地大，有势力，不服莽乌吉里安班阿林的管辖、调遣。铎琴说，此次他们来中原，拜娘家，就是求中原赶快派人去相助，或者能快送些铁器，打造兵刃等急用。因现在莽乌吉里安班阿林时时受一些不服的部落骚扰，生活不安宁，人畜被掠走，林地被吞食，缩小了猎场、渔场，拖林普万般无奈，特派出小儿子铎琴并选出九位巴图鲁，都是有名的猎手，到中原求助，找英雄来苦兀，统治山河，安抚漠北。可惜，如今拖林普老玛发已年近六十，诸务缠身，又因周围部族不时捣乱不敢脱身，只能坚守山林，不离族众。小铎琴与新选的众位南下中原的兄弟们都不熟悉中原和京师，更无熟人，去京师的路怎么走法，要过多少山，多少条河，在南方的什么地方，那中原京师究竟是什么模样，一概不知不晓，满目茫然。

当时，小铎琴就问自己的阿玛，说道："我们尊敬的阿玛呀，燕子出巢往哪里飞？鲸鱼出海往哪里游？大雁靠领头雁，家犬都靠领路犬，这才能按时走回想念的家。我们怎么办好？快快给我们明示吧！让我们头聪眼明，尽早凯旋，完成阿玛给我们的重差，把中原的巴图鲁们接过来呀。"

拖林普老玛发频频点头，说道："孩子，对呀！对呀。我也是忙糊涂了。我不安排，你们怎么能到中原，去天国见京师的皇上啊！"

拖林普说着，安静下来。他静心想了一番，才又说道："说来已经一晃四十多年了，我有雍正十年大清国皇上的重臣米思翰派属下来莽乌吉里安班阿林，赏赐的乌林、铁器、布帛和银两。临行还特意给了一幅米思翰自己的绢像，说，'拖林普嘎珊达，这幅像给你留作纪念。要想我，要有了什么难事，要回中原京师找我。你不会说满话，人生地不熟，你就拿这幅绢像找我这个老头子，都认识我。你有了这幅绢像，不管到了哪里，都会有人热心款待你，会把你当作贵客的。皇上都会见你的……'我深深记得此事呀！"

铎琴问："绢像在哪里？"

拖林普自己到皮帐子里边，打开了一个鲸鱼皮的大箱子，拿出他多年来精心收藏的绢画，交给小儿子铎琴。嘱咐他千万要保护好，不要弄脏了，弄坏了，更不能弄丢了。又想了想，叫小儿子铎琴穿上红兜肚，将绢像装入兜肚之内，系在胸前内衣里。铎琴就是这样严遵父命来到京师，把绢像当着福康安的面拿了出来。福康安见到绢像，多么感动啊！也就更加对小铎琴他们亲切起来。

这时，铎琴庄重严肃地说起临来前自己尊贵的老玛发拖林普让他传达的话。

铎琴说："福康安大人啊，这还是阿布卡恩都力的保护，我们总算万里寻路，找到了娘家呀，终于见到中原皇上天子脚下的宫殿和您这位德高望重的大人啦。我们现在是真正的亲人相见了！你们也不再猜疑我们是流寇、盗匪，承认我们是皇上的远方来客，这可是不易呀。说实在的，我们在北地过日子，虽然远隔万里，但那里跟这里完全不一样，一年都要穿绵羊的袍子，离不开野兽的皮毛，光着身子过日子的时间不到几十天啊！可是已经习惯了，不愿跑这么远到这里来。我们这一路上走破了千双皮靴子，累死了二百三十匹骏马，吃尽了一路上带着和赶着做口粮用的羊群、牛群和狍子与鹿。可是，受玛发之命，不得不来。玛发还让我们传达禀告皇上五件大事！"

福康安说："啊？五件大事？快快道来。"

铎琴说："父亲告诉我，第一件事，朝廷在雍正年间时，带着兵马给我们订立了族长①、氏长②、包长③，规定一年必向朝廷详报当地事宜。公案刑案由当地过手，死刑大案必要先报朝廷皇上。可是，朝廷这么多年不去，积案堆了一大哈什④，这是为什么？第二件事，朝廷规定每年冬秋，朝廷来官员赏乌林，赐布帛、耕牧用具与银两。可是这近二十多年中，此规中断，朝廷再不北去，各部落四处打听，也无消息。皇上和朝廷难道把我们遗忘了吗？"

"第三件呢？"

"这第三件，更是紧急。现在那里群雄四起，各树旗帜，占山为罕，到处为王。没有朝廷皇上封诰，却互相争执，以武定号，以力压群，年年争杀掠劫不停。阿布卡恩都力难道是要丢弃我们，让我们沦为流民，无依无靠，像漂泊的枯叶，浪迹天涯吗？当今朝廷，要想到北方民众边人，疆域甚大，应给予足够的重视和关注。莽乌吉里安班阿林罕企盼朝廷和皇上能给予多方的支援。"

"说下去，说下去！"福康安大人说。

"还有第四件。由我地回中原、朝廷办事之人多数被滞留不归，致使

---

① 族长：满语叫哈拉达。
② 氏长：满语叫嘎珊达。
③ 包长：满语叫户达。
④ 哈什：满语，即仓房。

长期联络中断，莽乌吉里安班阿林曾几度派人，数万里奔波回京师，又是一去不归，不知何故？北归之人打怵北地荒寒、雪大、风硬、霜苦，中原气候温暖，物阜充裕，当然是离鸟忘巢，不愿回归。可朝廷应系念北地，必劝其返回，不能任雁南飞，不北翔。要知道，北地之民已望穿秋水，却得不到娘家中原的信啊！难道朝廷有抛弃寒儿之心吗？"

"唉唉！"福康安连连叹息。

铎琴又说："奉莽乌吉里安班阿林拖林普嘎珊玛发之命，追索雍正以后来朝廷的送信献物之人乌莫图鲁巴图鲁玛发，他是莽乌吉里阿林拖林普嘎珊玛发的义子、苦兀岛西南苏克苏图阿林的嘎珊达，被莽乌吉里安班玛发派回中原，谁想至今未归，不知为何？乌莫图鲁在哪里？一定协助寻到此人。北地如今还有他的家舍、子女和安达众部落人。不能群龙无首！我莽乌吉里阿林拖林普嘎珊玛发也不能舍去一臂。"

铎琴接着又说："福康安大人，上面所讲之事，朝廷一定要记挂在心，要亲嘱皇上，必须为我们远来的人办妥帖，否则，我们是无法回去向老玛发回复的！老玛发他日夜苦盼我们呐！可令人十分气愤的是，我们这些人途经吉林乌拉，我们所凿制之船舟，所携粮米食肉皆充大家辘辘饥肠。当时有的兄弟下舟上崖，见田野有犁牛山羊数只在田野悠闲嚼着青草，因在北地习惯了，便拿出大挫弓，射杀了山羊，笼火烧烤，解决一连在江上饿了三天之苦。谁知正吃着，忽听得号角一响，一群人众朝我等冲了上来。当地的百姓把我们当成了外来的流贼，报于官府。官府的人立马赶到，不问青红皂白，就围上我们，个个给上了镣铐，不容分说，带进吉林将军衙门！那个叫富椿的将军大人，大骂我们，还要把我们关入牢中。这下可惹恼了我们，便群起而攻之，大闹官衙。"

"闹了吗？"福康安急地问。

"闹了。我们这些人，个个都是与北地的棕熊、野豹搏斗的能手，弓技也厉害，个个力大无穷。这些吉林乌拉衙门的兵勇，哪里是我们的对手。我们只是手腕动动便有千钧之力，他们个个被摔倒，倒地一片。这一下，把他们将军大人也吓慌了，跑出厅堂，不知躲到哪里去了。下属的官员见将军走了，也不敢和我们恋战，纷纷退却。我们就摔了吉林将军室内的东西，掠了吉林将军衙门的银库和膳房，拿着银子，带着牛腿、羊头、羊蹄，弃舟乘马，直奔京师而来。后来，吉林将军衙门听我们走了，就派兵追赶。他们人多，我们人少，拼杀出一条血路，可惜我们还有两个弟兄花狸虎、花狸豹被他们擒拿，至今不知生死下落。还望朝廷能访访这个吉林将军，他六亲不认，要为我们做主啊！命他们交出花狸虎、花狸豹两人。他们若有个三长两短，吉林将军要给偿命，我们苦兀之人必来兴师问罪，攻打吉林乌拉！"

福康安听后，心为之一震啊。是啊，这些远来之客都深有不满之情，都认为朝廷多年来对他们关心不够，甚至被遗忘，当成了二流属民。这些人远居塞北，长期放荡不羁惯了，没有中原人古礼俗念，打杀殴斗是件常事，习惯之态，这些应该被谅解。由于朝廷连年内政外事频繁，无暇兼顾北疆，有失平衡相待，确也有很大过失。自己的祖先几代关注北疆，可是自己确实有些松懈了，说来，是有违于先辈的训诲和嘱告，更有失皇上的信任和恩典，甚感惭愧。实在没有思虑到，已酿成如此之怨气。说来，这几位北方远客所说所吐之气，都与我福康安有关啊！福康安身为都统，又兼理内务府总管之任，当然这些事和关节都与他有关。特别是乾隆皇上对富察氏家族很是倚重，这已是几代人的事了，从康、雍时代的米思翰，到李荣保、傅恒，又到如今福康安这一代，朝中各方面差命由他们来处理，由他们与朝廷的军机部、兵部、吏部、户部、理藩院等各部门联络，各部都以傅氏家族的意思安排议事，然后再归总禀奏皇上定夺或请旨处之。

福康安知道北方来客追索之人就是乌莫图鲁，是他的好友，是其父傅恒时代所收留下来的重要护卫，并已赐给妻室。傅恒去世之后，他跟随福康安，成为福康安的重要护卫和谋士，同去大小金川，在降伏大金川土司索纳木的战斗中，全仗他通晓藏语，打入藏军之中，在得楞山下收降近万名索纳木的藏兵，索纳木孤立无援，被迫受俘，大小金川战役这才胜利。打胜后，福康安因朝中有事，奉旨先行回了京师，乌莫图鲁尚留在藏区，协助阿桂大人正在办理诸事，行改土归流之策，至今还未有回来。不过，乌莫图鲁因大小金川有功，受皇上恩赐"巴图鲁"，晋三品协领衔，赏戴蓝翎。乌莫图鲁初到中原，先父大学士傅恒领他叩见乾隆皇上，乾隆见他谈吐伶俐，一表人才，又十分谙熟北疆苦兀一带的地理人情，且有计有谋，又向皇上禀奏如何安抚北疆寒民，建议安设北疆安抚使，长驻北疆，沟通信息。别看相隔万万里，关山重隔，一朝有事，真是无法迅速即达圣听，易引起不必要的麻烦、隔阂与仇怨。

当时，乾隆帝甚喜乌莫图鲁的聪慧和敏捷，便与傅恒商议，以重银重赏将他留在京师户部任职。傅恒因为是皇上的重要谋士，又是朝廷总管，也很喜欢身边有这样的谋士，便禀明皇上，让其留在了自己身边。

故此，乌莫图鲁也就常住在傅氏府邸，专给他分拨出一个宽敞又很舒适的院落，赐给夫人和丫鬟等人，并任职为四品带刀佐领衔，可随时随傅恒上朝叩见皇帝。到福康安时代仍有多种殊荣。在傅氏府中，众家人都尊称他为"乌老爷"，声名赫赫，出入有马队陪护、有美食、有锦饰，受万人景仰。乌莫图鲁从小在北疆长大，虽然是二十六年长在莽乌吉里安班阿林淑勒罕嘎珊玛发身边又成为了义子，又管辖乌莫图鲁阿林艾曼，有了妻室，但怎么比也比不过中原的生活和享受，所以也就忘了苦兀岛，忘了临来时拖林普嘎珊玛发早去早归的殷殷嘱托，从此音信皆无了。

现在，铎琴找上门来了，福康安也甚是懊悔。乌莫图鲁能够留在京师，不返回北疆苦兀，说到底不能怪乌莫图鲁，应归在先父傅恒大学士的身上。当然，这也与福康安自己有更密切的关系。就怪他头脑中只想到朝中之事，想到大小金川平叛之事，头脑中只有大清身边这块沃土，总是忘记了那北方遥遥数万里之外海上的苦兀诸地黎民。随着大清朝廷的眷顾和恩赏，在朝中总有一种平常心，眼不见，心不烦，办事总是未找急切要办之事。而北疆之土远在万万里的白云之下，疆海之中，众事一忙便忘得干干净净。总认为那里天阔域广，生民稀少，白雪坚冰长年不消，少有械斗厮杀，百年不闻不问也会是一个宁静安谧之地。这种想法，顺康以来就如此。为抗清廷，燃起烈火者皆发自长江以南，辽金以来已成惯习，阻北益南，总有复明之暗流，为政者多数注目南域，而松弛祖先发轫之北疆。权柄南倾，荒疏寒域，已成痼癖了。

于是，福康安站了起来。

他抱拳说："铎琴兄弟和众位乡亲们，你们所言极是。我福康安深有感触，必据实禀报皇上。也请你们向敬贵的莽乌吉里阿林拖林普嘎珊玛发致意，此番命你等来京所求一切，必一一满足是了！"

福康安接着又说："铎琴兄弟，你们所要寻找的乌莫图鲁，可是一位大英雄。到京师后，他可给大清国出了不少力，皇上都非常满意，赏赐他兰翎，原是四品带刀佐领，在大小金川之战中屡立战功，晋升为三品协领。因他会俄罗斯和当地土民藏民的语言，协助朝廷处理西域地方上不少棘手之事，现在还在藏南，正协助阿桂大人在遵行皇上谕旨，正实施废除藏区土司旧制，改行改土归流之策。他是一个很得力的通译，尚未归来。等他近期回京，必要禀明皇上，再安排定夺。"

铎琴问："大人，那么乌莫图鲁不能回去啊？"

福康安说："可以同你们返回北疆苦兀的，但是……"

"有什么难事吗？"

"乌莫图鲁在京已有家口，还容与他深商。"

福康安接着又向铎琴等众人说："至于各位提到的在吉林乌拉尚有你们的弟兄被滞留在那里一事，可能他们被殴致伤。此事我必禀皇上，严加管处，并去吉林乌拉衙门。一应损失，必要为你们补偿。这吉林将军现为富察家的富椿，满洲镶红旗人，又是我的朋友，他到吉林时间不长，还不到一年。他是接任我们本家的远方叔叔富清大人之职。富清大人被调往杭州，处理商民乱市之事。他走得急，吉林将军之任便由在京师健锐营都统宗室富椿接替。他这人本是一个粗人，是个武将，未有过处理边民之事的经历，凡事往往操之过急，未有详细体察你们身世和来历，才匆匆忙忙误以为流贼草寇加以用兵，酿成此等憾事。铎琴兄弟，请息怒。我们会迅即安排，发出令牌传报吉林将军，速速奉送你们的两个兄弟到京，你们很快便会见面的。至于吉林乌拉之事，由我们处理。日后也不会再出此等事情啦。"

福康安一宗宗、一件件地都详详细细地分析了一遍，又做了安排。

宴会之后，就安排北方兄弟们住到京师专为朝廷四方的边民进京造访之众所专用的东便门"四海驿馆"。进去安歇之后，福康安大人派出府中总管家协助塔力布等，专门在馆驿中好生安排。特意拨来江南稻米、黄河鲜鱼、天津卫海河虾、两广柑橘、福建荔枝，日日三餐都有充足酒肉鲜果，并有美酒笙歌，这使得铎琴等北地的兄弟们个个都十分满意。这时，他们心中的一切怨气顿消，感恩朝廷之用心良苦啊。

不久，被羁押在吉林乌拉的两位兄弟，乘坐四马轿车护送至京。他们和众兄弟在"四海驿馆"相遇，又是摆酒设宴，为其压惊。除福康安外，还有福康安请来的当朝兵部尚书、户部尚书、理藩院尚书，大家与北方远客相见相识。一同为押在吉林乌拉的两个兄弟道歉。

在这几天里，兄弟间，官民间，相处得非常融洽。大家都在静等着尚在藏区忙碌公案的乌莫图鲁早日回来，再一同去叩见当朝乾隆皇上。

前面讲过，福康安叩见乾隆帝，禀报北疆来民之事，就是这个详细的来龙去脉。乾隆帝闻知此事，也甚是关心这些北方来客的心思和动静。皇帝心里也觉得，这一段时期，因为大小金川之乱，未有兼顾北疆民情，甚感歉疚。不过，他相信福康安会很好地办理这些棘手事，相信他有这个能力。

于是便说："瑶林，朕相信你，好生安排这些北方来客。都是大清子民！又远在万水千山，如果不是心里有事，能这样舍生忘死而前来京师吗？他们的衣食住行理应更多去关怀。朕朝中诸事日理万机，少有关照，望瑶林好好向北方远民热心抚恤，以显本朝亲民爱民还愿之心。凡事望你要细心安排。如有何急需办理，你就按朕意，找兵部、户部、礼部和总管内务府诸位尚书大人商议。要妥善办理，不可迟误。"

"嘛！嘛！"

福康安一一称是。然后，他叩别皇上，便匆匆回去办理北民之事了。

福康安按照皇上的旨意，主要办了以下九件大事。

第一，他热心款待了北方来客，安抚其心。北方兄弟们的百般怨气已转化为感激朝廷关怀之意，有如远方儿女投入母亲怀抱，宾至如归。

第二，在吉林乌拉关押的两位北边兄弟已安全返回京师，并以礼相待，大家皆欢喜，尽享温馨之乐。

第三，苦兀首领——莽吉里安班阿林淑勒罕玛发拖林普要求十数年前来中原京师述职的义子——乌莫图鲁返回北疆，福康安已发火牌于藏南，大将军阿桂知悉后，已命乌莫图鲁快些放弃所有杂务，速返回京师，不得延误。乌莫图鲁知此信后，也不敢怠慢，虽然留恋中原生活，但这是故乡的老罕王玛发拖林普大人要求朝中放人，朝中是不敢强留的，必然令其放弃已在京师所有的一切利益，速回北疆的。

乌莫图鲁回京师后，当即向福康安交了差，到"四海驿馆"与同乡的众兄弟们相见，与铎琴兄弟拥抱。铎琴比他小六七岁，现在已经是身强体壮的猎手，又是一个艾曼的首领，他们都是莽乌吉里安班淑勒罕玛发拖林普的儿子。虽不是同母所生，可是从小他们俩就非常要好，一同上山打猎，出海打鱼，朝出晚归，相互助持，形影不离。乌莫图鲁搂着铎琴说："小铎琴，没想到你都长到这么壮，这么高啦！更没想到你能来京师。"

铎琴说："哥哥呀，我们想你啊！"

"是吗？"

"老玛发也想你呀。老玛发这几年身体不好，多病。艾曼里事太多，惹得老玛发气愤已极。哥哥，你快回去吧！不知有多少的事等着你回去办呢。"

乌莫图鲁是位能人、强人，好猎手。

说来，乌莫图鲁出生在冰海的勘察加海岸北端一个叫突伦的地方，那是一个野蛮的部落所居之地。这个部落里都是女魁、女杰，她们一个个的不怕寒冷，大风雪天，还能赤身裸体，在北风寒风呼啸的大雪中奔走、劳作。即使天再冷，她们也只是裹一身海鼠子皮儿或者老熊皮。就是裹着皮子，也不会仔细缝连，四面都透寒风，也都不在意，习惯了。

在这里，女人相中了一个男人，就互相去争。所以生下的孩子都认识妈，不知道爸爸。也不叫爸爸，叫"堆"，就是叔叔之意。

乌莫图鲁有一个妈，不少个"堆"来养活他。他从小跟着神通广大的"堆"们去大海捕鲸鱼和海豹等，跟"堆"们到海里捡贝壳、海鸟蛋和海龟蛋吃。他喜欢一个人在苍茫的大海上乘舟筏一漂几天几夜。他和"堆"们采过大量的海象牙，又出生入死地运往远方。饥饿时，他和"堆"们坐下来吃海豹的心、肝，喝海豹的血解渴。乍喝感到非常腥，马上作呕要吐出来。可是时间一长，还想喝。这种浓腥味儿的海豹血越喝越上瘾，越喝越觉得香甜可口，火煮的肉块子反倒不好咽下了。

乌莫图鲁还有个本事是跟"堆"们学会了游大海。"堆"们都是一些天生天养的汉子，他们属于自然，构成了自然的一部分。这些"堆"们，天生便都会在大海中下潜，下潜到大风浪里。下潜就是一口气一个猛子头扎入海浪中，开始闭上眼睛，后来眼睛都不用闭上，"嗖"地一下子就是几丈深，几丈远……

"堆"们常说，不会潜海不是我儿子。

乌莫图鲁从小就发狠，他要学会潜海，跟"堆"们前行。

在北海那里，当地土民能在海浪中屏住呼吸，一个猛子扎下去，手向前一伸，双腿并直往后猛劲一蹬，一般都是三丈远的距离，双手再一拍一压，在海浪中又一纵身，双脚又一猛劲一蹬，又是一个纵跃，又是三丈远。一般的人能在水中三松手三压手三蹬腿，就是九丈远的距离了。

苦兀岛上的海民从小都要练得这个能耐。先要跳水、浮水、潜水，这都是一些基本功。在海水里，凡一压手就随之吐吸一口气，一个呼吸，呼时头在海浪中，吸时头一仰往上一纵，脸、鼻露出海水面之上，马上吸一口气迅即下沉。不可慌乱，要有节奏，形成规律。这样就变成海中的鱼，完全自由自在。乌莫图鲁跟"堆"们就这样在大海中四处穿梭游泳，练就了一身本领。

乌莫图鲁成人后，"堆"们都为他祝贺，并允许他登上大舟筏与"堆"们扯帆篷出海。捕捉海象、海狮、海鸥，到遥远的外海、深海、北海，在夏日也能见到海上浮动着大块大块的冰山，这就是楚克奇附近白金海峡一带，在那里能捉到北极熊和被白熊丢在冰块上的小北极白熊，可有意思啦。

那些小熊不怕人。它们以为来的人是自己同类的熊，只不过长相不一样而已，也会给它们送出乳汁。小北极熊吃任何一个北极熊的奶。每个北极母熊要在哺乳期内哺乳任何一只小熊，它们认为小熊们都是它的孩子，这表现了动物广泛的母爱。

乌莫图鲁像海中的鲸鱼一样，非常灵活而机灵，一心一意跟着"堆"们苦学苦练。他在海浪中能够潜游很远很远，并且不需要出海面上去换气，这是海中人最追求的本领，也是一种超级的本领。学习在深海中耐久的憋气换气，而且长时间不换气，一气能在海中游行一里、二里、三里、五里、十里时才露出水面换气，然后又迅速下沉下去，真是一种奇特的能耐。

露出海面换气也不能露出身体面积太大，太显露，要学会隐藏自己。海面上有海鹰、海鸭等，它们专门等在海面上，飞翔着，游荡着，一见露出个海中的鱼类，它们就用尖嘴猛力去啄。海中人露出来换气时，这些海鹰根本不知你是人，还是鱼，它们猛力啄钳，能把人的鼻子、嘴或眼睛给啄了，所以在北方的海中人都非常小心。

乌莫图鲁与众不同，常年在海中长游，从早到晚都不出海，饿了、渴了就在海中边游边捉到海鱼，生嚼生吞，这样既解渴又解饿。功夫不负苦心人，乌莫图鲁终于成为海中人了。他可以长期活在海水中不上岸，这让众多的"堆"们对他格外喜爱。

乌莫图鲁就这样追随他的那些"堆"们，年复一年的在大海中游泳。到他十几岁时，身上到处都长出了长毛。在苦兀海民中，如果判断小孩成人，就看下腋窝和阳物上面是否长出了绒毛、黑毛、硬毛，以此来决定一个男孩子是否长成大人，是否可以与众"堆"们进海乘舟筏捕鱼、潜海、远航。"毛"不长出来的孩子，"堆"们就只允许在海中练习去潜游，或帮助大人看管海边养育的小海鹅、小海鸭、海池中养育的鱼蟹等，或根本不承认你是"堆"们的后代。"堆"们看乌莫图鲁的表现，认为日后定会有出息。

为什么乌莫图鲁有这个能耐呢？这也是他的造化，凭这个他在苦兀岛众多艾曼中，一举成名，成为海中英雄，深得莽乌吉里安班阿林淑勒罕嘎珊玛发拖林普的宠爱，并成为心腹。

乌莫图鲁在茫茫无际的大海中巡游，时间一长，就深恋大海，朝夕愿意聆听海潮的呼啸声，大海的波涛声，愿意嗅到海水的腥湿味和浓浓的气息。只要闻到海的潮湿味，他浑身就会产生无穷的力量。

一次，他游进了深海。

那是一道海湾。海底都是凸凹不平的山峦，有高有低。大海从外边看都是一片汪洋，可是海底深度各不相同。海底有山峦部分，海的深度就浅，若是海沟，栖居着数不尽的各类鱼虾。

在茫茫的海洋中，生活着一种海洋动物，它们是哺乳类，其外形像熊，又像狗，重有千把斤，长有二米左右，雄性者长二米开外，雌性者略小，长二米之内，身上长双鳍，有长尾，黑色毛皮光华闪亮，皮张非常优良俊美，世人都喜捕捉用其皮制皮裘。它们秋天及初春在广阔的海洋中洄游，五月初回到北方各个岛屿上繁殖。这就是闻名于世界的北海海豹，亦称海熊。海熊洄游神速，在海中游得非常快，其他大的海兽不易捕捉到它们。

它们喜欢群居，非常抱团，互相保护，相当警惕，常常互相传递信息。一旦一个海兽遇险，只要尖叫一种声音，其他同类必都蜂拥齐来攻击，帮助解围。

海豹的叫声，像女婴之声。在大海的波涛声中虽显得声音不大，但其尖声音律传播甚远，是同类都能听到。尽管海浪涛声如雷，其他海中生物听不到这种声音，可是偏偏海豹同类们都能在数里之遥在水波传导之下听到，接收到这个信儿，于是一只只、一群群必奔来相助。海豹所以为世人重视，还因为它们天然有强大无比的生育能力。

凡是海豹公母一对，漂游到任何一个地方，就能迅速生育。不过几年，就又繁育成群，成为一个强大的海豹家族。为何如此？是因为海豹雌雄有非常健壮的生殖器官，在其他海中生物中都是出类拔萃的。

特别是雄海豹的睾丸和阴茎。在医学上，人们称雄海豹的阴茎为"海狗肾"，俗称"腽肭脐"（瓦那齐），可供入药，有壮阳功效。中原医药采集者往往不远万里来到北海，捕捉海豹，其肉可食，其皮为宝，而雄海豹的阴茎、睾丸又可入药，土名即"海狗鞭"，其壮阳功效远远高于鹿鞭。正因如此，海豹多为人类捕捉。

大海中的北极熊、鲸鱼等也追捕海豹为食物，年年损失甚巨，这更激起海豹的警觉，更锻炼了它们脱逃神速的本领。

单说，有这么一群海豹，在一个大海豹王的率领之下，逃过了鲸鱼的追杀，慌忙逃窜时游进了大海中的一个深海沟。开始，这个海沟还很深很宽，可是越往里游，海沟越窄，再往前游，钻进一个海中的圆形的平湖里，四面是高丘，海豹们蹿不出去。这个圆湖里海水又不深，全是岩石，面积又不太大，把这群海豹完全给困在了圆湖里。而这圆湖里只有一些鱼虾，海豹们捕食十分困难，日子一长，饥饿异常。

这圆湖像海中的一个大口袋，钻进去后水浪就冲击它们无法洄游，它们只好在口袋里互相拥挤着、碰撞着。吃不饱，海豹们再不像从前互相帮助了，由于被水浪冲击，被饥饿逼迫，便互相地撕咬到一起，尖叫着，鲜血染红了圆湖的海水。老公海豹也被愤怒的青壮海豹惩罚，活活给咬死。

就在海豹们走投无路，一片哀鸣悲号之时，眼看着灭顶之灾就要来到时，在海中洄游的乌莫图鲁发现了它们。

这一天，他在海中游啊游啊，突然听到在大海的深处传来一阵阵像小女婴哭泣的声音。他很奇怪，便迅速游了过去。

游到那里一看，他大吃一惊，发现在这个海沟尽头的小圆湖中困有数十只海豹，它们在互相撞击，哀叫，血浸大海。他冲过去，边游边用大手抓住一个个海豹，冲出了海沟，送进了沟上面的大海中。

就这样，他把困在海沟口袋里的海豹一只只都救了出来，使它们从此走出迷失的海沟中，游入了广阔大海。这群海豹虽然死去了几只，总算大部分都得救了。

这儿的海豹有一种"记恩"的心理。海豹们非常感激乌莫图鲁的救命之恩，都不愿离开乌莫图鲁，成了乌莫图鲁的忠实的朋友。这伙海豹又重新选出了一只海豹为它们的头领，而且永远不忘记乌莫图鲁的大恩大德。

乌莫图鲁也学会了海豹们嘤嘤的叫声，并能与它们互相呼唤。这样，乌莫图鲁成了大海的主人，所向无敌，有他的忠实耳目、哨兵。从此，乌莫图鲁在茫茫的苦兀海域更加有了声望，任何同伴都比不过他，都追随他。"堆"们也都喜欢跟着他到各处去捕鱼，总是没有空网，鱼蟹满舟，丰收而归。

苦兀海中盛产盆蟹，个大，很肥，籽很是香美，是北夷向中原进贡的上品。

每到秋日，苦兀岛各艾曼都要乘舟入海捕蟹。莽乌吉里安班阿林淑勒罕嘎珊玛发很有兴致，届时总是率领众人入海捕蟹，众儿孙们怕他苦，都不让他去。

大家说："玛发，有孩子们出海就够了，你老人家不必去了！"

可他总是不听:"不行。我要去。一定要去。"

众族人也不好悖他的性情,只好同意。

这次出海,正赶上西风起,又连阴雨,霹雳闪电的,群舟在老人的带领下冒雨入海。大海波浪滔天,嘎珊玛发亲自观察云情、风情、雨情、海情、水情,指挥舟筏破浪前行。可是突然,大海中卷来一股旋风,把海浪卷起了顶天的黑柱子,向东边扑来。

"快!快返航!"嘎珊玛发一看不好,马上猛力把舵发力,可是已经转不过舟筏,众舟筏有幸躲过正面冲来的大水柱,没有被大海浪打翻吞没海底,可是浪太凶猛了。海浪汹起来像一座座大山,把舟筏给掀到大浪尖上。然而浪尖一落,舟筏又一下子坠入浪底,每一个出海的人都被颠簸得快把五脏六腑给吐了出来,一个个地趴在舟筏上,一点也不能动弹了,全身一点力气都没了,话都说不出来,两个眼珠子通红像要冒出来一样。

舟筏上的许多人已经不省人事了。他们只好任由舟筏在海浪中上下翻腾,任凭大海这么折磨着他们,摧残着他们,蹂躏着他们……

再说艾曼里的人。他们在艾曼里苦等了七天七夜,未见嘎珊玛发率族众归来。大家焦急万分,惊恐万分。他们真怕嘎珊罕遭遇到海难,人人日夜水饭不进,惊恐万状。

正巧,此次全苦兀岛部落的人出海,而乌莫图鲁受莽乌吉里安班阿林淑勒罕嘎珊玛发之命,在艾曼部落里留守,兼率族众料理海江区上一片片鲑鱼苗水塘和海菜园,未进海。这时,得知淑勒罕嘎珊玛发没有按时返航,而且一连七天无音信,可能遇到了灾难。

族众也都求乌莫图鲁:"乌莫图鲁,你快想想良策,快快入海去寻找嘎珊玛发吧!"

"你快到海中寻找航迹,设法让大伙转危为安吧!"

乌莫图鲁并不用众族人给他拨来的一个大方舟,也不用众族人作为助手、帮工、随从。他跟众人说:"你们好好守护着艾曼,不要殴斗。我去寻找咱们的老罕王嘎珊玛发!"说完,他就返身走向大海。

众人齐喊:"乌莫图鲁!乌莫图鲁!"

他头也不回地奔大海走去。渐渐靠近大海,脚踏海浪,越走海浪越深,一直没入海中,不见了。

众族人望着大海,一直到见不到乌莫图鲁的踪影,才一个个担心地回到艾曼去。人们深信,乌莫图鲁有这个能力,不但他能回来,他也能在大海中把老罕王平安带回。

且说乌莫图鲁。他游进深海后，就用自己的嘴发出海豹的"嘤嘤"叫声，给他的海底"哥们"发出讯号。

他全身游动的样子，也学仿海豹的身形，双手变成胸鳍、腹鳍，双脚变成尾鳍状。鳍游有特种的动作、形态和声响，海水也在鳍动中出现不同的浪纹与漩涡。在万里海浪中，海豹发出特殊的声音韵律和双鳍发出的海浪旋律，会像声波一样，向四方扩散、传播。很快就会被附近洄游的海豹接收知悉，它们就立即理解知悉这些发出来的声波是何种含义，同伴们有何种困难和求助。它们知道后，便将这种信号再通过自身体态和声音传播开来，发放出去，传给另一些伙伴，另一群伙伴。海豹同伴知道得越多，就越传越广，广阔的大海转瞬间便有了数万双眼睛在观察，察看大海的任何一个地点、角落、岛屿、海波、海沟、海滩，看什么地方发生了事情。

乌莫图鲁发出的信息，是让海豹伙伴们迅速查找附近是否囚困着大陆上的人群，他们在什么地方，在干什么，有什么危险，现在如何？

海豹是非常聪明的海中动物，一个个非常的善良。其实人类对不起动物。动物是人的朋友，也是善良的生命。多么凶狠的动物，只要人不伤它，它们不会主动攻击人。它以为你要伤害它时，才进攻你。而那些理解了人意的动物，会用出全力去拯救人和帮助遇难的人类。

动物不但不会主动伤害人，而且它们胆子很小，它们怕人类。凡有人类的地方，它们印象最深，必传播给自己的伙伴，要小心、远离人类，向周围传告。乌莫图鲁了解海豹的禀性，又了解它们的心理，所以这个信息一发，时间不长，就有了变化。

不一会儿，乌莫图鲁就收到了海豹们传来的信息波，找到了莽乌吉里安班阿林淑勒罕嘎珊玛发下落，便很快游过去。

原来，莽乌吉里嘎珊玛发率众人被突变的飓风猛浪给吹刮到了远海勘察加半岛以北的熊尾巴湾群岛之中。这是一片数不清的小岛组成的迷魂阵，这些岛各个一模一样，岛连岛，岛套岛，大大小小，各岛的形态几乎一致，很难分辨出来。

而且，一旦进入岛群，由于它们靠近大山，白日烟雾迷蒙，不能看得太远，像在热气蒸腾的大锅中坐着，根本找不出方向，分不出东西南北，看不清太阳的光辉。特别到处是海鹭、海鸥的鸣叫声，任何人陷入这样迷乱的环境里，也会变得迷茫，不知所措的。

乌莫图鲁在一群小海豹的引导之下在大海中穿游，终于来到了令人迷魂的熊尾巴岛。乌莫图鲁上了岸，见到岛上一堆燃烧的篝火。在一个草棚子里，见到了自己的罕——嘎珊玛发。

这时，嘎珊玛发已经被几天来的迷雾弄得焦急苍瘁，痛苦地在篝火前躺着，他身边的小铎琴正为他烤着鲑鱼。众人见到乌莫图鲁来了，简直不敢相信自己的眼睛，这就有如在一片夜雾中见到了天上的太阳，心里亮堂多了。大家都围了过来，嘎珊玛发也来了精神。他自己坐了起来，拿起烤焦的鲑鱼干，对乌莫图鲁说："乌莫图鲁，来，吃烤鱼。你可辛苦了，救了我们这么多的人啊！"

乌莫图鲁在岛的周围走了一圈儿，知道这里确实是座迷魂阵。他走进海里，把头沉浸在海水深处，又听到了海豹们互相传报信息的声波信号，传来不久将有巨浪从北海湾袭来，届时海水要涨潮的消息。

于是他赶紧走出海水，来到岛上向老罕王汇报。

这群岛，一旦巨浪海潮袭来，其中有些岛屿就要沉没进大海中，将永远上不来了，此地不可久留。

他对嘎珊玛发说："赶快离开吧！"

嘎珊玛发和族众历来都十分地敬佩乌莫图鲁的海中通神和天才的妙算，都坚信他的预测，当然无一人反对。但是，原来乘坐的木舟和筏子早已被海浪冲碎，怎么办呢？

还是乌莫图鲁有办法，他领着众人从海岛上砍来柞木，扒下椴木树皮的里层，编成一根根又长又粗的绳子，又把自己穿的麻布衣裳扯成长布条，与椴树内层黄褐色的软皮儿丝条揉在一起，这样编成的长绳非常结实，用它来捆绑柞木做成了三个大木筏，又砍来一个大红松木，砍下其中最直的树干共三根，做成三个大木筏的木舵和木锁。木锁即大木柱，大木筏放进之中，只要大木锁往海中一插，插进海中石地上，木筏就被定住而不会被海浪冲走，所以称为"木锁"。这是古代的一种锚器。后来有了铁，有了铁匠炉，可以用烘炉锤制大铁锚。可是在没有出现铁具之前，北方都用这种大木锁代替锚，也非常有用。它是锚的"祖先"。木筏若太大，海浪又猛，一个大木筏上就要安装有四个大木锁才行，而且要同时插入海中，真如定海神针，很有奇效。

话要简说。在乌莫图鲁的安排指挥下，从远海勘察加北海救回的嘎珊玛发和族众，走了五个昼夜，顺利地回到了苦兀岛。莽乌吉里安班阿林众族人欢欣雀跃，到海滨喜迎淑勒罕转危为安，阿布卡恩都力终于把自己心爱的罕王送回来了。岸上欢歌笑语，众族人手敲石鼓、石板、木板等乐器，哪怕苦兀天多么寒冷，每个人的心都是灼热的，男男女女赤着身子，腰围兽皮裙，跳起玛克辛乌春莽式。鹿皮鼓、鲸皮鼓、鲑鱼鼓经火烤后，一敲起来，声音尖脆悦耳，传出百里，十分动听。海浪海花飞溅着，也在欢呼跳跃。

嘎珊玛发安全归来，是艾曼的福音，是艾曼的吉祥如意。嘎珊玛发欢欣鼓舞，手拉着救命恩人乌莫图鲁还有众族人之手，受众族人的欢呼、祭拜、祝福。乌莫图鲁从此在苦兀岛声名大振，都知道他是大海的儿子，能够与大海互通信息。

在艾曼中掌握最大权柄的德高望重的嘎珊玛发，这次从死亡中得救，获得重生，回到了温馨的艾曼家园，这全靠乌莫图鲁的相助。他坚信乌莫图鲁绝不是寻常之人，他必是天的儿子，海神的儿子。嘎珊玛发把乌莫图鲁视为神人，是海神赐给的最有神威的儿子。嘎珊玛发有无数个妻子，有数不尽的儿子，唯有乌莫图鲁是最出类拔萃的儿子，是最受器重的能手。所以，嘎珊玛发在一个吉祥之日，向族众宣布，乌莫图鲁为自己最神威无敌的最尊贵的儿子，并分配他为大艾曼的嘎珊玛发，其权威仅仅次于自己。

数年前，嘎珊玛发因长期见不到中原京师皇上派来的官员，而且莽乌吉里安班阿林的南邻丘古林安班阿林，这里的部落近些年来发展很快，他们的罕很勇猛能干，网渔、狩猎都超过了莽乌吉里安班阿林，近些年来常为争夺好渔场、好猎场与莽乌吉里安班阿林的族众抗衡，甚至常来搅扰、掠夺、欺压嘎珊玛发。嘎珊玛发便决意派自己最信任的儿子乌莫图鲁快快去京师中原，找到皇上，求他们派兵、派官员，快快送些铁器和兵刃，送来犁铧开垦耕地，乌莫图鲁便受命南下。谁知，乌莫图鲁自从南下便音信全无。嘎珊玛发天天听不到南来的信息。而丘古林安班阿林则变本加厉，不断地欺扰莽乌吉里安班阿林，嘎珊玛发又愁又急，弄得疾病缠身，生活艰难。

在万般无奈的情况下，嘎珊玛发才把自己的小儿子铎琴派出去，命他速速南下，到京师叩见皇上，问问是为什么不理自己，乌莫图鲁为何一去不回，这一切都是为什么？

他对小儿子说："你快去，去见娘家的人！这是老人我的一片赤心！莽乌吉里安班阿林已风雨飘摇，北方的寒风冷雪吹刮得已站立不稳啦。"

福康安现在对一切情况已经完全知悉。他向铎琴等北来之客反复解释，乌莫图鲁之所以来不及回到北方，一切责任在自己，不怨乌莫图鲁，不是他忘记了故土和故乡，不是他忘记了淑勒罕嘎珊玛发和那里的族人族众啊。

而作为乌莫图鲁本人，他多次提出要回故乡去，可责任全在朝廷。是皇上发现了乌莫图鲁的才智和奇能，国家在用人之秋，不能没有人才呀！这三十年里，有大小金川之乱，朝廷全力平定大清国西南之乱，无论从哪个方面来说，乌莫图鲁都是一位很能干的勇士，非常聪明。他有一种奇异的本领，学少数民族语言非常快，有股子神气，只要他一听，就能记住，而且听后就能接着跟他们说话，真是太奇了。

少数民族的语言，其实是很不容易学和记的。可藏语，他会说会念；俄罗斯语，他也说得特别流利。他跟西南山里的野民能熟练地对话，真叫人不可思议。而且，他又知道鸟兽的语言和动物的心情。许多时候，驿兵或军队外出，常常遇到野兽挡路，有人举枪刀要对付，他总是一举手："别忙！我去看看。"

一次，几个出去打探的哨军被困在一个窝棚里，一只老虎趴在窝棚门口不动。许多人要开火铳，又怕暴露了目标，可不出去又不行。这可怎么办呢？

有人出主意，我们往外扔帽子，谁的帽子被老虎叼走，谁就出去喂虎吧。在乌莫图鲁的操办下，大伙一一将帽子扔出窝棚。当乌莫图鲁的帽子扔出去后，老虎叼起他的帽子就走了。于是，乌莫图鲁出门，就跟着老虎走了。

第二天早上，乌莫图鲁安全地回来了。

原来是有只母虎在吃牛时，骨头卡在了它的嗓子眼上，母虎眼看要死了，这只公虎是专门来"请"人为母虎抠骨头的。而这种细微的情绪，是乌莫图鲁在窝棚里观察到的。他从老虎的眼神中看到了一种哀求。那是动物求助的一种表情。为了解除同伴们的恐惧心理，他在扔帽子时，故意向老虎摇晃了三下。他懂动物心理，他是在告诉老虎，虎哇虎，你别碰别人的帽子，我跟你去。

所以，他被朝廷所重用是有道理的。到了西南以后，他帮助大清八旗兵清剿叛匪，屡创奇功，为皇上建立了功业，皇上赐给他"巴图鲁"称号。最后，面对大金川土司索纳木的狡猾叛军，是他只身打入藏军中，终于抓住了索纳木。

现在，西南之乱已经平定，大军正在胜利班师。至于乌莫图鲁巴图鲁，皇上能够下旨允许他回北疆的。朝廷会认识到现在该办理北疆的大事了，必当尽快商议，谋策北疆安危之事，必迅即投注力量，统理北疆松弛无主的边务。

福康安会同户部、礼部尚书大人，早朝上殿，叩见乾隆皇上。福康安受两位尚书大人之请，由他禀奏皇上，将近些日子接待北疆来客的一应情况，全都一五一十、详详细细地讲述清楚，又将谨遵圣上之命，急发腰牌召回乌莫图鲁，并与北方来客会见等诸事已经完全办妥，就等圣上下旨，北方来客便要安返北疆了。

乾隆皇帝听完禀奏，说："朕最后还要见一见额驸夫妻，以后就不好见面了。北疆之客，按礼仪为朕厚赏，远恤北民。吉林将军宗室傅椿疏于礼仪，伤及北疆臣民，免去吉林将军职，回京师候补。朕时常思虑藏乱之事，有失先王广泽天下、恤厚寒疆的嘱告。如今天下太平，西藏改土归流，民心舒畅，可急补缺憾。瑶林，朕命你为吉林将军，即刻赴任，携同乌莫图鲁额驸与北方诸客同返吉林。凡朝廷厚赏者由盛京、吉林、黑龙江三省拨用，急待从朝廷京师运转者，多以布帛、金饰等物，皆由你处代拨，并传朕谕，与盛京、吉林将军会议，此后如何加强与北疆诸地管理通联之制。黑龙江将军尤负重任，勿负朕望，为朕操心远谋吧。"

福康安和礼部、户部尚书大人接旨后，叩头谢恩，急急走出了宫殿。

福康安等三人，又到乌莫图鲁巴图鲁的府上去会见乌莫图鲁。此时，乌莫图鲁已与公主夫人商妥，当即收拾一应用品，遵旨随进京师的铎琴等众位兄弟，准备返回北方苦兀岛。

这里，朱伯西我还要多说一下。按朝廷的惯例，凡是大清国四周的臣民进京朝见，皇上都必要以礼陛见。乌莫图鲁乃是北疆艾曼嘎珊罕玛发委派来的使臣，皇上更要以重礼陛见了。

北疆之地的臣民，因其居地远在大兴安岭广漠万里之遥，是在域北冰山雪沃之中，常人罕至。其地极度苦寒，只产皮张、海味。自明朝以来，中原王朝之人都是就地选定有指挥号令之才能者，即其艾曼部落的酋长、首领，任命为一个嘎珊的首领，称为嘎珊达，就是屯长、户长之意，发给他一张盖有朝廷大印的文书，为其执行权力的凭证。朝廷按月发放给每位嘎珊达行使权利的酬谢银两，数目不等，以赏赐形式按岁拨发。所有兵勇全由各嘎珊达自行调配。大的嘎珊达自己有武装贮备，朝廷不去过问，只要其所需，即时拨给布帛、铁器、兵刃、银两等。清代一直就沿袭明代的这种远抚北疆的旧制。

到康熙朝以后，为有力加强北疆的行政管理，并加强北疆边防武备，以防范罗刹的渗入离间，由盛京、吉林、黑龙江三省将军轮流派往北疆各地官员，春秋两季设大帐，赏乌林，即赏百民布帛、日用家居、铁器、耕犁、牛马、银两等，并奖励安居、防务、固边之举，鼓励定居，发展农耕，开垦土地，修筑屯寨，以免四处流动迁徙，社会动荡不安。北疆亦有固定域址，便于管辖。清政府，自康熙朝、雍正朝以来，凡是北疆南来中原京师朝贡之使臣、头人，都有重赏，皇上还特选宫中侍女、宗室侍女，赐封公主宝册或贵人名义和一应公主衔等身份的显赫礼仪、财帛和妆奁，下嫁北来使臣为妻室，成为皇上的姻亲。

清政府凡所派去驻在北方的官员，多为索伦人、赫哲人，他们通晓北地乞列迷语，便于沟通。而且，他们也办学，教授满语、满文，当地的头人都能说满语，与官员互相联络方便，沟通内心所思所想，也便于通晓官方文书和表达撰写呈报的各种奏文等。自康熙朝以来，很重视在北疆传布满语。所以，通晓满语者人数日增，凡是中原京师的使者，帮助各部落嘎珊达，培训和选派好多精通满语的人当代书或通译，传播中原文化。

乌莫图鲁就是嘎珊达玛发派往中原去的十分精通满语和各方面知识的人物，他也就被中原看中了。被看中的有识之士，中原便赏赐以妻室，受到皇上殊荣洪恩的亲属称为额驸，乌莫图鲁夫人便是傅恒大学士府中的美艳俊女，并进宫受旨为公主，再奉旨下嫁给乌莫图鲁的。

说起这公主，也十分有来历。此公主在傅恒大学士府中是傅恒母老太君身边的侍女，叫春儿，是老太君最喜欢、最伶俐、最聪明灵慧的十九岁的小丫头。傅恒大学士与母亲商量，言明是皇上之意，老太君是通情达理的大家女子，一听便欣然同意。小春儿进到宫中，乾隆看后，也很高兴，当即下旨，封小春儿为"春公主"，并宣北疆来臣乌莫图鲁进殿陛见。

记得当时，乌莫图鲁叩拜皇上，谢主隆恩。

乾隆帝欣喜地走下龙陛，扶起了乌莫图鲁。见他果真一表人才，就高兴地问："生在北疆北土，你有何才干，不妨给朕表演一番。"

乌莫图鲁也是见过世面的人，在京师见到这么多官员，可万万没想到，当今皇上让他展露才干，但他并不畏惧。

叩头说："小人有潜水本能，又能解游鱼之语。"

"游鱼之语？还会潜水？"

"是。回圣上……"

乾隆帝一听，哈哈笑了起来。说："好啊！壮士，朕问你何以为凭啊？"

乌莫图鲁说："我下水中的时辰长短，你们只要在岸上报时辰即可。可按更漏之数报辰，其他不必担心。"

按更漏报辰，这是中国古代之计时的一种方式。漏更，是指水滴，每一滴，相当于时辰上的三秒；二十滴即六十数，也即是漏之一分，以此来计算时辰。

于是，传口谕，将时辰官传来，以漏计辰。河塘四周站得满满的都是侍卫和守护，不许任何人靠近水塘。这时，乾隆和大家都屏住呼吸看去，只见乌莫图鲁手一举，"扑通"一声，仰身跳入水塘中，扳时更漏官员便大声报数，按漏讲数一、二、三、四……不停地数了下去。

周围的人真的大气都不敢出。大家屏住了呼气，没有一点声息，都凝神地盯着这个御花园里的大荷花塘的水面。

这一下，更加引起乾隆帝的兴趣，他干脆率领群臣，傅恒大学士带着春儿等人，一块儿靠近了水塘。

皇宫内的这座御花园，深水荷花塘旁有长亭和茶位、茶几等休歇之处，乾隆帝在众侍卫陪护下，又有侍女们搬来龙椅坐好。奉茶之后，乾隆与傅恒等众臣边言谈边饮茶，边不停地观望乌莫图鲁换衣下水之处。

原来，乌莫图鲁来中原时，内身就穿着一身灰褐色的鲸鱼皮的薄衫，完全裹在身上，不细看，非常像人身上的躯体，箍在身上很紧衬，簿得连身上的骨骼、肚脐、下胯、阴骨都能看得很清。海狮肚皮为衫罩于头上，只露两眼和嘴巴，耳、鼻完全在鲸鱼衫之内。

其实他换衣入水过程，皇上已看见，记得当时他是向皇上叩个头，就仰身入水，一进水之后就不出来了。开始，还能听到他在池水中划水的飞溅之声，但当几层水浪之后，一点点的声音都没有了，水面上连一丝波纹也看不到。皇上和众官员静坐在池塘外，足足听到更漏报时的官员有节奏地呼喊到三百整数。

按时辰计算，已过五分钟了，池中依然无有任何声息。大家又都坐等静待多时，报时更漏官员呼喊到了六百个数。时辰已过十分钟了，大家有些紧张和惊慌起来，池塘中仍无信息……

这时的时间过得最慢了。坐不住的傅恒大学士有些焦急了。其实他也不知道北方来客乌莫图鲁究竟有多大的水性，是不是他一时兴起，在皇上面前夸下海口，又不得已跳入水中，这可不是开玩笑哇。若是一旦出闪失和差错，人出事了，北疆要人，可上哪去讨啊！又怕出现什么惊吓和使皇上不愉快的事，就更担待不起啦。

傅恒看看皇上，可皇上静静地坐着，脸上没有表情，于是他立即站起来，叫岸上的侍卫："立即让乌莫图鲁出水吧！"

可是，怎么叫呢？大家都在想办法：有的说往塘里投入石子，算是告知的信号；有的说用一根木棍搅动水面，算是发出出水的信息。大家说什么的都有。

又静静地熬了一大阵子，报时更漏官员呼喊到千数啦，可水池中还没有动静。此时乾隆皇上也有些坐不住了。

皇上便问傅恒："春和，不能有……"

皇上后边的话是省略了。意思是，乌莫图鲁怎么这么长时辰没有消息，能不能在水中出什么事呀？

大学士傅恒马上站起来，向站在池塘岸边的众卫士说："快！快下水！找北方的客人在哪里！"

"好！"

卫士们答应着，一个个正要往水中飞跃下去，好随时救护这么长时间留在水下的乌莫图鲁，哪知这时，人家乌莫图鲁早已从池中腾跃而出，站到了皇上和傅恒大学士面前。

乌莫图鲁双膝跪倒，说道："皇上，小人在此。我让你们着急了吧？小人不是故意的。小人从小常住北海，自小畅游海中，与大海中的水牛、水驴、水狮、水豹为友。它们也像人似的靠肺呼吸，随时出水通气。小人自幼学会它们的水陆换气之能，不会伤及生命的。陛下，我进到御花园莲花塘中，感到塘中已有很长时间未进新水了，池塘中有九个通水瓦管，但有六个被淤泥堵塞，水有异味儿。该修换了……"说着，他从自己的鲸鱼衫的两则小兜中，掏出几条已经奄奄一息的金色鲤鱼和两个缩在龟壳中的小龟，头都不伸出来。

乌莫图鲁又说："我知道，小龟不敢探头，是外边水质不好。它厌恶污水，故常在自己的骨壳中安睡。"

乌莫图鲁这一番话，大家都甚是惊奇，宫中总管太监唤来御花园总管师爷，听师爷禀奏。原来，府里正在筹备修茸御花园，池塘中确实有九个陶瓦管筒，数字讲得完全对。

乌莫图鲁这么快在水中就弄清通水口情况，大家都钦佩乌莫图鲁的水下功夫。

乾隆皇上顿时龙心大悦。

从乌莫图鲁的一身鲸鱼皮衫的装备上，到他在水中的潜游神功绝技，以及在水中些许时间就能洞察清楚这偌大的池塘中九个不同方位的通水管子，又发现了六个被堵，又拿回了被困睡觉的小乌龟来，皇上也是平生头一次见到这种奇人，看到这种绝技呀！

乾隆一招手，把乌莫图鲁叫到身边，特意用手摸了许久他这一身未见过的鲸鱼皮衫，又听乌莫图鲁讲，穿上鲸鱼皮衫在水中游动非常的灵便，没有任何粗涩和阻隔的感觉，非常的轻柔光滑，由于与水同色，具有隐身的功能。而且鲸鱼皮不但滑也很结实，不易被划破和开裂。

众人如见宝物，也都纷纷争着上前观看抚摸。皇上又问乌莫图鲁还有何种能耐，乌莫图鲁说："自己生来就记忆好，会北国乞列迷和众部落的方言土语，还会俄罗斯语、与俄罗斯语相近的斯拉夫语言等，都能跟他们进行对话，所以艾曼嘎珊玛发命我为与各部的联络通事官。汉语我也学得很快，就是苦兀岛南部说大和族语言的人，我也与他们在海上打鱼时相遇也学会一些。大和古人也常到苦兀岛上捕猎，他们的语言，我也会说许多。总之，我有这个能耐，什么族的话，我只要与他们吃上一顿饭，睡上一回觉，就完全能摸到他们发音的特点、头绪，常用的主要词语、词句，甚至方言土语、口头语就能记住，并跟着说，从此便会了……"

乾隆皇上说："如此看来，这可是奇才啊。"

乌莫图鲁说："谢皇上夸我。"

突然，乾隆皇帝站起来，大声地说道："阿布卡恩都力，这是天赐奇才，朕正缺此类人才！这样吧，朕封你为巴图鲁。你不要回北疆了，帮助朝廷办最要紧的急重事务吧。"

乌莫图鲁说："我们淑勒罕嘎珊玛发还等我回去传话。那可怎么办啊！"

乾隆皇上说："北土巴图鲁啊，你们北疆无非是要些金银财物，生活之资，朕一定会满足的。可眼下，大清国正是种种安危之时，你们有责任出把力啊。留下吧！"

就这样，乾隆帝命乌莫图鲁跟随阿桂、海兰察征讨藏南，平定大小金川之乱。后来，福康安也赶去了。

乌莫图鲁巴图鲁果不负乾隆帝之信任，很快他就熟悉了藏民的语言，又随着福康安与西北一带俄罗斯犯边者谈判，又打入藏军之中联络藏民，迫使大金川土司、叛军首领索纳木被捕投降，处以极刑。大小金川之乱得以平定，确有乌莫图鲁巴图鲁的大功。

但话还要从头说，乌莫图鲁巴图鲁受封之后，是由乾隆皇帝做主，当即封为额驸，与春公主完婚，次日大军开拨，直指西南疆藏区的万万大山之中啊。

说来，那是真苦啊。

乌莫图鲁巴图鲁与春公主二人只是洞房花烛一夜情，接着便双双分离。中间乌莫图鲁从未回京，始终在藏区前线争战奔波呀。战事平定后又因他会藏民语言，与藏民水乳交融，又得参加清政府施行的土归流之策诸事，福康安回京他也未跟着回来。还是这次，由于北方来客的催促，到处地寻找他，朝廷命乌莫图鲁回京，乌莫图鲁巴图鲁才得与贤淑的娇妻春公主重温相思之情，重温洞房花烛之欢。

那春公主却也贤惠。自从丈夫走后，她终日守候额驸宅府，一个青春女人无怨无悔，苦等十数年之久，心中只有勇猛的丈夫，这真是不易呀。她在婚前根本不认识北国的乌莫图鲁其人，只是受老太君、大学士傅恒、皇上乾隆爷之命，以身相许，嫁于了一个完全陌生的人。但她既嫁人，就忠实丈夫，一心地守闺房，这确实使乌莫图鲁也一万分地感激和敬佩。两人相聚，真仿佛前生就有着如漆如胶的诚贞感情，互相搂抱在一起，一个时辰，两个时辰，泣泪横流，心心相印，不肯离开。

正在他们夫妻欢聚时，门官来报："福康安大人和吏部、户部尚书大人来访！"

"快！迎请。"

乌莫图鲁巴图鲁忙整理衣装，匆匆走出内堂，随侍从们到大门相迎，并亲身拜望三位大人，请入堂内，命侍从献坐上茶。

落座后，福康安说："驸马爷大人，请不必客气，皇上让你进宫，想与你叙谈。快快收拾一下行装，马上就要进宫了。皇上在等着你呐。"

乌莫图鲁闻听后，便立即走入内堂，传告公主，然后命众嬷嬷拿出他的额驸官装。整理梳妆完毕，告别公主，来到客厅，这才同福康安等三位大人一同直接进宫。

经由太监传报，皇上正在宫中等候，乌莫图鲁、福康安等三大臣一起给皇上叩头。起身后，围着皇上坐下。

乌莫图鲁紧挨着乾隆皇上。

乾隆笑着说："乌莫图鲁，朕认识你时也是在这个宫中。此次召你进宫，时光真快，一晃有十七八年啦。这些年来，朕感谢你对皇上、对朝廷的一片忠心，功莫大焉，本想在朕寿庆之时，再赐给额驸朕留藏四十年的一身金甲，这甲胄是先皇帝圣祖皇帝在朕二十多岁时赐给的。按皇家礼仪，这身传国甲胄必当在寿庆之时从宗祠之中请出，平时不敢亵渎请出。爱卿啊，你的北疆嘎珊罕召你回乡，朕因为朝廷急用，将你挽留，已经对不起莽乌吉里安班阿林淑勒罕嘎珊玛发拖林普了，朕谢谢他呀。但此次不能不放你北归了。朕再舍不得也得放你回去啦！大清的广阔疆域，仿佛朕手掌伸开的五指，北疆远离内陆，颇像五指中朕的大拇指。它伸得远些，可它也是朕手掌上的连心肉啊。你帮助朕治理朕五指中的小指，保住了西南。现在，你应该回到北疆，代朕向苦兀同胞问候，叩拜山河海洋众神！朕已年迈，国事缠身，无暇北上，只能翘首北望流云明月，遥祝北疆边土我民，一切吉祥如意了。"

乾隆皇帝深情地说着，大家都动情地听着。

接下来，乾隆皇上命总管太监从御金盒中取出一个盘龙玉石宝匣，交到其手上。

乾隆接到手中，慢慢打开宝匣，里面立刻闪出金光来。原来，那宝盒的黄绒布上放有一尊金雕珠玉宝石短剑一柄。

那短剑精美绝伦，剑柄上，珠玉镶嵌有盘龙吐珠，而那盘龙吐出的每一口浪花，都由一个闪亮的珠子饰成，真是粒粒耀眼，无比华美。拉开剑柄，只见短剑寒光耀眼，雄气四射。

乾隆皇帝说："额驸，朕将此盘龙宝剑赠予你，见剑如见朕。朕望你忠心不二，护我北疆，赤胆忠心，光照千秋。"

乌莫图鲁慌忙跪地叩头如捣蒜，泣泣地说："乌莫图鲁，诚谢皇恩浩大，忠心报国，人在剑在疆土在。"

乾隆又命总管太监从御案上取来皇上御影。乾隆皇帝展开画轴，里边原来是白绢工笔素像，正是乾隆帝身着平装，端坐绘影，说道："此绢是大英帝国女王使臣的随员画师为朕绘制的影像，朕很喜欢。乌莫图鲁额驸，此像朕也赠赐给你。请你带给嘎珊玛发拖林普留念吧！也算是朕亲身到了苦兀，与众民朝夕同甘共苦，图谋开创北海基业。"

乾隆皇上赐给乌莫图鲁短剑、圣像之后，又因邀福康安和两位尚书大人同陪乌莫图鲁巴图鲁额驸进宫，便告御膳房，皇上要赐宴给几位爱臣。

乌莫图鲁额驸还是第一次蒙皇上赏宴，这真是莫大的殊荣。由乾隆皇帝亲命御膳房为乌莫图鲁巴图鲁额驸献上了"拳猪宴"。宴间，众宫女宴中作莽式空齐舞，手举琵琶，唱起了乞列迷古歌。歌声一起，乌莫图鲁再也控制不住自己，他已经十数年远离北土北海，故乡古谣那歌儿优美动听啊！于是，他一时兴起，脱掉袍服，走进乐池厅堂，踏着玄妙无比的古谣曲的韵律，热烈地跳起北海的"巴斯巴叶乐"猎舞。

猎舞来自于北方民族狩猎的实际生活，而苦兀岛一带的狩猎舞格外丰富。那里的狩猎舞不但有在山野林中追逐野兽飞禽的奔、跑、跳、扭、捕、拿等动作，还有在茫茫的苦兀大海上捕鲸、捞海产、捉海豹、拿海熊的种种生活描述。格外的优美又显得奔放粗犷，令人无比着迷。

而乌莫图鲁的猎舞更是生动、明快、起劲，只见他双手拍击，双脚踢跳，前仰后合，口中还在频频地欢唱呼叫，跳得无比豪迈、热情、激烈，跳得满头大汗。

乾隆帝忙说："乌莫图鲁，乌莫图鲁，你们的巴斯巴叶乐舞，太狂热了！太美了。来吧，快入席吧。你看，都看你的舞蹈，我这'拳猪'都快凉了！趁热吃最美妙了。"

在皇上的倡仪之下，歌舞撤下。福康安等陪乌莫图鲁又重新入席，御膳房太监重新又捧上方盘，奉上一桌丰美的"拳猪宴"。

何谓"拳猪宴"？其实这道菜有很久远的历史。

此菜是由辽金传袭下来的一道满洲古肴。最初始，往往都是选用胎中的胎水乳猪数枚，温水浸泡，刮洗，火燔，除秽气，经糖、醋洗味，再由厨工经过刮剃，浸药，牛乳、鹿乳在食物罐中煨泡，又经过五个时辰，取出再涂蜂蜜，再火燔，剔除幼骨。此时胎猪每个就缩成如拳头大小，再放入鸡汤中小火煮烹。接着还要放入八角、姜、蒜、葱白、香料，共十多种配料，然后再以小火烹之。肉完全熟烂之后，取出放入碗中，再撒上香料，放入屉中蒸一个时辰取出，倒入盘上，每盘一个。由方盘盛着送去餐宴席间。一客一碟，一人一只拳猪。

此时的"拳猪"，其型仍是个小奶猪形，耳、眼、鼻、口形全身不缺不少，活样活态，唯独已成油黄色，形如拳大，极其美观雅致。而且，用筷送入口中，立即化为汁水，清香而不腻，如同食用仙物。

奶猪具有健身养胃，安神醒脑之奇功，是一种颐养天年之仙方。乾隆晚年专由御膳房太监监做此种"拳猪"。此御厨是由西直门道口老字号馆子"圣仙居"厨师九代传承的手艺人中选来的。此"拳猪"绝活自从传入宫中，市面上就已绝迹。要吃这一口地道的"老字号"，只有在乾隆帝私人的餐宴上才能品尝和见识到了。

今个宴请乌莫图鲁，皇上甚喜，特宣点此菜赐予即将惜别的北海武士乌莫图鲁巴图鲁额驸，福康安和几位尚书大人也跟着享受了此殊荣。

宴间，乾隆帝问乌莫图鲁巴图鲁额驸："还有何求？朕都为你办妥。"

乌莫图鲁巴图鲁额驸与皇帝越来越亲，也就少去一切拘谨恐慌。他说："皇上，此番来京师寻我的众兄弟，有铎琴，他刚刚二十多岁，也是淑勒罕嘎珊玛发拖林普众夫人生下的最小的儿子。拖林普的儿子太多太多了，乞列迷有句民谣：拖林普艾曼的儿子多过天上的繁星。这是艾曼兴旺的象征，冲过来多少豺狼都会在他们脚下被踏成碎末，成为粪土。铎琴也是我的小弟弟，与我同睡过一个大火炕，在冰天雪地的北海，我们同睡过一个棕熊大皮被子的暖暖的被窝。万万没想到，他已长这么大了，办事很是妥帖，成了一个大男子汉啦。他率领众弟兄万里迢迢来到中原京师寻找我，我很感激他。皇上，您能不能也赏给他一个沙里干（妻子），他是个牛犊子了，该有妻子，该生儿育女了。纵然父罕拖林普还会给他美丽的妻子，但皇上给的妻子才是众美女中的明月啊！我在这儿也替拖林普嘎珊玛发和铎琴弟弟谢过皇上了。"

说着，乌莫图鲁虔诚地起来，立刻跪在地上，去叩谢乾隆皇上啦。

这事其实事先没有商量，福康安也未想到。其他两位大臣也未有想到。听乌莫图鲁一说，乾隆帝便马上用手拍了拍跪在地上的乌莫图鲁巴图鲁额驸，大声爽朗地说："好事啊！好事。这可是大喜之事！朕能不答应吗？你随福康安大人回去，一边办理你要北归急办之事，一边办福康安大人按朕说的事。诸事都会与你办好，会使你满意的。朕要进内务府批阅奏文去了。就这样吧。"说着，众太监起身，搀扶皇上进入了内宫。

福康安两位大臣陪着乌莫图鲁巴图鲁额驸，叩拜皇上，望着皇上远去。

皇上走后，他们起身。一起退出内殿，返回了福康安府中。

福康安首先送乌莫图鲁巴图鲁额驸回自己府中。有些事情先不必传讲，静待安排后，再传报他。福康安送走乌莫图鲁巴图鲁额驸后，又将户部、吏部两大臣召入自己府内。乌莫图鲁北去甚急，皇上又下旨，命他早早去办这件天大的美事、好事，但这也是件复杂的事，特别是乌莫图鲁巴图鲁额驸突然提出为铎琴赐婚之事，婚后夫人要同这些北方来客一同北上，必须要办，而且要办好。皇上已同意命他妥善速办。此行匆匆，但赐妻之事绝不可草草应付，必须找准。可是，找谁家姑娘呢？

再说了，这婚事姑娘必须得同意，父母也必须同意。况且，又不是生活在京师，不是江南春风杨柳飘飘之地，那是一去万里之遥的冰天雪地的北海、北地。交通闭塞，一去可能不归了。又是与乞列迷族众生活，风土人情完全不同于内地，语言、礼仪各异，一切如入另一世界一般。这样合适又能答应的女子上哪里去找呢？

这个事儿可难坏了福康安和那两位尚书大人，一时间他们真是丈二和尚摸不着头脑了。

他们急得搓手跺脚，满头是汗。这事又不可抗旨，必须要找出合适的美女来，真正能与北疆这个乞列迷二十多岁的年轻少年结成连理，并和他一起奔向北方。这个人在哪？

福康安正焦急得不知所措时，正巧侍卫来报，大将军海兰察来府。他就忙着出外迎接。

海兰察，索伦族多拉氏，先世居黑龙江，其祖先自古在黑龙江以北的北海一带狩猎捕鱼。海兰察少年时代也曾多次随先辈同族远涉北海，同北疆有一种特殊的情感。他在西藏抵抗叛军时，结识了乌莫图鲁，知道他是乞列迷人。海兰察幼时便会乞列迷语言，两人见面很投缘。乌莫图鲁常与海兰察在一起设计破敌阵、擒贼等方略，非常默契，乌莫图鲁成为巴图鲁就是与海兰察一起征战叛军获功。这次海兰察来福康安府上，就是为了打听乌莫图鲁巴图鲁的下一步动向，因知道他回京进宫，可能有些仕途上的变化，特来看望乌莫图鲁的。在乌莫图鲁家，没有见到，这才又到福康安府上。又听说乌莫图鲁巴图鲁回府了，他们走两岔去了。

海兰察甚是扫兴，要去看乌莫图鲁，因乌莫图鲁很快就要离开京师，回北海去了，心中总是怀念和惦记，这才特意追赶他呀。

福康安见了海兰察，他的心里马上亮了起来。他心中万分高兴，觉得柳暗花明，一切忧愁全部消失了。他与海兰察是好友，好战友，心腹之朋，亲兄弟一般啊，他们从来是无话不说，无所不谈。于是，他上去一把抓住了他的手，把他拉进屋里。

海兰察是急于要去乌莫图鲁府上去看望乌莫图鲁，是来送别他的，但却硬让福康安给拉进了自己的府中。海兰察只见厅内还有户部、礼部两位尚书，互相寒暄几句坐下后，福康安便一五一十地向他把事情的经过讲了一遍，方才在皇上面前乌莫图鲁巴图鲁额驸突然提出为他的同族弟弟铎琴求婚，皇上竟欣然答应了。可现在，想为铎琴寻找一位合适的佳人遇到了难处。

于是，福康安开门见山地说："海兰察，这事看来只有你能使其圆满。"

海兰察不解地问："我吗？"

福康安说："是了。"

海兰察："这话从何说起？"

福康安："海兰察大人，你不是有一位义女吗？"

海兰察："是有。"

福康安说："就让她给皇上做公主，然后嫁给铎琴。"

这事提得虽然突然，但是海兰察并没有反驳。自己确有个小女儿比牙，今年年方二九。这孩子天性喜欢故乡黑龙江山水，平时总是吵闹父亲要回到黑龙江。她非常爱黑龙江，爱黑龙江出海口，更喜爱大海，喜爱海中乘舟捕鲸鱼，很有一股子男儿的气概。而且，她还习武，喜欢渔猎。认识了乌莫图鲁巴图鲁之后，她更喜欢缠着乌莫图鲁，听他讲北海，讲苦兀的艾曼生活，听什么都新鲜，总希望自己能够在将来由乌莫图鲁领着去苦兀。她就爱北方的山川湖海，还常磨着父亲海兰察能给她一个机会，让她到北方去。

福康安的话一出口，海兰察心里想，真是老天保佑，自己小女儿可能就是为了苦兀而生的，命该远嫁北海呀！

所以，福康安一提此事，那两位大臣用期待的眼光看他，希望他能顺畅答应下来。而这时，海兰察反而大笑起来。

他这一笑，反而让福康安和那两位大臣吃惊。

他们以为海兰察可能是气愤的冷笑。是啊，让自己心爱的小女儿离开自己，送到那么遥远的北海雪原去和一个陌生人过日子，这怎么可能呢？当父母的该多么狠心。

于是，三人忙走过来，一齐安慰海兰察，说："大将军！大将军！您息怒。请息怒！我们这只是一个想法，想法而已。"

"什么？"

"一个临时想法。"

哪知，这海兰察扬起大手，拍了一下那两个大臣的肩膀，说："临时想法？这种想法是随便说的吗？"

"那该如何？就算我们没说……"

海兰察说："咳！两位大人，你们错了。我海兰察是同意皇上的恩典，把我的小女儿远嫁到苦兀岛去。"

"啊？你同意啦？那么夫人的主意呢？"

海兰察说："我家夫人，由我自己去说服她。瑶林大人啊！这事可以呀！我答应了。"

海兰察小女儿比牙桂穆，福康安也见过。

这是一个颇有名气的少女，美貌、清秀，马术、剑术、弓术样样都非常出名。是在京城一提起来，人人羡慕的美女子、乖女子呀。

真是出乎福康安的意料，这么艰难而又无头绪的大事，在一番谈笑中这么快就解决了，快得简直让人有些不敢相信。

于是，福康安又认真地说道："海兰察呀，你可是大将军啊！皇上赐嫁之事可不是儿戏啊。你真答应将小女远嫁北海铎琴吗？"

"真正答应。"

"是去寒冷的苦兀之地？"

"是去苦兀之地。"

"心甘情愿吗？"

"心甘情愿。"

突然，海兰察问："瑶林，怎么？难道我海兰察与你们在开玩笑吗？"

"你现在不定也可。一旦定下……"

"怎么样？"

"不可反悔。"

"我是真同意的。"

就这样，福康安与海兰察双双击掌，总算是把事情敲定下来了。

福康安说："海兰察，那咱们俩同去乌莫图鲁巴图鲁额驸的家，把这个喜讯告诉他吧。你这位老丈人还得在乌莫图鲁巴图鲁额驸的陪同下，再一起去认识一下人家北方客人，那将来就是你的爱婿呀。"

海兰察说："那走，那走。"

于是，福康安与海兰察两人，一同去乌莫图鲁巴图鲁额驸的府上。

临走，户部、礼部两位尚书大人说："瑶林大人，我们就回府准备一应彩礼去。"

"好。请便。"

就这样，互相分手。福康安与海兰察就直奔乌莫图鲁巴图鲁额驸的府上而去。

早有门官通禀，乌莫图鲁巴图鲁高兴地迎接二位大人。

多年来，乌莫图鲁巴图鲁额驸与海兰察已经是最要好的朋友和知己了，而且海兰察年长，又有名望，早就为乌莫图鲁巴图鲁额驸所敬佩，从来都把福康安和海兰察恭敬地尊称为"大人""将军"，并自称"晚生""学生"。

乌莫图鲁巴图鲁额驸见到两位，说："二位将军来府，学生施礼了！快，请进。"

进到府中，福康安、海兰察见过春公主，还要行君臣大礼，被春公主给挡住了。

春公主说："两位大人，到我家中不要行那宫中的礼节了。快，快请坐。我正要进内室收拾杂物，准备起程。你们谈吧。"说着，春公主进了内室。

外厅中，福康安还没有坐下，便急急忙忙将他向皇上建议赐婚之事说了，可愁坏了自己。天赐良缘，正急时，海兰察大将军到舍。一心敬仰额驸为朝廷所做的功劳，也体察朝廷和皇上怜爱北疆众部落之心，永固大清疆域之意，便将将军最爱小女比牙许婚给莽古吉里安班阿林淑勒罕嘎珊玛发之小儿子铎琴为夫人，特送这个喜讯，为的是让你高兴并由你引荐。时间甚紧，让海兰察一家与铎琴早日相认，喜结良缘。更要禀奏皇上，再行大礼。他简直是一口气说出了这些经过和打算。

乌莫图鲁巴图鲁额驸多次到海兰察的府第，也多次遇见过海兰察的小女儿比牙，那真是一位美貌、爽朗、活泼、伶俐的小女子，无论是马术、弓箭都不逊色。因为有海兰察从小调教，她成了一位又爱红妆又精武术的女中豪杰，爱北疆北土，常缠住自己，让自己讲述苦兀海滨的传说和故事，好问底刨根，问起就没完没了……

这个地方为何称为苦兀？雪到底有多厚？冰到底有多硬？乞列迷人的歌谣有多少种？舞蹈为何是那种粗犷的劲头呢？她真是什么都问，有时问得你都回答不出来。像这样的孩子，如果奔了北方，到了北疆，真是太适合了！真是为自己弟弟和首领拖林普选了一个合适的人，太值得庆幸了。这不是从中原寻得一位杰出的理想的巾帼英雄吗？

听后，乌莫图鲁巴图鲁额驸喜出望外，急忙拉住海兰察将军，跪下叩头说："将军啊，我这里替我们苦兀岛上全部乡亲向您感谢，我们苦兀岛缺少女英雄、女豪杰。她能去，对全岛和北疆真是天赐神女，我们感激不尽啊！"

乌莫图鲁巴图鲁额驸向福康安、海兰察说："两位大人，请你们等我的信。我这就去驿馆会见我的北方弟兄们。特别是我得向我的小弟弟铎琴传报喜讯。他这回来得好，可美透了！让他好好准备准备。你们可能也很关心我弟弟的本事，他可不是一般人物啊，要让比牙也打内心里佩服他才行。你们等着！"说完，就先告别走了。

福康安与海兰察商议在哪里会姑爷好？

海兰察说："瑶林大人啊，别在你府上啦。我今日邀请您府上人等都到我府上去。多年的征战，咱们也没在我府上畅饮过，这正是个好机会。我今个摆宴，款待众位，也为我家贺喜。好不？"

福康安连连说："好哇！好哇。不过……"

"怎样？"

"我还得先走一趟。"

"去哪里？"

福康安说："我得先进宫去禀报皇上，讨来贺旨。"

"对，对呀。"

福康安说："你就回府准备去吧。我让塔力布和我家总管傅忠先去通告乌莫图鲁巴图鲁，北方来客众位兄弟就都先到你府上欢聚。朝廷的有关大人，我也先打个招呼，都到你家去，就权当朝廷给北方远客送行吧！凡所需财帛礼物及酒宴用品都由我这总管大臣承担了。你就负责安排就行。这方面的安排、接待等一应事务就够你去办的啦。"

"多谢大人！"

海兰察连连答应后，便匆匆离开乌莫图鲁巴图鲁的府上回去忙碌去了。福康安也转身离去，直奔朝廷去面见皇上。

福康安径直进宫，经太监禀报，宣其进殿，禀奏此事。

再说乾隆皇帝。这几日呀，真是没了主意。那驸提出婚姻之事真是太突然了，没有任何准备。皇上心想，看看福康安能有什么应急的法子吧。

皇上正在思忖着，突然太监禀报，福康安要进宫见驾。皇上马上命他快些进来。福康安见了乾隆皇上，把事情的经过一五一十地讲了一遍，又加了一句："皇上，比牙这小丫头，您见了一定满意。"

乾隆帝听完福康安的禀报，高兴地点点头，没想到事情这么快就办妥了，真是欣喜万分，便忙下旨，速让海兰察进宫。

福康安得皇令立刻又出门把正要返回府中的海兰察拦住，让他马上随自己进宫面见皇上。于是，海兰察便随福康安匆匆走进乾清宫，叩见皇上。

乾隆皇上见了海兰察问道："将军，瑶林所言之喜事，你真的也很愿意，并让朕为你玉成此喜事？将军，北疆也是朕朝夕系念之地。拖林普嘎珊达为人正直，一心为我大清，在苦兀等地颇有势力，是本朝倚仗并最信赖之人。为其子联姻，将军你胸怀大局，朕甚欣悦感激啊！"

海兰察叩头说："皇上，遵御旨，玉成小女此远嫁苦兀的喜事，奴才特禀告皇上，我将永记皇恩浩荡。奴才膝前只有两个犬子，本无女儿，可贱内思女心切，十数年前，在满洲萨哈连老家过继过来一个女婴，一点点喂养成人，年方二九，名曰比牙。奴才与贱内传告皇上之意，谨遵圣命是了。"

于是，福康安和海兰察叩别皇上，走出宫门，两人分手。海兰察直接返回城西府邸。

京师的西部，当年是一片林莽之地。

康熙朝，这里便是一片京郊的猎场。主要是鹿苑，养育着数万只梅花鹿、獐子、狍子和马鹿，由朝中派去的养殖工匠们饲养着。内中有一排小鹿圈，分接羔区、饲养区、母鹿区。后面很开阔的地方有一片山麓，林木丛生，是供鹿群平日撒欢之地。四周插着一片片木栅栏，由牧工们守护着。这是一片禁区了。

禁区内，是供皇室上下人等射猎、休息、饮宴之地。这儿青山如画，十分幽静，林草分明，层次清晰，是人最喜欢走入之地。雍正朝之后，这个鹿苑就被渐渐地移到了避暑山庄去了。这里建筑房舍日多，狩猎采集已经不那么充分了，于是也就渐渐地被放弃了。

乾隆初期，京师中有功的一些勋臣、将军和皇室成员在此建许多独立的青砖青瓦四合大院，有不少红门大院颇为讲究。傅恒大学士做主为岳钟琪大将军、阿桂大将军、海兰察将军都在此地辟建了自己的府邸。在海兰察府邸的后面偏北，便是有名的卧佛寺古刹。后来，岳钟琪大将军南迁，房舍也为海兰察统理。所以，在京师西山，海兰察的府邸是比较宽阔排场的住所，靠山麓，从后门可直进山中，并远眺长城。风景优美极了。

一到深秋季节，满山的红叶随风舞动，像一片红色的海洋。秋风吹来，遍山野林发出浓郁的森林清爽气息，使人陶醉，令人迷恋，人们常常一群群的来这一带巡游赏景。这里红头顶的黄花、散碎点白花、一抹条顺花的各种奇鹿、名鹿不在少数。每到清爽秋日，海兰察常搀扶着老母亲，率领众夫人子女，到后山欣赏红叶，观看黄花，听群雀鸣唱，观看野鹿追逐觅食，真是别有一番意味。他本是黑龙江口一带的猎人出身，非常庆幸能到京师为官，又能得到如此理想的胜境，能不深感惬意吗。

海兰察得知自己喜爱的战将乌莫图鲁巴图鲁额驸离开京师，返回北疆，还为他们首领嘎珊玛发拖林普的小儿子招婚，福康安相中了自己的爱女比牙，自己也从心里同意，但是又觉得此事关系甚大呀，必须与夫人和小女商议，才为妥，于是他便急忙返回府上。

进府后，他立即与夫人商量此事。

他将自己怎么被皇上召见，皇上怎么钦点将比牙许配给苦兀首领嘎珊玛发拖林普的小儿子，此番来到京师晋见的铎琴等情况一五一十地说了一遍，又加了一句："夫人，这大媒人可是皇上啊。"

夫人是一位受过礼教的人。她听了丈夫的话后，说道："将军，皇上的旨意，咱们没有什么说的了。只是这终身大事，也得听听比牙自己的想法，不知她心里满意不？咱们当爹娘的总不能拗着女儿的心意行事啊？"

海兰察说："这个自然，但是……"

夫人说："但是怎样？"

"万一比牙她心中不悦……"

"由我多多开导，是吧？"

"还是夫人通情达理。"

"我就知道你的心思。"

海兰察于是又对夫人说："福康安大人让咱们做好准备。下晌，客人还有朝廷的几位大臣要到府上，也让比牙出来见见各方宾客。至于婚事，就看是否有这个缘分了。你我夫妻不必急求是了。"

夫人也说："只有如此了。"

就这样，海兰察忙命管家迅速拾掇庭院，在院子的亭厅间摆好桌椅，侍女们立刻去准备了。她们攒好了香菇菜，备办各种果品、糕点。

不一会儿，门官禀报说："府门外，驸马爷率北疆来客和一排车轿到来。"

海兰察偕夫人赶忙来到府门口迎接。

只见门外来了不少尊贵的客人。乌莫图鲁巴图鲁额驸首先走上前来，向海兰察夫妇打千施礼问候，然后叫来北方客人，一一拜见海兰察将军和夫人。

其中一个高个壮汉，走过来，便慌忙跪地叩头，说："海兰察将军、夫人，小的是苦兀岛莽古吉里安班阿林淑勒罕拖林普嘎珊玛发之子，此番奉父命率众兄弟进京，叩见皇上和朝中众位大人。小的名叫铎琴嘎珊玛发。"

海兰察赶忙过来，把他搀扶起来。

海兰察说："尊客，贵客，请不必客气！还请快快进舍内面叙。"

说着，命管家和佣人们接过车辆、马匹，赶进院里。众侍女引领众壮士与乌莫图鲁巴图鲁一起，由海兰察陪同，进了院内正房正厅客室，坐好，献茶。

乌莫图鲁巴图鲁等海兰察和夫人在正堂太师椅子上坐好后，便大声说："兄弟们，这就是我向众兄弟介绍的海兰察大将军，是我的恩师。他的家乡也是黑水，祖上也到过北海，到过苦兀岛，在那里打过猎，当过熊玛发，过过熊节，是咱们最最要好的亲兄弟，是故乡人啊！来，现在咱们一个个报号，给海兰察大将军叩头。"

他这样一说，北方来的客人便依序一个个走过来向海兰察和夫人叩头问候。

头一位，铎琴，他重又走过来跪地给大将军和夫人叩头，并报上自己的名号。

第二位，第三位，第四位……一共是九位弟兄。海兰察要站起来，硬让乌莫图鲁给摁住了，不许他动。一直都磕完头后，这才抬手。

此时府门外，门官又来报，福康安大人和府内客人到来。海兰察、乌莫图鲁巴图鲁立刻走出去迎接。

福康安偕大夫人、二夫人及塔力布、彩凤，以及广二爷等已纷纷到舍，互相施礼，寒暄一番，进入府中。一时间这个偌大的客厅倒显得太拥挤了。海兰察便请众位都到院子里的冷棚下，那里已备好桌椅，都到那儿品茶，边叙谈边品茶，边吃果品和糕点。大家走到那里，一一坐下。全院子顿时活跃起来，笑语喧哗，非常热闹。

不多时，门外又传报，朝中户部、礼部大人到，海兰察立刻出门接迎。福康安也走上前去，拉着众大臣的手，来到院内摆好的正面座位上落座。侍女们及时奉上新沏的热茶。乌莫图鲁巴图鲁额驸又把铎琴等北方来客拉到众位大人跟前，给他们一一叩头施礼，互相见面认识。大家又是寒暄一番，真是高朋满座。海兰察为一方；福康安来家人为一方；乌莫图鲁巴图鲁额驸及铎琴为一方。三方面的人都到齐了，朝廷的大臣也来了，咱们的故事该书归正传了。

福康安与海兰察商议，各方人大都到齐了，应该由福康安宣布，让海兰察夫妇及小女比牙认识一下乌莫图鲁巴图鲁额驸的小弟弟铎琴了，也该让小夫妻这对主角相认相见啦，这莫大的喜事也要圆满完成了，这不也是了却乌莫图鲁巴图鲁的一腔心愿吗？

三方面的人互相商议谁先开口，怎么说起才能更好。大家公推，由福康安大人宣讲，就说皇上的旨意，是当朝皇上与苦兀首领拖林普嘎珊大玛发喜结婚缘。

海兰察夫人更是会引导女儿心理的好额姆。这时，她正把心爱的女儿小比牙搂在怀里，正跟她说悄悄话呢。

夫人跟女儿悄悄地说："比牙，有个事，娘对你讲。"

比牙："娘，何事这么神秘？"

娘："你的大事。"

比牙："什么大事呀？"

娘："皇上喜欢你！正巧，北海来了位小英雄，皇上要给你招亲啦。"

"皇上？小英雄？"

娘说："好女儿，好姑娘，我的心尖上的萨尔罕[①]，你可要仔细端详啊，瞧中了没有？上心了没有？瞧不中，额母我给你做主，就是他皇上做主也不中……"

"嗯，嗯。"比牙低头答应着。可眼神儿却在人群中撒目。

各方人都在议论着各自的内容和话题时，府门外突然传来马铃儿响，还有铜锣响，并传来"回避！回避！""开路！开路！"的叫声。这是皇驾的仪仗的声威和响动。

福康安、海兰察和众位大臣们一听就熟悉：这声音、这动静、这声势非同一般，一定是皇上御驾到了！

大家马上站起身来，各自整理顶戴、服袍、鞋脚，然后齐向府门口奔去。

门官也一齐跑来，禀报大人："皇上驾到。"

多少年啦，海兰察府上头一次有皇驾到来，真使他惊恐万状。

福康安在门口叫他们不必惊慌，快快把大门打开，全府一切杂人退下回避，众位大臣和远来的客人都出门跪地迎接圣驾："快！随我来。"

---

①　萨尔罕：满语，即姑娘的意思。

他这样一喊，很有效，大家立刻照办行事。

一切杂人散众全都回避退下。福康安、海兰察、户部、礼部大臣、乌莫图鲁巴图鲁额驸及铎琴与北方来客，齐到府门，跪在地上。福康安走过去，迎接皇上的车轿。

这阵子，乾隆皇帝的皇驾已到了。

乾隆从车轿中探出头来，说："瑶林，朕还是坐不住，想见一见北疆客人。人家是来觐见朕的，朕岂有不见之理呀！"

福康安、海兰察、乌莫图鲁巴图鲁扶着车辆轿子进了院子。

车轿站住，皇上下轿。轿里还坐着八十五岁高龄的国母皇太后，头发已白，但满面红光，炯炯有神。皇上亲自搀扶着国母皇太后下了轿辇。

皇太后下了轿，欢喜地观赏着这西山一带的园林松柏，绿茵茵的草地，说："皇上啊，哀家来得好！这里的空气多新鲜。鸟语花香啊！好美啊！"

皇上说："您高兴就好。"

皇太后、皇上御驾到京师西山海兰察大将军的府上，海兰察府内外顿时便热闹起来了，人声鼎沸。府内府外处处是八旗护卫的兵丁和劲旅，旗帜飘扬，遮天盖日，排出长长的、远远的浩浩荡荡队伍。海兰察府本来就紧靠山麓，一片林荫碧野，现在已显得不那么宽敞了。朝中随员和大臣也都陪王伴驾，满山遍野的八旗护兵，旌旗招展。

福康安又重新安排了皇太后和皇上以及内务府众侍女、太监等人的位置，给皇太后安放了带来的凤辇，皇上的龙椅，重新搭立好皇上的龙案，太监们带来的皇太后、皇上御用的名茶，由侍女们献上。

请皇太后坐正上位。

接着，户部尚书、礼部尚书、福康安、海兰察等大人和各部大人、将军，首先跪地叩头，行九叩大礼，向皇太后、皇上请安，颂万福。先由福康安、海兰察和各部大人；然后是乌莫图鲁巴图鲁额驸率领北疆来的铎琴等众兄弟来到皇太后、皇上跟前，叩头见驾。

福康安大人禀奏："圣母皇太后、皇上，这几位北疆客人，就是从苦兀岛远道而来，特意觐见皇上的，祝皇太后、皇上万寿无疆，万岁，万岁，万万岁！"

皇上说："好哇，欢迎你们。朕特意陪皇太后来看望你们。你们不远万里来到中原，足见你们对朝廷的一片忠心，可嘉呀，可嘉！请回去转告朕与朝廷对北疆甚念之心啊。"

总管太监说:"福康安大人,领众客人叩头起来,站立一旁。"

又命旁边的侍卫拿来长条凳子,让众人一排坐下。

皇太后很高兴,就说:"皇上,这苦兀岛是咋回个事啊,在大清什么地方,有什么特殊的物产,能不能给哀家说一说呀。在雍正爷时,哀家听说过一点点,可惜各朝都说江南好,近些年又多说新疆、西藏,这苦兀都忘记了。"

皇太后的话,使乾隆帝沉吟片刻,心中也很不是滋味呀。是呀,是对北地想得少啦。但他转为笑脸,马上说:"皇娘说的是。礼部尚书给太后讲一讲。"

礼部尚书:"臣这就来!这就来。"他慌忙走了上来,跪地禀奏苦兀的物阜景象。

苦兀,又称库页,为大清国艮方^①一海岛。岛之广袤同似台湾,位于混同江出海口,为东北边陲之门户,较台湾、崇明、琼州各岛尤为重要。唯地方荒僻,气候酷寒,一年有九月余冰封雪沮。故万历朝不甚注意,后改书曰北沃沮。海中有女国,身有毛,唐时言外海有女国,毛人国,又称当地的流鬼岛。人在岛屿上散居,有渔盐之利。明永乐年间设奴尔干都司,其民曰乞列迷,与苦夷诸部落杂处之地,居海中,非舟莫至。洪武间遣使而未通。永乐九年,遣内官亦失哈等率官军两千余人,巨船二十五艘至其国转谕之,设奴尔干都司,收集诸族民,使之自相统属,岁捕海域产物朝贡。十年,亦失哈等载物至其国。自海西抵奴尔干乃海外诸夷诸部,给以谷米衣物、器用,宴以酒食,皆踊跃欢欣。正德初朝中遣太监,亦失哈部众至永乐七年,亦失哈指挥康政率官军二千帆船至,云云。

万历四十四年七月,太祖武皇帝努尔哈赤遣大臣安费扬古、扈尔汉率兵二千,征东海萨哈连部,行至乌拉简政,入混同江,增舟二百,水陆并进,取得南北三十六寨。八月,安费扬古、扈尔汉率兵取萨哈连部十一寨,是月驻营黑龙江南岸。这里江水常于九月始结冰。是日,众见仅此处未冰,独驻营地,距对岸二里许,却结冰如桥,约宽六十步,皆以为异。安费扬古、扈尔汉观此冰桥,这乃天助我也,逐引兵以渡,取萨哈连十一寨。

万历四十五年,太祖皇爷努尔哈赤遣兵四百,收东海诸处各部其岛,

---

① 艮方:为八卦一方,即东北。

居临险者刳小舟二百往取，库页内附岁贡貂皮，设姓总会首子弟以统宠。

自顺治朝、康熙朝、雍正朝，皆隶于大清封号，黑龙江将军地移至苦兀，则皆由黑龙江将军统领。其地俗称"土洲"。土洲即库页岛，在宁古塔城东北三千余里，混江口之东大海中，南北六千余里，东西数百里，距两岸近处仅百里。

傅恒《皇清职贡图》中云，库页居东海之岛之雅丹达里堪吉是也，每岁进貂皮，设姓长乡首以统之。此其居地处甚远，不能至宁古，是每年六月遣官至距宁古塔三千里之普碌乡，收贡颁赐焉。

康熙中期，苦兀岛外土著人要随库页岛人至混同江境内进贡貂皮，给予赏赐，并以为便。并设楚勒罕大集，多在库页岛西侧海滨。苦兀的物产丰饶，盛产木材，各种矿物、煤、铁、金等多种稀有金属和宝藏，而且海富鱼肥。苦兀的蟹非常大而肥美，特别是盛产鲑鱼、鳕鱼和海豹。苦兀北面平坦，中西部多山，有棕熊、豹、狸、狐、貂、鹿、驯鹿等珍贵的动物。

礼部尚书禀奏后，说道："皇太后、皇上，北方来客铎琴是苦兀首领嘎珊玛发拖林普的小儿子，受皇上恩典，将大将军海兰察的小女比牙赐嫁于他，今日正是喜事临门，皇太后、皇上还要来祝贺，铎琴要感激皇太后、皇上皇恩浩荡。他是当地著名的驯熊英雄。熊是苦兀岛上众族人的保护神，当地有熊节，熊在艾曼里是人们的好伙伴、好友，同人同甘共苦，朝夕相处，还有非常美妙的人熊舞蹈。"

大伙都惊异地问："人熊舞是啥样呢？"

礼部尚书说："今个是个大喜的日子，铎琴想为皇太后和皇上表演一下熊舞，这是苦兀岛百姓和族人生活中常跳的舞。想来，皇太后和皇上看了也会高兴。"

乾隆皇上听后，果然说道："好啊，好啊，朕正想认认铎琴呢。铎琴啊，来，让朕好好地看一看你。"

乾隆帝讲完，坐在旁边的铎琴一听，立即站起慌忙走过来。他来到了皇上面前，扑伏在地。口中连连地唱诵道："皇太后，皇上，奴才苦兀驯兽巴图鲁，给皇上叩头了！"

铎琴能回答得这么干脆流利，这可完全要靠同乡大哥乌莫图鲁巴图鲁的教导。

自从乌莫图鲁与铎琴见面后，他便经常向他讲述京师的种种奇闻，各种礼节，讲皇上的为人、性格和秉性。见到皇上，不是惊慌逃跑躲避，而要懂得各类礼仪。皇上是恩慈的圣上，爱抚万民。要知道，咱们来自万里的北疆，是远地北民，皇上必上前来和咱们亲近。这时，你就应该尽显你的本领，要知情达理，让皇上知道北疆的百姓都是非常能干而又勇敢的忠于朝廷的子民。他都一一记下了。

所以，当皇上问他话后，铎琴这么回答，乾隆帝听后很是高兴。马上站了起来，用手拉住铎琴，一下子把他拉到自己的近前。

皇上让铎琴坐在皇太后和自己之间，吓得铎琴慌忙站了起来，又要跪下，却被乾隆皇帝双手抚肩，一下给按坐了下来。

皇上说："小铎琴，你是北疆的贵客，也是朕的贵客。朕见了你，就等于见到了北疆苦兀的百姓，咱们心心相印啊！"

乾隆皇上的话语，使北方来的众兄弟，一个个内心觉得非常的温暖亲切，紧紧挨着坐在皇太后身边、原是皇太后最疼爱的侍女、后来成为乌莫图鲁巴图鲁额驸公主的春红，撒娇似的跟皇太后说："太后奶奶，就是这个铎琴，我家驸马给他相好了一位沙里甘，是大将军海兰察的小女儿比牙呢！这可真是郎才女貌，正相配呀！"

春公主这么一提醒，皇太后就马上说；"皇上，为啥没让海兰察全家过来，哀家要见见他们，哀家也要认识一下比牙。"

皇上一听，点点头。

于是，乾隆立刻下御旨。他说："对，对呀。海兰察，你过来。我们可都要感谢你，你可是真正帮了朕的大忙啊。你本是萨哈连的人，这次又把女儿嫁到萨哈连，使咱们中原和北疆喜结良缘，功劳盖世。朕要感谢你，我的大将军！"

海兰察一听，立刻偕夫人和小女比牙匆忙过来，在皇太后、皇上面前跪下，叩头，并且齐声说："奴才们给太后、皇上叩头请安！皇上万岁！万岁！万万岁！"

皇太后、皇上笑着说："快起来！快起来！"

海兰察全家说："谢皇太后、圣上。"

乾隆对身边的太监说："快去拿过凳子，让海兰察夫妇都坐在皇太后和我跟前。"

春公主站起身，又把比牙拉过来，也紧挨着皇太后坐下。

皇太后仔细地观看着小比牙，说道："好姑娘，多俊气。哀家也收你做个小孙女吧！"

海兰察和夫人一听忙跪地叩头谢恩。

夫人又赶紧让比牙格格也跪下，给老太后叩头谢恩。

比牙童声奶气地说："谢皇太后、皇上圣明之恩……"

这比牙被皇太后收为孙女，一下子可就成了皇家人啦，当然也就成了皇家公主了。

这样一来，福康安和众大臣们、大将军们，你瞅瞅我，我瞅瞅你，大家立刻都走过来，跪在地上向皇太后、皇上叩头祝贺，也向比牙格格叩头，给这位新公主叩头。

乌莫图鲁巴图鲁这时一把将铎琴拉过来，让其立刻给皇太后、皇上跪下叩头。因为比牙成了公主，铎琴是比牙的爱根①，当然也就是和乌莫图鲁巴图鲁一样的额驸了。

满院的众差役、侍人、太监公公、侍女奴婢都齐来跪倒，依序给皇太后、皇上叩头祝贺，高呼齐唱吉祥如意，万寿无疆。

皇太后说："铎琴啊，你与大将军海兰察商量了吗，这喜酒什么时候喝啊？"

海兰察忙叩头禀奏道："奴才与铎琴和驸马爷乌莫图鲁巴图鲁商议过，乞列迷有个古老的习俗，大婚都得在自己的艾曼里举行，还要举办奥米那楞的比武、斗兽、选猎达等活动。铎琴也希望回到苦兀后，他的阿玛拖林普大玛发拍板后，再在拖林普老玛发的主持下，举行与比牙格格的大婚礼仪。在中原京师皇太后、皇上面前赐给婚配旨意，这就是最神圣最尊贵无比的恩泽了。"

皇太后、皇上听后点点头。

乌莫图鲁巴图鲁额驸上前叩头，禀奏道："皇太后、皇上，难得今日圣上驾临西山，看望我苦兀兄弟，还为我小弟弟的婚事前来祝贺，真是皇恩浩荡。北疆苦兀远民，尽受恩泽，永世铭心。我小弟弟奉父罕嘎珊大玛发之命，来中原京师特带来北疆产物，今贡献给皇太后、皇上，然后，我小弟弟铎琴为感激朝廷的大恩大德，表演北疆驯兽、驯鹰等渔猎技艺，令皇太后和皇上知晓我大清北民的日常生活的一角，与民同乐。"

皇太后、皇上一听，立刻拍掌欢迎，甚是喜悦。

这时，礼部尚书上前叩头，手捧长长的献贡单子，高声边念边唱了起来。那声音奇妙极了，而且十分的美妙又动听……

"苦兀莽古吉里安班阿林淑勒罕现命拖林普嘎珊玛发谨奉献大清国

---

① 爱根：满语，即丈夫。

皇帝，各种各类产物珍品如下：

北海海象牙二十五颗；

北海苦兀翠玉一百珠；

苦兀金矿石二百斗；

熊肭脐三百枚；

紫貂皮三百张；

白狐皮三百张；

白熊皮头排皮五张；

苦兀豹皮十张；

苦兀栗鼠、白兔、水獭、海狸等诸皮共五大鹿皮袋；

鲸睛五十粒；

恭祝皇太后，皇上万寿无疆，万岁万岁万万岁！"

礼部尚书宣读完毕，铎琴率众北疆兄弟手捧贡礼，走上前去，叩头，将产物贡物一一放在站在一旁的礼部尚书和随员们手中捧着的大木方盘子上。足足有二十几个大木方盘上面摆满了北疆的贡品宝物，随员们一一从皇太后和皇上前边走过，特意让皇太后和皇上过目，又从另一侧下去。

早有礼部尚书派来的两套马车，一一装上垛好，运走了。这些车都赶往朝中国库之四夷贡库中收藏。

总管太监宣圣谕：

"奉天承运，皇帝昭曰：

北疆苦兀拖林普嘎珊大玛发倾心大清，所贡产物，皆为珍品，足显忠心为国，海内四宇，形同骨肉，万众一心，永捍北疆，朕心悦焉。

特赏赉乌林，略表皇太后与朕远系北疆黎庶之轸怀，冀望吾北疆臣民，精诚护国，仁爱相亲，日月辉煌，光照千秋。"

大清乾隆四十一年丙申吉旦赍赏乌林列表附下：

"绢帛二百五十匹

麻布叁百丈

谷种壹百袋

犁具壹百件

铁坯五百块

弓弩三百张

铠甲五十挂

礼部尚书宣讲。"

接着，尚书又宣："铎琴等众北疆兄弟，叩头受礼，谢恩呐！"

铎琴等北疆兄弟给皇太后、皇上叩头谢恩。毕，铎琴又跪倒，他对皇太后和皇上禀告说道："皇太后、皇上，小的们到了京师，还带来了自己饲养的苦兀大棕熊一对，带来猎鹰七对。小的们这就给皇太后、皇上演艺一番。小的们献丑啦。"

皇太后和皇上都高兴地点点头。

铎琴又冲皇太后、皇上叩了一个头，站了起来。到这时大家才注意到，小铎琴此时已经重新换了一身打扮。

只见他，上下身已换上了皮坎肩、皮裤衩、赤膊、赤腕，双脚蹬着小皮靴，迅速走入中央广场。

就见府院场上，有两位北疆兄弟把两个大木笼子推了过来。这大木笼子是用原木连接而成，一人多高上下四周都是用手腕粗的原木桩连接在一起，笼里各有一只棕熊。两个大木笼各由一个人推动。原来，大木笼下边装着大木轮，一走起来，木轮转动，发出"吱吱扭扭"的震耳的响声。

两个大木笼被推进人群的中央，众人的目光都集中到木笼中的两只大棕熊，那么肥胖、高大，张着大嘴，吐着长长的红舌头，哼哼地吼叫，似乎在向推着木笼的两个人发出熊熊的怒火，好像在抗议他们，为何在我休息想睡个大觉时，硬把我们给推到这里来，你们这样做太可恶了。

它们大声吼叫，声声震耳。两只大棕熊嘴里直淌涎水，两目闪着亮光，在木笼子里面用头、肩正猛猛地大力地狠撞大木笼，撞得木笼左右晃悠。在外边观赏棕熊的人心怦怦直跳，有的吓得往后躲闪，很怕棕熊冲了出来。

户部、礼部尚书，理藩院、兵部众大人都过来忙加制止，说："快！快！千万不要激怒了大棕熊，使皇太后、皇上受到惊吓。"

坐在正位的皇太后说："皇上，这棕熊多精神，想起来哀家我长这么大还真没这么近见到过呀。不，我不怕。皇上，就让孩子们练练棕熊吧。"

福康安站在一旁，听了皇太后的话，他看了看皇上。乾隆皇上向他点点头，表示同意。福康安领会了皇上的旨意。

福康安便大声向众位大人说："皇太后有御旨，让铎琴他们驯服棕熊。"

皇太后懿旨一下，众人立刻四面散开。

院中央，只留两个大木笼子和笼中的两只大棕熊。那棕熊在笼中暴怒，双爪猛扒大木笼柱子，猛力地摇动笼子，好像要把每一根木柱子连根拔起，把大木笼子抓扒得"咔咔"直响，木笼直摇晃，好像马上要碎了。

这阵儿，数十名侍卫都被御林军统帅调到皇太后和皇上的四周，个个瞪目叉腰，双拳紧握，双脚叉开，似乎那凶猛的大棕熊就要冲向皇太后和皇上似的，个个精神万分集中，时刻准备与棕熊决一死战。

而熊们仿佛更加来气。它们冲着这些侍卫"哼哼""哇哇"大吼，好像在对他们发火地说："你们逞什么强，都给我躲开！躲开！"

"有能耐，咱们一个个较量！"

"你们这些人我也不怕……"

棕熊更加狂怒起来，暴跳如雷。

御林军们既要保护皇太后、皇上不受惊吓，又不能遮挡皇太后、皇上的视线。见熊发怒了，皇上也担心太后。其实，皇上本人也很有武功，说来真不怕棕熊。

当年，他也曾多次出猎远狩，什么样的场面没见过，什么样的凶兽没见过。作为一个满洲人，都有这股子与猛兽斗的尚武精神，雄气豪壮得很。可有皇太后在身边就要多加注意啦。每当外出去围场狩猎，太后与皇后等皇亲都远离猎场，在老远的地方看，观赏而已，那是安全的，在远处嘛。可此番不同，是在跟前与棕熊面对面，与这两只山一样的巨兽就不过百步之遥，能不令皇上有些紧张吗？

可是皇太后，别看已经八十五岁的高龄，她从年轻时就与自己父兄出去狩猎，也是一位出名的弓箭手。后来到了皇家，也曾多次陪同雍正爷出猎巡狩。雍正爷也是一位爱狩猎的皇上，爱穿上甲胄，骑马驰骋，众卫士四面陪护。雍正爷的箭法就非常像其父王康熙爷，有百步穿杨的神功，箭法甚准。他常使利箭射入虎腔之中，往往穿透，箭头露在外边半寸。

要知道，猛虎是那种爱跳、蹦、蹿的猛兽，离近了相当危险，猎手必须远在二百米之外才能施箭，箭力必须神速，而且必须威力十足，这样箭飞出去，不但射进猛虎口，还能穿透虎头。这是当年一个满族猎手必备的神功。

因为，当箭射入虎皮之时，已是扎疼了猛虎，虎一疼，它便加倍要与猎人拼命，与猎人搏斗，必然要拼命扑向射箭的人。它张开大口，舞动双爪把猎人压在身下，必令猎人窒息和被咬伤。所以，猎人必须要一箭穿透猛虎，射入虎的内腔。你想啊，那是一根弓箭啊，整个都扎进虎的内脏之中，虎就无力腾身跃起，乖乖地被箭的威力震得无法动弹，全身疼痛难忍，它会嗷嗷怪叫，不一会儿就瘫在地上，睁着大眼睛，舌头伸出在外老长老长的，任人摆布了。

乾隆皇帝自幼起，他就与皇爷康熙、先王雍正，以及后来自己的众皇子、皇亲、大臣等外出围猎。乾隆二十年三月，乾隆帝奉皇太后谒泰陵，驻跸吴家庄，察看永定河沙堤，并奉皇太后之命到日西鹰台，木兰围场，乾隆帝曾在马上张弓，殪一熊二虎，众臣恭贺。当然，皇上也喜爱这种能看到野兽的特别场面了。何况他知道自己和皇太后的身边有这么多侍卫，何惧之有？

于是，皇上就命福康安、海兰察与众位将军不要担心，保护好皇太后就行。让她老人家高兴，但千万不能吓着老人家。

再说北方远客铎琴。

这小铎琴可不是一般人。自幼生长在万里之外的苦兀岛。苦兀岛过去是最最有名的熊岛，棕熊甚多。而且，苦兀岛上的熊要远比萨哈莲的那些白熊要大得多，个头都在两米之上。硕大的身材，肥胖得很，站在那里就是一垛厚墙。这些家伙们浑身是灰白色的长毛，绒很厚。大熊头，大长舌头，一张开血盆大口，就能把人的脑袋都含进大嘴里。熊的双肩非常宽大。熊脖子上有大圈儿的银色长长的长毛，连接着全身厚厚的毛，非常像有一条厚厚的毛围巾美丽壮观。

这种棕熊四肢发达，前后腿都特别粗壮有力，可以推倒一搂粗的大松树、大柏树、大榆树，大粗干树木它可以猛力给拔出来。它的爪子很尖、很长而且很有力，可以掘出地上的大蚂蚁，一把把地往嘴里咽，"咔吧咔吧"响，吃得很香。看见树上有蜂窝，它可来了劲。它有时一怒之下，几大巴掌便把树拍倒，上面的蜂蜜就都是它的腹中美餐了，任凭蜜蜂拼命地叮它、蜇它，围着它疯狂飞舞进攻。它根本不去理会，因为它的绒毛太厚，不怕这些失去了"老家"的蜜蜂去咬它蜇它，它双爪护头和脸，像座大毛山似的，气得蜜蜂只能在它厚厚的毛上乱飞乱叫。毛太厚，蜜蜂斗不过棕熊。最终，只能呜呜叫着，远远逃去了，再到另一个地方，同心协力，重建蜂窝酿蜜，培育自己的后代了。

棕熊是很勇猛、很憨厚的山中之王。除了老虎之外，任何野兽都怕它几分，豹子也不去招惹它。而且，在苦兀岛一带，棕熊特别能够抵御寒冷，不怕风雪冰冻。

在北方寒冷的苦兀，只有冬夏二季，而且冬季最漫长，有九个多月之久，但棕熊却依然过得很好，很舒畅、很快乐。到了夏末，它们就要繁殖了。

棕熊雌雄互不相拒，可以交配。雌性大棕熊交配后，还想交配就远去北疆，到北冰洋寻找北极熊，只要是雄性，什么熊类都可以交配。北极熊也可以生棕熊子孙，不过不能御寒，多数被冻死。也有不少小熊随着勘察加苦兀岛地方的熊先辈们，开始南来，与这一带的熊类共同生活。日久天长，就又在棕熊中生出一些比棕熊更好看的棕熊，白毛甚多，既有北极熊的秉性和身姿，又比棕熊更有御寒能力的熊，能在北方的冰野的极寒中生存，甚至可以进入到冰海中游荡。

苦兀岛北方，这里的冰封是长时期不化。冰和厚雪日夜笼罩着茫茫的原野和大海。寒风不停地吹刮，寒冷至极。可是这些熊们照样能在这样的境遇中在冰下捕鲑鱼饱腹。而且，这些家伙又有北极熊的另一特殊耐力。北极熊常年生活在北极冰河之中，若捕到海豹之类饱吃一顿之后，常常能忍耐几个月不吃东西，有极度的忍耐饥饿的能力。

铎琴身边木笼中的两个大棕熊，一公一母，是铎琴从苦兀来之前新捕捉到的两只棕熊。铎琴是艾曼中很闻名的驯熊能手，他有一种特长，专门能降住棕熊，这是他十多年来磨炼的一种能耐。首先，他能通棕熊语，知道棕熊之间"说"什么，各熊之间要表达什么。只要他一接触就知道棕熊的脾气和秉性。别人见到棕熊，就是棕熊逃遁也毫无办法，铎琴却不同，他能同棕熊相处。

非常奇特的是，棕熊见了铎琴也不跑，既不怕他，也不伤害他，规规矩矩地听铎琴调遣，成为铎琴的朋友和用人，乖乖地为铎琴办事。这个秘密只有乌莫图鲁巴图鲁知道，不过他后来到中原来了，没有想到铎琴竟发挥了这个特长，成为一名驯熊猎手。

乌莫图鲁巴图鲁额驸告诉皇太后、皇上："请圣上不必害怕。熊在他的指挥下就像是一条猎犬听主人的话一样，服服帖帖的！"

皇太后和皇上点点头。

乌莫图鲁巴图鲁又告诉皇太后和皇上，这是因为小铎琴是野人部落的人，后来部落之间互相争杀，小铎成为一个弃婴，陷入棕熊窝中。

铎琴小时十分可爱，他甚至不知道怕那些天然大物，在棕熊的窝里和小熊滚在一块儿睡、玩。不知为什么，棕熊没有咬死他、吃掉他，几个老母熊倒像看护自己的崽子一样照看铎琴，让他吃自己的奶，给他舔屎舔尿。而他呢，也开始学棕熊走路，学棕熊的叫唤声，就这样，他成了北方雪野上的一个"熊孩"。

拖林普嘎珊大玛发在征服和收复一些部落的战斗途中，在一片旷野中发现了这个浑身长毛的小野孩子，熊群都逃散了，把他扔在雪野的熊窝中。

他当时"哼哼"叫，像北方的棕熊一样。

拖林普嘎珊大玛发就叫部落的人把这个"小熊孩"带回了艾曼，并派专人教他语言，教部落的礼节和人的各种生活习惯。

拖林普嘎珊大玛发发现这个孩子很聪明，什么事一教就会。大玛发很喜欢他，便收他做了自己的儿子。这是自己最小的一个儿子，并给他起了"铎琴"这个名字。

铎琴，是乞列迷语，意为"野甸子"，意思是他是从一个野甸子上带回来的野人。后来，他成了艾曼里捕熊的能手。乞列迷人非常崇拜棕熊，视棕熊为山神爷，是乞列迷人远世的祖先神。他们认为自己就是熊变成的人。他们这个部落过熊节，拜熊神，拖林普嘎珊大玛发非常崇拜自己从大荒野甸子上得到的铎琴，认为祖先怜爱他，才送来了小铎琴。小铎琴是神赐给的一个精灵，是吉祥之兆。所以，他们都非常喜爱小铎琴，他成为艾曼中最有神通的人。

从前，乞列迷人不轻易杀熊。往往是在高兴之时，隆重的祭祀之时，在铎琴安排下，才能杀熊。

此次来京师中原，是拖林普嘎珊老玛发之意，命铎琴到山里接两位熊玛发，带到京师，献给当今皇上。熊是吉祥之神，是光明磊落之神，献给皇上，以求得艾曼的光明、吉祥、幸福、平安、合顺、安康，这一切，熊神会保佑的。铎琴遵命才捕捉到两只大棕熊。熊一身是宝，熊是神，人得到熊，就是得到了神护，得到了平安吉祥，会长生不老啊。

乌莫图鲁巴图鲁额驸将这些话讲给皇太后、皇上和众大臣，众人才理解了为何铎琴不远万里，带来了两只大棕熊，原来是大熊神一路在保佑着他们顺利地来到中原京师见皇上。棕熊神献上，也能使大清天下得以安宁，福禄寿齐来齐至。

乌莫图鲁巴图鲁额驸嘴很甜，也会说，使皇太后、皇上更喜欢铎琴这个年轻人了，也就更不怕这两只大棕熊了，都热心地等着看铎琴怎么耍弄大棕熊。

只见铎琴走到两个大木笼子跟前，嘴里不知在喊着什么。那两个大木笼子中的两只大棕熊，见到主人来了，不那么急躁、暴怒了，也不再乱晃大木笼子。它们吼叫着，像在欢迎铎琴的到来。

铎琴把大木笼的两个大杠抽下，两个大木笼的木门"咔嚓"一声开了，大伙的心一下子悬到了嗓子眼上，心想：这不是把这两个大野兽放出来了吗？

再一看，那两只大棕熊从笼子里跳出来。可能是它们在木笼子里关的时间太久了，这一下才感觉到自由、轻松了。只见两只大棕熊出来后并不理会院子里周围的生人们，而是在铎琴口唱的一种好听的歌中，抖动身子，抖弄毛，不停地舞动起来，引起人们一片喝彩。

这棕熊可能也是太乏了，它们极力扭动身子走上去，互相咬着、撞着，又站立起来，前爪跪地搭在一起，面对面地摆动摇晃起来，在原地双腿趔步又是一阵晃动摇动。人们又是一阵喝彩。

铎琴的嘴里含着一片白桦树的黄褐色里层嫩皮儿，卡在舌头上，发出种种奇妙的声息，很像是他在咀嚼这块桦树皮，其实是他上下牙床一咬劲，桦树皮儿一震动，才发出非常奇妙的声响，不是那种口哨的声音，而是很像被风吹动的大树发出的响动，又像是大木板的震颤声音……

瓦嗡嗡孔！瓦嗡嗡孔！

嗞嘎嗞嘎！嗞嘎嗞嘎！

细细地听和品味，这声音又像远处传来的一群野兽在吵闹着，十分的奇妙。

多少年来，铎琴就是靠着这种奇怪的响声，与苦兀的棕熊们交流、交谈、交换着情感，传递着信息和心情。

也真奇怪，两只棕熊听到这种奇妙的声音和信息，非常聚精会神，不去注意院子里有那么多陌生人类。

铎琴吹着的桦树皮里层嫩薄的膜的声音突然又一变化，发出一阵阵颤抖的响声来：

簌簌簌簌，以簌簌！

簌簌簌簌，以簌簌……

就见两只棕熊不再搂抱了。它们各自松开拥抱的前腿，互相分开，各自蹲坐一处。

棕熊坐着的姿势其实很好看，很稳重。前边两个大爪子夹在两肋间，双爪向下，就像两个孩子望着人们。而且还左右光顾，那种憨厚的样子十分可爱。

大伙都哈哈地笑了起来。

乾隆皇上说："铎琴，告诉朕，你口里吹的声响，是什么秘密？跟大家说一说。"

铎琴说："皇上，众位大人，我是用桦树皮里层的薄嫩膜发出大小不同的声响。用这个声音模仿动物的叫声和它们互相联络之声。"

皇上说："那是它们非常熟悉之声？"

铎琴说："回皇上，正是如此。"

铎琴又接着说："海浪虽然翻滚，但有自己的规律，各种生物都有自己很独立的联系法、接触法，跟人一样。而各种生物、万物，也要互相认真去听、去辨别，去与之联络，互相通气，于是也要发声。其实人不懂，听不出来，或者不去注意，在野外和生活中有各种万声响，人不懂、不能辨而已，所以听不出来。要是总在大自然、山野里、树林子里、草甸子上、大雪窠子里、冰川之上种种不同的环境里静坐、静听，就会听到越来越多来自不同方向、不同方位、不同地方、不同生物发出来的声音。这些声音听起来大小不一，长短不一，轻重不一，粗细不一。声调虽然不同，但都是一种语言。人若是能分出这些声响的内容，就是一个神仙了。就会知道万物所表达的信息，就是最聪明之人、最不会吃亏的人。人要学会这种能耐，学会去听、去分辨这种声音。凡事在于钻磨，在于入心。入心就能够进入兽类情感的世界。我就是从小跟棕熊在一起，学会的能耐。"

皇上又问："铎琴，这样做要有何绝技吗？"

铎琴说："回圣上。耳朵一定要灵得很……"

"耳朵？"乾隆指指自己的耳朵。

"是。圣上！"

铎琴说："耳朵上要比一般人都机灵、灵动。我们苦兀猎人，在山野生活惯了，像个野人，就有这个能耐了。还有眼睛……"

福康安说："眼睛还有什么特别吗？"

铎琴说："眼睛表面看去无任何特别，但我们那儿的人眼睛观察万物的能力超州、府里的人，这是生活逼出来的。"

铎琴说着，来到福康安面前，附在他耳边说了几句什么。

福康安听后，马上站起来到皇上身边说："皇上，铎琴要给皇太后、皇上和众位，表演驯熊。这棕熊是铎琴来中原京师之前才用陷阱捕捉的，是一雌一雄，凶烈的大棕熊，每头都有八百多斤，一人多高。它的大脚掌要踩一个人能把人踩扁，它的大巴掌一拍能把大粗树干给拍折、拍断。现在铎琴要凭他的驯熊技艺，让这两只熊按他的吩咐办事，听他的指挥。下面，要让棕熊认物件……"

皇上说："就是辨别东西吗？"

福康安说："回圣上，是这样。"

皇上点点头说道："这可奇啦。"

皇太后也说："哀家可要仔细看看。"

福康安说："铎琴说，现在让大家每人拿出一件物品，棕熊能认出都是哪个人的。咱们请皇太后、皇上和礼部、户部尚书大人各拿出一件物品，棕熊能认出来。"

众大人同意。

福康安向铎琴点点头。

就见铎琴回话两个大熊。拍了拍它们的大脑袋，在它俩的耳边各自说了几句什么，就见两只大棕熊非常听话的把头低下，让铎琴把福康安领来。铎琴把两块大黑布交给福康安，请福康安大人把两块大黑布，分别都把棕熊的两个眼睛蒙上。

福康安仿佛有些犹豫。大伙见他不敢靠前，都哈哈乐了起来。

铎琴说："福康安大人，不要怕。它听话。"

福康安接过黑布，开始靠近熊。

大家都屏住了呼吸。院子里一点声息都没有了。

铎琴说："别怕。把布扎紧了，多蒙一层。"

其实福康安也是见过野兽的人。他经常随皇上去围场，射熊虎，他是一点也不畏惧的。但眼下，他要靠近这两个庞然大物，而且要给它们蒙上眼睛，心里也有些七上八下。

但院子里这么多人都在看着自己，还有皇太后、皇上在那里，他无论如何不能犹豫呀。于是，福康安毅然走上前去，按铎琴的嘱咐，把两只大棕熊的眼睛蒙得紧紧的。他坚信棕熊已经什么也看不到了，周围的任何情况都已看不到了，这才离开。

他走到铎琴身边，告诉铎琴。

铎琴点点头。但铎琴还是走过去，把福康安蒙的熊认真地复查了一下，确实蒙得很好，便向众位说："请皇太后、皇上，众位大人尽管坐好，不要说话。现在，我领着这两只大熊走过去，你们要静下来，千万别出声，千万不要怕，也不要去碰这两只大棕熊。它没有我的话，是不敢乱动的。很老实，很听话，跟绵羊一样。"

大家想笑，又不敢笑。

铎琴继续说："它俩由我拉着，走到各位身边，从一个人一个人身边走过去，它们用鼻子去嗅一下，就会牢牢记住你们每个人身上的味道了。各人身上的气味不同，都能分辨出来。靠这些异味，它能分辨出物件是哪位的东西。"

很多人都不太信铎琴的话。不过大家都很感兴趣，也都想看个究竟。

福康安从皇太后身上要了一个彩凤珠穗的丝绢披肩，从皇上身上要了一把佩戴在身上的犀牛角金壳镶玉匕首，从海兰察身上要了一个琵琶荷包。

然后，福康安把这几样东西一一地摆放在院中央的一张大楠木桌案子之上，整齐地放好。

福康安离开桌子以后，就见铎琴举起双手，请皇太后、皇上静坐下来，并请众位大人都安静地坐到自己的椅子上。大家坐好之后，全院一片静悄悄，连咳嗽声都没有，只有大家呼呼的喘息声。

铎琴走过去，来到棕熊身边，拉起了两只大棕熊。双手分别搂着大棕熊的头，缓缓走到人群前来……

福康安、海兰察慌忙站起来，走到铎琴前面，把他阻挡住。说："铎琴，你可要知道，皇太后、皇上在这里，不能伤着圣上啊？"

铎琴说："不能的。"

他们又说："要不，把两个家伙绑上吧？"

铎琴说："不用绑。"

北方来的众位兄弟也都说："大人，尽管放心，铎琴是通兽语的。他很有把握，就请你们放心好了。"

福康安说："铎琴，你可要做到万无一失！"

但是，侍卫和护兵们还是各持兵器，层层地靠近皇太后和皇上，只留出了皇太后和皇上观看的视线。

铎琴搂着抱着两只大棕熊，双手拍着蒙着双眼的棕熊，示意它们一定要听话呀，这可不是一般的场子。两只大棕熊跟着铎琴走到人群跟前。

人们发现，这两只看不见人群的大棕熊，一个个地昂着头，走得很来劲儿，而且，它们不断地用鼻子猛力地向人群嗅着，打着喷嚏。

福康安、塔力布两人站在两只大棕熊的两侧，而铎琴更是小心地，防备棕熊突然纵跳，或有什么惊人的举动。

铎琴领着两只棕熊，先来到皇太后、皇上坐的龙椅旁边，悄悄地让两只棕熊用鼻子嗅一嗅皇太后、皇上，少顷，铎琴又来到海兰察身边，让两只大棕熊嗅了一嗅，然后，铎琴搂抱着大棕熊来到院中央的楠木桌近前，站住。铎琴把两只棕熊双眼蒙着的黑布一个一个摘了下来，用布带套在脖子上，由北方远客兄弟拿着。

铎琴在两只棕熊耳边又喃喃地说了几句什么，就见雌棕熊叼起桌案上彩凤珠穗丝绢披肩，径直来到了皇太后近前站住。铎琴把披肩接过来交给了皇太后。

大伙哗哗地鼓起掌来。

然后，铎琴又搂抱着这头棕熊回到桌案前，交给其他兄弟，那只公棕熊，晃了晃头，来到桌案上叼起了上边的匕首。铎琴接着搂抱它来到皇上跟前站住，铎琴把匕首捧给皇上。

大伙又是一阵鼓掌。

回来后，这只大棕熊又把那个琵琶荷包叼起，来到海兰察的近前站住。铎琴把那琵琶荷包递给了海兰察。

众人又一齐欢呼起来。

众人都觉得奇怪，棕熊是怎么知道每个物品的呢，很准确地找到每个人的物件的主人呢？大家的目光，好像都在这么问。

铎琴说："皇太后、皇上和海兰察大人，这个说来也并不奇怪。棕熊这种动物有个很特殊的能耐，它们的鼻子特别灵，嗅一种气息，能找到这种气息的来源地，就能将物件归还原主啦。棕熊在野外常常会将鼻子扬起来，从吹来的风中嗅出前边究竟是什么环境，有什么动物，是否有人类，是否有爱吃或不爱吃的东西和目标。皇太后的彩凤珠穗丝绢披肩上有浓厚的茉莉香粉味，与皇太后身上的香粉味极一致，棕熊就记住了，并找到了物件的主人。皇上的犀牛角壳镶玉匕首上面有浓厚的原始犀牛角味，这与皇上身穿的鹿皮裤的皮革味很相近，别人没有这个穿戴，所以棕熊就很容易认出来了。至于海兰察大将军的琵琶荷包，连我都闻出来了，琵琶荷包里装的都是烟叶，将军身上都是烟叶味，所以棕熊能迅速找到主人啦！"

皇太后、皇上、海兰察和众大人听后都恍然大悟。

大伙纷纷说："这棕熊的嗅觉可太灵敏了。"

"真是太神奇啦!"

"大开了眼界了!"

大家说什么的都有。

铎琴来到皇太后、皇上面前,跪地说道:"皇太后,皇上,这两只大棕熊都是出生在万里之外的苦兀岛上,不同于这里生活着的熊类。奉我们的罕王淑勒罕拖林普嘎珊大玛发之命,专程送中原京师,孝敬皇太后、皇上的。这棕熊的肝、胆、熊头、熊掌、熊心、熊皮等各部位,都相当珍贵,俄罗斯女皇都到我处疏通想得到它们,但我们还是把它们献给圣上。吾皇万岁,万岁,万万岁。"

说着,铎琴跪地上叩头。

乾隆皇帝听后笑了,说:"好啊,朕谢谢你们的一片孝心,收下了。"

接着,皇上便命礼部尚书、光禄寺、御膳房典祭处来人,将北疆之礼收下。他们先协助铎琴与北疆兄弟又把两只大棕熊关入大木笼中。然后,众卫士帮助光禄寺等官员们把棕熊运走了。

皇太后、皇上将春公主、比牙格格唤到近前,皇太后像对待自己儿孙一样,说:"哀家来送你们。你们此次到数万里之外的苦兀,不知何日能再见一面,你们都是朝廷的有功使臣。到苦兀去要多多协助本朝官员,教化土民,开宗明义,教之正俗,昂扬我中原之气,哀家将头上的两根金凤簪插在你们头上,作为分手纪念吧!"说着,皇太后从头上拔下两根金凤大簪,亲手将一根插在春公主头髻上,另一根插在了比牙格格的头髻上。

春公主和比牙格格跪地叩头谢恩。

皇太后又招来大礼寺卿和礼部尚书,将皇宫里的玉观音两尊,分赐给春公主和比牙格格,嘱咐她们带到北地供奉,另有香祇、神龛、香炉案等皇家设备,也都分赐给她们二人。

福康安向众位官员说:"各位大人、将军,恭送皇太后、皇上奉安回宫。"

众人跪了一地,中间留出甬道。众侍卫和太监公公、侍女们挽扶着太后、皇上离开海兰察家宅大院,上了龙辇,起驾前行。福康安、众大人、将军等随后,接着是健锐营马队,扈从旌旗招队。鸣锣、长笛、号角开路,万民回避。皇驾一列长蛇阵似的,浩浩荡荡远去了。

次日清晨,新任吉林将军福康安安排了家中诸事,嘱咐家中总管傅忠认真管理家务和亲眷事务,便与早在府内等待他的乌莫图鲁巴图鲁额驸并辔到了驿馆，会见铎琴等众北疆兄弟。一切行程诸务早已办理完毕。

北行也很壮观。除有福康安在吉林的衣食住行人员和安全侍卫外，随行人员还有两位师爷，前去相助管理福康安的文案书籍和生活流水账目。另有乌莫图鲁巴图鲁额驸与春公主的骒马和三挂四马车轿。其中有乌莫图鲁巴图鲁额驸与春公主的车轿，有春公主的侍女和春公主的梳妆衣柜等车轿，有乌莫图鲁巴图鲁的全部用品器皿车轿。还有就是铎琴与众兄弟的北行车轿三辆。另有一车轿是专为比牙格格和两位侍女的车轿。除此还有装载鹰笼的车辆一辆，共十多辆车辆，连起来也是长长一列。

另外，每个人都有一匹随时可骑用的骏马，共有二十七匹。北行的队伍很是壮观，颇有气派。

在北行的路上，沿途受到各州府的热心接待。车行走在玉田、滦县、昌黎之处都受到县丞的迎送款待。在山海关得到辽东总兵府的盛宴接待。到盛京府前，盛京将军远接近迎，在盛京府盛京将军为福康安设酒宴祝贺。

福康安此次前往吉林赴任，兼有钦差大臣之任，向盛京、黑龙江传递乾隆帝的谕旨："凡盛京、吉林、黑龙江三省将军，皆以恤北之心，体恤北疆诸民，皆有安济扶困之责，不可推诿塞责，贻误边情。"

福康安在盛京深得众位戍边统领和官员的崇信，因众官皆知福康安乃皇上之心腹辅臣，谁敢怠慢。

福康安到吉林后，原吉林将军宗室富椿早到城外迎接，并陪同福康安和铎琴众车辆进入吉林江城将军府邸。他早命将军府邸官吏迎接，安排驿馆，设宴款待。

席间，宗室富椿多次向铎琴等北方远客赔礼致歉，痛恨自己办事粗鲁无知寡闻。客人途经吉林，甚有得罪，敬请对方海涵。福康安传告皇上圣谕，命其速回京师，向户部、礼部众大人述职。

不久降下皇上谕旨：宗室富椿，如今已知己错，心实有罪，谴之可恕其过，命即赴杭州接任都统之职。

富椿听到误伤北民朝贡的蠢事，几日来茶饭难进，知道自己惹了大祸，怕皇上怪罪下来，摘掉自己的将军顶戴。此番听福康安来吉述职，并蒙皇上降旨恩典，高兴得马上跪地，向南叩头谢恩，决心痛改前非，即刻赴任，戴罪立功。

说来，宗室富椿本是傅恒力荐，他原本是翰林院头等笔贴式，最先在健武营统领骑射，文武全才。傅恒将其推荐外派去统领将军衔，还不到一年时间，就惹出了慢待苦兀北疆来者、错认为是流寇、羁押在吉林、致使两个北方兄弟长时间受苦的大麻烦。

宗室富椿被免去吉林将军之职，临行前，富椿最后设一大宴，迎接福康安莅任吉林将军，并热忱款待铎琴和北疆兄弟，并喜迎乌莫图鲁巴图鲁额驸和春公主，喜庆铎琴与比牙公主新婚。江城笙歌燕舞，载歌载舞，通宵达旦。

这是吉林数十载来未曾有过的一大盛事。

车轿在吉林歇息五日，铎琴与乌莫图鲁巴图鲁额驸急着要北归，不想久留，便与福康安二人商议，前程遥遥，趁近期天色尚好，抓紧动身北上。福康安作为新任吉林将军，虽有众务在身，但身兼钦差大臣之任，必得亲赴黑龙江，办妥送行乌莫图鲁等北行之事后，再返回吉林，便将该办的要事交付给副都统们批阅，嘱咐他们，自己数日便可返回吉林，然后再共议吉林诸务。吉林将军衙门副都统众位大人，亲送福康安将军、乌莫图鲁巴图鲁额驸、铎琴等人到三十里外，相互挥别。

福康安等抵黑龙江省城齐齐哈尔，黑龙江将军富僧阿早在城外三十里外迎接钦差大臣。吉林将军福康安及乌莫图鲁巴图鲁和铎琴等北疆兄弟的十辆车轿与人马，被迎进将军府邸，漱洗、休息、晚宴。

富僧阿，舒穆禄氏，满洲正黄旗人，谙熟黑龙江地区历史，曾勘查过黑龙江北土的广阔流域，是颇有名气的朝廷封疆大吏，与福康安叙说起来非常默契投缘，对苦兀来的众位兄弟，也是极为敬重，视为"北疆卫士"，认为他们是大清的守卫边土的守土功臣。富僧阿是康熙五十五年丙申生人，自幼生长在黑龙江，其祖上与东海窝稽部人在绥芬、勘察加一带以渔猎为生，后归东海窝稽部人，分到宁古塔，与虽哈纳、巴海在一起，相互联系很近，据传早有婚亲关系，萨布素年龄比他们大许多。后在萨布素手下为武将，参加过雅克萨战争，最后留驻瑷珲、墨尔根，后到齐齐哈尔。富僧阿就生在齐齐哈尔这个地方，雍正初年授拜唐阿，调拨京师。因其武功超群，为御前侍卫，后累任头等侍卫，并晋升为副都统。曾到过成都，后调三姓，又调宁古塔为参领、协领，不久升为黑龙江将军。

富僧阿在任将军期间，多次分派都统率八旗军勇，上溯至黑龙江上游广阔地域，并北上越过外大兴安岭到尼布楚条约所签订的俄罗斯与大清国分界区域勘察边界，查验界碑，每发必在界碑上将清巡察时、日、人员记载上，对中俄边界的清晰分界，厘清甚细致，数十年以来未有中断。后来，富僧阿调离黑龙江将军衙门，到荆州之地为官。

雍正期间，边界勘察松弛，俄军常越线犯我界。近些年，富僧阿更注意黑龙江出海口诸境等处岛屿俄人犯界之事，常有当地禀告之文传檄朝廷。尤其进入乾隆朝之后，清廷忙于内政和西南地区诸事，对北疆地区及周边海口、岛屿时有疏忘，外国涉界生事日渐频繁。富僧阿任黑龙江将军后，又有所加强，边事已安静多了。

新任吉林将军、钦差大臣福康安，此番陪同北疆入京的诸位北客铎琴等来到黑龙江省与富僧阿转过皇上旨意，更增加了他护守北疆的信念。在齐齐哈尔稍事歇息休整，便亲自陪同福康安等北上，亲送铎琴等人直抵黑龙江出海口。

黑龙江将军衙门与北疆众多部落的行政管理机构，为行使主权有一条通往北方的正常渠道。这条渠道是平坦之路，开通自清康熙朝，承担此任者为黑龙江第一任将军萨布素。萨布素曾率众由瑷珲为基点，顺流而下，经同江、三江口、混同江、东北行进入抚远境，再进入伯力，进入庙街，进入黑龙江口，进入齐集湖、瓦吉乡、吉布球、祁瓦吟，而至苦兀岛，终到苦兀岛的达里喀。一般多在瓦吉乡或祁瓦吟或吉布球沿途驻扎在固定的地点，其建筑为传统大院，并有烈犬数十条守门。清军有武士守卫，清廷官员收取北乡各部落首领的貂贡、鱼贡、鹰贡，朝廷视其献贡内容赏赐乌林，奖励其布帛、绢绸、农具、日用品和银两，等等。

从瑷珲至黑龙江出海口的瓦吉嘎珊，有一千七百多里，全是黑龙江水路，茫茫无际，是遥远、神奇的历程，令人向往。

每次人们往返这段历程，都是依靠舟筏而行，而且船为大木舟，即巨大的木船。每船有二十、三十米长，竖三大帆，有专门的帆手。大江之上，航船甚多。疾行如若遇顺风，更有如飞驰而行。帆一起，引来八面之风，不论顺风逆风，船行都很顺畅。

明代时的中国北方，鞑靼海峡及北海（即鄂霍次克海）一带，日本海（又称鲸海）一带都是我国固有的海域，在此生活，海中捕猎，海中航路是司空见惯之事。海域诸民都依靠舟船往来，造船业亦甚繁荣。到了清代继承明时期的古俗，更有所发展，尤其是筑造大海船，这在世界的东方颇有名气，俄罗斯都赶不上的。中国北方满族先世女真人传承有《船经》。

《船经》是一部世界造船史中之佳作。大清国北征的"刀形"立体大帐篷船，此船远从明代万历之前便创造出来了。这种船体型甚大，在水下有两层，水上一层。船上有主杆篷，又有左右两个辅杆篷，可测预风向，可借用江海八方来风，如日倒风、侧风、单侧风、双侧风等，都可以前行，真是神奇极了。

而且，这种"刀形"大木船，不同于平底船，它在大海中更安全。整个像瓢形，左右晃动再猛烈，也不会被海浪掀翻它切入海水之中，与海水连成一体，水与船交融为一体，又可避风暴。而且船大，装载多，有更大的用场。此巨船，皆用兴安岭上巨松和橡木制成。

造这种船，人要有极高技艺才行。从前，在黑龙江瑷珲有水师营"北卡赊夫"[①]，这些人皆为五品衔，次于佐领，年俸叁佰银两。船匠均有世代家族传承的造船技艺。他们怀揣一本《船经》，奔走四方，以"术"吃饭，从不外传本家手艺。

船师造船，民间称"排船"。这些人，后屁股上拴着一把合手短把圆锤，同行一见，便知是"吃船饭"的"船师"，外行人则称为"锤师"(指他们"排船"时下锤准而狠)。

两人见面，只要亮一亮各自的"锤子"，便可收留。如一人走投无路，或路遇艰难，欲投靠食宿，便可进入"锤子"行(造船行)门下，双手抱拳，言明："我今凳高了，马短了。行至此，想在此站一站。"对方一见他腰间的锤子便知是北水船匠。于是大把头便会大声地问正在干活的各位船匠："现有朋友从此过，要站一站，挣口饭吃。谁肯歇一歇，给这位兄弟打个盘缠？"

这时，必须所有干活的"锤匠"们一起喊："好呀。"

大家毫不犹豫，往往都要歇气帮友。

把头往往选一位已挣了一些银子的"锤手"歇歇"锤"，给这位新来的"锤友"挣些远行的盘缠。这种造船匠人已形成手艺帮手艺的习俗，这种"锤子派"的规俗亦在北土十分流行并得到同行传承。

制江海船，分刀船(大刀船，小刀船)、平底船。大刀船即大帆海船，小刀船即小帆船，为原木刻凿而成，形小轻便，多乘坐一至三人。一棵大粗原木，通体削砍凿雕而成，多作为江中短程联络通讯而用。大木帆分平底船、刀底船，都是帆篷船，主要用于网鱼捕猎而用。平底船多用于大型海船，乘载量是一般船的数十倍，专门用于捕鲸鱼、远海网鱼或

① 北卡赊夫：满语，即船师、船匠。

用于江海船战。清代，此船甚多，用处甚广泛。

中国古老的《船经》早已失传，仅有以下数言，乃是打造巨船的珍贵歌诀：

巨舸靠三橼，神驰猛无边。

肋骨三万六，壮威艰且圆。

天桅辅杆护，广宇云风啸。

舵犹神缰辔，穿涛万里还。

上边这几句秘诀，讲的是《船经》中造船的至关重要的环节，可以说是造海船的最重要的核心结构部分，直接关系造船的成败。所以，船匠讲，这四十字秘诀是造海船之魂，俗称"船骨"，即船的核心结构的绝密方法。

造船，尤其是造海上巨艇更难。造这种大舟要求木质要好，必须是坚硬质实之原木，才能够经得起狂风巨浪的摧折而不易毁坏，酿成船毁人亡的大祸。木质与木质连接的结卯必须紧密，无误。

具体要在造船现场才能说清。

巨舸靠三橼是指三根"船骨"定住海浪，船成型。

肋骨三万六指三万六千块板的组合。连接三橼之硬木曰"肋"。

天桅辅杆护是指船的桅杆，三大根，中为主桅，左右两辅杆，船是靠帆篷的风力行驰。

舵犹神缰辔是指船靠舵变换方向。就像马车拢马的缰绳一样，牵船而行。

富僧阿将军专门领着钦差大臣、吉林将军福康安来到瑷珲副都统衙门江边的大船船坞，请他观赏制造水师营大海船的工程工地状况。

在瑷珲江口，民间俗称十里长江，黑龙江水由上游三架山远远流来，江水河岸非常的笔直。

两岸是无尽的青山绿岭，郁郁苍苍，遥望无边无际。江水一直奔向卡伦山山下，即为四家子下场河口。据传这里出过九位将军，是一片福地、吉地。

在瑷珲副都统衙门江岸处有一片黑松林，江水就在青翠的松林下的悬崖处滚滚向东方流淌而去。在这片河岸，副都统衙门安排船工船匠们修建了一个造船的船坞。人工开凿出一条深沟，水流入沟中，在深沟中贮藏着数十根又长又粗的落叶松大原木，每根足足有百步开外长短，在深水池中浸泡着。江风吹来，一片古老苍凉壮观景色。

福康安问："这些原木为什么浸在水中？"

富僧阿将军说："根据古经所指。"

"什么古经？"

"《船经》。"富僧阿说，"《船经》中不是说'巨舸靠三橼'吗？这就是为了造大船选出来的巨舸三橼就是船的脊梁。"

"船的脊梁？"

"对。造船时船的脊非常不好造。我们都是派八旗兵勇，开进兴安岭长白山的老山老林之中，在众多的松树林中，专门选最粗壮、最高大、又最笔直的钻天松木，才能定下这种船脊木。这是很有讲究的。不能够太细，不能够太短，不能将下节粗上节细的木选上，一定要有一搂粗而且必须在百步之内粗细一样的红松原木。在山中选定之后，就要等到老天下头场雪……"

福康安说："伐树与下雪有何关联？"

富僧阿说："这种关联万分密切。在北方山林，伐木运木都在冬季。在北方，当每年的头场雪一落下，山林间的树木木质开始发干发脆，伐木人锯子下去，不吃锯，不卡条，便于动斧锯啦。"

福康安："哦，原来是这样。"

富僧阿又说："这些木伐下后，都要先存在山中的林雪之中，要等严冬之盛，山中冰雪更厚，再由'套户'家的马匹将其一根根拖下，拉回船厂。"

"套户？"

"就是专门拖林中原木的木帮人家。他们备有牛马，专门上山拖下被伐完的大木。以爬犁装绑上大木一头，搭在上面，顺山上雪道而下，称为'套户'。雪越大，爬犁越顺利，但人苦畜累。两人一伙叫'疙瘩套'。一人在前牵马牛，一人手使'挖杠'，前后不停奔跑'拨道'。常常因寒冷，人死畜亡。还有一种从山上向下运木的方法，称为'放箭子车'。"

"箭子？"

"箭就是弓箭的箭。那是利用山上的雪修一条往山下运原木的冰雪道，大原木在陡峭的冰雪道上顺坡冲下，就像施放的利箭一样。但干这种活计要起大早入山。山上雪大、风硬，人手脚瞬间便被冻僵。回来到窝棚里绝不能立刻烤火，要先使雪搓，活血后方能近火，不然皮肉发黑，肢体整个烂掉。'箭子'指一根原木，以人抬上'雪道'。那种'道'坡度很大，原木以自身力量顺坡飞快而下。坡斜，木重，滑动迅速越来越快，有时一下子'射'入林子雪道之上空，致使人畜顿时而亡。那木虽然被运到山下，但运至船厂，每根巨木都要用八九匹马或十匹马去拉精选好尺寸长度和粗细相当的大原木，趁冬天有冰雪，马拉着在上面运不费更多力气，夏天就不能拉原木啦。套子叫'连环套'。拴好原木，编好马群，还要选出技艺高超的马倌去'赶套'。他要会甩出非常齐整的鞭哨声，马群中选定头马，在前头引路，步子才能走得整齐，不许把精选的原木碰下折坏一点。船木要求很严，不能在原木中有一处裂璺。船在水中海中，若要出事，就是船毁人亡，不可有半点的马虎大意。"

大木在冬季选拉到地点，待天温暖开化时送到沤水池中。大沤水池就是一片片的大深坑。这是造船厂标志。将原木放到坑中，等到春暖花开，黑龙江水被引入沤船木坑中，把整个的沤水坑灌满了江水。原木完全要浸泡在沤水坑中，在水中沤上半年。一进入秋季，再一根根把沤水坑中的大原木，通过流水通道一根根流送到煨木场。

煨木场，就是将原木加工成大椽木的地方。船匠们把一根根大原木从水沟中抬出，排入到煨木场上，由众多扒皮工先将一根根大红松原木削皮、扒皮。而松树皮扒下后堆放到松树堆上面，留作烧柴，或作为苦房的材料。

在船场，那松树皮山一样高大，堆中散发着松树自然发出的一股子浓浓的呛人的树香，在空气中日夜弥漫，顶风可飘出几十里地，人们知道，那是"船场"之地。

松树皮是北方各族诸民最好的苦房用品。树皮比苦房草干净，更防雨、保温、耐用、美观。红艳艳的，十分招人喜爱。

扒皮，抬木，归木，人要唱着抬木号子去干活。那些"号子"种类繁多，往往根据不同工具产生不同号子，什么《哈腰挂》《归楞》《上跳》《拽大绳》《滚木》《对缝》等，应有尽有，以使抬木之人运木发力整齐，步调一致。

这儿整天传来"号子"声，在空旷的船场上空飘荡，火热，震人耳朵，分外热烈……

哈腰的挂吧——嘿，嘿哟

撑腰的起吧——嘿，嘿哟

往前的走吧——嘿，嘿哟

一人起调，称为"号子头"或"杠子头"，众人接号，称为"合号"。

这场面让人震撼，也才知晓大山是人以肩膀扛下来之老理。

那些人肩上都长出一块死肉疙瘩，是长年以木杠压出的，有小枕头大小，人称"血蘑菇"。两个木把船匠见面，往往互问："血蘑菇长出来没有？"

如对方回答："还没呢。"

那对方便会接说："那你还得再撸损！"（再练，还不合格之意）。

撸损，指木和杠对人的磨压。长时间下去，人才可当上木把、船匠、船工。吃这口木帮饭真是不易呀。

原木沤水浸泡，扒皮，这才仅仅是造船的最初一道工序。接着才进入造船正式工序。

其一，木匠师傅破木。

破木分几种，有以大肚子锯将原木破成厚木船板，两个人一上一下，对面拉锯；有以刀锯走缝，使木可镶对，以便造船使用。破木又包括砍、削、锛、凿工序，这才能将一根大原木锛成一根船脊的基本雏形。

别看是粗活，但都由最上等的木匠师傅去砍削，不至于伤木、伤材、伤料、甚至使原木作废。

其二，称为细削，细锛，细研磨，形成船脊的真正型制。

其三，称为"刻地坑"。造船十分讲究"刻地坑"这道工序。这种坑往往有一人深，中间有火塘，燃柴火、炭石，坑上放船背，用坑下火去煨烤。

在"地坑"，由工匠将原木煨成半弧型，船匠掌握火候、炭火温度，不可急躁。煨大木要"慢中求弧，沉稳煨弧，煨成船脊"。

船脊即三檩：第一檩为"底梁背"，船中之脊梁，最粗，最关键部位；第二檩，称"大肋梁"，又称"边脊"，共两根，在船两侧之船边，亦为关键部位；只有底梁脊和边梁脊（大肋脊）相组合一起，方可成为船的整体躯干。

古代造船之技，尤其海船之技，都在船脊上面狠下功夫，千余年来有相当丰富的造船工艺与技法，船工北民俗称"船师爷"，备受尊崇，奉若神明。富僧阿之祖父便是黑龙江上明代闻名的"船师爷"，人称"乍忽台安班色夫"[1]。别人造的船海上用一二年就费了，可他造的海船能用上三五年，不必担心，可任凭海浪凶猛冲刷，船脊坚如海石。

---

[1] 乍乎台安班色夫：满语，即船大师傅。

造船再一重大工序，也是《船经》中又一要诀：

船肋三万六，本质勿轻求。

苍山藏龙骨，船肋铁叶楸。

冬采夏珍存，浆沤嫩火煨。

巧琢如饰女，众志筑神舟。

楸木，北方一种乔木，叶子很大，树干很直，夏天开黄绿色的小花，微香，结实。其木质坚而柔，易煨，而不易折。筑船最上乘之肋木。《海锤》中详细记述了用楸木造船的过程，尤提出用浆水浸泡楸木，然后才能火烤煨弯，是制造船肋骨之秘诀。

船脊，船肋的弯曲之成形，亦大有讲究。

《船经》中"煨弯"木之秘诀：

脊肋弯曲非凡响，百代师传语晰明。

树曲依风木依土，匠斧强琢妄费心。

坯土积时月上月，细水润蕴堪适宜。

猫鼠晓知问地暖，逐时削沉自然成。

这就是指用土坯积压木条而使其自然产生弯曲，不能强用斧凿砍斫。木弯自成，这才能日久不变形，与水相合，犹生浮力。北祖传神法，代代铭之。

煨木时压在肋木条上的土坯，时有更换，增减不等。要严控重量，以确定肋木弯度。

《船经》中，还专有"团夹库"秘诀。

"团夹库"就是"舵"的掌握秘诀。

古代江湖之中"扎卡"舟船，船行靠风力、水力和人力，为之三力。人力包括摇橹、撑杆和拉纤，故《船经》有纤夫之说。若在海上，要靠运用风帆，借助八面之风，推动舟船前行。

大海茫茫，广阔无边，纤缆、纤绳都是无能为力的。那么，船在大海上，怎么才能顺畅而快速前行呢？

《船经》中有祖先使用船三种方法的宝贵经验记载，那就是依靠"舵"。船航行，可不能小看舵。不要以为"舵工""舵手"只管行船方向，那可就太简单了。船之舵，它既是向，又能巧用风力，从而使舟船发挥神奇的功效，船这才能在大海之上，大江之中，如虎添翼，如飞而行，大大增强航行力，产生事半功倍的好效果。

使好舵，古人特别重视"观浪""观潮""观水""识水""识浪""看水""看花"(指浪花)。这是重要的技能绝艺。

碧海平若绸，舵摇稳中线。

浪翻奔玉兔，船行仍自然。

潮雷翻蛇蟒，划舵骑鼓弦。

海底跃驼峰，舵化定海仙。

大海浪潮，随显四种状态下，舵的不同用法和手法非常有用。

福康安在富僧阿将军的陪同下，在造船坞的阅览、走动、观察和答问中一下子知道了不少江海造船知识，方知航海是何等不易之大事，更加钦佩瑷珲的船匠、木帮、套帮等各种工序的役工。他牢记，一定要向皇上禀奏，瑷珲船场的重要，船匠甚累，功劳也是甚大，朝廷应该专拨银两，给予他们一些资补。只有发挥了这些人的神技，才能控制海疆，才能稳定苦兀岛的艾曼部落，否则，只能望洋兴叹。

他又想到，无事之秋，这儿平静、富裕。可一旦有事，苦兀等地只能白白为别人信手可得，这并非耸人听闻的事。

福康安对黑龙江将军富僧阿和瑷珲副都统众官员为捍卫北疆的卓越贡献由衷地敬慕不已。

正在这时，乌莫图鲁巴图鲁额驸和铎琴两人来到跟前，向福康安说："将军大人，请你来看看我们新扎成的布鲁嘎阿达①。"

"走，快去看看。"

富僧阿、福康安跟随他俩来到了船坞下坎的江岸边，只见江岸边两张庞大的柳木筏子已经扎编妥帖。福康安想起年轻时，他曾随父亲傅恒大学士北行，也曾坐过这样的柳木筏子、榆木筏子。这筏子一下让他感到格外的亲切。

来至江边，只见岸边轿车内，只有春公主、比牙公主和几名侍女闲坐，北疆众兄弟和塔力布等都在紧张地忙碌，正在用榆木树皮系扎绑木筏，已经完成了两大张"袋子筏"，俗称"瓦丹阿达"。

这种筏子很有意思，是北方满洲人、乞列迷人、赫哲人都特别喜欢又习惯乘坐的一种木筏子。它用黑龙江畔兴安岭中生长的各种原木，不挑剔树种，凡是碗口粗的原木就行，松、桦、槐、椴、柞、榆、柳、杨各种杂木原木，皆可选用，从山上砍下来之后，把枝条枝杈整理干净，成为一根长长的原木，将头削掉，留下十米长，用时，各种原木相搭相配。

---

① 布鲁嘎阿达：满语，即筏子。

拼木排时，都是头与根对吊着编捆在一起。三层单筏片，相叠一起，再加立柱，经纬相捆。推到江中后，再在筏子中央立木棒，加筏盖。留有空隙。筏子上的人可以住在中间，防雨雹和江风抽打、吹刮，也可在中间做饭。

这种筏子可在黑龙江、混同江中畅游而行，又可以在海边划游。安稳，简便，轻快，有时还在中间立一根高桅杆，加上篷帆，更有江风助力，像有了大翅膀。乞列迷人将这种筏子叫"号台"。实际上就是"阿达"的女真语言流传下来。

语言在当地流变很快，但一种俗语往往多辈不变，只是字音有些出入，不过主意却被人们世世代代准确地保留下来。在北方，女真人留下了最初最古老的语言，记载了诸多对海，对船，对筏，对造船，对编筏技术和"走水"的行话术语，很珍贵又很有意思。女真人流传下来的江海木舟，或种种江海流筏，无论是"三叠成筏"，还是"袋子筏"，都已在民间被传承下来，混同江（黑龙江进入东海一段水程，史称混同江）的北民，自古多习用筏，俗称"阿达"，多用柳编，又称"色鲁嘎阿达"，其形状除有袋子筏，还有以下两种，都可以漂洋跨海。

一是苇子筏。

二是伙子筏。这种筏完全用同粗的原木，凿成威呼[1]，联合一起，可大可小，组成伙子筏。筏子竖小桅杆，挂篷帆，亦可跨海去遥远的苦兀。

数千年来，中原与北方的北海，苦兀等岛屿相通，北民皆以上述交通工具，南来北往，互通信息，传输物资。明代始有海船、水师，但在民间众部落中仍以舟筏为主。

乾隆四十一年九月，钦差大臣、吉林将军福康安，黑龙江将军富僧阿，瑷珲副都统等在江岸恭送乌莫图鲁巴图鲁额驸与春公主，铎琴与比牙格格同北疆众兄弟安返苦兀岛。他们乘坐的筏子就是袋子筏。

这种筏子不怕风雨。夜里，江风虽然大，江面甚寒冷，但人在袋子筏上的房里，有暖阁子，可以生火，有火炉，有一盘子火炕。还有锅灶，燃热水，做饭烹菜。筏子上的人，轮番把舵、撑船、看水。每次两三人，可日夜航行。

这筏子顺黑龙江而下，直向出海口。从瑷珲顺流到出海口有九百多里，要走上十数日，日夜兼程。江水泱泱，江岸又宽，江水浪流甚急，筏

---

① 威呼：满语，即独木舟。

子顺流而下，如同飞箭，关键是掌舵人。他要观浅滩、河湾道。两岸山川树木一闪一闪从两侧退去。木筏行起来，如果没有大浪，其实非常平稳，水碗中的汤菜都不会涌出去。睡在筏子中在不知不觉之中就已经走过数里之外了。

铎琴、乌莫图鲁巴图鲁额驸都是海中人，都是掌舵袋子筏的快手、能手。两张袋子筏，就分给他们两个人，铎琴和比牙格格住一个筏，乌莫图鲁巴图鲁额驸和春公主住另一个筏，其他几位兄弟分在两个筏子上，与他们两人合作，大家共同撑掌着袋子筏。

富僧阿将军命瑷珲副都统宰杀了两头牛，剥皮之后，将肉分装在袋子筏上，并备上米面、烧柴、酒菜等物，每个袋子筏上的大桅杆上都拴上了"风灯"，这是一种不怕风雨的狼油灯。

这种灯是选用鱼鳃骨刮亮，用鱼鳔胶粘贴制成的一种六面鱼鳃镜，将油灯的光亮照射出来，非常的明亮。

在北方民族中，生活在海口和大江两岸的先民们长期以鱼鳃镜代替北方未见过的玻璃，挂在船的桅杆上，照亮江上夜空。

这种灯装上獾油的灯碗子，灯碗子是用陶土烧成，盖也是用陶土烧制而成。

一切应用的用具用品备足后，乌莫图鲁巴图鲁额驸偕春公主率领铎琴夫妇与北疆兄弟，齐到岸上，向南跪倒，向皇太后、皇上叩拜。然后站起来，又向着福康安、富僧阿等送行的众位大人叩拜："请大人们回去吧，我等远行啦！"

"走好走好！一路走好。"

福康安等也向乌莫图鲁巴图鲁额驸、铎琴等北疆的众位苦兀兄弟们告别，祝各位一帆风顺，并向苦兀拖林普嘎珊玛发北疆众部艾曼兄弟致意问候，祝他们万事如意，吉祥安康。

当铎琴与乌莫图鲁巴图鲁额驸一行人，分别登上两个大筏子时，一个个已是热泪盈眶啦。

此时，天色已晚，岸上灯火辉映，已拢起了熊熊的篝火。就见岸上，瑷珲副都统衙门的众位官员、将勇，还有诸多百姓都一齐来欢送北疆远客。瑷珲古城中的满洲人、赫哲人、鄂伦春人、蒙古人、达呼力人都围在篝火旁，跳起欢快的莽式舞，唱起敬送远客的吉祥乌春……

吉祥乌春是这里的一种古老民谣：

鼓乐响起来哟

137

删延，删延！

乌春唱起来哟

删延，删延！

远方贵客啊，

祝你们一路平安！

吉祥的嘎思哈啊为你们引路，

温煦的和风啊为你们护航。

江神海神送来了神勇的骏马，

踏遍万里波涛和排山倒海的激浪，

像祥云，像闪电，

飞向苦兀母亲的怀抱。

额姆们，在用美酒等待着你们——

英雄的儿女们，

带回来皇上的恩典和丰厚的奖赏。

歌舞彩袖飞扬，鼓声铿锵悦耳。

两张袋子筏上的桅杆上鱼骨灯亮起，闪着光亮。流筏在众人的呼喊声中早已起程并冲入了江心，随着滚滚的波浪，飞速地向下游驶去。只见筏上的人们还在向岸上打招呼，在呼喊着什么。福康安和富僧阿也都踮起脚，扬起头，紧握手，向乌莫图鲁巴图鲁和铎琴喊着："两位额驸，朝廷信着你们！皇上也在盼望你们，多传苦兀地方的喜讯！"

袋子筏在夜空里，只留下了点点灯火，慢慢隐入苍茫的夜雾中……

第二章　拖林普家族

在遥远遥远的祖宗们诞生的时代，
在古老古老的奶奶们育儿的时代，
萨哈连水还像一片汪洋，
萨哈连水总是望不到边际。
汹涌澎湃，惊涛骇浪，泛起高高的浪尖，
源头和大海系连在一起。
这里呀，是何人主宰？
据传是东海奥木妈妈女神的洗马池。
从天穹赶来红、白、黄、蓝、黑色的俊神驹……
都是天穹众姊妹猎游的心爱宝骑。
从天间飞降，
众驹鬃色艳丽，蹄声像天雷轰鸣，
云天顿时染成斑斓夺目的彩霞，
光照天日，璀璨无比。
奥木妈妈总是频频地赞誉，
七彩天就是穹宇中最骄傲的宝地。
奥木女神，东海神龟，
勤勉努力，不可怠惰，
朝朝夕夕，精诚如一，
用沧海海底的七彩宝石——
这都是太阳女神藏在海底的神光，
随时唤出来装饰寰宇，
五颜六色，巧夺天工，
让宇宙永远多娇绚丽。

奥木妈妈女神本是

天母阿布卡赫赫的东海管家，

深谙天母的奥秘。

取用七彩宝石，

梳理打扮自己心爱的骏马，

总到东海边的骇浪中冲刷征马身上的尘泥。

谁想，万年神龟，

年复一年，日复一日，

为奥木妈妈取海底宝石，

擦洗神骏的鬃尾肢蹄。

自诩非常熟悉海底的宝石位置，

使用前闭目探海取石，

可惜它竟忘记不能只拘泥一处掘地取石，

应随时变换位置，才可以使宝石色调不一。

神龟从海底掘出的宝石均在一处，

都是没有太阳的颜色，

个个黑如墨，亮如炭。

奥木妈妈女神心爱的宝驹，

一霎时都改变了容颜，

变幻成黑亮亮的黑鬃黑蹄黑尾的铁锥神驹。

奥木妈妈从东海起来，

惊见眼前嘶叫咆哮起来的彩驹，

却成了乌鸦的色调。

暴跳如雷，大哮一声，

双手一挥，

竟将无边无际的洗马池连同黑鬃毛，

扫向西方。

鸣雷电闪，地摇山崩，

从此，从东海边伸出一条

数千里的黑茫茫的长江，

世人傲称——萨哈连乌拉

才有了黑龙江

流淌万万代。

哺育了亿万北方民众，

萨哈连乌拉是宝石变成，

所以，萨哈连处处是宝，

是一条淌着金子的宝河，川流不息，惠及万代。

就在这黑浪黑水汹涌奔流的尽头，

江面宽坦平息深不可测，

黑水直流汇入东方大海。

海浪激流滚带着浓黑浓黑的泥沙，

沉积，堆积，年年岁岁，日日月月，

在河流奔淌的所在，

堆起一道平坦的丘陵。

又经过多少万年，长出沃草绿苔和肥壮的树林。

又经过多少万年，沃草、绿苔、树林

长成了漫山遍野的顶天立地的大森林，

成为虎、豹、熊、鹿、麋、狍、灰狼、白鼠、狐狸、雪豹的
故乡。

一年，大海涌起了激浪，

涌上了岸边的螺盘蛤，

滚到谷石隙之中，也都永驻下来。

这里阳光充沛，河水滋润，

沃土中的虫虾万万千，

螺盘蛤生活在沃原中，

获得了富饶的安乐窝。

螺盘蛤是东海奥姆妈妈的脖链，

生来就美丽如殷红的翡翠，

壳色透明，映在海水和江波中泛着红光，

螺盘蛤又称"红蛤蜊"，

当地土语又叫"它乎拉"。

殷如冰血的它乎拉，

红光如日的它乎拉

是天母阿布卡赫赫的红衫，

是海神奥姆妈妈的项链，

鲜艳夺目，光照海疆。

螺盘蛤又称"暖房子"，

它不同于海边红蛤蜥，

体囊硕大，百年的螺盘蛤，

硕大如屋，壳里避风雪冰凌，

银白像海石，远望像巨龟蹲卧，

像座座披红裙的白山丘。

螺盘蛤伸出软软的躯体，

能捆拘住岸上的狸、鼠、笨貉，

喷出毒液使之昏迷，

成为螺盘蛤的美餐。

就连河中的百斤勾辛大鱼，

尽管凶猛有巨齿，

在螺盘蛤的毒液下也体僵入腹。

尽管狡猾的海豹，

在螺盘蛤的毒液下也乖乖吞噬。

螺盘蛤是奥姆妈妈的恩赐，

螺盘蛤是大海无敌的子孙。

它体内吮吸了大海、黑水的万牲之血，

它体内积攒了大海、黑水的万牲之智。

在亿万万年的岁月升华之中，

在硕大的螺盘蛤红色暖尾之中，

孕生出红色的精灵——海蟹大小的红衫美女。

她跟海石一般高，

她像岸上碧草那么高，

阳光照耀，海风吹煦，

海光荡涤，白浪冲洗，

海神奥姆妈妈的抚爱和养育，

将大海浮游着的藤丝结的小红果，

命海鸥啄到红衫美女近前。

小红果发出阵阵幽香，

红衫小美女吞食浮果，

腹中如火，筋骨膨胀，

红衫小美女渐渐长，渐渐高大，

成长了人一样高大的修长美女，
再不住红蛤暖房子了。
在海滨搭盖小屋，一排排，一片片，
奥木妈妈喜欢这些精美的小屋，
为大海边，江滨旁，出现这么众多的美女而兴高采烈。
奥木妈妈的欢笑，是大海的波涛，
奥木妈妈的欢笑，是天庭的惊雷，
闪电，惊雷中美女受孕，生下众男子，
成家立业，传袭百代。
这就是黑土黑地，丘陵土地的海民艾曼。
是在古鸟声中成长的巨人，
是在闪电声中涌现的巨人，
雷鸣和闪电其声是"拖——林——普"
这"拖林普"的声音，
就成了这个艾曼的名称——拖林普。
拖林普又被艾曼的人，
自称为哈拉姓氏，
凡是艾曼的人，都姓拖林普。
拖林普族徽就是，
殷红殷红的红衫螺盘蛤的形状，
在大海滨渐渐赫赫有名，传遍千里。
成为东海黑龙江——萨哈连乌拉
最活跃、勇敢、勤奋的海民，
人丁兴旺，无病无灾，
又经千年锤炼，聪颖绝伦。
拖林普艾曼成为东海之主，
遥控海疆千万里，
是通萨哈连的入海口，
北蹈北海数千岛屿。
在大海浪涛的推送下，
登上了苦兀岛、勘察加半岛，
还有楚克奇半岛，
远上北疆万万里的大海中心，

同冰山为伴，

同白熊为友，

无忧无虑，纵海欢歌。

<h2 style="text-align:center">拖林普艾曼古歌</h2>

格灵窝西浑妈妈玛发离，

格灵窝西浑色夫阿古离，

拖林普扎兰

　　　沙延霍绰巴那巴图鲁，

拖林普扎兰

　　　阿布卡德里给莫德里窝莫罗，班金哈，

朱禄嘎拉

　　　郭勒敏阿达　阿沙沙哈，

莫德里温作

　　　察拉寨阿浑，

凡卡——瘟给牙里希达

郭西浑——莫德里木克畜米

阿布卡希敦莫德里霍锁

格木赫勒阿库

薄热色巴臣克　雅凡布喝。

［译］：

各位尊贵的奶奶爷爷，

各位尊贵的师傅兄长，

拖林普部族

　　　是英雄俊美之地，

拖林普部族

　　　是天生的东海子孙。

双手摇动着长筏

　　　海阔无边，

嚼着香喷喷的海豹肉，

喝着苦涩涩的腥海水，

天涯海角全不惧，

寻找自己的乐园。

朱伯西方才唱的古老的歌谣，是奶奶爷爷们传下几百年的老歌子。各位爷爷奶奶只要一唱起来，就手舞足蹈，双手摇动，前仰后合。前身向前摇晃，好像还在大海中摇桨。长长的大木筏子在海中颠荡。拖林普子孙就是海中人，是鱼鹰、海豹、海鸥的好伙伴。只要一唱起来啊，周身就来了无穷的力量，排山倒海，万事亨通啊。

各位阿哥啊，若问这老歌为何要唱"天涯海角全不惧，寻找自己的乐园"，说来悲伤已极。

拖林普红蛤蜊子孙，从海上幻化成人形，登岸的土地就是萨哈连对面七十里远的苦兀岛，幅员千里，林木葱郁，百兽肥壮，鸟禽满天，就是夏日苦短，转瞬即逝。

苦兀一带，一年有大多半时候都在冰雪严寒之中度过，人们跟所有生灵一样，都是在雪中生育，生儿育女也都在雪里。雪里生，雪里洗，雪里喂。拖林普的第一代、第二代、第三代老先人，名讳都已记不清了，那年月全凭日月星辰记忆，后来才学会了刻木记事。

他们跟别的生灵一样，是这片寒冷水土上的生命。攒小石头记岁月、记大事。人们与熊、蟒、野豹都住到苦兀图克苏图阿林的山顶上，这里是苦兀最高之地，有密林，藏在林中安眠，像有了大雪被一样，可以躲寒冷。拖林普艾曼的人自称是雪山之主，拖林普的一代代达妈妈，就成了雪山之王，称为雪山罕。

岁月慢慢地流淌着。也不知经过了多少代，突然苦兀洞窟塌陷，山塌雪崩啊！

拖林普的子孙大部分被埋在了雪海的底层，尸体永远也寻找不到了。整个苦兀像是倒塌了，树海、沟涧都变得无法辨认，剩下的拖林普子孙像失了魂似的没有依靠，离开代代养育他们的大雪山、大冰山，奔走他乡，重新进入大海。他们靠着几个小筏子，漂浮在大海浪涛之上，像海鸥一样，在大海的怀抱里觅食、生息。不知又熬过了多少时光，多少代……

各位阿哥啊，若问这老歌是啥年头传开的？我可说不清楚啦。那是自从开天辟地就唱起来，拖林普艾曼世世代代，没有年代记忆，从远世祖到如今，就看北海的冰山是大了、高了，还是小了、矮了。凡是小了、矮了，就是夏日到了。一年反正是能分出两季，没人说什么秋天春天，我们北海之人就认识夏天和冬天。冬春秋一样，夏天一样，就两个季节。

在这苦兀，衣裳就分两季。冬天，穿上海狮衣、白熊衣将麋鹿皮张往身上一披，就是大半年的时间。我们这儿都离不开火。火就是妈妈的肚囊，暖烘烘的。有了火，不仅不怕天寒冰雪，而且可以驱走各种各样的吃人血的害人虫。

这一带最害人的就是一片片的奇克①。它们专门钻到毛皮里藏着咬人。拖林普的子女们就只好用火烤裸体，用草棚子搭起了一座座赶"奇克"的茅茅屋。这些屋子里拢着篝火，小伙子们一个茅茅屋，小丫头们一个茅茅屋。进了茅茅屋，每个人全身的皮筒子、皮裤子、皮袄子、皮袍子、皮靴子，全都脱下来。互相地嬉笑，谁也别说谁，谁也别笑话谁。

拖林普说，这不是羞耻，这是在办正事，赶走小奇克，然后人好身强体壮地出海捕鱼，能睡上一个安稳觉。

有时，人们在海上一连十几宿的漂泊、颠荡，小奇克闹得很凶，就只好把毛皮服脱下来放到大海里，用那又苦又咸又腥的老海水去杀死它们。海水比江湖河的水厉害，最能杀死奇克了。江湖河水浸泡奇克，它们常常好多日子也不死，穿上衣裳它们照样活过来，咬起人来就更狠了。可是，大海教会了他们与小奇克斗的办法。

大海是一本翻不完的大书哇。

拖林普在生活的岁月中，带领族人在海边找到一种名叫"其其木"的小草，这种小草芳香的味儿很浓，但不熏人，最能杀人身上生的奇克。人们终于懂了这种小草的用途啦！人们在皮服和毛皮服饰上面、里面，都放上这种其其木草，一下子就能杀死奇克。

其实，这个道理很简单，是大海孕育了其其木草！这种小草专门长在大海岸边上，它的根日日夜夜、年年岁岁吸足了大海的水分，许多苦咸的海水已浸进其其木草的茎叶之中，使这种小草成了凝固的海水。由于小奇克怕海水，那么它们也就自然而然地怕其其木草啦。

多么有功劳的苦兀海边的小草啊。

拖林普艾曼古歌，记载了拖林普人的艰辛岁月，只要老人们一唱起这长歌，这首古老而久远的岁月之歌就会把往昔的种种苦日子全都勾了出来，一切的一切便会涌现在人们的眼前。

古歌就是岁月神，古歌就是纪实记事的簿子，古歌就是祖先的步履和足迹啊！所以拖林普都爱唱这首古歌。一唱就热血沸腾，心潮汹涌，

---

① 奇克：满语，即虱子。

拖林普的子孙永远是拖林普的后裔，血脉流淌永不断绝！而古歌又引我讲起拖林普在海上闯天下，创立家业的艰辛日子……

大约是在我朱伯西祖上——拖林普家族成为东海之主——拖林普子孙遍布辽阔无边的东海岛屿，苦兀、勘察加、楚克奇。众兄弟姊妹随着海潮和海鸥的银翅飞翔方向，向北、向北，踏向了没有人迹、空旷无垠、丰饶富丽、神秘迷人的土地。

一路上，海鲸喷着丈高的白水柱，像是扯起迎客的旗帜，哞哞叫着，欢迎着我们这些新客人、新伙伴。一群群的黑斑纹，胖胖乎乎，银发大眼顽皮得如一群小孩童似的海豹，总是围着我们的长筏，忽而跃出水面，忽而前趾爬上筏边，叫着、笑着，一排排的，并着肩，昂着头，睁着新奇的大眼睛看我们。

它们好像在问："人们，你们是从哪里来呀？人们呀，你们是到哪里去呀？"

又好像说："来，我们帮你推筏子！快快地到达你们要去的地方吧……"

它们争先恐后地扒上木筏边缘，互相争着来"推"木筏。有时它们太多太挤，互相之间又叫了起来，仿佛因为帮不上人们的忙而互相埋怨起来了，逗得人们哈哈欢笑，眼泪都乐出来啦。

更有一群群的海婆婆——全身是白羽毛，头上长出一绺白色的长毛，专门在海风上飘。它们的样子仿佛一些白衣海婆婆头上扎着的一条白色的头巾，所以有"海婆婆"的名字。它们非常美，张着大嘴叫着，扇着大翅膀，跟着大筏子飞舞，有的还把嘴里叼着的大海鳗，大海蟹，小金鳗鱼给扔到人们的筏子上。筏子上一片欢腾！

它们叼的这些东西都还没死，这些东海上的小生灵，在大筏子上到处爬呀、跳呀，我们北上的拖林普众族人啊，累了、饿了，就大口大口嚼这些海婆婆们送来的海鲜美味，生吃着、生嚼着，咔吧咔吧，格外清香，满口流油。海婆婆一点也不要我们的谢意。只要是在白昼，四面八方飞来的海婆婆都要来到筏子上空，在人的周围飞上飞下，欢叫着，欢唱着、随众人一起前行，人们和鸟儿从不寂寞。

这些可能就是东海的性格，这么活泼、喧闹、好客。寂静的东海，多少百年、千年，只是海中生灵和天上生灵的乐园。如今又多了拖林普人的影子和人的生气，浩瀚的好客的东海以她的母亲胸怀，又怜爱地搂抱起无数红蛤蜊的子孙——拖林普艾曼的造访。所以，她派来这么多的海鲸，小海豹，海婆婆来迎接、助威，来帮忙，背来了各种海鲜、海货。它们吵吵嚷嚷，热闹异常，这是东海的笑声，东海的迎宾曲！

东海人世世代代有个老习惯，要年年岁岁地观望勘察加东海中一个叫鹅头砬子的地方，它平时就缩头进入大海中，往东方一望，只是碧波万顷的海涛和海涛声的阵阵轰鸣，招来数万只白海鸥在浪尖上飞旋鸣叫，其他任何景物全都没有。可是每当熬过一定的时辰，就发生奇异的变幻。

顶天立地的黑礁岩的大石砬子升出海面，非常壮观，气派。峭壁峥嵘，特别的令人惊奇。而且，十分有趣的是，这个凸现的海中奇观，形态伟岸，峭岩上的顶巅之上生长着一大块像鹅头一般的珊瑚礁岩，上面生成众多红绿色的海藻，颇像一个鹅冠，格外的醒目耀眼。人们给它起了个响亮的名字，叫鹅头砬子。

这个鹅头砬子太有特点了，区别于别的礁石和砬子。它不是年年月月、岁岁年年都一动不动地矗立在那个固定的海中位置，不是的，它是一个神奇的砬子、变化无穷的砬子。

它有时一动不动地矗立在那个固定的海中位置上，但它出现在海中一定时辰之后，就突然沉入海中深处，不见任何踪影。再到一定时辰，它又升出海面，傲然屹立，像奥木妈妈海神的卫士，按时出海站岗一样。人们与这个神奇的鹅头砬子，相处几十年，上百年了，人们发现，这个砬子还是一个很信守时辰的海神卫士。它不是无时序地显露在海上，而是有时辰地升出海面展现自己的尊容。于是，海上的人就慢慢地计算出了它出海与入海的时辰差距，五昼夜一次升降，百年未变。

海上的人啊，从此有了时辰意识。

人们以鹅头砬子从海底升起回落，五昼夜为一小循环。不论使用什么语言，互相间都以鹅头砬子的出现与隐没议定出海、捕猎、远行等行动的具体时辰，距离远近，而且所遇到的任何吉祥、福禄、乐趣、灾难、风暴等诸项事宜，都可以用鹅头砬子来预测。人们都说这是海神赐降的海上时辰砬子，是一个专门传报时辰的鹅头玛发。远行的船只，凡在海上见到了鹅头砬子升出海面，都要焚香叩头啊！

它像一位不知疲倦的慈祥的老爷爷，在那茫茫的大海上站立着，海上的人们诚挚地感激鹅头玛发的勤劳、忠诚、信守时光！

大约在辽朝道宗耶律洪基时代，也就是辽清宁二年时，辽臣曾到东海。在拖林普家族古歌中就有"辽王要吃东海鱼，派来了辽臣耶律古。领兵二百乘舟楫，海浪凶险遇危急。拖林普兄弟救辽使，辽王感激赐典籍。东海野民辨岁时，从此方知天下事"的记载。大辽朝时，东海野人才不再以星月计时，东海才有了年代的计算法。而在这之前的数百年间，东海的所有事件、故事、传说和传闻，就全靠海中屹立的鹅头砬子在大海上的一出一落、一升一沉来计算时辰，大致上划定时辰和年月时间。

鹅头砬子喜欢和海兽们欢闹，是个很舒适的落脚地，可以休息，安眠，又可以四面观光，瞭望。海豹们、海狮们、海狗们、海狸鼠们、海鸭子们、海鸥们，一个个也都涌向鹅头砬子。它们一个挨一个，一个挤一个，一个落一个，一个搭一个，一个枕一个，一个靠一个，互相地挤得吱吱嘶叫，打架，吵得满天震响。

可是，这些海洋中的动物谁也不让谁！它们好像在互相争辩："这鹅头砬子也不光是你自己的！"

"也不是你自己的呀！"

"那还挤什么？大家一齐来吧……"

真是有趣极了。

但是，大伙还是谁也不让谁，谁也不服输，谁也不退入海中，把这个地方让给别的海中动物。大家都愿意亲近鹅头砬子这个独特的去处。

这还不算，那些来往的船只和船夫们，也都想在这个孤独挺立的美丽的石礁上站站脚，立立足，摸几下礁石石块上的血红色晶亮的石岩和红绿色的珊瑚。这一下，可使鹅头砬子遭了殃！为什么？因为鹅头玛发可承受不起海兽、海禽和船夫们的践踏，一怒之下，就沉入海中去了。

往昔，它是定时必浮出海面的一座奇特的鹅头砬子，现在真正地暴怒了，不堪重负，不堪万物的践踏，到大金朝天眷二年以后，就再也不在海上露面了。

就这样，鹅头砬子——鹅头玛发告别了世人，被奥木妈妈海神召入海中，永远沉入海底，沉睡在东海之中了。人们从此再也看不到它五昼夜必出现在勘察加东海中的奇景奇观了。只是在人们的记忆中，还想象得到高峻巍峨的海鸥翻飞的鹅头砬子。从此，人们只好都以大元朝的年代计算时辰了。

大海生灵日益增多，天灾人祸也就多了起来。自从鹅头砬子隐入海中，再也不肯露出海面，大海真像少了一位环视天穹的卫士，突然西北天空传来了滚滚的一声沉雷。

随着那雷鸣，西海面的水平线上，突然红光普照，一下子照亮了大海。在红光之中，从大海里向天空喷出白烟火柱，海水开始翻滚吼叫起来，火柱冲向高空。原来，这是勘察加方向的古格龙里火山喷发了。

地下海水中的火山的岩浆被大地和大海送上海空中，整整一个夜里，夜空中，流星像雨点一样坠落在大海中，天空里突然响起隆隆轰鸣的沉雷，大海翻起了十多丈高的巨浪，仿佛有神人的巨手在猛劲地摇晃着大海。东海疯狂了、暴怒了、咆哮了，怒浪飞旋四溅，把海中的万种精灵，鱼虫虾蟹，生物，石砂，矿体，一下子抛出了大海，太惨不忍睹了。

只见那大海上，全是厚厚一层的大小鱼类、海兽、海葵、海藤和破碎的大小珊瑚。一连十几个日出日落，海都是这样，没个平静。海上漂浮的万种生灵的尸体都腐烂了，于是整个东海海面腥臭冲天啊。

拖林普子孙本来是无忧无虑地攀登勘察加森林，寻找野果。他们跋涉到楚克奇雪原捕捉雪狐和雪洞里的白貂；还有不少兄弟们正在苦兀的海岸大山峭壁上搭盖茅舍"塔坦"，[①]这突然降临的天祸可就使拖林普子孙遭了大殃，不少的兄弟葬入勘察加汹涌的大海浪涛之中，不少的兄弟从苦兀西海岸大山峭壁上被抛进大海，同海中的众鱼蟹、海兽同葬深海。就连遥远的楚克奇地方居住的拖林普兄弟也没有逃脱罹难，楚克奇沿岸迅速地卷起冰雪海涛，不少兄弟葬身漫上雪原的海涛波浪之中。这是拖林普族众百余年来受到的横灾天祸呀！

不少的兄弟从萨哈连入海口乘大筏子来到苦兀大海滨，又来到勘察加，再奔往楚克奇，谁想他们竟遇上了这一次极少有的海啸海难，刚刚兴旺起来的拖林普人又受到了无比沉重的打击，不少的男男女女、兄弟姊妹都被阿布卡恩都力夺走了生命啊。

经过了几十个日出日落，月升月降，拖林普人的第七代达玛发那丹拖林普玛发吹响了螺号。他带着十个壮男儿，拴着皮筏子，扯起鹿皮风帆，日日夜夜在苦兀，在勘察加到楚克奇的海上巡游。忘了吃，忘了喝，拼命地呼唤："拖——林——普——！"

"拖——林——普——！"

世世代代了，就是这么呼喊。

凡是拖林普的后裔，只要听到"拖——林——普——！"就知道是同伙人在寻找自己，就有了伴了，就不孤单了。于是，人们便会寻找发出喊声的地方并走过去，在那里，与那个呼唤者相逢、相会、相聚。

七代达玛发那丹拖林普玛发，已是两鬓斑白的老玛发，其额莫六代

---

① 塔坦：满语，即窝铺。

达妈妈是拖林普妈妈，率领全部落的人通过苦兀时，众兄弟发现苦兀高山峻岭，林木丛生，深知野兽必多，是很好的架窝兴族之地，俗语说："宝地多险。"这话一点不假。

苦兀西海石壁光滑如镜，石崖之上有不少獾貉奔跑，还有两只大棕熊，骑在一棵伸向海中的大粗树干之上，正在用手摘葡萄吃，吃得正香。它们不顾海上有人在吵喊，树干被它俩一压，直在上下不停地颤动。两个棕熊面对下面十几丈深的大海，自己像在上面坐摇车，边吃还边晃动，摇摆，一副美滋滋的样子。

大伙知道，一旦出声，它们就会被惊吓着。更有趣的是，还有几只山雀，乌鸦，也在边飞边舞，与那树上的棕熊抢食山葡萄。棕熊倒是很大度，只管自己嚼着，山雀，乌鸦再来捣乱，它也不生气，任它们来抢着吃。

六代拖林普妈妈非常喜爱这片土地。决心带着众儿女们就在这里安营扎寨，生活下去了。尽管山陡难上，拖林普妈妈带头找有石块隆起的地方，用两手抠着石缝，两脚狠蹬石头鼓出来的凸突部位，往上猛爬，后边不少儿女们也都一个跟一个地往石崖上边爬。

爬呀爬，爬呀爬，六代拖林普妈妈已经怀孕，她腆着大肚子，爬山崖峭壁也太费劲吃力啦，孩子们都劝妈妈说："妈妈，不要爬了！让孩子们自己去爬吧。"

妈妈回答："那怎么行呢？"

孩子们说："那为什么呢？"

妈妈说："不是妈妈不答应你们，都因妈妈有自己的职责！"

孩子们问："职责？"

妈妈说："对呀。一个做部落头人的人，就要领头去爬。"

于是，她虽然是满头大汗，满脸泥土，可照样双手攀援在石砬子上，抓住一棵棵的小松树，向上边爬。爬得特别快，像飞似的，真是一件不可思议的事。

跟随妈妈的几个孩子，最快的要数小蛮特。小蛮特就是小锤子的意思。他人非常泼辣，胆子大，而且勇敢，是个男孩子，已经快二十岁了。

在拖林普部族之中，自古以来就不管是男是女都不记年岁。他们的身上，每年增一个小蛤蜊，几岁几个小蛤蜊，都是艾曼中的达妈妈、达玛发发给大家的。这个小蛮特身上已经挂着十九个小白蛤蜊了，所以说他已经快二十岁了。

在拖林普家族中还有一个规矩，孩子们，特别是男孩子，长到身挂二十个白蛤蜊的时候，就是成年人了，就必须被分拨出去，自己另找地方生活。虽然也是艾曼的人，但已经不能在妈妈身边了，自己要出去单独捕鱼打猎，自己找食吃了，妈妈不管了。而且，孩子到了有二十个蛤蜊挂在身上的时候，就可以结婚了。婚姻必须要由艾曼外找，不许娶艾曼的女孩，不许调戏本艾曼的女孩子，如不听犯了罪，妈妈都要重责。那些屡教不改者，妈妈有权将不听话的孩子投入大海，拖林普不要这种害群之马。

拖林普达玛发头罩东海十三角巨蛤徽帽，那是一种权力的象征。拖林普族众男女脖颈上都戴着一些小白蛤蜊，那也是族徽（小白蛤蜊），这些小白蛤蜊，既是标志，又代表年岁。

拖林普男女与外族通婚相互的信物都是一些带有白花纹的蛤蜊，皆由两族的头领发为凭证。这些有白花纹的蛤蜊上镂刻两情相结的符号，并以此为记。

小蛮特身挂十九个小白蛤蜊，已经快要离开妈妈了，快成了一个出窝的小燕子了，快要自己出去单独找食吃了。小蛮特非常的聪明，非常的伶俐，懂事，能干，爬山爬高崖更是小蛮特的拿手好戏和独特的能耐。所以，他才追赶妈妈最快，总是和妈妈一起走得最远。

妈妈也格外喜欢他，他是妈妈最可心的孩子。妈妈攀上高崖，想爬上崖顶，然后进入苦兀。早年，他们来过苦兀，一些先代拖林普人，在中途几次遇上苦兀的毒蛇梅合，这种毒蛇不大，也就有细柳条那么粗细，半胳膊长的梅合算是大蛇了，一般也就是一巴掌大小，可这种蛇相当危险，全身剧毒。不用说让它咬上一口，就是从人身上爬过一次，全身凡是它爬过的地方，"溜过"的部位，就立刻暴肿起来，而且越肿越高，直到皮肤肿裂、流水流血、溃烂为止。

遇上这种蛇该怎么办呢？拖林普的人一遇上这蛇，只有去寻找苦兀岛上生长着的一种带节骨的红茎芨芨草，采下之后，在自己的嘴里嚼烂，然后连着吐沫和嚼烂的芨芨草（也叫素素草）一起敷到毒蛇爬过、溜过的部位之上。但要注意，一定要每天嚼和涂抹，勤嚼勤换几遍，才能拔出毒水，保住了身上这个部位不至于溃烂。至于让这种蛇给咬上，那是不治之症，必死无疑。

小蛮特边爬山崖，边大声地提醒："妈妈，您可要多加小心！"

"兄弟姐妹们，你们可要注意脚下！"

六代达妈妈拖林普头领妈妈，也是在不断地提醒小蛮特和众族人。她是一位很坚强的女头领。虽身怀有孕，但还是在猛力往上爬着。她有一个信念，一定要亲自登上苦兀，看个究竟。为啥我们拖林普人的族人就不能在苦兀永久地居住下来，难道真让苦兀的毒蛇给吓住了，给挡住了，拖林普艾曼的男女老少都是软骨头不成，让毒蛇梅合给欺侮住了？

妈妈根本不服气，也不信那份邪。所以，她就这么带头来到苦兀，一定要制伏苦兀，真正成为苦兀的主人。

拖林普的艾曼族众，追随妈妈眼看就快要登顶爬到海滨峭崖的最上一层石砬子时，大家都高兴起来，大喊大叫，庆幸胜利，突然，一个意想不到的事情发生了。

只听妈妈身边的一个小女孩大喊一声："任色勒喝！任色勒喝！"

大家一下子都惊呆啦。

任色勒喝，是蜥蜴，也是苦兀岛上最多的爬虫。

它们长着四条腿，有的有毒，有的无毒，它们最大的能力就是专门生活在石砬子的石壁缝隙之中，因为身子扁平，四只脚行走，飞速攀爬能力特别强。它们专门喜欢在平板板的大石壁上往返穿梭，抓都抓不到。那些高高立陡插入深海中的石壁上，生活着无数大大小小的各类蜥蜴，俗称壁虎子。它们一个个全身发凉。显然，只要从人身上一过，便会吓人一跳的。

而那个艾曼女孩居然被一惊吓，把手松开了。身边的妈妈一听孩子大叫，忙回身伸出右手去抓女孩，身子的重心一下子转到了右侧，于是，她左手抓住石砬子缝隙的劲儿就不足了，这时身子一坠，就随着那个女孩子一起坠落了下来。

身边的小蛮特一看，这个危急的情况也来得太突然了。他本想去救那个女孩，可女孩子已经坠落下去，又一看，妈妈也随着坠了下去。小蛮特不顾一切，立即松开了手，随着妈妈一起纵下了石崖。

他本想以最快的速度掉到大海中，去用手接住坠落下来的妈妈，抱住妈妈，让妈妈不至于葬入深海。

而妈妈呢，往下纵去，就是为了抓住身坠崖底的女孩。妈妈想，纵然自己死，也不能让女孩死。即使救不活，也要搂着自己的孩子一起投入海神奥木妈妈的怀里，去安然睡觉。

说时迟，那时快，女孩，妈妈，小蛮特三个人已从高高的崖岸上坠落下来。三个人，一个追一个，像三支箭射向大海，"嗖、嗖、嗖"地向下坠落……

高崖太高了！大海太深了！

这三个人就像三个小黑点往下坠落而去。在山崖顶端正在爬的艾曼人都看到了，他们疯了似的大哭大叫，一个个双手抱着石崖，不知所措。

女孩已经昏迷了，她像个石头一般砸入深海，一下子激起了浪花，立即便沉入下去，无影无踪了。就在妈妈飞落下浪尖的一瞬间，小蛮特的身影也追了上来，两个人几乎是同时落入海面。

小蛮特是一个好水性之人，艾曼里的人都是大海的子孙，红蛤蜊的子孙，都非常会游泳。水对于艾曼人来说，就像是鸭子见了水一样，就像是鱼儿见了水一样——等于回家了！

妈妈其实水性也非常好，只是想要救助自己身边的女孩，她只顾得伸手去抓女孩了，忘记遇到海水先要保护自己，屏住呼吸，或紧忙折几个大跟斗，减少一下坠落的重力，再等到海水没了身体时全身一横躺下，大海浮力强，又是全身躺下，着水面积大，坠入深海的机会就小，就不会像只箭一样，马上坠入深深的海浪，而且，还能浮在海面上。纵然全身被海水砸碰出红肿的伤，也不会出大的伤害或致命啊！

可是，妈妈这时什么都没想。她的心底一直挂念的是那个小女孩。结果小女孩坠落得太快，她伸手也没有抓住，女孩"扑通"一声从大海的海面上失踪了。

妈妈疼得钻心，心已经碎了。这时，她自己也已贴近了海面。

突然，她觉得后边来了一个人的手，一下子把她的熊皮衫子抓住了，又猛力一拉。但因下坠的重量太大，熊皮衫完全被撕碎，妈妈就这样光着身子坠入了海中。

这时，小蛮特也坠入了海中。

他钻到妈妈身子下边，双手一拉，两人顺势在海中潜得很远很远，像荡秋千一样，两个人都划了一个弧形，接着又冲出了海面，再落入海中，但这时已没有了坠力，两人便漂浮在海面上了。

"妈妈！"

"小蛮特！"

这时，艾曼部落的人，一个一个像天鹅从空中飞下，一个连一个地叫喊着，都游到了妈妈和小蛮特的身边。

这些艾曼人就是那些攀在山崖顶端上的人，都一个个反身一跳，从高崖纵下来看望妈妈和同伴。

海面与礁石旁围着百余名艾曼的人众。大家围着妈妈，小蛮特拼命地呼喊：

"哎呀，妈妈！"

"哎呀，小蛮特！"

好久好久，在族人一片真情的呼唤声中，小蛮特年轻，先醒了过来。而妈妈呢？

妈妈终因年岁太大，又伤心女孩的灾难，痛心已极，她在海里心脏已停止了跳动，安详地离开了众艾曼的族人。

大家在海上为妈妈举行了隆重的葬礼。族人选来海岸边最平整的大石板两块，又在山中猎来马鹿一头、野猪三头，当即宰杀，用其血祭海，用血为妈妈涂身。然后，用鹿的皮包裹她的周身，再采来野花的香汁，洒在鹿皮上，用鲜花铺覆妈妈周身。萨满跳神祭奠，请魂、送魂、安魂，送到东海深宫，送到海神奥木妈妈的神坛圣殿之中，让妈妈永远与海神在一起。

"妈妈呀，朝朝暮暮，您要永远无忧无虑，您在海的那一方永存永乐……"萨满的祭祀，是每一个人的心愿。当萨满祭祀完毕，用两块石块，系上野猪皮等剪成的皮绳，将妈妈的身躯平放在石板上，用绳锁捆绑紧实后，以海水代酒，野花铺路，悲歌送魂灵，将妈妈深深地葬入了大海之中。

在艾曼族人跪叩之下，大石头带着妈妈的躯体，缓缓地坠入海宫，一直沉入了大海之底。这是妈妈在海神的引导之下，进入海神妈妈的辉煌海宫了。

妈妈的葬礼很快结束。

遵照拖林普部族的千年传统，头领逝去，全族就必须选出新的带头人——权力无边的首领，在部族的危难的关头，紧要的关头，不能让族人灰心丧志，在几位老妈妈的极力推荐之下，推举了小蛮特为拖林普第七代达玛发（第七代大头领）。

小蛮特在众妈妈的指点下，向东海叩拜，然后族众又重新到东海深处采来最大的银针巨蛤，经过萨满修理，凿成帽形。银针巨蛤是东海特产，体大者能如大盆，其壳外形狰狞可怖，有十三个或七、九不等的巨针，在海中移动很快，能捕食鱼虾。而鲸鱼、海龟、海狗、海獭，甚至陆上的熊类能够嚼食蛤蜊，唯有银针巨蛤是无论如何吃不去的。它有甲壳，非常坚硬，而且有粗壮的壳针，刺痛任何想吞食它的兽类。它是东海蛤中小霸王，东海神话称它是众蛤之王，众蛤之神。

拖林普的祖先据传是小红蛤蜊蜕变而成的，这银针巨蛤便是小红蛤蜊的子孙，拖林普人视为祖先。拖林普的每一代头领都要戴上银针巨蛤帽盔，表示权力，象征海神授予了无上的权柄，众族人都认同。

众族人都认为小蛮特从大海中救出了妈妈，表现了他的神勇，大家从大海中采来了银针巨蛤，比过去的顶帽还要威严，这是第七代达玛发神圣的神盔，又是东海十三角巨蛤徽帽，周围还镶嵌上许多神器，显得十分的威武。

小蛮特戴上东海王盔，立刻宣布号令，族众都仔细聆听，这是第七代达玛发小蛮特的安排。

小蛮特说："众位兄弟姐妹，苦兀是妈妈安眠之地，咱们不能搅扰妈妈安眠，何况妈妈葬身之地咱们怎么忍心在这里求众神赐给衣食之用，走，咱们往北走，去勘察加，去楚克奇，到那边去追寻拖林普艾曼人的幸福之路吧！"

众兄弟姐妹都为失去了六代达妈妈悲伤不已，同意小蛮特七代玛发的安排，快点离开这块让人无限伤心悲痛的海洋，远离这里另寻生存之路。这就是艾曼的人为何北上勘察加，北上楚克奇的情结所在。

时光荏苒，小蛮特七代达玛发即那丹达玛发，在北海游猎，熬了几百个日出日落，雪山上的雪高了又高，多了又多，小蛮特都成了爷爷啦。他已经挂着一脸白白的胡须、白白的眉毛，皱纹满面。而拖林普呢，还没有一个固定的居所。

谁想到啊，艾曼人到了勘察加、楚克奇，偏偏又遇到了勘察加古格龙里火山喷发，大海狂涛，卷走了多少拖林普兄弟，兴盛的部落顿时死寂无声。许多人瞬时皆无，人们无法生存，又得逃难远行。

时光多么快呀，往昔的小蛮特如今已是一位众星捧月的拖林普部族的老首领，他已有了七个夫人，即：小白蝶、马兰蝶、兰花姐姐、莲花妹妹、芍药格格、海菊格格和桃木夫人。这几个夫人可不能小看啊，都是拖林普六代老达妈妈和她姊妹生下来的女儿。

在拖林普部落中，凡是生下女儿都留在本部落，等她们成人了才能从外部落找男子生育。但因为小蛮特本该在他身挂二十个小白蛤蜊时就离开本部落，到另一个部落做另一部落女子的丈夫（部落人称爱根），可是由于他被拖林普部族选中担任拖林普第七代达玛发，于是就有权享用本部落的姊妹为妻子。

拖林普部族是多妻古制。女子当达妈妈，也有权娶众多男子为爱根，所以，第六代达玛发有好几个丈夫，像多妻一样，与达妈妈交媾。要与谁过夜，就派谁前来过夜。

第七代达玛发蛮特常年在海上奔波，吃食鲸鱼肝油，生嚼海豹雄性生殖器，挂白蛤蜊七十三颗了，还是精力旺盛无比。夜里，他要由几个夫人陪宿而不知疲倦。

拖林普之人不分男女，海上的人吃海餐，生吃海狮、海熊、海狗雌雄生殖器，生育力都十分强壮。拖林普人虽然常受海浪、海啸、海潮、海兽的袭扰，生命时间都不长，但生育的能力都十分强大，像地上的老鼠，像大海中的鱼苗，繁育力十分神速，人丁不算稀缺。而蛮特达玛发的白蝶、马兰蝶两位夫人，是来自勘察加杜坦尔部落的女子，兰花姐姐、菊花妹妹是来自楚克奇驯鹿部落的女子，芍药、海菊、桃木三夫人其实都是拖林普部族中的女子，她们都是六代达妈妈生下的女子，与蛮特实际上是同母异父的兄妹关系。

她们几位都是海上的精英，各有所长。不然不会成为蛮特的夫人。在蛮特率领部众离开苦兀，北上勘察加、楚克奇和这两个半岛上的大小不下四十多个岛屿，去为部族寻找生存之地时，他与她们一冬一夏两季都在海上度过。古语说，拖林普人是吃海食长大的，是大海的骄子。而蛮特达玛发是有名的巴图鲁，勇猛善战，从不怕海上的狂风巨浪。那大海上的浪涛越高，蛮特越是大声喊叫，全身都让海水淋着、泡着，更倍加精神，且豪迈无敌。

在当年，海上还有大小不少的部落，也是靠海而生，但多是网些小鱼小虾、海蟹，最大的捕捉几只海狮、海豹，主要是捕捉海狗、儒艮一类的小兽，谁敢去惹大海中的魔王——鲸鱼呢？可是蛮特就敢。他在十九岁，六代达妈妈掌权时，就鼓励达妈妈去深海捕捉鲸鱼。捉到一头鲸，三十几个人的拖林普部落就可以吃上很多天。而鲸鱼皮扒下来，又可以晾晒，裁成多少人的皮衣服啊！

达妈妈怕受到鲸鱼的反抗，拖林普的族人被鲸鱼掀起的大浪狂涛永世卷入海中，总是申斥小蛮特胆大妄为，不知天高地厚。那时，他还是一个孩子。自从小蛮特执掌了拖林普的族权，成为一言定音的主帅之后，就开始寻鲸、追鲸、戏鲸、到最后拖鲸，这一点点将鲸鱼制伏的一系列功夫就成为拖林普部族之人的家常便饭了。他的关于捕鲸的传闻，在东海诸岛上的不少部落里流传，周边许多十几人、几十人的小部落都说，

"拖林普厉害！咱们投靠他吧！"

"他太叫人佩服啦！"

于是，周边的部落都对他和拖林普部落顶礼膜拜。小白蝶、马兰蝶，都是勘察加附近部落的名字。东海口每到夏日，白蝶、马兰蝶满天飞，是海鸥和海中鱼群的美餐。

这一带的彩蝶最聪明，先生为蛹，后幻变为蝶。蛹是幼虫，常浮游在海上，漂浮在各种各样浮游的草和树干之上，任海水年年漂游冲荡。成蝶后，它们也在海上、陆地上飞翔，土人常以蝶来记时辰和节气。

蝶的化蛹和出蝶，正是在春雨降后的头一个星期，约七天左右，它们便爬出蛹，成为一片片蓝色的小毛蝶。但又过七日，它们便幻化成美丽的彩蝶啦。这种准确幻化的蝴蝶，土人称为"计时蝶"，并以观察它们的变幻而出海，捕捞或返回。

传说彩蝶是海神的侍女，传报海中吉凶风暴信息，又是代海神巡视大海的天兵，到处飞翔，传递信号，又是代海神巡视大海的天将，到处飞转。一旦某处有争杀之事，彩蝶便会飞报海神，海神则以神威惩恶扬善，安抚大海，世世安宁。所以，不少海上部落，因彩蝶美丽，又有飞翔的能力，自由自在，便以彩蝶为部族族徽和氏族名号，白蝶、马兰蝶两个部落达玛发敬慕蛮特海上的捕鲸的威力，便将本部女子嫁给蛮特。蛮特有了红蛤蜊族徽的血缘女子为妻室外，又得到了以彩蝶为族徽的女子为妻室，风光已极。

蛮特率族众捕鲸，留下许许多多早年的经验，为后世所传颂。

鲸，是东海中最大的猛兽，不是鱼，而是一种兽类。它们属于胎生，在海中只能潜游十几分钟就得赶紧将头伸出海面，呼吸空气，要不然就得憋死。

它不像其他鱼类，靠鳃呼吸，它没有鳃，有庞大的肺脏。鲸的肺一般就像一头牛那么大。请想，肚子里还有其他脏器呢，它的全身该有多么大吧。一个蓝鲸、灰鲸、须鲸的庞大身躯，如果拉上岸，就像是陆地上突然隆起了一座山峰。

这是一座鱼的山峰，肉体的山峰。人如果站在鲸鱼身边，就像是一个小鸭子站在一旁，又像一只小蚂蚁站立在高山峻岭之下。

一般的鲸鱼都有三十米或三十多米长。就是刚刚生下的小鲸鱼崽子也有十二三米长。东海的鲸鱼分为无齿鲸和有齿鲸。无齿的鲸，主要吃海中的小虾、小鱼、蛤类，头顶有两个鼻孔，用来喷水呼吸，口中两侧有大须，这种大须有三四万条之多，起到了腮的作用，将吸入口中的鱼类筛后，才渐渐地吸入腹中，让海水从两侧喷出。有齿鲸则食肉类为生，这种鲸前边有鳍，起支撑和划动作用，后身无鳍。全身具有浮游作用，在海中游动。古代的拖林普诸部族都喜欢捕捉无齿鲸。即使如此，也非常惊险。鲸鱼是海中霸王，力大无穷，不用说人到近前，就是在很远的地方，它涌起的海浪也足以冲碎或打翻小舟和木筏子，人根本无法靠近。

古代的人类为了捕捉鲸，往往采取以下办法。

一是造舟筏。这是一种特殊的筏子，俗称捕鲸筏。

古代祖先捕鲸就要先筑造一艘大木筏和一些灵便的小舟，先要进山去伐木。伐下了原木，用兽皮当绳索，连紧原木，或用木藤木条做绳索，将各根原木的两头凿出孔洞，用藤连接一起。这些藤木非常柔软，只要常浸在水中不干燥，藤子就很有韧劲，不断有拉力。制造长筏子之后，筏子上就架屋住人了。

人们终日在筏子上食宿，可乘载更多的物件，是进入大海的最"简易而实用的海上部落"，是一个小村落。上边简直要什么有什么，可以长期生活在上面。此外，又要伐大型原木，凿刻小舟，俗称"危呼"（又有威呼、威虎等名称），使用起来方便，是灵便的捕鲸和海上生活以及联络的船只。

二是寻鲸。寻鲸就是在海上寻找鲸。

渔人在茫茫的大海上捕鲸，先要仔细地寻找鲸鱼的迹象，仔细观察大海。鲸鱼在海中时常要出海面换吸空气。它呼吸就要把原来的腹中的海水喷出，再吸入新鲜空气。它一下子喷出的水柱有十几丈高，人们在很远的地方就能够观看到。

三是追鲸。追，便是追赶之意。发现了鲸鱼的踪迹之后，人就要远远地跟踪，要找一切机会靠近它，再设法捕捉它。

追鲸时要格外小心。如果靠近它太快了，它刚刚换过新鲜空气，力大无穷，一旦它发现了人，只要轻轻一吸，人便会和鱼儿一样，进入鲸腹，一命呜呼了。但如果靠近慢了，它又到了换气时，人会被它掀起的巨浪拍死。所以，一定要掌握好它换气后的时间差，不能轻易动手。有时要追随数日，也无法靠近。追鲸舟筏要带上数日的粮食在茫茫的大海上跟踪鲸鱼而行，而且要日夜不眠，生怕丢了目标。

四是戏鲸。戏鲸，就是"逗"鲸。

在古时候，满族捕鳇鱼就有"哄鱼人"，专门在江河中去"哄"那些从大海中游来的鳇鱼，像哄小孩子一样去逗它们，使它们听你的话，信任人，并伺机给它戴上"笼头"，牵入圈中（鳇鱼圈），还得不碰坏它们的嘴和鼻子，这是鳇鱼的珍贵的部位。一旦碰坏就不值钱了，也说明"哄鱼人"的技术不高，不为人所敬。而戏鲸也要这样。当在海上发现了鲸，要先设法靠近它。先要观察一下它是哪类鲸，然后再分不同的鲸去刺激它，或是去逗它。经过多次的戏逗，鲸就渐渐地放松了警惕，这时在海上的舟筏也就不用太惊慌和急躁了。这些准备都做完之后，叉鲸的时刻才到来。

五是叉鲸。叉鲸是捕获鲸鱼的最后时刻，也是最关键的时刻。

在人们屡次接近、靠近这个庞然大物之后，最要紧的是能够捕获它。捕获鲸鱼最重要的手段就是抛叉捉鱼。各部族和部落的猎手平日苦练抛掷鱼叉的功法。最初是石簇，以岩石磨成的一种锋利的矛形，一头拴上棕绳。后来有了铁器，削成叉形。

初用时，以手臂抛力抛叉捉鲸。后来又发明了用大弓射出刀叉，刺伤鲸鱼。当叉刺入鲸体内，后边的绳索拖着鲸鱼游动。鲸鱼被刺伤，流血再加上长时间游动，鲸鱼一点点地就筋疲力尽，渔人这时渐渐靠近过去，寻机用绳索穿入鱼口中，以便拖拉。

六是拖鲸。当鲸被刺叉刺中，人要及时地靠近前去"递绳"。递绳，便是将绳索穿入鲸的口中，用以拴住鱼头部。

递绳是一种危险的技术活。如果递不好，鲸会一口将人咬碎或将人吞下。递绳要动作迅速，由两人配合。在它出水面换气一张嘴的当儿，便将绳索递到它的嗓处，那绳的头上有横杠，将鲸卡住，以便拖拉。

递绳人递完绳迅速撤走，然后由拖鲸人将鱼绳的另一头系在船上，一点点将疲倦的鲸拖往港湾或进入浅海，再一点点将它拖到岸边的陆地上，准备剖腹。

拖林普艾曼里的人，不论男女老少，不论是参与捕鲸的人或是没出海捕猎的人，每人都能分得自己应得的一份猎物。鲸鱼十分庞大，分配一次之后，还能连续分得三至四份骨肉和脏腑器官。

拖林普艾曼的人分配平均。拖林普的达玛发、达妈妈和各个率队的巴图鲁们，任何人都不比艾曼族众多些，一律是一样的均等。均等的做法其实是来自原始人对氏族先人的尊重，也是对法则的看重。人人去遵守，谁也无理由去破坏族中的律规。等级制只在劳作和管理时体现。

在拖林普部族中，因蛮特公正、勤劳，事事带头，所以威望甚高，习俗传承的也很扎实。但是协调各部落很困难。族众分布太广，从勘察加到楚克奇，相距遥远，探海的筏子两地走上一趟要经过四十多个日出日落。特别是在北方地域，夏日天短，多是夜天，不见太阳，但也能看到大地和山峦及大海上飞翔的鸟类，黑夜里也不显得黑暗。到了冬天，更是很少见到太阳了。

冬天的夜里，很像是没有太阳的阴天，当地人称为白夜，这是这一带奇特的自然景象和特点。

拖林普艾曼的人太分散了，形不成拳头。他们三五人一伙，七八人一伙，分散在各自的地方捕猎白熊、白狐、貂、獭、狼、熊，兼做网鱼等营生。因族众形不成合力，很少共同到海上捕捉鲸鱼这庞然大物。正因如此，拖林普的族众天天在忙碌，也仅仅能维持温饱，虽然衣食不缺，但却没有一个固定的立足之地，不少岛屿的山谷林莽已被东海其他数百个大小部落所占据，山岗、海边、河套、海岔、江滩等处，都可见到其他部落的徽旗，而拖林普的红蛤蜊部没有显眼醒目的地域，可以让旗帜高高地树立起来。

天，真是有不测风云。这一日，勘察加古格龙里大火山夜间突然喷发。浓烟熔浆烧上了高空，蓝天白云变成一片红灰色的滚滚浓雾浓云，蔽天盖日，凝固在高天之上，大地变成了暗夜。

而海面上也是白烟滚滚，到处是刺鼻子的硫磺气味儿，让人的双眼睁不开，眼睛一直在流淌着眼泪，气都喘不了，憋得很。只要一吸气，就是满嘴的臭烘烘的硫磺味，土沫子和石灰岩的沙碴子，让人无法呼气和咽吐沫。

蛮特第七代达玛发，忙将红蛤蜊旗帜高高地插到勘察加半岛的巴达尔高峰上的一棵老松树上。部落的旗帜一插就是无声的呼唤，流散四面八方海域渔猎的拖林普族众必会相聚过来。蛮特命身边的小白蝶、马兰蝶、芍药格格众夫人，在海滨的峭崖上，双手猛拍鲸皮鼓。那鼓声咚咚，传遍了浓雾中的海疆。

这种鼓声，是一种语言，称为"鼓语"。

鼓点是有固定的点数的：

三三五，三三五，

三五七七五……

这是拖林普艾曼的鼓语。

那意思是说，"归来吧，我们的兄弟姐妹们，归来吧！"

凡是拖林普族众之人，都熟悉自己族人所敲打的鲸鱼皮鼓的击点声。一听到便互相地传告"拖林普，我们的族众啊，是拖林普在召唤咱们呢！"

或者一听鼓点，立刻兴奋起来，说："你们站在那个海滨，海神护住了咱们多少兄弟姊妹，来到打鼓人的身边！"

"走吧，只要到了那里，就能躲过危难，平平安安团聚到红蛤蜊徽旗之下……"

数日的召唤，数日的鼓响，蛮特达玛发聚集了拖林普的诸多族众，已经不下数百人啦。来者多数是年轻力壮者，老年人体弱，不经折腾，死亡甚多。

蛮特第七代达玛发伤心地望着眼前的族众，禁不住询问他们："我的族中兄弟姐妹，拖林普今后的日子该怎么过？拖林普未来的前程该怎么去实现？路该怎么走？请大家都说说你们各自心里的去向和思盼。咱们不能总这样在东海四处捕食了，应该寻找一块固定的家，把拖林普红蛤蜊旗帜永远插立在那里，世世代代，不要挪移！"

族中几个壮年人便开口说道："达玛发，我们愿意先听听您的主意。"

这几个人都是族中的巴图鲁。他们已经熬过了四海流浪的岁月，尝够了人间的苦果，从心里非常同意达玛发蛮特的主意。但因为蛮特是头人，所以他们一个个这样表达态度。

蛮特达玛发说："我是先听听你们的。"

于是，几个巴图鲁说道："达玛发，东海八方处处有黄金，处处有丰饶的鱼虾。可我们不能像天上的白云，天天地飘荡，而没有一个固定的位置。还是请拖林普的祖神红蛤蜊指点迷津吧！"

众族众一致赞许这几个巴图鲁的高见。

大家一致说："对，红蛤蜊子孙就该虔诚地叩问自己的祖先红蛤蜊神女，她会怜爱她的族众，她的子孙后裔的。"

"是啊，就让红蛤蜊神女开口吧！"

蛮特点头了。

于是，拖林普艾曼的所有族众都不约而同地齐聚到勘察加巴达尔高峰的老松林之下，在那一片平坦的青草地上，搬石设坛，采来阿查卡野丁香枝作香料。每人抱一抱，抱来的野丁香枝像一座小山平地而起。人们又走向海边，采拾来晶莹的亮白的小石块，推成一个环形的神坛。人们又划着族众凿成的独木威呼（小船），进大海中网来沙丁鱼、鲑鱼、大鳗鱼和像银纱似的长长的带鱼，还有七只大海龟。这时，该蛮特达玛发的了。

　　蛮特达玛发自己就是一个出名的大萨满。在他的指挥下，数十面鲸皮鼓、鹿皮鼓和鱼板鼓"咚咚"地敲打起来，有如大海波涛的响声，震响四方。

　　蛮特大萨满穿上用蛤蜊串做成的蛤壳甲胄，头戴他的十三角红蛤蜊巨壳神帽，手敲鲸鱼皮鼓，放开喉咙唱道：

　　　"呜咽咽，呜咽咽，

　　　大海浪涛是我的鲸鼓在响，

　　　拍岸的涛声是我的步履铮铮。

　　　　我呼唤海中的神鸥啊，

　　　　我呼唤海中的神龟啊，

　　　　我呼唤海中的神螺啊，

　　　　我呼唤海中的神宫啊。

　　　拖林普的子孙

　　　　叩访海宫的众位祖神，

　　　　叩访海宫的众位神灵，

　　　　叩访海宫的众位神将，

　　　　叩访海宫的众位神兵。

　　　　世上的艰难何其多？

　　　　世上的血泪何其多？

　　　　世上的灾害何其多？

　　　　世上的未知何其多？

　　　　红蛤蜊神灵快快送给我智慧，

　　　　红蛤蜊神灵快快送给我神眼，

　　　　红蛤蜊神灵快快送给我利箭，

　　　　红蛤蜊神灵快快送给我雷霆。

　　　　　请完了红蛤蜊祖灵入神堂，

　　　　　我还要迎请东海主神——

　　　　　　德里给衣奥木妈妈。

　　　我们的祖母神祇，

　　　大海的吉祥靠山，

　　　大海的安危庇佑者，

　　红蛤蜊子孙，

　　都是您缔造的，

　　都是您赋予的，

　　都是您抚育的，

　　都是您引领的。

岁月如梭，浪涛计时，流云记月，天上星光记岁辰，

红蛤蜊子孙在东海上四方为家，

　　山山屿屿，天涯海角，

　　处处都有了红蛤蜊子孙。

　　头代，二代，三代，四代，五代

　　随着波浪逝去，随着星云带走，

　　祖先远世母从未留下记忆。

精明的神母啊，

拖林普子孙该怎么过日子？

拖林普子孙难道做东海的海鸥，

　　终年岁岁四海捕食，四海为家？

拖林普子孙难道做长鲸的牧者，

　　终年岁岁在鲸喷水柱中颠簸争杀？

拖林普子孙难道不该像东海的石岩，

　　终年岁岁傲守峭岩抚育四方？

精明的神母啊，

红蛤蜊子孙像海船失去了航标，

红蛤蜊子孙像瞎眼的蓝鲸失去了方向，

古格龙里大火山掠走了红蛤蜊子孙，

古格龙里大火山也烧醒了红蛤蜊子孙。

　　像海浪冲散的鱼群，

　　像海浪冲毁的滩林，

百难余生的红蛤蜊儿女，

齐聚海滨拢起篝火熊熊。

捕来大须鲸——鲸血祭海，

　　染红了望不到边的海域。

捕来大白熊——熊皮祭海，

　　红海绽现白亮亮的一条神路。

捕来大海龟——龟甲祭海，
　　神路上俨然屹立无数侍神卫士。
捕来大海蛇——海蛇祭海，
　　神母降临阔海平如绸，无风无浪。
浪花飞，海风啸，
岛林舞，鸥雀叫，
　　烟波浩渺的大东海，
　　泛起绵绵的报喜潮。
我听到了神母匆匆走来的步履声，
我听到了神母驭风乘坐的天车声。
　　鲸鼓震天，熊鼓悦耳，
　　龟鼓声利，石鼓坚沉。
　　祭坛上摆满九十九罐山泉水，
　　清冽甘甜胜美酒，
　　献给神母洗风尘。
神母鱼首裸女百鸟护，
蛮特率族跪海滨。
聆听神母传神谕，
拖林普斯锦绣前程！
红蛤蜊子孙，
海中生，苦兀长，
排千难，莫彷徨，
雪山生根雪山人。

　　拖林普七代达玛发蛮特大萨满，在左四右五九位助神裁利襄助之下，从黎明唱到傍晚，从傍晚又唱到黎明。再从黎明唱到傍晚，傍晚又到黎明，不吃不喝，手击神鼓，全神贯注，虔敬一心，就要迎请神母和祖神降临，指点迷津，驱愚生智，不再受到古格龙里的劫难。

　　精诚所至，感动东海女神奥木妈妈降临神堂。只听天云中神灵在响，大海中泛起波涛，波涛中可闻到百兽的嘶鸣，鱼群涌浪，互相嬉戏，追逐穿梭之音。

　　七代达玛发蛮特萨满突然手持鲸皮鼓跳入了大海，在茫茫的海涛之中漂浮。

　　众裁利也都跟着跳入海中，深深的海水不见底呀，可是，蛮特大萨满与众裁利站在海中击鼓作舞，如蹈平地一样。

每人齐腰之间才有海水，这是众鲸在海中托起了蛮特达玛发和众裁利。他们此刻眼睛如血，像是更明亮了，而且闪着烁烁的光芒。他们都看到了东海的一个崭新的世界景象，见到了海中有成千成万神母身边的侍人，有男有女，有老有少，有通晓古今的笔特式，有手持钢叉利刃的捕猎巴图鲁。众神人簇拥着神胜无敌的东海神母，从远海走到近海，来到了拖林普族众和七代达玛发蛮特近前。

蛮特和众裁利都纷纷跪下。虽在海中，却犹如陆地一样，他们都未感到海水淹没了每一个人。

蛮特和众裁利只觉得神母在喊他们：

"拖林普斯的七代达玛发，你迎请我来到你近前，你要竖起耳朵来聆听，你的祈愿我都知晓！快，你看看现在是谁站到你的身边？快快地叩见，拖林普的祖先回到你的眼前了！"

只听海中如雷轰鸣，两头蓝鲸喷起顶天的水柱，顿时暴雨降落，翻腾的海面上像翻了锅一般，由深海中泛起滚滚的波涛，如海中的喷泉从深海射出，一道七彩霞光中，深海涌出的彩水柱上托出一只红如朝霞一样的大蛤蜊，大如巨舟。东海千年首次现出如此硕大的蛤蜊。

蛮特率族众伏海中叩拜。口中喊道：

"拖林普的子孙，幸瞻祖神，福洒东海，永世吉祥。"

大红蛤蜊，轻轻开启蚌壳说道：

"我的子孙，千代万代我都系念你们啊！奉东海女神德立给奥木妈妈之命，将天道轮回再复述一番。尔等子孙不贪不惰，精诚团结，开拓疆宇，恪守寸土，以血卫海，以躯筑疆，海域永固，生生息息，亿万万年。众尔子孙，溯忆一代，东海新成，江海凝生，地土合聚，萨哈连部似黑龙……

> 江涛沙石，流泻东去，
> 千年万世汇成江口巨岛，
> 世称苦兀！
> 苦兀，苦兀，
> 本为江涛喷吐之音，
> 后世称日江口，
> 又经万世，万世，
> 东海积砂又聚而南生列岛，

北成勘察，楚克，千岛。

众尔生灵，乍脱蛤壳，

形似蜇参，轻若柔纱，

漂浮遥逸，久远之行，

德立给女神怜爱，

化蜇参为女身，丽质白肢，

万千海中神女得以见海天……

这些神殿守宫之神本为天母阿布卡赫赫从地母巴那吉额莫处讨来的新捏成的泥人，全是胯下长着索索①的童子，巴那吉额姆正愁捏成的索索泥人太多了，正要毁掉，阿布卡赫赫给要了去。

正巧东海女神德立给奥木妈妈去天宫拜见天母，闻知此事，心中大喜，自己海宫乍建，正缺侍卫守护，便将天母讨来的众带索索的童子全都要到东海。从此，东海海宫便有了数不尽的带索索的男童，男童天生性淫，长久旷守，索索饥渴，逢巧海中突游无数女神催化而成的女身，个个娇美柔情。

旷夫痴女，

天结良缘；

媾和东海，

遂有人类。

尔等便是神母所赐之躯，

永世勿可忘也！

二代、三代、四代、五代皆劳作于东海，凭天母赐予之智之勇，习渔猎、擅网罟、创医药、造舟筏、筑海屋。东海人气兴，人丁旺，方有世界。

拖林普子孙生于萨哈连出海口，生长于苦兀岛。苦兀是尔等拓基之地。

水有源，树有根，

尔等皆系苦兀水土养育之子孙，

大海哺育了你们，

我的心底的子孙！

尔等六代以后的达玛发，生长皆归根在苦兀，勿可遗忘。尔等六代达妈妈，不也是疼死于苦兀峭崖的吗？蛮特，你老在闯拓疆域，求东海

---

① 索索：满语，即男子的阳物。

丰饶衣食之源，此去无可非议。然而，终年四海为家，冰山冰海四处流荡，此绝非长久之策。凡立身者，必先立定根基，若如树木。

生根立地，开花结果，

繁衍孳长，方成森林。

尔等应速归苦兀。苦兀土地有红蛤蜊祖先的骨骸，苦兀土地有红蛤蜊世代留下的足迹。美妙江山，缘何弃而不顾？

孝呼？忠呼？

仁呼？义呼？

爱呼？恨呼？

恩呼？怨呼？

蛮特速率苍天尚给你留下的仅有生命，不要为大山而奔逃。回故乡去，回苦兀去，重立徽旗，重树徽号。红蛤蜊仍是我的形体，尔等皆我之子孙。上有阿布卡赫赫阳光普照，身边有德立给奥木妈妈神母，她们都在呵护你们。我要永驻东海之中，我时时刻刻同尔等同命运，共呼吸！

苦兀宝地，好生守持，

教尔子孙，开疆立业，

皆靠苦兀山河生命之水，

万年永世不会枯竭。

蛮特吾孙，尔乃我红蛤蜊之英杰，从尔做起，重续苦兀之史。

蛮特，我的众儿孙！

从今勉哉，

奋哉，

勤哉，

守哉，

创哉，

开拓哉！

蛮特呀，吾去也。仓德勒去也。"

东海海面上响彻了"吾去也！仓德勒去也！"的洪钟般的回响声，嗡嗡地从大海上升起，又传向高天，传向远方。那是一个遥远而无边的海天的远方。

大海又重新掀起了万丈的狂涛。

七彩神柱上，硕大硕大的红蛤蜊渐渐地缩小。开始，她像一只庞大的红色大船，渐渐地两扇带十三个尖针的甲壳在收缩，慢慢闭合，渐渐地缩小，缩成一个小红拳头大小，又缩成一个小蝴蝶大小，瞬即消逝而去，随着浪柱退入大海之中，海浪狂涛也随之平息、平静，恢复成像一面蓝色的宝镜。

眼前的一幕壮丽景象，简直就是宝光照耀，人们眼看着红蛤蜊收缩变小，众多大海浪托着那闪闪发光亮晶晶的大红蛤蜊渐渐变小，进入了海中。

拖林普族众用自己一双双明亮的目光，把这一瞬间的变幻，固定在心间，凝固在他们的眼神里，又画成海图，流传后世。

七代达玛发蛮特恭恭敬敬地站了起来。

他见族人还在伏地跪倒着，便说道："拖林普的红蛤蜊兄弟姊妹们，都快起来吧！海神德里给奥木妈妈已经把拖林普的祖先请来，咱们已经亲耳聆听了祖先的训诲，已经心明眼亮，再不能让古格龙里火山的光焰和尘灰恫吓，再不能迷醉咱们的双眼和心灵，再不能游离徘徊在故乡苦兀土地之外，再不能做浪子，任海流漂泊而随意去谋生，快快回到苦兀去，回到祖先养育我们的地方去。落籽生根，生根开花，重创苦兀！"

"重创苦兀！重创苦兀！"

蛮特达玛发的一席话，惊醒了众位拖林普族人，他们一齐大喊"重创苦兀"，然后拍了拍身上的尘土，精神抖擞地站了起来，按先人指点，去开拓黎明，去创造明天。

众族人在七代达玛发蛮特的带领之下，从海岛上拾来和背来、砍来巨木数十根，扒藤树长皮。那藤树皮最黏、最软，也最韧柔不断，是海上人日常用的绳子，随时可找，随时可用，方便已极。

蛮特不但是方方面面的生活能手，又是一个闻名的造筏手。江河湖泊的流筏，要求细而长，便于在狭窄上的河面上畅行无阻，海中筏则不同，大海宽阔无边，而且海浪汹涌，无风还起三尺大浪呢，所以要求筏子必须要选用材质细密的坚实沉木，要两层或三层合木，重叠而绑成的大筏子才能增加浮力。

海上的筏子应该是四方形的，这样的筏子在海中漂浮才能迎力小，大浪来时才能够平稳平衡，抵消冲击力、颠簸力，筏子在海中保持四平八稳，这才不至于被浪头掀翻砸碎，这可是海中的生存"大炕"。

说是海中的"大炕"，这话可是一点不假。人在海上，全凭筏子而活。筏子是海上的鞍和轿，人要在海中生存、畅游，一切的一切，全靠海筏驮着护着。人在上边吃、喝、拉、撒、睡，年年月月，一切起居均如此在上面度过，所以海筏是拖林普人的家呀！是一铺真正的海上之人的大炕。

选木，造筏，捆筏，绑筏，勒筏，扎筏，每一道工序都含糊不得。

海上人有句嗑："筏是海上人的亲爹娘，吃睡哭闹离不开爹娘抱。"可见，海筏已被比喻成海上人的亲爹娘了，全靠它搂着、抱着才能维持一个个生命的安危。

拖林普族人世世代代、祖祖辈辈在海上生活，大筏子上又养着狗，养着熊，养着鸡，还种着花、草、秧棵。可热闹了，可丰富了。

除此，筏子上还要摆堆着众多大石块。平时，这些石块就堆在筏子中间，像座小山，拖林普人称之为"筏山"①。

这些筏山，一是起到瞭望作用。在大海上航行，有时浪流一高，就挡住了视线，站在筏山上，便可以指挥摇筏方向。二是起到应急求稳的功效。在大海中摇筏漫游，常常遇上意想不到的大风暴，浪高高上蓝天，浪降落可以落到海底。这一上一下，常常比飞鸟的上下穿梭还快，人马上就会把肝肠都吐了出来，两眼发黑，什么都看不见了。在这种危难之时，筏子上的达玛发可要头脑清醒啊。否则，筏子和筏子上的人便会人筏俱毁，化成碎木，成了鱼群争吃的肉饼。

这时，达玛发必须马上命筏子上的人随时移动岩石，随海浪的倾斜度而摆起石块去压住木筏的不同部位。人在筏上设法奔跑，时刻保持大筏子的平衡度，不至于使筏子在海浪中竖立或倾斜或翻过去。常常是筏子在激浪中立起时，人人拖石奔走，喊声连连，叫喊声不断，压过了阵阵的涛声。

等风平浪静时，筏子上的人个个都已累成了一摊泥。四肢无力，气喘吁吁，昏睡不起。连着几日不想吃、不想喝，就想着四肢平伸，仰天躺着，睡觉解乏。

早年，生活在萨哈连出海口、苦兀、勘察加一带的海上人，也包括拖林普家族的世代祖先，渡海不是靠舟船，都是用筏子。将大原木连在一起，人乘坐其上，就可以任海漂流了。筏子最便利、最方便，也最容易造。

最起先，造筏只是到海里近处捕鱼，登岛或到附近一些地域，筏子

---

① 筏山：满语为阿达阿林。

作为渡海的交通工具，后来才渐渐地用到深海最远的地方捕大鲸鱼，捉海兽或泅渡到最远的岛屿，或长时间在海上巡游。

人，要把大海作为生活的家，像在山林、土地上一样，能居住、能生活、能走动、能奔跑，这该是一件多么奇异的事情呢。愿走多远走多远，愿到哪里就到哪里，可以像鱼一样的四海遨游，一切的一切都靠筏子，那该多好啊。

拖林普祖先在红蛤蜊第三代、第四代时，生活在这里的人们便有了皮筏。皮筏是用驯鹿皮或鲸鱼皮用胶粘接制成。胶是用鲸鱼皮熬出来的，用慢火熬，熬成白汁液，用树棍子一搅，能带出来千条万条像蜘蛛吐出的细丝，不怕水，而且黏性很强。强到什么程度呢？反正两个指头粘贴在一块以后，能把两个指头给紧紧地粘住，无法分开！

人们就是用这种粘胶，把那一大块一大块熟好的皮子，紧紧地粘在一起，然后，再把粘贴好的皮子放到暴热的太阳底下去晾晒，一晒要晒上好几天。这样一粘，再一晒，那胶和皮子已紧紧地粘贴在一起，想撕、扒、揭都弄不开，真是天衣无缝了。

当这种皮子粘好之后，就可以做海上的大筏子了。先把一大块粘好的皮革粘贴成一个筒形，再合一起，粘成一人可坐的小威呼形，再往里吹气、打气，让皮筒膨胀起来，这便可以放入海中了。

这种皮筏子放入海中当船使，浮力很大，但是究竟是一种小舟，一遇大的风暴，就被刮得无影无踪，或者一有大浪涌来便被冲得上下翻飞，或一下子翻扣下来。这种小皮筏子的功能不行啊。

后来，人们终于发明了大木筏子。

这种大木筏子可以乘载更多的物品和更多的人。这种大木筏子又可以长时间地远行，更加便利了。可是，新的难题又来了。

筏子是用一根根的大原木连接起来的，用什么办法可以将它们固定起来呢，还能使木与木之间的连接部分不至于脱节，在大海中出现灾祸？这是几百年，几千年海上人始终追求的大事。

从前，海上人曾经发明了一种原木捆绑法。但原木不可太粗。太粗了就无法捆绑牢靠。后来，人们发明了石斧、石刀、石凿、石锛子，这样便可以在那些大原木上凿洞，将藤木条穿入卯眼里，互相连到一起。但是，又有难处了，藤条上哪里去弄呢？树皮绳、兽皮绳的连接，虽比以往更有进步，木筏的使用寿命有所延长，但在大海中通行，四面全是海水，漫无边际，一旦连接的藤条、树绳、兽皮绳折断，还是易产生祸端。

这些办法连成的筏子寿命较短，一两年就要全部更换一次，太麻烦，而且不敢深入到远海去作业捕鱼。还常常出事，一些出深海远海的兄弟姊妹一去无归，永葬大海，灵魂在海浪中游荡。

大约在辽金之前，拖林普艾曼的人就曾发现南岛不少野人从岩石中冶炼出来黑铁块子，他们把它砸成铁条、铁斧、铁锤、铁刀，用以砸钉、砍削原木，把铁条烧红，烧穿原木成洞，再用旧铁条穿入其中，再凿合搣扣在一起，凿入木中。这样，两根或三根大原木就联合在一起，再不怕大海的风浪和波涛了，永不被冲开分离。这样一来，木筏就坚固而耐久，再不担心木筏被海浪给冲毁冲碎了。

蛮特达玛发的先人在五代达妈妈的时代曾经偷偷乘着木筏，连日连夜地南下，闯入苦兀南端海中的大岛上，去寻求这种技艺。

人的种种技艺、技术的发展与传播，其实是靠人主动去发现、去寻找、去创造。拖林普的先人凭着武力抢来大岛上哈什①里的铁块，还把大岛上会熬炼铁块的长毛男女活捉来六个人，把他们一同带到筏子上。

"把我们带到哪里去呢？"那些人惊恐地问。

拖林普的人说，"走吧。我们去一个地方，不会伤害你们的。"

他们连夜划动筏子，随着海风北上，到了苦兀南岛的伯里。干什么？其实是让这些"铁匠"教他们制造铁器。

他们让被抢来的男女为当地的拖林普族人冶炼铁石，化成铁水，形成铁疙瘩，然后，再用这些铁块子、铁疙瘩去打造板斧、大刀、铁棒。

由于这几个人手艺很好，六代达妈妈就把他们几个人留下了，允许他们和拖林普的人婚配，他们同拖林普的人融合，渐渐地，也成了拖林普部族的人了。所以，拖林普部族的人很早就知道了冶炼，以铁制造各种器具，铁刀、铁矛、铁斧等用具。

拖林普的筏子叫"拖林普阿达"，用又长又粗的海岛上的白桦原木，砍掉枝杈后，两头砍平，凿孔洞，用铁板条相连接、搣弯、凿合在一起。这些铁件都是深深地扣入木中，横木、纵木都用铁板条相连接，中间再压上细木条，铺成筏上通道，再在上面修盖房舍、熊舍、狗舍、食灶。

"阿达"分前后。前阿达有"观水房"，是用来观望海水的浪涛情况的，在房后有三根大柁，兼有木闸功用，是撑筏子前行的主要设备。筏上有皮帆，有鼓号，用击鼓"声"互通信息。击鼓传声全靠鼓点来说话，

---

① 哈什：满语，即仓房。

也称为"鼓歌"。

在苦兀一带海上的各族互通一种"鼓歌",以鼓点的单、双、交叉和单蹦声表述出各种含义。往往是平安、吉顺、危难、求救的表述,还有自己庆祝节日和族中生活事项等。苦兀人的鼓歌可以说是一种古歌,击鼓传号的习俗已传承久远了。

筏的后半部分,基本上是生活区,仓房放着各类工具,还有诸多种动物的仓舍。而且后筏上也要留有"观水"的望台。这主要是筏在海上漂荡,遇到浪山波尖,筏一升一落,要随时注意人与海的关系,是否有人或物在水浪的顷刻间滑下筏去,造成人员失踪或物的丢失。

筏有三层,全部连在一起。

如果将筏拖到岸上,可见到筏子不仅是如大地似的一大片,而且有一人多高,十分的壮观、威武。

在周边众多部落中艾曼是制造海中大木筏最棒、最出名的,造筏手艺最好。不少部落常常夜里聚上一伙人,来抢、来偷拖林普他们造的大筏子,觉得非常的新鲜,如获至宝一样。抢到偷到手后,他们划着就跑,并且大喊大叫,兴高采烈。

"啊呀!这玩意太好啦!"

"啊呀!这么精致。还会有种种的功能吧。一定是个宝贝!"

"快逃吧。"

"快划吧。"

他们简直乐疯啦。

事情总有一还一报。到拖林普五代达妈妈晚年时,突然在一个月黑风高的夜里,北风呼啸,海上降落起茫茫的大雪来。严寒把整个东海封住了,港湾冻僵了。

当时,拖林普艾曼族人随五代达妈妈下了筏子,是从冰上爬上岸崖的大石阶的。他们一个个已冻得不行,立刻在岸上搭棚子燃火,把那些篝火点燃,以便烤食物和驱寒,也就忘记照看木筏子了。

突然,从雪地夜色中冲出数十名南海的长毛野人。他们一个个的脸上、脖子上、手背上、胳膊上,都生有长长的毛,而且毛的颜色有黄、有黑,故称为毛人。他们一个个全都手操刀、大棒子,拖走七八张大筏子,又掠走十几名拖林普艾曼的人。这些人都会造大海筏子,都是造筏的行家里手。长毛人把人抢走后,也不许他们再回来,就在那里娶妻生子,成了长毛人了。

五代达妈妈因自己领人在岸上生火避寒，不想自己的儿子被长毛抱走了，她思儿心切，几度昏倒，自责自己太粗心大意，没有事先料到在这个寒风刺骨、月黑风高之夜会有长毛人出现，因此遭到此种逆境，心中有愧，在艾曼会议中说："各位族众，我这次没有照顾好艾曼的族人，我有愧呀！我不做头领了！我不配呀。"

大家都说："妈妈，您不要伤心。世事往往是十事九不周呀！"

但达妈妈不能原谅自己的疏漏，她一再提出自己不再担任达妈妈，并推举自己最聪明最能干的一个女儿做了达妈妈。这就是蛮特之母，也就是第六代达妈妈被推举为拖林普艾曼首领的始末。

五代达妈妈退位之后，积极扶持女儿治理拖林普艾曼，并决心让族人和部落之人能平安生存，活得更好。

说来，苦兀岛的名称和熊有着不解之缘。苦兀岛四面是大海，盛产鱼虾和各种大得像大盆一样的蟹类，这是黑熊、棕熊、白熊等最喜欢的食物。熊其实喜欢吃甜食，如蜂窝里的蜂蜜。它宁可让蜂子蜇，也不顾头脸地去偷蜂蜜吃，甚至把蜂巢都一块嚼碎，吞下。但是，山林野甸上有多少蜂蜜够它吃呀！它的胃口大极了。

熊是最能吃的动物之一，它胃口又大又好，所以是靠天来养它。但在北方，在苦兀一带，天特别的寒冷，植物难于生长开花和结果，就是结，也是在秋阳中匆匆开花，结的果子也少，又长得都小，而且往往酸得很，熊不爱吃，也不够它们吃的。有许多熊专门到一些人家的仓子里去偷"闷梨"。

闷梨，是这儿人家的拿手好戏。

到老秋，一些人家上山采来秋子梨、花盖梨、麻梨装在筐里，底下垫上香蒿，上面盖上香蒿，严严实实码满梨，背回家去放在小仓房里，俗称"闷梨"。单等到严冬，老人和孩子才进仓房，打开梨筐，啊呀！那一股股清香的气味儿早已飘满了仓房。本来秋天又硬又酸的山梨，经这样一捂一闷，又软和又酸甜，好吃极了。这一带的熊们也愿吃这一口。

它们在夜里甚至白天，也敢于闯进人家的仓子里去，专门偷这些闷梨。山梨、山果显然不够它们吃。于是，熊哥们便把目光投向了有足够资源的大海洋，而大海也真的就成了它们大吃大喝的安乐窝。

熊的水性其实很好，游技很高。老熊们极善于泅渡，它们能渡海到遥远的海岛上去栖息。熊的家族繁殖得非常快，所以苦兀的山野、海岛到处都是熊的吼声，到处都是熊的足迹，到处都有熊的巢穴。

相传，"苦兀"一词，最早是拟声词"呼哟！""咕喔！"其实，那是熊的叫声，是熊在吼叫或互相呼唤之声。而且，"苦兀"又是乞列迷等土人口语"河口"之意。后来，人们就以为苦兀是"河口"之意了。

在很久很久以前，在乞列迷许多老人的记忆之中，苦兀就是"熊岛"。这些老人一提起苦兀往往说，啊，是熊岛吧。那儿是熊的老家！到了苦兀，就能和各种各样的熊哥们相处了。

他们管熊叫熊哥们。那是一种亲切的称呼，不见外。仿佛熊已是他们的邻居和伙伴，其实也如此，在千百年的生存岁月中，人和熊互相早已相识，可不是已成了哥们嘛。

有一次，五代达妈妈进岛采梨、采野菜时，不慎迷失了方向，走进了一个洞穴。

她哪里知道，这是老棕熊的洞穴。

老棕熊的伙伴老母熊在打雷时出洞去山林中觅食被林火烧死，它思念母伴，终日疼吼不已，整日地不得安宁，正巧五代达妈妈进了洞穴。

老棕熊一见她，欣喜如狂，它认为是自己朝思暮想的爱侣归来，就对五代达妈妈拼命地搂抱起来，啃咬不放，并压在自己身下滚来滚去。

等五代达妈妈的侍人赶进熊洞，众人一起恫吓驱赶老棕熊，老棕熊这才恋恋不舍地逃之夭夭，可是，五代达妈妈已经停止了呼吸，不省人事了。

人们含着眼泪哭喊着，后来，达妈妈渐渐地醒了。

她苏醒后的第一句话是问："苦兀呢！苦兀呢！"她的眼神，让人见了十分感动，她很是怀念那只老棕熊啊！一年后，五代达妈妈生下一个健壮的男孩子，他虎背熊腰，人们都在传述着达妈妈奇特的经历。

苦兀一带的人与自然野生动物有着一种奇特的天然的联系。后来，五代达妈妈要不行了，她对六代达妈妈说："把我安葬在那个洞穴里吧。"人们遵照她的遗愿，把五代达妈妈埋藏在棕熊的洞穴里了。

当时，七代达玛发蛮特还仅仅在幼年，刚刚有点恍惚的记忆，但是五代达妈妈那种奇特的经历始终在他的头脑中不能忘却，而且，他总觉得他和族人与那日夜奔驰在山岭、海岸、林莽中的大熊有着一种深深的联系，他感到身体里有一种总想去做一件大事的欲望，他不满足眼前的生活，想去开疆拓土。

七代达玛发蛮特，一边鼓励艾曼众族人挺起精神，向故乡苦兀进发，重新去开拓祖先的故土，重新建造渡海的大海筏子。从这里去苦兀，海路十分的遥远，风浪甚大。原来使用的这些筏子出已经过大海的侵蚀和海浪的冲击颠簸，许多铁卯松动丢失，不能继续载人出海了。

蛮特达玛发领着艾曼的人在火山烟尘的熏蒸下，在勘察加北部的一道涧谷里砍木造筏。蛮特达玛发很细心，他将前几代使用过的铁器工具、石器工具都精心收藏，专门陈放在一个筏子房里。那是一个很大很大的房子，里面专门堆放这些东西。这里其实已成了拖林普族人的一座记忆博物馆啦！人们往往走进这里，拿起一件东西，看了看，有的流下了泪，忍不住地说："这是三代玛发的东西呀！"

有的说："这是四代玛发使用过的锤子！"

有的说："这是五代妈妈的绳套。"

见物思人。看着看着，就会被往昔岁月的记忆所感染，于是大家跳着舞，唱起了族人的古歌，完全沉浸在一种回忆和被岁月所激荡的情愫里。

工具是族人的宝贝呀！这一点蛮特十分清楚。

平时在海中没有洪炉，少一样工具就不行，甚至寸步难行。这些工具跟随着拖林普艾曼的人走过了多少艰难的岁月啊。

各位阿哥，朱伯西我还是要多说几句筏子的事。这筏子呀，它是北方人类生存的海上车轿，很讲究，很有学问。前面讲过筑筏子要用大原木，甚至要几层合用，在大海中才能漂流得沉稳、安全、顺畅，可那是在深海中长期漂流、在筏子上生活的筏子。由于筏子的功用不同，所以筏子有各式各样的，各种功用的筏子的造法也不尽相同。

现在，七代蛮特达玛发率领艾曼族众在勘察加涧洞中伐木造筏，他们是制造能作为运载工具用的筏子，在近海中漂流，遇事可靠海滩去避避风暴，所以选用的木料不用太粗和太大，一般有肘臂粗细的木料即可，这样的筏子，易伐、易凿、易合拢。蛮特平时用心留意，加之手巧人又精明，在勘察加的涧谷中造筏，进展甚快。

拖林普艾曼造的这种筏子非常轻便，便于驾驶，在海中划动不太沉重，因运输使用，筏上的房舍也很简易，只要遮风挡雨即可。

蛮特达玛发此刻最悬念的并不是造筏的事了，他的心早已飞过勘察加海域，飞到了祖先的故土——苦兀的山山水水那边去了。

从五代以后，拖林普的人就在海上漂流，现在祖先降临，告知红蛤蜊的子孙不要光随海流漂荡，应该有一个固定的家啦。有个安全的地方，立脚的地方，属于自己的家，那就是苦兀！

而蛮特从小就降生在苦兀，长在苦兀。他是从小从苦兀、勘察加、楚克奇这一路的海洋之中走过来，成为威严的拖林普艾曼的首领的。他要带领自己的族人去奔那生存的前程，这是他心底的大任。他现在最惦记着的是苦兀现在怎么样了？

苦兀西海岸，山高林子密，没有平坦的河岸和堤岸。去那里，要从海上攀登峭壁才能进入苦兀内部。一进入苦兀，就有了许多湖泊和沼泽。

苦兀南北长，东西窄，像镶在海中的一只大长靴子，用现代人的话去说南北有两百多里长，而东西宽从十几里到百余里不等。这里气候宜人，冬日虽冷，但也因是海洋气候，远比大陆要潮湿温暖。所以鸟啊兽啊都喜欢在苦兀安家育子。

每到春季，苦兀一带就开始热闹起来了。先是万物开始复苏，各种鸟儿从远方飞回，它们从早晨开始便不停地呼儿唤女，一片忙碌。百鸟的叫声，野兽的呼唤声，野狗和家狗的各种厮拼声，组成了大自然的沸腾的动静，那是苦兀的动静。那动静，那声音传到东海数百里之外，人们在海上都能听得清清楚楚，而且昼夜如此。

东海春秋时节甚短，也最热闹。因为过不了多久，北风一变，草木凋零，冬就到来了。

苦兀的冬，老天会突然飘起了雪花，寒风冷雪一起，河谷就封冻了。

由于气候骤变，温暖的日子非常短暂，各种生物都知道老天爷说变脸就变脸。所以，不论是花草、飞鸟，也不论是海中的鱼，陆地上的兽类，以及北方各艾曼的人类，都会随着气候的变化争分夺秒地抢时光。这里热闹异常。

蛮特达玛发率领拖林普艾曼族众返回苦兀正是初秋时节，没有几天的暖和天气了，一早一晚已经开始凉了。他心里有数，必须要赶在初雪降落之前赶回苦兀，并在故乡定居下来。

蛮特很有心计，他已经先期派出几个自己身边的好兄弟，让他们提前泅海回到苦兀探路，了解苦兀现在的近况。蛮特估计领头的探路人巴达卢离已快回来了。他相信巴达卢离有本事和能力，一定能顺利回来，传告苦兀那里的信息。

巴达卢离与蛮特都是六代达妈妈所生的亲兄弟，他为人机灵勇敢无敌。特别是，他还是一个无人可比的潜水能手。他能在大海中长时间潜泳，而且根本不用伸出头到海面上换气，这是一种海洋动物的换气法，是一般人所不具备的本领，这种能耐是从他们的母亲——六代达妈妈那里学来的。而六代达妈妈的本领是从五代达妈妈那里学来的，这是拖林普人传承下来的独特的潜水游海本领。他们家族人能像梭鱼、海豚一样扎进海中长久游动而不换气，又憋不着，是由于他们的头上特备有传气带，可以使人长时间待在水中海中而不上来换气。这种传气带是从大海鳗鱼身上借过来的器具。海鳗鱼的肠子又细又长，捕到鳗鱼之后要立即取出它的肠子，马上将它洗清，去掉里面的杂物。鳗鱼肠的一头用鱼肚胶粘在人的口鼻处，这样便成了一根长长的换气带。

人在水中时，要将鳗鱼肠子的另一端与野猪的膀胱连接在一起。野猪的膀胱必须要等到干燥后吹成一个气囊，可以漂浮在海面上。这气囊四周用木块镶嵌在一起，能平稳长久地浮在海面上，在大风和海浪中也不至于被冲破和卷走。野猪膀胱上面留出气口，可以充足地吸入海面上的空气。这样，人在海中只要猛力吸气，便可以通过海鳗鱼长长的肠子把空气送入海中进行呼吸，渡过遥远的海域。

人在水面下吐气时，变成无数气泡，这些气泡一串一串地从海水中升起，然后扩展到海面，再一个个地散去。换气人在海水中保持一定的深度，不要下潜得太深，保证鳗鱼肠子的长度可通到海面，无论游出多远，人只管向前游，不必总得探出头来，不会影响划水的速度。好手能一次潜下去游个几十里远。这种水下潜游，由于人在水底下，也不至于被察觉到或有海兽前来攻击。

拖林普人潜游的技艺在族人中已经流传多年了。人与海的相处已有久远的历史，这是海上人传承下来的绝技，还包括捕鳗鱼、制换气管等等技术，代代流传。而这种技艺，巴达卢离学得最精最好，超过了族内众多族众。

巴达卢离甚至不用鳗鱼换气袋，照样潜水多时，而不感到上不来气或难受，这是一种奇特的能耐。

远离了勘察加、被七代达玛发派出去打探苦兀情况的巴达卢离，不过五日便探明了苦兀一带的许多重要情况，并在苦兀的高山音格生阿林了解到熊群生息状况，知道了许多苦兀一带的熊群情况。

巴达卢离通兽语，特别是能与熊互相通达心意，这种本能也许是来自远古，他的血脉和生存历程中与蛮特一样，他们都曾经与这种动物有着深深的情感。

在野生的自然环境中，当不通语言的野生动物与人有了一种亲近，人在恐惧过后，当渐渐地被对方所接受，人也就认识了自己。于是，一种难以忘怀的情感就这样产生。

如熊这种野生动物，看上去笨重、庞大，但其实它的行为十分的细腻，它叫时的长短音、鼻音和它的眼神，都是情绪的重要表述，伸舌、摆身等动作都有用意，人要努力去理解和认知它们的用意。而这一切，正是巴达卢离最拿手的本领，也是他超乎于别人的奇才。有时，他也能模仿出几个声音，熊群竟然也能理解他的用意，这真是再奇特不过的事情了。

在大家的盼望中，巴达卢离终于从苦兀回来了。他是从苦兀泅海归来的。他向蛮特达玛发禀报苦兀的一切情况。

他说："蛮特达玛发，苦兀一带一切正常。只是苦兀当今的主人是动物。"

蛮特说："什么动物？"

巴达卢离说："是熊。是凶猛无比的大黑熊——勒夫大玛发[①] 在掌控着苦兀的天下！"

"哈哈哈！"

蛮特达玛发一听，笑了。

他说："巴达卢离，我早就猜到了！准是这个拖林普人的老冤家在那里。好啊！它也没几天好日子了。秋天要过了。冬雪快来了。他们也就该进山洞里冬眠去了。苦兀的天下，仍是我们拖林普红蛤蜊子孙的。"

巴达卢离说："达玛发啊，可小瞧不得！"

蛮特达玛发又问："有什么特别的情况吗？"

巴达卢离说："现在，苦兀岛人从北到南到处都是勒夫大玛发的子子孙孙。岛上丛林里的母熊有数万只之多，都是它的爱妻，别的公熊谁也无权去碰，也都不敢去碰。你说吓人不吓人！"

蛮特说："啊，还有这种情况？"

巴达卢离说："它的吼叫声赛过惊雷，一嗓子震得山谷绿叶都在颤抖，百鸟也从林中飞走。每只母熊吓得领着一群小熊子女立即逃遁。不少小公熊吓得屁滚尿流，统统逃往羊草棵子里，把头往山谷雪窝子里扎进很深，不敢出来，只把小屁股露在外面，就以为躲过了老熊的追杀。"

蛮特也吃了一惊："啊？原来是这样。"

巴达卢离又说："如今这只身强体壮的硕大老熊勒夫大玛发，据说前

---

① 勒夫大玛发：熊爷爷。

年才登上主位。它力大无穷，拍死了它的父亲老熊王，又咬死了它的两个同类兄弟，才正式得到苦兀全岛的熊族的承认，当上了熊王。这个家伙傲气十足，目空一切，总好用怀疑一切的眼光斜视周围的！"

蛮特问："怀疑一切？"

巴达卢离："对。它一见到人和动物有半点反意，必定挥掌拍死、咬死、坐死、撞死、踩死、挠死、撕死、绝不留情。在现在的苦兀岛上，没有任何力量敢与它匹敌。它的大爪子似一面墙，拍石石碎，拍地地陷，拍树树折，拍水水飞。大小熊都怕它，不敢在它面前喘口粗气，或叫出一丁点的怪声来，生怕它怀疑而遭灭顶之灾。苦兀因它存在，不少金钱豹子都吓得躲了起来，有的渡海逃生到南岛毛人那里觅食生存去了。还有……"

蛮特说："还有什么，快快说来。"

巴达卢离说："还有，这个勒夫大玛发非常的独性。"

蛮特问："独性？"

巴达卢离："就是占有性！它不允许任何外种动物与它分享苦兀，包括苦兀的海河、山木、土地，还有水源，食源。一切活的、喘气的，它一见，立刻给咬走、撵走，只留下自己的熊族子孙四处撒野吼闹。我在苦兀林中发现，连马鹿、驯鹿、梅花鹿都剩得很少了，不知藏躲到何方何地去了！"

拖林普艾曼的人听了个个吓得目瞪口呆，这可如何是好呢？

蛮特达玛发想了想说："红蛤蜊子孙们，这是咱们的老冤家。它是五代达妈妈的大仇敌，也是夺占咱们红蛤蜊一代到四代祖先的最大的魔王。走！跟我走！咱们去苦兀，斗黑熊，撵黑熊，夺苦兀，夺回我们的天下！"

众人齐喊："走！去苦兀。夺回我们的天下！"

蛮特所率领的拖林普人真没有一个是软骨头，赴汤蹈火，在所不辞，还真没有怯阵的。可是，众人也不是去傻拼。

人总是聪明的。斗熊就要拿出一些人的智慧和本事。蛮特达玛发也是一个猎人的后裔，海上和陆地上的猛兽他都曾经捕捉过。蛮特在造筏时忙里偷闲，进山里采回来许多野草野药，专为了对付熊群而预备，他要把所有的智慧都派上用场。

这天，螺号响起，十几个大木筏子被推入海中，一字地排开。

头筏就是蛮特达玛发，在前面开路，一直向南，沿着勘察加半岛东海沟，绕过三个连环形岛群，海岛上海蛇海龟甚多，遍地皆是。

拖林普族众紧紧坐在筏子两侧，排列整齐。

每个人在上筏前，都自做一个半圆形像个球拍一样的勺子桨，由一个老人喊号，众人按号来划水，筏子行进得很是神速。

划筏的东海号子是这样：

老人：咱们的划吧

大家：划吧划吧，嘿哟嘿哟

老人：一齐地划吧

大家：划吧划吧，嘿哟嘿哟

老人：再用点劲吧

大家：嘿哟嘿哟

老人：左边的使把劲

大家：嘿哟嘿哟

老人：右边的使把劲

大家：嘿哟嘿哟

老人：快快去苦兀

大家：嘿哟嘿哟

老人：就到了苦兀

大家：嘿哟嘿哟

老人：我们的家哟

大家：嘿哟嘿哟

老人：就要到啦

大家：嘿哟嘿哟

老人：别光划水

大家：嘿哟嘿哟

老人：水中有毒蛇呀

大家：嘿哟嘿哟

老人：别让咬上

大家：嘿哟嘿哟

……

那种号子千变万化，调门也随着老人的观察，以及海面情景和可能出现的种种意想不到的变故而变化提醒大家，别出意外。蛮特还嘱咐大家一定要双手紧握勺子小桨划水。

勘察加水域连环小岛一带海水中时常游动着一种非常快的白色带黑纹的小蛇，很细很长，有剧毒。咬上人就全身红肿、溃烂。重者夭亡，轻者什么也不能干，不会动。筏子在行进中要时刻提防这种毒蛇窜上筏子，小勺子桨划水，常常也会把这种小蛇带上来，它们在空中一舞就上了筏。

为了防范这种小蛇，筏子上还专门安排了人烧紫花牛尾蒿。

蒿是一种蒿科植物。秋天时，将它采集来，晾干，捆扎成一个个小把，称为"蒿把"，堆放在筏子上的众人身边。这是一种渡海和在野外作业必备的中草药。

这些小蒿把堆放在每个人的身边。人们随时把它点燃。

一点起来，这些蒿把就冒起浓浓的烟，香蒿气息可以驱赶马蜂、黄蜂、瞎眼虻、大豆虻、小咬、长嘴蚊子、大腿蚊子等飞虫以及毒蛇。

筏子上升起了浓浓的草烟，划筏激起的水浪飞溅着，十分的整齐漂亮，筏子在浓烟和海浪波涛中穿行着。

经过了几个日出日落的海上奔波，拖林普艾曼的几张筏子终于到达了苦兀的西海岸。

说来，苦兀岛其实山川秀美，风光旖旎，岛之东西与北面有著名的鄂霍次克海，西部漫长的海岸线与鞑靼海峡相连，南部宗谷海峡与日本国毛人居住的北海道相对，那里居住着阿衣奴人，很像乞列迷人。他们也信仰萨满教，也是部落酋长制。擅捕鱼，喜欢歌舞，会使用舟筏，时时与乞列迷人互通有无，互有往来，亲如兄弟。

苦兀岛最令居住者们心惊肉跳的事，就是自然的一种奇异变故——地动。

所以民间常传讲，苦兀岛是被一个老到几万年的黑背光头瞎眼睛的大海龟的龟盖托着，它受天神惩罚，日夜托着苦兀岛的。

老海龟呢，嫌苦兀岛太沉了，太重了，压得它真是动弹不了，筋疲力尽，已经托了几万年，海龟太老，太累了，所以总要晃动一下身子，换换姿势。这样一来，苦兀岛可就倒霉了，常天摇地动，人和一切生灵也都要在这种感觉中度日。

在苦兀一带，人们不能盖高房子，不能用土坯盖房子，只能用细树干和细木枝搭盖小棚房。这样就不怕地动山摇了，即使地动人也像在摇车子里睡觉一样。

这老海龟也很爱耍戏人。它有时高兴了，好长时辰也不动身子，地就老老实实的不动不摇，它有时生气了，憋得很，于是就闹开了。这一闹，苦兀岛上的人啊、兽啊、花呀、草呀、山呀、河呀、川呐、泉呐，可就跟着晃动不止了。

时间长了，人啊，兽啊，也就都习惯了，不怕了，成了苦兀岛上的家常便饭，日常生活中常见的现象。地不动反倒觉得奇怪，不正常了。

苦兀岛总的地势是北部地势较低，中南部多山，河流很多。河流都不太长，最长的河流也就三百来里长。岛的西部山脉较高，最高峰有奥那尔山，岛中有瀑布、湖泊、沼泽，等等。苦兀岛上的山峰最著名的叫齐都齐阿林，又称图克图阿林。齐都齐是乞列迷语，是"无尽"之意，说明山峰连绵无际，从岛北直到岛南，成为全岛海岸的一道大屏障。

这里自古就是乞列迷人世居之地。拖林普艾曼的一代、二代、三代、四代、五代祖先多数聚居在海岛西部的丘陵海滨一带，先民世世代代皆以捕鱼狩猎为生。乞列迷人生活的地域，还有齐布齐山麓西南的另一座岛上的高山音格生阿林，又称英吉申阿林，有条清澈的博和毕水流淌在山的南麓。岛的中东部与音格生阿林相对，还有另一座高山塔塔玛阿林，形成了全岛东部的天然屏障，山下有塔塔玛河流在大山的东麓，这里也是古代乞列迷人居住的地域。

苦兀岛的南部中区，挺立着另一座山脉。这条山脉的山势不甚险峻高大，但风光秀丽，气候相对比北部要好得多，更适宜动物的生存与繁殖，所以动物比较多，是狩猎的丰盈之地。山叫阿当吉阿林。围绕阿当吉阿林山麓四面有四条溪流，盛产鱼类，也是鸟兽生活的主要区域。

在阿当吉山北麓有阿当吉河，阿当吉山东麓有启社什河，阿当吉山西麓有特肯河，阿当吉山西南麓有伊对河，河流都不长，但河水十分湍急，这些河流盛产河鱼、林蛙。这些河流又是紫貂、麋鹿、獐狍、貉、獾子生长最多的猎区，真是生活的最好地方。

蛮特达玛发此番率领拖林普艾曼的族众返回苦兀，就仍然回到苦兀岛西海岸齐布齐阿林和音格生阿林。

这里居高临下，有无尽的松树密林，山势陡峭，易守难攻，便于防守，不怕外族的攻击。特别是山中的树木甚多，住树屋，搭盖林中小屋都十分的方便。房屋木料就在身边，不必远地选取。

居住在这样的森林中，树木密集，山风都吹不进来，又可以防暴风雪、暴雨。到了冬日，雪都降落在树干枝头上，上部形成了厚厚的天然雪被，既防寒又防风，林中温暖如常。这真是一处理想的栖息之地。蛮特达玛发重新进入苦兀后，预计生活将会更加的理想如意。

这是拖林普艾曼在七代蛮特达玛发时代生活的扩充区，从北向南依次为齐布齐山（苏克苏图山）、音格生山、阿当吉山，西部为塔塔玛山。这也是苦兀岛山势的走向。于是，七代拖林普达玛发蛮特带领艾曼族众人登上苦兀，开始了新的生活。

蛮特带领众族人到达苦兀后的第一件事，就是先驱赶霸占苏克苏图阿林和音格生阿林的熊群。

由于仅有一小部分部落在阿当吉阿林一带活动，整个大岛上就自然而然地成了熊的乐园。熊是一种喜静不喜动的庞大杂食性动物，力大无穷。任何动物一般都不敢得罪它，熊也对其他动物不屑一顾。

只要对方不妨碍它走路，不妨碍它觅食，大小动物在一旁走动，熊连眼睛都不抬，理都不理。它们个个喜欢孤僻独居，各据一方，各自有各自的捕食活动玩耍的地界，自己的地界其他动物甚至连同类也不准介入，这是成年的熊的共有的特性。唯有小熊跟随母熊在一起可以进入熊的地界。

熊一年只生一胎。在北寒地带发情期晚些，多在气温上升的夏季或盛夏之时。母熊乱跑、乱撞、乱叫、乱跳；公熊也发情，同样地激动纵情狂跑，追逐母熊，追杀撕咬公熊，将其驱逐，令其远逃，不准私自找母熊。若遇此事，凶猛的公熊必以死战整治对方，被制伏的公熊甚至爪子被咬断，啃下来，让其秃爪，成为残疾的瘸熊，日后都不能捕食，一点点饿死。

这样的熊下场很惨，它们只好自己悄悄走入密林中默默地死去。在发情期斗败的熊，自己也觉得无脸活在这个世上，它再也得不到其他同类的支持，而它的样子也已经惨不忍睹，所以只有自消自灭。

发情期在一起同居的雌雄两只熊，母熊怀孕后它会自己离开公熊，再过起孤独的妊娠生活。凶猛的公熊，再与另一只母熊相处。熊的性功能极为强壮，山林里的猎人都知道，凡是成王的公熊，精力总是那么充沛无比。也正是因为如此，公熊成王后，因极度纵欲，占据王位也就是一至三年而已，甚至一两年左右就身体衰弱，神情不佳，劳累成疾，渐渐地被新涌现的年轻健壮的公熊所打败，成为被公熊个个撕咬、追杀的败将。它这时只有两条路，有些性情暴烈的公熊不忍如此败绩，于是它常常是到一地与岩石搏击，呼叫着，双掌猛力向岩石拍去，或以头撞岩石，惨烈而死。

也有的公熊在这种凄惨的败绩面前，呜呜嗥嗥地哭嚎着，不得不远离生养自己的土地和众多曾爱怜过的母熊，一声不吭地远走他山他水，到一个新的完全陌生的丛林中苟延生息下去。在熊的世界里，没有永远的胜者，最强大的熊最后也要落得一个战败的下场。这也许是它们世界的法则。

凡是小公熊，天生具有一个性格，就是当妈妈生下它们后，就拼命摔打锤炼自己，它从小就练，小公熊之间拼命撕咬、殴斗，母熊拉都拉不开。后来，母熊就不再拉了，而是在一旁观斗，并且不断地站脚助威。

大母熊往往帮助弱小的公熊厮打，为什么？其实就是锻炼自己的孩子们，让它们将来能走上生活之路，能够在大自然里不受气，成为一个头熊，而不至于成为一个一辈子都找不到妻子的受气包，让它成为一个堂堂正正的喝令众熊、妻妾满堂的大公熊。

母熊锻炼小公熊，常常把它们领到高山之上，专找最高最粗的大红松、大白杨、大桦树、老槐树、黄菠萝、水曲柳等大树去教自己的孩子。熊都爱爬大树。母熊就领它们爬树，看谁爬得最高、最快，并能在细小的树枝子上倒立、蹲坐，打秋千，摘山果，并与小鸟、小蜜蜂们逗着玩，甚至抓蝴蝶，扑蜻蜓，什么灵巧的事都要练。

这时，常常有些小公熊一时玩得高兴，忘了是在树上。它们往往会突然从很高的树杈子上跌落下来，那一摔可真不轻，常常把小公熊摔得满地翻滚着，嗷嗷地叫唤。而这时，母熊照样蹲在高树枝杈上，瞅一眼掉下去的孩子，然后嗷嗷地叫上几声，照样自己吃自己的。

那样子仿佛在说："摔一下怕什么？摔摔结实！来，重新爬起来，再上树。多摔几回，多掉下去几次，你就好啦。妈妈像你那么大时，说不定摔下去多少次。别哭，哭是一个没出息的表现！"

这时的母熊从不在很高的树上下去，爱抚摔下去的小熊。

而小公熊呢，也是等疼了一大阵子，一看没人理它，大家都在树上玩，于是，再往树上爬去。再爬上去也是照样常常掉下树来，身上、头和眼睛等处血迹斑斑。母熊依然不管，就是这样摔打锤炼自己的后代。

母熊还领着小公熊练跑步。熊是最善跑的动物之一。你别看它长得那么胖，那么敦实，就以为它们傻乎乎的，可不是这样。其实熊最精明，最能长跑。它比豹子、猞猁、老虎都跑得有耐力，许多动物都跑不过它们。

熊的狂跑就是从小练出来的，可以躲过猎人的骏马捕捉和利箭的劲射，而且逃跑也是逃生的最高手段。熊互相撕咬时，都是下死口，互不相让。凡败北，见势不妙，就会三十六计跑为上策，令追逐者怎么也追不上它们，保证了自己的一条命，或保护自己的身体不被伤着，留下终生的残疾。

母熊还教小公熊、小母熊去偷吃蜂蜜。

其实，熊妈妈也没有什么高招，就是锤炼自己的熊孩子们不怕蜇。让蜂子蜇长了，就有了抵抗力。肿了两天，也就好了。你蜇我，我吃到了蜂蜜，也合算。任凭群蜂嗡嗡叫着，边挨着蜇边照样一把一把往嘴里吃着蜜，弄得蜂子们只是嗡嗡地乱叫而无能为力，只好另选择新巢，再去酿新的蜜了。

母熊一般都是春天时下崽。

母熊常常是在冬雪天树窟窿中蹲仓冬眠，不吃不喝时把崽子下到洞中。其实母熊此时并未冬眠，或者已从冬眠中苏醒过来开始分娩。小熊一生下来身上没有毛，是像小老鼠大小的红白色的小动物。小熊刚生下来不睁眼睛，多数为一胎生，也有极少时一胎两生。

熊妈妈有时把小崽放在掌上，有时含在嘴里，更多的时候是让它睡在自己毛茸茸的暖怀肚子长毛之中，靠吃熊妈妈的奶才能一天天地长大，长得强壮起来。小熊直到月余绒毛才生出来。

春天一到来，熊妈妈就带着自己的宝贝孩子出了树洞或山洞，来到大自然之中。熊妈妈让孩子们领略大自然的风采，享受外面阳光的抚照。到了四个月以后，小熊就可以跟着母熊到处走走，跟着到大自然里去捕猎了。

一只小熊往往要跟着妈妈两年左右的时间，才被母熊轰走，让它们独立生活。在母熊身边的小熊学习认识世上各种生物，哪些是熊、哪些是朋友、哪些是敌人，等等。食物也要经过妈妈的教，才能一点点地识别。还要学习怎么去捕猎，怎么独立生活，怎么厮斗，学习各种各样的生活技能。

由于苦兀一带长时间被熊占据，它们繁殖又快，现在的苦兀岛上凡是山峰、林莽、草场、湖泊、江河，洞穴都几乎被熊群占据着，而且，正如巴达卢离所说的那样，熊群现在有一个十分凶猛无敌的熊王——勒夫大玛发，所有的熊都听它的号令和调遣。别以为世上只有人有社会组织，动物没有，其实那是不了解动物界的生存与生活习俗。

在自然界里，一切生命其实都有自己的生存组织，动物也有自己的简单的思维，只不过不像人类那么周密细腻高级而已。在生存的问题上，其实任何动物都有一整套适应自己生活需要的规律，不可小视！熊也有自己极严密的纪律。它们是忠实不变的父权制天下。

公熊一经被众熊认王，就获得了至高无上的最尊贵权力，所有熊类都仿佛通晓人间事务一样，必须听它的号令，听其指挥、摆布，比人还恪守纪律。

勒夫大玛发熊比人的威信都高。就在蛮特率领拖林普艾曼族众到达了齐布齐山下的海面，人们下筏登崖时，熊王早就屹立在山尖的松树林下，向海中的拖林普族众噢叫，大发淫威。它身边也有不少凶猛的熊，也在嗷叫。

那声音是"嗷——喔——！嗷嗷——喔——！"

意思是，"什么人这么胆大妄为，敢到我们的领地里来？快快地离开吧！走吧。别等我们杀死你们……"

蛮特等人还看到山头石崖上、山坡上、海岸边，还有许多大大小小的熊类，有母熊带着小熊，还有的孤熊，可能是被熊王驱逐的公熊，也都露出了狰狞的面孔，向拖林普族众发威。好像是要向熊王献媚讨好，向侵入苦兀的人类嗷叫助阵。

熊王站在最高的山峰图克苏图阿林之上，居高临下，粗嘴吼叫，山谷被震得嗡嗡而鸣，令人头发都竖立了起来。熊王这是在发出号令！

当蛮特拖林普艾曼的人还未解是什么用意的时候，就见各山上的群熊纷纷纵崖而下，齐向海滨群筏扑来。

这些家伙边奔跑边嗷叫，两眼火红，张着大口，吐着血红的舌头，个个张牙舞爪，扑进了海里。

顿时，海浪被掀起很高。可是，这些熊都会水，一点也不惧怕海水。蛮特等人事先未预料到群熊如此野性而无畏，个个都不怕人类。

熊的力气很大，它们把筏子一张一张地都给掀翻了。

筏子上的拖林普艾曼的人一下子全都给掀进了大海里，筏子上的米粮也被掀进了海浪之中，情况出现了危机。大家由于措手不及而被熊群突击得十分的狼狈。

熊这种动物满身是脂肪，蛮特和壮年族众拿起木棒子去击打熊群。可是，熊群根本不在意。打它们一下，简直就像拍一个毛毡，打打上面的灰土而已，熊理也不理，照样逞凶。它们双爪抬起将族人往海里扔，往水里按。一些族中女人，跳上岸，往山崖上飞跑，而熊竟然大步地追了上来，它们搂抱着人，仍然疾行如飞，用双爪双脚的长趾一下子抠住石缝，像猿猴一样在山崖上行走。它们纵上崖顶，把艾曼的人拖走，不知去向。

熊抓走了四五个拖林普艾曼中的女人。它们还很能选择，不要老年女人和孩子，专抢年轻美貌的女子。艾曼中的女人哭叫起来。蛮特达玛发也吓傻了，跟一只老熊搂抱在一起，滚打在海中。

蛮特达玛发哪里是熊的对手。几个回合，他早已被踩在海水里，立刻就有窒息而死的危险，这下可惊动了全艾曼的人。大家不顾海水深，熊群猛，都呼喊着冲向蛮特沉入海中的区域。

熊群一见一下子扑来这么多的艾曼人，个个都不怕死，睁大眼睛，大嘴张着，双拳舞着，一齐冲向它们，也被族众万众一心的气势和拼劲给惊住了。熊群其实也有怕人的时候，于是，它们退入海中，游海躲走。

艾曼族众趁机扎入海中，终于摸到了七代拖林普达玛发蛮特，大家把他拖拉出海水，扛在肩上，呼喊着："蛮特达玛发！蛮特达玛发！你醒醒！你醒醒！"

许久许久，在大家的呼唤之下，蛮特达玛发才慢慢地睁开了眼睛。他一醒来，一连吐了好几大口海水，才呻吟着问："大家都怎么样了？"

大家说："蛮特达玛发，我们还好！"

蛮特达玛发在大家的扶推下坐了起来，他马上下令，让全艾曼的人快快上岸，保全生命，暂避熊威。大家赶快聚合在一起，设法去营救被熊掠走的族众。

山尖上的熊王发现已经大获全胜，熊王的吼叫声变了，变成了一种娇细的长音，"嗷——嗷——"，不是原先的那种怒吼，粗嘶的狂嗷，命令众熊下去先小歇一阵，不用马上冲杀。

果然不久，山脚山崖莽林之中的熊都静了下来。有的母熊带着小熊匍匐在地上，小熊们互相咬着滚爬在一起玩了起来。

这时，巴达卢离走了过来，还领过来一个陌生人。

他来到蛮特达玛发的近前，说："达玛发，我给你带来了一位南海岛上的朋友！"

蛮特问："朋友？"

巴达卢离说："是的。他叫流哥，能帮助咱们整治熊患。"

蛮特听了，非常高兴，立刻让人扶他起来。

按照乞列迷人的礼节，凡是远道而来的知心朋友，跟对方说话时人都要站起来，和人家换见面礼，然后两个人额头相及，表示是一对知心人，这才能无话不谈，无话不说，像亲兄弟一样相处。

流哥也熟悉这个礼节。流哥因为常常渡海来到苦兀，会些乞列迷语，两人肯定能说到一块儿。

流哥说："尊敬的达玛发大王爷，你想出来用啥法子去治这些熊了吗？"

蛮特胸有成竹地说："我想好了，下晚点起拖离（火把）能不能吓住它们？"

流哥一听晃了晃头，笑了笑说："大王爷，这熊可不比狼，也不比虎豹。熊这种动物从来不怕人。它们如果疯跑起来，快如闪电，烈火也追不上它们啊！它们久居林中，年年月月见惯了雷火、山火、野火，它们都能躲开，不行，不行！"

蛮特一下子愣了，惊愕了，这可怎么办呢？

蛮特惊问对方："如果连火都吓不住它们，那可怎么办呢？"

流哥听了，又笑笑说："大王爷，你看看这是什么？"

只见流哥从挎在自己身上的鱼皮绣花背囊中，抓出一大把豆子来。说："这个是惩治熊王最有效的宝药。"

蛮特说："宝药？"

流哥说："对。有了它，保管让熊们再也不敢欺侮你们了。"

蛮特听后，从流哥手上抓过几粒黄色的圆圆的豆子，看了看，却看不出是什么。便询问对方："这是什么豆啊？咋能治住熊呢？"

流哥说："这叫黄豆。"

蛮特："黄豆？"

流哥："对。这是我们从萨哈连那里用大马哈鱼换回来的。"

蛮特达玛发听了半天也没有弄明白，这黄豆尽管怎么好吃，可是如何去治住老熊呢。

站在一旁的巴达卢离说："达玛发，我已经跟我的朋友流哥说了，就由他帮助咱们除掉熊害，得到平安。"蛮特达玛发感激不尽。

事不宜迟，蛮特达玛发请流哥尽快制伏熊王，救出受害的艾曼女人。于是，流哥成为艾曼治熊统帅，蛮特和巴达卢离是他的两位助手，协助他去办这件大事。

流哥忙命蛮特达玛发，快派艾曼的人进山去，采集蜂蜜，越多越好。

众族人不敢怠慢，赶忙拿着桦皮篓、木筒就进山去采蜜去了。

此时，苦兀山里到处是小白花、小紫花、小黄花，还有椴树、槐树等都盛开鲜花。四处可见一大群一大群的山蜂在飞舞，这也是苦兀近些年来野熊多的主要原因。

不大功夫，艾曼的人提回来好几大篓蜂蜜，交给了流哥。

只见流哥将鲜蜂蜜倒入一个大木槽子中，然后从自己的鱼皮刻花背囊中倒出了全部的黄豆，搅拌好之后，对大家说："好了。走！咱们找熊王去。"

蛮特有些不解，这怎么治熊？这不是去"喂"熊好吃的吗？

流哥可能看出了蛮特的意思。又笑笑说："你就只管走吧。到时候你就知道了。"

蛮特只好耐着性子，听从流哥的吩咐，和流哥一起进山去了。

巴达卢离知道熊王在图克苏图阿林的高峰之上。那里有个大山洞，现在是熊王的王宫。

他们走了大半天，爬高山，越深洞，攀登上图克苏图阿林。

众熊确实听熊王的命令。人们在这一路上仅见到几只蹲在糖槭树上吃野果的熊，并未对他们发起攻击，可能在等待着熊王的新命令。

流哥说："这正是一个好的机会。熊这种猛兽，你不侵犯它，它也不伤害你；你若是在这时去驱赶它，它还要向你发威风。现在，咱们设下这个计谋，熊正好麻痹。它们会上当的！"

流哥、蛮特、巴达卢离等人来到了熊洞的附近之后，流哥说："熊是很精明的，它也怕被害吃亏。你们都要学我的样子，我怎么做，你们就跟着怎么做。千万不可含糊啊！"

众人说："知道了，兄弟！"

流哥在离熊王的大洞窟不远的地方停了下来。

他找了一个小树林有草坪的地方，让大家先坐下来，把盛有蜂蜜拌黄豆的木槽盆摆放在众人中间，大家都席地而坐。流哥坐好后伸起右手，抓槽盆中的蜂蜜往嘴里吃起来。

他不往任何方向瞅，好像四处都不熟悉一样，边吃边大声笑："哈哈！哈哈！"

他又向众人使了个眼色，告诉大家像他这样，边吃蜂蜜黄豆，边笑笑，笑声越大越好。

于是，大家都这样做。连蛮特达玛发、巴达卢离等人也"哈哈"地大笑着，大家大呼大叫地抓槽中的蜂蜜吃，还互相地抢着，吃得那么憨畅。

这吃声、笑声，不一会儿就传出去了。声音一下子传到了熊王的洞中。

熊王的耳朵非常锐敏，而且嗅觉更好，蜂蜜的香甜味儿，早已不知不觉地飘到了熊王的鼻孔里，熊王坐不住了。它嗷地一声，冲了出来，咆哮着向山下小丛林中这伙抢吃蜂蜜的人群奔冲过来，后面还跟着跑来三只大母熊。这一定是熊王的最亲密的爱妃了。

流哥早就注意到了这个动向。

他一听到熊洞中传出熊王的吼声，便忙站了起来，双手把蛮特达玛发一拉，又拉起了巴达卢离，一帮人返身跳下高崖，钻入林中，跑回了自己的住地。

蛮特达玛发不解地问："流哥，你为啥要逃走呢？"

流哥说："不能等着送死呀。"

蛮特说："咱们还没看一看熊王是怎么吃木槽中的蜂蜜呢！"蛮特还觉得很遗憾。

流哥却说："大王爷，那可不行。熊王虽说叫熊瞎子，可它最能记住人，记住面貌。什么东西与它交斗过，它都会记住并永远不忘，多少年之后还能认得出来。你们方才从海上来苦兀，要夺他们的巢穴，它从远处已牢记你们了。它若是再认出是你们，这蜂蜜再甜再好吃，它们不屑一顾啊！它们会知道那是你们使的计！"

大家惊奇地"啊"了一声，又点点头。

蛮特又说："流哥，那我们现在做什么？"

流哥笑着说："这就好了。"

蛮特："好了？"

流哥："对。已大功告成了。咱们回去吧。睡三天大觉！"

蛮特："啊？睡大觉？"

流哥："对。告诉大家，这三天之内哪也不要去，不要去撵熊，或与熊搏斗。你们就静等好戏吧。"

蛮特还是有些不解。他想了想，叹了一口气说："流哥呀，我们已成了好兄弟了，可你得告诉我为什么，不然我怎么能睡得着觉哇？我们艾曼里有好几个年轻的女子让苦兀的熊给抢走了，生死不知呀！前程难卜哇！我总得想法子去寻找她们吧。"

流哥说："大玛发，我知道你的心情很急。但你要知道，那几个抢年轻女子的熊，都是苦兀的公熊，它们长期受熊王的欺压，没有亲近母熊的权利和机会。它们其实也像人一样，也有七情六欲，见到异性就喜欢，就爱抚不尽。所以你们要相信，这些熊不会对那些女子进行伤害的，最多在女人们面前做下流动作，不会再有什么更吓人的举动。你们可以去寻找一下。熊每天都要出来采食饮水，不是总在洞中。你们找到被掠走的女人千万不用背走！因为熊非常机灵，耳朵相当灵敏。它们关注的地方发出一丁点动静，它们马上就知道，多么远也会立即赶到。人是跑不过熊的。"

大家说："那可怎么办呢？"

流哥说："人一旦被它们抓住，那等于是你来夺它所爱，被抓住的人定会被它咬死、啃死、坐死不可。所以不能硬救。你们要告诉被熊掠去的女人，嘱咐她们千万不要去蛮干，不要和熊拼。熊不管做什么难看的动作，就闭眼不看，静下心来，不去理它。它看你没什么反应，或突然来了什么事，熊就忘了。静等族人来救。"

大家呼了一口气："啊，原来是这样。"

流哥又说："我们只要制伏了熊王，树倒猢狲散，其他的熊也就都老实了，逃散而去。苦兀就归你们啦。"

流哥讲得头头是道，完全说服了众人。

蛮特达玛发按照流哥的话，命巴达卢离带几个兄弟赶快到各山中寻找被老公熊们掠走的女子，并把流哥说的话传给她们，好让她们静等营救。

蛮特达玛发对流哥说："流哥，咱们还得去看看被熊掠去的女人。看看她们怎么样了。不然，我总是不放心。"去之前，蛮特、流哥、巴达卢离等人都简单地化了装，蛮特化装成一位老人。

他们见到艾曼被熊掠去的女人，把流哥嘱咐的话告诉了她们，并说静等蛮特达玛发去救她们。

蛮特达玛发苦熬了三天，有些坐不住了，流哥就劝蛮特达玛发："先别去，再挺两天，不用急！"终于又熬过了两天了。

流哥说："今天咱们去看熊王。"

蛮特："它会怎么样？"

流哥："估计这回蛮特达玛发你不用化装了。你原样出面，让熊王认出是你！"

蛮特："认出我？"

流哥："对呀。这回就是让它认出是你。全靠你发善心，救熊王。"

蛮特不解地问："我救它？"

流哥："你要救它。熊王从此后还会感激你的。"

流哥说完，蛮特还是不解其意，于是流哥就说开了细节。

原来，那天他们把蜂蜜掺黄豆的槽子摆到山上去，熊王必然会大口大口地吃蜂蜜。它们最喜欢吃蜜了，见了蜂蜜，会不顾命地去吃。此刻它吃的蜂蜜不同寻常，里面是掺了黄豆的。黄豆遇到水，就要越来越胀，黄豆就在熊的肚子里变成大粒黄豆了，熊的肚子就该越鼓越大，拉屎就困难了。这样一来，吃了豆子和蜂蜜的熊王就得被鼓胀的肚子折腾得满地打滚，疼痛难忍，再也要不了威风了。为了平息肚子，熊王就会求人来救它。

蛮特问："它会求人去救它？"

流哥说："对了。你这次去见它，它也会像人一样哀求你帮忙给它治治肚子疼的病呢。但野兽也有良心，凡能救它们的动物，它们都有感恩之心，会满足你的心愿的。走吧，去教训老熊去吧。"

流哥说完，蛮特虽然有些将信将疑，但还是跟着流哥往山上的熊洞方向走去。

不一会儿，他就和流哥来到了熊洞。

正如流哥事先所说的那样，只见熊洞外面，有几只母熊正围着熊王在嗷嗷地怪叫呢。熊王躺在洞外的地上左右滚动，满口流着白沫子，肚子胀得圆鼓鼓的，熊毛都挓挲了起来。旁边几只小熊崽见公熊怪叫，一个个吓得来回乱跑，不知所措。

这时，熊王完全失去了早日的威风。见到来了生人，也不恼怒咆哮，而是两眼送过来可怜的求救信号，频频地点头，向生人跟前爬了过来。其他的几只母熊，也都转过身来，抬头瞅着蛮特和流哥、巴达卢离等人，非常友好，一点敌意也没有。

特别好玩的是几只小熊崽，它们竟然欢蹦乱跳地跑过来，叼住流哥、蛮特的衣角，那么亲近，晃着小脑袋，竖起了小爪子，往人的身上扑。那意思是，快快救我们的爸爸吧！救救它吧！

小熊呜呜叫着，真像小孩子们在哭。

蛮特、巴达卢离、流哥等人，也都心软了。

他们都挺后悔，事先不该欺骗熊王，让它吞进去有黄豆的蜂蜜，害得熊王一家老小这么样的痛苦。

193

流哥真有办法，他早已做了准备。

只见他从自己怀里拿出来两枚用小木板做的又尖又细的小夹子，交给蛮特达玛发一枚，自己拿着一枚，然后与巴达卢离两人来到熊王跟前，说道："别怕，我们给你治病。"

奇怪，那老熊哼哼了几声，还点点头。

他又说："不疼。如果有点疼，也别咬我们，不然你就得憋死啦。"

熊王一听，真像懂人语一般，非常的听话。其他母熊也都一声不吭，也不发怒，都静静地待着，看着人来给它们的熊王治病。

流哥、巴达卢离、蛮特等人来到熊王跟前。

熊王太胖，太沉重，四个人好不容易才把熊王给翻了过来，让它的肚子朝天。

熊王这时一点也不惊吓，任流哥他们摆弄。流哥、巴达卢离用手轻轻往下抚摩熊王的肚子，一下一下轻揉轻压轻推，半天工夫，熊王肚中咕咕声响，熊王也甚觉舒服。

不一会儿，被推下来的膨胀的黄豆都堵在了熊王的屁股里边，熊王疼痛呻吟、吼叫。

流哥说："不要怕，一会儿就好了，挺着点！"

熊王听话，不叫唤了。

流哥用手中的小木片夹子从熊屁股中一个一个往外拨拉那膨胀的黄豆。蛮特也过来帮忙。熊看着他们，已认识了他们。

巴达卢离和另外的人给熊王揉着肚子，使得熊王肚中的豆子顺下。流哥、蛮特两人从熊王屁股中拨黄豆，不一会儿就拨出一大堆黄豆，直到肚子通畅。

渐渐地，熊王自己翻过身来，抖了抖身上，站了起来。

这时它的目光对人充满了感激，十分的温顺。它还摇头摆尾向蛮特、流哥、巴达卢离等点点头，仰脖，表示友好。旁边的几头母熊也跟着做起动作来，它们也互相点点头，碰碰鼻尖，再向天空仰仰头，表示对人们的亲切之情。

蛮特说："熊王啊，这里是我们拖林普族人世代的家园。我们回来了，以后你们不要再霸占这些山河树林了！"

熊王的眼神里一点没看出敌意。

就见熊王领着自己的一帮母熊和小崽子，仰天长啸一声，转身奔回到山上的洞窟中。流哥一使眼色，蛮特他们也回去了。

第二天，等蛮特他们再来到熊住的洞穴一看，洞穴里早已是空荡荡的，熊群已经不知去向了。更令蛮特达玛发和巴达卢离惊奇的是，几位被掠走的女子都给送了回来，坐在洞穴里。

据这些女子说，她们也不知道原因，早晨起来就不见了掠她们来的熊，于是她们就找个穴洞躲了起来，正准备找路回到艾曼去。

巴达卢离在以后的两年中，曾去过萨哈连，在享滚河一带河源见到了熟悉的群熊，不过熊王已不是从前的勒夫大玛发，而是一只更强壮更凶猛的大熊了。

七代拖林普达玛发蛮特办的第二件事，就是结交了新的朋友，这使得拖林普艾曼日益兴旺起来了。蛮特达玛发身边有一位擅办事的好帮手巴达卢离。此人聪明，广交朋友。上次为了驱赶熊王，他带领蛮特认识了南岛主人流哥。流哥帮助拖林普艾曼解决熊群危机，排除了熊给族人带来的危难之灾，七代达玛发蛮特万分感激流哥，简直把他看成了神人！

"流哥呀流哥，你可真是一个有办法的人，连动物都听你的话！不能不服啊。"有几次，蛮特这样说。

并且邀请说："流哥呀，您能否留下来，在我们的艾曼里居住，我们将永远待你如自己的亲人一样啊！"

可是，却被流哥谢绝了。

流哥告诉蛮特，他是南海岛屿北海道岛上的土著古民世特艾奴人，因身上长毛，俗称毛人。多少年以来，其实乞列迷人与南海岛屿的毛人就有着亲密的往来，多次的相互支持，有共同的萨满和信仰，敬天敬地，珍爱万牲，所以都深得鸟兽虫鱼的爱护，子孙繁衍，人丁兴旺。

流哥说："达玛发王爷，咱们永远都是兄弟，不一定要属于一个部落。遇到危难，需要互相帮助，能同赴患难，共创新生活就可以了。兄弟志在四海，以天下为家！"

蛮特也说："兄弟说得极是。我等将永世相处，互为亲朋。"

"互为亲朋！"二人洒泪而别了。

蛮特达玛发率领的拖林普艾曼族众，不仅在苦兀的西部，就连北部与南部都有自己的领地，而且一直到大元朝之前，拖林普艾曼的人与古代的艾温奇部落、尼夫赫部落都能像兄弟一样相互接济，没有战事，没有械斗。

蛮特达玛发一直活到身挂八十个野猪牙和红蛤蜊的徽饰，才安详地闭上眼睛。拖林普族众把他安葬在他收服熊王的图克苏图阿林洞窟外的桦树林中。继任蛮特达玛发职位的是他的弟弟都音德赛，继续率拖林普艾曼族众开垦图克苏图阿林，建起了许多桦皮帐房和地窨子房。

在苦兀，能设计出在地下挖深坑，地上搭木枝草棚，人住在地下的"房子"，是北方民族的一大独创。

北方，冬季天寒地冻。从九月末起，寒风就渐渐吹落大树上的叶子，接着一场大雪，漫长的冬季便开始了。

盖出这种"地窨子"，人住在地下，躲过了暴风雪和夏季大雨的袭击，而且还发明创造了地下火炕，靠地火垅、火壁、火墙头子、火烟囱桥子等一系列的取暖设备，尤其是那火炕冬日人睡在上边，温暖如春。

从都音德赛第八代达玛发开始，拖林普艾曼的人就离开了筏子时代。都音德赛擅木工，会造舟船，而且活计很出色。拖林普艾曼可以乘船入海，比筏子更舒适，更能运载货物，更有利于到深海中去捕大鱼，捕捉鲸鱼。可惜的是，都音德赛在率领艾曼族众进入东海捕捉长须鲸时，遇到海上风暴，长须鲸挣断了罗网，都音德赛的舟船被打入了大海中。

与他一起的九名拖林普族众全部葬入大海。拖林普艾曼在隆重祭奠之后，又从艾曼中选出新一代达玛发，即第九代达玛发准尔敏。准尔敏达玛发也因海中风暴而丧生，第十代达玛发突勒坤，又在山火中为挽救族众而亡。此时，历史已进入了大明王朝。

洪武元年，朱元璋在南京称帝，后来明成祖朱棣在北京坐殿，年号永乐。永乐八年，明成祖决意治理辽东，漠北出现了新的契机，拖林普艾曼选出新的达玛发乌日根鲁，他是突勒坤达玛发的弟弟。

乌日根鲁时代是拖林普艾曼历史上是最值得纪念的日子。乌日根鲁时代，大明朝政权开始治理北疆，陆陆续续在辽东创建众多行政机构，并正式管理东北和黑龙江以北的苦兀岛等地方的人口、行政及物产，并设立了嘎珊，建立了嘎珊达，成为明朝中央政权体系中的一级地方政权，且在黑龙江出海口建有奴尔干都司，专门管理这些远离中原政权的北方少数民族地区。

这段在历史中有一位赫赫有名的人物，叫亦什哈。他是海西女真人，是明宫内的官员，即太监。明永乐七年建立奴尔干都指挥使司，简称奴尔干都司，作为管辖黑龙江流域各地军政合一的最高行政机构。永乐九年，明朝封亦什哈为钦差大臣，让他与都指挥同知康旺等千余人，乘船二十五艘，顺黑龙江而下，到达下游东岸的特林地方。

明永乐十年，亦什哈第二次以钦差大臣的身份巡视奴尔干，建立了宏伟的永宁寺，并建碑一座，上刻"敕修永宁寺记"碑文。他后来曾九次巡视奴尔干，与各地族众建立了亲密的联系，并留下了珍贵的记录。

在海东建了众多卫所，库页岛（苦兀）属海东囊阿里卫所，亦什哈还给苦兀带去朝廷的赏赉，接见头人，赏赐衣物。苦兀（库页）的拖林普人也开始向中原王朝贡献产物，以表忠心。

为人勤奋，心明手巧，卫土守族，开拓垦业，不满足现状，努力设法来改善艾曼生活，这一直是包括拖林普人在内的各民族的一种基本品质。他们也知道谁疼他们，亲他们。乌日根鲁最出色的功绩，是在拖林普艾曼中独创了"狗站"，也被称为"狗驿"。

狗站或狗驿，都由"狗王"来指挥。

正如土语所言："犬曳小舆，载行冰上。""人皆木脚，冰上逐鹿。"在漫长的冬日里，雪再大再深，有了"狗车"也就方便多了。

所谓狗车，就是用九条甚至数十条狗拉一个小爬犁，在冰雪的路上，河面的冰上行走疾速。乌日根鲁还驯服出驾爬犁，即拖雪橇的狗。这些狗能通各种呼唤的口音、手法、动静和灯光的变化，走、停、快跑、慢行、转弯、上山、下坡、跳跃，等等。不同方式呼唤和指挥狗群的用语，都已在拖林普艾曼中传布。

乌日根鲁还专门驯服出拉爬犁驾辕的头狗。

头狗是一种很聪明的狗。

有一年，乌日根鲁从别处带回一条狗，叫"黄"。

一天晚上，他对家里的人说："今天早点吃饭，吃完睡觉。明早早起，南山上来了两只大狍子，我们去捕它们……"说完，就睡觉了。

当时，黄领着一只小狗崽趴在窝棚的地当间。

第二天早上，乌日根鲁吃完早饭，猎枪装上火药，带上工具准备上山，却不见了黄。

他气得骂道："这不听话的东西！等它回来我要教训它！要上山了，它到哪去了呢。"

谁知就在这时，小狗回来了。

小狗满脸是血，它叼住乌日根鲁的裤角不放。乌日根鲁跟随小狗上了山。

到了山岗上，乌日根鲁大吃一惊，只见黄也是满脸的血，眼角上满是沙土，正死死地按住一只大狍子！并不断地向乌日根鲁张望，还"呼唏呼唏"地哼着,对狍子施威。

乌日根鲁太惊奇了。

昨晚他和家人说话时,黄和小狗正趴在屋地上。原来是它听懂了主人的话,于是起大早提前上山"狩猎"来了。从此,他对黄刮目相看。后来有了"狗站",他就让黄当上了狗王,也就是头狗。

头狗全靠"选"。而这种选,完全是在生活中去发现,挑选那些聪明伶俐又十分优秀的狗。

选头狗,驯头狗,有一套办法和方式。乌日根鲁曾经受哥哥突勒坤之命,赶着狗车,率领拖林普艾曼的族人三十名,一共三十套狗车,每套狗车二十只至二十九只狗,装载拖林普艾曼的物品向中原王朝朝贡。

那时,北方的族人向中原王朝进贡非常的讲究。

首次进京进贡的有海青(海东青)两笼、大鹰两笼、皂雕两笼、雪兔五笼、黑狐四笼、黑兔四笼。另外,还要装载海狗肉、海狗肝、海狗肾,俗称"腽肭脐",等等。这一路,相当遥远啊!

所载的东西和货物价值连城,万一路上有什么闪失,族人的一片心血都前功尽弃了吗!突勒坤达玛发十分担心。他千叮咛,万嘱咐,让乌日根鲁一路上千万细心、精心,不能出任何差错。

乌日根鲁一再表示:"您就放心,我一定将这些贡品安全交到朝廷!"

突勒坤这才勉强地点了点头。

这一路,光狗车上的狗就有600多只,它们排出一条长长的"狗"的队伍,拖着狗车前行。这是拖林普艾曼有史以来最为庞大的狗车队!

一路上乌日根鲁很辛苦。因漠北不种米谷,没有米粮,他们就靠一路上凿冰捕鱼,或捕捉狍鹿来充饥。每当凿冰饮狗时,狗们渴得转着冰眼等着喝水,乌日根鲁虽然自己也很渴,但他总是让狗先喝;没有吃的,他也是让狗先吃饱!

从前向朝廷晋送贡物,一律要送到萨哈连大海口的满泾附近。在那里有大明朝新设立的"楚勒罕"集会。这是一种独特的院套,外面以苇草围成墙,里边有官员住着,专门收纳北部各地贡献上来的产物。接到产物,朝廷还要向送来产物的族众们发各种财物,称为"封赏"。

进入清代之后,"楚勒罕"集会更成为北疆名贵产物的博览集萃之所。数万里,近千里的各地部落献贡者,有乘马,有划船,有赶车的,有拖爬犁的,有的还带着家眷孩子的,带着数十条爱犬,赶来集会。

所献贡物多为名貂、白鹭、猞狸孙,满语称"西伦",俗称"土狍子",

体比野猫大，生有长毫，白花色，其皮可制裘。此外，还有鲸鱼鳔、鲸胶、大粒子鱼子、鱼子酱、鱼干和多类鱼皮，制羽箭必备的鱼弦、雪狐、白熊皮，等等。

在楚勒罕集会是清政府与北疆各族民众密切联系的主要形式。朝廷在这个集会上不但收各种产物，还将中原各地的珍稀用品带到大集上，如江南的景泰蓝陶器，江宁一带的刺绣绢绸彩缎，各地的布帛，宁波的彩灯，苏杭的铜雕、漆画，福建的竹椅和藤桌、日用家居，等等。此外，运来更多的是农产品、粮谷豆稻，等等。

朝廷专门运来的各种物品，都不是销售的，而是以"乌林"(赏赐)名义奖励给各族部落，加强朝廷与各族的密切感情。每年要举行楚勒罕大会，犹如一种盛大的节日，佳话甚多。后来，这楚勒罕真的成为"节日"了，叫"楚勒罕节"。

在中国民间，除春节(年)、清明、端午、中秋、上元、中元、下元、二月二、六月六、七月七、九月九等一些传统的节日外，还有各民族的节日如"楚勒罕"等，也是非常隆重的节日。那是民族、地域自己形成的民俗节日，其实更有节日味儿。而且，这已成为朝廷的一种定例，有了"乌林赏贡"之制啦。边民一参加这个节日，一受到奖励，其心更向大清了。

各位阿哥，拖林普家族进入十一代以后，世道乖谬，风波再起！

十二代拖林普达玛发发呼特恩，是九代准尔敏达玛发的兄长，是拖林普艾曼闻名的大萨满。十一代乌日根鲁因治理拖林普艾曼家族抢婚之事，被利刃穿胸而亡。乌日根鲁之子班杜娶了阿当吉部落的两姊妹，又看上了拖林普艾曼的霍绰额云。

按照乞列迷人古习，一男可以多娶妻子，也可以迎娶妹妹为妻，只是霍绰额云已有丈夫叫青哥儿，是达呼特恩的小儿子。在这场争婚搏斗中，乌日根鲁达玛发支持自己的小儿子班杜，允许迎娶霍绰额云。达呼特恩大萨满当即请神祭祖，红蛤蜊祖神降临神堂，命跪在神案前的青哥儿用神案上的利刀刺向跪着的十一代拖林普达玛发乌日根鲁，祖神责怪乌日根鲁办事偏祖，有辱达玛发的天职，乌日根鲁当即毙命。这样，青哥儿领走了自己妻子霍绰额云，班杜被责打二十大板，达呼特恩遂成为第十二代拖林普艾曼的达玛发。

达呼特恩为培植自己的力量，便命儿子青哥儿结交苦兀北山的海鸽子部。海鸽子部首领球单是个贪婪的武夫，他得到勘察加东正教派的金钱资助，购得最漂亮的两艘快船。青哥儿叉着手，向拖林普众多心向乌日根鲁的人说风凉话："乌日根鲁是个死心眼，一心只知有个大清朝，给咱们苦兀什么啦？大清朝离咱们这儿六七千里地，远水不解近渴！"

这时节，正是大清朝康熙二十六年的春天。

青哥儿开着快艇带来了几个勘察加鄂霍次克海来的客人。登岸后就在苦兀山山水水转悠开了，像是在寻找什么。寻找什么呢？

这些人在半拉沟的山坡上找了个位置，立下木桩，说是建教堂。

那时，乌日根鲁达玛发虽然死了，但他的三个儿子都非常的正直，在拖林普艾曼中甚有威望。他们听到这个奇怪的事就冲上前去问青哥儿："你们要做什么？"

青哥儿说："做什么你们管得着吗？"

大家很气愤，就说："管得着。"

于是青哥儿就说，十二代达玛发达呼特恩为了广结朋友，传布友爱，在这里建东正教堂。

他说得理直气壮，但是拖林普艾曼族众一听这个事可就炸了，男男女女个个惊慌失措，边叩头祈祷，边过来制止，不让他们建什么教堂。

大伙都说："这苦兀自古就是红蛤蜊子孙的家园，我们世世代代敬奉德里给奥木妈妈东海女神，虔诚信仰敬天敬地敬祖先的萨满教，怎么又冒出来一个东正教！"

"是啊是啊！什么东正教？我们不认识。"

"我们不信邪教。绝对不可玷污了祖先的纯洁土地呀！"

拖林普艾曼的族众，群情激愤，站在那儿不动。

这一闹，人来得更多了，把十二代达玛发达呼特恩也给惊动来了。

他一听，大怒说："我是萨满，我已经祭过先祖的神灵，允许广交天下朋友，仁爱治天下。东正教会给拖林普，给苦兀带来富庶、和睦和吉祥兴旺！"

他又说："拖林普艾曼的父老兄弟，要听达玛发我的话。就这么办了！不许胡闹。"

乌日根鲁的大儿子拖林普，唯他是以族的称号作为自己名字的人，闯出人堆，跳上了半拉沟的大山坡上。他用大手狠狠地把外地来的几个陌生人推出老远，并向族人说道："今日我正式宣布，我是拖林普的大萨满，我爷爷九代达玛发准尔敏是大萨满，我的叔叔突勒坤是十代达玛发，也是大萨满，我的父亲就是让青哥儿杀害的乌日根鲁，是与你达呼特恩一起被神抓的大萨满。我父亲活着时为拖林普办过多少次祭神祭祖，就是你们害死了我父亲。但是，他没死，他把祖神海神一切大神都附到我身上来了！我为何如此大胆，如此敢闯上半拉沟，如此敢叫号达呼特恩，是因为我知道你们父子的肮脏之事！你们再敢胡来，别说我把咱拖林普所有神祇都请来，你们会无地自容的！"

山坡上，拖林普的许多族众一起喊：

"拖林普——萨满——！"

"拖林普——萨满——！"

声音传遍了山林、大海，震荡着无边的苦兀土地、山林和海洋。

达呼特恩一看这气势，先是害怕，可他觉得拖林普当着这么多人的面揭了他的短，实在觉得无法容忍，气炸了肺。

于是就大发雷霆地骂道："拖林普，你敢在这儿撒野！"说着，他从怀中拨出他从北方弄来的长把马刀，抽刀出鞘，举手就要砍下去。

他是达玛发，有权以任何手段惩治不听达玛发管事的艾曼族众，所以，平时他想干啥就可以干啥。他想，干脆让托林普也与他的父亲乌日根鲁一样回到阴国去吧！

他这一下可把众族人吓坏了！

大伙有的惊叫起来，有的闭上了眼睛，有的呜咽哭叫。

就在这关键时刻，拖林普的两个弟弟也想冲上去夺下达呼特恩手里的马刀。谁知晴天一声霹雷，闪电一闪，反倒把达呼特恩给吓住了！那马刀咣当一声，落到了地上。霹雳声把他吓得睁着眼，张着大嘴，不会说话了。

众族人这才发现，跟青哥儿一起来的那几个陌生人早已经溜走，不知去向了。

青哥儿急忙跑过来拉他父亲的手。

拉了半天，达呼特恩才从震惊中清醒过来。

拖林普根本没被达呼特恩的大马刀吓住，没有退却，更没有服软。他反而更加坚定地说道："拖林普的艾曼兄弟，到我身边来的众位祖神已经告诉我，咱们拖林普有了内鬼！咱们刚刚从海上打上来的六头海狮、九只斑海豹，还有十三根海象牙和一皮箱两皮袋腽肭脐哪去了？并没有照我阿玛的吩咐运到特林楚勒罕大集去，而是让管仓库的那个野耗子搬走了，正在往鄂霍次克海西走了！"

这可是一个爆炸新闻。拖林普的族众都惊疑，是真是假？若按拖林普十一代达玛发乌日根鲁的布置，这些海货送往特林交给大清国，会为拖林普全族换回四千石谷米、铁器、绸缎、布帛与日用品。

苦兀不产谷，天寒谷物不生。从大元、大明直至大清朝，全靠天朝及时供应，以谷物来易物，并额外承蒙优厚款待得赏赐白银。如果真如拖林普所言，海货西去成了窃贼的私有，那拖林普艾曼就白白操劳，一春一夏地苦累没有收获。

青哥儿和达呼特恩心中有鬼。他们当即颤抖起来。他们的这种表情，更激起全艾曼之人的公愤。众手追问到底，直逼问得他们父子支支吾吾，驴唇不对马嘴，所答非所问。

大伙齐问："说！说，物品哪里去了？"

"说呀！快说呀！"

这时，拖林普跳过去，一把把青哥儿抓到手上，提起来，又一下子摔到地上。

他指着青哥儿的鼻子尖儿问："我们兄弟早就盯住你了！你前日半夜在海边柳木棚里搬走了物品，装上快船运走了！你上哪里去了？你都装了什么？你敢不认账？"

拖林普办事格外细致认真。

他自从阿玛被害，就在心中产生众多疑问，他怕自己的两个弟弟闹起来，就暗中安抚，发誓一定找出杀父原因。他表面不动声色，暗里兄弟三个跟踪私查，终于发现了达呼特恩吃里扒外暗中勾结东正教的人，出卖拖林普艾曼的罪恶勾当。而青哥儿，仗着父亲是拖林普十二代达玛发横行霸道，但真要揭到了疼处，也像个落汤鸡一样了。

在拖林普和众人再三追问之下，他们父子一下子变成了软茄子，装起死狗一声不吭。

拖林普更是个有心计的人。当人们逼问青哥儿父子时，他又派人秘密把霍绰额云给找到，要当面给他们父子一个突然袭击。

霍绰额云是个老实人，她以为拖林普早已什么都知道了，没法再隐瞒了，而且霍绰额云对乌日根鲁达玛发很是敬重。他们家得到乌日根鲁很多关照，却让自己的丈夫给害死了，对此她很觉歉意，便将达呼特恩和青哥儿父子窃走艾曼的海货，私自送给西邻的大扈伦国的事，全都说出来了。

霍绰额云知道他们父子与西边大扈伦国早有联系，已经一两年了，得了那边不少的黄金和银子，还白白送给他们最先进的海上捕鱼快船。

拖林普将霍绰额云推了出来，一切真相大白。

拖林普艾曼的人这才真正认清楚了十一代拖林普达玛发乌日根鲁是一位好头领，是让有野心的达呼特恩给害死的。拖林普艾曼这条船已被达呼特恩和青哥儿两个变心的都都阔①划向了邪路，自己成了他们父子的帮凶。于是，大家个个怒目横眉，恨不得撕碎他们父子，以解心头之恨！

拖林普决定另选达玛发。

按照拖林普艾曼的老规矩，这种败坏品德、害死首领、窃走全艾曼的公有财物、中饱私囊，而且阳奉阴违、暗中勾结异国罪大恶极的败类点天灯、剁尸万段，都不为过呀。族众一致提出把他们父子立即处以极刑——狗撕之法，即把他们圈进烈狗窝中，让饿了数日的烈狗一口一口地咬死吞掉。这个动议一经提出，个个欢呼雀跃，没有不举手欢呼的。

可是，别看拖林普很恨杀父的仇人，但他有着他父亲乌日根鲁的全局头脑，处理事情从来都非常周全、细腻。

拖林普提出自己的意见说："众位拖林普的兄弟姊妹们，你们的愿望很有道理，可是，我们还要细细地权衡，朝廷都知道拖林普的达玛发是我父亲乌日根鲁，他被达呼特恩杀死仅仅半月，所以处理任何事情都被看成是我父亲办的事。我父亲心慈善良，处处都从多方考虑。达呼特恩父子背着拖林普艾曼与西邻扈伦联系，要建东正教堂，运走了我们的海货，收取了西邻的很多钱财，已经不是拖林普艾曼的小事，就让他们全家离开苦兀，去他们愿意去的地方吧。拖林普人愿和天下各地人交朋结友，不树立冤仇。这个事大家就忘掉吧。这样，既不给天朝制造事端，西邻也找不到争端的话柄。"

众族人一听拖林普分析得对，也都同意了。达呼特恩父子也很感激。他们当天就收拾物品离开了拖林普。

此事后来传入北京京师的理藩院，又传到康熙耳中，皇帝大加夸赞，认为拖林普一个乞列迷渔民，竟比朝廷的官员们办得高明。

康熙五十年下旨，令京师飞马传到德林音勒真大乐，特谕苦兀拖林普十三代达玛发由乌日根鲁长子拖林普继任。这还是有史以来苦兀的部落首领首次由皇上下谕恩赐！据朱伯西所知，很可能就这么一次。

综上所述，苦兀拖林普雪山罕王达玛发传袭数百年，所承袭谱表如下：

————————

① 都都阔：满语，即坏蛋的意思。

拖林普家族雪山罕王传承袭图表

东海红蛤蜊神话时代	一代，二代，三代，四代生活在雪山上以渔猎为生。冬居地屋，夏居树室。罕王名讳无稽可考。
五代达妈妈（开始有传说故事）	
六代达妈妈	
七代达玛发（蛮特达玛发）	辽金以来
八代都音德赛达玛发	元世祖忽必烈至元八年——明神宗万历元年
九代准尔敏达玛发	
十代突勒坤达玛发	
十一代乌日根鲁达玛发	明永乐朝
十二代达呼特恩达玛发	清康熙朝
十三代拖林普大玛发	雍、乾两朝
乌莫图鲁（妻 春公主） 铎琴（妻 比牙格格）	

　　故事千百年地流传开了，一代一代在北方民间讲着、传着，在人心底上传颂着。这些故事一直活在民间，别看没有文本，其实人的口述就是一种"文本"，也叫口述文化史。这种文本生动无比，因为这是不能不传、不能不讲的事情啊。

第三章　手捧宝玺的苦兀人

大清国乾隆朝四十一年秋，九月九日重阳节前夕。

乌莫图鲁巴图鲁和铎琴众位苦兀兄弟，在山民踏歌、江岸鲜花满地、银鼓齐鸣中，从红土崖高滩出发了。

红土崖高滩岸边，各族人众都来相送。

不少的族众都划着一种叫"威呼"的小船，箭似的聚向江心，来欢送众位远方贵客。大家齐声祝福，希望他们一路平安、吉祥，并早日回到苦兀，早日与亲人相聚。

说来，乌莫图鲁巴图鲁额驸偕春公主，率领苦兀十三代嘎珊大玛发之子铎琴回苦兀。铎琴他带领众弟兄受父命来到中原面见皇上，现在一切办妥，不仅得到乾隆皇帝和皇太后的礼迎，得到赏赐，又得到了赐予的比牙格格，这使他成了皇家的爱婿、额驸。而后，他们在新任吉林将军福康安大人的陪同之下到了瑷珲。在这里，又得到黑龙江将军富僧阿与瑷珲副都统和众官员的热心款待。在人们的协助下，还专门制造了两个袋子筏（阿达），装满了各种各样的物品，告别福康安和众位清朝官员及瑷珲百姓。

袋子筏一放入江中，像一只离弦的箭，迅速流入了大江，转眼又隐入了江岔子，看不到江岸上欢呼招手相送的人群了。

江水浩浩荡荡，江流甚宽，水流甚急，两岸的树丛河滩瞬息之间从眼前飞驰掠过。江水流速太快了。

乌莫图鲁巴图鲁额驸仍站在木筏的最后端，正在昂首遥看着已经隐入树丛中的红土崖高滩了。他的心情无比激动。

一晃，他们一行人从瑷珲城副都统衙门，同福康安大人、富僧阿大人分手已经月余。想来，两位大人早已都返回吉林和齐齐哈尔将军府上了吧。

想起在分手时，福康安大人对他亲切地嘱咐说："额驸啊，一路上就全靠你妥善安排，千万精心照顾好公主和格格。江上风涛太大，早晚要注意冷暖，珍惜身体，一定要平平安安地到达苦兀。你重任在肩，勿辜负了皇上和我们对你的期望啊！"

乌莫图鲁巴图鲁说："是的大人，请放心吧。"

富僧阿将军还嘱咐他说："额驸啊，你们路经入海口处，那儿有将军衙门特设的楚勒罕大集，已多年来没有过问。那里官员是否尽职尽责，是否受到当地百姓喜欢？额驸你路经那里，代我们巡视一番。一切事务都由你代监理。"

乌莫图鲁巴图鲁答应："是。"

富僧阿又说："如有人员变动，你就凭着皇命，全权处置即可。"

乌莫图鲁巴图鲁一一答应了。

与两位将军分手之后，没有料到萨哈连下游涨水甚急甚猛，江水呜呜怪叫，江上泛起一片片的白沫子。这是大江之水要暴涨的信号。

袋子筏越往下游漂行，江面越加宽阔，袋子筏太大，重量过轻，压不住那滔滔的江水恶浪，筏子时刻有倾斜覆没的危险。故此，乌莫图鲁巴图鲁毅然决定，在红土崖高滩哨卡改换大大的长木筏。

红土崖高滩哨卡是他很熟悉的地方。乌莫图鲁巴图鲁自从早年奉拖林普嘎珊达之命来到中原，一晃已经九年有余了。

这些年来，他已对中原各地非常的熟悉了，他曾在大学士傅恒府中任侍卫之职。大约在乾隆三十七年时，他随傅恒大学士来过黑水萨哈连，曾到过红土崖高滩，这里是黑龙江上一个重要的哨卡。以瑷珲城为中心，上游一千八百余里可直达黑龙江江源额尔古纳河一带，沿途江畔有大小百余处哨卡，下游一千八百余里可直达黑龙江入海口，沿途江畔亦有大小百余哨卡。

哨卡，非常像清代的各路驿站，只不过不是备用马匹，而是备用舟船，由哨达管理三五个人不等，承担上下江哨卡间的通讯联络事宜，传达信息、公函与情报。哨卡中备有粮米、器物。上下通行的官员，到了哨卡，就像是到了家啦，休息、吃饭、睡觉、补充给养，再离开哨卡，继续前行。

哨卡也有大小之分。一般是百里之内设大哨卡（卡伦）一至两个。大哨卡内设备齐全，有站舍三至五间，有专人管理舟船、马匹、站犬。特别是舟船，全都是修缮一新的，随时用随时便可划动。舟船又分独木舟，十人二十人划动，还有轿船，分为客用与战用。到各哨卡，只要携带兵部的火票或招兵号牌，就可以随时调用舟船，非常的便利。在调动舟船的同时，只要火票上还写有调用人、马、站犬，就会按火票上数额原数拨给。这个规矩，从康熙朝直至乾隆朝，萨哈连（黑龙江）始终如此，因为"边檄事大，时时戒备"，这话是康熙帝御笔写在给当时的黑龙江将军巴海的扇面之上。巴海供于中堂，已传袭三朝了，成为黑龙江各八旗劲旅的座右铭。

乌莫图鲁巴图鲁额驸正如前书所介绍，他是傅恒大学士之父李荣保收下来的北方乞列迷人。李荣保过世之后，就始终追随傅恒大学士。乌莫图鲁巴图鲁来到中原京师之后很好学，很快学会了说满语讲满洲话了，这使得府里人更加与他亲近。傅恒很喜欢这个北方乞列迷汉子，认为他忠厚勤奋，聪颖好学，便留在了身边，并命他与朝中近卫营的八旗兵们习练武功战法。

一次，在随健锐营演兵场校技时，被乾隆帝看中了，考核其兵法。唯马术平平外，水性、箭法、斗兽（熊）、拳技等格斗皆超于乾隆帝身边的众侍卫。帝大悦，赐号巴图鲁，并下旨傅恒："此儿为北疆壮勇，朕俊鹰也，来日必立大功于本朝，优待之。"从此，乌莫图鲁巴图鲁真是一步登天，万事如意，成为傅恒府的上客。而傅恒大人也不把他当成外人，成为傅大人家中的一员了。自己上朝下朝，都由乌莫图鲁巴图鲁跟随左右，后随傅恒进兵西藏，屡建奇功，中途还回到京师跟随傅恒大学士之子、朝中大臣福龙安、福康安到过东北，来到萨哈连。因他谙熟北疆几个民族生活、习俗和语言，由他带路，事事方便，跟北方民族接触更融洽。

乾隆三十七八年之间，在黑龙江上沿途补建了几处哨卡，选拔哨卡丁勇和拨什库[①]。黑龙江萨哈连上从瑷珲到副都统衙门所在地，沿江下游，每隔三十多里就补设一个哨卡，一直到黑龙江出海口，全长一千八百多里，这是自清康熙朝以来从来没有做到的壮举。

卡驿的设立极其艰苦细致。要亲自走访，细心调查，勘测各卡位置，周边环境，经常出入哪些野兽，风向和雨季，风力状况，是否属"雹道[②]"，还要利于马、犬等动物的生活，等等。哨卡是一处极重要的处所。哨卡站驿的设立，使北方边疆永固，信息全通。一地有事，千里之外迅

---

① 拨什库：满语，即专门做民族间翻译事务的官员。

② 雹道：指每刮风下雨必来雹子。

即得悉，大大增强了八旗劲旅的抗敌伟力。

从瑷珲——黑龙江出海口的各哨卡有：瑷珲哨口；红土崖高滩哨口（三架山哨口、哨卡）；法别拉哨口；车陆哨口；乌云哨口；太平沟哨口；逻北哨口；三江口哨口；齐特力哨口；抚远哨口；伯力哨口；齐吉纳哨口；顿顿哨口；享滚河哨口；庙街哨口（又叫庙街嘎珊哨口）；莫里真哨口（萨哈连出海口）。

莫里真哨口在萨哈连入海口的北侧峭崖之中。崖下，浪涛如沸腾般，呼啸震天。黑龙江水像万马奔腾，一直冲入苍茫的大海。那水，真仿佛像被禁锢的浪涛，终于冲开了闸门，向大海中自由放荡奔开而去。江上，那迷雾如白云翻卷，惊心动魄，令人胆战心惊。

红土崖高滩哨口在瑷珲下游四十里左右的山崖之下，原为清康熙年间的抗俄水师营的战船船坞所在地，也是一个古船厂。这儿有三道大山，巍峨峻峭，在山下的石崖处设有哨口青砖瓦房五楹，房舍一栋，山峪处藏有巨船两艘，扎卡运输船三艘，独木威呼小舟若干。有站丁五名，哨达（因此处是重点，总管上下江面二十里，所以设哨达。哨达指哨卡总管）一员，七级八品骁骑尉一员。因江岸岩石土质原为红色，故称红土崖。又因哨口筑在高山腰上，故又称高滩。这儿居高临下，是最好的瞭望哨卡。

哨卡只有渔网房舍数间，来人皆住在南面山下的小渔村，这儿为满洲官屯部落。乌莫图鲁巴图鲁额驸率铎琴众弟兄，由瑷珲城副都统衙门与吉林将军福康安大人、黑龙江将军富僧阿大人等分手，返回苦兀之时，福康安等众位大人给他们筑造了两个袋子筏，可是分手之后，他们在萨哈连江中发现，今年江水猛涨，江面变如海洋，越往下游水面越宽，江中泛起白沫子，漂着不少西岸冲下来的倒木、枝干，而且风雨大作，浪也甚高，舵公根本无法支撑住袋子筏。如果不想办法改变现状，真有被洪水冲翻袋子筏的危险。

铎琴和众兄弟与乌莫图鲁巴图鲁商量："这可如何是好呢？"

乌莫图鲁巴图鲁见到此番情况，也知道无法继续前行，好在一路哨卡他都心中有数。在中原多年，人也熟悉，诸事好办，便毅然决定迅速将袋子筏划向下游的红土崖高滩哨卡，暂时避一下洪涛，再想办法。

乌莫图鲁巴图鲁便立即下令，两筏迅速靠岸。舵公和铎琴众兄弟，齐心协力将大棹（zhào）（这是木筏上的大舵），猛向北岸边靠拢，不一会儿，木筏便都停靠到了红土崖高滩的哨卡处了。

早有哨丁从高崖上瞭望到有两张木筏飞一样像箭似的在江心中向下游冲来，江面甚宽，两个袋子筏在水浪中上下飞奔，忽上忽下，浪涛时时漫过筏面，筏面上的人在急打木舵，惊恐的吵喊声不断传来，看去非常危险！

哨丁见此险情，急禀报哨官老爷。

"不好啦！江中有筏处于危难之中！"

哨官老爷："走！快领我上崖去看……"

哨官老爷在哨丁的带领下，爬上高崖向江中瞭望，果见两只筏子十分危难，心中为之焦急。

正在这时，忽见那急切危难之中的两只木筏将筏头向自己这边的哨位奔来，大家的心才放了下来。这样看来，两个袋子筏能够脱离危险了。

这江岸的哨卡，就是为救助江面来往船筏人众的，见筏子向这里来避难，哨官老爷率领哨丁们都纷纷跑下高坡，奔向江边。只见哨丁们一个个跳入水中，不顾水深流急，个个勇猛地上前用手抓住筏子，一齐猛往岸边上连拉带拖。两个袋子筏上的众兄弟也都猛力划着袋子筏向岸边停靠。乌莫图鲁巴图鲁、铎琴跳入水中，与哨卡的丁勇们合力推筏，才使筏子靠拢岸边。

这真是众人协力，才避免了浪涛把筏子再冲入江中。

大家七手八脚，把两个袋子筏用缆绳牢牢地固定在江岸的两棵粗杨树干上之后，筏子这才停稳下来。众人立刻跳上筏子里接人。

筏子上的春公主、比牙格格和众侍女们，由哨丁们一个一个地搀扶下来。春公主、比牙格格此时已经呕吐得前衣襟都湿漉漉的，面色苍白，满眼含泪，话早已说不上来了。

众人救完人又返回筏上，把一个个大木头笼子也抬了下来，里边有一只大棕熊。这是一只老黑公熊。

铎琴边抬着熊笼，边唱着"熊歌"：

"阿兰巴利巴利咔啉噢什，

阿兰巴利巴利咔啉噢什；

阿兰巴利巴利咔兰得力，

阿兰巴利巴利咔兰得力。"

熊歌是一种安抚熊的北土语言。他在安抚笼中正在咆哮、双爪猛力拍打木笼的老熊。这是铎琴在和它通话呢。铎琴是让它息怒，安静下来。老熊也非爱听铎琴的"熊歌"，慢慢地也安静了下来。

铎琴告诉乌莫图鲁巴图鲁说："阿哥，老熊的三个小伙伴给留在了京师，供给御花园了。它非常不习惯，伙伴没了，它自己觉得孤单了！在想它们呐，在向我们发怒呐！"

乌莫图鲁巴图鲁也说："看来动物也通情理呀！"

大伙都看着老熊，点头同意这个道理。

红土崖高滩哨卡哨官老爷安顿好众人后，又命哨丁们马上架火做饭。

天很冷，水很凉，快快炒菜，做羊肉汤，让客人吃上热汤热菜，才能解除寒冷，解解木筏上的疲劳。

哨官老爷又提来一大壶热开水，在每人面前放一个白瓷大海碗，斟满了冒气的热水，请诸位先喝些开水，去去风寒。

他还热情地说："诸位官人，我们哨卡的热炕很热！快上炕，快捂捂身子，暖暖手和脚吧！快上炕。"

乌莫图鲁巴图鲁额驸走过来，非常感激红土崖高滩哨卡对他们的热情款待和周到的安置与帮助。他说："请问达爷，你可认识一个人？"

哨卡官爷："哪一位？"

乌莫图鲁巴图鲁说："布尔沁达爷。"

他这么一问，哨官达爷一下子愣了。

他吃惊地瞅了瞅乌莫图鲁巴图鲁，停下手中拿着的大水壶，连忙放下，说道："你说布尔沁达爷？"

乌莫图鲁巴图鲁说："对。"

哨官达爷说："那是我的阿玛！他老人家因为放筏子，前年初冬时分，险些被上江淌下来的大冰排给挤死，全仗众多乡亲来得及时，给救了下来，但右腿已经折断、截肢，现正在家里养老。瑷珲副都统衙门让我充差，顶上了老人家的差使。阿玛算告老还乡啦。大人，难道您老认识我阿玛？那么，您老人家是……"

乌莫图鲁巴图鲁一听，笑了，他说："这么说来，你就是小洛克啦！"

哨官达爷一听，乌莫图鲁巴图鲁连自己的小名都知道，惊喜万分。

他一下子抱住了乌莫图鲁巴图鲁，又仔细地打量了起来，过了半天，他突然大声叫道："哎呀，这不是额奇克玛发①乌莫图鲁巴图鲁吗？没想到是您来到我们这里啦！我阿玛可是天天都在叨念您呐！"乌莫图鲁巴图鲁叫来铎琴弟弟，命他安排和照看好众人，便由哨官达爷前头引路，

---

① 额奇克玛发：满语，即叔叔大人。

到后院。那里是一排青砖草房，他要去拜见老哥哥、老朋友，红土崖高滩哨卡闻名的哨卡达爷布尔沁老玛发。

布尔沁卧在炕上，两个闺女正在给老人捶着腰臂和双腿。只见自己的哨官儿子洛克进了屋，还手拉手拉进一位头戴亮顶子、身穿三品袍服的清廷的大官员来。

在这边隍山地能见到三品以上的朝廷命官，那是太少太少的机会了！这一来，直吓得布尔沁老玛发慌忙地推开两个正在为他按摩的闺女，翻身坐了起来，双手扶炕想要站起来，给进来的朝廷大官员叩头问安！

口里还在埋怨着洛克儿子说："洛克，洛克你怎么如此失礼？把天子殿前的命官给领进咱们的陋舍来啦！罪过呀！罪过呀！"

布尔沁老玛发正在口吐怨言，刚要起来，乌莫图鲁巴图鲁早已跳上炕，竟把老人家从身后给抱住了，并让他老人家在炕上只管好好地坐住。

还没等布尔沁老玛发辨认清楚，乌莫图鲁巴图鲁早已跪在老人面前，叩头施礼说道："布尔沁阿古，乌莫图鲁巴图鲁给您老叩头问安了！"

布尔沁老人一听是乌莫图鲁巴图鲁到来，更加喜出望外，口里大声说道："哎呀我的好兄弟，能来看看大哥，就已经使我心满意足了！使不得。你怎么好给我叩头啊！"

布尔沁猛力扑向乌莫图鲁巴图鲁，一下子搂抱住了乌莫图鲁巴图鲁，两人互相搂抱着，面对面地紧紧拥在一起，互相贴靠在一起，相跪在一起，紧紧地抱住，半天也不松开手。

他们互相亲着、抱着，又互相哈哈哈地傻笑起来。完全是一种老友多年不见，又意想不到相遇的痴情之状。还是坐在炕上的布尔沁老玛发的夫人诺伦奶奶和儿子洛克哨官两人上炕，连说带劝地把两位老兄弟给拉开。人们见到，两个人眼中都早已含着思念的泪花。

他们分别坐在炕上后，两个闺女早已端上萨哈连特有的鱼子酱，还有一小铜壶热酒。这是北方族人特有的老习惯，最亲的朋友到家里，不是敬茶，而是要敬酒。

两人端起小酒盅一碰，相互的思念和愁怨都在酒中了。

酒文化是真正的北土的文化。饮茶本来是中原和南方的生活习俗，一是因为北土不产茶，二来也是因为酒能化解人生存环境中的寒冷，成了人们一直遵循的生活习俗了。饮酒才是真正的北方文化。

乌莫图鲁巴图鲁额驸和红土崖高滩的布尔沁老哨官怎么这样亲密呢？说来确有来头。那还是清乾隆三十二年夏日的事，乌莫图鲁巴图鲁随大学士傅恒受乾隆帝之命,来北陲黑龙江巡视民情和边防。乾隆帝临朝后,非常关注祖宗发祥之地的东北故地民生兵务等情况,在御览东三省盛京、吉林、黑龙江三地奏疏中,帝见有"边事近期松弛,驿站卡伦名存虚设"之语,深有所思。

一日,乾隆帝便与亲臣大学士,身兼兵部尚书的傅恒将军说:"朕自秉承先王基业,甚念北疆之安危,圣祖朝定鼎北疆之稳固,我朝勿可轻怠。尔应择时巡视、回禀,免朕之重念也。"傅恒接旨后,时时系念此事,终在诸多国事安排安妥之后,便带着儿子福康安和亲随乌莫图鲁巴图鲁出了山海关,往北而去。

他们过盛京,达吉林,直奔瑷珲。黑龙江将军等人均到瑷珲迎接。

傅恒到达后,并不观赏当地的山光水色,也不是品尝江海鱼宴,就是一心扑在黑龙江直抵出海口的所有沿江卡伦上了。他一个站卡一个站卡地走访了解询问各类情况,评审各哨卡的设防,每个沿江哨卡是否配齐了站官、站丁,舟船数目、船的状况、粮米供应,一应诸事是否有所疏漏。

当时,黑龙江将军和瑷珲副都统均一一禀报,但字语含糊,均被傅恒大学士申斥,不给情面。从此,傅恒大学士的威名震慑萨哈连,任何官员闻知傅春和(傅恒字春和)大人到,皆不敢懈怠搪塞。经审查,发现从瑷珲直抵下游的出海口一千八百余里,哨卡甚少,相互联系十分不便,一旦发生警事,不能迅即通报上传,在最短时辰使朝廷兵部和圣上知悉,便决定增设卡伦。每卡伦遴选精晓水师、善管理舟船、勤勉并有文武才能的干济之才充当哨达,最低也得骁骑校,上至佐领衔皆可,不拘一格选人才。

傅恒主持议决之后,便决定在瑷珲至法别拉五十里水路之间,增设一个卡伦哨所,并设定就在三架小山的原清康熙年间的水师营船坞旧址处筑建哨所。此处居高临下,大有军事要冲之势。此处哨官人选要竞选能者为之,只要是有德才武功之人,哪怕庶民亦可升迁重用。

清代,水师营中的哨官职位不甚有名气,然而因其常年要与浪涛为伍,湿气甚重,易患腰肢腿脚不灵,行走不便,甚至瘫痪而不能起炕的毛病,但尽管如此,清代水师营中哨官及哨丁的年俸可观,远远超过了陆上的骑兵丁勇,所以,希望获得水师营哨官之差者,趋之若鹜,争先恐后,皆想得此美差。

记得当时,黑龙江将军一下子推荐了多个人选,有的还是京师的宗室，有的是卜奎城（齐齐哈尔）里的闲散名士，亦有瑷珲城地方上颇有些名气的武林人士，也有常年手扯风帆在黑龙江上走船的舵公。在多次江上演武中都不为傅恒所看中。

傅恒大学士选哨卡官，往往一一问及天文、地理、水势、气候、风向、季节、温度、风霜、雨雪以及驾船看水流的经验，造船与各部位名称，修理时的技法，江船与海船的不同，各种修建取料的方法甚至工具。那些人几乎被傅恒大学士给问得个个无言以对，均不得入选，把黑龙江将军急得无言可答。

就在傅恒求才难得之时，在萨哈连江岸的石砬子上坐着几个衣衫破碎的乞丐。他们在那里坐着，看竞选哨达的热闹。

这些在一旁品头论足，说三道四。一时声音过大，被傅恒在测试房中听到了。

于是，傅恒大人便问站在身后的福康安和乌莫图鲁巴图鲁，说："什么人在外面喧哗？怎么还有人敢在后边为本官评比吗？"

"这，这……"

这一下可把黑龙江将军给吓坏啦。是啊，什么人这么大胆，竟敢参与京师官员选拔哨卡之试？他急忙要命人去驱赶那些乞丐。

乌莫图鲁巴图鲁却把去驱赶的将军衙门的人给唤了回来，他自己朝那些人走去。他对那些人说："你们别在这里说话，大人请你们到厅内去说。"

乞丐们个个面面相顾，问："请我等？"

乌莫图鲁巴图鲁说："正是。"

那些个破衣烂衫的人笑了，说："我等怕什么？说的又都是实话，是大实话。走吧，到哪里都去，什么人都见……"

他们哈哈笑起来。随着乌莫图鲁巴图鲁走了进去。

当时的招选哨官厅棚，只不过是用布皮子新搭起来的棚子，他们大大咧咧地走了进来。傅恒大人也不顾他们的穿戴，让他们几个坐了下来。

傅恒大学士问道："你们是哪里人士？缘何到此地来？"

其中有一个年岁稍大一些的乞丐说道："我们是下江关扎拉人，在路上遇上了盗贼，将我们的帆船和财物全给掠走，衣食无着。我们乞讨着从下江徒步走了三百多里地，今日才赶到这里。一见这里这么热闹，人声嘈杂，便来到这里凑热闹的。"

傅恒听了，觉得挺有趣，便又信口说："你们既然看了、听了他们的对答，觉得怎样？"

乞丐们说："问我们？"

傅恒说："正是。我倒想听听你们认为哪一位应该选中，作为这里的哨官呀？"

傅恒这么一问，谁想到，这几个人一点也不客气，一点也不腼腆，理直气壮地评论起来。

他们说："官爷呀，我就直说了吧！这些人一个也没看中，都是白帽子。"

傅恒也大吃一惊："都是白帽子？"

那乞丐说："都是。他们这些人根本没摆弄过江上海上的船儿。什么叫看江？什么叫看水？什么叫使舵？没那么两下子，还想来挣这份银子？官爷，你是否看中了？我看你也没看中。连我们都没看中。哨官若是交给他们呀……"

傅恒问："怎么样？"

乞丐说："那可就拉巴都阿乎啦！"

拉巴都阿乎，这是一句满族话，也是当地满族的一句土语。就是说，若是将哨官这个差使交给他们管理那就啥都没有啦。

"哈哈哈哈……"

谁知，乞丐们这么一说，倒把傅恒大人笑得前仰后合，连连点头称快！

这样一来，傅恒反倒与这几个乞丐亲近起来了。傅恒让他们更近点到自己的身边，问为首的那个老乞丐说："你叫什么名字？"

还没等这个看上去有些老的乞丐答话，坐在他旁边的一个人说："大人，他叫布尔沁，是我们大扎卡船的达爷。"

乌莫图鲁巴图鲁忍不住叫道："他是个船爷？"

大伙说："对呀！"

多巧啊，正在选用船达时，来的几个人竟都是水上的人，而且是使船架橹的能手，这更加地引起在座的傅恒和黑龙江将军、瑷珲副都统等众位大人和笔贴式考官们的重视，大家都把目光集中到他们的身上了。

傅恒静了静，他仔细地打量那个叫布尔沁的人，然后慢慢地问道："你真是水上的人。"

布尔沁说："真是。"

傅恒说："在哪摇船？在哪儿走水？"

布尔沁说："北海和大江。"

傅恒说："都闯过哪些地方？"

布尔沁说："北边一带，都去过。"

傅恒说："你干过多少年头了？"

布尔沁说："五岁便和阿玛跑江。"

傅恒说："递过手来，我看看你的手心！"

布尔沁说："大人，实话对你说吧，我们这次来，是找黑龙江将军告状来的！我们的大扎卡船和一家老小以及财产都叫强盗给掠走了，他们正往下江开去。看样子，他们都是海盗。大人，快为我们做主啊！我给你们磕头啦！"

说着，他扑腾一下跪下。

其他的几个人也跪下了，布尔沁说道："大人，我是船达，船是我的，我家是五代在海上行船的！从黑龙江萨哈连一直到海上，主要为官家为富户运载鲜鱼、器具。还到过大海北边的苦兀和北海不少的嘎珊！可近几年，匪患多了起来。万万没想到，如今让我摊上了！救救命吧！我们都是水上人家，一年四季漂泊在海上、江上，就靠吃这碗饭活命啊！我的妻儿老小都在船上，如今死活不知呀！"

这个壮汉说着说着，竟然号啕痛哭不止。他哭得大家都跟着叹息起来。

黑龙江将军是富僧阿，也是烈性的人，水盗竟由江口进黑龙江，正在自己管辖的范围之内，他感到很过意不去，便站起来说："傅大人，卑职有个想法，既然此事发生在我黑龙江水域，缉拿水盗和救回被掠走的船和人之事，由我们承担。这位布尔沁船主，请你不要悲伤，我出兵，由你引路，迅速追拿盗贼。如果我们将盗贼缉拿归案，你就为朝廷办事，可以不？"

布尔沁是一心想抓住盗贼，就全答应下来。说："朝廷钦办之事，在下一定办好！"

傅恒大人听后，也觉得有理，便点头同意了。

为了更有把握捉拿盗贼，便命身边的乌莫图鲁巴图鲁与布尔沁一同前往缉拿贼寇，速办速决，早早地返回。

就这样，乌莫图鲁巴图鲁成为追击盗贼的先锋官。黑龙江瑷珲水师亲调出马队二百，由都统率领从水路走捷径，策应乌莫图鲁巴图鲁。乌莫图鲁巴图鲁由布尔沁众兄弟相助，选了两艘新的轻板快船，每艘仅可坐三至四人，带好干粮，备齐了利刀和弓箭，当即出发。

正是涨水期，快艇冲入江心，那些个轻便的舟艇在水流的冲击之下真是快若利箭，瞬息之中已经驰出了十余里，耳边响着呼呼的风声，向远方驰去。

乌莫图鲁巴图鲁是久经战阵的勇将，水性又好，他最熟悉黑龙江出海口一带的水路，他了解到，布尔沁的扎卡大船是昨日被劫，正在向下游驰行，船体大，强盗们又是抢别人的船，驾驶起来一定不十分熟练，而且，江面水宽流急，江风又大，浪涛又猛，掌舵会十分不易。故此估算，这些贼盗不会走出太远。

朝廷的这些船属于轻板船，人少，船又小，驾驶十分便利，必然前行神速，如果再识好波浪和风向，压住波涛，少走弯路，找好上下水，左右水，明暗水，明日便可以赶上那些贼盗。这一点乌莫图鲁巴图鲁和布尔沁心里都有底。

乌莫图鲁巴图鲁安排了两条船，不仅靠流速行船，还让两船上的人划桨前进，这更提高了船的前进速度。两船划桨的人随时轮换，众人齐声喊着号子，与风浪争雄，都不觉得疲累。那号子也很有趣，一条船上由乌莫图鲁巴图鲁领号，一条船上由布尔沁领号：

领：哎快快地划呀！

合：划呀划呀！

领：哎快快地追呀！

合：追呀追呀！

领：哎风上地飞呀！

合：飞呀飞呀！

领：哎浪上的穿呀！

合：浪上穿呀！

领：哎抓强盗呀！

合：抓呀抓呀！

领：哎立大功呀！

合：立大功呀！

……

号子一响，人们更来了劲，艇船行得更快。果不然，就在第二天的夜间，发现了前方的江面上有一闪一灭的灯火！

布尔沁说："大人，好像我家的船！"

乌莫图鲁巴图鲁问："何以见得？"

布尔沁说出了道理。他家船上的"灯光"他熟悉呀！那是他挂在桅上的一盏马灯，是他刻雕的一盏老木灯，灯光他非常的熟悉。而且现在，盗贼可能是害怕被人发现，已将那木灯用羊皮包上一半，只留下另一半露着，所以风浪一打，船一晃，那木灯的光芒便闪射出来！布尔沁认出了自家船上熟悉的灯火！

这正是布尔沁家的大扎卡。

那些盗贼抢了个大扎卡，一个个都欢喜若狂，他们根本想不到清兵会追来。这一带，天远水长，两岸荒凉，没有人迹。他们以为天是老大，他们便是老二，那些被抢的人早已被他们抛在后面，无力前来追赶了。所以正在无忧无虑，欢庆胜利呢。

说时迟，那时快。乌莫图鲁巴图鲁率领瑷珲副都统水师营的丁勇们跳上了扎卡船，一个个用匕首、利刀顶在盗贼们的胸口和腰间，没费吹灰之力，没有让他们吭出一声，就乖乖地投降了。

布尔沁扯起舵篷，掉转船头，向瑷珲方向驰来。

布尔沁边摇着舵把，边大声地喊话。他问："娘子，平安吗？"

"平安！平安！"自己的娘子走了出来，与爱根（丈夫）相见，抱头痛哭，好在相安无事，多亏有船及时追来。

布尔沁又高喊自己的宝贝儿子的名字。

他说："布洛哈哈济，平安否？"

小布洛早就拉着额莫的手，来到了布尔沁身边，说："阿玛，我在这儿。"

一见一家人齐了，布尔沁喜泪满面。

他是从心里感谢乌莫图鲁巴图鲁这位大恩人、大英雄啊。这位将军，"活"（指追贼，使船）干得这么利索，这么干脆，真是举世无双的英雄好汉。

三日后清晨，乌莫图鲁巴图鲁一行凯旋。瑷珲水师营的兵勇押解着五名水盗，投入到瑷珲的大牢中。经审讯，这些家伙皆为海上流寇，长年浪迹于江海之中，四处为家以掠获为生。

在北方的海域上常有海上流寇，大明以前就有专业水盗，清代康熙年以前被追剿的流贼水盗本来已少了许多，可这些年又多起来了。这些人皆为无依无靠的流民，黑龙江将军每年皆拨出专项币银，为其安家落户，还分给牛马与耕具，使之自食其力。五名水盗先押在瑷珲牢中，等待衙府一一查清，再做处理。

布尔沁衷心感谢清廷的恩德。而他的行船技能、胆识、对江上行船的各种习俗和技法的熟悉，也都为傅恒大学士、富僧阿将军等所首肯。大家一再劝说，你一辈子在江上风餐露宿，四处漂流无有定数，不如阖家住在三架山下，任新设立的红土崖高滩的哨达。对各位大人的劝说和收留，布尔沁感恩不尽，他答应和他的几个弟兄一块留在这，出任哨卡的哨达了。

就这样，傅恒大学士、富僧阿将军、乌莫图鲁巴图鲁从此成为他们阖家的好朋友。每年布尔沁都将当地的特产大玛哈鲑鱼、鱼干、鱼子酱等珍贵之物，派人转送给傅恒将军，以表示对他的系念。而乌莫图鲁巴图鲁额驸更是布尔沁口中的恩人、亲人，他总是对家人亲朋时时叨念，不忘他的勇猛无畏和情深义重啊。这次能够相见，两人如此亲热，那是可想而知的。

两人各自讲述了相别数年的想念之情之后，乌莫图鲁巴图鲁开门见山地说："老哥哥，闲话少叙，我此番路经你处，是来求助于你了。"

布尔沁说："求助于我？此话怎讲？"

乌莫图鲁巴图鲁说："此番我受皇命率领我们故乡苦兀岛来的族人返回故里。本来在瑷珲时，吉林将军福康安大人、黑龙江将军富僧阿大人为我们制作了归家乘坐的两张袋子筏，可是眼下萨哈连涨大水，漫过了江岸，一片汪洋，而我们要行程数千里，袋子筏十分危险，必会淹没，性命和财产都难以保住，特停靠你处。真是天有缘，咱们故人相见！看来我们此行一切吉祥啊。不过，还得请您迅速为我们造一张大长木筏'安班阿达'，我们人多，物资也多，只有这种大长筏子才能乘载得了。老哥哥呀，皇上有旨，我们诸事要迅速办，就请老玛发和您的儿子洛克哨官竭力相助了！"

"哎呀！大人，此事必办。"布尔沁说。

"哎呀！将军，这事就包在俺们身上！"布尔沁的儿子洛克也说。

乌莫图鲁巴图鲁的话音还没落，布尔沁父子二人早已称诺，慨然应允了。

当即，他们便召集哨口的各种技工、料工、力工，还有驻扎在红土崖高滩哨卡的一应丁勇，大家立刻忙碌起来。

办这些事，尤其是造筏、造船、修筏、修船简直是这个哨卡之人的拿手好戏，可以说是一件小事，太容易了。因为哨卡平时就常备着一些大木料、船料、船板、筏木、筏捆，还有常年在此居住的铁匠、木匠、漆匠、油匠、画匠等手艺人，以备哨卡急需，如今可派上了用场。

洛克命人在红土崖高滩的船坞上方吊起一排二十多盏老马灯，一律点上豆油，用老羊皮在四周罩住，使江浪不至于打上来，也使灯火更加集中照耀在滩边的江面上。

筑筏子需要在水面和陆地结合处进行，水可以浮木料，陆路可以运来大木牛车拖大木，顺老船埠斜坡滑下，滚到江边穿筑。洛克命令大家不要停下，日夜换班，人歇活不歇，进度不能停。

就这样，几天的时间，一张长长的大木筏子便筑成了。安稳地停靠在江岸上。大筏子一色是用散发着森林清野气息的樟子松合并穿凿而成。樟子松制筏，树干直，枝杈又少，下水后流速快，无有阻力。而且，在筏子的后端，用木板还专门钉了个茅厕，两边有舵公的席位。

舵公是大筏子行驶的主要搬舵人，专门为他修建了一座小棚子，有左右大舵两杆，前边有两个用细树枝搭成的高棚，上面苫着鹿皮，防雨雪、寒风、冰雹，这是乌莫图鲁巴图鲁和铎琴两对夫妇所居住的专门的处所。再前边是朝廷奖赐的布帛绸缎及一应用品，再前边是鹰笼、熊笼等大木笼子。最前端是其他弟兄居住休息的窝棚及厨房灶舍一应俱全。从后端到前端足足有百余步长，由十二根原木合拼而成。任何风波，大筏在江中行进都会非常平稳，没有摆动倾斜之患的。

当夜，乌莫图鲁巴图鲁额驸和众兄弟没有休息，便告别了红土崖高滩哨卡的哨官与众哨丁们，布尔沁老人偕老夫人拄杖到江滩上送行，江岸上站满了人。

洛克哨官和附近的族人还划着十数艘小舟，送到了江心。小舟上的人一齐挥手，送别乌莫图鲁巴图鲁与铎琴等众位远方的异族兄弟，祝福他们一路顺风，一路平安，早早回到苦兀自己的家园。

风刮起来了。

大风在江面上吼叫，吹刮得大筏从红土崖高滩出发。乌莫图鲁巴图鲁额驸与铎琴额不停地对坐在筏上的人们呼喊着："坐好啦！"

"坐稳啦"

"阿达飞起来啦！"

两岸的树丛、沙滩、峭壁、荒草甸子，都一一退去，闪闪而过。

木筏两旁泛起了层层水花，溅起了一阵阵水花飞浪，一些小鱼和虾、胡卢子、小水虫儿也都常常地被吹刮到了木筏子上，在那湿漉漉的樟木原木平筏上流来跳去，显得生气勃勃。但不一会儿，又都从筏子上跃回了水中……

猛涨的江水，盖过了两岸不少的岭岗、江岔子、草甸子和部分土滩石岛，原来江滩上的柳林、榆树林、蒿棵子林、羊草甸子等地方都已被淹没进了水中，有的只露出绿色的一团团枝叶。大木筏子就是从这些仿佛漂在水上的枝叶蔓儿上掠过，给人一种奇特的心理感觉。大江上漂荡着浓郁的野草和树木的荒野气息。

满江漂起了绿色的叶子，格外壮观美丽。

众人正在高兴地观看着一片汪洋的江水，分不出哪是江岸与河滩时，忽然，江中传来隆隆、咚咚的几声巨响，紧接着江水泛起了丈高的冲天怒涛巨浪，只见大浪中一下子跃起一条足有一丈多长的勾辛尼玛罕（鱼）！

这个大家伙跳起很高，眼看要落到木筏子上面。

大伙齐叫喊起来："大鱼！"

"快看！这么个大鱼！"

只见那大家伙一撅动大尾巴，一下子落到了木筏子的另一侧大江里，激起数丈高的怒浪，打在了木筏之上，把木筏子震得"嗡嗡"直响并抖动起来。

水浪的喧嚣，大鱼的摔打，一下子激怒了笼子里的老熊，立刻"嗷！嗷！"地怪叫起来。

这只大棕熊的心情本来就挺烦躁。它从瑷珲被人装进笼子里又抬到袋子筏上，在江上行走了一段又停靠下来。现在又抬到这长长的大筏子上，它始终就没有老实过，非常暴躁，不安静。铎琴总是走过来安慰它，与它聊天，大棕熊就是不满意。原来，这动物和人的心情也是一样的啊。

本来，从苦兀来时是一伙四只大棕熊，可是现在回程，却只剩下它老哥一个了，它是在想念那几个伙伴，所以总是嗷嗷吼叫不停，用爪猛拍木笼，双腿用力摇撼木笼子，恨不得要把笼子摇碎，它跳出来才能心情舒畅。它又看见了那条大鱼自由自在地在江上"游翔"，所以更来气，这才大怒大闹，它是眼气那鱼上了筏子，又一下子自己跑掉了！

木筏子行走的水流声，激浪声，江上呼呼的风声，群鸟的鸣叫声，筏子上人们的互相呼喊声，棕熊的咆哮发怒叫声，再加上那鹰笼里的大鹰也不安地飞来飞去。木筏上的动静，千奇百样，五花八门，真有意思。

比牙格格坐在筏子窝棚里，看着眼前的一切说："哎呀呀，没想到在萨哈连江上坐大木筏子，一宿可不用睡觉了！咱们干脆睁着眼去苦兀岛好啦。"

大伙也说："是呀是呀！"

春公主也说："比牙，现在就是让你睡你也睡不着哇！瞧瞧，多有意思，多新鲜哪。"

比牙格格和大伙都笑了起来啦。

时间真快，木筏子很迅速地就穿过了东陆哨卡、太平沟哨卡、三江口哨卡、齐特力哨卡、伯力哨卡、齐吉纳哨卡，很快，又穿过了著名的庙街哨卡，进入黑龙江口了。

没到江口，就远远地听到浪涛进入大海时的汹涌澎湃之声，真如万马奔腾，轰鸣震耳。

乌莫图鲁巴图鲁匆忙从窝棚里跑出来，走到木筏最前端两个看水摇桨的族人面前大声说："兄弟们，这是萨哈连入海口，又叫'鬼门关'，你们可要千万小心，不能有半点马虎啊！"

看水摇桨的人说："您放心吧！大人。"

乌莫图鲁巴图鲁自己也操起一根木桨，边看着水流，边看着大筏子飞驶的方向，跑到这边划一下，又跑到那边去划一下，大声说："众位弟兄们，现在一切听我的号令，不可以乱动木桨，一定要看水势举桨，打桨。注意水的流向，看海浪。人的精神要万分集中。睁大点眼睛啊，手要把稳了抓紧了木桨啊，要听我喊号子啊！"

大伙说："听着呐……"

于是，他就站在木筏子的头前，一边看着滔滔的大水，一边领着喊起了江上的《摇桨号》：

领：一块使劲啊！

合：嘿呀嘿呀！

领：划呀划呀啊！

合：嘿呀嘿呀！

领：左使桨啊！

合：嘿呀嘿呀！

领：左使舵呀！

合：嘿呀嘿呀！

领：入大海了吗！

合：嘿呀嘿呀！

领：头朝北啦呀！

合：嘿呀嘿呀！

领：奋力划呀！

合：嘿呀嘿呀！

领：拼力划呀！

合：嘿呀嘿呀！

领：阿布卡恩都力呀！

合：嘿呀嘿呀！

领：真正保佑咱哪！

合：嘿呀嘿呀！

领：吉祥万福呀！

合：嘿呀嘿呀！

领：一齐来呀！

合：嘿呀嘿呀！

领：真漂亮啊！

合：嘿呀嘿呀！

领：沙音沙比呀[①]！

合：嘿呀嘿呀！

领：沙音沙比啊！

合：嘿呀嘿呀！

领：真听话呀！

合：嘿呀嘿呀！

领：头朝北呀！

合：嘿呀嘿呀！

领：顺水流啊！

合：嘿呀嘿呀！

领：进大海呀！

合：嘿呀嘿呀！

领：就到家啦！

合：嘿呀嘿呀！

领：前头到苦兀佛爷岭啦！

---

① 沙音沙比：满语，吉祥的意思。

合：嘿呀嘿呀！

领：就是咱的家啦！

合：嘿呀嘿呀！

领：快快地划呀！

合：嘿呀嘿呀！

领：快快地划吧！

合：嘿呀嘿呀！

领：汗珠子掉下摔八瓣呀！

合：嘿呀嘿呀！

领：就到妈妈的怀抱里啦！

合：嘿呀嘿呀！

领：快快地划吧！

合：嘿呀嘿呀！

领：起劲地划吧！

合：嘿呀嘿呀！

领：一齐地划吧！

合：嘿呀嘿呀！

领：猛劲地划吧！

合：嘿呀嘿呀！

    ……

  号子，特别是北疆大江大海上的行船划筏号子，是一种劳动歌，普遍流传于长年在海上漂泊作业的渔人之间，一遇风浪和急流，便唱起这种号子，主要是鼓劲，使船筏能在人的控制下，顺利前行，不至于出偏差。号子的内容除了"号子头"看水势指挥划桨人统一行动外，往往也是见啥唱啥，见景生情，这样可以调动起大伙的心情，不但不劳累，而且还能解除疲劳，干活有劲头。

  在江上海上行舟走筏，不会唱这种号子是不行的。不但要会唱，还得会听、会跟、会和。这是一种生存的本领，也是一种走水的能力。号子让人心灵的智慧一下子涌现出来，转化成奔往前方的心劲呀。

  各位阿哥，朱伯西我为什么这么说，就因为黑龙江萨哈连出海口是一片白茫茫的大海，一望无边。江水从江口喷出，一泻千里，直向东而去了。而鞑靼海峡海流甚快甚猛，很有吸力，于是从黑龙江流出来的水，本应东流，却被鞑靼海峡的海潮冲激，直接冲向南方，进入了日本海。江上海上的一切都被激流所裹挟。然而乌莫图鲁巴图鲁和铎琴等众兄弟的木筏，需往故乡方向奔去，这就必须是从黑龙江萨哈连江口出来入海后，将筏头猛地转向北方，迎着鞑靼海峡的海潮前行，这个瞬间必须要掌握好。

要及时摇动大舵、大桨，不能让水流冲乱了方向，何况大木筏非常笨重，不灵活，不是一个真正懂水、走水、识水的人，到了这种关头，怒浪潮声会将人吓得张口瞪眼，迷失方向啦。而手脚一乱一慢，大木筏一旦改变了方向，就会被大海冲出百里，再想搬舵返回就极为艰难了。所以，凡是跑船的人、水上的人，都知道萨哈连黑龙江出海口的厉害，民间俗称这里是伤心口、鬼门关，多少掌舵人都栽在出海口，甚至筏碎人亡，千古遗恨！

但是，这个大木筏的掌舵人可不是一般人能比，那是族人中著名的大英雄乌莫图鲁巴图鲁，他早就熟悉入海口一带水域的险恶，他亲自操舵，并以"号子头"的身份领唱跑海号子，在大伙的齐心协力之下，大木筏子这才冲过了入海口。

众人手舞足蹈，齐声地欢叫。大木筏顺利地冲出萨哈连，筏头直指北向，那里就是东边大海尽头的故乡苦兀岛。

众人正在互相庆贺共同努力迎来的胜利。乌莫图鲁巴图鲁和铎琴等众位兄弟，突然听到在海浪中隐隐约约传来一片杂乱的呼喊声、哭叫声。大家都仔细地辨认方向，嘈杂声来自左岸，正是黑龙江萨哈连出海口附近的山坳之中。

乌莫图鲁巴图鲁额驸凭着他多年走南闯北的经验，他猛然想起在瑷珲与黑龙江将军临别时，富僧阿曾经殷切嘱咐，让他途经出海口顺便巡查一下久未过问的楚勒罕大集情况。听那传来声音的方向，正是楚勒罕大集那一带。

清政府自康熙朝以来，为了联络团结好北方各族部落群众，使他们向往朝廷，在北疆的黑龙江萨哈连出海口一带，每年都派专员带着各种物产，以办事布集的形式与各族群众以物易物，主要是送去粮食、衣物、日常生活用品与各种生产劳动所用的工具，包括各种陶瓷、铁器以及针织用品，换回各族渔猎所获的各种北方的皮张、兽骨、鱼类等特产。对那些向朝廷贡献更多更大的渔猎物品的部落和族众，朝廷还特设了奖励制度，专门以江南苏杭一带的上等丝绸、彩绢、布帛、彩陶、紫砂、木雕器具等重要的日用品赏给他们，称为赏乌林。这种赏乌林主要是为了联络感情，教化夷族群众，增进民族的向心力。

乌莫图鲁巴图鲁额驸此次归返苦兀之地，一是苦兀人的一再要求，盼他荣归故里，为拖林普各族办事；另一方面乌莫图鲁巴图鲁深得本族信赖和喜欢，而且又深得朝廷的宠幸，乾隆帝将自己的女儿春公主下嫁给乌莫图鲁巴图鲁为妻，使他成为清廷的驸马爷，又是满洲富察氏家族府中的重臣，备受重用。此番北归，朝廷是十分舍不得的，但乾隆皇帝左思右想，告诉福康安说："爱卿啊，乌莫图鲁巴图鲁额驸此番北归，可为朝廷担负宣谕北民的重任，只有他能办，此乃朝廷之幸事。朕允其行。"

乌莫图鲁巴图鲁在临别京师之前，福康安受皇帝之旨，暗暗命乌莫图鲁巴图鲁额驸身带一尊乾隆玉玺，遇事可代朝廷、代皇上宣谕圣旨统御北方，使万民心向大清一统，北疆永固万年。因此，乌莫图鲁巴图鲁身系重任，一言一行不敢小怠，这些，其他人员是不知晓的。

乌莫图鲁巴图鲁听到江左岸传来嘈杂之声，想到必是那里有楚勒罕大集。皇帝时时系念北疆之事，这楚勒罕大集不能不去看看，也可知悉朝廷在北疆沿袭数载的楚勒罕大集是否深入民心，而且，回到苦兀之后，也要动员苦兀各地族人到楚勒罕大集贡献物产，换取清朝政府的乌林赏赐，凝聚北疆各族心向朝廷的情怀。

想到这里，他便对铎琴兄弟说："铎琴，咱们应该到那人声嘈杂的地方去看看！"

铎琴说："停靠下来？"

乌莫图鲁巴图鲁说："是的。兄弟，你想想，我们受朝廷之命回到北方，既然路过这里，不能错过这个了解北地的好机会。"

铎琴和众兄弟都说："好吧。一切听您的打算。"

乌莫图鲁巴图鲁是哥哥，又是朝廷命官，大家个个同意。众人便又齐心协力，摆动舵桨，将大木筏向左方靠拢，划向了萨哈连出海口北侧的悬崖之下那一片高岗上的楚勒罕大集。

铎琴等人把大长筏用力靠到海岸边一片柳林边，他们用绳索从筏头到筏尾牢牢捆在岸上的粗柳树干之上，这样一来，筏子就再也不怕风浪摇晃了。人们又在岸上搭起帐篷，拢起熊熊的篝火。这就是当夜的宿营地了。

乌莫图鲁巴图鲁额驸做好分工。自己先带随从弟兄上岸到大集里看一圈，其余人等再轮流上岸游逛。但无论派谁去集市，长长的大筏子上必须要留有两至三人守护，并且看筏人要随时将带来的大铜铃拿在手中，一遇情况，立即摇铜铃呼叫众人回来，看守木筏的人不可离开长筏去找同伴。

乌莫图鲁巴图鲁额驸说话办事严谨认真，筏上的人们个个都仔细点头聆听。乌莫图鲁巴图鲁特别向春公主与比牙格格嘱咐说："今天就委屈你们二位了。你们穿上带来的乞列迷女人衣裳，不要说话。"

比牙格格说："那为何？"

乌莫图鲁巴图鲁说："要让人家认为你们是当地女人。不要与人联系，因你们不通晓地方语言，易惹起当地人的好奇，缠住你们没个完！"

比牙格格说："那您不会告诉我们一些这儿的风俗吗？"

乌莫图鲁巴图鲁说："乞列迷人有个老习惯，他们看女人好看，就可以上前与她搭话，可以拉拉扯扯。"

比牙格格笑了，说："拉拉扯扯？"

乌莫图鲁巴图鲁点点头，又说："不但拉拉扯扯，甚至晚上还想拉你与他同宿，任何人不得阻挡。"

比牙格格："如果阻挡呢？"

乌莫图鲁巴图鲁说："阻挡就会发生血斗。因为这里男人多妻，不同于中原汉族什么大家闺秀，男女授受不亲。"

这些话，吓得春公主和比牙格格直劲地伸舌头。

但是乌莫图鲁巴图鲁知道，春公主和比牙格格都是武林高手，两三个人都休想靠近她们，纵然乞列迷男子上来一群人，也都不是她们的对手。所以，又嘱咐她们说："咱们在集市上，不论遇到什么情况，也不准动用身上的兵刃。因为人们都知道咱们是从大清国京师来的，那里是礼仪之邦，讲仁义道德，不可炫耀武力，令各地人士望而生畏。传出不必要的流言蜚语，不利我朝广结善缘，广交朋友。"众人听了，都非常佩服乌莫图鲁巴图鲁的远见卓识。

在萨哈连出海口北岸附近山岗上的楚勒罕大集，规模不是很大，但很是热闹、红火。只见整个山岗上一片松林、柞林、榆树林及一大片草坪上，从四面八方赶集而来的各色皮肤的人众操着各种语言在说话，在谈买谈卖，熙攘忙碌，不下二百多人。他们穿什么样衣服的都有，有男有女，有老有少，但多数是父母、父子、母女，携家带子而来。

在北疆，像这种集市足足有百余年历史了。

北疆的人，其实都是渔猎之人，靠自己的渔猎收获为生，他们互相找一个适当地点，聚到一起交易。互相谁都不认识谁，就靠着自己手上的"东西"说话。东西就是他们各自带来的野兽、野禽、鱼类、皮张等等，他们各自呼喊着自己手里的"东西"，拿着、托着、捧着"东西"边走边叫："鱼啦！鱼啦！"

"山兽啦！山兽啦！"

"皮张啦！皮张啦！"

谁如果想要，或想以自己手中的"东西"换对方手中的"东西"，就走过去，与那个人打招呼，根本不用说什么客套话。

在这里，人们都是来交易的，所以见人先看货，见货后就是里外细看、翻看、抖看、上下看，互相相中了，就开始交易。互换数目多少，全靠用手比画价格。

年年代代如此交往出售，在这里买卖规矩已约定俗成，变成了一种固定的人人都懂的礼仪习俗。他们互相间都十分恪守信誉。谈成就交易，谈不成不交易，但互相的友谊依然在。不欺骗、哄诓，若有人这么做了，众人都齐声耻笑他，日后谁也不与他往来了。所以，北方民族的交易习俗成了世代信守不变的规矩。

而且，一个人拿着稀奇好看的上等物件，一人如果已经和人家谈上了，别的人就是相中了也不许去"撬行"，你只能托着你手中的货，站在一旁听，看，但不能插话。插话或在一旁品头论足这被认为是起歹心，是人们最反感的事。

有一次，有一个乞列迷老太太端着珍贵的大马哈鱼仔来这里交易，由于人多拥挤，她挂在脖子上的一串珠子挤掉在盆子里，那串珠和鱼子混在一起简直难以分辨，可是，对方发现这盆鱼子里还有珍珠，立刻追寻老太太，并当面给她一颗颗地挑出来。这在集市中是很平常的事，不足为奇，是应该应分的。

在楚勒罕大集上，各族的人最关心最喜欢接触的客商，就是清政府专员，多由清政府的黑龙江将军衙门派出的衙门承担。这个官员都有品衔，俗称"哈番玛发"，汉译叫"官爷"，派到庙街哨卡，每年四季或渔猎丰收时节到各族群众最喜欢聚集的地点，设立"楚勒罕"或"霍特巴""霍达巴"大集。这种大集往往是一围一圈圈的，打眼一看，十分鲜明，很有特点。

这就是在集中套集。用木栅围上一个地方，四周留出出入之门，在栅内专设哈番玛发的行辕。行辕就是一种吃住都具备的处所。在楚勒罕开集的时日里，一般是十天、十五天、三十天内，就得在集上设灶起火，住在行辕之内了。这种外出的官员活动要有亲随和巴雅喇[①]数人跟着，协助管理各项杂务。

哈番玛发在大栅围内搭盖简易的住房，内分为居室、采购室、库房各数间。那些货物分为活物、死物、鲜货、成件等，所以要分装分放，有活物如小海豹、小海狗还得及时喂养，分得很细，精心看守。特别在大栅围内还专设牛马圈，喂养着收完货后负责运往远方衙门的牲畜，或者设有舟船房舍，装着走水路水上运载工具。木栅内各房舍中哈番玛发和众随众分工把守，一一有序。

居室为哈番玛发与随众暂居地，采购室为专门收购北疆各族群众远道送上来的各种皮张，白雪狐、北极熊皮、紫貂皮、水獭皮、鹏雕羽翎、鲸睛、海狗肾（腽肭脐），等等。收购这些产物，朝廷除要给对方银两外，还要赏赐大量的物品，主要是布帛、绸绢、陶器和日用品，更赏赐古玩，如画轴和玉雕、石雕、羽扇等来自中原的珍品，以此来联络北方的各部落。

这种联络北方民族、部落的古礼，在我国明代时就已经开始了。进入清代以后，更加清晰和兴旺，并且十分的频繁。由康熙朝进入乾隆朝更是已形成常规例制。这种官与民的接触更加自由和生活化平民化，各族百姓也都接受并认可。

乌莫图鲁巴图鲁额驸带着几个亲随，寻着那吵吵嚷嚷的喊声、叫卖之声走去，他们来到了楚勒罕大集。

集上人声嘈杂，还真很热闹。

在京城街道上集市上常可以见到耍猴的、蹬大缸的、吹糖人的、打把式、折跟头的，他们没想到民间艺人也来到了这个万里之外的边远北疆大集上。打场子练武术的，舞流星锤的，一处一处的都围了不少的人在观看叫好，十分威武。更让乌莫图鲁巴图鲁称奇的是，在这里的集市上，还见到不少高鼻梁、蓝眼睛、鹰钩鼻子的罗刹人。还有从北海道乘船而来的一帮一帮身穿麻纱和服，腰挂大长战刀，头发梳到头顶上，脚穿着白袜拖鞋或厚底木屐的南海毛人。各种人真是应有尽有哇。

乌莫图鲁巴图鲁正看得新鲜有趣之时，忽然听到不远处传来一阵阵

---

① 巴雅喇：满语，即杂役。

哭叫声，不少人都惊慌地躲开了。

他顺着哭叫声望去，只见有几个人怀揣着雪狐皮冲出人群跑了出来，后面有几个人连哭带骂地追了过来，口中喊道："快抓住他！捉强盗呀！"

"快帮帮忙，他们抢东西！"

"他们把俺们的皮张抢走了。"

那伙人正是冲着乌莫图鲁巴图鲁这面跑了过来。

乌莫图鲁巴图鲁正在愣神儿，突然，又从另一处窜出几个人将这伙追赶抢皮张的人拦住，冲上去就是一顿拳打脚踢。追赶到前边的几个人被他们踹得倒在地上，满口流血。

乌莫图鲁巴图鲁额骈一见这种情景，早就有点压不住心中的怒火。他一步跨了过去，还没等那几个追人、拦人、打人的家伙反过劲来，早已纵起了身子。他这种平起身子，其实是一种武功的起动，一下子旋起很高，身子一落又一转的工夫，下身两腿张开，在空中一扭动，只听"叭、叭、叭"三声连响，当即那三个踢人打人的人被放倒在地。

众人还没看清楚他的举动，乌莫图鲁巴图鲁早已纵跃到最前方，直奔那个低着头、猫着腰、正拼命抱着雪狐皮往前边奔跑的人前面，身子在那人前面的半空中，前腿猛劲往前一伸，后腿往后踢开，在半空中劈成一个"人"字形，全身重心往下一压，往地上一落，前腿正好悠到那个抱着雪狐皮猛跑的人的头顶上，前腿跟后腿往下一磕，那人当即就昏迷过去，不省人事地倒在了地上。

乌莫图鲁巴图鲁的跟随们，立刻跑过去，把倒在地上的那人怀衣扯开，把藏在里边的雪狐皮抓出来，交给了乌莫图鲁巴图鲁。

乌莫图鲁巴图鲁本来就是北疆来的乞列迷人，会乞列迷土语方言。他用乞列迷语大声地喊道："海里生海里长的人，从来都是礼让三分，有福同享，有难同当。打到一条鱼，见了朋友和族人都要给你鱼身子，我吃鱼头鱼尾，从不挑肥拣瘦的。怎么能学起了海狼，偷鸡摸狗，横抢竖压啊？祖祖辈辈老人告诉咱们，遇见凶狠的海狼人人喊打，绝不容情！我今天就按乞列迷人的老说道，制伏这个海狼。来吧，谁还敢与我比个高低？"

乌莫图鲁巴图鲁双手掐着腰，当街一站，这么一叫号，没有一个人上来的，大伙反而拍掌叫起来："沙音！沙音！乌木西沙用！"[①]

---

① 沙音！沙音！乌木西沙用！：乞列迷语，意思是好啊，好啊，太好啦。

"西沙用哈哈！米尼巴图鲁！"①

大伙非常钦佩乌莫图鲁巴图鲁，说什么的都有，非常高兴。

乌莫图鲁巴图鲁从随从们手中递过来的那包东西里抽出了几张白花花的上等雪狐皮，走到被抢走雪狐皮正在擦着眼泪的老夫妻和两个孩子的跟前，说："老人，这包裹和这白狐皮，是你们的吗？"

老夫妻点点头："是我们的东西。"

乌莫图鲁巴图鲁把包裹和雪狐皮都递给二位老人，说："好好地拿着，快领孩子们交易去吧。今后不会有人再敢欺负你们了！"

这老人肯定是南苦兀阿当吉山区乞列迷人，只见这老人头戴"台德"小绒帽，穿鲸皮绣花大袄。这是乞列迷人一年四季的常服。

老夫妇领着孩子，接过了雪狐皮、包袱等物件，连连向乌莫图鲁巴图鲁表示谢意。这时，乌莫图鲁巴图鲁才注意到，眼前的这位被抢了雪狐皮的老人，身上的装束和头上戴的乞列迷人传统的"台德"长筒式小棉皮帽，一下子引起了乌莫图鲁巴图鲁的浓厚感情！

是啊，这种装束，正是他童年时代在苦兀山中生活时，乞列迷人长辈们都喜欢戴的四季小皮帽。苦兀一带四季酷寒，一年之中就三十几天不见白雪，其余的全部时光都是日夜与白雪为伴。所以，生活在这里的苦兀人无冬立夏就戴一顶这种能上能下折叠的小棉帽子。如果是天太冷的时候，四周的毛皮可以拽下来遮住耳朵、脖子和脸颊；如果天暖和一些，就把毛皮卷上去，非常方便。这种小帽既灵活又美观。乞列迷人在缝制这个上尖下阔的"台德"长筒式小棉皮帽时，做法也很多，样式很是美观，看上去实在让人爱不释手。

乌莫图鲁巴图鲁见这位老者戴着的这顶长筒式小棉皮帽子很是美观奇特。帽的上部圆筒式部位是用黑绒布缝制的，是两层，内有棉花，上边缝上五个小白扣，帽尖还坠有用雪狐皮尾毛料来绣成的小白绒球，球下镶着精细的彩布条穗，四周的白绒毛皮是专用棕熊脖下和腹部的那种柔软的白色绒毛，细心地合拼而成。棕熊脖下的白绒毛，又细又长又软，非常像貂绒，又比传统的貂绒保暖，毛峰又细又长，风一吹，帽子长绒轻柔地摇曳起来，非常潇洒、美观好看，顺眼又气派。

这种长筒式"台德"小绒帽，脑后还垂下六条长飘带。每条飘带下都坠有小铜铃，人戴上这种帽子走起路来"嘤嘤"有声。而且这种长筒

---

① 西沙用哈哈，米尼巴图鲁：乞列迷语，意思是你真是好样的，我们的英雄啊。

式小绒帽又不是单为了美观装饰，更是生活在海上之人必备的防身器！

原来呀，在苦兀一带的大海上，有一种硕大的毒蚊子，在海上飞翔，它们专门食人血、兽血，让它咬上一口非常疼，皮肤立刻肿得很大。如果帽子后脑部位缝上长长的飘带，在大海中捕捉鱼虾作业，飘带在海风中一吹一刮，像有人在为你驱赶毒蚊，长此以往，这就成为乞列迷人传统头饰上必设的一项饰物，传袭下来。

乌莫图鲁巴图鲁小时候也曾戴过这类小帽，穿过这样的服饰，那是他童年时母亲手抚摸过的小袄、小帽啊。他一见了这种东西，心中难免思念起故土故人和故去的岁月，一种思念和亲切之情顿时便涌上了心头。

他在心底已经认定，这对老夫妻和孩子，肯定是来自楚勒罕大集的海对岸的苦兀，而那里正是他的故土，也是他此番要回归的地方。

乌莫图鲁巴图鲁对这对老夫妻和孩子们分外的亲近。

他便用乞列迷土语问道："老阿玛，你们是从苦兀哪地方来的呀？"

老者一听他问话，笑了说："我早就看出来了！你是苦兀的孩子。"

乌莫图鲁巴图鲁问："何以看出？"

老人说："苦兀人正义！好打抱不平。不怕死。你小子有这个骨气。"

老者说着，称赞乌莫图鲁巴图鲁，还狠狠地在他的肩臂上拍了两下子。

这种"拍"也是苦兀人的一种"礼节"。

在北疆的苦兀之地，凡是苦兀乞列迷人见面，如果对方是自己的老朋友、好兄弟、好哥们，见面往往向对方的肩上狠狠地拍两下子，有时甚至是用拳头"说"（顶）你两下子，好像给了对方两拳，有时二人越好使的劲儿越大，弱不禁风的人甚至被对方的这种"热情"所击倒，或者前后摇晃！但这却是北土乞列迷人奇特的见面礼节。苦兀人就是这么直爽，拍打得使劲，证明老人很疼爱你。

乌莫图鲁巴图鲁接着问老人："阿玛，妈妈，你们家都有什么人，没有儿子啊？这两个孩子长相怎么不像咱们乞列迷人呐？"

乌莫图鲁巴图鲁这人就是个直肠子，他看人家不像就问。果然，他这么一问，对方打了一个唉声，不吱声了。

还是那老妇人说话了。老妇人说："说起这孩子，我家住在苦兀南头的阿当吉阿林，那里气候比北边山地一带暖和多了，我们采山药，打野兽。这几张雪狐皮就是我们千辛万苦猎得来的呀！打这种雪狐得到老远老远的勘察加以北一带，苦兀没有白雪狐，只有火狐和灰狐，皮张都没有白雪狐皮值银子。这些年大清政府在这儿办的楚勒罕大集，经管不好，站官光顾着勒索银子，到这里来的那些个货主都是奔山里来的那些本家的大掌柜来的，他们在这儿设'山本货庄'。我跟我老头就为到'山本货庄'卖雪狐皮而来的。没想到货还没出手就碰上了几个歹人，全仗着遇上了你，我们的家藏宝物才没有丢失呀！谢谢你！谢谢你啦。"

这老太太还挺能说，问她孩子的事，她说了半天各种各样的事。

但乌莫图鲁巴图鲁越听越感到这楚勒罕大集里，有许多蹊跷之事。虽然老太太没说清孩子的事，但她说出的大集的事让乌莫图鲁巴图鲁犯起了寻思。

乌莫图鲁巴图鲁上前搀扶起老夫妻俩，热情地说："你们是怎么来的啊？"

老者说："唉，今个早上，我们坐嘎珊的扎卡船一起来赶集的。嘎珊还来了六七个人呐，他们都在各摊换东西。"

乌莫图鲁巴图鲁说："这样吧，我今天也回苦兀。"

老头吃了一惊："你回苦兀？"

乌莫图鲁巴图鲁说："我们是苦兀苏克图阿林的。你们就坐我们的大木筏子一块回去吧。我们先送你老人家到阿当吉，然后再回苏克图阿林，也是顺道。"

"啊呀！那就谢你啦！"

二位老人连连地说着。老夫妻俩可能感到乌莫图鲁巴图鲁为人正义、热心，又为他们夺回了北极一带才能打到的雪狐的皮张，也可能因为嘎珊扎卡船已载六七个人，再加上他们四口，就有十几口人，一旦晚上海上有了风浪，容易出现闪失，便欣然点头同意了。

就这样，乌莫图鲁巴图鲁，手拉着那两位老人和孩子回到停靠在树林中的大长木筏子上，乌莫图鲁巴图鲁将筏子上的春公主、比牙格格、铎琴等一一向二位老人介绍，又把二位老人的来历简单地向筏子上的人介绍了一番。

因事先早有准备，春公主、比牙格格等早已换上了乞列迷当地人的衣衫，阿当吉来的二位老人一点没有看出她们是京师来的大家闺秀、当今皇上的公主。乌莫图鲁巴图鲁暗暗告诉春公主，一定要好好款待两位老夫妻和孩子，多多向他们学习，了解苦兀的各种风俗人情啊。

各位阿哥，可不要小瞧了春公主，她可是乾隆皇上的女儿呀！跟她的父王一样，春公主多才多艺，每日里拼命苦学，不要以为她是金枝玉叶只知道宫中闺中的生活，她和她的哥哥、姐姐、妹妹们一样武艺高强，马术、弓箭、刀枪、剑戟样样精通无比，各种艺技都是首屈一指的。

春公主不仅在宫中武功高强，而且有南派峨嵋、北派少林、武当的名师教传，刀马轻功各有所长。乾隆帝曾把自己的皇女们招到一起，观赏她们的对打，并与孩子们一招一式地解说，破阵、开阵、攻阵、领先阵，把各种对阵时的进招和化解时的心理、身形、腿步和脚力等处处变幻，演练得清晰深刻。

皇帝曾经与春公主对过手，试她的手劲和臂力，又与她对脚，看她的腿功和闪转腾挪的速度及走势。对于女儿的功夫，父王乾隆甚为赞扬，说她是"春风一缕"，赞美她的轻柔快捷。这是武林界取胜不输的最大的秘诀。

春公主的母亲安妃在一旁，一见皇帝夸赞女儿，忙命春公主叩头谢恩，感谢皇上为自己的格格取名"春公主"。这"春公主""春格格"就是由乾隆皇上的"春风一缕"得来的。

春公主不仅武术高超，身法独到，而且还得到皇上的喜爱。春公主聪明伶俐，办事机灵，处处像一缕春风，那么的轻盈快捷。皇上每每去校场观三军演武，或者到江南苏州、杭州或蒙古、山东一带巡游出访，也曾带皇子和春公主随行。春公主简直就是一只精灵的百灵鸟！

春公主是一位再精灵不过的姑娘啦。她的处处细心学习皇上政治的敏锐，办事的睿智，处事的干练，说话简洁生动，而且一针见血。她决心做一个像父王那么精明的人。乾隆曾当着春公主的面叹息地说过："可惜呀，可惜呀，春公主要是朕的皇儿该多好！"

春公主曾经问："皇儿又怎样？"

乾隆说："朕会对你另有任用。"

春公主说："那如今呢？"

乾隆说："也只能如此，随天愿吧。"

春公主说："父王，天愿是什么？"

乾隆说："日后你会一点点得知父王说的话的深意呀！"

乾隆帝深受富察氏家族李荣保、傅恒、福康安几代的影响，也深深地喜欢乌莫图鲁巴图鲁，于是便把自己心底上的这块肉疙瘩下嫁给了乌莫图鲁巴图鲁，成为皇上的御前额驸。

这正是天意。

这两个人简直就是两个精灵结合在了一起，两股人间的聪慧之河流淌在了一起。

此番夫妇俩和谐北上，也许正是乾隆皇帝的巧妙安排和打算。也许就是他曾经对春公主说的"日后"你会品出父王对你的安排的用意。

人的命运也许就隐含在茫茫的历史岁月的深层之中。只有在以后，在未来，当人们回首往事的时候，才有可能一点点一步步地去品悟曾经的历程。春公主的命运是不是这样子呢？

春公主当然明白丈夫的话。当乌莫图鲁巴图鲁，让她多向乞列迷老人学习了解风土人情时，她早就明白了丈夫的心底之意，于是她便马上走过来，给两位老夫妻行半跪抹鬓礼。

北方诸民族女人见长辈，都要施这种抹鬓礼，乞列迷人也是如此。接着，春公主便带着侍女将老夫妇搀进长筏之上，让他们住在窝棚里，坐在鹅绒大方形绣花团的红缎子褥子上。老夫妇一坐下，立刻就被那鹅绒下的缎子褥子给裹上了。

要知道，北疆天气就是冷，坐在这种鹅绒大褥子里就像钻进了热火炉子里，暖烘烘的。老夫妻两个和孩子早都冻得说话都不利索，嘴皮发青，不一会儿，个个都是满脸红扑扑的。老夫妻俩说实在的，在苦兀这么些年，也没见过这么大、这么漂亮的大鹅绒的红缎子大团花褥子啊。那俩孩子更不用说了，对这种大鹅绒褥子喜欢得一步也不愿离开，并不停地用小脸贴着大褥子。

老太太还直门说："哇唏喀，咱们还没见过这模样的大暖褥子呐！"

春公主说："老阿玛，妈妈，姑娘我没什么好礼啊，你们二老要是喜欢这褥子，等你们到地方离开我们的筏子时，就把这大褥子带回去吧！就算做个见面礼。"

二老忙说："不敢，不敢。我们都是水上的野鸭手，哪有那个福分！不用，不用！"

春公主一脸认真地说："说哪里话，我们一直住在京城，还喜欢到你们那里住呐。我嫁给乞列迷人，我们都是一家人啦。日后，你们缺什么尽管说，我们会帮你们的。"

双方越说越亲近。两位老夫妻心里万分高兴。想不到今天真是祸福双至呀！祸是那些强盗在大集上当众人抢夺他们的白雪狐皮子，还动手打人，这是多么倒霉委屈的事呀！没想到这大集虽然繁华、热闹，可也处处时时藏有杀机，真是不可不防啊！福是万万没有想到，就在他们老夫妻叫天天不应之时，突然天降救星，出现了救命恩人，大英雄乌莫图鲁巴图鲁到来，赶跑了强盗，夺回了雪狐皮，而且，又领他们到大筏子上，准备送他们回家。现在，见到了这么亲切的春姑娘，还要送给如此贵重的天下奇物——团花大鹅绒裤子。让老夫妻怎么受得了呢？老夫妻遇上了这么爱乞列迷人的好人啊，多不易呀！

春公主还专门下灶，要给老夫妻俩和孩子们做饭炒菜。

老夫妻俩说："不不，这可使不得！有剩的东西吃点就得了。"

春公主说："那怎么行呢？再说，我们也得吃饭。"

老夫妻俩没啥说的了。就见春公主挽起袖子，扎上一条绣花的蓝色围裙动手点灶。

那筏子上的灶是在一个专门窝棚里，称为"灶间"。可是老两口从来没见过这种灶！那是一个用泥坯搭垒起来的土炕，又高又平，下方砌着坯面，灶口上是一口又大又亮的七印大铁锅，窝棚的木墙上悬挂着勺、铲、刀、笊篱等家庭灶炊用具。春公主动起手来，简直就像一位麻利的家庭主妇，叫人总也看不够！

不一会儿，一股股从来没闻过的饭菜香气飘来了。

春公主专门为老夫妻和孩子们做了宫中出名的三道大菜。

老夫妻问："这是什么菜？"

春公主说："老人家，不瞒你们说呀，这是中原王朝皇上一日三餐常吃的菜！"

老夫妻："啊？皇帝吃的？"

春公主点点头，笑了。

老夫妻二人惊愕万分，他们慌忙跪在这大鹅绒裤子上给春公主叩头，感谢她的盛情款待，不嫌弃海上的乞列迷人。

老人家这时才盯住春公主，问道："请你们说实话，方才那位救了我们，自称是乞列迷人后生的人和你，都是什么人，你们怎么会这么做，这么好地对待我们乞列迷人，我们一生都没有听过、见过，更没吃过如此的饭菜！而你这沙里甘居①是什么地方人家的人呢？"

老夫妻俩这么一问，左右的丫鬟和待人都瞅着春公主，不敢开口，只是脸上挂着微笑。这使得老夫妻俩更纳闷了。

正巧乌莫图鲁巴图鲁从外面走进了筏窝棚。他对两位老人说："两位老人家，我是乞列迷人。乞列迷人从来都是光明磊落的，不会说骗人的

---

① 沙里甘居：满语，即女儿。

话。实话告诉你们吧，我们是从京师来的！"

老夫妻俩："啊？北京？"

乌莫图鲁巴图鲁："正是。给你们做饭做菜的人，是我的沙里甘①，她是当今皇上乾隆帝的女儿，春公主。"

老夫妻俩："啊？她是皇帝的女儿？"

乌莫图鲁巴图鲁瞅瞅春公主，点了点头。

"哎呀！这可使不得。"

这么一说，二老可吓坏了，他们忙搂着两个孩子，一下子从鹅绒大褥子上站起来，又一起给春公主跪下，连连地叩头致谢，不起来。还是春公主一个一个地把他们四个人给拉了起来，让他们都坐下。

乌莫图鲁巴图鲁这才原原本本地把他们几个人的身份和来历以及回北疆的始末，说给二老细听，并反复地说道："老人家，如此说来，我们不正是一家人吗？我乌莫图鲁巴图鲁此次回归，也正是要和你们一齐守住故土，好好地生活在咱们的土地上，今后还得得到你们的帮助嘛！"

二位老人这才点着头。他们是从心底里感谢和由衷地敬慕。是啊，乞列迷人从一生下来就和大海打交道，听的是海鸥叫，是海浪海涛的翻滚声，是北土狂风和寒雪的吹刮声，哪里能见到中原皇上的女儿，做梦都梦不到啊！二位老人能不崇敬佩服得五体投地吗？

春公主又将住在另一座窝棚里的比牙格格也叫了过来，与二老相见。

比牙格格，前书早已介绍过，是大清国著名大将军海兰察的女儿，也是皇太后、皇上亲允的皇家格格呀。比牙格格其父是叱咤风云、盖世无双的大将军，女儿能差了？也是一位武林高手，弓马娴熟，轻功盖世，是一代巾帼女杰。

比牙格格一走进春公主的窝棚，春公主就向二位老人介绍了比牙格格的身份，说："这也是皇家格格，比牙公主。"

二位老人立刻起来，跪下叩见。

比牙格格急忙上前，搀扶起二老。

二位老人更是感激和高兴。人家这是瞧得起自己，没把自己当外人，这使他们感动万分，所以二老也把乌莫图鲁巴图鲁、春公主、比牙格格都当成天下最亲最亲的亲人，没有什么可隐瞒的，对这样亲的人就得无话不说，无话不讲啊。

---

① 沙里甘：满语，即妻子。

乌莫图鲁巴图鲁没白在傅恒家中锻炼这些年，已经是一位十分精练而又心计高超的人啦，他足智多谋，其实他一眼就看出了这个乞列迷老头不是一般的人物，他单从老人的穿戴上就确定了他是乞列迷人，但看他们带来的孩子却不是乞列迷模样，便心存疑虑，当他询问孩子的来历时，老头不回答，老太太却滔滔不绝地回答，而回答又没有一丁点头绪，这更叫人惊异。这到底是怎么回事呢？

乾隆帝曾经对他说过，对许多生活中的事一定要细心观察，对一些与事实有些出入之处，一定要更加细致地对待，以辨其真伪。现在看来，乾隆帝的话得到了验证，遇事不能不百倍警惕啊。所以他灵机一动，设法将这对老夫妇带到筏上，要详详细细地了解实情。要从他们的口中去探知目前苦兀地方的社会实情啊。

想想，朝廷已经有十数年没有派人专门来北方认真了解、巡视苦兀一带的情况了。这些年来，这一带的民族，人与人之间都起了什么变化，有哪些新的风俗出现，简直就是一个谜呀。要掌握真实而准确的情况，就得交真诚对意的朋友，否则一切都是难以了解和觉察。此次若不是铎琴受嘎珊达玛发之命，千里迢迢经海路、旱路，穿山过海，十分不易地找到京师，自己因朝中要办的急事太多了，根本无暇顾上北疆苦兀那个小野岛的事情。现在看，铎琴等兄弟来京师太重要了，太必要啦。

乌莫图鲁巴图鲁认为自己此次能回到思念已久的故乡，非常的必要和紧迫了！

乌莫图鲁巴图鲁和春公主、比牙格格一起和那热心的老夫妻俩攀谈起来，双方越加亲近。于是老人家就把许多外人所不知的苦兀的秘密告诉了他们。

这个乞列迷老头叫蒙什革，生在苦兀北境塔塔玛地区。因塔塔玛一年四季十分寒冷，风又大，野熊成群来袭扰，人们时时不得安宁，便在早年搬到苦兀岛南部阿当吉阿林生活。这儿山高，又靠近南海，海风湿润，要比北边暖和些。

阿当吉山麓麇鹿成群，鸟类也多，冬日狩猎捕鱼、窖鹿。天暖时，遍山岩洞穴内全是鸟蛋，人们成天进这些洞穴去掏鸟窝拣鸟蛋，日子还真挺好过。

那些洞穴一般都在高高的山崖上，人们便在山顶的大树上系一根绳子，人把绳子一头拴在腰上，顺山崖吊入崖壁上的洞穴，把各色鸟蛋装满筐，然后再一筐筐地顺着山崖放下来。下边有人接筐，再把筐里的鸟蛋，倒进下边等着的大牛车上。拉鸟蛋的牛车上边围着草帘子，一车往往要上万枚鸟蛋！有时一户人家，一天要用车拉鸟蛋往返三两次，家里鸟蛋也堆成了小山。

这些各色的鸟蛋大小不一，色泽不一。除了鲜吃、煮、煎、烙蛋饼外，人们便在屋里挖一个大坑，里面放入水后，加盐，然后将鸟蛋放入坑中浸泡起来。待鸟蛋腌咸后，再取出以大锅煮，成为咸鸟蛋。

咸鸟蛋色泽不变，蛋清白嫩，蛋黄橘黄，深红，金黄，吃起来鲜美无比，成为苦兀一带楚勒罕大集上的上等货，久而久之，成为一种名特产物。

阿当吉山麓临近南海，海峡不宽，一个人游泳或骑着一个大原木，在天没有风暴时便能横渡海峡。在这一带的海峡上，常常可见一个一个漂浮的大木头上骑着人，就像平原，草甸上人骑马一样，在水上漂浮而行，称为渡海。那些木头一上一下，人也一会儿高，一会儿低，十分有趣，形成了海峡渡海的一道独特风景。

对岸就是一片平坦的长着许多树木的大森林，也是一个挺大的岛屿，住着许多乞列迷人。他们使用乞列迷语言，信仰很近似生活在这里的毛人，是闻名的"毛人国"。他们的首领也是大玛发，尊重萨满师傅，往往求他们为族人祈祷神灵，占卜吉祥，还能针灸，放血，用草药治百病，简直能药到病除，灵验无比。人们已经离不开草药和神奇的萨满。

北疆天寒地冻，风大雪厚，人的骨节红肿，行走很是不便。人的大骨节又粗又肿，不提物都行走艰难，更别说干活了。为了能活下来，能够上山狩猎，下水渔猎，他们就喝萨满熬制的药酒，吃他们的红粉药末，并以他们上山采来的草药熏烤自己肿大的红关节。也真是奇特，经过草药的熏烤，这种大骨节病便渐渐地好了。于是，乞列迷人便奉他们为"主利刻恩都色夫"[①]奉若神明。

乞列迷人信仰方位。南边是吉祥方位，就连太阳也从东南升起，那是光明出现的方位，预示着生命的强盛与顺利。乞列迷人对从那个方向来的人也格外的尊重，形成了一种固定的生存行为和生活信仰。不少苦兀人不远千里万里地从北岛到南岛，专门渡过大海，来寻医求医。这样一来，乞列迷人与毛人国的联络更加密切、亲切起来。

毛人国的人也从南边渡海往北而来。他们甚至渡过海峡，被接请

---

① 主利刻恩都色夫：满语，即南方的神师。

到苦兀阿当吉地方，与乞列迷人互相通婚，生儿育女。在阿当吉山，甚至有不少毛人国的人，他们说自己的语言，穿自己的大和服饰，而且喜穿那种随意的拖鞋，雪天就穿一种大皮筒子长靴，他们和乞列迷人难以分辨。

提起孩子的长相和来历，老人也不回避乌莫图鲁巴图鲁和春公主、比牙格格等人，把老夫人怀里坐着的两个孩子的情况说了一遍。老人说："恩人，不瞒你们说，这两个孩子都是我们的喔莫罗①！"

春公主爱惜地抚摸着孩子的头。

老人又说："他们的额莫②就是毛人，山本家的姑娘，本名叫山本杏儿。"

比牙格格说："山本杏儿，多有意思的名字。"

老人说："我们就叫她'山本查里干'③。"

乌莫图鲁巴图鲁说："他们会乞列迷语吗？我看他们一直不说话。"

老人说："这两个孩子，只会说毛人语，不会说乞列迷语。"

春公主说："我们也看出来了。"

老人说："所以，你看他们，咱们说话时，他们只是瞪着大眼睛瞅咱们，不知咱们是在讲些什么。"

乌莫图鲁巴图鲁听着，又沉思了一会儿，说道："阿玛玛发，那你们将来打算在什么地方养老哇？"

老太太说："咳，听儿子的。"

乌莫图鲁巴图鲁说："儿子又是何意？"

老头子说："儿子愿意渡海到毛人国去。"

春公主问："妈妈，为啥那里叫毛人国呀？"

老头和老太太听后异口同声、毫不迟疑说："那里富啊！有国家关照。老年人管吃管住。在苦兀这里，谁管咱们啊！"

乌莫图鲁巴图鲁："关照？"

老人说："对呀。人家管我们。大清国远在天涯海角，八竿子也够不着。眼下多乱，岛上天天有械斗。北边的乞列迷头领卢赖，他有北边的哥萨克兵保护，谁也不敢惹！孩子，你们为啥要回来？不如就在中原住下来。"

---

① 喔莫罗：满语，即孙子。

② 额莫：满语，即母亲。

③ 山本查里干：山本姑娘。

春公主："在中原住下来？"

老人家："对呀 。中原多好啊！要不，我跟我儿子说一下，你们也搬到阿当吉来吧！咱们在一起。"

老人说着，又看了看乌莫鲁图巴图鲁有点半信半疑的样子，进一步地透露说："你们救了我们，你们是恩人，咱们已是无话不说的人啦。告诉大人吧，你们不要小瞧了我的儿媳。"

春公主："就是山本儿媳？"

老人说："对。她的父亲是南岛本洲的一个王室将军，身佩王室家的镶金战刀，有皇家御赐的团花大礼服，可是一个很有身份的人呐，有什么事她会帮助你们的。"

乌莫图鲁巴图鲁说："谢谢阿玛玛发。我日后一定去拜见你儿媳和她的父亲。"

乌莫图鲁巴图鲁又另起话题，说道："老人家，不是听说这个楚勒罕大集是大清国的哈番办起来的吗？怎么在这个集上看不到这些人呢？"

老人打了个唉声，又说；"是啊。前些年，大清国来的哈番办楚勒罕大集还真挺赶劲，很利落，帮了地方百姓不少的忙啊。我们贡上渔猎土货回赏的乌林也真是实惠呀，什么布帛、绸绢、玉器、陶器、粮食都给得足，也解用，正是这里的百姓所缺之物！可这些年，情况却不一样了！这帮哈番光想捞个人的钱财，私结当地头人，作威作福一方，强取豪夺呀！"

乌莫图鲁巴图鲁："强取豪夺？"

老人："对呀！他们不讲理。所以，我们当地人和各处来的人都看不起大清国的哈番。他们不只是为我们来的！"

乌莫图鲁巴图鲁："他们为什么人而来？"

老人说："现在赶这个大集的人主要有南岛人和乞列迷北山卢赖那边的人，他们银子多，吸引了不少各地的猎民和渔人。"

乌莫图鲁巴图鲁听后，心里一震。这大清好端端的一个北方楚勒罕大集如今怎么会变成这样。

乌莫图鲁巴图鲁忙又问："这些哈番如此可恶，当地百姓为何不向朝廷告状，这是贪赃枉法之事呀，朝廷知道后定会惩治他们的。"

老人说："大人！你有所不知呀。"

乌莫图鲁巴图鲁说："快快讲来。"

老人说："大清国在千里之外，江海相隔，派谁去呀？"

乌莫图鲁巴图鲁一想，是这样啊。

蒙什革老人又说："派不出人，派谁谁也不愿意去，于是只好少跟大清国打交道，各找自己的出路。大伙只有凑自己的伙儿，找自己的伴，就这么活就行啦。"

乌莫图鲁巴图鲁："大伙心里都这么想？"

蒙什革老人："正是。唉，这楚勒罕大集可不是早些年那个味儿喽！我们也揣摩，这是大清国不要我们啦！"

乌莫图鲁巴图鲁："不要你们啦？"

老人又说："看来，不但不要我们，连我们生活的这块土地也是不打算要啦！"

老人说得很伤情，连连摇头，甚至已是老泪纵横。

乌莫图鲁巴图鲁连忙接过话说："不不不！老人家！老玛发啊，您老说得不对。咱们堂堂的大清国，咋就会白白地不要自己的孩子，不要自己的地呀！您老千万不要这么想。这里边肯定是有了歹人、小人，那些黑了心肝的家伙们在干一些见不得人的事，弄成了如今这个样子。咱们乞列迷人跟大清国满洲人都是一个民族、一个信仰、一种习俗，在语言上有许多能说到一块去的。可不能让歹徒挑拨了咱们的关系，让咱们之间再分心眼，可千万别上当受骗呐！"

老人："啊？原来是这样？"

乌莫图鲁巴图鲁又说："蒙什革老爷子，老玛发你告诉我，你还知道什么情况？帮助我弄出个水落石出来，绝不能让这伙家伙再在这一带为非作歹，搅浑了水，从中渔利，蒙骗国人和朝廷啊！"

蒙什革老人也是一个很正派的老人，其实他对大清国也有很深厚的感情。只是因为这几年，清廷来的官员越来越少了，让一些不三不四的家伙趁机来到北土，在这一带的族人和百姓中做了许多坏事，不但占了便宜，还败坏了朝廷的名声。这些人专门借楚勒罕大集的名头，从中谋利，又让外围渗透进的势力极力挑动是非，让各部落之间互相火拼、殴斗。老人家的毛人女婿也从中传布谣言，有些人头脑发晕发胀啦，已分不清哪边是好，哪边是坏了。

乌莫图鲁巴图鲁这么一开导，老人又猛醒了。他觉得这来自中原的年轻后生讲得在理，便主动领着乌莫图鲁巴图鲁去东山坡楚勒罕大集的大木栅围墙里边去看看。

在楚勒罕大集的大木栅围墙子里边，有两个相连的大帐篷，这就是清朝派来的哈番的行辕所在地。

白天，集市一开，这个行辕的大栅栏的木大门也缓缓打开，各地来的人都可以进去送贡物，谈贡物、交易各种货物。晚上，大木门就严严实实地关上了。院子中，有更夫把守，还将木笼中三条烈犬放出来，专门帮着更夫护守院中的各种皮货、各种海产和多种物资。这些狗太厉害了，它们每一条都能听懂人语，至于人的手势、眼神儿，那就更不用说了。常常是大伙说话都得"背"着点狗。不然它一旦知道了你要干什么，你想干什么，它往往还不等你去吩咐早已给办得利利索索，明明白白。可是有一些事，如不需要它知道，就别在它们面前说了。

乌莫图鲁巴图鲁在老人的引导下，围着这大栅栏的四周仔细地转了一圈儿。他留心地观察里边的各种情况，摆设与障碍物，一一记在了心上。

老人问乌莫图鲁巴图鲁："想不想进去看看？"

乌莫图鲁巴图鲁说："不进去了。"

老人说："咋不进去？"

乌莫图鲁巴图鲁说："进去干什么？又看什么？里边冷冷清清，没啥可看。"

老人点点头说："是啊。"

乌莫图鲁巴图鲁自言自语地说："这个地方不应该是这个样子啊！想当年，这里多么的红火、热闹！各族人民往来交贡取乌林的场面，叫人多么难忘啊。可如今，这里冷冷清清，各族送货的人都不愿意来啦。这就证明，这个大集已经失去了当地族众和部落对它的信任。咳！咱们还进去干什么？"

老人点点头说："您说得对呀。"

于是，蒙什革老人就领着乌莫图鲁巴图鲁从大集上回来，直接走回筏上去歇息。

乌莫图鲁巴图鲁是深受皇上、傅恒、福康安等众位清廷大员格外器重的少数民族中涌出的一位精英人物。在朝廷平定大小金川和各类重要事项中都有他的功绩，西藏等处的战乱平息之后，他仍留在那里处理善后事宜，只因苦兀地方来人，又迫切期望他早早返回嘎珊，有许多事务要他去办理，皇上与福康安等重臣们，经过一再的权衡，觉得北疆事急，苦兀地方多年来没有过问，现在已经欠账了，也应该派去一个干练的人前去做好苦兀诸事，这才命他从西藏一线返回京师，受命携春公主速速北上，不可迟延。今日到了黑龙江出海口，又碰上这里出了大事，他能不焦急吗？

他深深地知道，这楚勒罕大集是本朝康熙年间精心开创的一项旨意深远的重大举措，目的就是通过楚勒罕大集，广交北疆诸民族，广施恩惠表达清廷的仁爱济众之心，使北疆各族一心向着中原大清王朝，这样才能国运鸿旺，族运吉顺。都是一个语言、一种习俗、一个血脉的使用阿尔泰语系氏族的兄弟，不能离心离德。要时时严防被歹人离间，被歹人分化，甚而伤害北疆我大清的广袤领土。只因大清国疆域太大了，朝中忙于西部边疆之事，北疆远在黑水之北有些鞭长莫及呀，忽视和松弛了苦兀重地。

现在看来，大清国东西南北，所有地方，各个角落，都必须时时刻刻地顾及，考虑到，照料到，想到才行，不可有半点的遗漏和忘却。做事稍有不周，就易出现大事，出现不可收拾的遗憾呐。

乌莫图鲁巴图鲁越想越感到，大清国这个家真要管理好，这当家之人何等不容易呀！所以他更加百倍、千倍、万倍地敬仰当今乾隆皇帝，他事事躬亲，日夜批阅奏章，多么费心劳神啊。

每日三餐都有大大小小的公公举捧陈放着茶肴的饮食的小方盘，跪地禀奏："皇上，进膳了！"

"皇上，早膳了！"

"皇上，午膳了！"

"皇上，晚膳了！"

他们日日这样喊着、报着，年复一年，月复一月，日复一日，常常是跪奏不起，那是因为皇上常常根本没听见，或根本顾不上去看呐！

一日三餐都凉了，可皇上仍在批阅奏章，不准公公们进内吵扰。

皇上曾经有话："下官旨，任何公公不得入内。"

有人报："皇上，公公们是给您送膳来啦！"

皇上往往说："送啥也不许进！"

"那您不饿吗？"

皇上说："我自个饿了我自个知道。"

乌莫图鲁巴图鲁就曾经见到过一次，在宫门外，几个公公举着送膳食的小方盘跪在那里，他问："你们等了何时？"

那几个公公说："大人，我们已足足等了四个时辰啦。"

这一切都说明，皇上是最挂念大清国的疆土的人。

偌大的新疆，偌大的西藏，是我大清西部边陲的两道门户，与西部几个重要的邻国接壤，山河相连，水水相通。面积最大者，是俄罗斯大帝国。从西疆到北疆，整个围着中国大半部地域，时时有边事发生，这是乾隆帝时时关心，日夜难寝之事。

此时，乌莫图鲁巴图鲁越加觉得自己肩上的重担有万钧之重啊。是啊，他怎么敢松懈，既然自己遇上了，就必须勇担重担，不可放过。自己必须当机立断，办理妥帖。如果没办理妥帖，自己怎么能轻轻而过独自返回故乡去呢？这哪是我乌莫图鲁巴图鲁的秉性呢。

他有了一个打算。

当晚，他与春公主、比牙格格等人亲自动手，在海边网起肥肥的鲭鱼三条，捞来东海闻名的金盆大海蟹五只，蒸制海鲜宴。他又亲手为两位老夫妻和孩子，调制内地名肴"东坡肉"和"红烧四喜丸子"。铎琴和众位兄弟都参加，还特意将黑龙江将军富僧阿送给的一坛"卜奎原浆"打开，让众位开怀畅饮。

这卜奎原浆是老烧锅酿造的老酒，一律使用红高粱作为原料，经过曲子发酵、扬料、上锅蒸曲子、采格子等工序，再入锅蒸发后所酿，气息浓郁，有一股原野的老酒香味，十分醇厚，让人端起杯就再也不愿放下了。

好酒加上乌莫图鲁巴图鲁一再热情劝酒，大家一个个都喝得酩酊大醉，真有一醉方休的感觉，这还是离开瑷珲之后的第一次痛快畅饮呐。

老夫妻俩高兴得连连致谢，真像是一家人一个样啦。

他们说："将军呐，真感谢您不嫌弃我们，拿我们当亲人待。"

乌莫图鲁巴图鲁说："从现在起，咱们就真的是一家人啦！你我彼此不会分离。我还要求你帮我办一些事情的。"

老人也说："我会的。我这老朽能办啥，一定尽力为大人去办。"老人又向乌莫图鲁巴图鲁讲了许多当地的风俗习惯，这使得多年离开家乡的乌莫图鲁巴图鲁和头一次回到丈夫故乡的春公主也是大开眼界呀。

大家边吃边谈，不觉已是月上东天。

这时，风呼呼地刮了起来。

黑龙江口的海风甚寒，海面风浪一起，大长木筏都被大浪冲击得上下摇晃。风又卷起浪花扬上了空中，如一阵阵冷雨不断地吹刮到长筏上，人们在外面行走，都要披上蓑衣，不然会淋湿全身，打透了衣衫。

这呼呼的风声，"哗哗"的水被吹刮声，使筏子上的"鹰笼""熊笼"

里的鹰和熊都被晃动和吹打得十分不安，它们不停地惊吼起来。铎琴就专门去照料这些珍贵的动物，他最要好的伙伴。

铎琴已给鹰和熊准备好了专门的吃食。

他给鹰笼中的鹰送去了新打来的斑鸠，那是一种飞禽，肉鲜美，鹰很愿意食用；他给老棕熊送去了专备的大碗红蜂蜜和油煎的饽饽。熊这种动物和人一样，不但愿意吃甜食，也愿意吃油煎的食物，吃起油饼来十分带劲，大口一张就像小孩子见到了喜爱吃的食物一样，那样子很逗人乐。

铎琴喂完鹰、熊，回到筏子窝棚里。乌莫图鲁巴图鲁让铎琴安排好夜间的值勤、打更、查筏、守筏等事项，让无事的兄弟回前筏窝棚，又让二位老人带孩子也去睡了。然后他和春公主、比牙格格、铎琴在另一个窝棚里聚在一起，就这一天所听、所遇、所见到的种种事情，共同商议下一步的对策。

春公主是皇家人，从小在父王身边长大，遇事也最有主谋；乌莫图鲁巴图鲁从心底里佩服也喜欢听春公主的见解。

乌莫图鲁巴图鲁说："夫人，想听听你的主意。"

春公主笑了笑，推托了一番，对丈夫说："还是让大家说吧。"

比牙格格说："姐姐，我们都想听您说说。您不说，想急死我们呐？"

大伙都乐了，把期待的目光落在了春公主脸上。这时，春公主也觉得不能再谦虚和推托了，应该是自己先表达的时候啦。

春公主便认真地说："铎琴弟弟，你是皇家的额驸，也是家里人，又是苦兀嘎珊玛发派来京师的使者，事关重大，也该多知道些事。该学习治理国家的本事，你听听会有好处。"

春公主这套开头话，铎琴听后连连点头，这才觉得和自己有关，于是开始睁大了眼睛听春公主继续讲了起来。春公主接着向乌莫图鲁巴图鲁讲起了自己的看法和打算。

"巴图鲁呀！"春公主经常这么称呼丈夫，当然都是在身边没有外人，只有最亲近的人在一起时，才这样称呼的，"你过去跟随傅恒大学士不是来过萨哈连黑龙江出海口吗？"

乌莫图鲁巴图鲁："来过。"

春公主说："那您先把这里的地理情况给我们讲一讲，介绍一下形势，让大家知道一下咱们现在是到了什么地方，然后再议论咱们今后怎么去应对。"

乌莫图鲁巴图鲁听后，说道："好的。这萨哈连黑龙江出海口，我是随大人来过一次。我又是苦兀人，年轻时就曾跟随大人开大船到这里捕鱼，捉海豹、海龟，那时，有的大海龟有三百多斤重，八九个人都抬不动啊。黑龙江出海口一带是北疆最富庶的地方，因是海洋与江河汇合之处，气温也好，不是太冷，也不太热，虽然冬天长，但寒冷的程度倒比其他海域温暖得多呀，正因为如此，这里栖息的各种鸟类最多最全。兽类也多，鱼类也丰富。这是因为黑龙江出海口的入海河流最多了。海岸上，河流密布，柳林、榆树、灌木丛、苇塘、沼泽、湿地、塔头甸子、条林子也最多，风光美丽，是人类祖先世世代代喜欢居住的生息之地，理想之地，所以，这里居住的民族也最多。这里有许许多多兄弟民族部落，有我们乞列迷人，又有满洲人、奇愣人、鄂伦春人、山丹人、索伦人、洽克拉人、赫哲那乃人，等等，其实这些人都说一种语言。"

比牙格格问："什么方言呢？"

乌莫图鲁巴图鲁说："方言其实都差不多，虽发音不同，但大致相同。就连习俗都大致一样，称谓都几乎一样。"

比牙格格说："能举举例子吗？"

乌莫图鲁巴图鲁说："如各部族头领都叫嘎珊达，或哈喇达，就如咱们称将军，勇猛的头领为巴图鲁、巴特尔、巴图一样。这里的族人都享受大清国地方政府颁下来的俸银和顶戴文凭，都是大清国的勤恳臣民，为大清国朝廷打貂、捕鹰、捕白熊、雪狐、鲸鱼、贡献虾蟹、海产物。特别是捕鹰，那真是太惊险啦！"

比牙格格说："能给我们讲讲捕鹰的事情吗？"于是，乌莫图鲁巴图鲁便滔滔不绝地讲开了。捕鹰首先要选"踩道"的人。

踩道，就是寻找通往有鹰巢的地方的路。踩道人，就是领着捕鹰队伍出发的人。这个人一般被称为"鹰师傅"，满语为加根色夫或加昆达，即是鹰首领的意思。选择这个人非常的重要。因为整个队伍出发去捕鹰，能否得到鹰，全要靠他的经验和能力。此人必须是祖辈上有过寻鹰、捕鹰经历的人。这个人必须由穆昆达来定。穆昆达往往绞尽了脑汁，在几个人选中敲定最后一位，和他面对面地谈话。大意是这样：你有胆子吗，你有信心吗，这次选定了你，你要领族人出发去寒冷的北方。

鹰，是一种奇特的动物。它的奇特在于它的顽强。它是上天的造物，是天上的"苍狼"，在久远的岁月中被人类敬爱和崇拜，以至人类希望自己能有鹰的精神和能力。从小时，小鹰就要牢牢记住大鹰传给它们的生存规律，那就是保住自己的生命。为了保住自己的生命，大鹰出去觅食时，小鹰安静地在巢中等待，它们筑巢的地方，常常是蛇窝，有时大鹰一走，蛇便来攻击小鹰。不到万不得已，小鹰绝不发出呼叫声。这是一种生存的本能。也是地球上生命遗传给同类的一种本能。它们仿佛知道，妈妈出去觅食，不能唤妈妈半途而回，它们如果发出声音，就容易引来蛇或捕它们的人。许多时候，大鹰在外出觅食途中遇难，巢中的小鹰静静地等待妈妈，直到冻死、饿死。

而顽强的小鹰正是人们要捕捉获得的对象。有时捕鹰人已靠近了小鹰，小鹰却睁着一对明亮眸子看着人不出声。这是好样的小鹰崽。但是，当人一动手，小鹰一叫，大鹰往往闪电般飞来，一下把小鹰救走（叼走），或宁可把孩子啄死，也不让人得到，然后它一头撞死在山崖上。如果人发现了鹰巢，刚要捉小鹰时大鹰飞回，人只能用箭和吊杆与鹰斗。

大鹰一旦发现你在捉它们的孩子，它们便和你决一死战。往往两败俱伤。人和大鹰斗很危险。一是它们的巢多建在崖顶险处，崖壁或树的顶端。那里没有人的站脚之地。人在与大鹰斗时，一不留神，便会从崖上、树上摔下，粉身碎骨。

许多时候，人被鹰啄死，尸体挂在崖上、树上，成为永久的干尸白骨。

人发现了鹰巢的位置，不能马上就去捕捉。要细心地观察大鹰的活动规律。它什么时候出巢觅食，大约多长时间归来，再设法靠近鹰巢。因为人不会飞，不可能再大鹰出去觅食再爬上山崖去捕小鹰，这段时间大鹰肯定会发现你。为了获得小鹰，人要提前隐藏在靠近鹰巢的草皮底下或石崖石缝石洞间。为了捕鹰，人有时要躲在石缝里几天，忍受着饥寒风霜，与毒蛇同眠。毒蛇很凶狠，常常发威要了捕鹰人的命，或吸干人身上的血液，让人变成人干。

许多时候，捕鹰人神秘地失踪了。其实那是捕鹰者为了事先靠近鹰巢，自己躲进石洞遭遇了不测，连尸骨都寻觅不到。

到了秋冬，捕鹰队回归时人们捧着摔死的人的骨灰匣子，还有时，只捧着一只空匣子，往往只有名字或一个牌位。有时，为了带回捕鹰人的真身骨肉，上山爬崖捕鹰的人出门之前就剪下一段头发。对鹰首领说：

"师傅，俺去了。

可能这一去，就永无回来日。

你把我的辫子装在匣里，

如果俺不回，

也可给家人留下一个念想。"

这是北方乞列迷先人悲怆的历史啊。

这时，大家都流下了悲壮的泪。这一切如同古代荆轲刺秦王临出发时那样，真是风萧萧兮易水寒，壮士一去兮不回还。但是鹰首领对这种做法十分赞赏。捕鹰生活就是这样，视死如归，怕死当不了"鹰达"。

自然界中的生灵，为了生存，它们也在苦斗。大鹰出去觅食也时刻准备一死。

鹰一旦捕到食物，它先向自己的巢窝方向凝望。那是母亲对骨肉的寻找；小鹰也在望母亲，那是生命对生命的期待。一旦大鹰发出"情况异常"的信号，它会迅速抛掉食物，立刻展翅冲回窝巢，与人展开生死搏斗。那是一场可怕的厮杀。许多时候，人就是得到了小崽，也会被鹰啄得遍体鳞伤，甚至奄奄一息而无法回到营地。

鹰，是一种报复性很强的动物。在原野上，在森林中，一旦一只鹰受灾难，其他众鹰都来帮忙。鹰有锋锐的利爪，老鹰死后往往由萨满将"鹰爪""请"下来。请，就是虔诚地割下，留着占卜时使用。萨满占卜时使用鹰爪舞动，象征着鹰的爪按在地上；起飞，或抓死对方。许多有关鹰的图案和符号，都夸大了鹰的利爪。

这些既表明人对鹰的特征的了解又表明人的一种恐惧的心理，惧鹰怕鹰。鹰非常狠，它和狼一样，吃红肉，拉白屎——转眼无恩。地上的狼，天上的鹰，最不认人。人虽养它，但它一走，再遇人照样啄人。

比牙格格、春公主和铎琴都说，真没有想到一只鹰竟会有这么奇特而神秘的故事！这片古老的土地太神奇了。

乌莫图鲁巴图鲁又告诉大家，这里的土地是一片神奇的土地，虽然春季不长，但也能生长大麦、燕麦、糜子、香瓜、西瓜、黄瓜、马铃薯、南瓜，而且能喂养马、牛、羊、猪、鸡、鸭、鹅等，非常富庶。北疆其实是一处鱼米之乡。

正因如此，居住在北方的罗刹年年南进，总想占有这个地方。从明代以来，政府就采取羁縻政策，派来官员招抚当地的部落，建立卫所等行政机构，管理地方政权。

"到我们清政府时，就更加重视北疆啦！"乌莫图鲁巴图鲁说，"在这里普遍建立嘎珊，由各族自治自理，管理本嘎珊诸事。清政府虽然远在数千里之外，但在这里设立了楚勒罕大集，联络当地族人，成为与北方各族部落联络的桥梁和纽带。所以，楚勒罕或称'霍特巴'大集，是至关重要的大事。管理的官员（哈番）必须勤苦耐劳，无私谦逊，好客奉献，以朝廷为重，作清政府的诚信代表才行。他们要广交朋友，时时安抚社会，万不可高高在上、目无民众，甚至中饱私囊、贪赃枉法、伤害百姓，成为败坏大清国名誉和声望的蛀虫和罪人。"

乌莫图鲁巴图鲁这一席话，使大家一下子知道了自然地理、历史民俗等等许多知识。大家越发觉得，这楚勒罕大集绝不是一般的集市。

春公主接着说："楚勒罕大集是关乎大清国命运的大事，切不可小看呐。一会儿，我与乌莫图鲁巴图鲁就要连夜造访楚勒罕大集的哈番官员，探探他们现在究竟都在干些什么勾当，明天再做处理。此事办完之后，咱们再回到苦兀去。"

乌莫图鲁巴图鲁点点头说："是要这样。"

比牙格格一听他们要夜探楚勒罕大集，这个锻炼自己的机会怎么放能过去呢，于是便说："姐姐！姐姐！我也要去。"

她一再向春公主请求要去参加这次行动。

春公主笑了。她说："比牙，你别急。我们早已把你算作行动的一员啦！哪能不让你这个聪明伶俐的姑娘去呢？"

比牙格格高兴得跳了起来。

这时，铎琴等人守护好长筏，乌莫图鲁巴图鲁、春公主、比牙格格三个人立刻准备离筏上岸出发。他们要夜探大集内幕，找出事端的真正原因，再行处置。

他们三人先返回自己的窝棚里，各自取回自己的夜行服，又佩好兵刃、利箭及一应物品，穿上轻巧的鹿皮高腰小靰鞡。这是一种特制的小靰鞡，鞡子上有剪的云卷和花瓣缝贴上去，十分得体漂亮。每个人又披上头罩，那是一件黑色鹿皮的小斗篷，然后便静悄悄地一溜风似的出了窝棚门，转眼间便不见了。

他们三人都会轻功和夜行术。

只要脚尖一点地，一猫腰，身子就轻飘飘地跃上了半空中，转眼已飞出几丈远。从筏子上飞跃到岸上的石岩也就是一眨眼的工夫。只听耳边一阵呼呼的风声，他们已落在了石岩之上，转眼又已穿过一片杨树林子。

夜，漆黑一片。远处是大江入海的滚滚的涛声。风也在呼呼刮着。

在这样的夜里，风声、涛声交汇在一起，让人感到夜更沉更深，万物都已沉睡，四外荒冷寒凉，一片冷漠空寂。

白天，乌莫图鲁巴图鲁已经留心观察过这楚勒罕大集和清廷派出的官员哈番们的行辕的位置，驻扎的地方就在楚勒罕大集后边的蓝色蓬皮大帐里，外边有烈犬三只，马六匹，大帐四周围着木板围栅，夜间围栅大门已经关上。

那三只烈犬守在围栅的两侧。它们是北土一带长毛高大的烈犬，红红的舌头伸在嘴外，不停地在院子里走来走去。特别是在夜里，它们的眼睛放射出绿森森的光，警觉地注视着四周的一切。

大帐的另一侧还有一个小木房，是用柳木条子临时拼编的房墙，大概是更夫的住室。这些早已被乌莫图鲁巴图鲁观察和注意到了，但就是未见识过大集的哈番的面孔。他也甚感到奇怪，为什么来这么长时间了也见不到哈番的面呢。

虽然是在夜里，也有不少人还在交易。那是一些面目不清、来历不详的人士，他们任意在栅栏里走来走去，炫耀和兜售自己的货品，笼络那些各地还没来得及走的族众来买他们的货物。

他们三人来到蓝皮大帐外，隐在围栅外大杨树的后边，栅中守栅的烈犬并未发现他们。乌莫图鲁巴图鲁面向杨树，手捂口鼻，突然发出烈犬厮打被咬痛之哀号声。

"嗷——！嗷嗷——！汪嗷——！汪嗷——！嗷嗷嗷——！"

那声调极其痛苦、悲哀，马上把木栅内的三只烈犬给惊呆了！

它们从来也不知道木栅外还有自己的同类朋友，而且不知为何缘故被什么歹兽咬得如此可怜、痛苦，就像咬到自己身上一样，它们都立刻感到全身发抖，疼得难耐，于是一个个的都跳了起来，想躲想藏。它们也都呜呜汪汪地怪声怪气地跟着叫开了。

狗就是这样。它们非常的忠实，非常的抱团儿。只要一听到同伴被咬，发出悲哀的鸣叫，它们便会全神贯注地去安慰被欺被咬的伙伴，拼命地跟着去叫、去咬、去哀怜，这时就会放松了警觉。

乌莫图鲁巴图鲁趁三只烈犬光顾盯着外面夜空去狂咬，嚎叫同伴之时，从另一个方向跃到了围栅另一侧，右手"嗖——嗖——嗖"地三甩，抛出了三支袖针。那三支袖针就像三支飞箭，一支也没有偏斜，都狠狠地钉在了三只烈犬的屁股上了。三只烈犬都疼得只是嗷地叫了一声，便倒在地上昏睡过去。

乌莫图鲁巴图鲁、春公主、比牙格格三人，迅即纵身跃进木栅，越过更夫房室，直接就扯开了大帐的门帘，窜进了帐内。

他们进去一看，帐篷内的人个个睡得像死猪一般，呼呼地打着呼噜，香甜得很呢。他们可能以为外边有烈犬守护，又有更夫在打更，谁敢贸然进犯？一个个的毫无防范。

此时，风刚刚渐小，月亮也出来了。

月光，使得帐篷里并不漆黑。乌莫图鲁巴图鲁一步窜到大帐正位的大床前，用匕首顶住那个正睡得很香的人的头部，春公主用匕首压住侧床上的一个熟睡的人。看这睡觉的位置侧床一定是正位大床上的随从或亲随之人，比牙格格执利刃站在大帐门边防守。

乌莫图鲁巴图鲁大声喝道："起来起来！快点起来。把灯都给我点上！"

连喊三声，帐篷中的两个人才醒了过来。

他们慌忙想坐起来，又被匕首压着脖子重新躺了下去。

还是正床上的那个人被逼着重新坐了起来，点燃了火盆旁的野猪油油灯，帐篷里立刻亮堂起来了。

这时候，乌莫图鲁巴图鲁三人才看清，帐篷里到处都堆放着各种皮张，干鱼和尚未宰杀的五六只大小不等的海豹，多数已死，有的还在蠕动并嘶叫，很惨的。

乌莫图鲁巴图鲁实在是看不下去了，他走上去，提起小锤子，将奄奄一息的小海狗一下子打死。这是海上之人应该懂得的一种习俗。小海狗非常懦弱，怕人，一旦被捉就拼命撕咬、嘶叫，其声甚哀，很像母亲在呼唤孩子的悲声，令人心碎，十分的揪心。经常捕海豹海狗的猎人，一旦捕到它们之后，便立即捶死，马上开膛取肾。其肾有壮阳滋阴的功效，自古以来就是贵重的药材，故此，海狗成为渔猎中最珍贵的猎物啊。

捕海狗的人捕后必须立即击死海狗，还有一个更重要的原因是海狗一般都是群居，有一聪慧的公海狗为王，它们互相之间非常的团结，海狗王发出的任何一种声音信息，靠海流来传递出去，海狗们就知道是什么含义了。下生的小海狗别看它们还在吃妈妈的奶水，但是早已懂得了这些事情，一旦有小海狗被人捉或遇到了危难，它就会拼命嘶叫，哀怨之声立即随着大海的波涛传向四面八方，任何一个地方的海狗就会立刻知道这件事，传送的又准又远。它们便会在百里、千里、万里之遥赶来驰援，救助同类，甚至把渔猎人的海舟团团围住，让人和舟船无法行动，乖乖地把捕到的海狗交出来。

它们一齐嘶叫，甚至一群群的跃出海面，向狩猎之人抗议示威。每一个海上之人都懂得，只有放掉它们的小伙伴，它们才会全体消失，而且走得非常神速，马上不知去向了。海狗传递信息的能力，历来为海上人赞佩。所以，海上的猎人有个规矩，只要提到小海狗，便会马上驰离这个海区，到另一个海域去活动，否则就要酿成"海狗难"，无法应对。

睡在主床位上的那个胖得两眼像一条线，大鼻子翘翘着，大嘴皮子耷拉着，这家伙瓮声瓮气地暴怒着说："大胆，你们是怎么进来的？"

乌莫图鲁巴图鲁回答："走进来的。"

那人说："你们知道这是什么地方吗？"

乌莫图鲁巴图鲁说："交易货的地方。"

那人气呼呼地说："这里可不是一般交易货物的地方！这里是大清国在利奇河设立的管理兀的河、集古河、瓦列河一带萨哈连出海口的驻扎行辕，我是宁古塔将军委派的楚勒罕六品哈番！你们深更半夜，私闯官衙，罪责不轻。但念你们是北疆边民，城外之人，不懂官礼，本哈番不怪罪你们。还不快快给我出去！有事明天等待摇铜铃开门再办。"说完，又要躺下去继续睡觉。

乌莫图鲁巴图鲁一听，可真是气坏了，他伸手就把又要躺下的那个家伙薅了起来。这个大哈番的耳朵被乌莫图鲁巴图鲁给薅着，胖耳朵被揪得老长，硬是让乌莫图鲁巴图鲁给拽了起来，疼得他双手捂着猪耳朵，大声嗷叫着，满嘴都淌出了哈喇子。

此人大声叫着："哎呀，我的娘哩！我的耳朵都让你给我拧碎了。我怎么得罪你们啦？我现在啥都听你们的，你们还让我怎么样呢？"

乌莫图鲁巴图鲁干脆把这个家伙从床上的被窝里给提了出来，抓到地上。又走过去，把那个单床上蒙头钻在被窝里睡觉的人，也一把抓了出来，扔在了地上。

春公主和比牙格格都忙把脸扭了过去。

原来呀，这两个家伙都是光着下身只穿着个小皮裤子睡衣，在大皮毛被子之中睡觉暖烘烘的，提到外边马上冻得直打颤，抱着衣裳，全身哆哆嗦嗦的直劲地打战战。乌莫图鲁巴图鲁马上把床上的水獭皮大衣、白熊皮大裤子推了过去，让他们俩赶快把衣裳穿上，于是两人就忙着穿上皮大衣。

穿好了衣裳，乌莫图鲁巴图鲁让他们坐下。

他来到他们对面，也坐下了。

乌莫图鲁巴图鲁问道："你们两个，知不知道我们是谁？"

那人问："你们是什么人？"

乌莫图鲁巴图鲁说："你们再好好看看？"

那个被薅了耳朵的、现在正在揉耳朵的大胖子哈番忙说："知道了。"

乌莫图鲁巴图鲁说："知道？那你说说我们是谁？"

那人说："您几位先生不是南岛的毛人国佩戴战刀的贵人，就是我们北方贵宾派来的富商卫士啦。对吧？"

乌莫图鲁巴图鲁看这个哈番官员早已利令智昏，便从自己怀里掏出一件黄绢子，只见上面印有用红字写成的关卡大照。他一下子放在桌子上，摊开黄绢，又摆平后，拍了一下桌子，说："快过来看看！"

那两个人赶紧凑上前来看。

乌莫图鲁巴图鲁又说："睁开你们的狗眼，仔细看一看，我们都是谁。"

"是，是，是！"

这时，那个胖子可冒汗了，眼珠子都快瞪了出来，一个劲儿地用大手去抹额上的大汗珠子。他已从对方那盛气凌人的气质上和说话的威风中，多少已经品出来者不凡，定是重要人物。

他往前这么仔细一看，只见这件黄绢子上用木刻模子印有朱砂红字的"关卡大照"四个字，他的双腿开始打颤啦。

他又往前一看，正好读到了"关卡大照"上的文字：

特命内务府二等侍卫，额驸乌莫图乌巴图鲁，钦命北巡黑龙江口及出海口与苦兀诸岛。所经之地，核审诸务，全权处理，一应衙府州县乡镇嘎珊遵照执行，不可疏忽隐饰，违者斩。

大清国乾隆四十一年秋月颁行

兵部大印

大胖子看了，立即跪倒在地，叩头不止。

他连连大声地说道："大人呐，奴才有眼无珠，不知道朝中贵人驾到，罪该万死！罪该万死呀！奴才在这里向各位爷爷，奶奶们请罪了！奴才谨听吩咐，万死不辞。"

乌莫图鲁巴图鲁请春公主、比牙格格也坐下，然后向那个家伙说道："快，给两位公主叩头。"

"是，是，是！"

两个家伙连忙给春公主和比牙格格叩头，嘴里说："给二位公主叩头了。"

乌莫图鲁巴图鲁说:"尔等已经知道我们是谁了吧?"

那两个人连连说:"知道啦,知道啦。"

乌莫图鲁巴图鲁说:"现在,你们老实交代,这里的楚勒罕大集怎么办得如此糟乱?谁是这里的正式哈番?"

那个人:"这,这……"

乌莫图鲁巴图鲁说:"如果你们胆敢隐瞒实情,欺诈上方使臣,本钦差可绝不轻饶,格杀勿论。"

那个胖子早已真真切切瞧见了绢上的大印,兵部大印"官"在上面,何等耀眼夺目,又拜见了两位皇家公主,他前世和今生都没有福分能够叩见到两位公主呐,还有这位非常厉害、武功很强的二等侍卫钦差大臣。他这样的下人是难得见到朝廷高级官员的,早已吓得魂飞魄散,只知道保命要紧,一切花言巧语早已被忘得一干二净。

乌莫图鲁巴图鲁又追问道:"快快说清楚。"

那个胖子便老老实实地禀告:"大人呐,奴才我们着实有罪。我是一个冒名顶替的货色。"

乌莫图鲁巴图鲁:"冒名顶替?"

那个胖子:"是,是呀!"

乌莫图鲁巴图鲁:"快快招来!"

那个胖子:"是啊,如实招出。我是顶替哈番官爷的。我们以为上差不能来到这么远的东海边!谁知上差真的驾到了。我们罪该万死!敬望公主和老爷饶我们不死!"

说着,两人只是叩头,口喊饶命。

乌莫图鲁巴图鲁和春公主、比牙格格三人相互而视,十分惊讶!

真是没有想到哇,在楚勒罕大集碰上这么一件奇特的怪事。他们仔细观察,这两个人还真没什么能耐,都是窝囊废。可是,他们又怎么成了楚勒罕大集的哈番了呢?

乌莫图鲁巴图鲁和春公主、比牙格格都忍不住地追问:"你说你们是冒名顶替?"

胖子说:"是的。"

春公主问:"那么,真的哈番在哪里?"

胖子:"这,这……"

比牙格格着急地问:"说呀?"

胖子支支吾吾地说："真的不知他们上哪里去了。"

乌莫图鲁巴图鲁问："那你们竟敢担当此集的哈番职官？"

胖子："这职务是骗来的。"

他们越回答，乌莫图鲁巴图鲁、春公主、比牙格格越加感到他们回答驴唇不对马嘴，越感到这其中必有缘故，很像是怕被牵扯出什么大事来不肯讲出实话。

追问一阵之后，乌莫图鲁巴图鲁眉头一皱，计上心来。

他向春公主、比牙格格使了一个眼色，让她们两个人押着那个跟随暂退出帐外等候，乌莫图鲁巴图鲁要单独审问这个胖子，看看他心中还有什么鬼门道。

那胖子觉得心中有数。他以为，只要我不吐口，任你怎么问我，我都对付得了。可是，他万万没想到他对手的能力。

当屋子里只剩下两个人的时候，乌莫图鲁巴图鲁话都不说，只是看着那胖子，盯着看，胖子不敢瞅他。

乌莫图鲁巴图鲁说："你瞅着我！"

他不敢瞅，只是低着头。

乌莫图鲁说："你抬起头来！"

他不抬头，只是低着头。一副等着挨审的样子。心想，看你有什么高招。

他哪里知道，乌莫图鲁巴图鲁在西南的川藏地区审过多次大小金川沙罗奔的叛匪，他最有狠招了。多么难制服的叛匪，在他面前都一个个地服软、交代、投降，这才使清军入藏，平息了一场大叛乱。乌莫图鲁巴图鲁心里话："小样儿，你还敢和我顶牛，还敢与我来这一套，找死啊！你这个胖子，我先给你减减肥吧。"

见他还不吱声、不抬头、不回话，乌莫图鲁巴图鲁上去一把揪住他的大耳朵，往上一薅，又拿起匕首，上去就是一下子。只听"吱啦"一声，一只大肥耳朵就掉在了地上。

说来，乌莫图鲁巴图鲁的刀子也是太快。胖子只觉着耳朵一凉，就见一个大胖耳朵落在了地上。红红的耳朵，血汁还在一个劲儿地往外流着。

胖子猛醒，忙又用手去摸左耳，已经光光的，只有一手湿乎乎的血，淌到脖子里，他这才发觉耳朵处疼痛难忍，热辣辣地不行了。

他跺着脚，大声呼叫起来："哎呀我的妈哟，你这是干什么呀！"

乌莫图鲁巴图鲁说："不干什么。"

胖子说："那你怎么割我耳朵？"

乌莫图鲁巴图鲁说："这还没割完呢。还有一个呢。"

胖子说："什么？"

乌莫图鲁巴图鲁说："胖子，我还要你那个胖耳朵。你就忍着点！别说话，别出声。等我把那个再割下来后，一块哭！"

胖子根本没有想到乌莫图鲁巴图鲁会来这一手，这真是太狠太歹毒了！看来可真不能再跟这个阎王爷耍豪横了。

他这才大哭起来。那是一种发自内心的痛哭："哎呀我的娘啊，大爷呀，大人呐，您该咋办就咋办啊。我可不能为了他们的安全，白送我胖子的命啊。"

乌莫图鲁巴图鲁说："那你就啥也别说，干挺着。你挺能耐。挺着吧！别说话。"

胖子这回却忙着双手紧摆动，大声地呼喊："哎呀，阎王老爷，我全说，全告诉你，行吧？我妈就给我两个耳朵，你不能不给我留一个吧！"

这胖子不是在哀求，而是在大哭大喊，双脚在地上一蹦多高，鼻涕淌下了一大串。

这时，站在帐篷外边被春公主、比牙格格押解着的那个随从，一听到帐篷里边胖子像杀猪一样的嚎叫，知道一定是主人在里边遭了什么大罪，他再也控制不住自己了，挣脱开春公主和比牙格格的手，一下子跑进了帐篷里。

他大声对胖子说："老爷，你都全说了吧。你何苦替那些人挡罪呢？"

跟随又走到了乌莫图鲁巴图面前，大声说："大人，你们要捉真正的罪人吗？"

乌莫图鲁巴图鲁点点头，说："是。"

跟随说："大人，你们要赶快去捉拿苦兀北山鲁木河的卢赖玛发。"

"卢赖玛发？"

"对。是他抢走了你们大清国的哈番，然后把我们两个人安插在这里做替身的。"

乌莫图鲁巴图鲁一听，厉声说道："你们把事情的经过一一道来。"

胖子连连叩头说："是的，大人。你听我仔细地向您说来……"于是，他便讲开了事情的经过。

原来，此事发生在年初。

东北的黑龙江口一带还在封冻。楚勒罕大集年年开办，北疆的各族部落由衷喜欢，他们一伙伙的驱车划船从四面八方前来献贡物，求赏乌林。楚勒罕大集一年比一年的红火兴旺，名声大振，深入人心，边民都愿意前来交易。

这一日，苦兀的乞列迷人贡献黑貂皮四十张、雪兔皮五十张、雪豹皮三十张。清廷楚勒罕大集的哈番一一查验，并要赏赐乌林。这时，一件意想不到的事情发生了。只见那几个贡奉皮张的苦兀人突然掏出一块黑布巾，一下子罩在了哈番的头上。

哈番大喊："你们干什么？我是朝廷的官员！"

那些人喊："捉的就是官员。"

那些人说完，不管哈番如何喊叫、挣扎，他们立刻将哈番捆住手脚，装到一个大木箱子里，用牛车将人拖到江边，推上大扎卡船运走了。

此事发生得非常突然，那些人行动又很神速，大集四边的人甚至不知发生了什么事，就连附近的人也都不知情。第二天楚勒罕大集开市时，人们发现迎门的已经是这位胖子哈番和这个亲随了。

这个胖子和这个亲随原来只是打鱼的，原本是黑龙江入海口哥吉比拉一带的人，每天在江岸边摆船，撒网捕鱼。这天，他们正在渔猎，突然来了一伙人把他们给围住了。其中一个人说："喂，告诉你们一个好事。"

他们说："什么好事？"

那人说："你做不做吧。"

他们说："好事，当然做了。"

那人说："走吧，到了地方就知道了。"

于是，那伙人就把胖子和帮手给拉到了这里。并说，"你们就在这个楚勒罕大集充当哈番和哈番的亲随。"

他们说："如果有人来问怎么办？"

那伙人说："你们不用管，不用问，也不用怕，有我们保护你们，没有人敢来问你们的。"

他们说："万一有人来问呢？"

那伙人说："大清国远在千里之外，一年也不来一个人。你们不用怕，只管替我们撑着这个集市，我们在集市有专人管理。"

乌莫图鲁巴图鲁问："他们管理的人在哪？"

胖子说："他们说，早晚他们的人要取代清廷官员，一切要归他们管了。"

乌莫图鲁巴图鲁说："要归他们管了？"

胖子说："对。他们还说，不要问他们这伙人的来历和原因，只要老老实实听他们的安排，就年年月月可以得赏赐白银。"

那个跟随补充说："这伙人待我们不薄，一切事项也不用我们去动脑。已经快半年的时光了，这里一直很平静。哪想到，你们来啦，这才露了馅。"

他们主仆俩你一言，我一语，把事情的经过详细地说了一遍。

乌莫图鲁巴图鲁、春公主、比牙格格审问来审问去，就这么些事实。看来胖子真是不敢撒谎，也不会再有别的什么隐瞒了。于是，乌莫图鲁巴图鲁、春公主、比牙格格心里也就有了进一步的打算。

春公主让乌莫图鲁巴图鲁迅速与黑龙江将军联系，通知此地出现的情况，使其速派官员前来，重整地方官员，振此大集，挽回损失和影响，不可拖延。

乌莫图鲁巴图鲁听了春公主的话，思来想去，写好书函，叫铎琴当夜乘船去瑷珲副都统衙门，迅速转交富僧阿将军。

与此同时，乌莫图鲁巴图鲁又写一函，加盖兵部火票大印，也由铎琴带到瑷珲副都统衙门，命瑷珲副都统衙门，速飞马传递，送往京师，呈交内务府，再转兵部，呈交乾隆皇帝御览，奏报边关突发的奇情及自己的打算。

在楚勒罕大集上，铎琴去传报公函期间，乌莫图鲁巴图鲁、春公主、比牙格格等人首先在大集上，鸣锣击鼓，招集来当地的商民族众。一时间，楚勒罕大集上人山人海，都赶来看这北部边陲的新鲜事。

乌莫图鲁巴图鲁站在大集街中心一处高台子上，向众人公布了他带来的当今乾隆皇帝的玉玺，并公布、展示出自己的兵部发下来的黄缎子红皮朱砂写的关卡大照。

众人齐惊呼："呀！玉玺！"

"金黄黄的玉玺！"

"那可是纯金的！"

"瞧，还有关卡大照！"

"真是气派。"

众人震惊、好奇、佩服，并争先恐后向前拥挤，细看细观，大开眼界。

乌莫图鲁巴图鲁申明了自己清廷二等侍卫额驸的显赫身份，自己因公来此出巡，查楚勒罕大集遭歹徒劫持，遭到意想不到的破坏，清廷所派的哈番命官至今下落不明，并有歹徒持来哥吉比拉的两名渔人假扮哈番，应付族众，破坏了清廷楚勒罕大集的名声，狼子野心昭然若揭。

然后乌莫图鲁巴图鲁大喝一声："押上来！"

早有随从将胖子和那个随从在后面的帐篷里押了出来。

胖子头上缠着白布，已有血迹从耳畔透出。

乌莫图鲁巴图鲁又说："快些招来！"

"是，是，大人。"于是，那胖子和随从便一五一十地将自己正在打鱼，如何来了一伙歹人，将他们强行逼往这里冒充哈番的事说了一遍。

又加了一句："我等罪该万死！我等假冒朝廷命官罪该万死。"

胖子和随从为了保全性命，很配合乌莫图鲁巴图鲁、春公主和比牙格格的命令，当众讲出了自己来历的实情和冒充哈番的勾当，并求乌莫图鲁巴图鲁和族众饶了他们。

乌莫图鲁巴图鲁仗义执言，重申了清廷为巩固北部边疆，团结域北各族兄弟，以楚勒罕大集来充实北疆，使其世代安宁、幸福吉祥的宗旨。各族来朝贡、赶集、易货、周游的男女老少个个感动。大家齐声喝彩，拥护大清。

知道了这半年来楚勒罕大集如此冷落、清淡是坏人当道、欺人压市的原因之后，这里的族众重新燃起了对中原王朝大清的热情和信任之火。这也一下子震慑了那些妄图点起北疆民族间不睦之火，使之相互仇杀的坏人。

铎琴非常熟悉黑龙江萨哈连一带的交通、驿道、驿站、水陆等方面的情况。几日之后，他安全返回了楚勒罕大集。见到了哥哥乌莫图鲁巴图鲁，铎琴便把此次去瑷珲的情况告知了他。

此次铎琴前去瑷珲传送火信真是很巧，富僧阿将军正在副都统衙门，与水师营的旗兵们在三架山下的红土崖高滩参与两艘新筑造的战船下水仪式，并对战舰进行最后检验。得知此事，他非常感激春公主、比牙格格和乌莫图鲁巴图鲁，他们以拳拳报国的忠心，及时粉碎了这些歹徒企图分裂朝廷与北疆族众亲情关系的图谋，并且派来新任楚勒罕大集哈番色丹佐领，让其去见乌莫图鲁巴图鲁。

铎琴说："请色丹佐领进见巴图鲁大人！"

这时，新任的楚勒罕大集哈番色丹佐领走进了乌莫图鲁巴图鲁的帐篷，说："大人，新任哈番前来叩见。"

乌莫图鲁巴图鲁说："色丹佐领，从今往后就由你接任楚勒罕大集的哈番。还望尽心尽力，为我朝管好边民大集，以振我朝国威！"

色丹佐领答道："谢大人。"然后退出。

至此，色丹佐领出任楚勒罕大集的新任哈番，并掌管大集上的一切事务。楚勒罕大集重又热气腾腾地繁华热闹起来了。各族族众纷纷前来参加，楚勒罕大集上的黄龙旗又在海风的吹刮之下飘动起来，十分的威武耀眼。

次日清晨，乌莫图鲁巴图鲁、春公主、比牙格格、铎琴和众兄弟开动了长筏子就要起程了，这次是真要回到故乡去了。

行前，楚勒罕大集新任哈番色丹佐领率随人到海滨送行，随来的还有那个胖子和他的帮手。胖子和帮手认识了自己的过错，并已悔过自新，情愿跟随色丹佐领继续留在楚勒罕大集中干些杂役之事，干啥都行，不愿离开。他们愿以自己的功绩补偿过去的罪过，经色丹佐领的同意，才留了下来。

他们叩拜乌莫图鲁巴图鲁说："感激大人为小人指出一条明路。"

乌莫图鲁巴图鲁说："知错必改就好！还望你戴罪多加立功。"

胖子诺诺称是。

色丹也对胖子提出要求。乌莫图鲁巴图鲁、春公主、比牙格格、铎琴等人对色丹的安排与安置拍手叫好，称赞色丹佐领办事爽快，仁慈可亲，鼓励胖子他们两人要诚心诚意地为北疆办事，为民众办事，浪子回头金不换！说完，长筏一下子进入大海，乌莫图鲁、铎琴等人要回故乡了。

木筏子一下海，正好是一股风吹向北方，大筏子如长了翅膀，在水皮子上飞速前行，又平又稳，并随着风浪一上一下，一起一伏，不断前行，迅速地隐入茫茫的大海之中，飘向了遥远的海天交接之处。

色丹佐领等人留恋地望着大筏远去，他们在心底默默地祝愿木筏平安到达苦兀。

再说春公主，她看什么观察什么都比较细心。

当筏子快要离开楚勒罕大集岸边，马上起程之时，她无意中发现，那胖子和帮手虽也站在岸边，并与色丹佐领他们一齐来欢送她们出发，但她发现，那胖子的脸色和眼神儿一直有一种不悦的情绪，是一种不太痛快，又好像很热情，但又很严肃，又有些忧心忡忡的复杂心理，她仿佛已经看出了什么。

她看乌莫图鲁巴图鲁还在兴高采烈地眺望远处，向岸上隐约的人影点头微笑。春公主走上前来说："额驸，我有一事，要对您说。"

乌莫图鲁巴图鲁说："夫人请讲。"

春公主说："不知你注意到了吗？"

"注意什么？"

"那个曾经让你给削掉了一只耳朵的胖子……"

"怎么样？"

春公主说："我总看他对你不怀好意。你别看他脸上挂着微笑，但微笑的背后总是阴险的表情。我看，你这下可惹下了乱子，人家一定会记你仇的。"

"这……嗯。"

乌莫图鲁巴图鲁让夫人这么一说、一提醒，他回忆一下，也觉得当时那胖子表情异样，他的微笑很不自然，虽然当时也跟着色丹佐领招手告别，但他心中一定是在憎恨自己。但这种憎恨也是一种必然的。他也没把此事放在心上，他心中真正不断思虑的是另一件事。

此时，乌莫图鲁巴图鲁在心底里真正感到有所不安的是当时胖子对他说过的那个苦兀北地的头领卢赖。到楚勒罕大集，强行劫走了清廷的哈番，这不能不让他深深的思索。这是一件多么严重的事件呐，这个卢赖究竟要干什么呢？

劫走了清廷的官员，安插上自己的人马，控制住楚勒罕大集，让周边的族众都骂朝廷，都恨大清国，他们要做什么？还有，那被劫走的哈番如今被关押在哪里？是死是活？这个罪恶的主意又为了什么？这会对清廷在北疆年年举办的颇有影响的楚勒罕大集产生什么影响和后果呢？

他越想越觉得事情绝不那么简单。这是一个阴谋。

是谁发起的？谁又是这场阴谋的幕后人？卢赖是前台的小丑还是一个主要的行凶者？多么复杂的情况，他始终反复不停地在脑子里思索。虽然从表面上看来，他好像还是轻松快乐，可他自己知道，自己的心里比谁都不平静。所以当春公主向他提出关于胖子的事时，他还顾不上去想呀。

他知道，目前他心中最大的事就是赶快返回苦兀去，迅速查清卢赖的情况。他是干什么的？可能这个卢赖就是自己最主要最危险的对手！必须要迎上去，不能胆怯，不能首战失利，日后可就不好立足了，可就事事处处被动了。真的要认真思考后拿出一个恰当的办法去对付他。乌莫图鲁巴图鲁觉得事情很复杂，一时整理不清头绪，他便使自己暂时不去想这些事，先办眼前事。

人生就是如此，要分出主事、次事、大事、小事，哪些事先办，哪些事缓办，都要有明确的安排和打算，不然人这一辈子不会有一个消停的时日啊。

长长的大木筏已经离开黑龙江出海口的大滩，正在进入海峡，直向故土苦兀奔来。

黑龙江萨哈连出海口的海的对面，就是长长的苦兀岛，而且是苦兀岛的北端了。自明代以来，船舰在江中走水路直达苦兀。可是苦兀的人与大陆的人交往，一般不走这条水路，因为这太绕远了，也很不方便。他们都是从苦兀的西海岸中部山麓的两个大沟谷下海，渡海登西岸，这里是苦兀与西海岸大陆距离最近的地方。

苦兀岛上的山谷也是人们习惯经过的地方。海风刮起的云形成的暴雨常常使这些山谷洪水暴发，冲积出一些平缓的山坡，成了人们穿越苦兀到达海洋的必经之路。苦兀的两条山谷，两旁树木连绵起伏，谷底的两侧的坡岗开满了山花，风儿从山谷刮来，一阵阵浓郁的野花的香气直门呛人。由于自然条件的独特，对岸的人们站在对面的岸上，可以清清楚楚地看到两个山谷，大的喊声、说话声，都能听得很真切。

西海岸大陆的起点叫齐集站。

站，其实就是驿、驿站。齐集站在明以前就是中原通往北方的重要驿站。清以来，中原人到北方的舟船、车马、爬犁都要经过此地，并在此打尖，休整。齐集站附近是闻名的齐集湖，有大小许许多多湖泊。湖泊很奇特，是火山地貌，大的有几十上百里大，小的，甚至不足半里。但每个湖泊都是清水盈盈，一年四季清凉无比。也有一些小湖泊在久远的岁月中，渐渐地枯干了，形成了"旱湖"。旱湖还是保留了北部的奇特的风貌，还是湖口的样子，但没有了水，周边长出一圈青青的绿草，"湖"心上还形成了一块一块的小草甸子、小草场，十分奇特。

这些湖泊中的水都是淡水。往昔，苦兀人到达齐集站从齐集湖再步行西进，可进入萨哈连下游的混同江，再逆水坐船，进入松花江和牡丹江到达宁古塔，或者进入黑龙江到达瑷珲等地。这里是苦兀人出岛的要道。

这里的山谷河畔有一条条林间路，自然形式，野兽常行，有野猪走的路，熊常走的路，或者是鹿群、山羊走过的"道"，叫"鹿道""羊道"等。而猎人们常常来往此种道、路，便成了人间山路，也留下了不同的名字，很有特点。而且，这种山路往往是便捷的直路，好走得很。这是自然留给人类的一种生存之路。

其实人的路就是在自然中跟随动物的行踪而踏出来的踪迹啊！哪里都是这样。苦兀更是如此啊。

乌莫图鲁巴图率领众兄弟出了黑龙江萨哈连出海口之后，进入了海峡，又打舵南行，顺海峡海水的回流，紧贴着苦兀岛西海峡的峭壁悬崖不停南行，足足走了数十里，便进入额里亚河谷了。

这里的山峰在河谷的两岸高高耸起，很有气派，是苦兀西部最高的山峰苏克苏图阿林的山脉。这里从明代起就很出名，建立过苦兀地方政权卫所囊哈卫，古代还有拉喀屯建在花山腰的平地上。乌莫图鲁巴图鲁幼年随大人捕野豹时，在这一带还能偶尔得到一些大石蛋，都是古人争战时抛出的石蛋，现在这一带仍是乞列迷人后裔拖林普家族的主要生息之地。

木筏停靠在海岸边。顺着宽阔的山峡有一个大沟塘，人往里走去，走不过十余里，便要攀崖，上到苏克苏图阿林第二至三个台阶去。这时就会见到嘎珊的高高的瞭望塔、篝火台以及众多镶在半山林坡中的地窖子，那便是乌莫图鲁巴图鲁率领的众人，也就是铎琴等兄弟们的苦兀驻地。

乌莫图鲁巴图鲁又命花狸豹、花狸虎兄弟乘筏继续南下，因为两位老夫妻和两个孩子也坐这个大筏子回来的，要把二老和孩子安全送回他们居住的阿当吉阿林，那里在苦兀的南部，尚有数十里的海路与山路。乌莫图鲁巴图鲁、春公主、比牙格格、铎琴等众兄弟一一向二老告别，请他们有机会到苏克苏图阿林做客。

乌莫图鲁巴图鲁一再嘱咐花狸虎兄弟，说："你们一定要把老人安全送到家！"

兄弟二人说："放心吧，定能办到。"

乌莫图鲁巴图鲁又向老人说："请向你们的儿子和儿媳山本杏儿问候，我一定会去拜访他们的。"

于是，大家分手告别了。

铎琴和众兄弟去往中原王朝一晃已经是半年多了，儿子离家，早就引起德高望重的老首领——苦兀岛莽古吉里安班阿林淑勒罕嘎珊玛发拖林普的日夜思念，老人家每隔几天就叨咕几遍："铎琴这小子，怎么还不回来？"

"乌莫图鲁巴图鲁这回该回来了吧？"

"我现在急需要主心骨啊！"

"乞列迷可不是早些年的乞列迷了，现在天下分成好几伙的人，北有东正教，南有大和服，大清国再不着急来人，苦兀就可能一分两半，我们拖林普家族到何地站脚？难道萨哈连寻找不到自己的安乐窝吗？大清国啊，你可听到没有啊……"

老人那日夜在心间呼唤的声音穿越过多少日日夜夜，使族人也为之心焦。

时光就是如此的神速，铎琴与众兄弟去京师中原已经有半年左右的时间了，乞列迷人生活的苦兀发生了惊天动地的变化，处在一种令人意想不到的惊变之中。

乌莫图鲁巴图鲁与春公主、比牙格格、铎琴等在乍离京师时，还没什么感觉，可是，自从到了萨哈连出海口，看到楚勒罕大集上的不少陌生的行人面孔，又通过夜探楚勒罕大集，制伏了假楚勒罕大集清廷哈番大胖子，摸清了劫走哈番、架空楚勒罕大集的情况，方知情势的严峻和危机。这表明，有一股强大的反清逆流正在乞列迷众族人之中涌动，他们几个不约而同地想到苦兀一带也肯定会是这样。于是他们归心似箭，恨不得一步迈回故土苦兀，拜见老嘎珊玛发，共商大计，共谋对策。

这不，乌莫图鲁巴图鲁刚刚走下长筏，走进沟塘，向苏克苏图阿林的阿吉当山里走去，在阿吉当山上木板瞭望楼里的乞列迷族人们从老远就看到了。

哨兵说："哎呀！有人上来了。"

又一个哨兵一看，说："哎呀！好像是他们。"

谁？不用说，他们一看便知，这是族人们日夜在盼望和思念着的亲人铎琴等人，是他们从京师回来了！

这是个天大的喜事呀。

莽古吉里安班阿林淑勒罕嘎珊玛发拖林普这些日子，天天都在催问瞭望楼里的族人："看到没有，看到没有，看到我的小儿子铎琴回来没有？看没看到我的大儿子乌莫图鲁回来，这是咱们的主心骨啊。你们可快快地回来吧！真正要急死我这个白胡子老头子啦。"

老玛发急得每天茶饭不进，日夜不得安眠，简直活不下去啦。

嘎珊玛发正在焦急地等待。瞭望楼里的族众哨兵从楼上下来，跑上高山传告安班玛发："吉祥如意，您派出的铎琴回来了！"

老玛发简直不敢相信自己的耳朵，忙问："看清了吗？"

哨兵说："看清楚了，就是他们！"

这个消息，很快在苦兀的大海和山间传开。

乞列迷人的使者，从遥远的京师回来了！

乞列迷人的使者，从大清国皇上身边回来了！

乞列迷人的使者，带着皇上的恩赏回来了！

接亲人，接使者，

阿浑阿沙，快快敲起乞列迷人的木鼓，

阿玛妈妈，快快跳起乞列迷人的"号突鲁①"，

莽古吉里阿林的所有山巅卡哨，锣鼓、螺号全都震耳响起来了！

莽古吉里阿林的所有山巅卡哨，乞列迷男男女女，都载歌载舞起来了！

莽古吉里阿林的所有树屋、洞室，大大小小的堂舍族众，都走出来了！

莽古吉里阿林的所有喜鹊、山雀、斑鸠，各种鸟儿在欢乐声中鸣叫着飞翔起来了！

这是最欢欣的时刻，这是最神圣的时刻。

遵照祖先规制，迎接最亲近的贵人，要把乞列迷人的远世祖先魂骨都背出来，让祖先与子孙们共同兴高采烈，欢欣鼓舞。

祖先的魂骨，按照辈分都装在嵌花的柳木筒之中，镶在祖魂旗杆神座之上，由乞列迷儿孙高擎，按照辈分久远，顺序出行。这是儿孙踏着祖先之路，前赴后继，绵延永恒之意。

一代、二代、三代、四代祖先，未有传下名讳、留下魂骨，就以空匣代替，但擎魂旗仍以依次的顺序来排列，不可亵渎。从五代达妈妈直到十二代乞列迷首领的祖先魂骨，都在各魂骨匣内恭存，依序排列，擎旗前行。乞列迷这个千古不改的古俗，这次是接迎北京来的使者，拖林普嘎珊大玛发嘱告族人要按古训礼仪迎接使者。

从苦兀西海岸苏克苏图阿林的拖林普全族聚居的莽古乌吉里阿林山巅，走下来长长的迎接队伍，最前边引路的旗帜就是十二代拖林普祖先

---

① 号突鲁：满语，即欢舞的意思。

的魂骨旗。接着下山来的是一个用鲸鱼骨雕刻的鱼骨大座椅，八人抬着。

鱼骨椅上铺着黑斑豹皮，坐着乞列迷莽古吉里淑勒罕安班嘎珊玛发，十三代首领拖林普老爷爷。

各位阿哥，拖林普玛发老爷爷，是乞列迷人的尊称。乞列迷人最多活到五十多岁。拖林普老玛发今年才四十多岁。由于日夜在北疆海风中操劳，倍显苍老，故乞列迷人长辈即使再年轻，也以爷爷之称。

乞列迷人的祖先魂匣，子孙不管到何处都要随身携带，如有盛大节日聚会，便以旗形式高擎魂匣莅会，倍显肃穆壮观。

魂匣内有祖先骨尸的一部分，终年供祭。

拖林普玛发四周，跟随乞列迷男女老少百人，个个都穿着色彩斑斓的民族服装。有的穿用海螺壳镶嵌的九彩螺衫，戴着用金线编结，彩铃嘤嘤有声的盘花金彩帽；有的穿鲸皮大袄，披鹰翎雕羽斗篷，腰上挂着海石彩穗如意，明媚阳光下光彩照人。

乌莫图鲁巴图鲁、春公主、比牙格格、铎琴与众兄弟等人，一下子望见尊贵的嘎珊玛发拖林普亲率族人下山迎接，万分激动，向前跑步迎了上去。

乞列迷人没有什么过于繁杂的礼节。亲人相见，口中高喊着："孩子们，向嘎珊玛发爷爷叩头。"从京师而来的所有人立刻跪倒匍匐在地。

拖林普玛发忙命抬鱼骨大椅的八个人停下脚步。自己在族众的搀扶下，走下大椅，来到乌莫图鲁巴图鲁面前，一个一个把几位匍匐跪地的人都扶了起来。

见到小儿子铎琴，老玛发高兴地说："铎琴孩子有功啊，我们没白盼念，你终于把皇上的心意和大清国的威名给我接到了苦兀来啦！乞列迷人要给你庆大功的。"

老玛发走过来，双手拉住乌莫图鲁巴图鲁，激动得落下泪来。

他说："小乌莫图鲁，你怎么一走就是九年时光啊？是皇上器重留下你，还是你这乞列迷人忘了老根，想另投高枝啊？"

说着，老玛发还亲昵地用双手紧紧地捂了捂乌莫图鲁巴图鲁的脸，亲了又亲。

乌莫图鲁巴图鲁早已眼含热泪啦。

他擦了一把泪珠，激动地说："阿玛啊，乌莫图鲁的心一时一刻也想念着乞列迷，没有离开过乞列迷，我想念苦兀，想念您啊！等回到家里，儿子我要向阿玛详谈的。尊贵的至高无上的乞列迷的管家主帅啊，这回可好了……"

老玛发"哦"了一声，睁大了眼睛。

乌莫图鲁巴图鲁说："儿子乌莫图鲁把大清国皇上的恩宠和眷爱全都带到咱荒寒的苦兀岛上，让温暖的热流从此永远永远在苦兀岛上传留，暖遍所有的人，暖遍所有的海岛角落！"

拖林普安班玛发又望着陌生的春公主、比牙格格，刚要问怎么皇上送来了京师这样美丽的神女。

乌莫图鲁巴图鲁说："阿玛，咱们先回山上的家里，容孩儿们一一向嘎珊玛发介绍。有多少喜讯，容我到山上后一一禀报。"

拖林普玛发一听，也对，就点了点头，手一抬说："上山！"

于是，老玛发也不坐鱼骨大椅了，而是一手搂着铎琴，一手搂着乌莫图鲁，迈进高山的拖林普玛发的鲸骨作柱梁，海蛤作墙网，海龟作基石，东海万千枚晶莹海石镶嵌而成的楼堂之中。这里是乞列迷人心中的圣地。

按照乞列迷人老规矩，由传习色夫命各位一一坐好，他走到正厅中间的鲸皮大鼓前面，拿起熊掌鼓槌，猛地敲了三声，众乞列迷族人口中喊出"嗷——嗷——嗷"三声喊声，然后双腿蹲地，双手击掌，恭迎拖林普安班玛发升帐。

拖林普安班玛发一步步向上走去。

前面五级石阶。上面有鲸鱼、豹、熊、狼、猿、猞狸、野猪、山豹、火狐、雪狐等万兽皮张围制绣缝而成的坐椅，象征着苦兀山川秀美、壮丽。苦兀主人就坐在这高耸富饶的山川之上。

那皮椅的后背处，是以皮张做出的一幅巨画，一座座披着白雪的大山耸立在那里。那是北海苦兀无尽的雪峰，而雪峰之前，就是苦兀的罕王——嘎珊玛发拖林普。

遥远的雪峰，在清晰的蓝天下是那样的清澈、寒冷、遥远而威武，整个大厅和这里的人们仿佛都被映衬得很小，很远。那是大自然的一种神奇。

当嘎珊玛发坐在大椅上之后，传习色夫率众人一齐匍匐跪下，向嘎珊玛发致敬叩拜问安。嘎珊玛发站起来，回身在桌案上拿起鲸鱼血、熊血熬制的血酒，向匍匐跪在他面前的乞列迷人身上掸着这种驱邪的酒，神勇酒，聪智酒，凝聚酒。

众族人喊着"嗷——！嗷——！"之声，挺身站起，然后各自到自己选定的豹皮椅上坐好。这便是拖林普人千百年来的主人与族众的见面礼仪，从一代至十三代始终如此。

尽管时间、地点、环境不同，这礼节，这呼喊从未变过。

乌莫图鲁巴图鲁回来后，顿感亲切。他已经近九年没有开怀大喊那"嗷——嗷——"的神勇呼声了。那是精神在振奋，心底向往在释放，无需跺足击掌的激情举动就可以暴发的呼声。

春公主、比牙格格生平第一次听到这吼声，见到这无比激动人心的神圣场面和这种奇特而威严的仪式。那喊叫声、击掌声、跺足声，简直就是气壮山河的威武豪气的纵情展示，太震撼人了。

见面礼仪完毕，乌莫图鲁巴图鲁走到石阶前，又跪下给嘎珊安班玛发拖林普叩头，并禀报说："现在请玛发收下大清国赏赐的乌林。"

他让铎琴带着几个兄弟将带来的礼物一一献上，摆在厅堂中央。

乌莫图鲁巴图鲁捧出皇上御旨，当厅宣读。

因事先已让铎琴知晓，乌莫图鲁巴图鲁用汉文宣读，铎琴用乞列迷语字字翻译宣讲。

大意是：

大清国乾隆皇帝欣悦苦兀莽古吉里乞列迷拖林普族众，心向朝廷，耿耿忠心，赤情感人。特优渥嘉奖，世世代代远戍北疆，固我大清，永寿其昌。

特赏江南丝绢彩绸，三十疋

蓝斜纹杭布，五十疋

白细文麻布，五十疋

景泰蓝瓷釉用品九类，五大箱

金锭，十锭

银锭，十锭

锡锭，十五锭

铜锭，十五锭

白银，五百两

钦此

大清国乾隆四十一年望秋吉旦

乌莫图鲁巴图鲁宣读完毕，一宗宗赠品摆在厅堂。接着，乌莫图鲁巴图鲁开始介绍春公主、比牙格格。

按照乞列迷人的宗族礼仪，春公主、比牙格格先站起来。

　　她们走到石阶前，双膝跪倒，向嘎珊玛发拖林普行磕头大礼。然后，嘎珊玛发退下正位，锣鼓鞭炮齐鸣。

　　乌莫图鲁巴图鲁将皇上的御旨供于厅堂正中央，接着焚香叩拜，又在供案下边摆放两张鱼骨小椅，让春公主、比牙格格坐下。

　　嘎珊玛发来到春公主、比牙格格面前，行君臣见面叩拜礼。就在他要跪地上施礼时，春公主发话了。

　　她说："老玛发，一切皇廷礼仪就免去吧。"

　　嘎珊玛发拖林普还要施礼，被春公主拦住了。

　　族众站在一旁，依序上来一一叩拜皇家的两位公主。

　　春公主是深懂礼仪的皇家闺秀，又深受宫中及众大臣、福康安等的宣讲，知道北疆诸民的向心力和稳定对大清国的长治久安至关重要。于是，她便站起来亲手搀着莽古吉里安班玛发拖林普嘎珊玛发归回正座。春公主、比牙格格站在嘎珊玛发的左右。

　　春公主向众族人说道："众位乞列迷族众，都是我的父母兄弟。我下嫁到苦兀，生做苦兀人，死做苦兀鬼，永远和众位兄弟一心一德，同心协力，共建家园。因我与比牙格格初到苦兀，按宫廷礼仪相见我们，就这一次。以后，咱们完全按照乞列迷礼仪从事，不必拘泥。"

　　春公主的一番话，众乞列迷人听了感到非常的亲切，充满了好感。大家都齐声称赞起来："这公主真是位通情达理的人啊！"

　　"真是咱乞列迷的自家人。"

　　"一家人不说两家话嘛！"

　　大伙说什么的都有，但都是称赞和钦佩。

　　拖林普嘎珊玛发因乌莫图鲁巴图鲁和铎琴的回来，几天来，一直乐得合不拢嘴。特别是自己的两个心爱的儿子还带回来当今皇上赏赐的两个公主，这是多么大的殊荣啊！这证明，中原王朝大清国乾隆皇帝心里有咱远在东海的苦兀人，皇上惦记咱们乞列迷人啊！

　　拖林普安班嘎珊玛发兴高采烈地说："孩子们，走！跟我一块去游赏咱们的苦兀岛，陪着皇家的春公主、比牙格格出去走一走，熟悉一下你们的新家。要知道，我们的乞列迷人和满洲族各族姊妹兄弟，都是同文同种的血肉亲族，从大辽国、大金国到中原王朝宴席桌子上吃的海鱼菜，全都是北疆兄弟们世世代代贡献的。我这就领你们开开眼界，去见识见识！"

　　春公主和比牙格格连连地说："这可真是太好啦。"

拖林普嘎珊玛发还真是头一次这么有兴致，他亲自让传宣官传令，预备他特备好的捕鱼大船——双篷安般扎户台。这是一种非常独特的大船。

这种大船要由十人至二十人合力摇桨，能深入大海，多大的风涛怒浪都能经得起。在浪尖上飘摇，就仿佛是打秋千，忽上忽下，一会腾空，一会俯冲直下，让人心都悬到了嗓子眼，忽然又掉进了肚脐眼里。那股滋味真是令坐在船上的人一生一世也不能忘记，回味无穷。

春公主自小生在深宫大内，比牙格格虽不住在宫里也只是随父母去过北京城里的北海，她们哪见过这么无边无际的大海啊，眼睛都不够用了。拖林普老玛发讲的所有话题，她们听了都那么新鲜入心，对苦兀这块美妙神秘的大清北疆沃土肃然起敬，无限的爱慕。

拖林普安班嘎珊玛发亲自掌舵，乌莫图鲁巴图鲁已经九年没有吆喝号子了，他指挥划桨手，在故乡的西海岸鞑靼海峡上行船。这次拖林普老玛发特意让他来喊号子，也是为了看看他到底忘没忘故乡的乡歌呀。

别看乌莫图鲁巴图鲁现在已经是大清国皇上的爱婿，二等侍卫，离开大海整整九年了，可是一到了故乡的海上，他就完全变了样，豪气和壮勇精神一下子都迸发了出来。只见他脱掉了清朝的将军甲胄服饰，穿上了一身鲸鱼皮缝制的短袄短裤，脚蹬高筒海豚皮的大长靴，全身轻便、灵巧。

这种捕鲸大船都是船头站立一员嗓音洪亮，眼光锐敏，能够看清和辨认海风的风向，水流、浪花的急缓，海水幽暗浑厚的密度和变幻的"能人"，由他判断行船的吉凶。他要从海水幽暗浑厚的密度和变幻中洞测海中藏有何种鱼类、龟类、海兽或暗礁及沟涧。

所以一个大的渔船，全船的安危就靠两个人，一个是舵公，一个是喊号手，也就是"船达"，领航的师傅。其中，船达尤其重要，全船人的生命安全全系一身。

喊号子，跟军队出操一样。要求步调一致，人往一处想，劲往一处使，又齐又准确。喊海号子的人，不仅要有丰富的航海经验，还要有能说能唱的好嘴皮子。

乌莫图鲁巴图鲁今天可真卖上劲儿了。只见他脱下小褂，喊起了拖林普安班玛发教他的"删延乌春"。"删延乌春"海号子，就是赶海谣，既是乞列迷人的民谣，又是赶海人的号子歌，家喻户晓。他这一唱，可把拖林普老玛发的劲头给鼓动起来了，也跟着儿子唱起来。划桨的族众，猛然焕发出无穷的力量。桨在他们的手中，简直如同飞了起来，一个劲地在海中摇动，海水泛起了白花花的大浪，把偌大的海船给摇动得全身抖动，一直向前猛进，惊起了万余只白色海鸥，成群飞来。它们嘎嘎地叫着，在船上船旁人的头上头下不停地飞来飞去，喧闹，热舞，仿佛也在帮着划桨的人和唱号子的乌莫图鲁巴图鲁一块儿鼓劲儿！

春公主、比牙格格和铎琴，每人双手拿着一个像棒球棒似的划板，也在船边帮着划水。跟着歌声旋律，划着，划着……

> 安巴阔多离火达哈，
> 薄热索勒林文出浑佛西浑，
> 勒德喝孤热浮恩赫勒喝，
> 朱录嘎拉巴克查拉莫色勒比喝，
> 安巴莫德力阿朱巴林阔洁孙布喝，
> 莫德力额顿非胡肯扎户发夫德赫，
> 活薄他沙拉西德恩德图门朱混间。

汉译是：

> 扯起大风篷帆啊，
> 身躯向后仰啊，
> 脚跟加紧蹬啊，
> 双手猛力划呀，
> 大海赋伟力呀！
> 海风送轻舟，眨眼万里程。

这首古老的海号子一起，大伙热血沸腾。歌号声、海浪声、大风声交织在一起，在茫茫的大海上漂荡起来。

扎卡大船，因为众人精神好，又齐心协力，飞速一般在号子的指挥下，北出海峡，进入了北海。

拖林普安班玛发说："乌莫图鲁巴图鲁的海号子喊的好啊。大家心齐，桨划得有劲儿，半天工夫竟来到了北海！"

众人下船上岸。

这里是有名的鄂霍次克海一望无边的大海湾，海很深，盛产大海龟，有千余斤重。蓝鲸也特喜欢在这幽静海中栖息，这里是著名的海中聚宝盆，各种海中动物都可以在这见到和捕到。

鄂霍次克海是历朝都极为重视的海产品之源。满族先人世代亲昵地称它为"北海"。北京城里的名贵饭庄、海鲜店、鲜货客栈的海产品，许多是出自这里的海中。辽宋以来，有不少马队驮夫，不惧万里之遥，一年四季从这里到京师之间往返穿梭，史称"海鲜道"。这条"海鲜道"漫长无比，但人们风雪无阻、酷寒不惧地行走在这条漫长的驿道上。

大清国，不是有南中国的广东海疆，又有山东、江苏、厦门的东海海疆吗，为何都喜欢北土边疆的北海的海滨呢？原来，这域北酷寒，所有海产生物都长得非常肥大壮美，坚实厚敦。万物霜天锤炼得体魄肥硕，脂肪丰厚，肉质坚实，海中的鱼兽不同于其他地域，都体大沉重，有分量。

比如鲑鱼，即大玛哈鱼，它成长在海中，雌雄成熟后就回归河流，溯水而上，在河流上游交配甩籽。大鱼死在河中，幼鱼又顺河流回归到茫茫大海，成年后再返河流，这样一代一代地循环不已。这是生物与自然的一种天然合一，演化出独特的海洋与江河融合在一起的生物来，其味其质与其他地域截然不同。

黑龙江上所有与海联通的河流都有鲑鱼入海的鱼汛，都能到秋季捕捉鲑鱼，俗称大马哈鱼。人们甚至还把大马哈鱼从北海进入到各河流的时间、时辰、节气都算得非常准确紧密。当地的土人记得，当河岸上的蛾子幼虫一起，河中第一批大马哈鱼就上来了，人们立刻准备好各种捕鱼器具，日夜守候在河边。

第一批大马哈鱼，个个肥壮有力，身上闪着青幽幽的光泽，照得河水都变了颜色，捕捞起来也很顺手。第六七天左右，也就是岸上草棵里的蛾子翅膀开始变成蓝色时，第二批大马哈鱼就该上来啦。

第二批大马哈鱼，由于从海洋出发的时间稍晚，它们游到河流水道中时，已开始瘦了些，而且最明显的是已长出二颗门牙，呲在唇外。人们捕捉它们可以取其皮来制鞋、袜、衣服。因这时它们的肉和皮已不太适合鲜食，可制鱼干，以备漫长的严寒冬季食用。当岸上草棵中的蛾子身上完全失去了灰粉，并由灰、蓝色渐渐地变成花色时（大约又过了一周左右），第三批大马哈鱼上来了。

第三批大马哈鱼，已长得又瘦又长，而且嘴上的门牙已支出四到八颗，肉已完全不可食用。但其皮非常结实，有抗力，可制上等的服饰和各种生活用品。土人日夜捕捞，为漫长的冬至贮备生产生活资料。大海与江河已形成有规律的生物链，人与自然也已深深地融合在一起。

苦兀各河流也有鲑鱼的影子，在苦兀的各河流中捕到的鲑鱼都非常硕大，在三四十斤左右，肉质非常的肥美丰实。人们将这些鱼切成块放入大缸中腌上。吃时随时取出，鲜嫩极了，散发着大海一样的浓郁气息，百食而不厌。

苦兀森林中的棕熊、野猪、狐狸、鹿、豹、山狸子、貉子、獾子，它们的体型都比内地的大得多，而且个个肥壮。特别是棕熊，身高可达一米九，体重可达四百多公斤，很是惊人！苦兀水域聚集许多海中兽类，都是哺乳动物，如鲸、海狮、海象、海豹、海狗（海熊）、海豚，近海鱼类有鲱鱼、鲭鱼、金枪鱼、鲑鱼、沙丁鱼、凤尾鱼、鳕鱼、鳟鱼等。此外，还有虾、螃蟹、牡蛎、蛤、龙虾、龟等。

拖林普玛发是位勤恳的管家人，他选在北海鄂霍次克海布斤岛上利用一个早年棕熊栖居的大洞穴，改建成一座"大海货仓"。洞窟之中，分成了许多单独仓房，仓房中装满拖林普族众捕获的海产物，琳琅满目，令众人大开眼界。

第一个海仓是海狗仓——肯根仓[1]。

海狗，又称海熊，俗称腽肭兽，属于哺乳纲，鳍足目，又称海狗利。公海狗长得大，雌性长得小，体黑色，腹白，栖息于北太平洋。苦兀和鄂霍次克海是重要的海狗活动区。这种海兽毛皮优良，非常的名贵。海狗的睾丸与阴茎全部割出、晒干，存放在通风地带使其渐渐地阴干，可防腐蚀，防虫蛀和鼠害。药用时可烤熟制粉，沏水服用，亦可蒸煮食用，其功能远比鹿鞭、狗鞭、熊鞭见效快。故此，明清以来，北海一带的海狗补品其价十分昂贵。

第二个海仓是海象仓——莫德里苏凡包[2]。

海象，哺乳纲，鳍足目。雄海象体长且大，达三米，重一千公斤以上。海象头圆，嘴短而阔，上犬齿特别发达，宛如象牙，用以掘食和攻防。四肢呈鳍状，后肢能弯，向前分，借以在冰块和陆上行动。通常群居于浮冰或海岸附近，以牙掘食沙泥中贝类，四至六月生殖。通常一年一产仔分布在北极地域。肉和脂肪可食，牙可做雕刻的上乘原料，历来为世人重视和征集。其骨和皮可做各种器具。

第三个海仓是海豹仓——痕给包[3]。

海豹，哺乳纲，鳍足目。海豹体长一米五米，背部呈灰色，假以暗褐色。黑色斑点，尾短，前后肢呈鳍状，海中生活。苦兀一带也盛产。

---

① 肯根仓：海狗仓。

② 莫德里苏凡包：海象仓。

③ 痕给包：海豹仓。

主食鱼类、甲壳类、贝类，大部分时间栖息于海里，能潜水较长时间。产仔、哺乳、配与换毛时生活于陆地或冰上。其皮可制衣、雨具和帐篷。肉可食，脂肪是乞列迷人的常用灯油，祭用灯油。

第四个海仓是海獭仓——勒克勒黑包[①]。

海獭，哺乳纲，食肉目，鼬科。体圆筒形，雄性较大，长一米余。尾甚长，前肢矮，后肢长，趾间有蹼，成鳍状，善游泳和潜水。生活于苦兀等北海之中。仅休息和生育时上陆。主食鱼类、海胆和软体动物。每胎一仔，分布在苦兀北海、勘察加、阿拉斯加等处的海中。毛皮甚是珍贵，可做大衣、皮帽。辽金以来就是中原百姓必争购的皮货。

第五个海仓是皮货仓——伏勒德赫包[②]。这是最最壮观的大货仓了。这里分了好几个库仓，全都是用木板围成的房间。

有雪兔皮仓、雪狐皮仓、雪豹皮仓、雪獭皮仓、白熊皮仓、棕熊皮仓、貉皮仓、狗皮仓。另外，还有雕房，里面大木高架子上，支撑着六只大雕的全羽骨架，每只雕的翅膀展开都有十步至十五步长，可见这种海雕最大者可以蔽盖天宇。

除此而外，还专门将雕羽、雕翎，一枚枚地梳理平整，拼成一叠一叠的，每叠又分别以色调、长短不同，各据一处，整齐有方。

这些仓，简直就是世上的"万宝"库，真是要啥有啥，都是稀奇和珍贵的东西呀。

拖林普安班玛发说："这些都是为京师朝廷预备的。京师年年派专门笔贴来选取，我们按京师文凭的规定，按类按额按时派员专程转送京师。雍正末年之后，京师来文减少。不过我们依然按照康熙朝的规定，年年备办不辍。这些个货仓就是专为朝廷备办的，我们早有准备。只要来文，我们即呈献不息，以免临时忙于采集而误了朝廷大事，质量不能保障可不行啊。"

春公主听了很是感动。在深宫中常见公公们给送来各种皮货，洁白如雪，感到是非常神奇之物，原来都是出自万里之遥的苦兀。皇阿玛乾隆帝的御案上，插有三大根褐红色，长有三尺余的羽翎，知道不是孔雀翎，也不是雉鸡翎，非常美观珍稀，皇阿玛非常喜爱。太监和公公们整理御案时，皇上每每一再嘱咐，别碰了他的雕翎，原来都是出自北海

---

① 勒克勒黑包：海獭仓。
② 伏勒德赫包：皮货仓。

啊！她不由地对拖林普嘎珊玛发肃然起敬起来。

拖林普安班嘎珊玛发把春公主等众人带到鄂霍次克北海海湾的美人松岛上。这里洞穴特别多，还有火山痕迹。苦兀到勘察加有众多火山，时常就喷发，浓烟滚滚，到处闻得到刺鼻的硫磺味，海边有不少火山岩石。

拖林普老玛发很熟悉北海，就像熟悉他身上的每一处部位一样。他能知道鄂霍次克海的每一处波涛下，哪最深，哪最浅，哪里有什么鱼类和海兽，这一切都在他的脑子里。

这时，他让春公主和比牙格格脱下靴子，挽起裤腿，告诉她们，这里火山岩石多，不深，不要怕。他说："你们手拉手走，脚要踩实成了，再迈开第二步，就不怕滑入深海中了。"

比牙格格说："我有点怕！"

拖林普说："不要怕孩子，有我们在！"

春公主、比牙格格就按照老玛发说的，手拉着手，跟着拖林普老玛发前行，他们来到了海中这个美人松岛。

美人松岛上长着钻天高的美人松，笔直笔直的，只在树顶上有些枝杈，修长美丽，真宛如一位位亭亭玉立的美女，在凝视着蔚蓝色并有冰块流动的茫茫大海，仿佛一位位美女在静静地想什么，思索什么似的。

拖林普老玛发并不关心这些。他把大家带到美人松岛岸边的海滩上，这时大家才注意到，原来在岛岸边海水处，有不少洞。春公主和比牙格格好奇起来，认为是燕子窝，细想又不对，燕子绝不会飞这么低，在海滨来筑窝巢呀，这是什么空穴呢？

拖林普嘎珊玛发便捡起一个小木棍，将小木棍插进去。

洞不怎么深。只见他摇动了不大的工夫，突然猛地往外一抽手中的小木棍，又蹚着没了小腿的海水来到小洞穴旁，用木棍拨开落叶，将小木棍插进去又猛地往外一抽就带出了一个金黄色的大螃蟹来。

这大螃蟹还很厉害，气性很大，用自己的蟹夹子狠狠夹住小木棍，伸展着大长腿不松开，还是拖林普安班嘎珊玛发把小木棍松开手，螃蟹和小木棍才一起落在海滩的沙地上。

拖林普玛发对春公主和比牙格格说："这是闻名的东海金盆蟹！"

比牙格格说："金盆？"

拖林普玛发说："是说它们像一个个闪闪发黄的小金盆。秋天，蟹黄可肥了，吃起来喷香可口！蟹夹中的肉洁白如雪，肉又厚又多，好吃极了，味道独特，是中原最喜欢的北海佳肴啊！"

春公主、比牙格格、乌莫图鲁巴图鲁都知道，皇上赐宴或举行什么国宴，招待外番使臣，都必上名贵的金盆蟹来"压席"（上最贵重的拿手菜肴），原来这"金盆蟹"就在这儿呀。

于是，春公主、比牙格格也学着拖林普的样子，她们从地上拣起一根小木棍儿，走到那些小洞口前，往洞里头插棍抓蟹，可是什么都没有抓出来。还是乌莫图鲁巴图鲁、铎琴等人捉出来一个又一个金盆蟹。

拖林普老玛发看着两位皱眉头的心爱的公主说："两位公主，你们还不熟悉这些螃蟹的脾气。"

春公主："脾气？"

比牙格格："它们还有脾气？"

拖林普老玛发笑了。他说："它们和人一样，也是有脾气的。它们喜欢安静，进洞之前，必寻找一个大树叶，或几根草，把洞口堵上，它们才安静地在洞里休息或睡觉。它们怕阳光，所以先把洞口堵严了。你们要抓金盆蟹时先要看一看，这个洞口是不是堵上了。如果堵上了，就说明里边有金盆蟹，如果没堵上就说明那个洞穴还是空空的呢！"

拖林普老玛发这么一说，春公主和比牙格格才恍然大悟，怪不得她们用小棍去捅那洞穴也不见动静呢。原来，蟹没在里边。她们又按照老玛发的指点去抓螃蟹，果然每人都捉出一个大金盆蟹来。

这时，天空突然传来奇特的鸣叫声。

乌莫图鲁巴图鲁说："海雕在头上盘旋呢。"

众人抬头望去，只见几只大雕正在头顶上盘旋着。

拖林普嘎珊玛发叫铎琴说："铎琴，今天咱们莽古吉里阿林来了尊贵的皇家格格，还有你的沙里甘。乞列迷人有个礼节，贵人来了，要送喜蛋。这喜蛋，必定是从高山上取来达敏①蛋，象征天神送来了喜瑞满堂。"

铎琴说："阿玛，山这么高，我还得攀登。要是没有呢？怎么办？"

拖林普嘎珊玛发说："懒虫，你怎么知道没有雕蛋呢？"

铎琴说："肯定有？"

拖林普嘎珊玛发说："肯定有。雕生在北方寒冷地方，只要身体壮，羽毛丰盛，它们随时都关心生育后代的。"

---

① 达敏：满语，即雕。

铎琴听了，点点头。

铎琴重新穿上靴子，跑步来到悬崖前，他看了看几个山头，便寻找到了攀崖的路程，然后对大家挥挥手，开始攀爬了。

看铎琴要登峰，春公主、比牙格格都担心地紧盯着铎琴。

可是铎琴利索地攀山爬林头，又跳上悬崖，活像一个小飞鼠子一样，蹿来蹿去，最后变成一个小黑点在峭壁上移动，渐渐远去了身影，最后，他一下子消失在大山尽头。

大家都有些焦急了，情况怎么样了呢？

春公主和比牙格格更是担心，铎琴哪里去了呢？

谁知，正当春公主和比牙格格非常焦急时，拖林普老玛发说："二位公主不要着急，爬悬崖是他的本事。"

拖林普老玛发正说着，不知何时，也不知怎么回来的，铎琴已来到了春公主和比牙格格的面前，而且手里真的就捧着两个正热乎乎的大雕蛋。他们真正丰收而归了。

晚上，拖林普安班嘎珊玛发率领乌莫图鲁巴图鲁和春公主、铎琴和比牙格格，牵来氏族的棕熊，这是铎琴在山林里从小熊时就抱回来养成的八百来斤重的一头大棕熊玛发。大家共同叩拜自己的祖先拖林普的红蛤蜊，共同叩拜协助部族兴旺发达的熊神玛发。

叩拜了海神妈妈，敬告祖神红蛤蜊又添人进口，壮大了氏族。接着，在欢乐的祭祖踏歌中共跳同欢舞、篝火舞，共饮橡子籽和野刺合成的米儿酒，共吃金盆蟹大宴。

春公主、比牙格格每人分享了一个代表吉祥如意的大雕蛋，寓意生的儿女都必会有雕的勇敢无畏的奋斗精神。这一晚，大家欢乐无比，整个苦兀山林都欢腾起来了。

回到故乡的第三天，拖林普安班嘎珊玛发，按照乞列迷人的老规矩，要给比牙格格和自己的小儿子铎琴举办婚事了。

乞列迷人地处苦兀，这儿土地苦寒，一年绝大多数的时光都是与冰天雪地为伴，与寒风冷雪为友，妇女生养十分艰难。一个乞列迷人能活到三十岁就是天助了，活到四十岁的都稀少，能活到五十岁开外的人，有如活神仙，必是神灵赋予的年岁。

所以在当地，从女人怀孕起，夫妻俩就要天天给祖神、海神祷告叩头，为生命祝福。尽管如此，女人在分娩时还是等于过生死关。多少妇女生孩子难产，与腹中胎儿一起命归黄泉。

一个嘎珊，能有几个新生儿，太不易了。女人怀孕大多数都流产。因为这里的族人都是去海上作业，网鱼，在海上与冰雪冰山为伴，总是身受风湿、风寒，女人小产简直就是家常便饭，所以孩子稀奇少。更严重的是女子越流产越不易怀上孩子。女孩十一二岁就出嫁，男人一生有几个妻子，就希望能多妻多生子，多留下后代。但尽管这样，在无医无药的苦兀地方，照样是人口稀少。

乌莫图鲁巴图鲁在九年前，已经有了妻子，并已经有了一女一男两个孩子。这次回来，原来的妻子还在等着他。他的女儿是老大，如今女儿流流十四岁了，已经嫁到塔塔玛阿林的弟特部落，儿子牛牛十二岁，刚娶来阿当吉阿林的衣布家的也是十二岁的妻子。

春公主是个开明的人，她事先并不知这个事。她是受皇阿玛之旨，赐嫁给乌莫图鲁巴图鲁的，完全是身不由己呀，自己并没有选择的权利。来到苦兀才知此事。她知道此事之后，依然是麻木的心态，不怨，也不恨丈夫，一切全都认了。

乌莫图鲁巴图鲁曾经问过春公主："公主，你说该怎么办？怎么处理为好？"

春公主见乌莫图鲁巴图鲁的前妻小石头，是很老老实实的一个乞列迷女子，娘家是北山巴哈提哈喇人氏，擅长打网捕鱼、叉鲸鱼、胳膊粗，力气很大，刚看上去是一个又瘦又小的女人，可是甩出去钢叉百步之外都能扎进老槐树里去。就凭这个本事，为拖林普家族几年来扎住了十数条大小鲸鱼，不逊于任何男子。

春公主从心里佩服丈夫的前妻小石头。男人不在家，她自己能守得住，没有半句闲言碎语诬告她，而且是全族的捕鱼能手。当听了丈夫的问话，她心里早已想好了。

春公主首先表态说："小石头是我的好姐姐，不要让她走。咱们就在一起过吧。"

小石头一听，痛哭流涕地跪下，给春公主磕头，感激她收留了自己。

春公主还常以自己身体不适于北方的水土，全身乏力，头晕失眠，喜欢自己静静地入睡为借口，让乌莫图鲁巴图鲁多与小石头去亲热，以便重归于好，这样也好点燃他们夫妻久别的思念欲火，让他们夜夜去共眠。多好的一个人啊！春公主从不去计较，安然无事，从不流露出半点的伤情。

在拖林普安班嘎珊玛发亲自主持之下，族人为比牙格格和铎琴二人办理了婚姻大礼。按乞列迷人的习俗，为比牙格格做了九套雪貂衣袍、九套银狐衣狍、九套雪兔衣袍、九套天鹅衣袍，共计是三十六套银色的衣袍。这些婚服堆在热炕上足足占有一房间。

比牙格格一看，说："穿不了这么多厚厚的衣袍。"

拖林普老玛发说："孩子，你不懂。咱们苦兀这儿天冷、地寒，小心别冻着，影响我要子孙呀！"

比牙格格乐了，说："不会的。"

大家也跟着欢笑起来。

在用海象牙给比牙格格用雕刻白玉床、椅、衣柜之时，突然，铎琴早年娶的妻子小鱼儿来了。

小鱼儿大哭大闹："你们这是干什么呀？"

比牙格格一下子愣啦。

铎琴说："小鱼，这是我新娶来的妻室。"

小鱼儿又吵又闹，满地哭叫。她一定不让比牙格格排在她之前，并气呼呼地说道："就是娶妻，也应有个先来后到哇！"

比牙格格事先哪知道铎琴已经有了妻室啊，而且还这么没大没小，敢跟大清国大将军、侯爷之女比高低，这成何体统？她可不是春公主，她是眼睛里不能揉进沙子的人，她绝不会答应。在一怒之下，比牙格格上去就扇了小鱼儿一个大嘴巴子。

众人一下子都愣了。打小鱼儿可就惹了事啦。

这小鱼儿也是出名的苦兀部落塔塔玛的姑娘，不是个老实的人。被打了之后，她立刻走了。她回到部落，在娘家那里一下子领来了一大帮乞列迷人，硬说是大清国的汉人在苦兀欺侮我们海上人，仗势压人，要去朝廷找皇上论论理去。

他们来到拖林普安班玛发的住处，把拖林普老玛发的房子给围起来了，吵吵嚷嚷。拖林普老玛发怎么劝也劝不住，又不敢当着他们的面指责训教比牙格格，那是从皇上身边来的贵人呐！怎么办呢，得罪不起呀。可不教训她，小鱼儿那边一大帮人又不肯答应，这可急坏了拖林普老玛发。

这时，乌莫图鲁巴图鲁和春公主也走过来劝架，安慰小鱼儿。最后，还是乌莫图鲁巴图鲁硬是把比牙格格劝来，好话说了千千万，安慰比牙格格，一定要看在皇上的份上，不能得罪乞列迷人，也不要给拖林普老玛发添麻烦，给老人一个台阶下。

春公主含着泪说:"比牙,听我说,咱们做女人的都命苦!还是为了皇上着想吧,一切都忍了吧,你就忍了吧。"

"嗯。"

比牙格格含着泪,抱住春公主一起伤心地哭起来。

哭过一会儿之后,比牙格格向小鱼儿道歉:"小鱼儿姐姐,你做正的,我做副的,这还不成吗?"说着,又是大哭起来。

她这一哭,也把小鱼儿给哭动心了。小鱼儿完全被比牙格格所感动了。她搂着比牙格格一起哭,气也消了。

塔塔玛哈喇的人们,一见姐妹两个已经和好了,也就各自散去,回到自己的部落里去了。

当比牙格格和小鱼儿争吵时,铎琴实在无法解释,不知躲到哪里去了,直到双方都平静下来,和好如初,小鱼儿坐在炕上,比牙格格站在地上,还给小鱼儿去送水,铎琴这才回来。

他一进屋,正见到比牙格格给小鱼儿端水递水。见到这个场面,铎琴忍不住地说:"想不到,比牙格格你还真懂我们乞列迷人的规矩。你真好!"

没想到,铎琴这么一说,又惹恼了炕上坐着的小鱼儿,她说:"你是一个忘恩负义的人!"但是,也只是这么说一句,一切也就过去了。

而比牙格格呢,她什么也没有说,她一声也未吭。

她心里铭记着春公主说的话,做女人的命苦,做皇上与北方诸族和好的工具更苦,不必再有它求了。想着想着,眼泪只是往肚子里咽罢了,还能怎么样呢。比牙格格的大婚,在十分凄凉的气氛之中静静熬过去的。而每个人都是心事重重,无法生出笑容来。

为此事,拖林普安班玛发还闹了一场大病。让他最为惊吓的是铎琴的前妻小鱼儿竟然招来了塔塔玛部的乞列迷人,真怕双方吵闹起来,甚至发生冲突打斗起来。他出了一身的冷汗,引起了风寒,倒了几天。

拖林普玛发病倒了,本来,老人苦等自己的两个儿子乌莫图鲁巴图鲁和铎琴快回来是有原因的,如今,江河日下,朝不如夕,苦兀已经不平静了,必须迅速告诉乌莫图鲁巴图鲁,要让他拿出个办法来,这苦兀未来的处境堪忧啊!北方罗刹正时时进逼,东方日本也是时时地进逼,都在像见肥肉似的想马上张口吞掉苦兀这个地方,明争暗斗已经出现端倪了,不可粗心大意,掉以轻心啊。

拖林普玛发想到这里,决定次日晨要族人将乌莫图鲁巴图鲁和春公主、铎琴和比牙格格都招来。

次日，乌莫图鲁巴图鲁、春公主等人一到，拖林普安班玛发就开门见山地对这些久盼的远道而来的亲人们讲话了。

莽古吉里安班玛发拖林普嘎珊玛发说道："公主、格格、乌莫图鲁，你们来得真是时候啊。如今的苦兀可不是早年的苦兀了。到我十三代嘎珊执政之时，苦兀远近闻名，天下皆知，都来闯苦兀，抢苦兀，快把苦兀给分割净尽了！我们祖先占据的地盘，就是苏克苏图阿林这片山谷，方圆数百里。古代的喀拉屯，就在山北那片沟里的平川地上，从谷口西行，可顺喀拉毕拉进入西海，到达鞑靼海北部海域一带。这里不论是冬天还是夏日，海产相当富有，有捕不完用不尽的鱼虾、水产；顺沟塘东进，行百里多地，两山大谷里长满各种树木，结各种果实；有熊、狼、鹿、獾、豹子、野猪、红狐等各种大小野兽，皮张也极为富有。乞列迷人穿的衣裳都是这山谷里的皮革缝制而成的，几代人也不会缺少衣物裘服；有各种大雕，出名的苦兀大鹏，站在地上一人多高，双翅展开有五十多步宽，能把一幢百人住的树屋，一下子用羽翼完全地裹住、罩住，风雨不透！如果飞到头顶上，能遮住半边天空。总之，我们的苦兀是最富有的家乡！可是，这几年不行了。孩子们，这几年，北山部落壮大起来了，他们从苦兀岛的最北端海滨，向南直下，右臂已经触摸到我们的苏克苏图阿林，原先我们祖先生存的土地——喀拉屯河谷地方，已被他们霸占，那里有他们的族众百人日夜守护，谁敢闯进去，他们二话不说就用从北方引进来的枪弹射击，不逃跑就打死，然后扔进西海的沟谷之中，成为野狼的美餐。而他们的左臂已伸展到塔塔玛阿林，那里也成为了他们的势力范围，凡是敢跟他们争雄者，就是用刀砍、石砸，以矛刺杀而使之死去，他们成了恶魔，凶狠残忍无比。铎琴自去中原京师，到如今回来，咱们的族众已经被他们伤害七十余人，还有一些族人至今，下落不明啊！是否让北山野人给捉去，关押在哪里，至今还是一个谜，无从得知实情。乌莫图鲁啊，我的好孩子，你们可不能掉以轻心。如何对付这个威胁，对付这个挑战，该有清醒的办法了。"

拖林普嘎珊玛发，接着又叹息地说："乌莫图鲁，明日北山来人娶亲，可能那位大头领还会来呢！你们还得精心准备。"

乌莫图鲁一惊，说："怎么，我们要跟北山的野人联姻，这怎么行？"

拖林普嘎珊玛发无奈地打了个唉声。

乌莫图鲁又说："嘎珊玛发，这样不行，不能和他们联姻。我们的沙里甘居哪里联姻不成啊！"

铎琴也同意哥哥乌莫图鲁巴图鲁的看法。他说："他们来，我们撵走他们！轰走他们。"

拖林普嘎珊玛发说："我们乞列迷人说话从来都是像大雁一样，既然把话说出去了，就不能回头。咳！这都是早年定下的老规矩。已经几代了，哪能说变就变呐？"

乌莫图鲁和铎琴说的都是气话。他们也明白，这是祖制。乌莫图鲁、铎琴就是拖林普玛发与北山女人成婚生下来的啊。

乞列迷人与北疆各族部落一样，从遥远的年代起，祖上的老人们就互相联络各方，约定俗成，建立"对婚"桩子，就是选定一个与自己血缘没有联姻关系的部族，子孙都很健壮、聪明，打猎出海都能干，没有残疾，不是疾病患者，互相选婚。

而且，各部落又不能十分遥远，双方的嘎珊玛发就要选出良辰吉日，由双方部落的男女萨满祭天跳神，向神母禀告，申明两个大海上互不相识的儿孙从今以后，互换子孙，男婴孩要娶女婴孩，互相搭配成姻缘，从此两个部落由陌生变成儿女亲家部落，如有违背，或者是各部族男女私自偷婚与本部亲族男女私密媾和，一经捉拿，绝不宽恕，甚至因此而发生殴斗血拼时，两部头领可处死违规的男女。

处死的办法也多种多样。有以火烧死，投海淹死，野兽咬死。各部族还为此立下了牛皮契约，相互换儿女。并一致选出一个风景清幽之地，立有"婚姻楼""换亲塔"，每年冬雪消融，禽鸟开始恋情之时，冬去春来，人也就盼着男女相亲了。

在这种时候，乞列迷族中部落也就允许本族男女去远地"婚姻楼""换亲桩"（也称婚姻楼、换亲塔）等地方，那里有专设的"婚房"，外边多挂有花卉，海豹胎脐的标志。两族男女相认，如果有意，就可以相爱，然后把自己喜爱的一方带回自己的部落，并禀告嘎珊达和亲人，名正言顺地结为夫妻了。乞列迷族多少年来就是以此方式来保证本族人的健康，后代是聪明的鲸鱼，勇猛的棕熊，豪然生存在人间。

乞列迷这个规矩，已经有些年代了。住在苏克苏图阿林莽古吉里大山里的喀拉屯后代的乞列迷人，沿袭着与外族互通婚姻的古制，他们所处的地理位置与他们相近的另一个血缘部落的乞列迷人，就是巴哈提哈喇，自古称巴哈提部，世居于冰霜风雪最凶猛的北方一带，位于苦兀岛最北方一端沿海岛屿，生活在那里的巴哈提家族最能抗寒冷，终年与白雪冰凌为伴，生下的孩子，妈妈们就先给他们洗冰浴，海水雪浴，孕妇和婴儿都不会冻病，反而更硬实，不怕寒冷，个个像小铁疙瘩一样。

生命如铁，便是如此啊！

弱小的生命一落地，就像洗衣一样，用冰水雪水去为他们洗浴。当冰冷的雪沫子、冰碴子、雪水子一捧到孩子身上，小生命便一激灵，他们一抖，反而张开小嘴乐啦。

尽管冰雪使小生命一个个冰得嘴唇发紫、发黑，但他们以为生命就该这样，一个个乐于接受，也便适应了这种生存环境和生活方式，从此练就了在北风、寒冷、风雪中生活的能力和习惯啦。

巴哈提人的饮食总是与冰雪有关。他们喜欢吃冰食、冻食、凉食，不凉不冻反而还不习惯。就是鲜鱼鲜肉，也还要拿到外面的大风雪中冻一冻或凉上一宿再吃。他们说，这样吃起来新鲜，有味儿，也嚼得更香甜，有浓郁的味道。

巴哈提部族的人，最能在东海的冰雪上，坚冰百里的冻土上，雪深没膝的地上奔走，他们从不怕风雪。头和身上披着熊皮大帽，穿着熊皮大袍，足蹬棕熊大靴，比乞列迷任何地方的族人都能耐住风寒。他们不分男女，都像一盆火，照暖了北疆。

巴哈提族人自豪地说："阿布卡赫赫把火神玛发和妈妈放在我们的心里了。所以，我们本身就是火的子孙！"

乞列迷语中，"巴哈提"确实就是"烈火"之意。巴哈提人不怕冰雪，是北疆雪山的常客。

在苦兀的雪山上，北疆的冰雪上，甚至勘察加、楚克奇都有巴哈提人的足迹。他们能追踪北极熊，追捕雪狐、雪獭，捕捉比人还高还大还凶猛的翼展百步之遥的北疆大鹏雕，其翎可以盖房舍，做盔冠，而且非常神武美观醒目，甚至远在阿拉斯加的印第安人，也不远万里坐着大雪橇，赶着上百条阿拉斯加的雪犬，一走就是一两个月，到苦兀专拜访巴哈提人，来购买他们网猎的大鹏雕，不惜重金。

不少苦兀乞列迷部族盼着、争着、等着愿意与他们建立联姻关系，愿意使自己的儿孙有巴哈提部族人的血统，可以振奋部族的气势。

乌莫图鲁巴图鲁、铎琴他们如此勇敢、聪明、足智多谋，很可能就跟拥有乞列迷人与巴哈提部族的血缘和血统有关系。

乌莫图鲁巴图鲁想到这些，也就无言可说了。

不用讳言，卢赖的生身母亲是拖林普老玛发的同母姐姐，嫁到北山野人部落，与卢赖的生身父亲巴哈提哈喇嘎珊达玛发结合。他一生下来，就像一个豹崽子，众儿都不敢靠近他，别说谁敢欺负他了。

其实，任何事情都是相对的，北山野人虽然凶悍无比，但在北土的苦兀岛上闻名无比，是苦兀岛乞列迷人的优秀代表。这个人种的血缘也有拖林普部落的血缘基因，双方血缘长期交融，才形成了北方野人的优秀品格和智慧。乞列迷人是北疆最有生存能力和智慧的部族啊。

乌莫图鲁巴图鲁仔细思忖之后，决定还是以乞列迷人的礼仪迎接北山野人的联姻队伍，让他们来，遵从从前的古礼古俗，组成做到仁至义尽。

但是事实上，并不是这样啊。

人生，往往就是由意想不到或冤家路窄组成的。

各位阿哥，你们说北山野人的联姻队伍由谁领队、由谁带头来到莽古吉里阿林拖林普部落来的？

拖林普嘎珊玛发高兴地手拉着北山野人部落现在的大头领巴哈提部族嘎珊达玛发，来到乌莫图鲁巴图鲁、春公主、比牙格格、铎琴众兄弟中间，向众族人郑重其事地介绍说："拖林普部族的孩子们，今日喜庆临门，我们亲家的贵客降临咱们莽古吉里阿林了！今天，太阳这么红，这么的火热，这么的温暖，天上的喜鹊这么多，这么高，叫声这么的动听，这么的欢快，都是来迎接亲人的啊！乌莫图鲁、春公主、比牙格格、铎琴，快过来，来拜见巴哈提哈喇大头领，我的远方侄儿卢赖大玛发！"

什么？是卢赖？

拖林普嘎珊玛发这么一说，大家都愣啦。

可卢赖还显得真有礼貌。

拖林普嘎珊老玛发说完话，众族人正在惊愕愣怔时，他却大步走了过来。

卢赖先是弹了弹身上的因走远路而落在皮袄上的征尘，神采奕奕地大大方方地向众位笑了笑，大声地说道："众位好兄弟，我卢赖有幸拜见各位，给各位行礼了！"

按照乞列迷人的老规矩，卢赖第一次见到同族的兄弟，应该是半跪右腿，双手并在两侧，头要弯下，行乞列迷族人和北方各族的问安礼。可是，卢赖没有这样做。

他到了跟前，看了看大伙，来了一个新式的特殊的，在苏克苏图阿林乞列迷人中都还没有传开的那种俄罗斯人相见的礼仪。

只见卢赖挺直站立，双腿并直，腰挺直，头前低，左手垂直膝下，右手抬起，摆在自己的右胸之中，低头沉思片刻，然后一抬头，再将右手缓缓放在右侧腰肢处，挺起站立片刻。这才向各位说道："众位兄弟，卢赖向各兄弟致意问候了。来日还望多加关照。"然后，他后退至拖林普老玛发的身边。

卢赖的这一套举动，可把拖林普部落的男男女女，老老少少都看晕了，这哪是咱乞列迷人的远方亲家啊，这是从哪个天上掉下来的野种？他那一举一动，那股子烦人厌人的表情，人们还是头回见过，好像挺"新鲜"，其实挺隔路，太刺眼了！怎么连俄罗斯的什么礼节都进入了乞列迷人的亲家礼仪之中了呢？

特别是乌莫图鲁巴图鲁、春公主、比牙格格、铎琴等人，他们对卢赖的这一套表演都十分的厌恶、恶心！又想到，卢赖难道就是那胖子交代的抓走了我们大清国楚勒罕大集哈番，控制大集秩序，破坏大集正常贸易的祸首？他竟然出现了。我们正在四处里寻找他呢，他竟然大大方方地露面了，而且一派北方异国人的派头，已经没有了一点乞列迷人的影子。这哪里是乞列迷人的亲家，这是一条咬人的野狼，是乞列迷人的叛徒！这样下去，苦兀不是变味了吗？

但是，拖林普老嘎珊玛发对卢赖却很亲切，一点也没有敌意，还像对自己的亲侄儿一样亲。乌莫图鲁巴图鲁等人，也都不敢太放肆，怕老玛发发怒，也是怕他伤心。所以，只好忍气吞声。

卢赖呢，他仗势有拖林普嘎珊老玛发撑腰，一点也不知收敛，还总是摆出一副我们北山部落有硬靠山，比你们强大，比你们高，比你们富有，比你们洋气的架势，有一种无比的优越感。

他每一个姿势，每一个眼神儿，都表现出对莽古吉里拖林普嘎珊等苦兀乞列迷人的鄙视，认为跟大清国走的人没什么大出息，土里土气，太落伍了。那京师远离苦兀千里，传来那点生活用品、器物、衣裳，得要走多少时辰。他们从莫斯科，经勒拿河，有马队驮子，来回非常快、赶劲、快当。穿上绒料衣，戴上银首饰，比苦兀各乞列迷人部落强多了。所以，卢赖一伙认为自己是特殊的乞列迷贵人，他把拖林普部族的乞列迷兄弟看成是下等乞列迷人，他是上等乞列迷人，是为拯救苦难的乞列迷兄弟而来的，成了乞列迷人的恩人、救世主。

更让乌莫图鲁巴图鲁、铎琴等兄弟忍无可忍，愤怒不止的是卢赖想要迎娶的拖林普族的两个美女，竟然都是拖林普嘎珊老玛发与另外几个女人生下来的女儿！

前书讲过，乞列迷人自古就多妻制，男人可以有几个妻子。

卢赖在北方巴哈提部族中已娶过塔塔玛乞列迷部落的女子，也已经有了孩子。但他不甘心，还一定要与莽古吉里拖林普嘎珊老玛发联姻，一说再说，缠来缠去。拖林普老玛发争不过强大的北山野人部落，也就同意了联婚，让北山部落侄儿卢赖再娶一个女儿。

自古乞列迷人还有一个惯例，男人娶部落中的女子，把该女子娶过去，她的妹妹如果超过十岁、十一岁以上能生孩子了，也可以一并娶过去，就等于娶一个姐姐外加她的妹妹。此次卢赖高高兴兴地迅速来到莽古吉里阿林，拜见拖林普嘎珊老玛发，就是来娶拖林普的大女儿，外带十岁的小女儿，一同去北山野人的巴哈提部落一生一世成为巴哈提部落生育子孙的机器。

按照乞列迷人的习俗，女儿出嫁，父母一方要为女儿准备最好的嫁妆，女儿打扮越美丽漂亮越显出本氏族的荣耀。拖林普嘎珊老玛发为此事，已经张罗半年有余，不敢慢待卢赖大头领，怕他不满意对莽古吉里阿林使坏。

当时铎琴正在京师没有回来，老玛发在病中挣扎着去苦兀南部的阿当吉阿林一个部族处借来锡锭五块，现打造锡冠锡长缨，终于给准备齐全了。这次大婚，两个女子就是一片银白色，因为锡也是银白色的。两个出嫁的新娘头戴银嵌前额和后沿前额和后沿的螺冠，都垂有锡针打造研磨而成的长长银穗，穗下垂有十数个小铜铃。上身穿着雪狐皮缝制的白云衫，上边绣有锡花、锡鸟、锡蝶，翩翩起舞，栩栩如生，下身穿着金色海牛皮的小短裙，裙下坠有一百个小铜铃，一百个深海采撷而来的紫花小花螺，在阳光下绽放着五彩的光泽，耀眼而绚丽。

两女的腰间都有用锡箔贴制的小花篓，篓里边放着麝香，花汁，香气浓郁无比。只要人从她们身边一经过，便有一股气息飞来，芳香扑鼻，令人不愿走开。

可以这么说，拖林普嘎珊老玛发为了嫁女已经是费尽了心机，他全心全意地打扮自己的爱女，就是想让卢赖满意、高兴。

可是谁想到，就在相亲时，卢赖走进鲸皮大帐去接迎自己的两位爱妻时，看她们一身全使用的是锡制品，便怒不可遏。他当面指责拖林普老嘎珊玛发太吝啬了，为何不用金银嫁妆，这分明是看不起我们巴哈提氏族。

他说："拖林普嘎珊玛发，你这是要给我们笑话看是不是？你是居何心？"

说着，他当着众人的面，一把将两个女人身上珍贵的嫁衣全部撕下，扔了满地。

乌莫图鲁巴图鲁、铎琴等实在是看不下去了。

便说道："卢赖，你这是想干什么？把嫁妆给我捡起来！"

卢赖问："你和谁在讲话？"

铎琴说："说的就是你！"

卢赖说："我不捡又怎么样？"

乌莫图鲁巴图鲁和铎琴气得冲上去与卢赖厮打起来。拖林普嘎珊玛发急忙上前把他们劝开，他们这才停下手来。

拖林普嘎珊玛发说："卢赖大玛发，我们准备得有些不足，罪过！罪过！可是眼下，这些嫁衣全让你给毁坏了。一时也没有新的。这可咋办呢？"

卢赖一听，大声叫道："拖林普嘎珊，我们早已料到你们这里也没有什么好看的嫁衣，我自己已经带来了！"

拖林普玛发吃惊地问："你带来了？"

卢赖说道："是啊。"

接着卢赖命随从从鲸鱼衣箱中取出两套金煌煌的金丝嫁衣。从帽子到衣服，全都是用金银绣制，编织而成，还算合身。姐姐和妹妹每人一套，当即穿上。然后就请萨满立即击鼓跳神。

卢赖和两位新妻共拜山川江海，共拜祖地莽乌吉里阿林，最后又拜别拖林普嘎珊玛发。众族众送别，便要返回北山去了。

这边，乌莫图鲁巴图鲁、铎琴众兄弟真是气得火冒三丈。

卢赖这些家伙，真是当面欺人，无论如何也咽不下这口气。又因为有拖林普嘎珊玛发的面子，哥几个也只是背地里议论商量了一下，并互相点头示意，接着他们跟随众族人，送别远嫁北山嘎珊亲人。

大家一路不停地远送，直到走出十余里山路，绕过一座又一座大山，进入一个又一个山谷密林的沟口，卢赖的迎亲队伍渐渐向北方走远了。拖林普的族众也要返回拖林普莽古吉里部落了。

单说，卢赖这次来迎接新人非常的得意。他不但娶回来两个漂亮的女子，又显示了本部落的富有和威风，乐得他一路边唱边喊，风光无限。

谁知他走着走着，突然间，不知从什么地方一下子飞来一个大绳索，一下子套住了他的脖子。他刚想喊叫，就觉得自己已经腾空而起，大头朝下落在一片草丛之中。

他抬头一看，只见四周全是一些脸上罩着鱼片玛虎①的人，自称是"苦兀阿林阿里②，专门惩治伤天害理、神人共诛的卢赖而来的"。

这些戴面具的人，不问青红皂白，对卢赖就是一顿暴打，把卢赖的裤子全都扒了下来。卢赖的随从们为保护主人都拼命抗争，但他们根本不是那些个苦兀魔怪的对手，一个个被打得屁滚尿流。他们也被扒光了裤子，身上被木棒打得一道道血印子，一片片发青发紫，不敢动弹，一扭身，便呻吟不止，疼痛难忍。

这几个苦兀魔怪还把水沟里的臭泥汤子，舀给卢赖。

卢赖问："这是干什么？"

那几个魔怪道："喝！"

卢赖不喝，他们就给卢赖往肚子里灌，卢赖满脸满脖子都是泥汤子，变成了一个泥葫芦。

卢赖不敢说话了。因为他一出声，就直往外喷泥汤子，只有张着嘴，在那里喘气，不敢动弹。

这时，那几个魔怪又悄悄来到了彩车跟前。

彩车的赶车人也都一起被这几个魔怪惩治，打翻在地，车上只有出嫁的姐妹二人。她们都吓得蒙着衣衫不敢出声。魔怪走过去，轻轻把她们蒙着的衣物掀开。

魔怪们说："你们不要怕。到了卢赖那里，如果他敢欺负你们，你们就往莽古吉里跑。神人会相助你们的。记住了吗？"

姐妹俩答应："记住了。"

魔怪们说："那我们走了，再见了。"

这是什么人呢？其实，这姐俩对自己部落的人能不认识吗，她们早已从话语中听清，说话的声音非常像铎琴玛发！但她们也装作不知是谁。

卢赖他们被暴打后，听不到有魔怪的动静了，也实在是熬不住了，这才一个个挣扎着爬起来，到小河沟的水里，用雪水洗把脸，漱漱口，大概地整理了一下，一个个瘸着腿，互相搀扶着来到车轿跟前，他们一

---

① 玛虎：满语，即面具。
② 苦兀阿林阿里：满语，即苦兀魔怪。

看，大吃一惊，原来两个新嫁娘的金银嫁衣全都不见了。

只见这两个新嫁娘的身上，照样穿着乞列迷人的土著服饰。

卢赖问她们道："你们先前的金银衣服呢？"

她们都说："不知道哇！"

卢赖说："谁给你们换的？"

姐妹俩都说："就觉得突然来了一阵风，把我们身上的衣衫全刮走了。"

"真的吗？"

她们还不约而同地点点头。

卢赖将信将疑，但也不敢多想。反正现在命已保下来了，新娶的妻子也没有丢，这就是大吉大利呀！于是他悄声地一挥手，一伙挨打的人赶着车轿赶紧动身上路。他们回到部落，再也没有声张此事。卢赖打心眼里怕丢了自己的名声和脸面。

可是，卢赖怎么能甘心呢？不会的。

他明明地知道，那天去迎亲回来，半路莫名其妙地被一伙蒙面人一顿没屁股没脸地暴揍，扒光了衣裳，满嘴灌臭泥汤子，弄得那个狼狈样，真是奇耻大辱。

他心中总是在想，这几个蒙面之人绝不会是什么神魔鬼怪，一定是人假扮的！这伙人绝不是不认识的人，那就肯定是莽乌吉里拖林普安班嘎珊老玛发身边的族人。

他记得当时在他们的艾曼里就有不少人对自己脸色不对，总是怒目横眉的，准是这些人干的。但他没有抓到真脏实据，也为了早日把新娶的妻子弄回部落，严防夜长梦多，就没有返回去找拖林普老玛发当面说理、吵架。他想，大英雄报仇不怕晚。我早晚要申这个冤，找他们去算总账。

卢赖很聪明，也很有头脑。而且，他的主人要把苦兀改变天地，命他不要疯狂、张扬，要老老实实，要表面热情地广交乞列迷人，在人多时要露出笑脸，多多地施舍乞列迷人，让大家都愿意跟随他去。只要卢赖能联络人，能施舍出去就是好样的，就是有功的，主人永远不会忘记。

这之前有些日子，卢赖部落里突然来了一位身穿西洋皮夹克脚蹬大马靴只有一只耳朵的大胖子，叫基维尼罗夫。

这人从水上来，一上岸，就直接要约见卢赖头领。

哨兵问："你从哪里来？"

那人说:"只有见到卢赖头领我才能说。"哨兵就把他领去见卢赖。

卢赖一见这个基维尼罗夫非常的高兴,当即说:"快!快随我进来。"卢赖就把基维尼罗夫召入了他的密室,他们二人窃窃私语了大半天。

其实现在不说,各位阿哥已经能看得出来了,这个娶了金发女人,叫基维尼罗夫的人,就是被乌莫图鲁巴图鲁削掉右耳的那个大胖子!

各位阿哥,你们听到这里也许要问,那个大胖子不是归降后在萨哈连出海口的楚勒罕大集色丹佐领手下,正在帮助管理出海口的楚勒罕大集吗?是的。可后来,这个大胖子觉得色丹佐领这个哈番太严苛,在他身边干活根本沾不着什么油水。而且,每天忙来跑去地太累,忙得连一点偷闲时辰都没有,他心里非常有气。特别是大胖子有时用手一摸自己的耳朵,就觉得光剩左边的一片,右边的已经没了,左右不对称,这火就从心底升起了。他从心底非常愤恨乌莫图鲁巴图鲁,太歹毒太无情了,油然而生复仇之心,一定要找到帮手,亲手杀死乌莫图鲁巴图鲁,为自己的耳朵报仇。

所以,他在一天夜里,偷偷拿走楚勒罕大集的黑豹皮五十张,趁色丹佐领哈番进山访问满族老人的时机,乘帆船匆匆忙忙地逃走了。

他一路直奔苦兀。到了苦兀北岛海岸立刻上岸,打听卢赖头领的部落,直奔这里而来。他要见卢赖。

基维尼罗夫一见了卢赖,就向卢赖讲述了自己的遭遇,并说出了自己打算要报复的心思。卢赖对他的遭遇也甚同情。他与胖子商议下一步干点什么好。

两人说来说去,卢赖发现这个大胖子不过是萨哈连出海口附近的一个汉人老户,早在明代,他的祖上就来到了北疆,父亲是河南商丘的一个金店老板,精通打造各种金物的手工技艺。黑龙江萨哈连出海口一带金砂甚多,又甚便宜,大胖子祖上就开起了金店生意。

后来,到了这个胖子降生的时候,他家的金店因匪患而倒闭,老人过世,大胖子这才不得不以网鱼为生度日。

卢赖看了一会儿胖子,眼前一亮。

他说:"好啊,北方各族现在都喜欢金银饰品,你何不重操旧业,我会助你一臂之力。开金店吧!我出资,你出手艺,咱们合办金店。你看如何?"

于是,胖子就答应了。

就这样,卢赖给大胖子一个美差,大胖子非常的感激。

卢赖拿了些银子，给他当了字据，并叫他速速去乌地改，面见卢赖在那里的一位俄人朋友，由他再把大金胖子引见到乌地改的金店去学艺，学习和复习打造金银首饰的技艺，再自购一些打造金银首饰的各种精巧工具。艺成之后，再回苦兀。

卢赖说："学成之后，回来找我。"

这次，就是大胖子从乌地改金店学艺归来，来找卢赖。他不仅学到了手艺，又有了赫赫的俄罗斯名字——基维尼罗夫，而且还娶了一房美丽的金发俄罗斯妻子。真是事事顺利呀，一切随心啊。

基维尼罗夫在外贝加尔湖小镇没白混，不仅把打造贵重金属的手艺学到了手，还把西洋人斯拉夫人的舞姿和歌喉也学来了。一有空闲时，没有舞伴，他就自己把手伸开，昂起头来，嘴里哼着小曲，闭上眼睛转呀转起来。那个美滋滋的样儿，无比的陶醉。

他还不知从哪儿学来的一支小曲儿，说是当时最流行最时髦的词和曲啦：

> 依呀呀，依呀呀，依呀呀！
> 苦兀山多美，
> 苦兀海多妙，
> 苦兀人儿多欢畅。
> 从西方云雾里走来了陌生的客商，
> 自称天下的富翁，
> 收购我们几张棕熊皮，
> 就赏赐给雪橇上的白银。
> 在山岗河谷海滩不走啦，
> 东正教堂盖到山顶上啦，
> 尊贵的叶卡捷琳娜巨像挂在厅堂上啦，
> 四周的哥萨克卫队守护上啦，
> 教堂的钟声响起来啦。
> 欢迎乞列迷人都来朝拜，
> 回去准保给你们列巴、黄油和毛瑟枪。
> ……

他自以为唱得很好，自己很陶醉。他已忘记他是谁啦。其实在那时，像大胖子这样的人也逐渐地多了起来。

还要说说花狸虎、花狸豹两个人。

不是说乌莫图鲁巴图鲁派他们护送那两位老夫妻和孩子们返回阿当吉，去他们儿子和儿媳山本杏儿家中吗。他俩倒是很热心，一直将老人送到了家。

老两口也很热情，一定不让他们马上回去，硬是把花狸虎和花狸豹两个人挽留下来，并让自己的儿媳山本杏儿给他们做红小豆饭和从北海道家里拿来的甜腌萝卜，让他们尝尝。

这日本风味的甜腌萝卜，他们两人可是有生以来头一回见到。从前，住在苦兀一带的乞列迷人只知道是吃海鱼，吃兽肉干，哪里吃过腌渍的菜肴啊，本族也不会做。

花狸虎、花狸豹俩是越吃越觉得新鲜，好奇，便一再追问这种萝卜是怎么个腌渍法，打算回到莽古吉里阿林后教给本族的族众也去做上试试。可是，老太太心肠是好，也就多嘴了。

老太太说："不瞒你们说，我儿媳会做的东西可多啦。"

花狸虎、花狸豹二人问："还会什么？"

老太太说："比如，她特别会泡制各种药方，制各种药物。"

"药物？"

"对呀！"老太太滔滔不绝地说，还打起了比方，"比方用阿当吉山里的各样花草根子叶子就能制作各种药。你们要学会了，平时一旦有个头疼脑热，跌打损伤的啦，就都可以随时吃，药到病除。"

"真的吗？"二人吃惊不小。

老太太说："那就学学吧。"

二人也就说："那就学学吧。"

花狸虎、花狸豹一听，好啊，学学吧，不能马上回去啦。于是，他们就请求山本杏儿教他俩。

说来也巧，那天，正好山本杏儿的父亲从北海道来看望自己的女儿。

这人是一身的日本武士的打扮，头发梳在头顶上，竖立着，很精神的样子。他穿着皂衣，系着黑色的大腰带，腰间还挂着一柄长长握把的大战刀，很是有气派。这下更引起了花狸虎、花狸豹两人的好奇，不断地上下打量着这个日本武士。

山本杏儿的父亲，由于刚到此地，也是不太了解乞列迷人的风俗，他见花狸虎、花狸豹两人不停地打量自己，哪里见过这么没礼貌的野人，就非常不快地眨眼，并用日语说了几句："哪里来的野人？太野蛮啦。"

他的语言虽然花狸虎、花狸豹二人不懂，但看不起他们的眼神，花狸虎、花狸豹二人却看出来了。

山本杏儿的父亲哪里知道，这花狸虎、花狸豹二人最拿手的就是打仗，看不惯敢于瞧不起他们的人。别看他们不懂日本语，但从他的表情和眼色中他们发现这个日本人在数叨自己，这两个愣头青能答应吗？

他们认为自己会打仗，有能耐。一见日本人对他们瞪眼睛，伸手就给了山本杏儿父亲一拳。这一拳打得又重，又快。

山本杏儿的父亲，本是个日本武士。日本本土的拳法最早来源于中国的唐代，非常的讲究。花狸虎、花狸豹二人哪是对手哇。

就在他们刚把拳一举之时，还没等下来。那山本杏儿父亲却一笑。

花狸虎、花狸豹二人光顾看对方怎么笑呢，山本杏儿父亲脚下一动，花狸虎、花狸豹两个人不知不觉地双双坐在了地上，坐了一个大腚蹲儿。

就在花狸虎、花狸豹二人一愣之时，山本杏儿的父亲又伸了一下手，俯下身去把他们俩给拉了起来。

这等于让花狸虎、花狸豹二人丢了面子。

他们二人站起来后，却横眉怒目地冲上去，要抱住山本杏儿的父亲，痛打他一顿不可。这一下，山本杏儿的父亲可恼怒了。就见他向二人猛地扑来，一伸胳膊，一手夹起一个，推开门，把他们俩都给扔在了门外族人都来看热闹，大伙哈哈地笑了起来。

花狸虎、花狸豹哪能禁得住这个场面，哪能挂得住脸，还想与人家较量，可人家门也不开。最后，还是老夫妻俩和儿媳山本杏儿走出来。

他们对花狸虎、花狸豹说："对不起了，请你们回莽古吉里去吧。告诉老玛发，我们已经安全到家，谢谢你们啦。我们的客人要休息晚上他还要回日本去，就不留你们了。"

人家倒很客气，说完，返身进屋，把门关上，就再也不开门也不出来了。

花狸虎、花狸豹二人这个火呀，你有能耐倒是出来呀！两人一合计，阿当吉已经是日本人的天下了，走，咱们回莽古吉里去，告诉拖林普安班嘎珊玛发，让他老人家快快把全部落的乞列迷人都带出来，到阿当吉大干一场，平了这阿当吉，消消自己的一肚子怨气！

两人想通了，就返身离开了阿当吉，一口气儿跑回到莽古吉里阿林。

他们先找到拖林普安班嘎珊大玛发，大哭大叫，把事情的经过一五一十地说了一遍。又加了一句："我们乞列迷人被阿当吉阿林的日本人给欺负了，请您快快带咱们部落的人马去报仇雪恨吧。"

这一下，可把拖林普大玛发给弄糊涂了。"咱们去送他们，他们怎么能欺负你们呢？"问他俩，也说不清楚个子丑卯酉来，把老玛发可气坏了。他命家人赶紧把乌莫图鲁巴图鲁找来，让他好好问问到底是怎么回事。

乌莫图鲁巴图鲁和铎琴飞跑着赶到了拖林普老玛发跟前。

一进屋，只见地上坐着花狸虎、花狸豹哥两个。

铎琴一见就明白了，一定是他们惹了乱子。气得老玛发一声不吭，坐在那里生闷气。再看这哥俩一脸受气的样子，一肚子委屈的表情，知道一定是在阿当吉地方闹出了什么事了。

拖林普老玛发知道花狸虎、花狸豹哥两个是一对浑小子，有勇而无谋，就是水性很好，乞列迷进海网鱼，他们都是重要猎手，能潜水，又能双手抛出飞叉，抛出得最远最有力，也最准。所以每年追踪鲸鱼，捕捉鲸鱼，他们都是闻名的猎达（率领捕鱼的族众去海上捕鱼的组长），但一办事就砸，没干明白过一件事。老玛发对他们哥俩非常的头疼。前次去京师，按照老玛发的意思，一定不能让花狸虎、花狸豹兄弟二人跟去，可是儿子铎琴一定坚持，并向父亲哀求，说他俩水性好，一旦在海中遇到什么险情，有他俩在就可以化险为夷，保住平安，所以老玛发也就允许了。可是这次因为在吉林被关，他俩根本没有去上京师，没见过皇宫什么样儿，什么世面也没有看到。

铎琴还没有禀告老嘎珊玛发呢。老玛发见他们兄弟来了，自己就先出去了，让他们兄弟二人去处理。

乌莫图鲁巴图鲁便领着铎琴，共同劝说安慰花狸虎弟兄一番。乌莫图鲁巴图鲁似乎从他们的叙说中听出了一些事情来，当即大吃一惊。

乌莫图鲁巴图鲁想到了更深的事情。

他急忙拉住铎琴的手说："好兄弟，不好了！我们必须要到阿当吉去！"

铎琴问："干什么去呢？"

乌莫图鲁巴图鲁说："有些情况，一定要搞清。有些人，也得见见！"

说着，他又把春公主、比牙格格两人也请了来。四个人商议之后，决定当晚就要去阿当吉阿林，去拜会老夫妻、老朋友。

花狸虎、花狸豹兄弟俩，由乌莫图鲁巴图鲁好言安慰了一番，心情一点点好转起来，也有笑脸了，也有说笑了。他俩回家休息去了。乌莫图鲁巴图鲁转身到老玛发跟前，告诉老玛发，他们一定要去一趟阿当吉，然后就带上春公主、比牙格格，带上几条猎犬，骑着马，进入南山沟，直奔阿当吉阿林去了。

乌莫图鲁巴图鲁在随同福康安大人一同奔赴吉林和黑龙江瑷珲城时，福康安大人一路上向他讲述过他这次奉命北巡，决不单单就是满足拖林普安班嘎珊玛发期盼儿子早日返回故乡的心愿，而是让他回来协助朝廷治理苦兀岛。现在的苦兀岛面临着很多新事物，应该弄清楚许许多多新的问题、新事项，然后报告朝廷，让清政府对这里的问题引起重视并加以解决。乌莫图鲁巴图鲁心里明白，皇上和兵部、户部、理藩院各位大臣以及吉林、黑龙江将军盼自己办理的事情太多了，自己可要好好地想想，多思虑一下，仔仔细细地去办，不能有一点马虎大意啊。

福康安大人曾说："现在，老天爷把这些事都加在你乌莫图鲁巴图鲁额驸的肩上了。皇上器重你，我们也器重你，看你是乞列迷的子孙，通晓北疆好几个民族的语言和风俗，你在藏区几年间办事的能耐让先父大学士傅恒大人很赞许，并在皇上身边举荐你，说你'堪可重任'。要知道，先父那可不是轻而易举就吹捧人的人，他对人一向要求严谨，能如此评价你，证明老人家在世时就十分看重你，你可要珍惜这些评价，不辜负大学士傅恒大人的评语。此番你回北疆，正是北疆万事用人之际！你可要善于应对呀。还有，遇事一定不要慌，想准了就做，不要犹疑不定。"

福康安曾在理藩院任上行走过，对北疆诸事也心知肚明。

乌莫图鲁巴图鲁想起了福康安大人的这些嘱咐，越想越重要，这些话讲得多么对呀。福康安大人简直就是诸葛亮，早已经预见到了。他不由得对福康安大人从心底里深深地敬佩起来。

苦兀岛位于东海，面积与我国台湾岛相当，在军事、经济方面意义十分重大。正因如此，苦兀岛周边各国，都时刻在关注着它，都希望占有它，甚或能得到一些利益。所以各国都在明里暗里活动，在争取着。现在已有俄罗斯力量在叶卡捷琳娜女皇二世的主张下，进入西伯利亚，进入苦兀，进入萨哈连入海口，甚至进入黑龙江口大清国的许多地方了。

苦兀南部海峡，隔海与日本国的北海道相望。因岛屿相近，两岛的民众和百姓，特别是当地的毛人，即夷人，又叫阿伊奴人，与乞列迷等族众都信仰萨满教，很多语言、习俗极其相通相近，自古以来就有着多方面的密切联系。特别是苦兀岛南端的阿当吉阿林一带，很早就有毛人常来常往，并按照季节捕捞各种海物，互相走来走去的，往来甚密。

乌莫图鲁巴图鲁回到苦兀故乡之时，正是大清国乾隆四十一年，此时日本国正处在幕府时代。

日本国是由北海道、本州、四国、九州四个大岛和二千九百多个小岛组成的岛国，因位在东方，又有"日出之国"之称。我国《后汉书》时称其为"倭国"。其国幕府时代日本关西的平氏和关东的源氏两大势力集团势力很大，组成了凌驾于天皇之上的政权。这个家族即江川幕府，又称德川幕府。从德川家康在江户（即东京）设幕府起，一直沿系至十五代，将军庆喜还执政为止计二百六十五年，此后日本进入了明治维新时代，日渐强盛，成为亚洲经济实力很强的资本主义国家。乌莫图鲁巴图鲁回到苦兀故乡时，他看到了日本国正在上升的气势。

那时，日本国受中国汉唐文化的影响，用汉字作日本文字，大量学习汉唐文化和各种科学技术。相对来讲，当时的乞列迷一带北疆民族的生活水平与经济程度都远远落后于日本各列岛，远远落后于北海道日本人。通过北海道，日本的先进文化与生活被带入了苦兀岛。特别是接近日本民间的阿当吉阿林一带大受其益，在医药、酿造、饮食、手工制品等方面，对苦兀岛的发展，起到了重要的引领作用。

乌莫图鲁巴图鲁、春公主、比牙格格、铎琴等莽古吉里阿林的乞列迷人专程来拜访阿当吉阿林乞列迷人蒙什革老夫妇，及其儿子和儿媳山本杏儿及山本杏儿之父日本武士山本先生。

乌莫图鲁巴图鲁带去了从京师拿来的中国苏杭绢绸与景德镇名陶器，除送给蒙什革老夫妻外，又送给山本先生，并且为花狸虎、花狸豹兄弟的莽撞之举致歉还礼。山本先生也非常理解，双方越说越感融洽。

乌莫图鲁巴图鲁带来的中国上好的瓷器，山本先生简直没有见过。

瓷与陶，其实不是一回事。中国的陶在800—1000摄氏度的温火之下便可烧制而成，而瓷则必须在1300—1800摄氏度以上的火中才能烧成。中国的陶瓷闻名于世，使人看了爱不释手。

山本先生见了这些稀有之物十分惊喜，作为礼节，他也向乌莫图鲁巴图鲁等中国朋友赠送了许多日本国的用品。后来山本先生还通过江户幕府的幕僚又赠给拖林普嘎珊近百余箱各种名贵药，帮助苦兀地方的乞列迷人医疗疾病。从乌莫图鲁巴图鲁时起，乞列迷人还渡海，应日本当时人士的邀请访问过日本的北海道和本州等地，日本的医生和教师也曾受乞列迷人的邀请来到苦兀，到这里传授治病和防虫防鼠防腐防疫等常识。双方互相走动，来往得十分频繁，甚至有了通婚，乞列迷人从中受益甚多。

再说，拖林普莽乌吉里阿林部族与阿当吉阿林部落、塔塔玛阿林部落的乞列迷人都说到一块去了，互相欢欢乐乐，有了什么困难都能伸手相助，唯独令人头痛的就是不能与苦兀岛北端的巴哈提部落和睦相处。原因已经很明显了。

卢赖这个嘎珊头领，对其他的几个部落都看不起，而且还极力地想霸占山川海面，并派兵把守，常常在这一带发生残酷的血拼。他们手很黑，而且手中有先进的枪，是乞列迷部从未见过的，叫毛瑟枪。这是一种手枪，很轻便，射击又快又准。往往对方还没有准备好，毛瑟枪就喷出火来，人马便应声倒地。当地的各族人们听到他们来了，都非常的害怕，惊恐万分。他们也以此仗势欺人，四处骚扰。

乌莫图鲁巴图鲁那日带领众兄弟已将无理欺压别人的卢赖惩罚了一次，出了口恶气。但只是以魔神吓唬一下而已，心中的闷气还是无法完全排解。

这一天，他与众兄弟们又想点子。

乌莫图鲁巴图鲁跟铎琴等弟兄们说："平心而论，卢赖治理部落还真有一套办法。咱们必须要努力，要长一股子志气。难道没有别人的帮助，我们乞列迷人就不能把山河治理好吗？"

铎琴说："哥哥，怎么干，您就发话吧。"

乌莫图鲁巴图鲁点点头。他说："大伙都有了劲头，又有了明确的目标就好办。咱们先要干几样大事，跟北山野人比一比。"

铎琴说："什么大事呢？"

乌莫图鲁巴图鲁说："第一是治理棕熊。不能让棕熊住在那么好的地方，而我们却被它们给撵到山上，搭棚盖屋的。夏天睡树上，冬天总是很长时间睡窝棚，又冷，又被山风海风地吹着，个个又黑又瘦。这样咱们的寿命都会减少！"

铎琴说："对呀！看看大棕熊多好！它们一群群的都找好山洞去甜睡，享透福了。"

乌莫图鲁巴图鲁说："可是，苦兀苏克苏图阿林都是海滨和高山，这里世世代代棕熊一直很多，它们饿了，下山进海滨去抓鱼、吃蛤，进山吃蜂蜜，困了、累了就进山洞避风雪、风雨，睡大觉。棕熊的本性常常是雌雄单独活动的，只是在发情时雌雄这才找到了一起。母熊生小熊就带着小熊一起生活，直到一年多以后，小熊渐渐地长大，能独立生活了，母熊才咬跑它们，逼它们去学会自己独立打食生存。公熊母熊独立生存，互不相扰。它们进入大山洞之后，各自选定自己的地点，叼来干草、树皮来建自己的栖息地。在自己的栖息地方，棕熊撒上自己的尿，划分了自己的领地地盘了。熊尿的味儿相当大，老远都能闻到，棕熊们的嗅觉又非常的灵敏。棕熊大大小小那么多，但每只棕熊都能非常准确地分辨出来各种不同住客的尿的味道，从来不会混淆的。山洞里地方很大，高高矮矮，沟沟坎坎，上上下下，左左右右，有许多洞中洞、穴中穴，分许多层。大洞住大棕熊，小洞住小棕熊，还有母子住在一个洞中。各个洞的尿味不同，里边一片漆黑，棕熊出出进进却从来不走错路。"他接着说："一座大山从山底到山顶有不少洞穴，有些洞穴，只要好好地修葺一下，围上木板或树干，能分搭起不少小窝棚来。山洞里的温度始终是一样的，能避免强烈的寒风和呼啸的冰雪。咱们苦兀地方常常有一种雾，叫作寒雾。这是一种毒雾，又冷又呛人。但它飘不到洞中。自古以来乞列迷的人，无力与棕熊博斗。那熊对人是毫不留情的，常与人争食，而且它们的胃口极大，只要在山中一过，所有的山茶、树茶、地菜、蜂蜜等等就都会被它们一扫而光。这些家伙连吃带破坏，对山民十分不利，把族人的生活给搅乱了。何况熊又是喜欢爬树的动物，树上的一切食物都逃不过熊的侵袭。熊是世上最了不起的生灵，人类当然要崇拜它。但是，我们又不能怕它。"

乌莫图鲁巴图鲁滔滔不绝地讲述了自己的分析，也讲清了自己部落住地的熊群的生息状况。然后把族中的萨满色夫请出来。族中圈养的五只棕熊也都由熊人（专门管理和饲养熊的人）牵着，大家一路唱熊歌，一路跳熊舞，烧香叩祭，祈祷熊神知悉：乞列迷人——熊的子孙们，因世世代代受海风冰雪的侵害，都住在山林海滩，个个全身都是病患，行路很难，大骨节个个肿得像粗柞树，不会搣弯，不会抓东西，人活不到二十几岁就一个个地回到了海神妈妈的怀里——海葬了。

这样生活真是太悲哀了，只能请熊神让出个安全方便的地方。

乌莫图鲁巴图鲁与众兄弟一起驱逐自己住地的一族——棕熊。拖林普安班嘎珊玛发告诉他们："咱们乞列迷人，一敬红蛤蜊，二敬棕熊，都是咱们的祖宗啊。"

大家都点头，说记住了。

又对乌莫图鲁巴图鲁说："不能咱们有地方栖息，使熊玛发没有地方安眠，这是罪过，你们一定要稳妥安排好让乞列迷人有避风雪的安息休歇之地，又不至于使众熊玛发没有了藏身安歇之地，不然我们迟早是会遭到报应的。"

乌莫图鲁巴图鲁说:"嘎珊玛发,我的父亲,请你老人家放心,我们早有妥当安排。卢赖不是最有能耐吗?他说了,要依靠西方的洋人,那就让他给熊玛发让出住地,让熊玛发到他们的地盘上去生活,去生儿育女吧。"

拖林普嘎珊玛发不解地问道:"那个卢赖有什么办法接收这些大棕熊呢?"

乌莫图鲁巴图鲁笑了。他说道:"嘎珊大玛发,就请您看吧。到时候他卢赖就有办法去接收这些棕熊神灵啦!"

大家也都哈哈地大笑起来。

单说,乌莫图鲁巴图鲁领着春公主、比牙格格和铎琴等乞列迷人族众,奔向苏克苏图阿林莽古吉里群山的沟沟谷谷而去。他的心里早已打好了一个主意,画好了一个蓝图。

他知道,眼下是一个好机会,要暗查巴哈提部落的秘密,也可以顺势寻找那位被掠而来的楚勒罕大集的清廷哈番,这个哈番至今音信无闻,生死不知,必须设法弄清楚这个人在哪。到那时才能捉住卢赖等人的罪证,按照大清的律法以法处治,决不能再让他逍遥在大清律法之外。

大家在乌莫图鲁巴图鲁的带领之下,由族人中的萨满开路。他们腰上系着串串哗哗响的腰铃,手里击打着皮鼓,一齐来到了山林中那些棕熊们居住的洞穴前。这时,萨满的唱吟开始了。

萨满们边击打皮鼓边唱道:"熊神妈妈玛发,你们开开恩吧,你们要怜悯你们的子孙,给你们的子孙让开这里吧。瞧瞧,你们的身上有那么厚厚的毛衣服,冰雪冻不着。多么冷的冰山也会被你们温暖的皮肉所烤化,天神都会疼爱你们。你们到山野中去寻找最好的乐园吧!"

"当,当当当!咚,咚咚咚!"

那萨满手中的皮鼓,迎着山风,咚咚地响着,震得四周群山传来阵阵的回响。萨满祈祷着,唱着,牵着五只大棕熊进入莽古吉里山林之中。当见到一个大的棕熊洞穴,萨满就大声地唱,使劲地敲打手中的皮鼓,族众就在洞口边唱边舞,边给熊叩头、祈祷,然后由萨满点燃起海葵叶和鱼油,不仅冒烟,而且鲸鱼油与螺壳一经火烧烤会产生出一股难闻的气味,熏得人流泪不止。

棕熊最怕烧海葵叶、鲸鱼油与螺壳了。老远老远,它们一嗅到这种气味儿,便会拼命地逃跑,它们最怕这种厌恶的怪味。

乌莫图鲁巴图鲁率族众经过一天多的时间，漫山遍野地与萨满在一起奔走，他们不停地祈祷祝福，请求熊神原谅，理解乞列迷人的苦难处境，求它们相助，让出自己的住地给瘦弱的族众。他们沿洞祈祷，沿洞烧烟。这一举动真够灵验，原来满山满沟可见的大小棕熊群逃得影踪皆无，不知去向。

又过了一日，乌莫图鲁巴图鲁率领众族人进山，到过去那些棕熊居住的洞穴中察看，果然，洞窟中完全没有了棕熊的影子了，处处都安静了。

从那以后，乞列迷在苏克苏图阿林的人全都搬进了温暖的洞窟。

在乌莫图鲁巴图鲁等人的帮助之下，人们又在洞中用木板钉出一个又一个的房舍，又用石泥堆出墙壁，洞顶上又遮上熊皮、鹿皮、豹皮，山洞的四壁又挡上大张大张的鲸鱼皮。于是，一间一间的小房舍就建成了。

后来，人们又在洞中的房舍里搭砌上了火炕，修通了烟道，建成了灶膛，让烟从山洞和石穴的石缝中冒出去。这样，不但火炕可以暖乎乎的取暖，灶膛又可以烤火、烤肉、做饭，人们吃上熟食了。

苦兀苏克苏图阿林的乞列迷人都说，这是熊神妈妈赐福，乞列迷人才能住在雪山罕王的怀中了。

雪山，是指这一带无尽的高大的雪峰。冬季，阳光照射下来，万座雪山银光闪闪，屋内温暖似春，外面雪浪滚滚，雪深没人，而洞中仿佛是温暖的中原气温。

人们从冬日的洞穴口向外张望，一座座大雪山，像银色的波浪在起伏，人们感受到他们生存在雪山罕王的怀里了。

各位阿哥一定要问，那么多洞中的棕熊，到底都逃到哪里去了呢？是啊，它们确实都逃到北山野人的地方去了。那里，正是卢赖他们居住的地方，这可苦坏了卢赖他们啦。

棕熊突然间涌来，卢赖等人措手不及。

卢赖就率领巴哈提族人想把闯入他们房舍的一只只大棕熊驱赶走。但是棕熊也惧怕北方天刮着的寒风和暴雪，那种大雪，被狂风夹着，日夜在苦兀的山谷、山沟、山间、山坡上呼啸，刮得人睁不开眼，冻得人不敢看。别说动物，人都有棒打不走之说，所以这些大小棕熊，根本不去理会人们撵它们、赶它们，它们就是不走。这些老棕熊领着小熊崽，趴在人家的窝棚里，一动不动，你打它，它就对你发威，然后还是趴下来，不肯走入冻死人的狂风暴雪之中。

这些大家伙，一只只像小山包一样，有几百甚至上千斤重，它们钻进人家的屋里，躺下就不动，有的还带着几个小熊，吓得卢赖的族众们连喊带叫，不敢靠前，或干脆自己领人搬出去，给熊爷们倒地方。

这些熊爷们，可能也知道卢赖斗不过乌莫图鲁巴图鲁，也开始狠狠地欺压起卢赖来。

你撵它们，它们就瞪开眼神儿去瞪卢赖。

仿佛在说："你美啥呀？你的能耐呢？你有能耐去对付乌莫图鲁巴图鲁，别来和我们斗！"

再撵，它们可就大吼一声，翻身而起，把卢赖他们吓得屁滚尿流，四处奔逃。

而卢赖呢，根本不知道棕熊从哪儿来，也不知怎么一下子来了这么多棕熊来和他们抢占生存的窝棚和地盘。于是，也请来了族中的智者萨满驱熊、敬熊，跳神舞。卢赖天天率族众叩头祭拜，好言劝说。

族中有一位老人，这天偶然从山中弄回几个大倒木空心树筒，回来准备制作器具，用来陈放粮食和做烟筒之用，没想到一下子让几个棕熊给看中了。有的棕熊干脆钻进树筒洞中去睡觉。不少棕熊都喜欢到树筒中去卧着、倒着，卢赖一下子发现了这个情况。

卢赖也是一个挺聪明的人啊。他想，这下可有办法可以请走这些熊神啦。于是，他们在北海滩一片大森林中，寻找到无数风倒木、站杆、枯树，都是百年以上的老树。卢赖带领族众进山，专门为棕熊凿树洞。渐渐地，这些棕熊们熟悉了北山森林环境，也熟悉了这些树洞，它们也都专门上这里来寻找自己适合的栖息地，卢赖这才松了一口气。

北方的苦兀，一年大多数的时间都处于寒冬，棕熊们也没有过冬的概念，反正夜晚睡觉就睡到树洞里，天明后就出来觅食游玩。日久天长，棕熊们形成了自己的生存习惯。世人都知道苦兀岛——库页岛最北端沿海诸地有一片原始森林，那片老林子是苦兀棕熊出没的故乡，是熊罴们的生存的土地。就这样，苦兀熊不再与人夺地盘了，永远住在大树的树洞之中，从此，熊有了蹲仓子（树洞）的生存习惯啦。

乌莫图鲁巴图鲁干的第二件大事，就是开创了捕捉大鹏雕的绝技，这一下子引起了北方俄罗斯女皇大帝的赞许。

苦兀自古濒临东海，岛屿相连，生育和繁衍着数千上万种生物，因有海洋的养育，鱼虾特别肥美。漫长的海岸生长着各种植物。古老的山林，栖息着各种飞禽、奇鸟。这儿是海洋气候，湿润而充满阳光，即使是漫长的严冬，也比西伯利亚的气温要温暖得多。白雪覆盖的季节，也比内陆的酷寒要强。

这儿的冬雪不干燥。在别处的陆地，冬雪往往在干冷的严寒中被吹干，人们无法忍受那种干冷干冷的气息，而在苦兀就不同了。

这里的冬雪是洁白而潮湿的雪，寒风刺骨，但空气潮湿，充满了自然的柔润气息。生命呼吸起来会感到畅舒而清凉。所以，各种生物都愿意到这样的环境里来生存。也正因为如此，许多奇特而稀有的动物成了这里的独特种类，比如大鹏雕吧，这是世界上一种最为凶猛的天禽，但它无论在任何地方活动，最终都要飞回到这得天独厚的苦兀一带来觅食、休息。

大鹏雕，满语安巴代敏，称大天鹏雕，土语就是坐山雕。是指它"坐"在高高的峰顶，以锐利的目光，扫射天底下世间的万物。

它是一种最大型的鸟类，躯体比健壮的人体还高，重二百多斤。它的羽翼一旦展开，足足有五十余步长。它若俯冲下来，极快的速度使人始料不及，可以用巨爪抱起狗、小鹿、狍子、虎崽、熊崽、山崖青羊、猪崽、小孩，相当的勇猛。在苦兀一带山林的乞列迷人让自己的小孩穿颜色显眼的衣衫在外边玩耍，因为天鹏雕认颜色，不至于把人当成了小鹿。它们的巨喙一下子可以撕裂鹿、狗、狼、熊、虎、豹的肚皮，迅速将内脏掏出吞下，那爪非常巨大锐利，可以豁开一切生命的肚膛。熊、豹子等非常惧怕它，不得不躲藏着它。

天鹏雕因为巨大，飞翔起来非常的缓慢。鹏雕要飞翔前，往往是边拍打翅膀边"助跑"，就像运动员似的。它是靠风的推力把它巨大沉重的身体带动起来，接着才能上升飞向天空。

助跑时，它边拍打长翅，边迅速地跑动，一冲一闯，翅膀适时随着张开，然后那巨翅一点点闪开，逐渐越来越大，以至彻底张开，让羽翅慢慢被风托起，扶摇直上，进入那无边天际的云端……

这种大鹏雕躯体很大，羽特别美丽。它的羽称为"雕翎"，是世上稀有的珍品。雕翎是信仰萨满教各民族的神圣羽帽上的最为珍贵的帽饰，即萨满鹰翎。

雕羽帽又是西方女人的最美的头饰，是美和威严的象征。在大清国朝的乾隆时代，北疆的鹰翎、雕翎，便是世界各国前来索求的最受追捧的饰品。俄国叶卡捷琳娜女皇二世在位的时期，正是大清国乾隆时期，她就非常喜欢头上插鹰翎，在她的影响下，当年俄国的官员不远千里东进，越过勒拿河，进入西伯利亚地区，越过乌第河境，甚至进入到大清国的北疆诸民族，如北海（鄂霍次克海）、勘察加，苦兀，不惜重金收买大鹏雕的活体和标本或购买雕翎和羽毛及雕绒。

苦兀北端沿海的巴哈提乞列迷部落头领卢赖是俄国人最先相中的人物。他得到沙皇叶卡捷琳娜二世的指令，能活捉到苦兀的大鹏巨雕会得到厚赏。可是，卢赖几次率人捕捉，终因巨鹏雕太大、太凶猛，捕雕之人根本不敢靠前，无功而返。这种巨雕力气太大，人根本无法制服它，又没有那么大的捕网，所以极难捕到。射杀也不容易，因这种巨雕飞行太高，箭等利器根本射不到它飞的高度。

卢赖为了讨好俄罗斯沙皇女皇，也曾用很多银子雇了不少著名的乞列迷猎手、炮手前去捕雕，但都不能如愿以偿。

前不久，沙皇女皇又派来她身边的卫士，据传，这些卫士，都是沙皇女皇叶卡捷琳娜二世身边最喜欢的情侣，他们一个个身高体大，十分的强壮、彪悍。他们从勘察加渡海来到苦兀，专门拜访卢赖，传达了女皇的心愿，希望能捕捉到大鹏雕。

俄卫士说："卢赖玛发首领，我们女皇想得到一只活的大鹏雕。"

卢赖吃了一惊："活的？"

卫士说："是的。要活的！"

卢赖："为何要活的鹏雕？"

卫士说："我们女皇要亲眼目睹一下这种巨鸟的威武形态。如果实在不行……"

卢赖说："怎么样？"

俄卫士说道："那就带回莫斯科一只大鹏雕的完整标本吧！"

卢赖说："那不还是一只死的吗。"

卫士说："就是死的也要把它摆在叶卡捷琳娜女皇二世的会客厅中，这是为了让它象征我们俄国沙皇二世在世界上的无比强大，俄罗斯是世界上最伟大的、最强大的、万国来归的、不可战胜的东方巨人。"

俄人卫士眼中闪着光芒，说着这些话。

"好，好吧。"卢赖勉强答应了。

卢赖这次可真被难住了。一是不能说自己不行，打退堂鼓，那会让俄国使臣耻笑自己的无能，日后人家还怎能帮助，支持自己呢？不能在主人的面前丢掉这个名誉，失了面子。二是如果答应了，这要捕捉不到，那可怎么办呢？

卢赖可是愁坏了。一天瘦了好几斤啊！这时，还是他从莽乌吉里阿林拖林普阿林嘎珊玛发那里娶来的两位爱妻发了话了。她们见丈夫急得团团转，在这种危难之时，给他出了一个主意。

二位爱妻说："嘎珊达哪，我们可有办法。"

卢赖说："你们？"

爱妻说："对呀。"

卢赖说："那还不快快说呀！"

爱妻说："嘎珊达啊，你何不去一趟莽古吉里阿林？"

卢赖一愣，"去那里干什么？"

爱妻一笑，说："去拜见一下我们的父亲拖林普老玛发，请他老人家帮忙，让他发话叫他的大儿子乌莫图鲁巴图鲁来。这点事，他一定会顺利办妥的啊！"

卢赖一沉思："这……"

其实，卢赖不是不知道乌莫图鲁巴图鲁的厉害。他也深知他捕猎技术的高超，狩猎的本领远远地胜出自己，可他不愿意长人家部落的志气。特别是不想让乌莫图鲁巴图鲁在自己靠山俄国人面前，露出他的能耐，那将来俄国人靠上他们，抛下自己该怎么办呢？

他真是一个小心眼啊，以小人之心度君子之腹。可他又仔细一琢磨，爱妻说得也对，自己又不能捉到大鹏雕，交不上差，如果乌莫图鲁巴图鲁能捉到大鹏雕，也得先交到自己手里，不还是由自己交给俄国使臣吗，不让乌莫图鲁巴图鲁见俄国使臣就可以了，而这功劳照样是我卢赖的。

他想到这里，觉得爱妻说得对，这事可以办。

于是，第二天，他就去了莽古吉里阿林拖林普部落，拜见了拖林普安班玛发。他说明了来意："拖林普嘎珊玛发，我今有一事相求。"

拖林普玛发说："卢赖玛发呀，咱们已是亲戚啦，有事只管说吧。"

"我想让你们帮我捕捉一只大鹏雕。"

"捕大鹏雕鸟？"

"对，您一定帮我这个忙吧。"

"这，好办。"

拖林普安班玛发也没有多想，不就是捕一只大鹏雕吗，各部落互相团结狩猎也不是个坏事，将来我们部落狩猎也有可能求人家呢。卢赖没有告诉老人这件事的底细，他并没有说是为俄国人捕大鹏雕，只说是自己部落要捕个大鹏雕。拖林普玛发就没有多想，立刻派人去把乌莫图鲁巴图鲁请了来。

乌莫图鲁巴图鲁很快来到老玛发跟前，并见到了卢赖。拖林普老玛发便把卢赖来意告诉给了乌莫图鲁巴图鲁。

乌莫图鲁巴图鲁是多么聪明的人呐，他一想，就猜到了卢赖的心意，这肯定是有最大的利益驱动，他才来办这个事。乌莫图鲁巴图鲁心里明白，捕大鹏雕那是狩猎中最难办的事，卢赖一定要捕大鹏雕，这至少是能赚一大笔，有人来向他买大鹏雕，才会找到莽古吉里阿林来。他深知卢赖一是没有这个能耐，二是没这个胆识。

但是乌莫图鲁巴图鲁想，这也是一个好机会，让我去暗查一下巴哈提部落的情况，也可以顺势寻找一下那位被劫走的楚勒罕大集的清廷哈番，而且还有好多的谜团都可以借此机会摸清，掌握卢赖的细情。

所以，乌莫图鲁巴图鲁对父王说："拖林普安班玛发，孩儿遵令。"

老玛发很高兴，因他见儿子一点也没有打横，心里一块石头才落了地。他是生怕乌莫图鲁巴图鲁不答应，不应允呐。

乌莫图鲁巴图鲁很顺利地答应下来，可把卢赖高兴透了。他连连道谢说："谢谢老玛发！谢谢乌莫图普！"

乌莫图鲁巴图鲁问："请问卢赖嘎珊达，我什么时候动身呢？"

卢赖急忙地说："乌莫图鲁，马上就走，越快越好。"

乌莫图鲁巴图鲁说："卢赖嘎珊达，你说让我去抓大鹏雕，那可不容易，我先讲个条件，你同意我才能去。不同意，我就回去，你找谁都行。"

卢赖说："乌莫图鲁，咱们之间谁跟谁，你有什么条件就说，只要我能办到的。"

乌莫图鲁巴图鲁说："好吧。我的条件就是，既然让我抓雕，一切就得听我的，不用你管，反正到时候交给你雕就是了。行吗？"

卢赖说："行！当然行。还有吗？"

乌莫图鲁巴图鲁接着说："还有第二件。"

卢赖说："快说。"

乌莫图鲁巴图鲁说："我要带着我的弟弟铎琴去。我得有一个可心的助手，孤掌难鸣啊！"

卢赖一听，笑了。

他心想，还以为是什么条件呢，就这两条还算"条件"吗？于是就慷慨爽快地说道："好了好了。这两个条件我都答应你，你就快动身吧。"

就这样，乌莫图鲁巴图鲁迅速从父亲的屋里出来，回到自己家中去和春公主告别。让春公主一定放心，自己是有备而去，有办法战胜对方的。

春公主深知乌莫图鲁巴图鲁的智谋和勇气，对丈夫与卢赖前行去捕雕也就很放心了。但还是嘱咐他说："乌莫图鲁巴图鲁，卢赖这人是个很不好斗的人，你遇事一定要小心，三思而行。"

乌莫图鲁巴图鲁说："你放心吧，夫人。"

他从自己的武备库中拿了些防身的武器，暗暗装好了兵器之后，便与爱妻春公主恋恋不舍地告别。又去到了铎琴家，与比牙格格面谈，要与铎琴兄弟出去几日，到北山野人部落去待几日，让比牙格格在家照看好部落，管理好家，"铎琴此次与我同去！你放心吧"。

比牙格格也同意了。

铎琴一听，要与哥哥一同出征去办事，他也很高兴。立即收拾行囊，跟着哥哥乌莫图鲁巴图鲁一齐出发了。

比牙格格送别他俩。哥俩让她回去，可比牙格格一直把他们送出很远很远，这才返回部落。而乌莫图鲁巴图鲁和铎琴一心想早点摸清卢赖的手段和真面目，他们真恨不得立刻"飞"到卢赖的野人部落去。

前面的路途，关山重重。

乌莫图鲁巴图鲁和铎琴哥俩，你瞅我一眼，我看你一眼，他们心知肚明，此去一定会有一场恶战，一定要办好，办妥，绝不辜负皇阿玛的嘱托，为大清江山社稷的长久稳固，再难再险也在所不辞。

二人打马直奔北山巴哈提而去。

各位阿哥，朱伯西我要多费唇舌，在这里多说上几句了。苦兀这地方，四面环海，又有众多的高山峻岭，古林苍翠，天生就是天下四面八方各种飞禽的理想天堂。

它迎迓北极的寒禽，迎迓南国的热禽，飞禽都喜欢聚集到苦兀岛来，大到一个人高的猛禽大天雕、大海雕；小到像蜜蜂那么大小的蜜鸟、蜂鸟、核鸟、桃鸟、息鸟，都喜欢在这个富饶美丽的岛上寻找喜爱的地方筑巢产卵、抱崽。各鸟的生育期不同，所以在岛上随时都可以听到万鸟的鸣唱。

我要特别说一下，卢赖让乌莫图鲁巴图鲁来捕捉的大鹏雕，正是苦兀一带的禽中之王。一年四季，不，准确地说，无论是盛夏那么几天，还是冰天雪地那么漫长的日子里，大鹏雕时时都在，时时都矗立在高耸入云的山峰最高端上，迎风傲立。

山顶是它瞭望远方的高台，它明亮的双眼可以居高临下地投射出百里海平线之外，它那锐利的目光可以看出很远很远。十数里远地方的一只小青蛙在干什么，它都能看得十分清晰，一只海蛇，一只蜥蜴张口吸捉小虫都躲不过它的利眼。当然，海上的各种鱼儿蹿出海面，小鹿领小崽探头探脑的小心前行，人们怎么在海上作业，甩网，海鱼怎么悄悄在沙中埋藏自己刚刚下出来的卵，它都看得十分清晰，就连人们在山林里采摘，什么样的筐、篓子、袋子、木盆，里面采摘下来的是什么菜，什么蘑菇，什么野果，都是什么颜色，它都看得真真切切。

大鹏雕看清这一切之后，它就把头偏着或低下来仔细分析一下，去不去吃呢，该去吃什么呢，想要吃什么呢。想好了要去吃什么，它便马上振翅高翔，飞奔目标。当到达它想要的那个"食物"的地点的上空，便猛地向下俯冲，突然降下，对方还不知不觉中便成了它的食物。傍晚，当天色暗下来之后，它便寻找一处地方安歇去了。

乌莫图鲁巴图鲁小时候，和嘎珊达玛发多次去捕捉过大鹏雕。那时候，因为中原王朝的人从唐以来就要求北方诸族贡缴貂皮及鹰、雕与猛禽。朝中的贵胄官宦人家均喜欢硕大而美观的鹰雕的羽翅，有灰翅、白翅、斑白翅、花翅、黑翅、褐翅，等等。可制各种饰物，又可制著名的大羽扇。皇家的龙凤辇上的大型羽冠羽服羽扇非大鹏雕羽翅莫属。正因如此，北疆各族世代都有捉捕名鹰名雕的英雄把式。

把式，又称把势、把食，是指他们有自己的一套捕捉绝技、绝活。那是一套非常神秘完整的捕鹰雕的绝妙手艺。特别是捕捉猛禽大鹏雕、大海雕、大金雕的技艺，更加惊心动魄，代代留下悲凉的遗骨和荒冢。

乌莫图鲁巴图鲁自小勇敢无比。他精灵、胆大，仿佛一生下来就具有捕捉大鹏雕的能耐。所以这事让他来办，拖林普嘎珊玛发、卢赖玛发、乞列迷族众人人心中有底。

乌莫图鲁巴图鲁知道，在苦兀岛上，最知名的大鹏雕有两种，最常见者那就是大海雕。它是大型猛禽，嘴弯钩型，又厚又长，钩嘴如快刀，十分锋利。它的两翅又粗壮又高大，它的粗如树棒子的大腿上长着长长的厚厚的黄色羽毛，直接盖着双腿下的两只黑色而巨大的弯形利爪，爪无比锋利，可刺入动物的脊肚，虎、豹、熊、鹿、狗、狼、猪、猞狸都十分惧怕它，它的"影子"在空中一飘荡来，这些动物们就如老鼠见了猫一样，立刻躲避，慢半步都不行。

这种大雕雌雄同色，同样高大。其中最美观威武者当属白尾海雕。

白尾海雕栖息之地无人知晓。它们四海为家，居无定所。因其巨大，翼展甚长，可在大海上处处巡游。头部羽毛白色，缀有褐斑，上体暗灰色，胸部以下褐红色，尾部白色，因而得名。此鸟洁净美观，非常机灵，两眼有神，特别凶猛暴戾。雌雕要生卵孵崽时，它们才高筑巢穴。

它们的巢穴很大很高。每次一般只生一个卵。雌雄对那枚卵非常珍爱，轮流保护，怕虫兽毁坏或吃掉。只要有了卵，雌雄就一直守护。两个雕一个孵卵，一个守护，轮流着进行。休息的那个海雕，既当守护，也得去觅食，回来换另一只海雕。

海雕一般都是在停雪的春天开始孵崽。早春，当苦兀一带的海风开始带来了春天的气息，当山林岗巅上的积雪开始融化，海雕开始孵崽了。

当海上和林中刮来的风已带着有些苦涩的浓浓潮湿的气味儿，正是海雕们忙着孵崽的时候。经过四十多天，小雕出生了。

小雕一出蛋壳先是无毛小雀，渐渐地才看出这小精灵是大头大黑眼睛，生有白黄毛。小雕越长越好看，完全由雌雄大雕觅食喂养。

八个多月之后，小雕生出了翅膀，也能飞翔了。渐渐地，它们就跟随父母翱翔、捕食，一般要跟随父母一年至二年之后，才开始分开。

大雕喜欢独立生活。因为是猛禽，胃口食量大得惊人。它们各自占据一个领地，否则互相争食。所以，大海雕都有自己固定的求食觅食的地盘。只要这只雕喉声一叫，众鸟早已快速逃散。它的鸣叫就是向世上万物宣布自己是一地之主，一地之王。

还有一种大鹏雕，那就是金雕。金雕也是一种大型的猛禽。主要占据山林、岗林、峭壁。

它们独霸一方，雌雄同色，尾部也是又长又美观地长着白羽毛，非常的好看。它们与海雕一样，也是生有一副巨爪，钩钩嘴。它们的两只胫上都生有长毛，一直盖到自己的五趾钩爪上，钩爪也非常强悍尖锐，力大无比，可以撕裂鹿狍的胸膛，就连部落人家的驴、牛、马也怕它的突然袭击。它们有时会把牛、马的肚膛啄开，吞吃大牲口的五脏六腑，当作热乎乎的美餐。

金雕与海雕，目光都相当尖锐，能够看出很远很远，观察数里数十里之外的情况，它们也都喜欢吃小兽及腐尸。

乌莫图鲁巴图鲁、铎琴两人商量，还是到海滨高崖之巅去寻找大海雕的窝巢，海雕惊险难捕，但容易找到身影，何况大白尾海雕是世上最美观最庞大的天上猛禽，更具有观赏存藏的珍贵价值，也肯定是俄罗斯皇帝最盼望获得的珍品（其实当时，乌莫图鲁巴图鲁还不知卢赖要此巨雕是与俄国人打交道之事）。当然，他们知道卢赖想要大海雕为讨主人欢心。他们又想，若能捕捉到大海雕更能显示出苦兀拖林普家族的勇敢和无畏，让卢赖刮目相看，不敢轻易地与我们苦兀拖林普族众对峙。

说好要求条件后，乌莫图鲁巴图鲁与卢赖谈判，卢赖为了弄到大雕，只要乌莫图鲁巴图鲁能答应下来，就什么要求什么条件都让他满足。

乌莫图鲁巴图鲁见卢赖一切都答应下来后，他还是穷追不舍，还跟他"谈判"没完。乌莫图鲁巴图鲁说："卢赖玛发，你说的一定照办？"

卢赖："照办照办。"

乌莫图鲁巴图鲁："不许反悔？"

卢赖："不反悔！不反悔！"

乌莫图鲁巴图鲁还要说什么，这时卢赖已经像要给他下跪一样哀求着说："哎呀，我尊敬的乌莫图鲁大哥呀，我不是说过了吗，一切的一切都按你说的去做，按你的要求去办，一切都满足你的心愿，你的一切要求都答应。这还不行吗？"

乌莫图鲁巴图鲁说："好。那么，现在就在小羊皮上写下契约。把你的名字写上，我就去为你抓雕。"

卢赖："什么？还写契约？"

乌莫图鲁巴图鲁："要写。"

卢赖一迟疑："这……"

乌莫图鲁巴图鲁："你写不写？"

卢赖一下决心，说："好。写！写！"

卢赖忙叫人取来一块熟好的岩羊白板皮张，又问乌莫图鲁巴图鲁道："兄弟，你说怎么写吧？你说写什么，我就往上写什么。"

他已让乌莫图鲁巴图鲁给拖得实在是招架不住了，他恨不得马上结束这场漫长的"谈判"。

乌莫图鲁巴图鲁想了想说："好吧，你就写……"

在当年，乞列迷人使用的都是满文，相当盛行。而且，各个部落之间的头领都得学习满文，会满文，精通满文。所以，这卢赖也会满文。

于是，乌莫图鲁巴图鲁说，卢赖写，那份洁白的岩羊皮契约就这样写出来了。

那上面是这样写的：

"兹有拖林普部乞列迷人乌莫图鲁与铎琴兄弟，为我巴哈提部头领卢赖嘎珊达捕捉大海雕壹只，但必须满足乌莫图鲁提出的所有要求。只要满足乌莫图鲁提出的要求，乌莫图鲁必将大海雕当面交给卢赖嘎珊达。大海雕死活皆可。特立契约。

大清国乾隆四十三年吉旦

立契约人

苦兀乞列迷巴哈提部卢赖嘎珊达

苦兀乞列迷拖林普部乌莫图鲁巴图鲁

契约中间人：

铎琴

玛泰"

玛泰是卢赖提出的证人和中间人。他是巴哈提哈喇达，巴哈提部落的姓氏长，即穆昆达。卢赖正式地咬破食指，将血印按在契约上，乌莫图鲁巴图鲁、铎琴、玛泰也都咬破了食指，印上了自己鲜红的血指纹。乌莫图鲁巴图鲁郑重地将契约揣在了怀里，然后就拉着铎琴兄弟的手，与卢赖和玛泰告别，饭都没吃卢赖家的一口，水也没喝一口，推门走了出去。

二人快步走到北山海滨那一片松林里之中，乌莫图鲁巴图鲁与铎琴坐下来休息。这时，铎琴就问乌莫图鲁巴图鲁。

他说："哥哥，咱们怎么干？你心中有数吗？"

乌莫图鲁巴图鲁说："弟弟，咱们从小就捕鹰和雕，只是多年没有干这个活了。我看，咱们必须不怕苦。先在海滨各山巅仔细观察，发现哪里有鹿群、猪群、狼、狐等动物时时在惊跑，哪里的山莽中的百禽鸣叫惊飞不宁，那里就肯定有我们要寻找的大鹏雕。"

铎琴说："嘿。对。"

乌莫图鲁巴图鲁又说："接下来，就是要找到大鹏雕的踪影，找到踪影我们就有了把握。然后，咱们要攀上岩石，观察这只大雕是什么种类，多大，是否有捕捉的价值。不能白抓了一个，费了不少劲，满足不了卢赖和俄罗斯使臣的心愿。"

那时，乌莫图鲁巴图鲁已从暗中打听到，卢赖要这只巨雕是为了送给俄罗斯使臣的。但表面上还是不让卢赖看出自己已知道了他的意图，以免让他产生怀疑。

乌莫图鲁巴图鲁想要的是一架够架的雕，够架是指鹰雕已长成。

他告诉铎琴："兄弟，我们这次一定要一鸣惊人。最后要让俄罗斯使臣知道这雕是咱们捕的，大清国乞列迷人是不好惹的。个个都是勇往直前，所向无敌，不可阻挡。必须让他们的野心收敛一下。像卢赖这样的乞列迷人只是一个败类，也就是他一个人而已！"

铎琴点点头说："哥哥你说得对。"

乌莫图鲁巴图鲁又说："所以，咱们一定要抓住大海雕。得想法捉雕，至于活捉还是死抓这要看当时情况而定。"

铎琴听到这里，又笑着说："巴图鲁哥哥，看来你是已经心中有数了！"

乌莫图鲁巴图鲁也笑笑，点点头。

铎琴说："那咱们先去完成第一个活计，寻找大海雕去！"

于是，他们二人就出发了。

乌莫图鲁巴图鲁、铎琴二人开始是先从苦兀北端沿海岸线巡行观察。他们沿山谷寻找各个大山的峭壁，他们的手艺独特而古老。

有一天，乌莫图鲁巴图鲁来到山中寻找到一棵老鸹眼树下，他取出身上带的匕首，在树上削了一节，然后坐在地上。他又从后背上的皮背包的大袋子里取出一个小木匣来，这使铎琴很吃惊！他根本没有注意，哥哥乌莫图鲁巴图鲁随身还带来这么多各种各样的工具，真不知都是干什么用的。

只见乌莫图鲁巴图鲁从小匣中取出一个小钻，将老鸹眼树枝，削去一层外皮儿，钻过了木芯，又把一面放进一个从鞋帮里选出的一节苇茎来，插入木芯之中，转眼又在老鸹眼木上钻出五个小孔，这样，一个老鸹眼树的吹管就制作出来了。

吹管，是一种民间的乐器。

这种吹管，非常适合在森林、野甸子、荒芜的山谷中行走的人寂寞时吹奏出各种节奏的调子以解闷，而且，喜爱民歌小调的人也可以用此吹奏出各种动听的曲调来，真是一种奇特的玩意。

乌莫图鲁巴图鲁制好吹管之后，便拿起来放在嘴上，只见他的唇子一动，声音就出来了。而且他的手有时还要按一下木管上的各个小孔，于是不同的声响便发了出来。

铎琴从小跟猎人在山林里打猎，乌莫图鲁每吹响一声，他就立即兴奋起来。因为，哥哥乌莫图鲁巴图鲁做的是"代敏嘎嘎"，即民间人俗称的"雕叫叫"，专门学雕鸟的叫声。当然，雕叫叫其声可有多种，有单调，即雕呼叫之声，或暴唳震慑，只鸣叫三声；也有多调，那是雌雄相互呼叫声，雄唤雌，雌唤雄，呼唤雕崽之声，等等。还有警觉发现敌情预告之声，等等。这种"雕叫叫"吹调时，可以发出不同的雕声音。

这种雕叫叫是一种奇特而精制的森林艺术品。

上面五个孔洞，后部的一头留出一个小孔，出气时，以此来带出声音。这其实是一种古老的狩猎工具，如鹿哨一类，专门用声音和动物相沟通，以便探知它们在何方，然后把它们引来以便诱捕。这是北方各族人猎手常用的最拿手的狩猎方式。

他们两个有了这个"雕叫叫"，就又回到了海边。

乌莫图鲁巴图鲁从身上又解下一个不长的小细网。平时，这种小细网都是挂在他的腰间。解下后，他便在海边的海湾处捕鱼，捞海葵，在海边上生火烤鱼吃，用来填饱肚子。这种小细网轻便，很好携带，是乞列迷人在野外的海岸线生活必不可少的工具。

他们吃饱了，又继续四处寻找、走动。

乌莫图鲁巴图鲁与铎琴在苦兀的北海岸连续寻找了两天，也没有发现大鹏雕的一点动静和踪影。难道它们消失了？

他们不灰心，又沿着岛北上，东行，在塔塔玛阿林一带附近海滨寻找、走动。

这一天，他们走着走着，突然发现有众多的海鸟鸣叫着，急急忙忙地向东海方向翻飞而去，而且，山谷中还传来了百鸟的惊喉之声。

乌莫图鲁巴图鲁凭着猎人的警觉知道，这准是大鹏雕来了。

他知道准是这地方来了一位不速之客，正是这位"不速之客"的到来才惊动众鸟的大迁移，看来这个不速之客是大猛禽了。他非常高兴，急忙拉起弟弟铎琴飞快地、拼命地往那片山岭的高处飞奔而去，不一会儿，就到了大山里边。他们循着飞鸟惊叫的地方走去，来到一座很峭很陡的山崖的跟前。

他们仰起脸向上望去，简直望不到山顶。那座山的山顶已经插入了云端。

那是一座长着一片片莽林密树的高峰，只能听到林中山风吹刮大树传来松涛呼呼的声响，还有就是当山风静停下来时，传来一阵阵的野豹子的吼啸之声。声音过后，山峰老林里立刻肃静下来，静得让人害怕。总觉得那顶峰的老林里隐藏着什么天大的神秘。

头顶上，有几只鹰在盘旋。

那些鹰盘啊盘啊，然后才小心翼翼地停落在周边的高树头上休息。

乌莫图鲁巴图鲁终于判断出来了，那顶峰上一定有大的猛禽烈禽占据，使任何鸟包括别的鹰群都不敢轻易地落在山巅上的树尖上休息，这正说明那大家伙的霸道和威严。

这些迹象更增加了乌莫图鲁巴图鲁的信心和毅力。他决定要攀上山崖的顶巅看个究竟，到底是个什么样的不速之客，使万鸟如此惊慌不定。

乌莫图鲁巴图鲁、铎琴二人从沟塘攀山。有时是攀石而上，有时是抓着树干一级一级的攀登，最终他们攀爬上了大山的山顶了。

只见远处的东海一片蓝色碧波，苍茫无际，与天上的白云交相辉映，更加显示出它的壮观和浩瀚，令人心旷神怡。一股股冷风迎面吹来，让他们立刻感到山高风冷，浑身不觉一震。

乌莫图鲁巴图鲁不敢站起来，他们小心翼翼地在山顶上的林中草甸上爬行，尽量不发出声音，生怕惊动了山上的不速之客。

不大的工夫，他们爬到了几块大岩石的后边，而且正处于岩石的缝隙之中。他们终于看到了，有一只硕大的灰色白尾白头的红褐色羽毛的大白尾海雕，正在那里矗立着，双眼正在远望着东方的大海，看得出神。它的眼光和注意力完全被遥远的海吸引过去了。那是一处遥远的所在，是天和水与山和林的尽头。

再细看，海雕的旁边有一个它筑建的窝巢。

那窝巢全是用树枝包围，内有层层的鸟羽、兽毛所编织成的一个巨大的窝，再细看，原来窝里还有一只大白尾雕，正在窝内蹲着。他们判断，这正是大白尾海雕，它们是一对夫妻，正在孵化自己的孩子呢。

海雕的生殖时间很不固定。在北疆的寒域中，只要条件许可，在北疆漫长的冬雪时期，在无夏无秋的任何时候，雌雕都能争时夺秒地下卵，夫妻共担育雏，养育自己的后代。而且，一雕在窝内哺育卵蛋或喂小雕，另一雕一定站在窝旁，一站半日，挡风挡雪，在寒冷中傲雪挺立，陪伴儿女。

它们站在那里，眼睛总是遥望着遥远的大海，观察着大海。

从前民间都传说，雕是大海的卫士。白云可以被寒风吹走，唯有大海雕那么忠诚无二地陪伴守护着大海母亲，样子让人类深深地感动。它们不惧怕风涛，不惧怕冰霜，千年忠于职守。

捕雕人抓住雕有固守疆域、不惧声响的英雄气概，设法攀上峭崖，将身上披满松松的松毛，就像松树在山崖上，正在迎风摇动的样子，从而去迷惑海雕，靠近它们。这时的雕只顾看着远方，它以为旁边是风中的小松树丛呐。它们从不侧目审视近前。

海雕总认为自己是与海天同高的海的卫士，有谁敢靠近自己呢？世上没有任何生命能凌驾于它和海空之上。海雕太傲慢太任性了，而结果，它常常就吃了傲视苍穹的大亏。

乌莫图鲁巴图鲁和铎琴仔细观察，看清楚了山崖之上的大海雕，根据当时的季节和窝中尚有一只大海雕趴伏在窝中的情况来判断，知道那个暖窝之中必有一只已经长满了羽毛的三四个月大小的雕雏，当然，在窝中趴着卧着的海雕必是母雕了。

雕的性情是夫妻俩对雏雕非常尽职尽责，一定要等到小雕完全可以与父母一样飞翔，一样能自己叼到食物时，它们父母与子女才能分离，各奔东西。而且据猎人观察，成熟后的海雕，还能认亲，从不在自己亲生父母身边傲立山崖，与父母争食，占父母的领地。它们一旦长大，就会远远地离开，不夺年老体弱和生病的海雕的食，占有它们的海域。其实世上任何生物，都深晓亲情和养育之恩。人当思之。

乌莫图鲁巴图鲁看清后，铎琴问他："乌莫图鲁巴图鲁哥哥，你怎么知道小雏雕已长满了羽毛呢？能不能是刚在孵卵呢？"

乌莫图鲁巴图鲁说："不会的。"

铎琴说："这个道理在哪？"

乌莫图鲁巴图鲁说："从窝里的大雕的姿势上就可以看出来。"

铎琴说："姿势？"

乌莫图鲁巴图鲁说："对。若是母雕在孵崽，那么雄海雕不会站在那里，它要在高空盘旋，警示着四方，防备有敌鸟、蟒蛇偷袭孵崽的母雕。而现在你看，那个大海雕那么情态自然地站立一旁，看着妻儿相聚，这证明小雕已经懂点事了。而且，那母雕半蹲着的姿势也说明，小雕已经长起来了。要是小时候或是蛋形时，母雕要完全趴下来，不会蹲着的。因为窝空间有限，她只有蹲着去亲近自己的骨肉。"

铎琴太佩服哥哥乌莫图鲁巴图鲁了，真是一个又聪明又勇敢的哥哥，真不愧大清的巴图鲁啊。

乌莫图鲁巴图鲁又分析道："铎琴你看，那母雕是那么舍不得离开自己的孩子，与孩子亲不够。公雕也在享受着天伦之乐，站在一旁安然自得的样子，这是多么亲情的一家呀！"

铎琴想了想，点了点头。

但他又说："阿哥呀，这么好的一家，咱们给拆散了，多么的令人伤心啊。"

乌莫图鲁巴图鲁说:"兄弟呀,这就是世界上生存的现实。想下去,是挺残酷的啊。可是,乞列迷人世世代代打雕捕雕,这是咱们的本能。雕的夫妻不是一生一世就一对,母雕公雕,相爱相亲,筑巢育仔,仔儿成熟之后,各奔东西,又有一对新夫妻轮回。所以,这不是拆散,这是促使海雕多生育,多生出大海的卫士。人类生存生生不息,各种动物也都有自己的繁育周期。"

铎琴明白了哥哥的话,也非常赞同。

乌莫图鲁巴图鲁说:"这次,咱们兄弟就是要请这家海雕三口中之一口。我已确定⋯⋯"

铎琴:"阿哥,确定什么?"

乌莫图鲁巴图鲁说:"请公海雕帮咱们的忙了。"

铎琴不解地问:"它会帮忙?"

乌莫图鲁巴图鲁点点头,说道:"兄弟,我们要感激这只公海雕的奉献。不能伤及母海雕,它还要细心地陪伴自己的小孩子,还要在茫茫的大海上,在那万顷碧涛上,飞个一年到三年的漫长岁月,走完它的生存之路,母子要走很长的一程啊。我们就预祝它们母子安健,畅行大海之上吧。"

乌莫图鲁巴图鲁和铎琴俩又悄悄地退到下山的山崖处,按原路悄悄地返回去了。

他们来到了卢赖的驻地,见到了卢赖。

乌莫图鲁巴图鲁说:"卢赖嘎珊达,我们要捉海雕了!"

卢赖有些不敢相信自己的耳朵。怎么,这么快他们哥俩就找到了海雕,这可真是奇迹。

于是,卢赖就顺水推舟地说:"好好!你们说,怎么准备?"

乌莫图鲁巴图鲁说:"你帮我们迅速寻找一挂乞列迷人常用的三丈方格形的捕雕大网,其他的事,你就不用管了。"

卢赖本还想细问什么,但乌莫图鲁巴图鲁守口如瓶,概不回答。

卢赖也不再说什么奉承他了,赶快找部落里的老者们,按照乌莫图鲁巴图鲁的要求,让他们迅速去借一挂雕网。很快,玛泰便取来了网,交给了铎琴。

接过网,乌莫图鲁巴图鲁返身便走,可是一把被卢赖给拉住了。这是硬拉住的。

卢赖说："乌莫图鲁大哥，你得吃点饭再走！"

乌莫图鲁说："不吃。"

卢赖说："那你们喝口水再走。"

乌莫图鲁巴图鲁说："不喝。"

卢赖说："你们这不吃不喝是什么意思？要不然，你们坐一会儿不行吗？"

乌莫图鲁巴图鲁说："时间紧迫，不能误了你的大事。"

卢赖没话可说了。最后，他露出了自己的目的。卢赖好言好语甚至有些哀求似的说："乌莫图鲁哥哥，能不能允许带他们去……"

乌莫图鲁巴图鲁故意地问："谁？你要我带谁去？"

卢赖说："带俄，俄罗斯的使臣。"

乌莫图鲁巴图鲁说："什么？带俄国人去？我们为什么要带他们？"

卢赖说："他们想站在远处看一看捕这种大雕的过程。而且，我们也要看一看，学一学。多少年了，我们没见过这一手。就是想看一看你们是怎么捉到天上飞的那么凶狠无敌的海雕的。"

乌莫图鲁巴图鲁想了想，突然说："行吧！"

卢赖乐坏了。

乌莫图鲁巴图鲁又说："可是，如果吓死他们，我们可不管！"

说完，乌莫图鲁巴图鲁领上铎琴，带上那张大网就走了。

这时，卢赖、玛泰陪着那位俄罗斯的使臣，在乌莫图鲁巴图鲁和铎琴后边紧紧跟着，向山里走去。

所有出发的人都不许骑马，不准穿带颜色的衣服，不准带任何有一丝响动的铃铛一类的饰物、饰件，一律穿乞列迷人的鲸鱼皮裤子，戴小鹿角帽就行了。那个俄罗斯使臣穿上乞列迷人这一身，总是笑个不停，他见自己不伦不类，总想笑。

卢赖和玛泰一再地劝他："使臣先生，你不要笑。乌莫图鲁巴图鲁大色夫一再告诫咱们，一定不能弄出动静来。如你不听，有可能把你给轰出去！"

这样，那个俄罗斯使臣才不笑了，不出声了，老实了。

他们出了部落先奔东，绕过东山之后又走了大半天，这才进入塔塔玛山坳之中。越过几条淙淙流淌的山间小溪，惊走了一群麝鹿、小兔，吓飞了一群群鹌鹑，终于来到了那座有大雕一家居住的峭壁悬崖之下。

这里根本看不见路了。

乌莫图鲁巴图鲁、铎琴就是全靠双手双脚攀援之功，从这里一点一点地贴着石壁硬是爬到山顶上去的。这一下，可苦坏了卢赖和那个俄罗斯使臣，他们根本上不去。

乌莫图鲁说："上啊？"

他们说："不上了。上不去。"

他们只好坐在石崖之下。那里有一大块青石板。他们坐在上边，仰脸观看着插入云端的山峰，浑身生出了冷汗。

乌莫图鲁巴图鲁对他们说："坐着看，也要老老实实的，不要出声说话，不许弄出任何动静来。"

他们一一回答："是，是，是。"

乌莫图鲁巴图鲁和铎琴两人熟练地惊险地向悬崖上攀去，他们的身后背着雕网捆，在山峰的石缝和峭壁上艰难地攀爬。

越往上攀爬，越是艰难起来，根本找不到任何的抓手，他们的身影越来越远，越来越小了。在山下青石板上坐着的几个人真是佩服他们两个人。

就见他俩像贴树皮的毛毛虫一样，紧贴在石崖壁上，在立陡立崖的石壁上往上面蠕动，这把俄罗斯的那个使臣吓得都不敢再看了！他低下头，怕他们一下子掉下来，或被大风刮向远方。

乌莫图鲁巴图鲁和铎琴两个人往上攀时，从下边看他俩，已经很小很小了，真像两个小黑疙瘩在石壁上移动，真不知他们是用什么方法，才能把自己吸在壁上的。渐渐地，他们钻入了云端。下边的人已经看不见他们了，只能看见那高高的山峰插入了云端，他们两人已经穿过云层了。

乌莫图鲁巴图鲁和铎琴已穿过云层，看不见地面上的一切了。只听得耳边呼呼的云声、风声，那潮湿的白云就缠在他们的腰间。他们一边攀爬，一边互相的鼓励，一定要小心细致，不能有丝毫的大意，不能弄出一丁点响声，以免惊动了海雕。特别是不能惊慌，也不能往下看。虽然云彩已经隔开了地面，但有时云彩一移动，或云有些缝隙，依然可以看到地面。

爬高的人不能看下边，以免分心。要一心一意地紧紧地贴着身前的石壁，寻找石壁上可以抠住的石楞、石缝、石条，抓住了以后，先不要动身子，要先用手用力地去抠一抠、碰一碰，看看那个石缝能否撑得住下一步身子的重量。如果石块被抠下来，或者活动了，就会发出响动，惊动了大雕。这是一个很难判断的技艺和胆量相交在一起的本领啊。

对于足下蹬着的石缝隙，也要反复地试验是否能承受住身体的重量。要把身体向石壁靠近、贴近，而不能向后仰，重心向后人容易坠下。总之，时时要有一股向上的念头，不能灰心，不去想会掉下的事，这样反而会减轻坠力使身体轻盈起来，人便会与石壁之间形成相互的支撑力，会很自然地寻到可靠的抓手和蹬脚地。就这样，不大一会儿，他们就攀爬到大山的巅峰绝顶之上了。

到了上边之后，他们就和上次一样，悄悄地趴在地上，慢慢地向前爬去，悄悄地接近有大海雕的那个山岗。

乌莫图鲁巴图鲁仔细一听，又仔细地透过石缝往里去瞧，果然，那两个大雕仍在原处。其实，雕的性格就是如此，只要是它们看中的窝巢或者是它们喜欢的立足之地，就总是傲立于此，任凭狂风吹袭，它依然迎风而立，纹丝不动，就有这股子硬劲。

捕雕，其实最大的经验就是一要静，二要耐心，不可急于事成。

捕雕人早都已练成了这种性格，把自己练成了一块山间的顽石。

人仿佛没有了呼吸，就像一块死物一般，像一块石头摆在那里。就是蛇从身上爬，老鸦在身上站立，蚊子、瞎蠓在叮你的耳朵、在喝你的血，腿脚麻木、疼痛、极痒痒，都不能动一动，要任凭这些昆虫吃你、咬你、喝你的血。

要知道，雕的听觉、视觉非常灵敏，一丁点动静，它都能判断是何种声音，所以必须没有一丝声息，人才可以接近大雕。

从清晨一直到傍晚，乌莫图鲁巴图鲁全身插满松树枝，头上顶着松枝的伪装，一点一点，一分寸一分寸地慢慢前移，向大雕身边贴近。人不能不停地向前移动，必须是移动一步，就停下来，接着要静待一个时辰，让大雕感觉不到"环境"的变化。时光都像停滞一般。一切如死一般的沉寂，任大雕动动双爪，伸伸双翅，左右动动大白的雕头。让它感到唯有它是活物，周围一切都是死物、静物。当风吹动草棵，吹动它身上的羽毛时，人也要趁机向前移动一分寸，让它觉得是风吹草动。不能让自然中出现一丝一毫的差异。否则，一切将前功尽弃。这是一种考验耐力的狩猎本领。

这只大公雕，就屹立在山巅最高处，面向无垠的万里海面，不知它在看什么、在想什么，就是那么傲立群雄，一动不动。后边是它的母雕和雕仔。

乌莫图鲁巴图鲁早已忘记了自己的存在，他把自己完全化作了松树了。经过不断地靠近、靠近，已经靠近到大雕的脚下，而且能观测到大雕在仰头远眺时颏下的柔毛被风吹刮得扎煞开，它一下一下咽着口水的皮肤的起落都已看得清清楚楚了。这时，他与大雕的距离已经是只要他突然跃身而起，便可张开甩网一下子就能把它罩住了。

但是，他没有动手。

乌莫图鲁巴图鲁在心中反复地衡量，甩网罩住这只大鸟的概率究竟有多大？古往今来，曾经有无数优秀的捕雕猎手，就是在这种距离时，不是错过了机会，网没有甩出已被大雕发现，死于大雕的利爪之下，就是在心中没有测量好距离，甩出的网够不着，或一下子偏了，一切都化为乌有。曾经有的猎人等了两天两夜，到甩网时却偏偏让雕升上天空走了，猎人活活地后悔死了。

但乌莫图鲁巴图鲁可不是一般的猎人。

他从北疆的冰土上一跃而进入中原，又以自己浑身的绝技被当朝所看中，委以重任，岁月已经把他锤炼成一块纯正的真金啦。他是一块成色十足的真金。他知道，算准自己与雕的距离，是最为关键的事，这个计算必须精确，差一分一厘，网扣不上，大雕转身就飞走了。

雕这种精灵最神了。它只要有一次这样的遭遇，就永远再不回这里来凝守，永不会再来光顾这个山巅。如果是那样，那么乌莫图鲁巴图鲁所有这些艰难的等待、苦熬，也就永远地失去意义啦。所以他心里明白，必须算准才能有机会。而且，等待又不能太久，机会稍纵即逝，不可拖时间，防止夜长梦多，必须要当机立断。

乌莫图鲁巴图鲁想到这儿，在又一阵悄悄地靠近大海雕之后，毫不迟疑地突然地从地上一跃而起。他像长了双翼，竟然一下子起来腾空让身子高过了大雕，迅速张开方形格子的网往下一罩，海风相助一吹，不偏不倚，那大网正巧完全把大海雕罩扣住了。

一股尘土和草沫子从地面"扑通"一声激起来，手中的网绳一拉，网绳一缩，早已把大海雕死死地捆在了网中。那雕已无法晃动了。

乌莫图鲁巴图鲁因为飞腾得太高，一下子重重地坠落在山崖的石岩上，全身疼痛难忍，但他依然用手紧紧把网绳握住不放，由于网纲已收紧，那大公雕已无法展开巨翅起飞逃生。

这时，林中的那只大母海雕，本能地唉叫一声，腾空而起，它双爪紧紧地抱着自己可爱的小雕孩子，扇开遮天的大羽翼一下子升入了海空。

它起飞时的羽动，扇起了巨大的气流，引起了山巅上的树木刮起了松涛，树林像大海的波浪在哗哗地翻滚，尘烟尘土随着气流而腾起。

但是，这只大鸟真有情感呐！

它升起后，没有马上离去，而是以爪怀抱着孩子，在山巅之上盘旋了一圈儿，唉叫了几声，似乎在传告雄雕，我会养育好咱们的宝贝孩子的！再见了！告别啦。然后，它才一横心，掉过头一直向大海的深处飞去了，很快，它就消失在海云之中，不见了。

铎琴这时还没出现，他始终藏在远处。

是乌莫图鲁巴图鲁不让他露面的。这是猎人的一种计谋。猎人不要一齐露面，要一个一个地露面，该谁露面时谁再露面。

乌莫图鲁巴图鲁就这么干净利落地捕到了大海雕，但是，海雕是不甘心被制服的，它拼命地挣扎，这时巴图鲁打了个口哨，铎琴这才从地上站起来。他走上来，用绳子帮助阿哥将雕捆住了翅膀，扎紧了它的腿和爪以免伤人。而这时，大雕也绝望了。因为铎琴的出现，让它以为周边还有许多人。

动物也有心眼。就在乌莫图鲁巴图鲁罩住大雄雕时，它以为可以逃脱，便拼命地挣扎，啄人、咬人、抓人、踢人；但是，当铎琴适时地出现时，它觉得猎人不是一个人，已经无法逃脱了，于是也就忍了下来。

另外，乌莫图鲁巴图鲁一个人出击，让铎琴先藏卧在草丛中也是狩猎的方式方法。因为如果他们二人同时靠近猎物，更容易出现误差，弄不好会暴露了目标，反而前功尽弃。

将雕捆住之后二人背着网中的大雕下了山。

卢赖和俄罗斯使臣一见这只特大的巨雕，惊得张着大嘴说不出话来。特别是那个俄罗斯使臣，他从小到大从来没见过这么大的一只巨雕，这不是在做梦吧。

但是，乌莫图鲁巴图鲁并没有把大海雕交到卢赖的手上，他让他们看了大雕之后，从怀里掏出了那张羊皮的契约，让卢赖细看。

卢赖看了看，不解地说："乌莫图鲁兄弟，你说吧，你还有什么条件？我已经都满足你了，你快把大雕交给我吧。"

乌莫图鲁巴图鲁说；"卢赖玛发，我告诉你，你知道我为什么要为你抓大雕吗？"

卢赖："为什么？不是为了俄罗斯使臣吗？"

乌莫图鲁巴图鲁说："卢赖，你想错了。"

卢赖："那！那你为什么？"

乌莫图鲁巴图鲁说："卢赖，你要明白，我不会为他们卖命的。只因为有一位大清国的哈番，他是否关押在你处？"

卢赖："啊？哈番？"

乌莫图鲁巴图鲁："卢赖，你的胆子不小哇，你竟胆敢私抓朝廷命臣。这个账，我先不跟你算，咱们都是乞列迷人，都是大清国的臣民，咱们要对得起大清朝对我们乞列迷人的恩情！我告诉你，快把那个楚勒罕大集的哈番给我放了！"

卢赖说："这，这、这……"

乌莫图鲁巴图鲁说："他在哪里？只要把他交给我，我到官府不告你。看在你是咱们乞列迷人的面子上，饶了你。你若不给我那位大清国的哈番，我不仅要抓你到官府去，还不给你这大海雕，我会立即放了它，让它们夫妻团聚。卢赖，你也知道，我是大清国朝廷的巴图鲁，屡建奇功。是朝廷的命官，是大清皇帝的当朝驸马额驸，我的武功想你也知道一些。我不怕你有什么后台相助，我说抓你，现在就可以抓住你，你信不信？谁敢在我大清国的土地上动我大清国额驸的一根毫毛？"

卢赖、玛泰和站在身边的俄罗斯使臣听得真真切切。他们都没敢吱声。

卢赖也挺聪明。他知道这个乌莫图鲁巴图鲁不好惹。

过去，他就有些耳闻，特别是大胖子的耳朵没了一只，他一想起来就挺恐惧，真怕他下了死手。这次，见乌莫图鲁巴图鲁不怕死从万丈悬崖上把大雕给抓了来，这可真不是说抓就能抓了来的，他打心底里佩服乌莫图鲁巴图鲁了，也充分地领教了乌莫图鲁巴图鲁的无畏和智慧。他想，自己哪点也不是人家的对手。所以，他非常的机灵，知道硬碰硬不行，吃亏的是自己，更不能在此时再得罪俄罗斯的友人使臣。于是拿定了一个主意。

卢赖上前一步，一把拉住了乌莫图鲁巴图鲁的手说："巴图鲁大哥，我卢赖愿交你这个朋友，从现在起，一切听你的吩咐。"

乌莫图鲁巴图鲁说："好。那么我问你哈番在哪里？"

卢赖说："哈番现在还关押在我的阁楼里。他没有受气，好吃好喝地照顾着。我就是想让他帮助一起来治理大集，没有别的意思。既然这样，我领你去见他，把这个哈番交给你！"

就这样，卢赖领着乌莫图鲁巴图鲁等人，一同来到了他的后院阁楼。

打开了门锁，将清廷的哈番官员给放了出来。

乌莫图鲁巴图鲁仔细打量这位官员，又问："你是楚勒罕大集的官员？"

那人说："在下正是。"

于是，乌莫图鲁巴图鲁当面撕毁了他和卢赖签写的契约，又让铎琴把大海雕的网绳交到了卢赖的手中，互相算是两清了，也完成了承诺。乌莫图鲁巴图鲁和铎琴带着哈番返回了拖林普嘎珊艾曼。

乌莫图鲁巴图鲁和铎琴兄弟顺利地回到莽古吉里阿林，见到了拖林普嘎珊玛发，可让拖林普安班玛发高兴坏了。这些天来，老玛发一直在惦记着兄弟俩，不知事情会怎样。老玛发怕卢赖心狠手辣，借故伤害他们哥俩。

乌莫图鲁巴图鲁只是笑，还是铎琴向嘎珊玛发、春公主、比牙格格介绍了事情的经过。他一五一十地讲了一遍，又加了一句说："咳，我哥哥在北山给咱们拖林普大增了光彩！他们个个哪敢欺负我们，他们敬重我们都敬重不过来呢，是乌莫图鲁巴图鲁处处牵着他们的鼻子走哇，就连俄罗斯的使臣都佩服得五体投地呀！"

拖林普老玛发也乐了，当即举行海鲜大宴，给清廷的哈番接风洗尘。

宴间，哈番手捧米儿酒，感谢乞列迷人的救命之恩。

经他介绍众人方知，这位清廷的哈番，本是大清国宁古塔人士，在瑷珲副都统衙门充任骁骑校衔。他为人热情，又通几个民族语言，有办事能力。故此，乾隆四十年被黑龙江将军富僧阿分拨到萨哈连出海口，接任楚勒罕大集的总理哈番，已在任一年有余，后因勇敢抵御对清朝心怀叵测之人的作乱闹事，被卢赖等人劫持。卢赖仰仗北方的力量，劫持他到巴哈提部落，想利诱他为北方办事，他不肯，卢赖又套他治理楚勒罕大集的组织经验和管理办法。原来，这个卢赖想由北方出资，建立一个类似楚勒罕大集的大集，拉拢北疆各族与北方力量合作。可这个哈番很有气节，就是不干，被押了多日，什么也没让他们得到，这才被乌莫图鲁巴图鲁解救出来。这个哈番叫富察齐生，满洲正黄旗人，后来返回齐齐哈尔，不久调往张家口充任张北蒙古营副都统，以后消息就不详了。

尾声　永远讲不完的故事

　　各位阿吉、妈妈、玛发，朱伯西我讲乌莫图鲁巴图鲁额驸受乾隆皇帝之命，也是受富察氏家族老管家、皇上亲臣，现任吉林将军福康安大人之命，从平定大小金川之乱的藏南，调回了京师，速返故乡苦兀。

　　这不仅是苦兀当地大清国的臣民，莽古吉里阿林安班嘎珊达拖林普老玛发盼他回去，朝廷也非常期盼他迅速回去。苦兀政事不稳，罗刹、日本均有介入的迹象，苦兀危在旦夕。

　　而苦兀本地，在各族之中没有名望誉满全岛之人，民心分散如散沙，务要有堪称可信的有能力的嘎珊头领，挽救此地之危。故此，乾隆爷亲授皇上玉玺一尊，乌莫图鲁巴图鲁捧印北归，以便凝聚乞列迷、那丹民众，重振苦兀之势。

　　于是，他就急匆匆，千里迢迢，归回北疆故土。

　　乌莫图鲁巴图鲁额驸，从乾隆四十一年奉命返回苦兀，日月如梭，辗转已经整整两年时光，苦兀初显新容。

　　在苦兀岛上，乌莫图鲁巴图鲁额驸日日夜夜四处奔走呼号，在他苦心经营下，将西部的塔塔玛阿林乞列迷一支部落的第特哈喇家族联络了过来。第特家族的嘎珊玛发古布琪与莽古吉里阿林的拖林普老玛发，两人前日各率本部的乞列迷人，共度熊节，牵熊玛发载歌载舞，共饮熊血酒，共餐熊玛发赏赐的香美的肥肉，大家同欢同乐，共唱喜歌。两个部落的族人同饮同心酒，亲若兄弟，心心相印，犹如一家人。

　　拖林普家族不单联络了塔塔玛的第特家族，又在乌莫图鲁巴图鲁的老朋友蒙什革老夫妻的帮助之下，把苦兀岛南部的阿当吉阿林的德根哈喇的乞列迷人和生活在阿当吉阿林伊顿河流域的鄂伦春族人联合了起来，两部的族众各自牵着自己圈养的黑毛白脖大黑熊玛发，与莽古吉里阿林安班嘎珊玛发拖林普老玛发欢聚，也在一起欢度熊节。

　　乞列迷人就喜欢过熊节。这个节是苦兀一带最古老最有传统的民族节日。

每逢喜庆之日，各族的人都牵出自己部落奉养的熊玛发聚在一起，大家互庆互乐，十分融洽。

称熊玛发，这是乞列迷人对熊的敬称。称为"玛发"，也称为"熊妈妈"，将熊视为自己的亲爷爷、亲奶奶。儿孙们在这一天要过喜庆的日子。人们要过好日子、喜日子，当然也不能忘了爷爷奶奶，所以牵来了熊，老少共欢。他们把熊玛发看成自己族人中的一员，是亲人。

乞列迷人世代相传着这个风俗习惯，自己最早不论是从什么中生出来的，都必须是靠熊玛发守护和照料。饮水要思源，不能忘了本。

比如，拖林普乞列迷人自称是从红蛤蜊中蜕生出来的，又是熊玛发给了他们生存的力量，生存的勇气和智慧，才成长成今日的拖林普人。第特哈喇的乞列迷人，他们自称是从海豚的肚子里生出来的鱼仔，变成他们今天这些乞列迷族人的，乍生下来，特软弱，胆子小，身上无力，后来是靠熊玛发的哺育、帮助，学会了捕鱼，采野果子，采山菜和狩猎，又学会了栖息在山中的洞穴等处生活，能避风、挡雨、避雪，不受寒风的侵袭，才成长为今天的第特的乞列迷人。

而阿当吉阿林的人，他们是德根哈喇的乞列迷人，自称是大海上的风吹暖了阿当吉阿林的果树上的红果时，红果突然崩开了，里面蹦出来德根哈喇的一些个小人。从前，他们很小很小，后来是熊玛发领他们住进了地穴。在那里，他们学会了吃海中的鱼、虾、蟹子，又学会了抓捕鱼、虾、蟹。于是，小人才渐渐地长大了，长成了今天又高又大又壮的南岛乞列迷人。

所有的乞列迷各部落的人，都把熊看成人类的大恩人。

所以各族不同姓氏的族众，都争着养育它，家家都有熊圈。人们争着与熊同乐，一块儿欢乐，一块儿悲伤。姑娘出嫁也要在喜事之时，小夫妻同时向家里的熊玛发去诉说婚姻之事。

男方往往问熊玛发："熊玛发，她好吗，你看她是怎么样的一个人呢？她漂亮吗？我听你的，你说说看？"

女方也往往问熊玛发："熊玛发，他勇敢吗，有智谋吗？你看他是不是一个勇敢的男子，请你为我做主吧。"

他们都把熊玛发看成最可信赖的人。只有双方都向熊玛发问清了对方的情况，又表明了自己的心思，这场婚姻才会是幸福的、吉祥的。诉说相爱的原因，今后夫妻的小日子怎么过，都让熊玛发为他们指点，祝福夫妻永远和和美美，白头偕老。这已成为乞列迷人的习俗。

但是，乞列迷人最想吃的美餐，还是熊玛发身上的美味血肉。猎杀熊时，绝不能说杀，举刀时，要说是有蚂蚁在熊爷爷的身上爬，是儿孙看熊痒痒给熊去挠痒痒。

乞列迷人认为，吃了熊玛发的肉才能一生平安，一生健康。任何的疾病、魔鬼都不能侵犯也不敢靠近自己了。他们认为，人自从生下来能变成人，就是靠熊玛发赐予的。特别是乞列迷萨满，他们的神服要佩戴熊的头盖骨、掌骨、心腔骨，去增加神性。熊身上的肉，也不可乱吃，有特殊讲究。

熊头只有该部落的首领和萨满能吃，一般的族人是驾驭不了的。熊头是熊的神灵最高栖息之所，充满了智慧，神圣的智谋在这里贮存。一般人吃下肚会被熊的智灵烧成疯癫的人。

女人不能吃熊的阴部，据说如果吃了便不能生育，甚至生了也会生出阴阳不分的中性人。熊的骨头必须收拾净尽，一并埋葬。骨骼遗失外露，会变成恶魔复仇伤人。

在苦兀，不少乞列迷人的部落，由于生活地域的不同，还有不少关于熊玛发的细致的民俗和禁忌。

苦兀岛上拖林普、第特、德根三大部族拧成了一股绳，力量就大了，声威也壮了。从苦兀岛上的资历、人口、影响、能力等方面，在三个部落中都是数拖林普部族最有名气。而且，在整个苦兀岛上，最高大的雪山、最雄伟巍峨的大高山就是苏克苏图阿林了。

生活在苦兀岛上的乞列迷人相传，苏克苏图阿林是一座登天的梯子。人站在山巅之上，就可以摘下天上的白云，手能摸到天上洁白、圆圆的月亮，还可以和月亮贴脸。所以，神圣的苏克苏图阿林终年总是山尖白雪如银被一般，日日夜夜，年年岁岁亮晶晶，光闪闪，它是乞列迷人的骄傲和心中最崇拜的圣地、罕山。如今，三大部落携手相亲，又多次同过熊节，同饮熊血酒，同跳率熊共乐的玛克辛[①]，真正是一家人啦。

众人都望着满脸皱纹，头有白发的慈眉善目的拖林普老嘎珊玛发，不约而同地说："啊，苦兀吉祥的日子来到了，苦兀最喜人的时刻来了。拖林普老玛发，您就是咱们苦兀的老玛发，是老雪山苏克苏图阿林的大玛发，是雪山玛发，雪山罕啊！"

---

① 玛克辛：满语，即舞的意思。

于是，大家一起喊起来："雪山罕！雪山罕！"

那声音，惊天动地，在苦兀的山林间飘荡，在苦兀的大海上传递。

风，把这个发自苦兀人心底的呼声传递出去，飘向了遥远的四面八方，在茫茫的自然中回荡传递。

大家一喊出来，人人呼应，拖林普老玛发就是人们公认的雪山罕王，是乞列迷人心中的最崇敬的首领。

乞列迷人的三个部落，虽然那时仍各自在自己的地域山林中生活，但是心已连到了一起，莽乌吉里阿林的拖林普已成了这里人们的中心。

乌莫图鲁巴图鲁、春公主、比牙格格、铎琴能不高兴吗？这是他们精心按自然、历史的规律所安设的历程啊，是他们苦心联络，日夜不辞辛苦地奔走、诉说、宣传，终于说服了苦兀的各个角落，苦兀才开始由一盘散沙凝聚成一座高山。

雪山罕王的名字一出来，各地的熊节就连续不断地办起来了。那欢乐的歌声、鼓声，天天传递而来。熊血酒，其实非常的芳香浓郁，那种奇特的味道，时时日日传飘出来，这一下子可惊动了一个地方的人。

谁呢？各位阿哥，我朱伯西就是不说，大家可能也已经猜到了吧。那就是在苦兀岛北岛上的野山乞列迷人，这就是巴哈提哈喇的大首领卢赖嘎珊玛发，他可气坏了，气得暴跳如雷。

苦兀岛东西南北四方，西、南、东三方联上手了，这不是就把北方给抛下了，晒干了，你们说说，这卢赖能不生气、窝火、憋气吗！他心里想，好大的胆子呀，论人口，我巴哈提哈喇不在其他三部的人口之下，论势力，我巴哈提哈喇也是最强大的，谁也不敢跟我比。我卢赖真要发一下子威，就可以灭了任何一个部，我完全可以杀了拖林普这个老头子！这雪山罕王的名分是我的，这个名头必须在我的名下，苦兀其他任何地方都不配。他越想越觉得太有道理了。

卢赖的谋士很多。其中不少人是来自外贝加尔湖，也有来自勘察加，都穿着乞列迷人的鱼皮衣，都自称是乞列迷人的远方亲戚，不是外人。而在这些人中，就有一个特殊的"谋士"，他就是被卢赖精心扶持起来的金店老板，大胖子，现在名叫基维尼罗夫。

他见卢赖发愁，并怒不可遏地叫喊，坐也坐不住，站也站不稳，满地乱奔乱走的那个架势，他在一旁"扑哧"一声，笑了。

他这一笑，把卢赖吓了一跳。他大声骂道："你小子还在笑话我？"

基维尼罗夫说："哪敢。"

卢赖说:"那你怎么冷笑?"

基维尼罗夫说:"不,不是冷笑。我是有办法想告知你。"

卢赖说:"你小子有话快说!"

胖子基维尼罗夫说:"卢赖首领,天塌下来了吗? 遇事不要慌,要从长计议。海上的人不是有句谚语吗……"

卢赖:"说的什么? 你倒是说呀!"

胖子基维尼罗夫说:"撑船的人先要看准了,这风是从哪儿的方向刮过来的。"

卢赖:"风?"

胖子基维尼罗夫:"对。"

卢赖沉静下来了。他一想,突然一拍大腿。他深深地佩服胖子的谋略和提示,对呀,在大海上航行,是得靠风向、风头,才能知道如何使船呐! 于是,他一把拉起胖子进密室密谋去了。

他们又谋划了什么,咱们先不去说。

单说这些日子也是苦兀的命运往哪里去的关键时刻,乌莫图鲁巴图鲁额驸又秘密地接待了自己的几个最亲密的远方来客,是他的同族,又是他的挚友。

这天,乌莫图鲁巴图鲁从拖林普老玛发处回来,心中真为拖林普老玛发焦急,不知如何是好。因为拖林普老玛发特意把他叫去,一定要诉说一下他心中的苦闷。

拖林普老玛发是一位心地善良、忠厚,从未有野心的人。可是从那日众人将他推举为雪山罕王之后,他却日夜睡不着觉了。

记得当时大家推举他为雪山罕王时,他就百般地推托,再三地请求,说什么也不要这个呼号,这个称号太大了,自己担当不起。可是乌莫图鲁巴图鲁、春公主、比牙格格、铎琴等人,就连外部落的蒙什革老人、第特首领、德根首领等人,也都是异口同声地赞同,大家一致同意拥护拖林普嘎珊玛发成为雪山罕王,这已成事实了。

当时乌莫图鲁巴图鲁特别单独地告诉老玛发说:"阿玛玛发,这个名头,你一定要担当起来呀!"

老玛发问:"儿子呀,那是为何?"

乌莫图鲁巴图鲁说:"阿玛玛发,您想想,北山卢赖靠他的北方主子也要占苦兀岛,可咱们的祖先土地、山林、江河、大海,一切都不能变味呀! 现在全岛人都看出这个危险,都在担心自己家若没有了怎么过呀!

玛发，您老德高望重，大家都敬重您，卢赖也得叫您大舅舅，他也是您的晚辈。您承担苦兀雪山罕王的名字名正言顺，一点也不过。而且，现在这苏克苏图阿林这个大雪山就在您的管理之下，您就是雪山人，为什么叫不了？"

拖林普嘎珊老玛发问："能叫得了？"

乌莫图鲁巴图鲁肯定地说道："能叫得了！一百个能叫得了。您理所当然地要接受这个称号。不能给卢赖这个吃里爬外的人盗取这个名字的机会。"

"啊，是这样……"

在乌莫图鲁巴图鲁好说歹说的情况下，老玛发拖林普嘎珊达总算心顺了，点头同意了，不再推辞了。因为他懂得了这里面的重要干系了。

老玛发还要问什么，可这时，来人传报喜讯，说朝廷来人了，专门指名道姓地要找乌莫图鲁巴图鲁。乌莫图鲁巴图鲁一听，喜出望外，就对老玛发说："阿玛玛发，儿子去去就来！"于是就出去了。

这是多么大的喜事呀！远在北土寒地的远方，朝廷来人了，这是天大的喜事、好事，可盼可庆的呀！他安慰了老阿玛几句，就赶紧出去迎接远来的客人，贵人去了。

他赶紧去前排房舍，自己的住处。

那时，春公主已经生了一个女儿，已经快七个月了，正与侍人在内室与女儿玩耍。

乌莫图鲁巴图鲁进屋一看，大吃一惊，这真使他想不到，来人竟是福康安府上的著名的武林高手和管家，一位是塔力布兄长，一位是轻功女杰彩凤！塔力布和彩凤怎么来到这严寒的遥远的北疆了呢？

原来，他们都是受福康安大人之命专门赶来的。

吉林皇上下旨命福康安接管吉林事务，任吉林将军，主要是为了协调黑龙江与辽宁三省之间的军务与哨卡之事。自康熙年以来，朝廷忙于江南和藏区之事端，北方军事有些松弛，北疆的俄罗斯总是生事，黑龙江以北已是事端不断，要加强戒备，再不可疏怠了，这也是乾隆帝十分关心之事，他时刻在听着各位臣子、谋士们的不断分析、禀奏，心中很是挂记。

这一段，由于调福康安去吉林，调整了许多不得力、没能力、不胜职责的八旗将领，废黜了几省的一些庸员。乾隆圣心大悦，便于乾隆四十三年八月下旨，调福康安赴奉天，任盛京将军。原盛京将军调任江淮。福康安到盛京上任后，就遵照皇上旨意，调整不得力的户部、刑部和兵部的官员，授几名年轻的由清宫调任下来的侍郎担任重任，盛京乃朝廷龙兴之地辽东陪都，直接掌控吉、黑两省及八旗劲派，有裁夺大权。

近日，福康安大人回京述职。

他进宫叩见皇上之后，禀奏在盛京诸务和安排事项之后，乾隆十分欣慰，笑着说："瑶林，辛苦了。尔回京先进宫里，快回府去歇息一阵吧！"

皇上要约他在宫中同膳，福康安哪能违谬了皇上的面子，虽想尽快回府，还是谢恩。便随皇上御驾，同去同德宫用膳。

膳间，乾隆帝又提到苦兀之事。

乾隆帝问："瑶林，春公主她们身体如何？是否习惯了苦兀冰天雪地的山林？海兰察将军还在甘肃一带巡视吧，他的爱女随春公主已到苦兀，生活上安适吗？乌莫图鲁巴图鲁乃朕之爱臣，是有名的拼命猛将，苦兀事多，又有北南两国的相搏，朕甚念。"

乾隆帝又说："瑶林，你在盛京，要多思虑一下苦兀。前载尔等禀奏楚勒罕大集，光天化日之下，俄人心腹的乞列迷的一名嘎珊竟敢劫持我哈番命官，我朝廷竟很长时间不晓，大伤我大清在北疆之声威！朕至今为此类无理之举而嗔怪黑龙江将军。他一个堂堂大将军，系我大清堂堂的封疆大吏，一日三餐时时皆应系念职责，所治理之地域的种种情形都有所不知，安可为官？不可庸枕卧榻，安享朝廷俸银。"

福康安一听，心下十分惊愕。

福康安随乾隆帝赴宴，明着是皇上因他政务十分操劳，办事一切随圣心，圣上甚是感激，今日回京，皇上是赏赐他与皇上共进御膳，实际上，皇上也没怎么吃饭。福康安也没敢一味地吃饭，只是端着饭碗恭听皇上讲了许多，完全都是爱国爱民、忧国忧民之大事。这是当朝皇上仍然在用膳的机会一遍又一遍地向他下着一道道的旨意呀。

乾隆帝讲完了，可能也醒悟过来。啊呀，君臣这是用膳，怎么光顾得议论政事呢？他一见福康安光坐着，挺直个身板在仔细地聆听自己讲话，一动不敢动，不由得笑了。

皇上说："哎呀瑶林，朕光顾与你说话，来，瑶林呐，还没有张口吃饭呢。唉，朕真是太想你了！好不容易今日你回来，朕一见你，总觉得有一肚子的话要说。一见了你，许多话总想一吐为快呀！"

福康安也非常会说话。他一听皇上这么说，就忙站了起来，说："皇上，臣何尝不是如此呀，臣就日日多盼能恭听圣谕，此瑶林终生之幸也。臣因终日伏案批阅文书，偶感风寒，也确吃不进什么茶饭，谢皇上圣恩。臣已吃饱了！"说完，迅速退下，以便马上回去安排皇上所下的旨意呀。

向后退了一步，福康安叩拜皇上，说："请圣上明后天悉心听臣禀奏。"然后，转身告退，想走出宫去。

乾隆帝说："等朕一等！朕送送你。"

乾隆帝知道，福康安根本就吃不下去什么。自己方才又讲了好几件事，他定会一一在心，一切都会在明后天办理得称心如意的。这是他得意臣子的能力呀。

就这样，君臣两人并肩走出御膳房，乾隆帝一直把福康安送到宫门口附近。众太监、公公正在两旁肃立，拥戴着乾隆皇帝又走回宫中去了。

福康安出了皇宫。等在午门之外的随从们，一见将军出宫，便拥了过来。福康安却不说话，只是一抬手，护从赶紧抬来大轿，打开轿帘。福康安进入轿内入座，吆喝一声"起轿！"

喊声一起，大轿慢慢升起，接着缓缓前行。

护军马队跟随在大轿的后面整齐而行。福康安将军太累了。想想从盛京至北京城，一路上他都是骑快马入关呐。现在，他才得以坐一坐舒适的十二人抬的大轿子，颤颤巍巍，不知不觉间就呼呼地入睡了。

他太劳累了，太辛苦了。经过路上行走，两个多时辰，他们才回到府上。这时，还在昏睡中的福康安听到外面的说话声了。

外边传来声音："大人，到府上了！"

"大人，众丫鬟接您来了！"

"大人，老夫人也率夫人、侍人迎您来了！"

"大人……"

外面传来一片"报喧"之声。

福康安这才一打轿帘走下轿来。

福康安大人回到府上，他先是去叩拜老夫人，又到各夫人房间探询，见到自己的几个公子，看子孙的学业，谢过府中请来的几位塾师，又去看望府中特设的几位谋士、慕僚、会馆、丐帮馆、学人馆、武林馆等众位首领和帮头，最后又是聆听府上傅忠总管家关于开支、消费、用奴、工匠、技工等情况的禀报，足足地忙乎了大半天，一一地应诺完毕，这才回到自己的府邸。

三夫人小倩娇声娇语地迎了出来，说："将军，你叫人好生惦念。"

福康安迎上去，夫人一把扶住他，二人走进了府室，双方至此才算尽情地倾诉一段久久思念的心情。

提起分别，小倩只求与福康安能同去盛京，免得在府中，落得个朝朝暮暮思念，总得在老夫人房中叩拜、奉恭，烦死个人啦。

三夫人小倩说："将军，到底能不能应允？"

福康安只好顺水推舟地安慰，说道："行！行。可你以为到盛京我能天天陪你聊天啊？在那儿我比府上更要忙。"

小倩："为何更忙呢？"

福康安说："在那里，我要天天随军或随官到处巡视，真正在将军衙内安歇的时候太少了。你若在那里就会更加感到独自被扔在深闺之中，又要哭着喊着回北京的府邸了。"

小倩说："真的吗？"

福康安说："那还有假？"

他这么一说，小倩听了，不敢再哀求跟他出关的事了。

诸事一切完毕，福康安才开始郑重其事地考虑如何完成皇上提出的一切重大期望。

福康安先派人去把塔力布、彩凤唤来，让他们两人坐好。家人献茶之后，主仆双双对坐。

这时，福康安才慢慢地说道："我这次唤你们二位来，是有要事要办！"

塔力布、彩凤二人说："主人，一切尽管吩咐。"

福康安说："好吧。我希望你们二位一定不辞辛苦，严守机密，速去北疆。"

塔力布："北疆？"

彩凤："北疆？"

福康安："对。是去苦兀办理圣上十分惦记的几桩大事……"

塔力布和彩凤对视看了一下。

福康安停了下来，他端起茶吃了一口，又请塔力布、彩凤也吃茶。接着，他放下茶杯，便向两位传告旨令：

"塔力布色夫，经与兵部尚书合议，把你调往黑龙江省将军衙门去。黑龙江将军富僧阿，因多年来劳累，积劳成疾，现休闲在家中，将军之职，已由他多年的一个亲随，自乾隆二十三年以来一直任黑龙江副都统的傅玉将军继任，盛京将军衙门已发签正式莅任。你去齐齐哈尔，带上我的手谕，直接面见傅玉将军，由他发签及至卡大照，去萨哈连黑龙江出海口的楚勒罕大集，去接任色丹佐领。他返回齐齐哈尔卜奎，改任嫩江墨尔根副都位。你到任接续楚勒罕大集执行哈番。盛京将军衙门认为你本系乞列迷族人，忠厚好学，武功高强，多年来在我处与我家先父大学士傅恒关系甚密，兢兢业业，功绩卓著，已请皇上恩允，不再在我府上充任武功之职，升任你为满洲富察氏镶黄旗三品带刀护卫之职，先去那多事之地楚勒罕大集，平抚当地反清民变。你是乞列迷人，多联系乞列迷与当地木咢、那乃、鄂伦春、索伦诸民族部落，严防外来势力挑唆中伤。有敢执仗闹事者，格擒格杀勿论，以振我北疆之威。你可先去苦兀，会见一下乌莫图鲁巴图鲁。巴图鲁会与你相互配合呼应联手，北疆可定也。苦兀乃多事之地也，务要与乌莫图鲁巴图鲁稳而平之，勿可简暴从事，以攻心为上。苦兀居民能心向我天朝大国，不致成迷途羔羊，为他人所惑也。"

塔力布叩拜谢恩。

福康安又对彩凤发旨。

"彩凤，这次也请你出山，与塔力布同去苦兀！这可是你有生以来从未去过的大清国最为遥远的东北疆土，离京师有三千多里之遥啊……"

彩凤立刻叩拜："将军，我愿前往。"

福康安说："好哇。彩凤侠士你要知道，这苦兀之地是连在理藩院当官的人也曾经想要去，但也一直没能去过的一个十分美丽的地方。此次，为何专门让你去呢，这可是皇上在时时地惦记着他的宝贝女儿春公主，皇上和皇后等都很想念她。虽然她的母亲早崩，但仍是皇上心中一直系念的亲人。这些年，皇上打听到春公主在苦兀已经有了两个女儿，最小的女儿刚刚半年有余，北方冰天雪地，当地乞列迷人多吃生鱼、生肉，喜欢凉食、凉菜，怀孕之人在卧室冰床之上，生下了儿女就以冰水擦身，孕妇以冰水擦身、洗身，因世世代代的女儿都如此，当地的乞列迷人已经习惯，他们都是冰山的儿女，可以习以为常。可是，皇上天天在悬念春公主，她可怎么度日呢？身体是否瘦弱不堪，何以延年益寿？就是方才，我叩见皇上去述职，皇上又随心随口地提到春公主的境遇，这令我甚为不安。故此，左思右忖，我最后决定，你是我最信任，办事最细心的人。你善解人意，而且武术之高非一般人所比，任何险阻皆不可阻挡你，你是我最为放心的人啦。所以，我决定派你与塔力布一同前往苦兀，拜见乌莫图鲁巴图鲁额驸，将我的心意传告给他。这也是皇上的旨意呀，不可抗拗。不论那里是平安或者是发生动乱，你都要将春公主与她的两个女儿护送回京。一路平安，不可出事。皇上在等待你速速返回！让春公主进宫叩见父王。"

彩凤听后，立即跪下了。塔力布也跪下了。

福康安大人就是这样一个性格的人。他从不说废话，一是一，二是二，一气呵成。

他说话，你必须细听，不可溜号，否则就会忘记。他说话只说一遍，从来不重复。你若问他，他会指责你的。

塔力布、彩凤二人深有体会，从前府内之人曾经在福康安将军大人训示传令之时没有注意听讲，事后未理解其意，便悄悄去问别人，当时福大人是否说了这些。这事传过来，福康安大人立即辞退此人，有人曾来说情，都未被允许。

福大人有自己的道理。他说："官员发令，不是什么儿戏，不认真听记，此人安能办好所叮咛之事，此种人安可信任乎？不废掉这样之人不是一件怪事吗？"

从此，府上一旦福康安大人讲话，下边的所有人都一一认真听记，再也不敢视为一般谈话、唠嗑，已成惯例。

福康安大人又接着说："二位请起，听我细说。"

塔力布、彩凤二人站起，说："谢大人。"

福康安说："你们坐下听我说吧。海兰察大将军现在为本朝的侍卫内大臣，前日已出巡西北甘肃等地，尚未归来。我与你们同去到他府上拜见夫人。比牙格格也是公主名分，是她的心头肉啊！你们这次去北疆要去拜问公主安，格格有何吩咐，要仔细主动去问一番，看一下，万不可疏漏。比牙格格若想回来，彩凤你也要一并护送她回京。"

二人连连地答应下来。

乌莫图鲁巴图鲁听塔力布、彩凤二人一一叙述离京之前的一切细节，才详知所有的过程，便赶快命人招待安排两人食宿安歇。

然后，他对二人说出了心里话。

乌莫图鲁巴图鲁说："二位来得正是时候。不瞒你们说，正如朝廷所知道的情况一样，苦兀眼下表面上看似平平静静，生活如常，然而真是一个多事之秋啊。现在这里随时都会有人挑事生非，制造事端。一旦挑起来就是大乱子，我们日日夜夜在静观其变。你们此次来苦兀，想必是福康安大人的巧妙安排。大人一向想事缜密，料事如神，想在紧要关头。你们来得非常及时，大大地助了我一力。"

二人说："有什么重要之举，您就吩咐吧。"

乌莫图鲁巴图鲁说："你们马上换上乞列迷人的服装，不要过多外露新面孔。因为你们一出现，北山等地的乞列迷人极为敏感。千万注意，无事别外出，不露你们的行踪！塔力布虽本为乞列迷人，但你离开此地年头甚长，当地人一见便会看出来，还是不要露面的好。你们的宿处就安排在我和铎琴的住处之间，与拖林普安班嘎珊玛发的住处都在一起，平时没有人轻易走进。而且，这里四面环山，在莽古吉里阿林的高山上，山下又有哨卡，任何来人都要经过哨卡的盘查，消息不会传出去，防守很是严密。"

塔力布和彩凤来苦兀还背来不少皇上赏赐给拖林普嘎珊玛发的江南名茶，这在苦兀是极难见到和喝到的。

乌莫图鲁巴图鲁先带两人去叩见了拖林普嘎珊玛发，然后去拜见春公主、比牙格格，转述了皇太后、皇上的问候，并介绍了海兰察大将军与夫人的生活起居情况，及对她们的思念之情。

塔力布和彩凤拜会了拖林普嘎珊玛发之后，就在春公主、比牙格格两人之处拜铎琴。果然从比牙格格之处听到了"秘密"。

原来，乌莫图鲁巴图鲁和春公主两人始终守口如瓶，他们的家事从来不让外界之人知晓，怕众人都关心，把心都放在大清朝中与皇家关系亲密的一对夫妻上，一旦有何事情，就会成为苦兀岛的新闻，更怕卢赖等人和乞列迷族人不知细节借题生事，不好收拾。

可是，有一天，比牙格格到春公主的房中闲坐，看望春公主。

当时，春公主正为第二个孩子妊娠反应，卧在炕上，由京师带来的两个侍女，正在那里侍奉着春公主。比牙格格也知道她已经怀孕，是特意来看看她。

春公主与比牙格格打了招呼，命侍女献上茶来。比牙格格就劝春公主好好地静养，注意不要动了胎孕。谁知这时，突然发现一个侍女在打开一个木匣时，一下露出了不少丸子药。

比牙格格很灵敏，她一愣，问道："姐姐，你这是吃的什么药？"

原来，苦兀当地的乞列迷人平时主要是靠当地的草药来治病，他们很少有中成药。比牙格格发现了这个匣子，又问了一句，春公主一惊，她瞪眼对着侍女，指责她为啥轻易地去拉这个药匣子，忙去关木匣。可是，比牙格格已经看到了。

比牙格格一看春公主有这么多药丸子，她一下子就哭了。

比牙格格说："公主，从哪弄的药丸，这是给你治什么病的？"

春公主："这，这……"

她一犹豫，比牙格格更是惦记。于是便说："公主呀，你有什么病，快告诉我吧，我的心已经受不了啦！"

春公主见比牙格格已知道了，只好说："这是乌莫图鲁巴图鲁给我拿来的。"

比牙格格问："他给你拿来的什么药？治什么病？"

春公主说："咳，这是一些安胎的药。"

比牙格格吃惊地问："安胎？"

比牙格格问完，没有再说什么。她辞别了春公主之后，直奔乌莫图鲁巴图鲁的屋子，她要去见他，问他，这一切都是怎么回事！

比牙格格是当今侯爷海兰察大将军心爱的女儿，海兰察战功卓著，是大清朝名将中的出类拔萃者，大将军海兰察的图影高悬在紫光阁中，享莫大的殊荣。比牙格格也有犟脾气，她是一个性格暴烈的女子。

现在，她见到了乌莫图鲁巴图鲁。

比牙格格说道："乌莫图鲁巴图鲁，你的胆子不小啊！"

这一问，倒把乌莫图鲁巴图鲁给问糊涂了。他说："比牙，你指的什么？"

比牙格格说："什么？你竟敢给公主随便用药？这药丸子是哪来的？说？！"

乌莫图鲁巴图鲁："这，这，这……"

比牙格格："你竟敢不经朝廷的御医，又不经皇上允许，给她吃这破药丸子，你想害死我姐姐呀？乞列迷人现在一个岛上分出不少派，谁知他们都安的什么心？这么大的事，你为何不告诉我？你安的什么心？好歹我也是皇太后懿旨的公主，我有责任问这个事！管这个事！"

比牙格格的小嘴像刀子，一下一下割向乌莫图鲁巴图鲁的心。她可不管那一套，直接向乌莫图鲁巴图鲁兴师问罪。

乌莫图鲁巴图鲁沉了沉心，笑了。

比牙格格说："回答我的问题，你笑何意？"

乌莫图鲁巴图鲁安慰比牙格格说："好妹妹，我哪敢瞒着你呀？唉，现在既然你也知道了，我就如实告诉你吧。"

于是，他就一五一十地把事情的经过告诉了比牙格格。

乌莫图鲁巴图鲁把比牙格格悄悄地拉到一个僻静的山坡松林雪地，把这些药丸的出处和来历原原本本地讲给了比牙格格。

原来呀，乌莫图鲁巴图鲁、春公主、比牙格格、铎琴等人，因花狸虎、花狸豹兄弟俩在苦兀南岛阿当吉阿林一地惹了事，得罪了从日本国过来的山本杏儿的父亲老山本，蒙什革老夫妻很是为难，是啊，一边是自己的亲家，一边是救了自己的好友，这可怎么办呢？好在乌莫图鲁巴图鲁等来到蒙什革老人家，见到了山本老人，双方谈得处得都很融洽，很投缘。就在这时，春公主引起了山本杏儿的父亲日本武士的注意。

这个武士一个劲儿地打量春公主。

山本武士通过自己的亲家蒙什革老夫妻一打听，才知道了春公主的不同的身世和来历。于是问老夫妻："她们是从吉林方面来的人？"

蒙什革也一愣："不知道哇。怎么能看出不是从吉林乌拉来的人呢？他们自己说是从吉林乌拉来的。"

原来，乌莫图鲁巴图鲁和春公主，他们对外不说来自京师京城，而一律一口咬定是从吉林乌拉来的。乌莫图鲁巴图鲁和春公主到苦兀，对一般人更没有公开自己的身份，大家都不知道他们是皇上的女婿和女儿。这也是来前，兵部和福康安大人一再嘱咐和叮咛的，为的是怕引起有敌意之人的注意加害她们，所以也没有向蒙什革老夫妻透露任何秘密。只说春公主没什么大背景，就是普通的满洲旗人家的女儿。

可是，那个山本杏儿的父亲日本武士山本先生却不这么看。他对他的亲家蒙什革老夫妻说："春公主是哪的人氏？"

蒙什革老夫妻说："不是与你说了吗，是吉林乌拉一带的旗人家的。"

老山本说："不，不！不是。"

蒙什革："不是？那能是哪的？"

老山本说："我看她待人处事，一举一动，还有，看她说话和她那一脸嫩肉儿，这样红润而白洁的皮肤，不不！她绝不是一般人家的女子。"

蒙什革："那她会是哪里呢？"

老山本："我看，她可能是大清朝大官府家的小姐格格。"

蒙什革："啊？小姐格格？"

老山本："对对，是位格格！"

所以山本杏儿的父亲老山本总是用不同的目光去打量去注视春公主。

接下来，由于老山本知道乌莫图鲁巴图鲁是春公主的丈夫，所以不但愿意同春公主唠嗑，还特意往乌莫图鲁巴图鲁跟前靠，以便引起乌莫图鲁巴图鲁和春公主对他的注意和兴趣。

在蒙什革老夫妻的家里，每次谈话，山本武士都特别殷勤地想显露一下他在日本江户（即东京）专攻中国中医，会看脉相，会望闻问切，处处显露出对中医很喜爱和精通的样子，说说话，他往往就会联系到中医上，往往会说："不信？那么我来给你们诊诊脉相？"

他三说两说，就把乌莫图鲁巴图鲁、春公主、比牙格格、铎琴都给说动了心，就答应让他给看看脉相。

山本武士给春公主看脉后停了停，就笑着向乌莫图鲁巴图鲁说："祝贺你们。"

乌莫图鲁巴图鲁说："何以祝贺？"

山本武士说："你们有了贵子。脉相非常沉稳有力，不是疾速的。"

乌莫图鲁巴图鲁说："这说明什么呢？"

山本武士说："这说明可能是个千金。"

山本武士说得春公主脸色马上红了起来。

这些日子来，她是有了感觉，但她还没来得及与乌莫图鲁巴图鲁说呢。她抬头看了看丈夫。

乌莫图鲁巴图鲁听了非常高兴，这可是个大喜事。乍到苦兀，现在不是两口人，是三口人了，多么幸福的消息。

山本武士还认真地讲了一些孕期要格外注意的事项。

临别时，山本武士又偷偷地给他们拿了一包东西，并说："你们要相信我，请夫人每天清晨，清水空腹将其服下。这是半月的剂量，可以保胎、安身、去寒。这些药对你们初到北疆的人，不习惯寒冷的人，特别是对孕妇大有补益。"

乌莫图鲁巴图鲁非常感激。

回到莽古吉里阿林以后，他们没有想到，山本武士和他的女儿山本杏儿还求人专门又捎来一包保胎安身的药。

乌莫图鲁巴图鲁乍开始，对山本武士的话和药根本没当一回事，也没怎么相信，以为这些外国人都是在吹嘘自己的本领和手艺，或者在和自己套关系而已。谁想到，事情真按山本武士的话来了！春公主下到苦兀山区，早晚风很大，也很凉，真就时常地发起高烧。乌莫图鲁巴图鲁怕周围的人知道影响大家，小两口就自己想办法，拿从京师带来的姜，切成片，烧水冲着喝，又给春公主搓身子、发汗，都没怎么见效。这时，他们突然想到从山本武士那里给拿来的一大包药，便给春公主吃下去了。

你还别说，这山本武士给拿的药还真管用，挺带劲儿。

吃下去，第二天一出汗，真就好多了。接着春公主又连续用了几天，身体完全恢复。而且，自从吃了这包药，反而觉得周身有力，晚上也能睡个实成觉了。怀孕的人能得到充分的睡眠休息，又喜欢吃饭，母子都平安了。

更为奇特的是，这山本武士说是生个千金，真就生了个女孩，这也让乌莫图鲁巴图鲁、春公主都感到挺奇特。

当大胖丫头顺顺利利地生下来时，家里人和拖林普嘎珊老玛发都乐得合不拢嘴，连连祝贺道福说："春公主，皇上的女儿真是有百神百灵相助，生孩子多么顺当。在我们苦兀这地方，雪寒冰大，天凉风硬，女人真正顺顺当当生下孩子，真是太不容易啦。乞列迷的女人，都没有你春公主能耐呀！"

乌莫图鲁巴图鲁也很感激这个山本武士。

但他心中暗暗地思忖，这个日本武士为什么对我们这么关心，为什么能这么帮助我们，肯定是有什么用意的。他又想到，苦兀这地方，俄罗斯、日本都在惦记着，很复杂，要处处小心呐。

他又想到，也不能跟周围的任何一方树敌，要好好地相处，要细细去摸清各方面的用意。

这时，乌莫图鲁巴图鲁已充分感到，在苦兀岛上，北方的卢赖总是锋芒毕露，趾高气扬，喜欢处处地张扬自己，抬高自己，表现自己，而山本武士这方却总是非常的温和与友善，并主动地与乞列迷人取得联系，加强关系和不断来往。各自表现出不同，必须去仔细注意和分析这些动向。

乌莫图鲁巴图鲁告诉比牙格格，山本武士给的药没有假，挺好使，都是真正的好药，我们已试验多次了已经证明。他又告诉比牙格格，"在目前的处境下，我们的策略是不要树敌过多，主要是团结的人。如南岛阿当吉阿林，那里靠近日本，不少当地的乞列迷人去过日本北海道，日本北海道和本州的日本人多少年来就常来苦兀生活。打猎呀，捕鱼呀，采药哇，互相还有通婚的。因为都是亚洲人种，长相也相似。日本人又从中原学去众多生活习俗，文化都很近似，甚至都一致"。他又告诉比牙格格，乞列迷人和那乃人、鄂伦春人与日本北海道人，在历史上已有深厚情感，不是单单几个日本人的事。如果现在我们与他们的关系处理不当，就容易把苦兀岛南部不少乞列迷人推到对立的一方，咱们就会孤立了。

乌莫图鲁巴图鲁对比牙格格说："比牙格格，我不愿意把日本人给药的事讲出来，怕造成误解，又怕被卢赖北岛一带的巴哈提部的人抓住把柄，胡乱说来说去，破坏我们在乞列迷人中的声誉和威信，使更多的乞列迷人疏远我们，产生不必要的怀疑。说来说去，就是当前的情况太复杂了，我们不得不事事小心，谨慎一些为好啊。"

比牙格格听了乌莫图鲁巴图鲁这一番解释和述说，觉得也有道理，她也不再说什么了。她知道乌莫图鲁巴图鲁和春公主遇事想得十分周全，而且考虑得很远很细。

比牙格格也知道春公主在北疆生活是不怎么习惯，还真不像自己祖上就是世居黑龙江的人，有北方人的血统，天生就不怕寒冷，不怕大雪。她自己也觉得奇怪，觉得每次见到冰天雪地，心里就会觉得挺开心，挺好玩，挺舒畅。她听彩凤说此番来北疆是为了春公主，也觉得这事做得对，安排得挺在理。

比牙格格还真是通情达理。她觉得春公主真的应该快些返回京师，不然一旦这北疆出了事或打了起来，哪还顾得了她啊。

苦兀表面看是个小岛子，岛南北长度达数百里，可是宽度也就是二百里之遥。有些事在岛内是瞒不多长时间的。虽然，乌莫图鲁巴图鲁尽力不想露出近日从京师来了两位武林高手，一男一女，一个是将来坐镇楚勒罕大集的哈番，一个是来接皇格格春公主的。这个秘密的情报还是让卢赖的北山巴哈提哈喇部落得到了。

乌莫图鲁巴图鲁的信息，多来源于岛南部的阿当吉阿林一带。因为根德哈喇部落，是蒙什革老人所在，有人往往悄悄地把一些消息传告给他。那么，又是谁告诉他们的呢？蒙什革在大家再三地追问之下，不得不说出真相，只好实底讲出，是儿媳听说的。

乌莫图鲁巴图鲁心内明知，儿媳山本杏儿听谁讲的？那一定是她的父亲山本武士了。那么，这山本武士又是怎么知道的呢？一定是从他国听到的。

事情很清楚，山本武士每次来苦兀岛，都是只在阿当吉阿林待着，没有听说他还到莽古吉里阿林或北山沿海岛域一带去闲游。可是，他知道的信息也真很准。

乌莫图鲁巴图鲁觉察到，山本武士总是通过他的女儿传告信息。然后，他再通过蒙什革把一些事情告诉乌莫图鲁巴图鲁。所以，在莽古吉里阿林一带，已形成了一个惯例，一听说"蒙什革来啦！"那准是有什么重要消息带来了。

而这时乌莫图鲁巴图鲁也会立刻说："快！快让老人家到我的屋里。"

能够感觉到，蒙什革、山本杏儿、山本武士他们是在暗中帮助自己，他们很友好。

他们来时每次都是提醒乌莫图鲁巴图鲁："你们要多多地警觉北山巴哈提部落卢赖嘎珊达，他可是时时事事在打你们的主意。"

乌莫图鲁巴图鲁往往也会感激地说："谢谢你们，蒙什革老玛发！"

这次彩凤来接春公主的事终于未能保住机密，弄得拖林普部落不少乞列迷人都知道了。春公主为人又很和善，与乞列迷人非常亲密无间，处处帮助别人，自己有什么都舍得拿出来给大家分享。已经是有两个孩子的女人还那么要强，跟大家一同出海、爬山，不落在每一个乞列迷人的后边。别人曾经劝她回家，春公主说："我已经是一个乞列迷人啦！"她也把自己真真切切地看成一个地地道道的乞列迷人啦。在劳累时，她曾经晕倒过，是乌莫图鲁巴图鲁背她返回到拖林普部落家中的。

对于朝中有人来接她这件事，大家都很高兴，但又都有些舍不得。乌莫图鲁巴图鲁、春公主、比牙格格、铎琴等真焦急呀，奇怪，为何这件事大家都知道了呢？这个消息的来源在什么地方呢？

其实，这个消息的来源就是卢赖嘎珊，而给他这个重要消息的人就是那个大胖子，叫基维尼罗夫的家伙。大胖子的消息又是从哪里来的呢？

说起来，还有一个来历。

诸位还记得吗，那个俄国名字的大胖子基维尼罗夫，他有一个金发的妻子，是来自外贝加尔湖的一个极其神秘的人物。

她自从嫁给了胖子基维尼罗夫，就有了长期住在苦兀岛的理由了。而且，她可以和乞列迷人的巴哈提部人生活在一起，成了巴哈提部落中名正言顺的一个乞列迷人了。

卢赖自从有了胖子夫妇，耳朵变得特别的灵敏，许多秘密的事都能随时地传到他的耳朵里，这两个人也就成了卢赖的心腹和参谋。不少的事都由大胖子夫妇来指导他去做，胖子夫妇并不出面。

这个大胖子以兜售金银饰品出名，他天天背个牛皮包，常常在苦兀骑一匹乞列迷人谁见谁赞美的白鼻梁的红鬃大烈马，很高的个头，四蹄都是白色，长鬃长毛美丽独特，这在苦兀一带早年从来没有见过。人们过去看到的是鄂伦春小个头的马，哪见过这么漂亮的马啊！谁见谁爱，都想好好地上前摸一摸。

胖子有时骑着，有时牵着，得意扬扬的，见了人就停下，等着人来欣赏。

他往往对过来的人说："瞧一瞧，看一看，咱们大清国没这种马。"

别人就会自动搭腔："哪的马呢？"

他就开说了："这是人家娘家从外贝加尔湖那边带来的。"

娘家，人家，这两句话，就借着夸马的机会把他的女人夸了一遍；又借着夸他的女人，又把她的家乡俄罗斯无意间地夸了起来。说得十分巧妙，简直让人无法不去信，听起来又十分自然、得体。于是许多人都被他说得迷迷糊糊的，"那边"（俄罗斯）什么都好，连马都比这边的强，人们的心在他的三吹六哨之下，渐渐地受到影响。

胖子走南闯北。他天天以打金银首饰为名，走这个山，到那个山，过这个岭，到那个岗，他从苦兀北岛，走到西海岸，东海岸，南海岸，什么地方都窜，各地方的情况就都知道了。各地的奇闻怪事，各处的大事小情也都是由他搜集来又传出去。

他往往专门联络各地的乞列迷人，特别是在苦兀一带，有时，他好像很发善心，往各地施舍，因他是信仰东正教的，教义说心爱万众（这是他表述的），怜爱所有受苦受难的人，因此成了个广交朋友的"热门"人物了，竟然交下了不少的乞列迷人。

他每日转回巴哈提部，都会先到卢赖处，并给卢赖带回不少新的消息。还有新的朋友的名单、地址，他们的性格、爱好和特长也都记得清清楚楚。卢赖和胖子每到一起，总是要生出一些事端，使苦兀地方不安宁，出现一些乞列迷人的动荡。乌莫图鲁巴图鲁和春公主等碍着面子，不好意思也找不到正经的借口去查问他们搞些什么计谋，只好由比牙格格出面。

比牙格格就不听那个邪。她多次说过，不能让大胖子和卢赖为所欲为，搅乱了苦兀，"我要抓住啥把柄，非要好好地治一治他不可。对这种歹人要敢于下狠手，饿狼最爱欺负软弱的人"。

那天，大胖子从塔塔玛阿林第特哈喇部落回来，他的身边有三个人跟着他，他正偷偷摸摸地把什么物件给他们，从皮兜子里又掏出什么分给那三个人。三个人得到东西后，就各自离开走了。这些过程都让在远处的比牙格格给看清楚了。

大胖子他没有觉察出来，还蛮高兴地扬着头，背着手，高高兴兴地向前走，口里还哼着平时最爱唱的小调，根本没注意到比牙格格从身边走过去。

他大步向前迈，只顾往前走，比牙格格略施了一个小技，来了一个很快的"偏脚勾"，用左脚向外一挡，正巧勾了一下他的左腿，大胖子只觉得身子不稳，怎么被什么绊了一下子呢，噔噔噔地向前不自主地跑了起来，跑了好远不说，又一下子来了个狗啃泥，摔了一个大前趴子，摔得很实在。疼得他不能动弹，还咳哟咳哟一个劲地叫唤起来。

还是比牙格格好，她上前把他拉了一把又搀了起来，给他揉了揉两只手，扶他站好，又去把他那个摔出老远的牛皮包给捡了回来。

比牙格格把皮包子交给胖子，说："你怎么走道不瞅着点，多危险。前边要是个大海，你不就一下子进到鲸鱼的肚子里去啦！"

胖子一乐，连连说："谢谢！谢谢。感谢你帮俺捡回来这个皮包！真是太谢谢了。"这时，比牙格格已走开了。

比牙格格走后，直接来到乌莫图鲁巴图鲁的家里，正好春公主也在，她把从胖子手里的皮包中取出来的一张纸上面写着长长的名单和几块白银交给了他们。说："你看看，这是什么？"

乌莫图鲁巴图鲁一看，这上面都是乞列迷人的名字，还有每个人的分工和职务。

乌莫图鲁巴图鲁说："他们这是在拉拢咱们乞列迷人！这小子干的不是个好勾当，也不知他们要干什么见不得人的事。"从此，大家都对胖子更加警觉起来。

这些日子，乌莫图鲁巴图鲁非常焦急和犯愁，他事先真没有想到塔力布和彩凤来到苦兀岛。本来，事先说好不许透露一点消息，叫塔力布、彩凤两个也不要轻易露面，可外边还是都知道了。更令人担心的是，外边的人都知道并在传闻说春公主要走了。

一听说这个消息，乞列迷拖林普部落的男女老少，都赶来看望春公主，有的向她告别，有的倾吐别情，拦都拦不住，有的还送来东西，有山里、海里的特产。族人一个个都难舍难分，显得特别热情。

拖林普老玛发嘎珊达看着出现了这样的情景也有些急了。

有一天，老玛发把乌莫图鲁巴图鲁叫来，他说："乌莫图鲁，我的儿子，你也看到了，这样下去怎么行呢？"

乌莫图鲁也为难地说："是啊！"

拖林普老玛发说："知道的人越多，春公主越不好走了。我是愿意让她快走啊。越拖越不好，夜长梦多。"

乌莫图鲁巴图鲁想了想说："阿玛，我也是这个想法啦。我们不能违背皇太后、皇上的旨意，让春公主早早回京吧。比牙格格和铎琴两人也合计，将他们已经快两岁的儿子也让随自己来的侍女小红抱回姥家。在京师的姥爷、姥姥家，有府内郎中，有众多的奶娘，又有文武师傅，长大能像娘一样，从五六岁就学功习武，学满汉文字。京师家里条件优越，省得在苦兀苦了孩子，什么也得不到。再说，还缠住了他俩，不能轻装协助我参办岛内各类大事。"

拖林普老玛发点点头说："孩子们想得全！想得远呐。"但他又说，"得问好比牙格格，她能舍得自己的亲生骨肉吗？"

乌莫图鲁巴图鲁说："好，我再去问一问，看他们的最后想法。"于是，乌莫图鲁巴图鲁就去面见铎琴和比牙格格。

铎琴当然完全同意比牙格格的安排。

他说："格格，既然你能舍得，我同意。这样对孩子今后的前途也大有好处。"

经拖林普嘎珊玛发、乌莫图鲁巴图鲁、春公主的同意，塔力布也赞同，事情不要再拖下去了。他们怕北山的卢赖再有什么动作，还是早走为上策。于是，当下就决定，让彩凤陪着春公主带两女速速回京师，比牙格格的小公子由侍女红儿背着，一同返回京师。

为了一路平安顺利，除了彩凤陪护之外，塔力布也要护送一程至布锦，即是现在的富锦，在松花江边上。

比牙格格说："不行。我也要去送一程。"

乌莫图鲁说："你送到哪？"

比牙格格说："咱们人多力大，我一定要保护春公主平安回到京师才行。"

事情就这样秘密地定下来了。

当即，乌莫图鲁巴图鲁、拖林普老玛发、铎琴等人，命人备好鱼干、鹿肉干、兔肉干、鲟鳇鱼肉干和鱼子等等上品，当夜就秘密乘马下山，悄悄地离开了拖林普嘎珊。

乌莫图鲁巴图鲁、铎琴等人送出山口。

到了山下，他们从苏克苏图阿林河谷下去，悄悄地进入密密的榆树老林……

就到了分手的山口啦。

望望骑在马上的春公主，乌莫图鲁巴图鲁突然眼中涌出了大颗的泪珠。他强忍着，扭过头去，说："夫人，你一路多保重。"

春公主也落泪了。

她说："巴图鲁，你不要惦记我。今后的日子，你也要多保重啊！"

这时，月亮升起来了，照耀着苦兀苍苍茫茫的大山，把一片银白色的光芒抛洒在这片古老的土地上。一时间，山静，人静，水静，只有苦兀的夜风在轻轻地吹刮，仿佛是在等待着这对离别的亲人，述说完最后的情话。

乌莫图鲁巴图鲁回过头来，毅然决然地说："时候不早了，夫人上路吧！"

春公主最后看了一眼丈夫，打马前行而去。她们一行人穿过了谷地的林地，消失在茫茫的夜色之中。巴图鲁一直盯到马队渐渐消失，他和铎琴两人才恋恋不舍地打马返回了大寨。

塔力布、彩凤和比牙格格三人，护送春公主、小红，她俩都因为有孩子，骑在马上很不方便。还是塔力布想出了一个办法，他背着春公主的大女儿，二女儿由彩凤背着，比牙格格的小儿子由红儿背着。

红儿在海兰察大将军府上长大的，比比牙格格小两岁，从小就跟随比牙格格，作比牙格格的伴学学童，又是习武的伴童。在镶黄旗人家中，子弟从小就要选聪慧的儿童做伴童，一起习文学武。女找女伴童，男找男伴童，一直到成年都是相濡以沫地在一起，两人建立起非常亲切的生死之情。这小红就是比牙格格自小在一起学文习武成长起来的，她们像亲姐妹一样的亲。

比牙格格被皇后选中做了公主，又下嫁给乞列迷人铎琴，一同来到苦兀故乡，小红誓死相随。而海兰察夫妇也放心让小红姑娘亲随，一同到了苦兀。一晃已四年多的时间了。小红的武功也好，与比牙格格差不了多少，比牙格格深知小红的功底，孩子交给了小红，就像在自己的怀里一样。

这一行人，从苦兀岛中部西海岸的苏克苏图阿林莽古吉里阿林下山，从峡谷的林莽之中穿行，到西海岸，再丢下所骑乘的马匹，交给众族人骑回，他们坐上拖林普乞列迷人的扎卡船渡海峡。

这里的海峡不甚宽，也就是十数里之遥，很快便登岸。岸上，又有拖林普族人哨兵。设立了一些木栅大营，里边喂养着熊和马匹，还有拉雪橇的猎犬和各类猎狗五十只。其实这是一个驿站，专门传递朝廷火信、情报，并接送南来北往的兵丁和信使，完成朝廷交由的各种边关使命。

"驿站"连通大道、小道、山路、水路，专门接应差役之人供其食宿。这里的驿路和驿站由乞列迷族人把守。春公主和比牙格格她们到来，大栅内的兵丁和站丁立刻烧水造饭。他们一行饭后，又在这儿住了一晚。第二日黎明，选出大营马数匹，乘马经齐集湖西行，进入了萨哈连河道。再去旱路，连夜向南进发。

入中原，不能乘船。因萨哈连是顺水进入出海口，塔力布等人是往中原方向前行，正是萨哈连的逆水方向，如从这里坐船行走就太慢了，他们便选择了乘马前行。

在江的西岸是一大片密林。望一望前去的道路，还是显得比较平坦。萨哈连江畔流域土地平坦，很少有更多太高的山岭。沿着江的南岸上，虽然还不能称得上真正的路，但长年以来，这里往来的人也不少，车也走的不少，渐渐地就成了一条平坦的古道啦。

这种道以车辙为标识。

土道的中间是一条凸起的土骨，两边是车辙压的车轮沟沟。在土骨上，长满了小花小草，还有马兰和杨铁叶一类的植物。路道的两侧也长满了花草。为了不使马儿颠簸，塔力布带头让马儿专门在车辙中间的"土骨"上行走，不至于太颠颤。

走了一会儿，这土道又顺向了江边。于是人们赶马又奔向了连接江边驿道的路。江边的驿道上，大大小小的河卵石甚多，走起路来就不如方才那土骨道上轻松和快捷。

塔力布一直在前边开路。

就见彩凤跟着塔力布，春公主跟着彩凤，可是，那马可能是走不惯这种有着河卵石的江岸河道，走着，走着，春公主骑着的马踏在一块石头上，石头一滚动，马身子一下子来了一个趔趄，只听"哎哟"一声，马好悬倒地。那马迅速一抖身子，一挺腿站起来，竟把春公主给扔到了地上。

塔力布、彩凤、比牙格格等都赶紧跳下了马，大家去拉春公主，她才踉踉跄跄地从石头堆滩上站起来。

大伙问："怎么样？伤着没有？"

春公主可能有点惊吓，愣了一下，摇摇头说："没有碰到。不要紧的。"

大伙说："春公主，要是没事就走吧？"

就在这时，比牙格格发现，春公主上马北望着身后苦兀的方向，突然间，眼里涌出了大颗的泪珠。

比牙格格问："姐姐，你怎么了？伤了吗？"

春公主又摇了摇头，对比牙格格说："比牙妹妹，你说，我这是怎么了？"

比牙格格不解地问："不就是马摔了一下吗？"

春公主说："这是马失前蹄！"

比牙格格："马失前蹄？"

春公主点点头说："对呀。"

她又沉默了一下，自言自语地说："归途之中，马失前蹄，是一种不祥之兆！比牙，你说，我这一走，乌莫图鲁巴图鲁、拖林普老玛发他们会平安无事吗？他们会不会因为我的离去而出什么事情？我走了，不在他们身边。我有一个预感，他们一定会出什么事情。不然，我怎么会马失前蹄？这可是一个不祥之兆啊！"

大家听了，都是一愣。

比牙格格也是一愣。但她随便说了几句："什么马失前蹄，姐姐，这都是自然的事情。像这种石路、江滩路，什么人、什么马，都可能'马失前蹄'，不要信这些！"

说着，她打马往前走，那马也踩在一块石头上，她也一歪，险些从马上摔下来。于是她乘机说："姐姐你看，我这不也是差一点吗？什么马失前蹄？走！我们还是快些赶路吧。"

于是她拉起春公主，把她重新扶到马上。那马已有些腿瘸了，走起来一拐一拐的。塔力布细细一看，说："这马的左胯已经脱臼，不能走远道了，必须换马才行。"

从齐集湖前行到伯力哨卡，大约有二百多里江边旱道，和兴安岭的山丘山脉相连，山虽不太高可森林甚密，道路又崎岖不平。这一带也不平静，常常会从那密密的莽林中突然冲出一伙强人，烧杀掠夺。只要平安过了伯力哨卡，人烟就开始密集了，八旗的兵马也多起来，就会比较安宁了。可是，偏偏就在这一带，又出现了春公主的乘马不能驮人的事，可怎么办呢？

　　大家商议，这一带危险，必须换掉乘马，租用好马，再去赶路，这是上策。

　　好在，清政府为了加强与北疆各民族的联系，黑龙江将军每年定期拨发币银给当地居民嘎珊达等头领，鼓励他们在去往苦兀、勘察加的路上修筑了一些"塔坦仓"（同官方的驿站差不多，只不过是一些族人和部落的人自行守护），又叫临时的窝棚，留有专人守护，非常类似"驿站"。许多过路的往来行旅，一旦要吃，要住，或需要用些什么就找"塔坦仓"，在四处荒芜之地，等于有了一个落脚的地方。"塔坦仓"里边也有马匹，供行人租用。前边不远就有这种"塔坦仓"，只要快点赶到那里，一切困难都迎刃而解了。

　　于是春公主就与比牙格格两人共骑一匹马，瘸马跟在后边，一步步瘸瘸搭搭地跟着走。果然在前边十多里，发现几间用土坯堆成的"塔坦仓"。

　　仓达①也是乞列迷人，有三个同伙。一个满脸连鬓胡子的四十岁左右的人热情地迎上来。

　　他说："哎呀，看你们这些人急着去内地，是上宁古塔，还是上吉林，盛京？是乞列迷当地人吗？"

　　塔力布特意用乞列迷土语与他搭话。

　　他说："我告诉你，不要啰唆。我们急着送媳妇回娘家，跟你们租匹马，马上就赶路。"

　　这个大胡子眼睛很贼。他仔细打量每个人的穿戴和物件，看个不停。

　　塔力布有些不耐烦说："快点，马在哪？"

　　那人大方地回答："好啊，要马啊？我们有。尽管挑。"

　　塔力布说："在哪呢？"

　　那人说："走，跟我去马圈。挑哪匹，就牵哪匹。你们不用租，到下一站就是伯力了。那里八旗关卡，要验看过关的。你们把马交给他们就行了。"

　　就这样，春公主、比牙格格、彩凤、小红她们坐在一块大石板上歇着，塔力布跟着那人去选马。

　　临离开，塔力布悄悄对彩凤说："要小心守护好公主和格格，还有孩子和物品！"

---

　　①　仓达：满语，指这里的头领、主人。

347

彩凤精灵敏捷地点点头。

单说塔力布，他跟着这个大胡子奔往房后的马圈。

塔力布是何许人呀，他是福康安的管家，著名的武林高手。前书讲过，塔力布的武林绰号"天鹏"，如天上飞翔的大雕，有盖世的武功，他的鹰爪功相当高超厉害的。他跟随傅恒大学士及其儿子福康安，为大清立下了多少汗马功劳。你想啊，他哪里是个白人？

其实，自从一进这个"塔坦仓"，他早就留上心了。他的眼睛从来都是一个一个地仔细察看，不会拉下任何一处房舍、摆设，有几个人从他们的面相上、举止上、行动上观察有可疑的地方。这塔力布到哪，从来没上过当，他一旦发现对方有不轨之心，都是来个先发制人。

武林高手就是这样。他们的眼力就是能看穿一切，包括那些设法包装自己，不使别人认识自己本相的人。他们能认清人的真面目，准确判断，什么是假相，什么是真相，逃不过他们的眼睛。塔力布就有这种武林人的本能，对谁他都要本能地去仔细观察，找问题，察迹象，并立即想出对策，永处不败之地。

塔力布自从春公主的马一瘸，他脑子里马上就想到他们渡过海峡，对岸的正是乞列迷人的哨卡木栅大营。这是个陌生之地，塔力布当时就很留心。每个人什么模样，出言对语，是谁分给他们的马，他都一一记心。一旦有事，他都能凭记忆回想起来。塔力布数十年跟着大学士早已练成这种观察记忆、思索、综合、找症结的种种本事了。

其实，他从一开始就有一个感觉。他总是觉得，他们此次返回朝廷，虽然表面上是偷偷离开，没有声张，但暗中有不少眼睛在盯着他们，在追踪他们。为什么春公主出事？别人的马就没有事？可是这些疑问一时又找不到答案。

从一出发塔力布就在马上暗想，这事没有完。与我们作对的人，绝不只有一个，肯定有一伙人。我要走着瞧。反正前边就有个哨卡，我们去换这个瘸马，再租一匹新马，看那里的人是什么样的真情。

所以塔力布一进这个"塔坦仓"就注意上了，眼睛不停地观察这里的一切动向。那时，塔力布就觉得这个满脸大胡子的人很特别，他肯定不是个真的乞列迷人，像自己一样假称是乞列迷人。他们为何到这里假称乞列迷人呢？必有来历。

塔力布把自己佯装成个病人，还显得趔趔趄趄，走路都走不稳的样子，跟着那个大胡子去后院挑马。他像一个没有任何防范的人一样，让大胡子故意紧贴自己，并说："兄弟，你慢点，我跟不上你！"

那人也故意地说："好。我等你！快跟上来吧。"

塔力布紧走几步，贴上了大胡子。

就在这时，塔力布觉得大胡子一边说走路注意，一边用手去扶自己，但那种很随意似的一扶，塔力布已从对方的手感中感觉到，这根本不是什么扶，而是在摸塔力布身上带着什么样的暗器。

塔力布一边假装说："谢谢兄弟关照！"一边心中也就明白啦，对方绝不是什么塔坦仓的租马人。

其实武林中人平时不愿靠近任何人，总有一个距离，不让你知道他们身上暗里带着什么物件了。这大胡子以为自己聪明，想假装随意探清这几个人的来历，其实他完全想错了。他本想在说话和去扶塔力布时随意将右手在塔力布身上一划，他就感到在他的鱼皮斗篷之下有个硬硬的东西，这其实是塔力布有意让他知道的。

就在大胡子手一划，刚要收回手，塔力布说声"谢谢兄弟的关照"这一刻，塔力布已顺势抬起右脚，向上一踢，正好就端在他的右胯之下，跟着，那人"噔噔噔"三大步，一个跟斗栽倒在地。

塔力布用的是他的鹰爪功。他向前一纵，一下子就提起了大胡子，并把他提到塔力布的头上。

塔力布是个大高个子，那高度是很高的。然后，他又一松手，大胡子"咕咚"一声迅速摔在了地上。那地上净是鹅卵石。请想啊，屁股着地，这大胡子能好受么？他屁股让几个石头给硌得疼痛难忍，像屁股给劈成了两半一样，妈呀妈呀直叫。

塔力布把他又一提、一甩，扔进前边不远的白桦树林之中。

接着，塔力布一步跟了上去，一只脚踩住那个大胡子胸口，说道："好小子！你敢摸我的暗器？"

说着，他把鱼皮斗篷一抖，露出一把白玉把的牛耳尖刀，把下有一条红穗子，很好看。塔力布说："别摸了！看看吧。好好地看看吧！"

那人叫道："爷爷！不看了，我不敢看啦！"

塔力布握着牛耳尖刀，指着他的鼻子说："我真想宰了你！你是哪路的乞列迷人？你说，你是哪个道上的人？"

那人连连说："这，这……"

塔力布说："我明着告诉你，咱们都是'道'上的人。这你也看出来了。今个如果你说清楚你是哪个'道'上的，我也许放了你！你如果说不明白，或者瞎说、胡说，敢跟你爷爷我耍心眼，我就……"

那人："怎么样？"

塔力布："俺就先废了你！"

那人："废了？"

塔力布："对！"

说着，塔力布一下子扯掉了他的裤子，说："来，爷先把这家伙给你剃下来。"

那家伙可吓坏了，大叫起来："爷爷！住手！爷爷别动手啊！"

大胡子在北疆这么多年，还真没有碰到过这样麻利的高手。

他一开始还真是小瞧了塔力布。他一看就一个男的，三个女的，几个孩子，心中可乐开了花，心想这笔买卖可做大了，但他哪里知道这塔力布是当朝一品大员的随身保镖啊。

大胡子这回可真碰上阎王太岁啦，他像过年的猪——干等着被杀，拼命地嚎叫啦。

他大声地哀求说："爷爷饶命！爷爷饶命啊！小的有眼无珠，不知武林大师驾到。弟子给您老叩头谢罪！"

塔力布说："少废话，是谁让你干的？"

大胡子说："爷爷，这都是卢赖让干的呀！"

塔力布问："卢赖？"

大胡子说："对。"

在塔力布的再三逼问下，大胡子才详细地向塔力布讲述了他们的险恶用心。

被吓破了胆的大胡子把卢赖的安排说了一遍，最后又嘱咐塔力布说："爷爷呀，你们可要听我的话呀！你们到伯力这一段路，吃点苦，别走这个江口上的旱道！"

塔布问："为何？"

大胡子说："在这条旱道上，卢赖他们已经设下了三道关口！"

塔力布："哪三道关口，都有哪些人？"

大胡子说："这些人狠心呐！每个关口都有十几个人，都是亡命之徒。你们请进西山，走牛曼毕拉河谷，从河谷深涧中穿过去，那里古藤甚多，不好走，也可能遇上他们巡山的打手们。不过，因树林茂密，山沟水流纵横，可以穿山越涧，便于躲藏，反而不易找到你们。只要杀出这一段险路，卢赖的势力就算躲过去了。"

塔力布："此话当真？"

大胡子："现在我说的没有一句假话。卢赖嘎珊达还告诉我们，杀死朝廷的人！不论是男是女，一个也不能放过去的。你们这一段路，不要吃塔坦仓给的饭、喝的水。他们给你们预备的饭和饮的水中，都放了毒啊。"

大胡子在塔力布尖刀的逼问之下，滔滔不绝地说出了这些机密。

再询问，塔力布才知道，这个大胡子是有人从新疆那边雇用过来的武林散客，曾是藏家雇用的家奴，有武功，参加过大金川索纳木土司的护城队。索纳木被擒，他逃到了新疆，又被一个不露身份的人用重银雇用，走了近半年，才从大清国的西域辗转到了大清国北疆，在萨哈连木栅大营的哨卡点"塔坦仓"为驯马役，专门负责到河边放马、饮马、喂马、养马，收拾马圈，供给来往的行人，给他们提供换乘的马匹的。

这个大胡子刚到半年有余，前不久，又是一个大胖子暗里找过他们，给了这个差役，专门堵劫回京师的任何人，不论男女，留头不留人，不问缘由，一律杀之，之后有重赏。

塔力布看他说了些实话，还算老实，便告诉大胡子关于自己的真实身份："我是朝廷派驻萨哈连楚勒罕大集的哈番命官，今后有事可去大集找我。"

大胡子连连说："谢谢哈番官爷！"

塔力布说："那这马怎么办？"

大胡子说："啊，我是忘记告诉你们了，其实那马并没有伤，还能骑……"

塔力布说："这是怎么回事？"

大胡子于是告诉塔力布，那马的右胯下被人"支了棍"。它本是一匹快马，支了棍儿，便要摔跟头，去了"棍"，便好了。于是，大胡子对塔力布讲了他们预谋的经过。

原来，这是江湖"道"上的一个绝技。

如果想抢或暗中伤害一伙人，就在马上下功夫。马有一个弱点，它的后胯的腋下是它最为敏感之处，许多老马、病马，如果牵到市上去卖，在到马市之前要给马下"支棍"，就是在马的胯腋下的皮层里给"支"上一个棍儿，这样，马便很"精神"，而且走得"飞快"，跟好马一样，根本看不出有病的样子。可是一旦走长路，或者"棍"一掉下来，立刻原形毕露。

　　而这次给春公主换的马，就是在奇集湖"驿站"由那些被卢赖收买了的人在马的右胯下支了"棍"，外表根本看不出来。他们已预谋好，这马在土道上走时，又快又稳，一旦土道走完，开始进入江滩的石卵地上时，肯定要摔跟头。这一下，春公主可能会被摔死或摔伤，就算不死不伤，马也要不行，一定会赶到这个"塔坦仓"。这时再由大胡子他们下手。

　　这真是一套连环计呀。

　　多亏大胡子讲了实情。大胡子这么一说，塔力布一回忆，可真如其所述。记得在齐集湖的那个驿站上，那些人十分热情，又留住宿，又吃饭，但只因离着苦兀莽古吉里拖林普嘎珊部族的地方太近，才没敢下死手毒死他们，而是在春公主的马上下了"支棍"。

　　于是塔力布说："走，咱们快回去看看。"

　　塔力布了解清楚这一切事情之后，立刻快速返回了前院，找见了春公主等人。大家都急坏了，以为塔力布出什么事了。而彩凤又不敢离开这里，生怕春公主她们出什么意外，正在焦急之中塔力布来了，领着那个大胡子却不见牵来马。

　　比牙格格和彩凤正要问这是怎么回事，就见塔力布拍了拍手。他快步走到春公主骑的那匹马前，在马的右胯下边一摸，一抠，一下子拽出一根筷子来，那马立刻精神起来。

　　大家感到好奇怪！怎么马的皮肤下竟然别着一根筷子呢？

　　正想询问是怎么回事，却听塔力布说："快！从现在起，咱们赶快扔下所有随行的马！"

　　彩凤问："扔下马？"

　　塔力布说："对。不能骑了。马已经没有用了。现在立刻带好东西，背上孩子们，随我快走。"

　　他暗示大家再不要问什么。他一步冲在前面，带领大家疾步走出了这个"塔坦仓"的院子。

　　塔力布把大家引入到西侧那一片的大山中森林时，才将他与大胡子如何搏斗、制伏了之后，拷问出卢赖一伙设计如何追杀他们和春公主的事，一五一十地告诉给了春公主、比牙格格和彩凤，又将如何收服了这个大胡子的前后经过详细地说了一遍。并说："亏了得到他的帮助，我们才识破了这些人的阴谋！"

　　大伙也说："真是阴毒哇，连马都给别上了一根棍！"

　　"是啊，如果前行，后边的'驿站'已被卢赖安插上人啦。太危险啦!"

塔力布说:"现在看来,原来的计划完全打乱了。我们已不能去布锦了。现在只能从牛曼毕拉走,从那里越过萨哈连黑龙江。我们过黑龙江之后就直奔瑷珲,向蒙古王爷府方向,取道赤峰向京师行进。而且,行动要迅速、要快!一旦不能在预计的时间里穿越牛曼毕拉老林,就会被卢赖发觉,到那时,我们的危险将会更大!"

大伙都点头,说听懂了,知道了。

塔力布又告诉彩凤:"彩凤,我不能送你们太远啦。一路上全靠你了!你要谨慎而行,护送公主,早早回到京师!"

彩凤点头,一一答应,并说:"你放心吧,我已全部记下来了。"

塔力布带领众人,走进了牛曼毕拉河谷。山间小路确实生长着种种长长的无数的长藤萝,水里有很肥大的大勾章鱼(狗鱼)。这种鱼非常的凶猛,满嘴长满了尖牙,专门吞食河中各种鱼类。

塔力布、春公主、比牙格格等人都在江海河湖边生活过,都会捉鱼。比牙格格取来一根长长的细绳,一头绑在长竿之上,另一头在网绳上拴上一个小白石头片,让塔力布拿着长竿去抓鱼。

塔力布完全心领神会。他把着长竿,从江的下游沿着江往江的上游快跑,这样一跑,那网须上的那块小白石片就在水里被水波和浪花拉动得上下翻飞,真像一条白鱼在水中划行游动,而大勾章是一种深水中凶猛的鱼,潜伏在河底。它们往往双目紧盯着江里的水,一见有白色的小东西在穿行,它们以为这一定是江中的美餐白鱼,它们都个个非常的贪婪,于是就迅速起劲,往上一蹿,像箭一样似的奔向白石片。

勾章鱼(狗鱼)一条条长得又细又长,在水中疾行,速度甚快。它们追着追着,就一口咬住了大白石片,接着往肚子里猛吞,然后再往水下沉去。

塔力布在岸上猛跑着,就这么把狠狠咬住了石头片的大勾章鱼一条条地给提出了水面,抛到了草地上。岸边的草地上,那些大勾章鱼还在地上翻滚、起跳,特别是它们那又肥又沉的胖身子一摔在土上,发出"扑哧扑哧"的沉闷之声,砸得草地上一个接一个的土坑。

小红、比牙格格、春公主们就赶紧跑过去,她们几个将一条条的大勾章鱼就地按住。那又粗、又胖、又长的大勾章鱼,每一条都足足有二十来斤重。塔力布又接着继续奔跑,他们一连得到了牛曼毕拉河中的不少这样的大勾章,足足可以就地饱食一顿鲜鱼肉了。

他们立刻就地拢起篝火，燔烤鲜活的勾章鱼。

香气扑鼻啊！众人早已是饥肠辘辘，于是都尽情地饱食了一顿，边吃边叫好吃，很香。

可是，事有不巧，可能是他们以为逃出了敌人的陷阱太兴奋，吃鱼又很高兴，说话的声音就大了点。尤其在深山老林之中，女人的说话声往往会传得很远，很清。这一下子，春公主、比牙格格忘记了在说话时要注意别大声的禁忌，结果说话声一下子让卢赖派出的在林中巡查的那些歹人们听到了。

那些人说："听听，远方好像有人说话！"

"而且，还是女人的声音！"

"快，咱们去巡巡。"

原来，这些人已经悄悄地到达了"塔坦仓"，不见了大胡子，却发现了塔力布他们扔下的马匹，便分析他们可能离开了驿路，奔往牛曼毕拉森林进入河谷而行了。于是就朝这个方向追来。这时，又隐隐约约地听到森林中有说话声，而且是女人的说话声，他们就断定这肯定是春公主等人，于是便朝这个方向追来。

他们已经收了卢赖的钱，只要是从"塔坦仓"跑出来的回京师的人，其中必有皇上的公主，一定捉住并杀死他们，好回巴哈提嘎珊处去领赏请功。

此时，天色已晚。

塔力布等人已不能前行。因为这里的道路他们不熟，在牛曼毕拉河谷中行走有些峭壁悬崖夜里看不清晰，又陪着护着公主等人同行，怕出现闪失，塔力布就决定让大家在一个能避风的山崖处夜宿一宵，天亮再起程。

决定之后，他就选择了一处看似适合的地方，铺上狍皮，鹿皮褥子，让几个人领着孩子就地躺下歇息。

人们都累一天了，一闭上眼睛，就真的呼呼地睡着了。只有塔力布心中十分清醒。

塔力布自从躺下就尽量地睁着眼睛，可是由于劳累，不知怎么渐渐地他也闭上了眼睛。

不知过了多久，他仿佛觉得有人在用手摸他身上的东西。突然睁眼一看，一个蒙面人正站在他面前，用手在向他的身上拿什么。

塔力布知道，这是贼人已到跟前，他为了麻痹敌人，于是又把眼睛闭上，像在熟睡的样子。他的身下也没有闲着，一个鹞子翻身，用双后肩的肩胛骨弹跳之力，猛地向地上一压，"嗖"地一下，反弹力就将他的身子托了起来。

他的双腿顺势向上一踢，"噔"地一下就腾空飞起，接着就势来了一个头在下，双腿直上的倒立。这种倒立体势一现，立即双腿向前一屈，后身反转过来一扫，折了一个大圆斛斗。

这个速度相当快。

那个以为他已经熟睡，正想去摸他身上戴的白玉把的牛耳尖刀的人，哪知装睡的塔力布迅速来了一个反身鹞子腾空。这么一个全身大回旋，力量够大的，那个人马上就被塔力布的双腿扫打在头上，脸上和前胸之上，只听那人"啊呀"一声，来不及站住脚，跟着塔力布也来了一个大回旋。

可是，塔力布的大回旋是主动式的，有基点，自己能站起来。而那小子是完全被动的，无防备的，完全意想不到的，所以让塔力布的双腿一打、一扫，早已经是被碰破了骨肉。他满脸是血，血肉模糊，眼睛被打得什么也看不清，脸和胸立即就肿了起来，并且一个跟斗跌在地上，昏死过去。

塔力布大喊一声："不好！有歹人！"

这时，同时从草丛的四面八方蹿出来七八个手持利刃的蒙面人，不问青红皂白，也不说话，直接杀向了塔力布和几个睡在地上的人们。

塔力布方才打倒的那个人，是他们的探路前锋，先到一步。他一倒，这帮人也立刻赶了过来了。这时，已是喊声一片。

这一阵折腾和打斗立刻惊醒了睡着的众人，吓得小红赶紧背着孩子哭了起来。彩凤怀里的小女孩，一听那个孩子哭，也吓得大叫起来。

在这万分紧急的时刻，歹人们都冲了上来啦，而女人们身边又都有孩子，只有塔力布和大胡子在跟这伙歹人拼杀。

在这千钧一发之时，显出比牙格格非同寻常的武功啦。比牙格格可真是女中豪杰。过去塔力布只是有所耳闻，还真没有目睹过这位海兰察大将军的女儿的风采呢，这回可真让塔力布和春公主佩服得五体投地。

正在几个蒙面人把塔力布团团围住的紧要关头，只听一声："我来也！"

只见比牙格格早已腾身跃起，将身上披着的大红绒的彩穗斗篷往地上一甩，露出了全身粉红色的一套武林短衣短裤，中间扎着一条青蓝色的英雄水带。上衣的两袖都是紧扎袖口，更显得非常的利落。只见她右手往腰间一拍，从腰间水带上就解下了两把软铜围腰的明光闪闪的双锋宝剑，双手各握一把，寒光耀眼。

比牙格格两把利剑舞起来了。就见夜色之中一团团白光呼呼闪烁，那白光直接扑向了冲上来的歹人，在歹人中间一转，只听"咕咚"一声，就有两颗人头一下子飞起来，又齐刷刷地落在地上。

这一下，顿时震住了所有歹徒。他们一个个手握马刀，不敢再靠前一步。

塔力布和春公主也被比牙格格的功法震惊了。

谁知就在这时，比牙格格大声地说道："塔力布哥哥，我们不可恋战，快快领他们直奔瑷珲城。"

塔力布说："比牙妹妹，那你……"

比牙格格说："不要管我。快走！我为你们驱贼送行。如果到了京师，请代我向皇上，向我父母他们问安！"

比牙格格说完，又把双锋宝剑舞圆，冲向了迟疑不定的贼寇。

她这时连话都不说了，只是猛舞双剑，双脚飞旋。转身中，白光过去，又有两人的人头在地上滚动，鲜血溅红了树林和山谷、草地、石崖。

塔力布听到比牙格格的嘱咐，这才醒过神来，是啊，不能再在此地久停，如再与这伙贼人厮斗，就难以脱身了。

于是他手一挥，大喊一声："妹妹，我们先行一步！"算是辞别比牙格格。然后大步迈开，领着春公主、彩凤、小红等人直向瑷珲的方向奔走而去。

塔力布他们刚走出不远，突然，贼群中有人喊道："不能让他们跑了！"

"快！给我截住……"

他们这么一喊，众贼懂了。

是啊，不能让春公主跑了，得抓她们，杀她们。

于是，这些人急忙想扔下比牙格格，向塔力布和春公主他们追去。可是，比牙格格能答应吗？

这时，就见比牙格格从怀中掏出几枚飞石，手一扔，"嗖、嗖！"的响声传来，飞石就如同利箭射出，正好打在去追彩凤和春公主她们的这些人身上。打在贼人后脑和后背上的飞石，如利针利箭，一下子刺进众贼们的穴位，两个贼人被击中了后脑和太阳穴，立刻瘫坐在地上，不能喊，也不能动了。

其他几个贼人一见，也不敢再喊，也不敢再追了，转身往西北方向跑去。

比牙格格往远去的塔力布、春公主、红儿和彩凤她们走的方向看了看，见这些同伴的身影已经迅速地隐入了萨哈连方向江畔的树丛之中，知道他们会顺利地渡江而去，心里也就放心了，便转过身来。

她这时突然想到，不入虎穴，焉得虎子。我要详细地打探一下，这是一伙什么人呢，他们究竟是谁派来的，为什么这么三番五次地追杀我们，追杀春公主姐姐？

"我一定要查个究竟，回去好告诉乌莫图鲁巴图鲁，再作下一步的考虑。"想到这里，她有了一个主意。

比牙格格这么一琢磨，立刻确认了贼众们逃往的方向，然后就按那些人逃走的方向追了过去。但她心里明白，不能让他们发觉，要悄悄地跟踪他们，看他们到哪里，顺藤摸到他们的头领，来一个擒贼先擒王。

于是，比牙格格隐身在这伙贼人的后面，不露声色地跟着他们。时而，她躲在树后面，时而她藏在草丛里，不久就赶到了这伙贼人的身后。由于她隐在树后草棵中，贼人一直没有发现有人跟着来。

比牙格格有独到的轻功术，前边的几个人已经可以看得清清楚楚了。可贼们怎么也想不到她会跟来，他们还以为早把比牙格格甩出多少里地之外了呢。

比牙格格等他们又走了一阵，才又追了一阵。就这样，走一走，追一追，一直将他们追到了驻地。

原来，他们是在鄂霍次克海南岸乌弟河口。

这里有一个不大的小镇，一色都是白色两层的楼房，是俄式的建筑，还有东正教堂。比牙格格心里有数了，这里肯定是俄国人的一个在西伯利亚的东进据点呀。

那时，俄国人已在不断地侵吞、占领苦兀，他们在苦兀的山林、海岸建了不少这样的小镇。开始可能只是一户二户人家，一点点地，他们搬来了不少户，又建东正教堂，于是这样的人家和小镇就逐渐地、不知不觉地在苦兀一带存在下来啦。

小镇中还有商店、铁匠炉，还有挂马掌的马蹄桩子。这完全是中国百姓和民族生活的方式。其实这里要没有什么东正教堂，就与中国内地的许多村落、小镇是一模一样的。这是俄国人侵入中国的"拿手好戏"

呀，既成事实。

比牙格格注意到，在那个有着铁匠炉和挂马掌的木桩子的院子里，就在铁匠炉前边是一个由木板子搭建的大院子，院里有一幢小白楼，也是两层的。逃回来的几个人一下子钻进了这座小白楼，而且不断有人从这座小楼里陆陆续续地出来进去。

人一走进这个院子，马上可以听到一阵狗的狂吠声，又传来吆喝狗的声音，却是一个女的。可以断定这个女人一定是这座楼里的女主人或女招待，是她不让狗叫唤，迎接这伙人的到来。

比牙格格记住了这里之后，就悄悄地离开了小白楼、小镇，她来到一片树林之中，找到一个静静的草地，又找到一个大倒木，坐下来喘口气，歇一歇。

此刻，她已经完成了一半的任务了，剩下的是要监视这个小白楼里的一切勾当了。这时，她反而想起了去往中原内地的人们。

她暗暗地想着，塔力布、春公主、小红、彩凤她们，还有自己的小儿子，春公主的两个女儿，他们都怎么样了呢？他们到哪里了呢？是就要渡黑龙江了吧，也许正在去瑷珲城的路上。

在瑷珲城，到瑷珲副都统那里，就等于到了自己家一样啦。她又想，当瑷珲得知是塔力布来了，又陪着皇家的公主，那可是最尊贵的宾客来啦，必然要热忱的款待，一定会调动副都统衙门的八旗马队，套上几辆大轿车，轿车内一定都有睡床、饮水等设备，春公主和孩子她们就都能平平安安地在十数日之后顺利地返到京师啦。

她想了想，也许是太累太乏，竟然在那又粗又大的红松倒木上，甜蜜地呼呼地睡过去了。

不一会儿，天色完全黑了下来。

她已追了一天一夜了。她醒来看了看天上的星斗，镇中不时地传出犬吠声。

比牙格格又整理了一下衣襟，把披着的红绒斗篷脱下来。夜里红色太显眼，就把斗篷装在了一个布袋中，系好挂在了树上。这里成了她临时安睡的据点。

现在，她单身穿着的粉红武林短衣，和青蓝色英雄水带，仔细看看，仍然是很显眼，谁都能认出她是一个外来人。她想了想，干脆走到林中的小溪边，把外面这身衣服脱下，用小溪的沙泥涂上了一层。干后，这身粉红色就不大突出了。然后，她又重新穿上。身上佩戴着匕首和常备的石块与绳索，便直奔方才去过的那个木板墙的大院而去。

来到了院墙外，她见院外正有一棵大杨树，便用轻功一扭身上到树上，隐藏在那茂密的树林和树叶中间，静静地去听四外的动静。好在这几天没有了月亮，夜间很暗很暗。她贴在树的缝隙往院里看，在黑院暗房之中，她注意到楼房门口的情况。

她判断小白楼的主人一定住在楼上，楼下应该是厨房和佣人的居所。茅厕在小白楼的右侧，左侧还有一个马厩，里面还喂着一匹俄人喜欢喂着的那种高头大马。那马正在吃草。

小白楼的院子里还停放着一辆大马车，大轮子，闪亮的车座，还有后靠背，有风雨时可以挒过来。这是一种挺高级的大马车。比牙格格记得她还是在卢赖嘎珊的家里见过这种马车，是俄式的马拉载人的大轮车。车上最多只能坐两个人，是俄国人上层社会必备的客车，身份和地位的象征。当时，卢赖为显示自己的与众不同，他也花大量的银子买了一辆这种大轮车。

比牙格格又特别注意到，这家人的护家犬放在哪里了呢？她通过细细地顺着院内的摆设观察、分析，最后发现原来犬窝就在小白楼的门侧，有个用木板子搭的狗窝，还挺精致，房屋的形状，木檐上有流水，甚至还给狗开出一扇方形的小窗口。现在狗正在狗窝中趴卧着呢，也可能是闭目养神。

比牙格格在树上已将这座小白楼和院套里外的一切情况都观察、分析得仔细又周到，没有漏掉任何一个环节。她决定要探探小白楼，会一会小白楼的主人，察明白天这伙追杀他们的歹人是受何人的唆使来干这伤天害理的勾当。

怎么进楼去呢？狗怎么办呢？

这些事对比牙格格来说那简直就是小菜一碟。其实，她从小就喜欢跟阿玛海兰察出去夜巡哨卡，最棘手的麻烦就是要对付各种看家犬。它们一叫唤起来，啥事就都办不成了。夜探敌宅，治犬之招数甚多，有毒、诱、吓、擒、支等五大奇术。

毒，好解释，用药将其毒死。此法在非常急迫无奈的关头才去使用，如果不是急着尽量不去用此法。而且，此法只能用一次，下次就不好再来到此地了，敌人必有防备了。

诱，就是巧妙的诱惑。一是将狗诱出，见机行事。此乃骗犬之术，必令狗上当才行。但此招甚难，须怀奇术方可为之。

吓，就是吓唬住犬。一般是仿犬吠之声。狗互通吠声，人有人言犬有犬语，用野犬的吠声去震慑住家犬，使它们不敢乱吠。

支，指用计策将家犬支走，引开。往往是晃动另一物件，趁机将犬吸引，它以为那边有物、有事、有人。

这五招当中，其实最难也是最灵的就要算"诱"法啦，它要做得天衣无缝，让犬无法识别而被诱走，比牙格格决定使用此法。

这时，比牙格格悄悄从树上下来。她躲在木板墙外，自己头低下去，用一只手掐住自己的鼻子，一手轻轻地拍着自己的另一只手，这时她的嗓子里立刻发出一只小狗崽走丢了，走着走着，又让木板墙给夹住了，出也出不来，退也退不出去，可苦了，可委屈了那种叫声。

"小狗"这个哭，这个叫哇。那么的可怜，那么的悲哀，急切而又无奈。这一下，可把小白楼门口这只狗给惊动了。它正睡得香甜，突然被这个叫声惊吓起来，它想自己的附近还有小狗崽在哀号，就再也趴不住了，一下子从自己的窝里冲了出来！

从哪儿来的小狗崽子啊，它的妈妈咋不管它呢，怎么到我这里吼叫起来啦？它这么想着，直奔发出声音的木板樟子处，想亲眼看看这小狗崽是怎么被夹在我家的院子的木板墙处的，而且夹在樟子哪一块木块的缝子里了，怎么就叫得这么苦呢？小白楼家的狗不顾一切地就奔了过去了。

此时，比牙格格边仿学小狗崽的哭叫、哭吼，边用一只手把手中的三颗"醉狗针"迅速及时地抛甩出来。狗哪注意这个呀，光顾着按木板樟子缝去寻找小狗崽子，等它只觉着耳朵、脸、鼻子痒痒时，那醉狗针已经透过皮毛，钉入了它的肉里。狗觉得难受，就自个疲瘸地走回窝去。而这时正好毒针里的毒液发挥作用，狗就迷迷糊糊地麻醉在窝里睡了过去。

比牙格格看解决了狗，就一纵身跃进了院子，来到了小白楼门前。

她贴在门前，一动不动。知道屋里边肯定有出入茅厕的，便耐心地等待着。

果不其然，一会儿，门开了。

比牙格格侧眼一看，是个女人，可能正是白天那个唤狗的女人。

她匆匆忙忙奔左侧的茅房而去。

门开时，比牙格格身子一转，正好藏在了门后，当那个女人去开厕所的门时，比牙格格迅速一转身，那女人正好把她关进了门里，一点动静和声响都没有。

比牙格格就这样顺顺利利地进了楼内。进了里边，她马上看了看房间，果然是两间，一间是卧室，一间像灶房，还有木梯。她匆匆上楼，也是两间。

对着楼梯的是卧室，门都没锁。她顺手轻轻拉开一间，转身进去。

屋内很黑，传出了打鼾的声响。

比牙格格想，我只要逼问出这家主人的来历就好办。他们没有兵刃，我可以完全控制住。她稳住自己，一点也不害怕。

她走到那睡着的人的床头，发现有一盏獾油灯，她顺手就给点着了。然后手拿匕首"点"醒了一个人，并小声说："醒醒！醒醒！"

原来，这屋里就睡两个人。而且很巧，正是主人之屋。谁知，这人一醒，另一个人也醒了，忽然坐了起来。

比牙格格，厉声地说道："别动，动，我就宰了你！"

比牙格格发现，这个女人正是在苦兀经常能见到的那个金发女人。

比牙格格说："好哇，咱们在这里又见面了。那个卖金银首饰的胖子是你什么人？这里是什么地方？说？"

比牙格格再一看，那个男的早已吓破了胆，缩在一起不敢吭声。

可是这个金发女人却泰然自若，一点也没有恐惧惊慌的样子，还摆着大架子，瞅都不瞅比牙格格一眼。

比牙格格一见她这样，上去一刀横在那女人的下巴上，厉声问道："我问你话，快说！别等我给你放了血！"

比牙格格这样一说，那个女人才哆嗦了一下，不得不说出了真情。

她低下了头，很坦然地说："你问在苦兀岛上的那个大胖子，那是我丈夫。"

比牙格格又问："那么这个人呢？"

金发女人说："他是我的情人。哼，这是我的自由，你管得着吗？"

比牙格格说："这些事，我现在先不问你。我是大清国的三品侍卫，我来这是捉拿胆敢刺杀大清国朝中命官的人！"说着，她向前一步，伸手将那个还把头蒙在被子中的男子给揪了出来。

谁知就在这时，那个金发女子顺势从枕头底下摸出一把小手枪来，举起来就想向比牙格格开火。

比牙格格手疾眼快，她手中的飞刀一扔，正砍在金发女子的手背上，她的腕子一歪，手枪一下子被扔出很远，比牙格格上去一把就把手枪抓在了手里。

比牙格格说："好大的胆子呀，你还敢杀我大清朝廷的命官？"

比牙格格方才那一飞刀，正好砍在那金发女人的手背上，她此时疼得手捂着伤处痛哭，耍起疯来："干什么？你深更半夜闯入我宅……"

比牙格格说："你给我闭嘴！"

还是比牙格格厉害。她又掏出一把飞刀来，对那个金发女人说："你再哭、再闹、再喊、再叫，我用这把刀，让你从此再也哭不出声来！"

还是那个男子，这时想通了，从蒙着的被子里钻了出来，"扑腾"一下跪在炕上，说道："侠士呐，冤有头，债有主，说实话，我们都是受人指使干的！不得不干，不干不行。你们有本事去找她的男人吧！"

比牙格格故意问："她的男人是谁？"

那人说："就是基维尼罗夫。"

比牙格格说："是那个大胖子吗？"

那人说："是，就是他。"

比牙格格说："是那个一只耳朵吗？"

那人说："正是。越说越对！是他出银子，我们出力，而且……"

说到这里，那人迟疑了下来。

比牙格格说："快说，别等我动手！"

那人说："他们还要杀死拖林普嘎珊老玛发。晚回去，老玛发就会没命啦。"

比牙格格一听，禁不住"啊"了一声。

这个男子真有办法，他的这一句话，真把比牙格格给镇住了。

一听说他们要杀害拖林普老玛发，这可把比牙格格吓坏了。这可怎么办呢？

是啊，无论如何也不能让拖林普雪山罕王遭殃。不能在这里和这两个人周旋，耽误了大事呀！

事关紧要，得赶快告诉乌莫图鲁巴图鲁和铎琴，得让他们有所防备呀，得设法保护拖林普安班玛发。老玛发，你可要坚持挺住，我们就去救你。

比牙格格想到这里，也不管那个金发女人还在炕上大哭耍泼耍疯，就从炕上捡起自己的飞刀，转身走下楼去。

她出了小白楼，一直往东方跑去。她跑得飞快，恨不得插翅飞回莽古吉阿林。

比牙格格虽然还不太熟悉这一带的山路，可她在来苦兀的两三年时间里，已经多次与族人出猎、出海、狩猎、采集等，已经能辨别方向了，能找到苦兀了。

她使出浑身的力气，使出自己飞毛腿功，以最快最敏捷的功夫，全身前倾，踢开双脚，两腿蹬开，双手猛甩，"嗖嗖嗖"！那身子就像穿云的燕子一般，在苦兀山林的气流中腾飞不停。

轻功，就是要运全身之气，周身之精，使呼吸匀称，调动了手、脚、身上的各个肢体一同运动的一种功法。动作起来，身子互为牵扯，而又互不阻碍，互相和谐共进。身子一点也不感到乏力。

她只觉着两耳呼呼生风，两侧的山林山谷像闪电一般往身后闪去，快若风云。

比牙格格越走越觉得快，就好似轻风在吹动自己前行。月儿已上了东山，她赶到了初来时的有着大木栅的大渡口，找到了乞列迷的船工。这有不少的人还认识她，而且又知道是不久前在这里渡船经过的，所以，大家立即给她划来一只扎卡船，送她渡海峡。

她渡过海峡，就登上了西海岸。沿着山沟和林荫路，直奔莽古吉里阿林的大山跑去，终于跑上了山。

她一到山上，立刻奔往乌莫图鲁巴图鲁和铎琴的新搬来的桦皮屋子。进了屋，累得一下子摔倒在地上了……比牙格格已口吐鲜血，昏迷不醒。

此时，屋里有拖林普安班玛发、乌莫图鲁巴图鲁和铎琴三人。他们正在议论塔力布护送春公主大概到什么地方了，一路是否平安呢，十分挂念。

老玛发不断走到窗前，望望外面的天色。现在已是午夜时分，一点消息也没有，也未见比牙格格回来。

大家正在忐忑不安地思考着，叨念着，突然，房门被闯开，接着冲进一个人，一下子就摔倒在地上。大家一看，正是比牙格格。

大伙急喊："比牙格格！比牙格格！"

"你这是怎么啦！"

大家吓坏啦。忙去后屋把乞列迷人的郎中请了来，给她掐人中，轻轻拍动她的前胸后心，抚摸头穴和后腰。半天的时光啊，比牙格格才一点点地醒来了。

乞列迷人老郎中去后院的大车槽子中取来了一只大海龟，立即砍断龟头，用大木碗接了一大碗龟血，给比牙格格慢慢地灌下。又取来晒干的海芙蓉三枝，用水泡开，这种东海深海中的芙蓉据说有起死回生的神效。

生龟血生大热，可大补人体的气血热量，俗称"还魂汤"，是历来救命的宝药。龟血对于多年沉疴，体虚瘦弱者，气息奄奄者，更有起死回生振脉的作用。生活在苦兀海滨一带的人，由于没有内地医药，神龟不知救了多少人的病患。海芙蓉，常年生在海底的石头缝隙之中，是一种长生之草（东北大山悬崖上的草芙蓉，被称"不老草"），它有二朵、五朵、七朵、九朵之分。海芙蓉的长相有点像陆地上的罂粟，其花朵青紫新鲜，非常美丽，芳香扑鼻。若有生长海芙蓉之海域，水质颜色清新，空气新鲜，人和任何生物立即感到精力充沛，智力倍增，亦为东海人的救命药，救命草。

在郎中、拖林普嘎珊玛发的亲自照料下，寅时，比牙格格才一点点彻底清醒过来了。

比牙格格醒来的第一句话是："我，我这是在哪里？"

大家说："比牙格格，你这是回到家啦。"

比牙格格："家？"

大伙说："对。是莽古吉里阿林。"

比牙格格说："是吗？这一切都是真的吗？"

大伙说："比牙格格，这都是真的。"

比牙格格睁眼一一打量站在他面前的乌莫图鲁巴图鲁、铎琴、老郎中，还有拖林普嘎珊老玛发。

当她看到拖林普嘎珊老玛发时，突然又要坐起来，被大伙给按下啦。她急切地问："老玛发，你可好吗？"

老玛发说："孩子，我很好。你看，我这不是好好的吗？"

乌莫图鲁巴图鲁、铎琴也告诉她，拖林普嘎珊老玛发挺好，没有什么事情发生。又问她是怎么回事，于是，比牙格格一五一十地把路上的经过说了一遍。她告诉大家："卢赖这个丧尽天良的乞列迷人的败类，他们要杀死拖林普安班玛发，要夺去雪山罕王的名位！"

铎琴说："什么？他们要当雪山罕王？"

比牙格格说："是的。这是我亲耳听到的。"

拖林普嘎珊老玛发说："傻丫头，别听那个邪，他当不上雪山罕王，他不配。他们也不敢杀我，我不怕。你们也不要听一些人在蛊惑。快告诉我，现在春公主他们怎样，一路上她们和孩子都安全吧？"

比牙格格这才真正地清醒过来，想起了春公主、塔力布、彩凤、小红等一行人的命运。这也是她始终惦记的事。

老玛发这一问，她马上来了精神。想到一路上他们共同努力，战胜了不少意想不到的艰难险阻，死里逃生，转危为安。他们会一切平安的，不会出什么问题了。于是，比牙格格又将一路护送春公主的情况，和塔力布率领他们走瑷珲一线返回北京的情况说了一下。让老玛发放心，他们定会顺利到达京师的。

接下来，比牙格格又把乌莫图鲁巴图鲁和铎琴二人拉到身边，把她追逃贼之事详细地说了一遍，又认真地把那个男人说的话，重复讲给他们两个人。

她说："二位哥哥，你们可不能掉以轻心呐！他们要杀害拖林普安班玛发的事，你们得想法子去防啊。"

乌莫图鲁巴图鲁和铎琴二人互相点点头说："我们是要警惕，要不惜一切代价保护好老玛发。是得加倍地提防这个卢赖败类对乞列迷和苦兀的族民下手哇。"

于是，铎琴就扶着比牙格格，回到自己的房里去了。

又过了十数天，比牙格格的身体完全恢复了。

这时节，由于身边的孩子由小红带回京师去了，去见他的姥爷、姥姥去了，比牙格格也显得更轻松了。她与铎琴二人天天围着拖林普安班老玛发，忙乎着全族的各种事务。

又过了几天，塔力布回来了，禀告春公主一切平安，不用挂念。他将人送至瑷珲才返回苦兀，向拖林普嘎珊玛发、乌莫图鲁巴图鲁、比牙格格等告别，就要返回楚勒罕大集就任去了。

苦兀的乞列迷族众近些日子脸上幸福表情多了，笑声也多起来。更令人惊奇的是，出现了很多让人高兴的奇闻。

比如传出莽古吉里部铎琴的妻子比牙格格，夜闯金发美女大院，飞刀抓奸，金发美女已经跑回外贝加尔湖的家里再也不敢来苦兀岛了。

那个叫基维尼罗夫的大胖子，也被卢赖嘎珊玛发一气之下给轰走了，也永远见不到影子了。

卢赖嘎珊玛发浪子回头，扭转心意，一切向着全岛的福祉了。说起来，这些个传闻都是几十年来在苦兀岛上很少出现的新鲜事儿。

乾隆五十一年末，苦兀暴雪。

这一年的大雪呀，那是任何一年都比不上的。这大雪，暴雪连续二十多天地下着，整个苦兀都是一片白茫茫的雪，天上、地上、海上，望眼四周一片白雪，根本看不见多远的地方。

雪太大了，所有的沟谷、山林、道路，全都被大白雪厚厚地盖住。道路难辨，连海滨都封冻，赶海都困难啦。

唯有一个地方好一些，这就是北岛。

北岛的巴哈提哈喇，因卢赖嘎珊玛发力量大，有多方的支援，有大铁车运雪，大的推雪车推雪，又有马群来干活。他还广招住户和匠役，就连勘察加、北海各地的散在游户人家，也都被他招募过来。人多力量大，所以他们那里就没受这场暴雪的灾害。

拖林普嘎珊玛发，人少，没那么大的力量，与东岛、南岛的第特、根德各部落，都被大暴雪给困住了，围住了。怎么办呢？

这回，卢赖嘎珊玛发发善心了。

他派本部族的人给各部送来了刚从海上网来的鲑鱼、海蟹和一大堆鲜鲸鱼肉。各个部落人人都感谢卢赖玛发。

接着，卢赖召集拖林普哈喇、第特哈喇、根德哈喇的人到一起，由他出人、马、车和各部族的力量一起联合开通全岛的雪道。

雪道，那是真正的大雪覆盖的道。有许多地方，雪已把森林盖住，雪道要在"雪"下通行，雪道两侧挖出一个又一个通气的"雪窝眼"，这是苦兀才有的雪景。

这种雪道的开通，使各部落互相能够联动，行走也便利起来，南北东西都通气了。人人都参加挖通雪道。乌莫图鲁巴图鲁参加了，铎琴也参加了。就连阿当吉阿林的蒙什革老人也领着儿媳山本杏儿和他们的孩子们来啦。

他们头上戴着亲手缝制的乞列迷人的独特的小帽，帽上的穗儿迎风飘着，上面的小铜铃儿"嘤嘤"地响着，十分好玩，逗人！

在风雪中，老人给参加挖雪道的人们发送食品，不断将鱼干、鸡蛋、瘦肉片送到人们的手里，亲切地喊："尝尝！来尝尝！"

"尝尝吧！这是咱乞列迷人的好东西！"

老人和他的儿媳还唱起了好听的乞列迷民谣为干活的人助兴。人们一个个乐哈哈。

这些行动一下子赢得了全岛人对卢赖的好感，人们认为，这个卢赖还是能想到全岛乞列迷人的。

可是，乌莫图鲁巴图鲁和铎琴不这么看，他们认为这个卢赖是黄鼠狼给鸡拜年，没安好心，没好下水。

拖林普安班玛发一听自己的两个儿子背后议论人家，就大发脾气了，他气得骂儿子。

老玛发说："你们两个混账东西！自己做不出来，人家做了、办了，就应称赞。不要把人家都看得那么坏。他也是一个乞列迷人的后代，跟你们都是同宗，同代人。下次不能再让我听到你们背地里说人家这种坏话。再听到，我决不饶你们。"

这事之后，卢赖以为自己腰粗啦，壮大啦，以为自己真的有了本事啦。他又买来三艘能开进深海的铁板船，不但能借助船帆风力，而且又不知从什么地方弄来能开动的机器，装上船后，比人的划动力大出了不知多少倍。不仅开得远，还能把冰冰块块都给撞碎，真神啦。这更引起了全岛人的叫好。

就因为有了这个宝贝，第特部、塔塔玛阿林的所有乞列迷人，都在第特哈喇老玛发的主张下，与巴哈提部联合一起，从此北山巴哈提部和塔塔玛部成一部，统由卢赖老玛发管理了。

乾隆六十年时，苦兀岛上第特哈喇老玛发与世长辞，卢赖大玛发率领两部的乞列迷人举行了隆重的海葬祭礼。第特老玛发被用鲸鱼皮裹身，回归大海，灵魂回到德里给奥木妈妈的深海海宫，永享安乐。同时，还随葬了老玛发亲手喂养的三只大棕熊，都是全身洗浴，脖子上重新换上了红色的绒绳和铜铃、领带，穿上海龟甲胄，铺上了雪狐皮的白银软褥子，跟随着老玛发的魂招旗，一同进入了海宫，听海宫中终生不断的甜蜜的乐曲去了。

巴哈提哈喇卢赖嘎珊大玛发真是心满意足，塔塔玛第特嘎珊实际上就归他掌握了，由他选一个嘎珊达。卢赖心中有数，第特嘎珊就是他的人啦。这样一来，苦兀岛上已经有一大半的山河、土地都掌握在他卢赖的手中了。

但是，卢赖心中也明白，阿当吉阿林根德哈喇力量软弱，而且面积不大，是苦兀岛中最狭长的海湾土地，又与日本联系最多。后边有幕府时代的日本人，惦着苦兀岛南部的土地，所以尽量先不去碰他们。他现在的目光主要是惦念莽乌吉里阿林拖林普嘎珊玛发。多少年以来，他们占据全岛最中央地区，有最高的山脉苏克苏图阿林，那座雄伟的雪山上有大森林，地上出产黑色的煤窑，火力真强，遍地都是，他们还控制西海沿岸的重要的交通要道鞑靼海峡。传到拖林普嘎珊达，已经十三代，都与大清国关系密切，自称雪山罕王。

卢赖的心再也不能平静了。得想法子使雪山罕王的名字必须归我巴哈提哈喇，要想办法夺取莽乌吉里阿林，这拖林普嘎珊玛发就是一块最大的绊脚石，是眼中钉。

可是，卢赖又非常惧怕拖林普嘎珊玛发手下的几个能人，那些人个个都使他心惊胆寒，特别是乌莫图鲁巴图鲁，他是大清国的官员，皇上的额驸，武术高强，又有大清国海兰察大将军的女儿，也是皇太后亲封的公主比牙格格，武术也十分厉害，想要扳倒拖林普大玛发，真是比登天还难呐！这是卢赖多年来一直心疼、头疼的事，也是使他天天愁眉不展，坐卧不稳，睡不着觉，吃不香饭的主要原因。

各位阿哥，朱伯西我，还有一件事没有告诉大家，卢赖太坏了。他这个人欠乌莫图鲁巴图鲁的一笔债。什么债呢？

大家想想，乌莫图鲁巴图鲁不是为卢赖捕捉到一只大海雕吗，当时俄国沙皇叶卡捷琳娜二世的使者都亲眼看到了。这只大鹏雕捉到之后，俄国使臣亲自把它护送到了莫斯科，献给了沙皇二世。

叶卡捷琳娜非常高兴，就问："这么大的鸟，是什么人捉到的？"

俄使臣说："是乌莫图鲁巴图鲁。"

女皇问："哦，他是谁呀？"

俄使臣说："他是大清国皇上的一等侍卫，真是一位武艺高强的人。"

女皇说："能不能见见他呢？"

叶卡捷琳娜女皇当时非常高兴，她对乌莫图鲁巴图鲁的勇猛、智慧和高超的捕雕技能赞不绝口。也是为了加强俄国与大清国的关系，叶卡捷琳娜二世特意按酬劳颁发了二等英雄绶带一条，另外，赏赐给乌莫图鲁巴图鲁黄金四百两。

俄女皇说："你要亲自把这些交给这位英雄巴图鲁。就说如果有可能，我想当面见一见他。"俄使臣就带上这些东西走了。

这位俄使臣带上女皇的珍贵礼物和心情来到苦兀，他本想当面把这些东西和心意送给乌莫图鲁巴图鲁，可是卢赖十分嫉恨。

他怕这事一旦传开，乌莫图鲁巴图鲁的大名在苦兀岛上立刻大振，拥戴他的乞列迷族众更多了，将来更不好设计除掉这个眼中钉了。

于是他留了个心眼。

他对俄使臣说："你放心吧。你把东西交给我吧。"

俄使臣说："交给你？"

卢赖说："乌莫图鲁巴图鲁，他现在不在岛上，出岛办事去了。我们都是好朋友，我们又都是哥们！你交给我，我会转给他的。请你放心。"

俄使臣说："可我们女皇还有话也要转给他。"

卢赖就说："话也我会一句不少地转给他。我代他谢谢你们的叶卡捷琳娜女皇二世。"

就这样，卢赖三说两说，千方百计地说服了俄国使臣，使他不能与乌莫图鲁巴图鲁见面，并对俄使臣说："你们交给巴图鲁礼物要按照乞列迷人的礼节！"

俄使臣问："什么礼节？给东西还要礼节吗？"

卢赖说："是的。按照我们乞列迷人的规矩，送东西要有一个隆重的礼节过程。要等到了隆冬时节的祭棕熊节上，全苦兀的人都共同来了，大家在节日中才能共同为乌莫图鲁巴图鲁祝贺。等那时，我邀你们俄国人来和我们乞列迷人吃熊肉，饮熊血，一块儿过节，一块儿送给他礼品，谁不吃不喝，都要被乞列迷人给推到大海的冰窟窿里罚坐，数上五百个数，才能让你上岸……"

俄使臣问："是吗？"

卢赖说："是真的。"

俄国使臣一听，头都蒙了。

因为他们平时根本不敢吃熊肉，喝生熊血，更怕被推到大海的冰窟窿里去坐在那儿数数了。于是，他便把带来的奖品和礼物一并交给卢赖，并说："那么，就麻烦您代表我和女皇把这些东西献给英雄乌莫图鲁巴图鲁吧！"

卢赖接过东西，再三地说："您就放心好了。我一定在一个重要的时辰和场合，把这些礼品礼物，还有女皇的话，一样不少地交给他说给他。"

俄使臣回到俄罗斯，在女皇面前胡乱地编了一套交接仪式什么的故事就把女皇给骗过去了。女皇干等乌莫图鲁巴图鲁也不见来信儿，于是就渐渐地把这事遗忘了。

而卢赖呢，他天天为自己的权欲、私心、罕王地位在煞费苦心，哪能想起这事呢，再加上这是一笔不小的财富，他能轻易送出去吗？他生得骨瘦如柴，细长的脸上有一条长条皱纹，很可怕，黑眼睛，疾病不断，乞列迷人都诅咒他是一个"不得好死的人"。

大约是在嘉庆十年，拖林普安班玛发初得风寒。乞列迷人的郎中给老玛发开了几副草药，病情稍有些减轻，但仍然总是咳嗽不止，痰瘀气短。

病中的老玛发多次对乌莫图鲁巴图鲁、铎琴说："我想圣上，想京师啊！怎么这么多年也听不到京师的信呢？难道是忘了我们了？可是天各一方，一时半时又联系不上，急人啊！"

儿子们就说："玛发，别急。"

老玛发说："怎么不急？我怕见不到圣上啦。"

儿子们就说："能。快了……"

但其实，乌莫图鲁巴图鲁、比牙格格和铎琴，他们何尝不着急呢？

他们也奇怪，怎么总也不见朝廷和圣上的信呢？也不见有人来联系，发去的公函也不见回音，派出几次人也没见回来，真不知朝中在忙什么。

光阴在飞快地消逝。

苦兀的冬雪一次又一次地飘落，山青了又白，白了又绿，岁月让人一点点老了。

比牙格格与铎琴两人，自从将儿子送回京师，就再没有生养。可能北土天寒，比牙格格多次流产，已没有了生育能力。

拖林普嘎珊老玛发一看春公主走了，他想给乌莫图鲁巴图鲁再娶一个乞列迷女人。在乞列迷人中，男子可以多妻，娶九个都可以。但老玛发的这一切举动都被乌莫图鲁巴图鲁给回绝了。其实他心中只深深地记着春公主哇，一切婚事都回绝了。

大家都为老玛发的病情着急。

不知怎么的，此事却让北山巴哈提哈喇部的人知道了。

此时，巴哈提部老嘎珊玛发卢赖也在病中，由他们的郎中和外岛的名医诊治半个多月了，也未见好。现在，其子郎球已被卢赖在病中授意接任嘎珊玛发之职，卢赖自己一心养病，安度晚年了。

卢赖得悉，莽乌吉里阿林拖林普安班嘎珊玛发有病，很是惦念，说是他的亲人理应关照。这一天，就命郎球请他的郎中和外岛来的名医也给开了良方，调好药，送去给亲人雪山罕王治病。郎球亲自送药，这也感动了莽古吉里阿林，乞列迷族人们都到山坡上相送郎球。

当时，乌莫图鲁巴图鲁正率船专程出海捕鲑鱼未归，想多网些鲑鱼，给老玛发熬些新鲜可口的鱼汤。比牙格格也随乌莫图鲁巴图鲁出海，协助料理船上的事，帮助海工们做饭，家里只有铎琴。

他接了郎球送来的药，就告诉自己的阿玛。

在病中的拖林普老玛发，一听北山送药，心里也很感激。

自己的病总是不见好，正在焦急之中，一听有人从北山来送药，高兴透了。人家北山处处有能耐，有能人又送药，真是及时雨呀，卢赖没忘了我们莽古吉里阿林。

他便说："好啊，好啊！卢赖有良心。快，快，拿过药来，给我吃下！我是真恨不得病马上就好啊。拖林普的人要争口气，要快快地发实起来！"

铎琴说："是不是等哥哥回来？"

老玛发说："吃点药等他干什么？快快给我吃下！"

于是，铎琴就把药交给了阿玛，又斟上水。拖林普老玛发一连用水冲服了两包。吃完就又躺下，慢慢安静地睡着觉了。

铎琴看了这个情景，老人安静睡觉，这是没有的事儿了，能不高兴吗？于是就去办自己的事去了。

可是，拖林普老玛发睡着睡着，突然觉得气不够喘，心里觉得难受，突然间又坐了起来问："铎琴呢？铎琴呢？"

铎琴急跑过来问："阿玛，你怎么啦？"

老玛发也不和铎琴说话，忙大声招呼，喊："乌莫图鲁呀，你在哪儿呀！"

众人说："他在海上！"

老玛发说："快让他回来！回来……"

铎琴看阿玛吃了药安睡，开始很高兴，又听阿玛急唤乌莫图鲁巴图鲁，忙说："哥哥与比牙都出海了，为您打鲑鱼去了，还没回来。"

拖林普嘎珊玛发没有说话，又躺下闭目养神。

可是不一会儿，他又坐起来叫"乌莫图鲁"的名字。后来他又被大家安抚着躺下了。

大家一下子都慌神了。

就在这一片惊慌之时，乌莫图鲁巴图鲁和比牙格格走进屋来，外面的人抬进一些海物。

拖林普老嘎珊玛发知道是乌莫图鲁巴图鲁回来了，他挣扎着又坐起来了。

他说："孩子，老玛发我糊涂啊，眼睛瞎了，鼻子不会闻香臭了。我对不起咱们拖林普的祖宗红蛤蜊啊！它是多么英明，多么聪慧，哪像我这个比海豚还愚蠢傻笨的人啊……"说着，他老泪纵横，满脸泪痕。

乌莫图鲁巴图鲁不知何故，忙问说："阿玛玛发，您这是怎么啦？我不懂您老人家说的这话的意思？"

老玛发说："你是不懂。我懂。"

乌莫图鲁巴图鲁更加不解："您懂？"

这时，乌莫图鲁巴图鲁突然一愣，他忙伸出手去，握住拖林普的手腕，给他诊脉。掐了一会儿，又急切地问铎琴："兄弟，我不在家出海这会儿，家里出什么事了？"

铎琴："没出什么事呀。"

乌莫图鲁巴图鲁说："不对，玛发的脉相不对。"

他这一说，铎琴又见拖林普老玛发不停地在炕上翻来覆去，不平静，又说出这些古怪离奇的话，感觉出事了。他突然想到郎球来送药的事，于是便把哥哥去海中捕鱼时他在家里接待了卢赖的儿子郎球送药的事，一五一十地说了一遍。

乌莫图鲁巴图鲁一听，脸色变了，厉声问："药呢？"

铎琴说："让阿玛玛发吃了。"

乌莫图鲁巴图鲁听后大怒，真想狠狠地揍一顿铎琴啊，可是却随口说："兄弟，你怎么这么糊涂，卢赖是什么人？你，你竟让阿玛吃他送的药？"

铎琴这时也害怕了，就如实地把阿玛见卢赖派人给他送药，认为卢赖很有良心的事说了一遍。又加了一句："后来阿玛要快点吃，我开始不让，说等乌莫图鲁哥哥回来，可阿玛说先吃下去。"

乌莫图鲁巴图鲁说："这样一来，不但可能断送了我们的阿玛，也断送了我们苦兀啊，你知道事情多么严重吗？"

乌莫图鲁巴图鲁气得说话的声音很大，拖林普嘎珊大玛发说："你们兄弟不用吵，也不怪铎琴。这事是怨我，是我一直不听乌莫图鲁巴图鲁的劝阻。我总以为都是乞列迷人，胳膊肘再往外拐，也不会对自家骨肉相残啊，我把人间的一切都看得太善良了，咎由自取啊！孩子们，我知道我在世上的日子不多了，你们一定要按我的话去办。第一件……"

"阿玛？阿玛！"

大伙一听，都立刻跪下了。

比牙格格甚至捂着脸流下泪来。

拖林普老玛发上气不接下气地说："第一件事，乌莫图鲁由你担当拖林普哈喇第十四代继承人，雪山罕王的名字就由你接下去。苏克苏图阿林是全苦兀最高的雪山，终年积雪，我们要担当此称号！那卢赖休想窃取这个神圣的名号！记住了吗？"

乌莫图鲁巴图鲁含泪说："记住了，阿玛！"

拖林普老玛发又说："第二件事，我们不能与恶狼为伴，早晚得让他们给害死，斩尽杀绝。铎琴，你率领族人陆陆续续去往萨哈连口，沿江各地搬迁，回到咱们的内地去。与中原近，又好接洽。一旦有事，中原可以帮咱们的忙啊！咳，一切事端都因苦兀这地方太远了，离着中原咱们的母国太远了，中原朝廷一天天地忙别的事，也顾不上咱们这块骨肉。狼太多，太狠了，他们时时惦着这块肥肉鲜肉！这里的气候也太冷了，不能种庄稼，禾果米粮不生，天天跟冰雪为伴，生孩子都不多。这些年，卢赖等人又太猖狂，借助势力，步步紧逼，变本加厉地抢夺，占领了苦兀的原始部落塔塔玛阿林，又要挤苦兀的中心地带的莽古吉里阿林，就要把苦兀大半个岛都变成卢赖父子的天下了。咱们父子没有虎狼之心，红蛤蜊子孙是最爱自己的族众，又有熊玛发的同类共荣共存的心情。卢赖完全背叛了乞列迷人的善良心肠，像大海中的凶鲸只管张口吞吃食物。自己的亲族小鲸鱼也一样吞掉。我最挂念我的族胞，有朝一日可能连苦兀岛上乞列迷人的红蛤蜊族徽都忘掉了！"

乌莫图鲁巴图鲁忙打断拖林普老嘎珊玛发的话语，说道："阿玛玛发，您老可不能这么想，您定的两条，我一件也不答应，也不同意。一我不做雪山罕王，不做莽乌吉里阿林拖林普嘎珊玛发。我才回来几年，长时间都在中原京师任职，要继任嘎珊安班玛发，也要由铎琴继任，我来相助铎琴。我们是乞列迷人，祖祖辈辈都是苦兀人。我们活是苦兀人，死是苦兀鬼，我们不能白白把苦兀让给豺狼心肠的卢赖，让他作威作福，成他的天下，休想！再说，我们如一迁移，这苦兀的天下就说不定会落在何人之手，这块土地也要丢啊！阿玛，您老太善良了，步步忍让，步步吃亏，从不与卢赖争雄，结果让他占了上风。乞列迷人不是有句谚语吗，'要学海鹏，任凭风狂雪猛，一生一世傲立山巅，守沧海'。咱们不怕他，不能动地方！"

乌莫图鲁巴图鲁还要说，铎琴也插话说："我一定按阿玛嘱咐做副手，由哥哥乌莫图鲁巴图鲁做十四代大嘎珊玛发！"

这时，一直守在拖林普安斑嘎珊玛发身边的比牙格格从地上站起来，她打断了哥俩的争论，说道："都啥时候了，你们还在争论。老玛发不行了！快，快，快！快去把郎中请来。"

老人听到这里，已是老泪纵横，泣不成声。

其实此时，族中的郎中就在身边的另一个屋子里。

郎中跑了过来，拖林普老玛发已经是口吐白沫，全身痉挛。拖林普大玛发本是一个很刚强的人。这时，他又挣扎着拼命地坐起来，推开了众人，大声地喊："一定按我的话去做！乌莫图鲁巴图鲁当嘎珊达，阖族赶快迁到萨哈连！孩子不能离开娘啊，到皇上身边去……大清啊……我的亲娘！大清……"

老人全身实在无力，一点点倒下了。

突然，他又挣扎着要起来，口中还在默默地系念着："大清啊……"

终于，他一下子倒在炕上，当即人事不醒了。

众人慌了，大家都上来急忙喊叫。可是老玛发无论如何也睁不开眼睛了，全身已经渐渐的发凉了！

乌莫图鲁巴图鲁痛哭着，一下子扑在阿玛身上，叫道："阿玛！阿玛！"一会儿，他又站了起来。

乌莫图鲁巴图鲁说："阿玛是让卢赖给害死的！他给吃的什么毒药哇？我们不能就这样完事，找卢赖算账去，让他来偿命！"

他这样一说，铎琴非常同意。

哥俩不顾比牙格格的劝说，两人背起已经过世的老玛发，转身就冲出屋去，众人追都追不上。人们像海潮一样，涌向了苦兀岛北海沿岸的巴哈提部落，奔往那里去了。

拖林普哈喇的人得知老玛发拖林普嘎珊已经逝世，真像天塌下来一般，个个痛哭不止，都跟着跑了出来。

这事来的多么突然呐！而且，又听说老玛发是让卢赖送药给害死的，众人能答应吗？他们有的举着渔叉，有的挥着长刀、长矛、铁杠子、片刀、砍斧，还有自制的土枪，大家一齐跟在乌莫图鲁巴图鲁、铎琴的后面，排成了一字长蛇阵，一股向北山冲来。

北山巴哈提部更是一片混乱。原来，这里也是哭声大震。这里发生了什么样的事情了呢？

只见郎球已经身穿鲨鱼肚的孝袍，头上蒙着一大长条的白纱，正在院里哭拜自己的父亲卢赖老玛发。

原来，就在拖林普老玛发咽气的时候，猖狂一时的害人精卢赖也不知不觉地咽了气。

全族的人惊慌一片。

太突然了，族里处处是痛悼之声。

乌莫图鲁巴图鲁、铎琴等人冲进院子，一见这种情况也是不知所措。

这时，从后边追来的比牙格格一见这种情况，就对乌莫图鲁巴图鲁和铎琴说："有账慢慢算吧。现在这种情况，咱们还是先把老嘎珊玛发安葬完毕。办完这种大事要紧呐！"

怎么办呢？众人都在望着乌莫图鲁巴图鲁和铎琴兄弟。

乌莫图鲁巴图鲁这时也一下子清醒过来，他恨自己也成了一个没有头脑的铎琴了。

他忙说："众位乞列迷兄弟姐妹，咱们两姓的乞列迷人都失去了自己的嘎珊达，都处在最悲痛的时候。为了嘎珊达的安葬，咱们先不算旧账，同心协力为苦兀的明天好日子着想吧！我们的老玛发和你们的老玛发一起海葬！他们都是乞列迷的儿子，又是叔侄。拖林普和巴哈提两个族系都是一家人啊！"

乌莫图鲁巴图鲁这么一说，巴哈提部落的人心情也就都放松了，好了不少。

刚刚见拖林普人手拿刀枪箭叉的劲头，他们也操起家伙，准备格斗在一起。现在乌莫图鲁巴图鲁的一番话，把大家心中的疙瘩一下子化解开了，大家互相血拼的情绪也一下子冷静下来。

乌莫图鲁巴图鲁知道，乞列迷人个个血性，好打斗、好格斗，不怕死。现在血斗的情绪下去了太好了。如果血斗起来，对双方都很不利。

而且乌莫图鲁巴图鲁知道，卢赖这个人一生刁钻狡猾，处处想占便宜，野心很大。又仗着自己有外国人的势力来插手和支持，更是耀武扬威，谁都看不起，不可一世。可是，乞列迷人像他这样极端自私之徒也真是少有的。他儿子郎球就不像他的父亲那样，还挺忠厚。

郎球曾多次与各族的人一同进海里，叉鲸鱼，捕海象，很勇猛，也肯于帮助族人。他的镖枪使得非常好，熟练，甩得远又准。得到大鲸鱼之后，他从来都是惦着一同出海的人。

郎球往往喊："都来拿吧！每人一份。"

这样，大伙也挺感激他，记得他。就连那些生病或年老不能出海的人，他也惦记在心，还让人给这些人每人送去一份，所以苦兀各部对郎球印象都非常好。

郎球对乌莫图鲁巴图鲁的印象也好。他尊敬乌莫图鲁巴图鲁是一位经多见广的智勇之人，在中原京师待过，还是皇上身边的护卫、近臣，是皇上的女婿。特别是那次捕大鹏雕，他也太智勇双全了，真使每一个乞列迷人大开眼界。他真是一个乞列迷人的大英雄啊，郎球佩服得五体投地。

这次，乌莫图鲁巴图鲁率拖林普家族的这么多人来，又把被毒死的拖林普嘎珊玛发的尸体都给背来了。看着拖林普人的架势，真想与巴哈提的人大打一场，为老玛发的死报仇雪恨，决饶恕不了巴哈提的男男女女，老老少少啊。

拖林普的族人，个个能斗能打。是一些勇武之人，而且又有乌莫图鲁巴图鲁、铎琴两个猛将领着，郎球知道坏了，完了。

郎球一见来了这么多气势汹汹的人，也吓出了一身冷汗。

他心里明明知道，这是老人造的孽，惹的祸。郎球回想此事的原委——他父亲卢赖在病重期间，有一天突然对他说："儿子，你去一趟莽古吉里阿林。"

郎球说："干什么去呢？父亲？"

卢赖说："听说拖林普老玛发病了，你去给他送一份药去。"

记得当时郎球问父亲："这是什么药？"

卢赖有些不耐烦似的说："叫你去，你就去，问那么多干什么？"

郎球也觉得挺奇怪。平时父亲不这样急赤白脸的，不告诉自己送什么药。这药怎么能随便送呢。但在父亲的再三催促下，他是不得不赶快送去。现在来看，真是父亲让他送这药使拖林普老玛发死去的。

父亲卢赖的心也真够狠的呀。

现在看来，巴哈提部落的人欠了人家莽古吉里的大债，是生命之债，无法偿还，要还就得以命抵命。人家现在来与自己部落血拼，是理所当然的事。放在自己的身上，也得这样做呀。

可是，万万没有想到，人家的态度变了。

人家乌莫图鲁巴图鲁在这个院子里的一席话，使一切仇云尽散。这是他郎球万万没有想到的，郎球真是从心眼里感激万分呐。

在听完了乌莫图鲁巴图鲁的话后，郎球穿着孝衣，"扑腾"一声就给乌莫图鲁巴图鲁和拖林普部落的人跪下了。他痛哭流涕。

郎球说："乌莫图鲁大哥哥说得好哇！咱们两部旧债后算。眼下，我们两家的玛发都去世了，咱们先送两位老人家，让他们的灵魂和肉体安归大海，让他们闭目安歇吧！我这里给拖林普部落众兄弟磕头了。"

一听郎球说的也在理，乌莫图鲁巴图鲁上前把郎球扶了起来，说：

"兄弟，既然如此，你也起来，咱们共商老人的后事吧！"

郎球很是感谢，又向诸族众施礼。

郎球说道："既然老人、族人都到我们巴哈提部来了，这样，从现在开始，我尽主人的一片心意，就在我们这里共同举办海葬大典。一切葬礼费用由我郎球去承担！我们好好地送两位老人出发。"

俗话说得好，鼓不敲不响，话不说不透。人心都是肉长的，人都各争一口气。郎球这种姿态，又给磕头，又赔礼，又提一同海葬，拖林普的族众的火气也就消了不少。心想还是先把老玛发安葬完毕，然后再去追究害死拖林普嘎珊老玛发的凶手。于是都看乌莫图鲁巴图鲁，此事最后要由他来定夺。

乌莫图鲁巴图鲁说："既然郎球玛发这么说，那么咱们就共同安葬二位老玛发，使他们安静地走到归宿之地吧。"

郎球提议，乌莫图鲁巴图鲁是两个部落的老大，整个的海葬葬礼，就由他指挥，所有仪式，都由他去安排，听他指示。

郎球说："大哥，你看怎样？"

乌莫图鲁巴图鲁说："那么，就这么样吧！"

于是，整个两位老玛发的海葬仪式都由乌莫图鲁巴图鲁指挥，非常的隆重、肃穆。

首先，萨满跳神，祈福禳灾。参加海葬葬礼的萨满共九人，助神之人要十八个人。他们一个个都穿上鲸鱼皮的神服，熊皮神服，神螺，龟甲神服，并在海滨上建立起一座高大的神堂。那神堂是选用苦兀大森林中又粗又直，又高又大的红松十九根专门建的。还搭起了祭坛。祭坛正朝着茫茫的东海。在海面上，皮子上用十三只扎卡土船并连在一起，上面铺上白木板，再铺上棕熊皮一百张，采来海中的白玉石千枚，用鱼鳔胶将白玉石一片片的连在一起，建起了白玉石床两张。这种白玉石床，每张床都有半人高。每张白玉床正好容纳一个人躺下，十分高贵、珍奇、独特，银光闪闪，乞列迷人称之为"魂床"，又称"长眠庄"。在白玉石床的上面，是用东海的海象皮革搭起来的巨大棚子，一一罩住"魂床"。海象牙一根一根地矗立在四周。

海象牙本是海象的自卫的武器，海象能在海中所向披靡，任何鲸鱼、鲨鱼都不敢靠前来惹海象，就是因为海象有这种巨力无比的牙齿。所以，魂床的四周矗立这些巨大的海象牙，象征"魂床"在海中至高无上的权力，并永世安宁，不受任何侵袭和惊扰，平安顺利永存。

　　萨满跳神驱邪完毕之后，由乞列迷人分批分辈分组日夜去看守二位老人的魂床。

　　这种看守旨在不许任何野兽、野鸟以至闲人都不可去到魂床跟前，那是灵魂安息的地方，已成为净土、净地，空灵之地，不能有任何别的生命。

　　接着，萨满开始跳神，击鲸鱼鼓。那鼓声"喤！喤喤喤！喤！喤喤喤"地不停地响着。迎着海风，响声传向大海深处一阵一阵涌起的海浪，在响着。一切的声息都没有了，只有鼓声，海浪浪花的起落声在响。整个的东海一片苍茫、肃穆和神圣。

　　这是萨满在迎请海神降临。这是天与地、山与海、人间与神间沟通的使者在呼唤海神娘娘的到来，并告之她有两位乞列迷的心上人要回归大海，请海神娘娘给他们指点吉祥之地，并命那里的众神，众海中生命相关照，不要让我们的心上人受委屈、受排挤。

　　萨满的腰铃也在迎着海风哗啦啦，哗啦啦地响。在海风中，萨满腰上的腰铃齐刷刷地左右摆动，像大海的浪头那么奇特，与浪头一样的有规律，有节奏，让人肃然起敬，感慨万千。

　　在这种庄严的请求和呼唤声中，海神娘娘应允了。

　　在海神应允之后，萨满再次击鼓。这是在迎请海神妈妈神灵降世。

　　海神妈妈是一位专门负责管理入海宫的生命的人，每一位进入的人都要纯洁净身，不能将污浊带入海宫。

　　乞列迷人世世代代沿袭着亲人死后都要剖膛，取出肝肠肺腑的习俗，把五脏六腑火葬，然后尸体用鲸鱼皮包裹起来，干燥。头三年尸体随亲人住在一起，后三年可火葬，也可海葬。

　　拖林普安班嘎珊玛发、卢赖嘎珊玛发，均由萨满跳神，迎请海神妈妈临降，在黑夜间闭灯祭祀，在这过程中，萨满们给逝者用海水擦身，洗身完毕，并用黄酒（奴勒）浸泡，用海丁香花籽水来浸泡，用黑花蛇的蛇胆浸泡，然后用利刀开膛。

　　给人开膛，这是一个古老神圣的仪式，这是为了人的永存。人类创造了这种丧葬方式，其实是将技术深深地融入在一种文化的仪式之中。让文化与技术融在一起，让人从心灵的深处对自然认同与接受。

　　将人开膛破肚，用黄酒、海丁香、黑花蛇胆等来泡浸，尸体已没有了任何异味。这种防腐、除秽会使尸体僵硬，更加便于切割。切时利刀一下，只听唰唰的响声，肉体会很顺利整齐地被切割开，便于萨满的操作。

切割时，逝者的亲人站在一旁。

当萨满以利刃切开逝者的腹腔，取出腹腔中所有脏腑，一一交给逝者的直系亲人，并由他们将亲人的器脏送海滩之处深深埋葬（也有将其火葬火化的。主要是按族人的不同安排，如时辰、季节、地理环境等情况而定）。这些行为一定要由逝者的最直接亲属来办理，就是最好的亲朋好友也不能替代，更不能交给异姓去办。异姓再好也没有血缘关系。直系亲人去做，才不会受到逝者灵魂的降罪。

萨满的最后一关，便是最神圣的清膛。清膛，就是清理人被开膛破肚之后的空空的心膛，已没有任何脏器肝腑的空腔。

萨满，这北方民族久远年代就产生的族人的智者，一般都爱在深深的午夜中去祭神，迎请海神妈妈再次降临，并请她把助神——大鹏雕神一块带来。大鹏雕神既是大海的忠诚卫士，又是大海的清污神。

人类和自然共有的大海最为清澈和纯洁，大海不容一点污垢溶入海中。而雕鹏神鸟能把混入海洋中的杂物一一叼出去，雕鹏的眼睛是最锐亮的。

海神妈妈与众雕神清洁逝者的腹腔之后，萨满要放入海滨生长的紫瓣豆冠花。这是东海特有的一种香草，鲜花与晒干后的花茎都是一样散发着浓浓的芳香。还要放入黄金等，然后用鲸鱼皮裹好，穿上乞列迷人的常服，使其依然像平日安睡一样，由人抬着，停放在魂床之上。

然后，人们又亲手磨出海岸上采来的白岩石板十块，下面铺两块，上面盖两块，左右各压两块，头和脚处各立一块，用荆条、麻绳、鹿筋、熊皮条，四面紧紧缠实，不留空隙。外面只能看见皮条和绳索。

这些葬序全部完成之后，当魂床由部落首领护送，由会水的棕熊驮着游入大海，最后由它们将其放至海底。

当棕熊驮着魂床离开海岸时，人们跪岸拜送，但不许哭。海葬是喜葬，是回归到海神宫殿，是回到祖神的怀抱，众族人不但不能哭，还要放声歌唱，歌唱一些祈福歌、安眠曲、富有歌等来送行。

当魂床进入深海一带的一定部位之后，萨满降神，神会附体告知，海下便是海宫时，族众合力将棕熊驮着的白玉石的大魂床两座，一同推入海中，同时，两只大棕熊身上都用大粗绳绑有巨石两块，它们也在这时一并被推入海中。魂床入海时，大棕熊也会吼叫一声，张牙舞爪地追随魂床一同进入深海，之后就是棕熊领着去选定好的安置魂床的神圣之地了。

这时，船上送行的人，都要跪在船上，唱喜歌，唱安魂曲。

歌声哀婉，大海一片平静。

在这种场面中，在茫茫的大海那看似平静的海面上，一定会有千万只的海鸥，它们不知从何处飞来，在人们的头顶上盘旋，海鸥的鸣叫声一会儿高、一会儿低、一会儿近、一会儿远。最后，大海、青天都变成了海鸥的白色，渐渐地天与海、海与海鸥的身影连在一起，成为了一条海平线。

乞列迷人认为，海鸥送葬越多，越预示着逝去的亲人真正回归到大海妈妈的怀抱了。他这一去将永远的平安，而他的族人、亲人在今后的日子里也将会一帆风顺，吉祥平安。

办完两位玛发的丧事，乌莫图鲁巴图鲁、铎琴、比牙格格就领着众族人返回到莽古吉里阿林去了。

莽古吉里阿林，自从十三代老嘎珊玛发拖林普老人逝世，族人们都挂念着一件大事，部落不能没有头领啊。雁要有头雁，人要有掌舵的主心骨，拖林普人要公议，选出自己十四代的嘎珊安班玛发。

这种由族人选取头领的古俗，是从明代以来就规定下来的。选出的头领嘎珊达，还要呈送京师，由北京皇上来圈阅才能发生效力，代表一方政权，得到朝廷同意。

到了清代，这种制度仍然被延续和坚持下来，而且，嘎珊安班玛发权柄更加明确，更加有影响。苦兀地方的各哈喇头领，都是这样产生的。拖林普红蛤蜊部子孙依然沿袭这个制度推举自己的新首领。

乌莫图鲁巴图鲁在初议时，坚持推举拖林普老玛发的小儿子铎琴来继任。铎琴心里很高兴，他自己也满以为必须是由自己来承担苏克苏图的雪山罕王的十四代嘎珊玛发的职位了。当然，他一再推诿。

铎琴道："还是让哥哥乌莫图鲁来当吧。这是一个重任，哥哥有智有谋，他担当是最适合的。"

在公议会上，乌莫图鲁和铎琴这二人，其实都有继任拖林普安班嘎珊玛发的资格和条件，各位族众也都这么看，乌莫图鲁和铎琴在为族人办事的历程中都有功勋。可是，不少人倾向乌莫图鲁巴图鲁。

这些族人认为乌莫图鲁巴图鲁虽然回来的时间没有铎琴跟着老玛发的时间长，可是遇事办事办法多，处理果断，有远见，而且又与中原京师有更为密切的联系，影响也大，关系又亲密，更适合做首领。

也有人选铎琴，认为他年纪轻，办事有勇有谋，特别是跟随老玛发的时间长。

大家莫衷一是。怎么办呢？

还是比牙格格嘴快，她直接把很多人的想法和心愿一股脑地给吐了出来。

比牙格格说："别说了！别说了！听我的！"

大伙也说："比牙格格，你说说。"

比牙格格说："谁该继任拖林普安班嘎珊玛发，成为我们莽古吉里阿林雪山罕王，做拖林普哈喇第十四代的继承人，一个人最合适！"

大伙问："谁？"

比牙格格说："就是乌莫图鲁巴图鲁。铎琴来做，我不同意！"

大伙都一愣。

比牙格格继续说："我们去大海捕鲑鱼，卢赖不安好心，让他儿子郎球来给送药，暗里下毒，毒死了我们慈祥的老人，我们心爱的拖林普老玛发，出了这么个天大的乱子！罪责就出在铎琴一时地粗心大意上！像这样粗心的人，没头脑的人，怎么能让他当首领呢？让他当了首领，乞列迷人不是跟着他遭殃吗？再说，老阿玛临终也讲出了他的想法。我看，我们不要再议啦，就该让乌莫图鲁巴图鲁去担当这个历史的重任。"

比牙格格的话，说到了不少人的心里。

许多人说："对呀，是该这样。"

"对对，让乌莫图鲁巴图鲁来担当吧。"

"就该如此。"

……

大家说啥的都有。就在屋里的族人议论越来越热烈的时候，乌莫图鲁巴图鲁站了起来。

他说："我还是不同意你们的看法。"

比牙格格立刻说："为什么？你能说出你的道理和理由来吗？"

乌莫图鲁巴图鲁说："当然能。我还是推举铎琴弟弟。他虽然年纪轻轻，却已久经世事，他率领族众代父千里迢迢奔往京师，一路辛劳，终于使我们乞列迷人得到了厚赏，他驯鹰、驯熊的乞列迷人的传统技艺，使皇上、皇太后和京师的一切人都极其钦佩，难道这不是能耐吗？首领就该是这样的人，这才是有作为，能成大器的乞列迷人的后代！"

大伙一听，又都称赞起来。

人们说:"对呀! 铎琴原先就是十三代玛发的后继人哪!"

"使错了药,又不是他的错,那是卢赖的毒计。防不胜防啊。"

这时,铎琴却有些火了,他对那些讲他好话的人说:"别说了,什么也不要说了!"

大家于是都静了下来,谁也不好再说什么了。

按照乞列迷拖林普人的老传统,这时都要到族中的神龛下的红蛤蜊族徽面前那里就在事先做好了代表预选人的大红蛤蜊,你同意谁当选,就在这个硕大的红蛤蜊下边,放上一个自己的小蛤蜊,最终看哪个红蛤蜊的旁边堆积起来的小蛤蜊多,谁就是被大家推举出来的新的首领。

阖族男女老少议定,都到神案面前去送小蛤蜊。非常的显眼又醒目,在乌莫图鲁巴图鲁的大红蛤蜊旁边,推出的小蛤蜊像一座小山一样,而铎琴的大蛤蜊旁边,只有几个小蛤蜊。

比牙格格站起来宣布,乌莫图鲁巴图鲁正式当选为嘎珊玛发。铎琴站起来就出去了。

让人万万想不到的是,就是这件事引起铎琴对比牙格格的不满,他认为这是她与自己分心眼,不跟他站在一起。两人的感情越来越冷,越来越疏远,以至于引出了祸端。这是后话。

莽乌吉里阿林拖林普部乞列迷人,经阖族推选,铎琴没有当选上嘎珊达,最终仍由乌莫图鲁巴图鲁担任了故乡莽古吉里阿林拖林普第十四代安班嘎珊玛发,苏克苏图阿林雪山罕王。他和铎琴都是老玛发的儿子,也等于终于实现了老人的愿望,这个安班嘎珊玛发留在老人身边了。这是众望所归,人心所向啊。

乌莫图鲁巴图鲁日日夜夜兢兢业业劳作,加强了与巴哈提哈喇部郎球嘎珊玛发的联系,关系日渐密切起来,双方的感情也开始真挚,融洽起来。

早在卢赖在世时,两个部落由于互相猜疑,从不聚在一起出海网鱼,从不在一起造扎卡船。互相之间也是保守自己的生产、生活秘密,不肯传给对方,自己暗地里造大扎卡船,织大眼麻绒网,捕捉海狗、海豹、海狮、海象、大海龟。而现在,两部的族众又都在一起熬鲸鱼油,取鲸睛,取龟睛,取这些价值贵重的宝珠。

两个部落的人改变了数十年来互不接触的旧习惯。郎球也离不开乌莫图鲁巴图鲁了。

乌莫图鲁是出名的海上猎手,他能看出每天大海的喜怒哀乐,知道哪块云彩有雨，知道哪块海域有鲑鱼，有鱼汛到来，知道哪里一定有凶鲸在海中作祟，鱼群挤在了一块。

在乌莫图鲁巴图鲁的一再劝说和坚持之下，郎球放权，将他父亲夺去的塔塔玛阿林第特哈喇的族权交回了塔塔玛哈喇，人家也选出了新一代的第特哈喇新的首领，苦兀岛又恢复了四个部族，即巴哈提部、拖林普部、塔塔玛部、德根部。大家共同渡海远征勘察加，猎取雪狐、白熊、鲸、鲨、大海狮、海象，到萨哈连出海口的大清国楚罕大集去换回岛上需用的粟米、麦粉、布帛、家具等，还有海船上的一应物件。

清廷官员还曾多次派人捎来福康安、海兰察的信息，介绍春公主一切平安。孩子乌什额，从苦兀走时仅是几个月的婴儿，现在已经二十三岁了。皇上很喜爱他，乌什额的名字就是乾隆皇帝给起的，意思是乌莫图鲁巴图鲁的后裔。他始终在宫中习文学武，长进很快，近年又选入宫中的健锐营。乌什额在宫中的健锐营中习练弓箭马术，成为一名优秀的三等侍卫，就在宫中皇帝的身边。不久前，乌什额为嘉庆皇帝护驾，去河北东陵祭祖。另外，铎琴和比牙格格的儿子，已经进入了翰林院做试读。真是令人欣慰。

而且，海兰察侯爷传话："比牙夫妇请珍摄身体，勿令吾等远念。"这使得比牙格格和铎琴万分感慨。

事情看起来风平浪静，光阴也在飞快地消逝，但其实，有些事已深深地埋在了人的心底呀！事情果然就出在铎琴身上。

铎琴这个人，是个直肠子人，头脑简单，不善于思索，最易受人的挑拨。

有一天，铎琴从海上回来，可能也是有些累了，走得很慢。他看见在大海上族人们都围着乌莫图鲁巴图鲁，一口一个"嘎珊玛发"地叫着，叫得那么亲切，心里就觉得不是个滋味了。自己到现在，什么头衔也没有，还赶不上以前了。可他心里还是佩服乌莫图鲁哥哥，处处比自己有能耐，还是自己不行啊。

这时，后面突然追来一个人，正是铎琴的好友笨塔。

原来，这笨塔是拖林普玛发的小儿子，不过不是与铎琴一母所生，长大后就在拖林普老玛发的身边，是拖林普老玛发的传令阿哈。铎琴又是拖林普老嘎珊达最信任的心腹，他们都长在老玛发身边，当然就接触的多些。在阖族推选新的嘎珊达玛发时，他就在铎琴的大红蛤蜊下放上了自己的小蛤蜊，选了铎琴。铎琴也看到了。

那天选完之后，他就把铎琴拉住了，对铎琴说："铎琴，我可把小蛤蜊放到你的大红蛤蜊下边了。"

铎琴说："我看到了。谢谢你的信任。"

他说："我认为，还是你有资格接替阿玛玛发的嘎珊的职位。乌莫图鲁他刚来才几年？一下子就抢了你的位置。"

铎琴听了这话，还真有点对心思。但他还是不耐烦地说："不，笨塔，不许你胡说！人家乌莫图鲁哥哥是比我强，我同意他当咱们莽乌吉里阿林拖林普的嘎珊达。"

笨塔挨顶之后，并不死心。他总是背地里跟着铎琴，陪着铎琴。铎琴上哪，他也上哪，一有机会就跟铎琴说两三句，都是仿佛很关心体贴铎琴的好话。笨塔还常常给铎琴出谋划策。有时本来铎琴忙于别的事，没有考虑一个事，可到办时，笨塔已给他考虑好了。一来二去，铎琴还真的有点离不开他啦。

这次从海上回来，笨塔又跟上来了。笨塔追上铎琴，悄悄地对他说："铎琴，我看出来啦，比牙心中没有你。"

铎琴："什么？不许你乱说！"

笨塔："我乱说？你还没看出来吗？"

铎琴："看出什么？"

笨塔："哼，我总算摸到须子了。比牙她看不上你，却跟乌莫图鲁好！推选时，就是她放的第一炮！"

铎琴一听，真入心了。对呀，比牙格格怎么处处向着乌莫图鲁？人家笨塔说得不错呀！

铎琴没有吭声，憋着气回到了自己的家。一进屋，比牙格格不在。他就躺在炕上生闷气。这时，比牙格格回来了。

比牙格格刚进门，铎琴就鼻子不是鼻子，脸不是脸地喊叫起来："你上哪儿去了？不管家，不管孩子，不管我。你心中有谁？"

比牙格格是正直的烈性女人，从来不听外人数落自己。于是便坦荡地说："乌莫图鲁天天那么忙，一天天都不顾家，屋里那么乱，听说饭都不正经地吃上一顿。你不帮助，我还能不管啊？我是去帮他收拾一下屋子。我这不已经回来了吗。"

一听这话，铎琴可来劲了。

是啊，这正好是铎琴猜疑的地方。她从海上回来，先不回自己的家，却去了乌莫图鲁巴图鲁的家，而且还振振有词，说自己不帮助他。

铎琴越听越来气，越分析越觉得笨塔说得太对了。于是，他的倔脾气就上来了，不管轻重地开口说道："行，行，从那天选举，我就认清楚了。你们是一家人，那你们就永远在一起吧！"

这句话分量可太重了。

比牙格格是什么人呐，那是朝廷之中大将军，侯爷府上的大家闺秀，是皇太后亲点的公主格格。这话说给她听，等于败坏海兰察家族的声誉名分。人最重的就是声誉和名声，铎琴一时出火，他哪管这个呀！

他不知事情的严重性，以为出出气，心里痛快一下就行了。可是，他这话可气炸了比牙格格。

铎琴还从来没见到过比牙格格发这么大的脾气。就见比牙格格听完了他的话一下子跳上了炕，一把就把铎琴给提了起来，一甩就甩到了地上，疼得铎琴直叫唤，哭着说："你会武术咋往我身上使？你要摔死我呀？"

比牙格格不管这一套。只见她抓住铎琴的耳朵，说："铎琴，我怎么跟乌莫图鲁是一家人啦，我是你的妻子，还是谁的妻子？你怎么给我来抹黑？你要败坏我的名声是不是？你说，你为何有这种想法？今天你不说出来，我决不饶你！"

铎琴惹事，又胆小，没了主张。

但比牙格格不放，一定要让他说出个子午卯酉来。铎琴实在没招，就把笨塔给交代出来了。

比牙格格一听是笨塔，心中就明白了，她与乌莫图鲁巴图鲁早注意起这个笨塔了。许多天以来，他总与外部落人有频频地来往，鬼鬼祟祟，十分可疑。

比牙格格听铎琴讲出实话之后，反倒不生气了。

她说："铎琴，你不要听一些人的流言蜚语，这都是别有用心的。遇事你要多动动脑想想，千万小心，别让坏人挑拨了咱们之间的关系啊！"

铎琴低下头，不吱声了。

当天，比牙格格与乌莫图鲁巴图鲁商量，认为不能再让笨塔在族中散布谣言，破坏刚刚好起来的苦兀和谐气氛。要及时揭露，找出藏在地下的老鼠兴格里。

当晚，比牙就夜闯笨塔之家。

比牙进去之后，立刻说道："别动！"

笨塔刚要走，就被比牙格格喝住一下子掀开了他的褥子，在他的狍皮褥子下边，翻出了一包金首饰。

比牙逼问笨塔："说，这是何人送给你的？"

在比牙格格的怒目逼视下，笨塔只好一五一十地交代出来："是，是那个金发女人赏给我的。"

比牙问："什么时候？"

原来，前日，金发女人和她的丈夫胖子秘密回到苦兀，找他议事，了解苦兀情况，特别是了解乌莫图鲁和郎球两人的一些合作，并让他多了解铎琴的心情，然后赏给他这些金首饰。

比牙格格用匕首指着笨塔说道："笨塔，这回我饶了你。你如果再敢中伤我与铎琴的感情，我比牙格格不是吃素的人，会一刀割下你的舌头！"

笨塔吓得起誓发愿地请比牙格格原谅他一时贪财，糊涂，钱迷心窍，今后再也不胡说八道了。

比牙格格又劝他做一个真正的乞列迷人。比牙格格说："笨塔，你也是一个乞列迷人，今后做事、说话，不要给老嘎珊玛发拖林普老人丢脸。你要知道，你也是拖林普家族的子孙啊！"

笨塔连连发誓，说保证再也不乱说了，并要扶持乌莫图鲁、铎琴一块为莽古吉里的族人干一番事情。于是，比牙格格放了他，回到了自己的住地。

可惜，笨塔根本经不住金钱的诱惑。他在拖林普安班玛发身边，是个非常节省的人，哪见过这么多的金首饰啊，等比牙格格一走，金发女人和胖子身边的人就一齐来看望他。

那些人问他："怎么样？"

笨塔说："哎呀，可吓死我啦。她差点就一刀割下我的舌头。"

那些人说："别怕，老天要变啦"，这些人不停地给他打气。这些人说的话让笨塔心里七上八下的，他已把握不住自己啦。

那些人告诉他，苦兀岛这个地方早早晚晚要变主人，大清国离我们这里这么远，根本顾不上这里。这里一年四季冰天雪地的，道路又不好走，天高皇帝远，他们来一次都要费上半年一年的工夫，绝不会有什么及时雨，必须自己的事自己管，自己的命运自己做主张。他们说得头头是道。谣言又在苦兀一带起来了。

真可叹好景不长啊。

就在乌莫图鲁巴图鲁联络巴哈提部郎球嘎珊一起干点事，重振苦兀大业，稳定苦兀故土、大海、森林、边疆之时，他与巴哈提之间的关系又被迫拆散，因为苦兀北山巴哈提哈喇郎球嘎珊达出了大事端。

各位阿哥，你们可能还记得在卢赖任嘎珊达玛发时，他身边不是有一个名叫基维尼罗夫的销售金银饰品的胖子吗？他于嘉庆六年，乘坐着北国的大汽船回到了北山巴哈提部落，同行的还有那个金发女人，他们带来了七大皮箱的金银饰品，发放给族中的乞列迷人。

他说："来吧，乞列迷人来吧！白给的。"

当时一些不知底细的老实的乞列迷人也不明白呀，白给这些金银首饰，能不要吗？

接着，这个基维尼罗夫又在北山的巴哈提一带建起了东正教堂。并从勘察加一带找来了一位牧师传教，北山迅速有了东正教徒，天天唱祈祷歌。基维尼罗夫对郎球的一举一动都看不顺眼，想让郎球改弦更张，按照他的话去办。

郎球说："我是嘎珊达，我照我父亲卢赖嘎珊玛发的话来办的。"

基维尼罗夫说："你为啥一定要按大清国的话去办呢？咱们乞列迷人自古就是部落穆昆达掌权，自己说了算。这个嘎珊之名，是中国大清朝硬定下的，一叫这个就得处处听人家指挥。从现在起，我们还要按照古代祖先的礼仪，要有自主自立精神。乞列迷人的事情，要由乞列迷人自己说了算，不用别人来分封我们乞列迷人什么官，这是不合理的。"

郎球执意要与大清国在苦兀的代表乌莫图鲁巴图鲁额驸见面商议后再定，可基维尼罗夫说："你们乞列迷人已经拿走了我七皮箱的金银首饰。你能把这七皮箱金首饰一份不少地收回来，你就可以找乌莫图鲁巴图鲁去商议。"

这一下，郎球傻眼了，发愁了。

他万万没有想到，这个基维尼罗夫还有这一手，说是送给这里的乞列迷人的，现在又要收回，上哪能全收回？

当地人由于拿了基维尼罗夫的金银，一个一个都被他说服当上了东正教的教徒。开始只是听经，唱祈祷歌，现在，开什么会，签订什么条约、协议的，也把这些"教徒"找来。在那时的巴哈提一带，由于基维尼罗夫的鼓动，郎球也十分被动和无力，叫人牵着鼻子走了。

这天，在基维尼罗夫的鼓动和安排下，一些当地人和东正教堂的"教徒"在东正教堂里搞了一个共同投票，竟然通过选举废除了郎球的嘎珊达的头衔，并由基维尼罗夫和金发女人扶持起来的一个乞列迷人直接继任了郎球的职务。

开始，大伙也没理他，这简直是开玩笑。你一个"外国"的人有什么权利来选这儿族中的嘎珊呢。可是接下来想不到的事发生了。

基维尼罗夫和金发女人又到塔塔玛部落把第特部的新选的嘎珊玛发也撤了下来，又把他确定的人推上了穆昆达宝座。从此，他们不受大清国任命的嘎珊达职权行事，自主自立，自己当家做起主来。

郎球不服。他来找乌莫图鲁巴图鲁、比牙格格。

乌莫图鲁巴图鲁、比牙格格一再鼓励郎球："大玛发，你首先得刚强起来，不要自暴自弃，不能听他们。应该理直气壮地承认自己是巴哈提的嘎珊达。"

郎球说："是啊，我也觉得这是个天大的玩笑！"

乌莫图鲁巴图鲁说："回去马上把反对基维尼罗夫的人撮合在一起，你们要团结起来，不能听他们的。我们迅速把这个事报告给中原北京的王朝。你们等信！"于是，郎球就回巴哈提去了。

等郎球走之后，比牙格格找铎琴。她说："铎琴啊，你再去一趟京师，禀报这里出的一切事情。"可是，铎琴说自己身体这些日子欠佳，不能成行。

就在这时，巴哈提部落里传出来一个噩耗，郎球在家里玩弄外国人送给他的一把来瑟手枪，结果一不小心，枪走了火，射杀了自己。前途就这样葬送在自己手里。他已于两天前被埋在了苦兀岛最北边的湾湾滩的黑土里了。

后来传来了真消息，根本不是走火，而是基维尼罗夫等人的一个大阴谋，他们故意送给他一把枪让他试，他一试，射向了自己。其实是他们开火打死了郎球。不少巴哈提部族中的人根本不相信走火的鬼话，他们说在一天夜里，郎球外出回来，在黑暗中遭到不明人乱枪击打而丧命的。

郎球一死，苦兀形势大变。谣言越来越多，甚至有人公开散布，如不听他们的话，郎球的下场就是一个例子。这时候从勘察加又来了一批批的乞列迷族人，都说他们的祖上就住在苦兀岛上，现在是认祖归宗来了，重返故里啊。而且，这些人都成了基维尼罗夫的拥护者。不少人，甚至进到塔塔玛部，占房舍，占渔场，常常械斗不止。他们还入侵莽古吉里阿林的山谷，盖房舍，开建养鹿场、养鹰场，养着一群犬，建东正教堂，引起了不少纠纷。不少的苦兀人实在生不起这个气，便纷纷逃离苦兀，迁入了萨哈连出海口，或者迁到黑龙江两岸去谋生，都是想过上个平平安安的日子。

嘉庆二十四年冬夜。炉火烧得正红。

比牙格格一个人在室内独坐，突发心脏病，死在家中。

她自从送走了儿子以后，就再没有生育，终年六十五岁。

乌莫图鲁巴图鲁根本就没有找到铎琴，是他把比牙格格包裹上鲸鱼皮，按照乞列迷人的习俗，背到白雪中的苏克苏图阿林最高的山巅之上把她埋葬了。

埋时，乌莫图鲁巴图鲁落泪了。手冻僵了，眼泪冻成了一颗一颗的冰疙瘩。

埋后，他站在比牙格格的坟前，向远方眺望而去。这里是整个苦兀岛的最高处，可以望到世界的任何一个角落，是著名的东海，是北海大海雕年年期守之地。他相信，在这里，比牙格格能看到她思念的京师，能望到父母的陵墓，望着自己正在皇宫中做侍卫守卫着皇帝的儿子……

铎琴到哪里去了呢，他已失踪十数日。

后来乌莫图鲁巴图鲁查明，他可能是受笨塔唆使，与笨塔一起将拖林普家族的一些人连骗带吓，迁往黑龙江出海口，齐集湖一带，说这是老玛发生前安排的，他这是在执行老玛发的遗嘱。每次三四户、七八户的，由巴哈提部穆昆达用船，运这些抛家舍业的人。而基维尼罗夫等人呢，尽力把不愿听他们管辖的人，用给银两、粮米等手段协助迁徙，都给运到萨哈连或带到巴哈提一带。后来，此事终于让乌莫图鲁巴图鲁给堵上了。

乌莫图鲁巴图鲁一步跳上了基维尼罗夫正在迁移乞列迷人的扎卡大船的船头，并以锋利的宝剑逼住了基维尼罗夫。

乌莫图鲁巴图鲁说："我是大清国的臣民，护卫我国疆土为本官之责！谁胆敢再肆意挑唆、胡为，我的护土利剑可不容情。"

基维尼罗夫等人见乌莫图鲁巴图鲁已经气红了眼，深知他的武功，又知他视死如归，便退缩地说："不是我的主意，我们只是帮助那些愿意搬走、寻找温暖住处的人，我们只是行好事而已。"说完，他们便很尴尬地率自己的船队离开海岸了。

后来，铎琴又背着乌莫图鲁巴图鲁将莽古吉里阿林的拖林普哈喇族人于夜间装载九船，离开苦兀，不知去向。唯有乌莫图鲁巴图鲁始终独自一个人，坐守在十三代拖林普安班玛发的海藻香木搭建的两层阁楼之中。

　　这里，也是他从中原回到故土苦兀拜见拖林普老玛发磕头的老屋。如今，所有熟悉的一切都没有了，舍外风雪弥漫，北风狂啸，群熊在山谷中被冻得长吼，乌莫图鲁巴图鲁口里嚼着鹿肉干，熏烤着鲸肉干，饮着冰雪水，一个人待在那里。

　　别人都离开了，苦兀岛的人都走了，可他要找一个无争的宁静的土地安度晚年。

　　乌莫图鲁巴图鲁说："我是受皇上的旨意，手捧皇上的玉玺，回到乞列迷人的故土的。没有皇上的圣旨，我无论如何也不能离开这里，我得忠诚守职啊。所以，我不能离开这块土地。"

　　他一个人，孤独地坐在木屋的大木椅上。

　　秋天，风呼呼地从敞开的窗户穿过，把落叶和山海的气息都刮过来，又从他的眼前刮过去。冬天，漫天的雪落下来，又被苦兀的狂风卷起来，那大雪就随风刮进他敞着的窗户，堆在他的脚下，甚至把他掩埋。

　　窗台上房顶上都堆着厚厚的大雪。接下来就到了春季的檐滴的季节。

　　当残雪默默地融化，各种鸟儿都回归了，大鹏落在木屋窗台上看着孤独地坐在那里的乌莫图鲁巴图鲁，一抖翅膀上落下的或穿堂风刮来的冰冷的早春的残雪和檐冰，然后"嘎嘎！"地叫着飞走了。

　　鸟儿的叫声划过这片已无生气的故土，那"嘎嘎"的叫声回荡在大海和森林的上空，又传荡回来，发出"家！家！"的响声。

　　那响声响着，传递着，越来越远，越来越小，最后消失在苍茫无际的海的尽头，森林的尽头，天的尽头……

　　木屋檐头的残雪依然在融化。滴下的冰冷雪水被穿堂风刮过，一滴滴，一片片飘落在乌莫图鲁巴图鲁的身上。

　　咸丰八年苦兀（库页）沦陷。

　　据传，基维尼罗夫率人来巡视时，只见乌莫图鲁巴图鲁依然坐在熊皮大椅之上，但早已作古。他双眼凝望大海，炯炯有神，一动不动，早已经冻僵在熊皮大椅之上，不知多长时日了。基维尼罗夫吓得发抖。当地乞列迷乡亲父老遗众，从他怀中见到皇上玉玺一尊，没有其他任何遗物。众人敬重他，就将他安葬在老屋之中。后来，这座老屋坍塌，这片山崖留下了"玉玺坡"的名字，一直流传到今天。

　　《雪山罕王传》又称《北巡记》，到此，全书修结。

2011年9月10日育光记（富育光）
2011年10月6日保明整理第一稿（曹保明）
2012年1月25日正月初四保明整理第二稿

尾声　永远讲不完的故事

后　　记

　　人类历史的发展，文化的进化，不能没有积累和继承，而所有的积累和继承都来自于人类对历史真实的记录和深切的情怀，《雪山罕王传》就是一部深切记录中华民族北土历史命运和民族命运的重要之作、真实之作，也是中华民族史上的一段沉痛的历史过往。如今，这片土地已经不属于我们了，可是，曾经发生在这片土地上的故事、传说与记忆却历久弥新，我们一时一刻也不能忘怀呀。本书从久远的历史存在、民族信仰、生存理念出发，深刻地反映了我国北方民族的生存状况，特别是北方民族繁续、民族发展的重要历程。本书把北土之地的历史、民族、自然做了一次全面的盘点，给人类留下了深刻的历史记忆，从始至终对民族文化进行生动的摹写和传真。

　　在此书中，原始莽林、山川和大海之内的各种动物的本领和功能，都带有很真实的原色自然性，这些内容都是今天的世界要注意去保护、去记载和留存的珍贵文化，如在《雪山罕王传》中海豹能带人避开风暴，能寻找和引回迷失的船只；人在深山被毒蛇咬了之后的自救办法；人在高山掉下大海时的心理准备；还有东海女真人身上悬挂的蛤蜊壳的意义等，都是珍贵的人类文化。

　　当二十个蛤蜊挂在人身上的时候，孩子就已经成人了，这是《雪山罕王传》中族人祖先所叙述的自然对人成长的能力的记录。蛤蜊是深海中的动物，打捞起来十分不易，所以能在人身上积累这些蛤蜊壳，就证明了一个人特别是一个男人的成熟。

　　北方古老民族所表述的行为和理念，是一种重要的生存科学性文化，如图腾和崇拜的背后，其实是对生活和自然的认知，对人类有一种深深的启示性；如介绍毒蛇梅赫咬人时的治法就具有珍贵的科学启示性。早年，先代拖林普族人几次遇上苦兀的毒蛇梅赫。这种毒蛇还不大，也就有细柳条那么粗细，一般也就是一巴掌大小，半胳膊长的梅赫算是大蛇了，可这种蛇相当危险，全身剧毒，不用说让它咬上一口，就是从人身上爬过一次，全身凡是它爬过的地方，称为"蹓过"的部位，就都立刻暴肿起来，而且越肿越高，直到皮肤肿裂，流水流血，溃烂为止。拖林普族人一遇上这蛇，只有去寻找苦兀岛上生长着的一种七节骨的红茎茇茇草，采下之后，用自己的嘴嚼烂之后，连着吐沫和嚼烂的素素草（也叫茇茇草），一起敷到毒蛇爬过蹓过的部位之上。但要注意，一定要每天嚼和涂抹，勤嚼勤换几遍，才能拨出毒水，保住了身上这个部位不至于溃烂而死亡。

如遇到蜥蜴时，要注意什么？任色勒喝，是蜥蜴的意思，也是苦兀岛上最多的爬虫之一。它们长着四条腿，有的有毒，有的无毒，它们最大的能力，就是专门生活在石砬子的石壁缝隙之中，因为身子扁平，四条脚行走，飞速而快，攀爬能力特别的强，它们专门喜欢在平板的大石条上往返穿梭，抓都抓不到。那些高高的，立陡立崖的插入深海中的石壁上生活着无数大大小小的各类蜥蜴，俗称壁虎子。它们一个个全身发凉，显然，只要从人身上一过，便会吓人一跳的。但你不碰它，它不伤你。《雪山罕王传》中的自然性往往是生活的鲜活性和生动性，那是一些原色的记录，这种记录记载是对生活与自然的本真记录。这些描述太珍贵了。那就是，如果再遇到爬在壁上的蜥蜴，不要先害怕，要了解动物的脾性。《雪山罕王传》中的海葬神圣而又庄严，并带着历史和族人的生活仪式感，这是珍贵的东海女真萨满原色文化。

遵照拖林普部族古老的千年传统，头领逝去，全族就必须选出新的带头人——权力无边的首领，这说明在部族的危难关头、紧要的关头，不能让族人灰心丧志，在几位老妈妈的大力推举之下，推选了小蛮特为拖林普第七代乌云达玛发（七代大头领）。小蛮特在众妈妈的指点下，他向东海叩拜，然后族众又重新到东海深处采来最大的银针巨蛤，经过萨满修理，凿成帽形。银针巨蛤是东海特产，体大者能如大盆，其壳外形狰狞恐怖，有十三至七、九不等的巨针，在海中移动很快，能捕食众多鱼虾，而鲸鱼、海龟、海狗、海獭，甚至陆上的熊类都不能嚼食蛤蜊，它靠自己的巨针活在深海之底，这成为东海女真拖林普艾曼族人所崇拜的对象。从男孩子成人戴小蛤蜊二十颗到当族长要戴大银壳巨蛤帽，都说明了东海女真对海洋文化的深刻理解，也说明了萨满在表述萨满文化时的真实的历史性和自然性。这个部族是在对大海和苦兀一带历史和自然的深刻认知之后，才选择了蛤蜊作为自己的图腾，并产生了其祖先是深海之底的红蛤蜊所变幻的传说和图腾，这展示出一种在东海生存的民族文化的来历，接着，又将族人的各种生活程序、规律、法则、行为都按照人们对大海的认识和理解去安排和设计出来，从而形成了丰富的民族文化——东海女真的生存文化和生活文化。

《雪山罕王传》文化的珍贵性促使北方民族文化本身生动流传，而许多民族文化都在久远的历史中成为一种生动的文化记录，但是这一切，都随着这片土地的失去而永远的消逝了。这是我们中华民族一段沉痛的历史过往。

富育光先生是著名的民族文化传承者和保护者，在他的著作中，许多动物、历史、自然都活了。世界上，许多大师能给自己的文章插图，著名的文化人类学家冯骥才能，东北文化学家富育光也能。乞列迷人是东北的土著民族，他们信奉萨满教和自然宗教，七世达玛发蛮特从勘察加来到苦兀与熊相遇，我在整理富育光先生的《雪山罕王传》时发现他画了一张"熊"图。我感到这时情节有了"突异"的变化。我给富老师打电话，我想询问关于熊的眼神的变异，为什么那熊的眼神特别的温和又乖顺，好像一个人在思考和认真地打量对方，凶猛的野兽有这样温顺的时候吗？他听完了我的疑问，说熊确实有这种时候，而且，这是动物的一种天性。他说："我的故事到这里是带着情感画出来的！"我想，当一种文化的传承者带着他的一份情感去用"画"来表述一种思想，这画就该是这个样子。富先生说，请你再多分析一下"熊"的眼神儿。我读着文，再一看"画"，我于是震惊了，我觉得那熊的眼神果然不一样了。那是我多年与富先生相处的一种印象和心灵的沉淀。在这里，无论是熊，还是苦兀，无论是满族，还是说部，在此时都有一种灵魂的跨越，它穿越千年，把一种已经消失的时空恢复到今天。让人跟着走进自然，所以，有图的地方我应该特别要注意了，那是作者的情感要重点表述和文化内涵要突出传承之处。熊的孤独和灵气，仿佛温顺，让人们发现了它一点也不迟钝，它在苦苦地注视着人类，那是一种让人深深去品读的眼神。在这里《雪山罕王传》铺垫出一种文化的深度，反衬出后来乞列迷人的祖先部落拖林普艾曼的族人丢掉了苦兀（库页）这片故土，离开了这片故土后产生的一种时空的沉痛。这是民族永恒的沉痛。

富育光所表述的说部，总是让自然的一种情感生命深深地融入人们的心底，这是许多作品所没有的魅力。是他了解文化，还是文化倾向于他？这是他自然和民族的情愫在思想与记忆深处流淌，那是一种纯自然和民族的情愫。富先生表述的说部的价值恰在这里。

自然界中如此多的奇迹在说部《雪山罕王传》中被再现得极其离奇和有趣，那都是一些自然的传奇，仿佛是神话，但又有着诸多神话文化中所不具备和无法表述的生活知识和自然知识。这是一些狩猎民族的生存过程记录，也是一些自然的记录。它是一种存在，这也是满族说部的价值所在。《雪山罕王传》把自然的存在以生动的仿佛神话般的神奇、神秘具体地表述出来，这使得《雪山罕王传》本质性价值被肯定下来。其实，科学的自然存在使其成为文化的主线，也使《雪山罕王传》的结构更加有层次感和内涵感，并使得《雪山罕王传》以极其丰富的内容传承下来，保留了人类文化的多彩和生动的意味，这也许就是《雪山罕王传》的真正价值和永恒的意义。

让我们以《雪山罕王传》的问世去纪念那人类历史上永远不该从中华民族的版图上失去的土地和民族吧。永久纪念，也是一种永久的启迪，它在唤醒着一个民族的强大，无论是经济，精神及方方面面，只有这样，一个民族、一个国家才能永远独立地站在世界文化之林。雪山罕王，永远的罕王，人类历史北土之上的永恒纪念，中华民族向您致敬。

曹保明

2013年1月8日于长春

395